ITALIAANS VOOR BEGINNERS

Van Erica James verschenen tevens:

Een dierbare tijd
Verborgen talent
Oude vriendschap
Zussen voor altijd
Schaduwleven
De kleine dingen
Een nieuw begin
Beloofd is beloofd

ERICA JAMES

Italiaans voor beginners

DE KERN

Zesde druk, vierde in deze uitvoering, augustus 2011

Oorspronkelijke titel: *Gardens of Delight*
Oorspronkelijke uitgever: Orion Books Ltd, Londen

Uitgeverij De Kern, een imprint van De Fontein | Tirion bv, Utrecht
Vertaling: Els Franci-Ekeler
Omslagontwerp: Mariska Cock
Omslagillustratie: Corbis
Opmaak binnenwerk: ZetSpiegel, Best
ISBN 978 90 325 1209 5
NUR 302

www.defonteintirion.nl

Alle personen in dit boek zijn door de auteur bedacht. Enige gelijkenis met bestaande – overleden of nog in leven zijnde – personen berust op puur toeval.

Voor Edward en Samuel
Mijn twee beste kweekresultaten!

Een tuin is een lust voor het oog
en soelaas voor de grond;
een tuin sust kwade driften
en verstrekt genoegens die
een voorproefje zijn van het paradijs

Sa'Di (1184 - 1291)

SWANMERE

1

De planten sproeien was iedere dag Lucy's laatste karweitje. Ze vond het leuk om te doen, niet alleen omdat het een zorginstinct in haar wakker maakte, maar ook om het gevoel van macht dat het haar gaf. Met een tuinslang rondlopen was net zoiets als met een geladen pistool in je hand zwaaien: niemand die dan iets tegen je durft te beginnen.

Dat machtsgevoel had ze voor het eerst ervaren toen ze vijftien was en op school de verantwoordelijkheid had gekregen voor de gammele broeikas, op een dag dat de leraar biologie, een nerveuze, licht stotterende man, midden in een les over zaadontkieming naar de telefoon was geroepen door de secretaresse van de school. De vrouw van de docent was hoogzwanger en had de uitgerekende datum al met twee weken overschreden, en toen de man in allerijl vertrok, waren zijn laatste woorden: 'N-n-nergens aankomen, t-t-tot ik t-t-terug ben.' Hij had net zo goed kunnen zeggen: 'Ga maar l-l-lekker rotzooi t-t-trappen.' De eersten die uit de band sprongen, waren een paar meisjes die de punten van hun opengeknoopte bloesjes boven hun blote buik strikten en op het door de aanhoudende warmte half verdroogde grasveld gingen liggen zonnen en een verboden sigaret aan elkaar doorgaven. Lucy zocht met de rest van de klas iets anders om zich mee te vermaken. Toen ze de opgerolde tuinslang zag, kwam ze op een briljant idee. Ze liet de andere meisjes plastic en aardewerken bloempotten opstapelen op de bank in de verste hoek van de kas, als blikjes in een ballentent, en richtte de tuinslang erop. De eerste aardewerken bloempot die werd geraakt, viel met een klap op de grond. Een tweede volgde en toen een derde. *Raak! Raak! Eerste prijs!* Ze raakte zo in vervoering door de aanmoedigende kreten van haar klasgenoten dat ze de kraan wat verder opendraaide en de keiharde straal nu op de plastic potten richtte. Ze vlogen alle kanten op en ketsten als kogels tegen de ruiten. Het spectaculaire hoogtepunt was toen een stenen pot door een ruit heen ging met een knal die niet zou misstaan in een actiefilm. Te gek! Ze had in geen eeuwen zo'n lol gehad.

De meisjes die op het gazon hadden liggen zonnebaden, kwamen kijken wat voor kabaal dat was. Toen Lucy de hooghartige uitdrukking op hun verwaande gezichten zag, werd ze nóg baldadiger en richtte ze, zonder aan de gevolgen van haar daad te denken, de waterstraal op hen. Ze had die rotmeiden nooit gemogen, omdat ze altijd zaten op te scheppen over hun vaders en hoe gul die wel niet waren en hoe erg het voor Lucy moest zijn dat haar vader niets meer om haar gaf. Wat trouwens helemaal niet waar was. Lucy gaf niets meer om *hem*. Door de harde waterstraal verdween de spottende uitdrukking snel van hun gezichten. Toen ze gillend achteruitdeinsden, keken Lucy's handlangers stil van ontzag toe, terwijl Lucy zelf een verrukkelijk triomfantelijk gevoel kreeg. Ze was onoverwinnelijk! Ze was de sterkste! Ze was de baas!

Ze was ook de pineut. De lerares die naar de kas was gestuurd om de klas van meneer Forbes over te nemen, bleef in de deuropening staan en beschreef het tafereel later aan de directrice als een armageddon, wat Lucy uiteraard overdreven theatraal vond.

'Mevrouw Gray,' zei de directrice met een gezicht als een gesloten dennenappel, toen Lucy's moeder de volgende dag naar school werd ontboden om te worden ingelicht over het gedrag van haar dochter, 'dergelijk wangedrag wordt op onze school niet toegestaan. Ik zal Lucy voor de rest van dit schooljaar moeten schorsen en hoop dat ze haar tijd zal gebruiken om na te denken over wat ze heeft gedaan en vooral om na te denken over haar toekomst.'

'Haar toekomst?' herhaalde Lucy's moeder. 'Wat bedoelt u daar precies mee?'

'Daarmee bedoel ik dat het heel goed mogelijk is dat de ambiance die we hier op Fair Lawns in stand proberen te houden, misschien niet geschikt is voor Lucy.'

De betekenis was zonneklaar. Lucy Gray, met haar lakse houding, haar brutale mond, haar onverschilligheid tegenover gezaghebbende figuren en haar unieke ideeën over waarheid en eerlijkheid – *'Moet ik u nogmaals herinneren, mevrouw Gray, aan het incident met het vervalste verzuimbriefje?'* – was niet welkom meer op Fair Lawns.

'Ik weet het niet meer, hoor,' zei Fiona Gray toen ze wegreden met Lucy's haastig ingepakte hutkoffer achter in de auto. 'Waarom doe je me dit aan?'

Lucy zwaaide, half uit het raampje hangend, naar haar vriendinnen die zich aan het einde van de met kastanjebomen omzoomde oprit hadden verzameld, draaide zich toen weer recht op haar stoel en schopte de gehate schoolschoenen uit. Die had ze niet meer nodig. Met een snelle beweging die haar moeder niet zag, gooide ze ze uit het raam. Haar al even gehate grijze sokken viel hetzelfde lot ten deel. Ze zette haar blote voeten tegen het dashboard. 'Vertel eens, mam, wat doe ik je precies aan?'

'Je bent een schandaal. Je zet me voortdurend voor gek. Alsof ik niet al genoeg te verduren heb gehad van je vader. Waar heb ik dit aan verdiend? Wat doe ik verkeerd? En waar vind ik een school die je nog zal willen hebben, wanneer ze eenmaal weten wat voor kind je bent?'

'Je zou een poosje kunnen ophouden met winkelen en koffieleuten met vriendinnen, en me zelf lesgeven.' De blik van afgrijzen op het gezicht van haar moeder was onbetaalbaar. 'Je zult je erbij moeten neerleggen dat ik een probleemkind ben, mam.'

'Een probleemkind en een probleem. Het is een wonder dat je het nog zo lang hebt volgehouden op Fair Lawns. Het is allemaal de schuld van je vader. Maar wie kijken ze erop aan? Juist. Mij! Ik word beschouwd als een waardeloze ouder, terwijl ik juist zo mijn best doe. Haal je voeten van het dashboard. Probeer je als een lady te gedragen, ook al zul je nooit een lady worden.' Ze slaakte een diepe zucht. 'De mensen weten niet half hoe moeilijk het is om een goede moeder te zijn van een lastig kind.'

Het was een klaagzang die Lucy uit haar hoofd kende. Arme mam; ze vatte alles zo persoonlijk op, alsof iedere ramp in de wereld bedoeld was om haar en haar goede naam door het slijk te halen.

Nu waren ze veertien jaar verder en deed haar moeder soms nog alsof Lucy dag en nacht bezig was manieren te verzinnen om haar van streek te brengen en te ergeren. Dat Lucy inmiddels volwassen was, dat ze vorige week negenentwintig was geworden en zich voorbeeldig gedroeg, deed er allemaal niet toe. Voor haar moeder was ze nog steeds de lastige tiener die haar het leven zuur had gemaakt. Lucy wist inmiddels dat ze haar moeder waarschijnlijk onnodig veel problemen had bezorgd als gevolg van de scheiding. Ze stond nu op redelijk goede voet met Fiona, maar niet met haar vader. Wat haar betrof, bestond die niet meer. Wat hij ook zou doen of zeggen, hij zou het leed dat hij zijn gezin had aangedaan, nooit meer kunnen goedmaken.

Hoewel de relatie tussen Lucy en haar moeder tegenwoordig een stuk beter was dan voorheen, waren er nog wel twistpunten, onder andere dat Lucy nog steeds geen *normale* baan had. Werken in een tuincentrum was, volgens Fiona Grays *Handboek voor de Werkende Vrouw*, niet de weg naar een glansrijke carrière. Het was eerder een doodlopend tuinpad. Alsof haar moeder zelf ooit een carrière had gehad! En deze klacht werd onherroepelijk gevolgd door een andere bekende verzuchting: 'En waarom blijf je je in hemelsnaam zo fantasieloos kleden? De mensen zouden je nog aanzien voor een asielzoeker. Het is echt doodzonde dat je niet eens moeite doet je pluspunten te benadrukken. Je bent toch niet lesbisch?' Maar Fiona's grootste zorg gold het feit dat Lucy helemaal geen zin leek te hebben om een leuke man te zoeken om mee te trouwen. 'Als je te lang wacht, worden alle knappe mannen ingepikt en moet je genoegen nemen met de sukkels die overblijven.'

Iedere keer dat dit onderwerp werd aangesneden, kwam Lucy in de verleiding erop te wijzen dat een huwelijk op jonge leeftijd Fiona er anders niet voor had behoed een sukkel als echtgenoot te krijgen, een man die was bezweken voor de charmes van een veel jongere Italiaanse, maar ze wist donders goed dat ze haar moeder beter niet kon plagen met het legendarische gespreksonderwerp Marcus Gray. Juist door zijn afwezigheid had haar vader al die jaren zo'n allesoverheersende rol gespeeld in hun levens dat het echt niet nodig was hem nog een kans te geven.

Ironisch genoeg had Fiona, die er bij Lucy voortdurend op aandrong een 'aardige jongeman' te zoeken, zelf geen haast gemaakt om een tweede keer voor het altaar te komen. Tot vorig jaar, toen Charles Carrington op het toneel was verschenen, een vriendelijke, innemende man, en tot op dat moment een verstokte vrijgezel, en misschien wel de dapperste man op aarde, als hij het aandurfde met Lucy's moeder in zee te gaan. Of misschien had hij een olifantshuid. Na een stormachtige verkering had hij Fiona uit het dorp Swanmere in het zuiden van Cheshire meegenomen naar zijn prachtige villa in Northamptonshire, waardoor Lucy in haar eentje was achtergebleven. 'Je vindt het toch niet erg?' vroeg haar moeder toen ze haar trots de antieke diamanten ring liet zien die ze van Charles had gekregen, en uitlegde in hoeverre hun leven ging veranderen. Alsof dat niet allang duidelijk was.

'Mam, ik ben geen kind meer. Ga jij nu maar en geniet ervan. Dat heb je echt verdiend.'

'Je kunt ook met ons meegaan. Ik weet zeker dat Charles dat helemaal niet erg zou vinden.'

'Het laatste waar Charles behoefte aan heeft is een stiefdochter die met haar ziel onder de arm door het huis loopt. Bovendien heb ik hier mijn werk en mijn vrienden.'

In antwoord daarop klakte Fiona zachtjes met haar tong, wat niet verbazingwekkend was, want niet alleen had ze geen goed woord over voor Lucy's baan bij Meadowlands Garden Centre, maar ze had ook een hekel aan Lucy's vriend Orlando, die ze persoonlijk verantwoordelijk achtte voor het feit dat haar dochter helemaal niet aan trouwen dacht.

Orlando Fielding was Lucy's beste vriend en woonde sinds een paar maanden bij haar in. Hij was één jaar jonger dan Lucy en de zoon van haar baas. Ze hadden elkaar leren kennen toen ze zestien was en had gevraagd of ze in het weekend en de schoolvakanties een baantje kon krijgen in het tuincentrum. Orlando, die al parttime voor zijn vader werkte vanaf de tijd dat hij oud genoeg was om zakken kunstmest te tillen en verstandig met tuinslangen om te gaan, kreeg de taak haar het werk te leren, en algauw werden ze dikke vrienden. Ze konden zo goed met elkaar overweg dat veel mensen dachten dat ze broer en zus waren.

Tot grote teleurstelling van zijn vader had Orlando het familiebedrijf later de rug toegekeerd. Na zijn studie botanie had hij een éénjarige opleiding tuinarchitectuur gevolgd en was hij een eigen bedrijfje begonnen als tuinarchitect. Hij verdiende daar echter nog niet veel mee, en om hem de vernedering te besparen weer bij zijn ouders te moeten gaan wonen, had Lucy gezegd dat hij wel bij haar kon komen wonen, nu haar moeder vertrokken was.

Tegen de tijd dat ze klaar was met sproeien, was bijna iedereen al naar huis en maakte het tuincentrum een verlaten indruk. Ze hing de slang op, ging aan Hugh vragen of hij haar nog ergens voor nodig had, deed haar rugzakje om en stapte op haar fiets. Toen ze in de avondzon naar huis fietste, vroeg ze zich af of ze morgen een korte broek aan zou kunnen trekken. Volgens het weerbericht zou het warm en zonnig worden, en omdat het morgen 1 mei was, en ook nog een vrije dag, zou ze het verschrikkelijk druk krijgen en de hele dag klanten moeten vertellen dat het echt nog te vroeg was om kasplanten in de volle grond te zetten, omdat er nog gevaar bestond voor nachtvorst. Sommige mensen waren verschrikkelijk hardleers.

Algauw freewheelde ze de heuvel af naar Swanmere, met wapperende blonde lokken en tintelende wangen van de wind. Voor de gein haalde ze haar voeten van de pedalen en stak haar benen uit, met volle teugen genietend van het heerlijke gevoel. Het leven was mooi! Na maanden van wind, regen en grijze luchten was het eindelijk lente. De meidoornhagen zaten vol nieuwe, frisgroene blaadjes en rechts van haar, waar de zon langzaam naar de kim zakte, lagen velden vol bloeiend koolzaad waarvan de schitterende gele bloempjes zo felgekleurd waren dat het bijna leek alsof ze licht gaven.

Ze hoorde een auto achter zich, zette haar voeten weer op de pedalen en ging wat dichter langs de berm rijden waar het gras vol stond met madeliefjes en paardenbloemen. Over een paar dagen zou er ook fluitenkruid verschijnen. De auto, een grote zwarte Mercedes met een nummerplaat op naam, zoefde gladjes langs. Dure auto's zag je hier overal. Swanmere was een geliefde plek voor de welgestelden van Cheshire, een streek waar oude en nieuwe rijkdom samenkwamen.

Zij en haar moeder waren vanuit Londen hierheen gekomen toen ze zestien was en de echtscheiding van haar ouders eindelijk rond was. Voordat Lucy's vader was vertrokken, had hij een advertentiebedrijf gehad. Ze woonden in Fulham en in Lucy's herinnering was het leven perfect geweest. Tot hij alles had bedorven door verliefd te worden op een ander. Diep beledigd en laaiend van woede had Fiona de beste advocaat genomen die ze kon krijgen en zo veel mogelijk uit de scheiding gesleept. Ze had het huis gekregen en een aanzienlijk deel van het bedrijf, dat Marcus had besloten te verkopen zodat hij in Italië kon gaan wonen met de Pizzadoos, zoals Lucy zijn maîtresse noemde. Fiona kwam oorspronkelijk uit Cheshire en haar ouders woonden daar toen nog, hoewel ze nu allebei overleden waren. Ze had het huis in Fulham verkocht en Church View gekocht, een schitterend negentiende-eeuws huis in het centrum van het historische dorp Swanmere, dat bekendstond om zijn lieftallige zwart-witte vakhuizen, waardoor het soms net leek alsof je op een filmset woonde. Een paar jaar geleden was het dorp ook inderdaad gebruikt voor een kostuumstuk van de BBC en had iedereen figurant willen zijn om een graantje van de roem mee te pikken.

Lucy zou nergens anders meer willen wonen. Toen Charlie Carrington op het toneel was verschenen, had ze een tijdje in angst geleefd. Zou ze Church View nu moeten verlaten? Zou haar moeder het huis verkopen en van Lucy verwachten dat ze elders een onderkomen zocht? Ze had per slot van rekening de leeftijd waarop ze op zijn minst plannen moest gaan maken om op zichzelf te gaan wonen. Haar angst was snel weggenomen. Fiona was helemaal niet van plan om Church View te verkopen en ging tot Lucy's grote verbazing zelfs zo ver dat ze zei dat Lucy er net zo lang mocht blijven wonen als ze wilde. Door de liefde was Fiona veranderd in een gulle vrouw die Lucy bijna niet herkende. Haar moeder vond het zelfs goed dat Orlando bij haar introk, zij het niet van harte.

Orlando bleek een volmaakte huisgenoot te zijn – rustig, netjes en hij kon koken. Bovendien had hij niet de onhebbelijke gewoonte beslag te leggen op de afstandsbediening en die tussen de kussens van de bank te verstoppen wanneer er een vrouwenprogramma was dat ze graag wilde zien. Het enige waar ze het nooit over eens werden, was tuinieren, in het bijzonder de hoeveelheid tijd die op tv werd besteed aan programma's over tuinmetamorfoses. Lucy was net zo'n purist als ieder willekeurig lid van de *Royal Horticultural Society*, maar vond dat de mensen zelf mochten beslissen of ze hun tuin wilden bederven met opsmuk en modieuze ornamenten. Orlando was het daar niet mee eens. Hij rekende het Alan Titchmarsh persoonlijk aan dat zo veel tuinen in het land er zo kitscherig en fantasieloos uitzagen. Orlando zei dat tuinieren te vergelijken was met porno: je moest het overlaten aan professionals.

Ze fietste door de hoofdstraat van het dorp, langs de winkels die, met uitzondering van Clayton's luxueuze wijnwinkel, allemaal al dicht waren. Toen ze Mac Truman de winkel uit zag komen met een ingepakte fles onder zijn arm, belde ze met haar fietsbel en stak wuivend haar hand op. Hij glimlachte en zwaaide terug. Ze mocht Mac graag. En zijn neef ook. Conrad Truman was zonder meer de meest begeerde vrijgezel van het dorp. Niet alleen omdat hij vreselijk knap was om te zien, maar ook omdat hij weduwnaar was. Niets zo sexy als een knappe man met een gebroken hart, was de algemene opinie.

Ze fietste verder, langs de apotheek, de boekwinkel en het postkantoor, en sloeg tegenover de kerk linksaf een met kinderhoofdjes geplaveid straatje in dat amper breed genoeg was voor auto's. Ze sprong van haar fiets, duwde een smeedijzeren hekje open en betrad de rustgevende oase van een kleine, ommuurde tuin. *Home sweet home.*

Ze liep achterom, ging via de achterdeur naar binnen en riep Orlando, maar kreeg geen antwoord. Toen ze boven het water van de douche hoorde kletteren, bekeek ze de post die hij netjes op een stapeltje op de keukentafel had gelegd. Neuriënd nam ze het stapeltje door om te zien of er iets interessants bij zat en stopte bij een envelop met een luchtpoststicker. Toen ze hem nader bekeek, zag ze een Italiaanse postzegel en poststempel. Te oordelen naar de dikte van de envelop, en de datum, was het een late verjaardagskaart van haar vader.

Zonder ook maar een moment te aarzelen gooide ze hem in de prullenbak.

2

Helen begon zich af te vragen wanneer de hooghartige, bazige vrouw die tegenover haar zat, nu eindelijk eens zou vertrekken.

Met haar overdreven opgewekte manier van doen, haar uiterlijk van welgestelde plattelandsvrouw en bekakte manier van praten, was Olivia Marchwood – *de* oude vrijster van de parochie – het soort vrouw met wie Helen altijd probeerde persoonlijk contact te vermijden. Toen ze haar niet onaanzienlijke achterwerk nog wat dieper liet wegzakken in de kussens van Helens roomkleurige bank, en de indruk wekte dat ze voorlopig niet van plan was weer op te staan, was Helen het liefst een hefboom gaan halen om haar eraf te wippen. De onaangename gast had meer dan een uur geleden zomaar opeens op de stoep gestaan, in de hoop mevrouw Madison-Tyler thuis te treffen (niet gewoon 'om te zien of ze thuis was') en nergens viel uit op te maken dat ze haar bezoek binnen afzienbare tijd zou beëindigen. Ze was blijkbaar een van die dikhuidige types die zelfs niet snappen dat het tijd is om op te stappen wanneer je de voordeur wagenwijd openzet.

De reden van haar bezoek was zonneklaar: ze was nieuwsgierig naar de nieuwe eigenaren van de Old Rectory. 'Er zijn al twee weken verstreken sinds u hier bent komen wonen, dus vond ik het hoog tijd u persoonlijk welkom te heten in Swanmere,' zei ze. Bovendien wilde ze de vele goede doelen, verenigingen, clubs en groepen die het dorp te bieden had, onder Helens aandacht brengen. Helen nam zich onmiddellijk voor met een grote boog om al die clubjes heen te lopen, vooral die waarin haar bezoekster bestuurslid was. Ze was geen type dat zich met hart en ziel in dergelijke dingen stortte, meer iemand die vanaf de zijlijn toekeek. Ervaring had haar geleerd dat dit de beste manier was om problemen te voorkomen. Hunter zei dat dit ook de reden was waarom ze zo lang had gewacht met trouwen. Een van zijn betere opmerkingen. Ze waren een halfjaar geleden in het huwelijk getreden, een week na haar vijfenveertigste verjaardag, nadat Hunter haar zeven maanden lang vastberaden het hof had gemaakt. 'Ik ben geen man die makkelijk van gedachten verandert of compromissen sluit,' had hij vijf weken nadat ze elkaar hadden leren kennen, tegen haar gezegd, 'dus kun je het best alvast een trouwjapon gaan uitkiezen.'

'Een man die niet makkelijk van gedachten verandert?' had ze peinzend geantwoord. 'Hoe verklaar je je twee exen dan?'

'Au,' had hij gezegd, 'dat is een stoot onder de gordel.'

'Dat kan best wezen, maar ik wil graag weten waar ik aan toe ben.' Al had ze er toen al een vrij goed idee van waar ze aan toe was. 'Kan het iets te maken hebben met het feit dat je nogal vaak een scheve schaats reed?'

'Ja,' had hij ronduit toegegeven. 'Weet je zeker dat je dieper op dit onderwerp wilt ingaan?'

Dat had Helen niet gedaan, al wist ze zelf niet of dat verstandig was of niet, en uiteindelijk had ze Hunter, die zestien jaar ouder was dan zij, het jawoord gegeven omdat ze diep in haar hart vond dat de toekomst belangrijker was dan het verleden.

Ze had hem ontmoet tijdens een liefdadigheidslunch voor het plaatselijke verpleeghuis in Crantsford. Hij was een van de belangrijkste sponsors en had een korte, onderhoudende speech gehouden. Het was niet aan Helen ontgaan dat hij erg veel belangstelling genoot van het hoofdzakelijk vrouwelijke publiek in de eetzaal van het hotel. Hij was niet erg lang, maar bijzonder knap en charismatisch, en Helen begreep meteen dat hij heel goed wist wat voor effect hij op mensen had. Hij deed haar een beetje denken aan een van haar favoriete acteurs, Michael Kitchen. Toen hij het podium verliet en weer op zijn plaats ging zitten aan een naburige tafel, fluisterde Helens vriendin Annabel, die een beschermvrouwe van het verpleeghuis was en haar voor de lunch had uitgenodigd, in haar oor: 'Ik zal je aan hem voorstellen wanneer alle speeches achter de rug zijn.'

'Waarom?'

Annabel hield veelbetekenend haar hoofd schuin in Hunters richting en ging op dezelfde fluistertoon door: 'Omdat hij me dat heeft verzocht.'

'Wanneer?'

'Toen je naar het toilet was. Hij is speciaal naar me toe gekomen om me te vragen wie je bent.'

Maar Annabel hoefde toen het erop aankwam geen bemiddelende rol te spelen; zodra de lunch officieel voorbij was, stelde Hunter zich aan Helen voor en nodigde hij haar uit aan de bar iets met hem te gaan drinken, waarbij hij haar brutaal bij Annabel vandaan trok. 'Ik neem aan dat u met deze bazige aanpak meestal uw zin krijgt?' zei ze, vinnig van verontwaardiging.

'Altijd. Wat wilt u drinken?'

'Niets. Ik heb geen dorst.'

'Ik ook niet. Laten we een plekje opzoeken waar we kunnen praten.'

Toen ze weigerde, zei hij: 'Doe alstublieft niet zo koppig.' Weer werd ze onder dwang meegenomen, dwars door de drukke lobby. Buiten, in de tuin van het hotel, zei hij: 'Mag ik u uitnodigen voor een diner?'

'Nee, dank u.' Ze liep bij hem vandaan. Wat een onaangename, arrogante kerel!

'Toe nou,' riep hij, zonder achter haar aan te gaan. 'Ga met me uit eten, opdat ik kan bewijzen dat ik het meen.'

Ze bleef staan en draaide zich om. 'Dat u wat meent?'

'Dat ik verliefd op u ben.'

'Volgens mij verwart u mij met een ander. Met een denkbeeldige figuur vermoedelijk.' Daarna liep ze weer weg. En ze bleef lopen tot ze het parkeerterrein van het hotel had bereikt en in haar auto kon stappen. Ze wilde net de sleutel in het contact steken, toen haar mobieltje ging. Sinds haar grootmoeder anderhalf jaar geleden was gevallen en haar heup had gebroken – een val waarvan ze nooit volledig was hersteld – was Helen bij ieder telefoontje bang nog meer slecht nieuws te krijgen. Ze bracht het mobieltje naar haar oor en hoorde een stem zeggen: 'Als u niet met me wilt dineren, zullen we dan gaan lunchen?'

'Wat? Hoe komt u aan mijn nummer?' Ze keek op en zag dat hij op de trap van het hotel naar haar stond te kijken.

'Niet boos worden. Ik heb uw vriendin Annabel overgehaald me het nummer te geven. Ik heb gezegd dat het een kwestie van leven of dood is.'

'Het zal uw dood worden als u me blijft lastigvallen.'

Hij lachte. Ontspannen en zelfverzekerd. 'Dat meent u niet. Vooruit, u kunt toch best een uurtje of twee uittrekken voor een lunch met mij?'

'Ik ga nooit lunchen.'

'Vandaag anders wel.'

'Dat was alleen omdat Annabel me speciaal had uitgenodigd.'

'En nu nodig ík u speciaal uit. Of misschien voelt u er toch meer voor om iets met me te gaan drinken? Dat kan toch geen kwaad?'

Ze vermoedde dat het eenvoudiger was om hem zijn zin te geven, dus had ze ermee ingestemd de week daarop iets met hem te gaan drinken. Alle kans dat hij iemand was die zich snel ging vervelen wanneer hij zijn prooi eenmaal had veroverd, en dat hij haar dan met rust zou laten. Maar ze had hem verkeerd beoordeeld en vanaf dat moment had hij haar vurig het hof gemaakt. Hij overlaadde haar met cadeaus en bloemen, en had zelfs een auto voor haar gekocht nadat ze op een avond te laat was aangekomen voor een dineetje omdat haar oude Peugeot niet wilde starten en ze een taxi had moeten bestellen. Zes maanden na de liefdadigheidslunch, toen ze in Egypte op vakantie waren en boven de Nijl zweefden in een heteluchtballon die hij speciaal voor hen had gehuurd, bood hij haar precies op het moment dat de nieuwe dag aanbrak, een glas champagne aan en een ring met een grote smaragd. 'Helen Madison,' zei hij, 'ik heb je het hof gemaakt op alle manieren die ik heb kunnen verzinnen; zou je alsjeblieft willen ophouden met uitvluchten verzinnen en erin toestemmen met me te trouwen?'

Met een vluchtige blik op de twee jonge Egyptenaren die de ballon bestuurden en probeerden te doen alsof ze er niet bij waren op dit intieme moment, zei ze: 'Hoe zou ik zo'n romantisch aanzoek kunnen weigeren?'

Het huwelijk werd voltrokken in de privékapel van een intiem hotel in het noorden van Yorkshire. De enige gasten waren Annabel en haar echtgenoot, en Hunters oudste en beste vriend, Frank Maguire. Degene die Helen er het liefst bij had willen hebben, had niet kunnen komen – het enige levende familielid dat ze nog had: haar geliefde grootmoeder Emma Madison.

Met een schokje besefte Helen dat Olivia Marchwood haar eindeloze monoloog had onderbroken met een vraag. De vraag of Helen al had besloten wat ze met de tuin van de Old Rectory ging doen. 'Hij mag niet al te lang verwaarloosd worden,' zei Olivia Marchwood. 'Het is jammer dat de arme Alice hem niet kon meenemen. Houdt u van tuinieren, mevrouw Madison-Tyler? Ik zou u willen adviseren niet al te snel veranderingen aan te brengen. Het is altijd het beste om een tuin een paar seizoenen mee te maken alvorens erin te gaan spitten.'

Helen kwam sterk in de verleiding te zeggen dat ze van plan was iedere bloem en struik uit de grond te trekken en de rest van de tuin in de fik te steken, maar zei: 'Zegt u maar gewoon Helen, hoor. En eerlijk gezegd heb ik tot nu toe nooit veel aan tuinieren gedaan. Ik heb mijn werk, ziet u, en...' Ze keek om zich heen naar de stalen meubelstof en tapijtmonsters waar ze mee bezig was geweest toen Olivia had aangebeld, 'ik ben nog druk met de inrichting van het huis. Ik vrees dat de tuin voorlopig zal moeten wachten.'

'Nou, Helen, ik ben altijd bereid je van dienst te zijn met hulp en advies. Zoals ik je daarnet al vertelde, ben ik voorzitster van de Tuinclub. Je zou kunnen overwegen lid te worden. We komen eens per maand bijeen en hebben tot nu toe steeds erg geboft met onze gastsprekers. Vorige maand hebben we een lezing gehoord over –'

'Hemeltje, is het al zo laat?' viel Helen haar in de rede toen de klok op de schoorsteenmantel zeven uur sloeg. 'Het spijt me erg, maar ik moet nog een aantal belangrijke telefoontjes plegen.' Ze stond op.

Tot haar opperste verbazing kwam Olivia Marchwood meteen overeind, en voordat ze aan een nieuw verhaal kon beginnen, leidde Helen haar ferm de zitkamer uit en de gang door naar de voordeur. Olivia Marchwoods laatste woorden waren: 'Vergeet niet wat ik heb gezegd over het sociale leven hier in Swanmere. Denk je dat je man zitting zou willen nemen in het kerkcomité? Er is een vacature, want ik heb dat comité toevallig onlangs vaarwel gezegd, na vele jaren trouwe dienst. Ik heb tegen de dominee gezegd dat ik het welletjes vond, dat hij het voortaan maar zonder mij moet zien te redden. Of hem dat lukt, is nog maar de vraag natuurlijk.'

Helen was ervan overtuigd dat de dominee een diepe zucht van verlichting had geslaakt. Ze wuifde haar gast na en sloot de deur. Hoofdschuddend bij de gedachte dat Hunter zitting zou nemen in een kerkcomité liep ze naar de keuken.

Net als de meeste andere kamers van de Old Rectory hadden ze de keuken drastisch gerenoveerd. Op aandringen van Hunter hadden ze al het grote werk in het huis laten uitvoeren voordat ze erin waren getrokken, en nu had ze alleen de inrichting van twee slaapkamers en een badkamer nog te doen. Toen ze de keuken voor het eerst hadden gezien, had die een overvolle, benauwende indruk gemaakt, terwijl het toch gewoon een standaardkeuken was die vermoedelijk in de jaren zeventig was geïnstalleerd, met een roestend losstaand gasfornuis, gebarsten linoleumtegels, een roestvrijstalen gootsteen, wat kastjes en formica werkbladen met een marmerpatroon dat nogal veel schroeiplekken had. Ze hadden alles eruit laten slopen en nu was het een veel grotere, lichtere ruimte met roomkleurige kastjes, een granieten aanrecht, een diepe gootsteen van keramiek en de grootste Aga die Helen ooit had gezien. Ze had graag een groot fornuis gewild, maar toen Hunter zei dat ze dan een Aga moest nemen, had ze geprotesteerd. 'Die zijn zo duur! Ze kosten bijna zoveel als een klein huis.'

'Hoe vaak moet ik je er nog aan herinneren, Helen, dat geld geen rol speelt?'

Ze deed de openslaande deuren open, liep naar buiten en leunde tegen de stenen balustrade. Ze haalde een paar keer diep adem, alsof ze Olivia Marchwood uit ieder blaasje van haar longen wilde verdrijven. Het was een prachtige avond. De tuin baadde in het gouden licht van de ondergaande zon en zelfs in zijn licht verwaarloosde staat was hij zo'n lust voor het oog dat Helen iedere keer dat ze ernaar keek, een blij gevoel kreeg. Alleen leek het gazon nu eerder een weide omdat het vol stond met paardenbloemen en madeliefjes. De rododendrons hadden dikke knoppen die op het punt stonden zich te openen. Ongesnoeide struiken lieten langs de borders vermoeid hun takken hangen. Grasklokjes verscholen zich onder de glanzende magnolia's. En in de verte, achter het groepje zilverberken, meidoorns en brede kastanjebomen was de toren van de Normandische kerk te zien. Ze was er inmiddels achter dat de beiaardier iedere dinsdagavond zijn spel oefende en stelde zich zwoele avonden voor, de lucht gevuld met klokgelui. Ze had nog geen tijd gehad om op onderzoek uit te gaan, maar wist dat er vanaf het hek aan het einde van hun tuin een kronkelend pad naar de kerk liep.

In tegenstelling tot wat ze tegen Olivia Marchwood had gezegd, was ze niet bepaald een onbeholpen tuinierster. Haar enthousiasme was echter groter dan haar kennis van zaken en ze wist dat er veel tijd en liefdevolle aandacht aan deze tuin moest worden besteed om hem volledig in zijn oude, glorieuze staat te herstellen. Ze zou een tuinman in dienst moeten nemen, want in haar eentje kon ze al dat werk nooit aan. Ze had geen idee hoeveel dat zou gaan kosten, maar Hunter had gezegd dat dat niet uitmaakte. 'Niet beknibbelen,' had hij plagend gezegd. 'Neem de beste tuinman die er is.'

Het 'beknibbelen', zoals Hunter het noemde, was een gewoonte waar ze maar moeilijk vanaf kon komen. Zuinig zijn en sparen was haar tweede natuur geworden. De afgelopen zes jaar had ze een eigen reisbureau gehad, gespecialiseerd in culturele rondreizen door Groot-Brittannië en Europa. Ze kon ervan rondkomen, maar het was geen vetpot, en omdat ook haar grootmoeder financieel van haar afhankelijk was, had ze altijd op de centen moeten letten. De aanslag op het World Trade Center in New York was ook voor haar een regelrechte ramp geweest. Een groot percentage van haar omzet was gericht op Amerikaanse toeristen en toen die het reizen staakten, waren haar inkomsten sterk gedaald.

Rond dezelfde tijd was duidelijk geworden dat haar grootmoeder meer verzorging nodig had dan Helen haar kon geven. Helen had haar best gedaan, maar ze hadden allebei geweten dat een verpleeghuis de enige realistische oplossing was, dus hadden ze Emma's huis verkocht en het geld belegd om van de rente een goed verpleeghuis te kunnen betalen waar men naar behoren voor haar grootmoeder zou zorgen. Maar het verpleeghuis waarop ze haar hoop had gevestigd, was een grote teleurstelling gebleken en Emma's geestelijke en lichamelijke gezondheid waren hard achteruitgegaan. Iedere keer dat Helen bij het einde van haar bezoek het verdriet en de angst op Emma's gezicht zag, brak haar hart in honderd stukjes. En alsof dit allemaal nog niet erg genoeg was, bleek dat de belegging die ze had gekozen voor het geld van haar grootmoeders huis, lang niet zo solide was als men haar had voorgespiegeld, en vanwege het huidige financiële klimaat en de lage rente begon haar geld te verdwijnen als sneeuw voor de zon. Het was een catastrofe. Het enige wat ze nog over had, was haar huis, een bescheiden rijtjeshuis met drie slaapkamers en een piepklein tuintje. En toen was Hunter zomaar opeens haar leven binnengestapt en was alles veranderd.

Pas toen het menens werd met de verkering, was tot Helen doorgedrongen hoe rijk hij was. De gloednieuwe Mercedes die voor haar huis werd afgeleverd, compleet met een roze lint om de motorkap, was reden geweest om zich daarover eens wat nader te oriënteren. Tot dan had ze gedacht, afgaande op Annabels verhalen en wat ze over hem had gelezen in het societykatern van *Cheshire Life* en een artikel toen hij tot North West Businessman of the Year was benoemd, dat hij er wat je noemt 'warmpjes bij zat'. Toen haar duidelijk werd dat ze zijn bankrekening gigantisch had onderschat, had ze geweigerd nog langer met hem uit te gaan. Toen hij wilde weten wat de reden daarvoor was, zei ze dat het haar niet lekker zat dat er zo'n enorm verschil bestond tussen hun financiële situaties. 'Iedereen denkt natuurlijk dat ik alleen maar met je uitga omdat je rijk bent.'

'En iedereen denkt vast dat *ik* alleen maar met *jou* uitga omdat je jong bent en er zo verdraaid goed uitziet. Helen, wat kan het ons schelen wat andere mensen denken? Wat maakt het uit dat ik multimiljonair ben? Ik wil mijn succes met je delen. Mag dat niet? Moet ik gestraft worden omdat ik toevallig verstand heb van zakendoen?'

Dat hij verstand had van zakendoen bleek wel uit het feit dat hij als jongeman van begin twintig al een opslagbedrijf had opgericht dat diensten bood aan zowel bedrijven als particulieren, en het had laten uitgroeien tot het grootste opslagbedrijf in Groot-Brittannië. Later, toen zijn zoon Clancy de dagelijkse leiding over de zaak op zich had genomen, was hij overgestapt op de buitenlandse onroerendgoedmarkt, waar hij zich had toegelegd op vakantieflats en tweede huizen in het Caribische gebied, Florida, Spanje en nu ook

Dubai. Onlangs was op de businesspagina's van *The Times* een citaat van hem aangehaald dat luidde: 'Ik geloof er niet in dat de ootmoedigen het land moeten beërven. Als men alles aan de ootmoedigen had overgelaten, zou de wereld nu in bar slechte omstandigheden verkeren.'

Dergelijke keiharde, nuchtere opmerkingen waren typerend voor Hunter. Aan de andere kant kon hij ongelofelijk gul zijn. Zonder zijn financiële steun zou het verpleeghuis in Crantsford allang zijn gesloten. En het tweede geschenk dat hij Helen bij zijn aanzoek had gegeven, behalve de ring met de grote smaragd die hij in de heteluchtballon aan haar vinger had gedaan en die ze nog steeds niet kon dragen zonder zich een beetje beschroomd te voelen, was iets wat meer voor haar betekende dan wat ook ter wereld. Hij had Emma laten overbrengen naar het beste privéverpleeghuis in het land en alle kosten daarvan op zich genomen. Daardoor had Helen haar huis in Crantsford niet hoeven verkopen. Hunter vond dat ze het van de hand moest doen, omdat ze het toch niet meer nodig had, maar ze kon het nog niet over haar hart verkrijgen definitief afscheid te nemen van haar oude huis, dus had ze het verhuurd aan een jong echtpaar.

Helen wist dat ze Hunter haar hele leven dankbaar zou blijven voor wat hij had gedaan. Ze vond dat ze hem ontzettend veel verschuldigd was en dat ze die schuld nooit zou kunnen aflossen, wat ze ook deed.

En algauw begon het tot haar door te dringen dat dit precies was zoals Hunter het graag had.

3

Er was ruim een week verstreken sinds Orlando de prullenmand in de keuken had doorzocht en de kaart van Lucy's vader eruit had gevist. Hij had hem in een la van de commode op zijn kamer gelegd, in afwachting van het juiste moment om hem aan Lucy te geven. Ditmaal zou hij erop staan dat ze hem las.

Hij kende Lucy al heel lang en wist wat de redenen waren waarom ze niets met haar vader te maken wilde hebben, maar eerlijk gezegd had hij een beetje medelijden met Marcus Gray, ook al had hij hem nooit ontmoet. Haar vader bleef haar trouw schrijven, met haar verjaardag, met de kerst, maar alle enveloppen kwamen ongeopend in de prullenmand terecht. Wie weet wat erin zat? Een brief, misschien een cheque... Lucy's reactie was altijd hetzelfde: ze wilde niets met hem te maken hebben. Ze zei dat haar vader het alleen maar deed omdat hij zich schuldig voelde en omdat hij vond dat het zijn plicht was haar kaarten te sturen. Misschien had ze gelijk, maar Orlando had de levensvisie van zijn eigen vader geërfd en die luidde dat je iedereen altijd het voordeel van de twijfel moest gunnen.

In ieder ander opzicht had Lucy een enorm positieve instelling en een groot hart, maar wanneer je over de scheiding van haar ouders begon, sloeg ze om als een blad aan de boom. Het was alsof een groot luik met een klap dichtviel wanneer je iets over haar vader zei. En volgens Orlando was dat de schuld van Fiona Gray, of Fiona Carrington, zoals ze nu heette. Zij was de uitzondering op zijn vuistregel dat je je coulant moest opstellen tegenover je medemens. Voor Fiona had hij geen goed woord over. Hij wist dat hij bevooroordeeld was, maar zo'n egoïstische, oppervlakkige vrouw als zij had hij nog nooit meegemaakt. Voor Lucy's moeder was iedereen 'geschikt' of 'totaal ongeschikt' en als 'doodgewone tuinman' viel hij uiteraard in de laatste categorie. Lucy had hem ooit verteld dat haar moeder in de eerste maanden nadat haar vader hen had verlaten, zo volkomen van de kaart was geweest dat zijzelf, een meisje van veertien, het roer in handen had moeten nemen. Ze sprak niet vaak over die tijd, maar de kans was groot dat het lot toen al had beslist dat ze haar vader de rest van haar leven zou haten.

Het was al laat. Hij dronk snel de thee op die zijn toekomstige klant voor hem had gemaakt en wijdde zijn aandacht weer aan zijn huidige project: een klein, maagdelijk lapje grond (de bouwvakkers van het wooncomplex waren nog bezig), dat hij van de eigenaars moest omtoveren in het soort tuin dat ze op tv zagen. Hij hoopte hen ervan te kunnen overtuigen dat het concept van rechte lijnen, een verhoogde border met blauwe bloempotten met siergras inmiddels uit de mode was. Dat het een concept uit de vorige eeuw was, om precies te zijn. Hij ging hen voorstellen een tuin te creëren met zachte lijnen en bloembedden met een natuurlijke uitstraling, in plaats van stijve, ornamentele perkjes. Hij wist nu al dat hij compromissen zou moeten sluiten als hij deze opdracht in de wacht wilde slepen, maar hoopte die tot een minimum te kunnen beperken om zijn eigen opvattingen niet in het geding te brengen. Lucy zei dat eigen opvattingen heel leuk en aardig waren, maar dat je er weinig aan had als je er geen cent mee verdiende. 'Oké,' was dan zijn antwoord, 'maar ik neem mijn werk heel serieus. Ik wil tuinen ontwerpen die iets te zeggen hebben. Die heel lang zullen blijven bestaan.'

Hij wist dat Lucy hem begreep, ondanks haar plagerige kritiek. En het feit dat ze hem slechts een schijntje aan huur liet betalen, was iets waarvoor hij haar eeuwig dankbaar zou zijn. Toen hij pas bij haar was ingetrokken en vaak moeite had gehad zelfs dat schijntje te betalen omdat het aantal opdrachten dat hij kreeg zo meelijwekkend klein was, had ze gezegd dat het niets uitmaakte. Ook had ze hem op haar vrije dagen geholpen, wanneer hij geen mensen in dienst had kunnen nemen om een bepaald karwei te klaren. Pas zeer recentelijk had hij eindelijk echte ontwerpopdrachten gekregen, in het bijzonder van het soort waar hij momenteel mee bezig was: kleine, eenvoudige projecten waarmee hij een behoorlijke boterham kon verdienen. Toen aan de rand van Swanmere een villawijk was gebouwd, had hij bij alle nieuwe bewoners een foldertje in de brievenbus gedaan. Nu begon er langzaam maar zeker een stroom opdrachten op gang te komen. Veel mensen bleken bereid te zijn hem in dienst te nemen om iets individueels voor hen te creëren, in plaats van het ontwerp voor hun tuin over te laten aan de fantasieloze firma die de projectontwikkelaar had gekozen. Het ging er hem om zijn klanten los te weken van de tuinprogramma's die ze op tv zagen, waarin maar al te vaak dingen werden geplant die volslagen ongeschikt waren voor de grondsoort van de betreffende tuin. Een tuin was een levend iets; je moest hem verstandig en met eerbied tegemoet treden.

Hij rolde zijn meetlint op, noteerde de laatste metingen op de ruwe schets die hij later zou uitwerken en pakte zijn spullen in. Nadat hij tegen de eigenaars van het huis had gezegd dat hij binnen twee dagen contact zou opnemen, reed hij naar huis. Onderweg dacht hij weer na over de verjaardagskaart die hij uit de prullenmand had gehaald en hoe hij Lucy zover kon krijgen de envelop open te maken. Hij had vluchtig overwogen dat zelf te doen, om te zien wat haar vader eigenlijk had geschreven, want als er alleen maar 'Van harte gefeliciteerd Lucy' stond, zou hij de kaart alsnog weggooien. Als de man niet eens de moeite nam er iets persoonlijks bij te zetten, verdiende hij het om genegeerd te worden. Maar stel dat Marcus Gray ziek was? Of op sterven lag? Zou Lucy kunnen leven met de wetenschap dat ze zijn laatste hoop op verzoening de grond in had geboord? Hij had geen idee of Lucy's moeder ooit nog iets van haar ex hoorde, maar hij zag haar ervoor aan het voor haar dochter te verzwijgen als ze wist dat hij ziek was.

Goed, nu liet hij zijn verbeelding wel erg op hol slaan, en eigenlijk ging het hem allemaal niets aan, zoals Lucy ongetwijfeld zou zeggen. Hij zag haar al staan, met haar handen op haar heupen en een vinnige blik in haar ogen die zei: bemoei je met je eigen zaken!

De eerste keer dat hij haar had gezien, had ze precies zo gekeken. Met haar magere benen, lompe schoenen en het streperig geverfde haar dat ze boven op haar hoofd had samengebonden, had ze eruitgezien als een kleurige ananas, en hij had zich afgevraagd waarom zijn vader haar een baantje had gegeven, vooral omdat ze erg onhandig leek te zijn, aldoor dingen omgooide en tegen mensen opbotste.

Hij was blij dat zijn vader haar had aangenomen, want ze was als een frisse wind die door de kwekerij woei, waar alle andere werknemers in zijn ogen stokoud waren.

'Het zal wel een bevlieging van haar zijn,' had zijn vader gezegd toen hij hem naar de nieuwe parttimer had gevraagd, 'maar ik wil haar een kans geven. Ze lijkt in ieder geval een intelligent meisje.' Dit was een klassiek voorbeeld van Hugh Fieldings karakter en algauw was gebleken dat hij gelijk had: Lucy leerde snel en deed haar werk met veel enthousiasme, en toen ze op een dag kwam vertellen dat ze voortijdig van school ging, had Orlando's vader haar een fulltimebaan aangeboden en de kans om een avondstudie tuinbouwkunde te doen.

Het was halfzeven toen Orlando de achterdeur van Churchview opendeed. Op de keukentafel lag een briefje dat Lucy naar haar volkstuintje was. Jammer dat hij nog zo veel werk had, anders was hij er zelf ook naartoe gegaan, om te zien of ze hulp nodig had of alleen maar voor het gezelschap.

Lucy was dol op de volkstuintjes. Die lagen boven op een glooiende heuvel, het hoogste punt van het dorp, waar je mijlenver kon uitkijken over het prachtige landschap. Ze kwam hier natuurlijk niet alleen voor het uitzicht en zelfs niet alleen omdat ze er het gevoel had dat ze haar tijd nuttig besteedde, maar vooral om de gezelligheid. Haar moeder had bijzonder negatief gereageerd toen Lucy haar had verteld dat haar verzoek om een tuintje was ingewilligd. Fiona associeerde volkstuintjes met de arbeidersklasse, met mannen met petten en versleten broeken. Geen plek dus voor haar welopgevoede dochter. De werkelijkheid bleek heel anders te zijn. Er waren twee docenten, een arts en een rechter, en dat waren nog allemaal vrouwen ook.

Lucy duwde het hek open en liep over het goed onderhouden pad naar het terrein, dat eigendom was van de Church of England en werd verhuurd voor een habbekrats. Het rook er heerlijk naar pas gemaaid gras en de lucht was doordrongen van de zoete geur die de roomwitte bloemen van de meidoorn verspreidden. Toen ze het einde van het pad bereikte, zag ze dat de vaste club er al was om zo veel mogelijk van het warme, droge weer te profiteren. De Ouwe Jongens, zoals Lucy ze altijd noemde, waren aan het werk in hun moestuin. Joe, Bill en Dan mochten haar graag plagen. Bill was met zijn vierenzeventig jaar de jongste van het trio en kreeg haar het eerst in de gaten. Hij riep naar de anderen: 'Daar is ze, jongens, onze allereigenste meikoningin.'

Joe en Dan kwamen er meteen bij. 'Waar is je vriendje?' vroeg Joe, een vrolijke man van achtenzeventig met een klein sikje.

De Ouwe Jongens hielden koppig vol dat Lucy en Orlando een stelletje waren. Ze kon honderd keer zeggen dat het niet zo was, maar ze hadden daar hun eigen ideeën over.

'Hij was er nog niet toen ik van huis ging,' zei ze, het spel meespelend, 'maar ik heb een briefje voor hem achtergelaten, dus ga maar niet zitten flikflooien, zoals jullie altijd doen, want hij kan ieder moment hier zijn om jullie eens goed de les te lezen.'

Joe lachte. 'Zei ik niet dat hij een jaloers type is?'

Dan, de rustigste van het drietal, en met zijn eenentachtig jaren de oudste van het stel, glimlachte naar Lucy. 'Heb je ergens hulp bij nodig?'

'Weet ik nog niet, maar zo ja, dan roep ik wel.' Dan was haar favoriet. Hij was de eerste persoon met wie ze vriendschap had gesloten toen ze in Swanmere was komen wonen. Toen ze op een dag aan het spijbelen was en vertier zocht, was ze bij de volkstuintjes terechtgekomen. Hij had haar een beetje uit haar tent gelokt en voor ze het wist, had hij haar een schep in handen geduwd en hielp ze hem een berg stinkende mest te verspreiden. Toen ze daarmee klaar waren, liet hij haar zien hoe je aardbeienplantjes moest opbinden om nieuwe plantjes te maken, en hoe je moest nakijken of het fruit niet begon te rotten. Hij legde uit dat hij stro onder de planten legde om ervoor te zorgen dat de lucht er goed langs bleef stromen en schimmel geen kans kreeg zich te verspreiden, en had gezegd dat ze over een paar dagen nog maar eens terug moest komen, wanneer de aardbeien rijp zouden zijn.

Door Dan had ze belangstelling gekregen voor tuinieren. En het was Dan, die zelf geen kinderen had, die haar op zijn kalme, pretentieloze manier onder zijn vleugels had genomen en daarmee had voorkomen dat ze op het slechte pad raakte.

De Ouwe Jongens gingen weer verder met harken en wieden toen Lucy doorliep over het pad, met de bocht mee naar rechts, tot ze bij haar eigen tuintje kwam. Ze liep er eerst omheen om te zien of er soms ongenode gasten waren. Op het eerste gezicht leken alle voorzorgsmaatregelen die ze had genomen, het juiste effect te hebben: het met water aangelengde afwasmiddel dat ze over het omliggende terrein had gesproeid, had afgerekend met de bladluis; de stokken met de omgekeerde flessen die tegen elkaar tikten wanneer het waaide, schrikten de konijnen af, en de cirkels van potscherven hielden samen met de schoteltjes bier alle slijmerige vijanden bij hun sappige doelen vandaan. De natuur was iets prachtigs maar kon best een helpende hand gebruiken.

Ze maakte het houten schuurtje open dat Orlando haar had helpen bouwen en fronste opeens bij de onaangename herinnering die door deze gedachte over de natuur was opgewekt. Hoe vaak had haar moeder niet precies hetzelfde tegen haar gezegd? 'Maak je toch eens een beetje mooi!' Eén keer had ze eraan toegevoegd: 'Je hebt van Moeder Natuur een leuk gezicht gekregen, en als je er een béétje moeite voor zou doen, zou je echt mooi kunnen zijn.'

'Maar ik wil niet mooi zijn!' had Lucy kwaad geroepen. 'Dat wil ik helemaal niet!'

'Doe niet zo mal. Alle meisjes willen mooi zijn.'

'Ik niet! Ik haat mooi zijn! En ik haat jou!'

'Welnee.'

'Je weet helemaal niet wat ik wil en wat ik denk!'

De ruzie, die om niks was begonnen, was hoog opgelaaid tot Lucy uiteindelijk woedend had geroepen: 'En ik wou dat ik niet bij jou hoefde te wonen! Ik wou dat ik bij pappa kon wonen!'

Lucy had haar moeder vaak boos meegemaakt, want Fiona kon net zo driftig worden als zijzelf, maar wat er toen gebeurde, kwam als een volslagen verrassing: Fiona gaf haar een klap in haar gezicht. Niet één, maar twee. Pats! Pats! Toen ze voor de derde keer uithaalde, dook Lucy weg, maar Fiona was nog niet met haar klaar. 'Ga dan bij hem wonen!' krijste ze. 'Als hij zo geweldig is, pak je je koffer maar en hoepel je maar op. Als hij je tenminste hebben wil. En dat denk ik niet!'

De herinnering was zo scherp en zo pijnlijk dat Lucy het weer in haar binnenste voelde schrijnen. Soms wist ze niet wie haar meer verdriet deed, haar vader of haar moeder.

4

Conrad Truman probeerde te werken, maar het was een van die dagen waarop allerlei kleine stoornissen leken samen te spannen om hem uit zijn concentratie te halen. De keerzijde van het thuiswerken.

De eerste stoornis meldde zich aan in de gedaante van zijn werkster, Evie, die naar zijn kantoor kwam met de mededeling dat de stofzuiger het niet goed deed. 'Waarom koopt u geen Dyson, meneer Truman?' vroeg ze, waarop ze losbarstte in loftuitingen op dat apparaat. Vervolgens herinnerde ze hem eraan dat ze volgende week niet zou komen. 'Ik ga naar mijn zus in Llandudno. Die heeft daar een pension pal aan het water. Zo mooi! Prachtig uitzicht op de zee. Precies wat ik nodig heb na alle problemen van de laatste tijd.' Hij was afhankelijk van Evie Hawkins, die het huis voor hem en zijn oom schoonmaakte, maar vroeg zich vaak af of het hem wel waard was dat hij ook naar haar verhalen moest luisteren. Iedere week was er een nieuw drama. Vorige week kwam ze op hoge poten vertellen dat haar man pertinent weigerde de slaapkamer roze te laten schilderen, en de week daarvóór dat een bezoek aan de tandarts had geleid tot een allergische reactie op de verdoving. Hij voelde weliswaar met haar mee wat de tandarts betrof, want bij de gedachte aan het gejank van de tandartsboor was hij zelf de grootste lafaard die op twee benen rondliep, maar hij had haar min of meer weggekeken zodat hij weer aan het werk kon gaan.

Toen ze eindelijk was teruggekeerd naar het huis om verder te foeteren op zijn huishoudelijke apparaten, was hij om de haverklap in zijn werk gestoord door de telefoon. Daarna kwam Mac de trap op gestommeld om te vragen wat er de laatste tijd toch aan de hand was met de posterijen. Waarom de postbode nog niet was geweest? Wanneer zijn oom in een boze bui was – 'Waar is mijn bril? Wie heeft mijn boek weggepakt? Heeft dat vreselijke mens mijn kamer weer opgeruimd?' – had Conrad de grootste moeite zich op zijn werk te concentreren.

Hij zette zijn bril af toen hij fel geblaf hoorde en liep naar het open raam. In de tuin joeg Macs ouwe, trouwe teckel Fritz een piepende merel na over het grasveld. Nu kwam Mac zelf in beeld met een rol gaas in zijn ene hand en een aantal stokken in zijn andere. 'Fritz!' riep hij. 'Als je zo veel kabaal maakt, stop ik je in een zak en breng ik je naar de vuilnisbelt.'

Dit is niet wat ik me van het leven had voorgesteld, dacht Conrad.

Dat dacht hij de laatste tijd wel vaker. Hoe kwam het dat hij op zijn negenenveertigste samenwoonde met zijn sikkeneurige oude oom en een Duitse dashond? Dit was niet zoals het had moeten zijn.

Mac had drie jaar geleden een beroerte gekregen en toen hij uit het ziekenhuis was ontslagen, had Conrad hem zonder aarzelen uitgenodigd bij hem thuis te komen aansterken. Het genezingsproces was traag verlopen, maar zijn oom was gelukkig goed hersteld en het enige probleem waar hij nu nog mee kampte – afgezien van zijn temperament – was een lichte evenwichtsstoornis. Toch bleef er een zorgwekkend groot risico bestaan dat Mac een tweede beroerte zou krijgen, en dat was voor Conrad reden geweest hem voor te stellen zijn huis in Cobham te verkopen en voorgoed bij hem in te trekken in Cheshire. 'Het is zonder meer het beste,' had hij tegen Mac gezegd, die toen vijfenzeventig was. 'Ik heb meer dan genoeg ruimte, dus zullen we elkaar niet in de weg zitten.' Conrad wist dat het Mac zwaar zou vallen zijn gezellige huis in Surrey op te geven, want na jaren over de wereld te hebben gezworven, had hij daar de afgelopen twintig jaar eindelijk een echt thuis gehad. Hij had dan ook zijn uiterste best gedaan de overgang zo soepel mogelijk te laten verlopen.

Conrad had geen spijt van het besluit, ook al mopperde zijn oom nog zo veel en lagen ze vaak met elkaar overhoop. Zijn zus Susan, die in Hertfordshire woonde, zei dat hij een goede daad deed, maar zo zag hij dat zelf helemaal niet. Mac had een bijzonder belangrijke rol gespeeld in zijn leven, vanaf zijn kinderjaren tot hij allang volwassen was, en dit was zijn manier om hem daarvoor te bedanken. Mac had zich meteen in het sociale leven van Swanmere gestort en deed mee aan alles waar hij zin in had. Hij hield van tuinieren en Conrad had daar dagelijks profijt van. Met hulp van Orlando voor het zware werk had Mac de saaie tuin, die hoofdzakelijk uit gazon had bestaan, omdat Conrads kennis van de horticultuur nu eenmaal niet verder reikte, omgetoverd tot een waar paradijsje. De borders met bloeiende planten waren Macs oogappel, evenals de moestuin die hen voorzag van een ruime voorraad bonen, broccoli, courgettes, kool, aardappelen en wortelen. Het was Conrad echter opgevallen dat zijn oom de laatste tijd trager was geworden en snel was afgeleid. Hij kon ergens aan beginnen en opeens op iets anders overgaan zonder het eerste karwei af te maken. Macs temperament werd hoofdzakelijk gevoed door frustratie, en Conrad kon zich heel goed voorstellen hoe ergerlijk het voor zijn oom moest zijn dat zijn scherpe brein aan het aftakelen was en dat hij niet meer de man was die hij was geweest. En er was nóg iets wat grote invloed had op Macs gemoedsgesteldheid. Sinds de dood van Alice Wykeham afgelopen kerst, was hij somber gestemd en nog sneller geïrriteerd dan voorheen. Alice was uniek geweest en na haar dood was er een groot gat gevallen in Macs leven. Er was zelden een dag voorbijgegaan dat Mac niet bij Alice in de Old Rectory had gezeten, waar ze hem had laten zien hoe je het best een bepaalde plant kon enten, snoeien of bemesten. Door Alice had hij belangstelling gekregen voor tuinieren, tot het bijna een obsessie was geworden. Nu bracht hij zo veel tijd in de tuin door dat Conrad zich zorgen begon te maken dat hij zijn oom op een kwade dag levenloos op het gazon zou aantreffen. Al was dat op zich niet zo'n slechte manier om dood te gaan, peinsde hij. Het kon ook erger. Veel erger. Meteen had hij er spijt van dat hij zijn gedachten in deze richting liet afdwalen.

Tijd voor een koffiepauze.

In een hoek van zijn kantoor, achter een scheidingswand, was een keukentje en achter in dat keukentje gaf een deur toegang tot een badkamer en een kamer die als slaapkamer was ontworpen toen de vorige eigenaren de bijgebouwen aan de overkant van de binnenplaats hadden laten verbouwen. Conrad had geen extra slaapkamer nodig en besloot er een fitnessruimte van te maken. Hij had er een roeitrainer, een loopband en een hometrainer neergezet. Niet dat hij erg fanatiek was wat fitness aanging, maar hij zat de hele dag achter zijn bureau en wist dat hij snel zou aankomen als hij niet iedere dag aan sport deed. Af en toe ging hij tennissen, maar dat deed hij meer om wat onder de mensen te komen, want verder mengde hij zich helemaal niet in het sociale leven van Swanmere, zoals Mac hem vaak onder de neus wreef.

Hij schonk een kopje filterkoffie in en liep ermee terug naar zijn bureau. Hij was bezig een verschepingsdocument uit het Japans in het Engels te vertalen. Het was een standaarddocument, voor hem gesneden koek, maar vanwege alle onderbrekingen kostte het vertalen hem meer tijd dan hij gewend was. Hij had moeite zich te concentreren. Misschien kwam het door het warme lenteweer. Mei was zijn lievelingsmaand. Dat hij van tuinieren geen verstand had, wilde nog niet zeggen dat hij geen oog had voor de veranderingen in de natuur. De bomen waren uitgelopen, overal zag je grasklokjes, de borders en heggen hadden dikke knoppen en de boom bij de achterdeur waarvan hij de naam nooit kon onthouden, was beladen met waanzinnig mooie blauwe bloesem.

Mei was ook zijn lievelingsmaand toen hij nog in Japan woonde. Iedere keer dat hij kersenbloesem zag, werd hij aan zijn verblijf daar herinnerd. Hij had de sakura, een van Japans oudste symbolen, voor het eerst met eigen ogen gezien toen hij in Tokio woonde en in zijn tweede studiejaar contractenrecht zat. Dat was trouwens niet de eerste keer dat hij in Japan was; op zijn zestiende had hij een zomer doorgebracht in Osaka, bij zijn oom die door de Amerikaanse bank waarbij hij werkte voor twee jaar naar Japan was gestuurd. Eerder had Mac in Hong Kong gezeten en daarvoor in Frankfurt. Tijdens zijn verblijf bij zijn oom was Conrad zo onder de indruk geraakt van het land en het volk, dat hij had besloten Japans en rechten te gaan studeren. Nadat hij was afgestudeerd had hij een baan gekregen bij een advocatenkantoor in Tokio. Daar had hij negen jaar met plezier gewerkt, tot hij bij een ingrijpende reorganisatie overbodig was geworden en noodgedwongen was teruggekeerd naar Engeland, waar hij in Londen een baan had gevonden als juridisch vertaler. Het werk was best interessant, maar bij Japan vergeleken was het leven erg saai. Hij miste de uitbundige levenswijze die hij in Tokio had gekend. Het klonk misschien als een cliché, maar hij miste de efficiënte manier waarop alles in Japan in zijn werk ging, van de treinen die op tijd reden tot de precieze manier van zakendoen. Hij miste zijn vrienden, rare jongens met een bizar gevoel voor humor die hem hadden meegesleept naar oorverdovende, rokerige *pachinko*hallen en aansluitend naar het *Akasaka*district om te gaan drinken. Hij miste het uiterst hoffelijke oude echtpaar dat in de flat boven hem woonde en hem had geleerd *shogi* te spelen en hem regelmatig een voorraadje zelfgemaakte *gyozato* kwam brengen, gefrituurde dumplings van gehakt en groenten, omdat ze vonden dat hij niet voldoende at. Hij miste het grote aantal feestdagen dat het land kende; de twee belangrijkste religies, shinto en boeddhisme, konden er wat feesten betreft allebei wat van en er was altijd wel ergens iets eigenaardigs gaande om naar te kijken of aan mee te doen.

Het was erg verleidelijk geweest om Londen de rug toe te keren en weer naar Japan te gaan, maar hij had het niettemin volgehouden. En toen was hij volkomen onverwachts, een week voor zijn zesendertigste verjaardag, verliefd geworden.

Hij was nog nooit eerder zo verliefd geweest. Samantha was juridisch vertaler, net als hij, maar vertaalde uit het Russisch. Hij zag haar voor het eerst tijdens een congres voor vertalers. Samantha was het bijdehandje dat voor in de zaal zat en voortdurend haar hand opstak om vragen te stellen. Iedereen zat te gniffelen toen men haar op het eind verzocht haar mond te houden of te vertrekken. Toen ze langs Conrad liep, met haar hoofd gebogen maar een grijns op haar gezicht, waren het haar benen die hem opvielen. Ze had prachtig gevormde benen met heel smalle enkels, maar wat hij zo frappant vond, was dat ze geheel in strijd leken met haar geleerde uiterlijk: de bril, het losjes bijeengebonden haar, het ontbreken van make-up, de slecht zittende rok en het te ruime jasje. Het straalde er gewoon vanaf dat het haar niets kon schelen hoe ze eruitzag.

De lunch was een lopend buffet en hij speurde de eetzaal van het congrescentrum af of hij haar ergens zag. Hij was nieuwsgierig geworden en wilde graag meer over haar te weten komen. Voor welk advocatenkantoor ze werkte. Of liever gezegd: welk advocatenkantoor het had aangedurfd om haar in dienst te nemen. Jammer genoeg zag hij haar nergens. Hij vroeg de andere deelnemers naar haar – wist iemand wie dat bijdehandje was? Zijn vraag werd beantwoord met: 'Wat een lastpak, hè?' Of: 'Er zit er altijd wel zo eentje bij.'

Tegen het einde van de lunch was er nog steeds geen spoor te bekennen van de vrouw met de mooie benen. Terug in de zaal keek hij naar de plaats waar ze had gezeten, maar haar stoel was leeg. Teleurgesteld dat zijn nieuwsgierigheid niet was bevredigd, pakte hij zijn pen, sloeg een nieuw blad op van zijn blocnote en wachtte tot de volgende spreker zou opstaan.

Pas toen een gemompel opklonk in de zaal, besefte hij dat de vrouw met de mooie benen op het podium stond en een microfoontje aan haar kleding bevestigde. Lieve hemel, zij was de volgende spreker! Hij bekeek het programmablad. Ze was dr. Samantha Tempest en stond aan het hoofd van een internationaal vertaalbureau. Hij ging op zijn gemak zitten en wachtte af wat ze te zeggen had.

Dat bleek heel veel te zijn. Ze was goed in haar vak. Ze was welbespraakt en erudiet en hij begreep nu waarom ze zo weinig geduld had gehad voor de andere spreker, die bij haar vergeleken verschrikkelijk langdradig en af en toe ook onnauwkeurig was geweest. Maar algauw verslapte zijn aandacht voor haar woorden en raakte hij meer geïnteresseerd in de vrouw zelf. Het te ruime jasje was verdwenen en eronder bleek ze een nauwsluitende bloes te dragen, die de nadruk legde op een paar verrassend volle borsten en een smalle taille.

Twee uur en nog een spreker later zocht hij tijdens de koffiepauze de lobby af naar de vrouw met de mooie benen en ditmaal vond hij haar. Ze probeerde zonder koffie te morsen haar tas over haar schouder te hangen, terwijl ze tussen haar voeten een aktetas geklemd hield. 'Hulp nodig?' vroeg hij. Van dichtbij zag hij waarom ze geen make-up droeg. Ze had het niet nodig. De botstructuur van haar gezicht was perfect. Evenals haar huid.

Ze bekeek hem – een onderzoekende scan van top tot teen – alsof hij zich naakt aan haar had aangeboden. Ergens was dat ook zo, want vanaf dat moment lagen zijn hart en ziel voor haar bloot, in al hun kwetsbaarheid.

Weer werd zijn gedachtegang onderbroken door geblaf, gevolgd door het geluid van Macs stem. Hij liep naar het raam.

'Ik ga even naar Norrey's,' riep Mac omhoog vanuit de tuin. 'Ik moet nog wat gaas halen. Als ik de jonge plantjes niet afdek, vreten de vogels alles op. Hebben we verder nog iets nodig?'

'Als je wilt, kun je bij de delicatessenwinkel wat verse spaghetti halen voor vanavond.'

'Goed idee. Ik neem Fritz wel mee, dan krijg jij tenminste een beetje rust.'

Conrad was blij dat de boze bui van zijn oom alweer voorbij was. Hij zette zijn bril op en ging weer aan het werk.

Nu er zo veel concurrentie was van de grote doe-het-zelfwinkels buiten de stad, was het een geluk dat er nog ouderwetse ijzerwarenwinkels als Norrey's bestonden. Daar kon je voor vrijwel alles terecht: roestvrijstalen theepotten, waslijnen, schuurpapier, lak, elektrisch snoer, tuinhandschoenen, lampen, verf, vogelzaad, barbecues, handdoeken, schroeven in alle soorten en maten, holle kroonlijsten, hangsloten, traproeden, rattengif, emaillen pannen, koffiemokrekken, tochtlatten, allerhande latten en planken, en gereedschap, al dan niet elektrisch. Mac was erg gecharmeerd van het uiteenlopende assortiment en bekeek de spullen in het bakje met speciale aanbiedingen op de toonbank terwijl hij wachtte tot hij geholpen zou worden. Hij viste een lichtgevende sleutelhanger uit de bak. Hoe was het mogelijk dat hij achtenzeventig jaar zonder lichtgevende sleutelhangers had geleefd? dacht hij wrang.

'Dag, meneer Truman, waarmee kan ik u van dienst zijn?'

Dat was nóg een voordeel: men kende je persoonlijk. Hoe zou een puisterige jongen in een T-shirt met een schunnig opschrift moeten weten hoe hij heette? 'Ik wil graag nog wat van dat gaas dat ik gisteren bij u heb gekocht.'

'Dat kan, meneer Truman. Hoeveel had u willen hebben?'

'Zes meter lijkt me wel genoeg.' Alweer iets wat hij zo fijn vond van Norrey's: dat ze bereid waren je precies de hoeveelheid te verkopen die je nodig had.

Tien minuten later maakte hij Fritz los van het paaltje op de stoep en liep hij door naar de delicatessenwinkel. Die had een koffiehoek waar je de beste Portoricaanse koffie aan deze zijde van de Atlantische Oceaan kon krijgen, en als hij niet zo'n haast had om die hinderlijke vogels een hak te zetten, had hij een krant gekocht om daar een uurtje of twee mee zoek te brengen. Misschien dat hij zichzelf morgen op een kop behoorlijke koffie trakteerde. Met een beetje geluk had hij morgenochtend de nieuwe *English Garden* in huis. Het blad had er vandaag al moeten zijn, maar de post was helaas niet meer wat die was geweest.

Iedereen had gedacht dat hij het vreselijk zou vinden om met pensioen te gaan; iedereen was ervan overtuigd geweest dat hij niet zou weten wat hij met zo veel vrije tijd moest beginnen. Hij had hen snel van het tegendeel overtuigd. Sinds hij bij de bank weg was, had hij tijd gehad om zich te verdiepen in allerlei nieuwe hobby's: fotografie, kunst, wijnproefvakanties en schilderen. En nu was het de tuin waaraan hij zijn tijd en energie besteedde.

Tijdens zijn loopbaan bij de bank had hij op geen enkele plek langer dan drie jaar gewoond. Hij had zijn hele carrière een nomadisch bestaan geleid, tot men hem vanuit Parijs naar Londen had overgeplaatst waar hij directeur was geworden van het Engelse hoofdkantoor. Toen had hij een flat gekocht in Hammersmith en een huis op het platteland en daar kreeg hij voor het eerst het gevoel dat hij ergens thuis was. Hij was nooit getrouwd, al had hij dat wel gewild. Ja, hij zou er alles voor over hebben gehad om met zijn grote liefde te trouwen, helaas had het niet zo mogen zijn.

Maar dat was nu allemaal verleden tijd en soms leek het alsof de verleden tijd het enige was wat hij nog over had.

Het was erg aardig van Conrad geweest dat hij de zorg voor hem op zich had genomen na zijn beroerte, maar zijn voorstel om permanent in Swanmere te komen wonen, had hem met afschuw vervuld. Want daarmee zou zijn hele bestaan op de helling komen te staan. Het idee dat hij te zwak zou zijn om zelfstandig te blijven wonen, was verschrikkelijk.

'Ik wens geen liefdadigheid, Conrad,' had hij geantwoord. 'Ik ben geen invalide, kwijlende, onzindelijke ouwe man die een oppas nodig heeft.'

'Dat beweert ook niemand,' had Conrad gezegd. 'U moet het vanuit mijn invalshoek bekijken. Als u iets mocht overkomen, wil ik dicht in de buurt zijn om als eerste uw testament te kunnen inkijken.'

'Aha! Nu komt de aap uit de mouw. Het gaat om geld!'

'Wat kent u me toch goed.'

En dat was eigenlijk het punt. Mac kende Conrad door en door, en dat was gedeeltelijk de reden waarom hij ermee had ingestemd bij hem in te trekken. Het werd nooit met zoveel woorden gezegd – ze liepen op hun tenen om het onderwerp heen alsof het een slapende tijger was – maar hij vermoedde dat de jongen eenzaam was. Na de dood van zijn vrouw was hij volkomen de kluts kwijt geweest en had hij zich helemaal in zichzelf teruggetrokken.

In aanmerking genomen dat hij nooit eerder met iemand in één huis had gewoond, was het Mac honderd procent meegevallen. Het enige wat hij van zijn huidige situatie moeilijk te pruimen vond, was het effect dat de beroerte op hem had. Hij was zich lam geschrokken toen hij in het ziekenhuis wakker was geworden met allemaal slangetjes aan zijn lijf. Zijn angst kon in één woord worden samengevat: oud. Hij was oud en dat vond hij verschrikkelijk. Hij deed zijn best bij de pinken te blijven, zijn hersens voortdurend te scherpen, maar hij wist dat hij af en toe verstrooid was. En soms had hij de grootste moeite zich heel eenvoudige dingen te herinneren. Hij was als de dood dat hij Alzheimer zou krijgen en in zijn pyjama door Swanmere zou gaan dwalen.

Hij had besloten actief te blijven om te voorkomen dat zijn grijze cellen langzaam zouden afsterven. De dag waarop hij traag werd, was de dag die het begin van zijn einde zou zijn. Dus zou hij zich aan een strak dagschema houden en ervoor zorgen dat hij zijn dagen inhoud gaf. Maar wat een verschil was dat met wie hij was geweest... de doortastende bankmanager die in alle uithoeken van de wereld meer mensen en geld had beheerd dan sommige regeringen. Wie was deze suffe, ouwe vent die zich niet herinnerde waar hij zijn spullen liet en die elke keer snauwerig reageerde wanneer Conrad iets aardigs voor hem deed?

In dat laatste zat hem de kneep. Hij kon het niet uitstaan wanneer mensen iets aardigs voor hem deden. Daarom probeerde hij de jongen altijd kwaad te maken. Hij had het liever met hem aan de stok dan behandeld te worden alsof hij achterlijk was, want daardoor kwam de klemtoon zo op zijn eigen zwakte te liggen. Wanneer Conrad hem met overdreven veel geduld behandelde of nog iets extra's deed om het hem naar de zin te maken, was dat voor hem alsof hij hem in de ogen keek en zei: ''t Is maar dat u het weet, oompje, het wordt van nu af aan niet beter, alleen maar slechter.'

En helaas was dat de trieste waarheid waaraan niet te ontsnappen viel. Sinds hij die ellendige beroerte had gehad, bevond hij zich op een hellend vlak. Hij zou het nooit toegeven, maar toen hij uit het ziekenhuis was ontslagen, had hij zich zo onzeker gevoeld dat hij Conrads uitnodiging om een poosje bij hem te komen logeren, met beide handen had aangegrepen. Men had hem gewaarschuwd dat zijn zelfvertrouwen een knauw zou krijgen, maar hij had niet gedacht dat hij het helemaal zou verliezen.

Zijn vriendschap met Alice Wykeham was een belangrijke factor geweest bij zijn besluit om bij Conrad te blijven wonen. Ze was een pittig vrouwtje, dat meer had bijgedragen aan zijn herstel dan medicijnen en artsen. Hij miste haar. Ze was de enige persoon bij wie hij zijn hart had kunnen uitstorten.

Hij was bijna thuis toen hij het pakketje gaas in zijn andere hand overnam en daarbij per ongeluk Fritz' riem losliet. Om onverklaarbare redenen nam het domme beest de riem in zijn bek en vloog ermee de straat op.

Precies op het moment dat een auto met veel te hoge snelheid kwam aanrijden.

5

Bij terugkeer van een bezoek aan haar grootmoeder hoorde Helen luide stemmen in de bibliotheek. Ze had ook de slordig geparkeerde Porsche op de oprit gezien en vond het jammer dat ze niet wat langer was weggebleven, want ze was niet in de stemming voor Hunters tweede vrouw Marcia en zijn verwende twintigjarige dochter Savannah. Ze bleef in de hal staan luisteren naar het verhitte gesprek, want een gewaarschuwd mens telt voor twee. Als ze het goed verstond, zei Savannah op haar geijkte onverschillige manier dat het niet haar schuld was en dat het verder ook niks uitmaakte omdat er niemand gewond was geraakt.

'Dat is het probleem met jou, jongedame,' mompelde Helen binnensmonds. 'Dat voor jou niets waarde heeft.' Ze dacht terug aan de dag waarop Savannah een antiek parfumflesje dat Helen op haar achttiende van Emma had gekregen, kapot had gegooid en daarna zei dat het niks uitmaakte omdat je die dingen overal kon kopen.

Na twee mislukte huwelijken was het logisch dat Hunter een groot aantal complicaties met zich meebracht, te weten zijn ex-vrouwen en drie kinderen. De kinderen uit zijn eerste huwelijk heetten Kim en Clancy en waren nu respectievelijk vijfendertig en zevenendertig. Al zijn kinderen waren verschrikkelijk verwend en het gevolg was dat in hun ogen alles vervangbaar was. Clancy was de minst aanstootgevende van het stel, omdat hij in ieder geval in zijn werk dezelfde regels in acht nam als zijn vader, wat Helen prijzenswaardig vond. Voor luiheid had ze echter geen geduld en voor zover ze kon beoordelen, was Savannah niet van plan ooit een baan te zoeken, evenmin als haar halfzus Kim. Die twee gingen spelend door het leven en verwachtten dat alles altijd zou gaan zoals zij dat wilden en wanneer dat niet gebeurde, was het huis te klein. Dat gold vooral Savannah.

Helen daarentegen had van jongs af aan nooit anders gewild dan zelfstandig zijn. Haar grootmoeder zei altijd dat ze een ijzeren wil had, dat wanneer ze zich eenmaal iets had voorgenomen, niets en niemand haar daar vanaf kon brengen. Reizen was haar grootste wens toen ze een tiener was. Het kon haar niet schelen hoe ze het voor elkaar moest krijgen, zolang ze haar vleugels maar kon uitspreiden om zo veel mogelijk van de wereld te zien. Toen ze nog heel klein was, was haar liefste bezit een wereldbol geweest. Ze kon er urenlang naar kijken en liet hem dan langzaam ronddraaien, dromend over alle reizen die ze ooit zou maken. Toen ze zo oud was als Savannah nu, had ze in Frankrijk gewerkt als druivenplukster en serveerster. Ze had niet zitten duimendraaien tot pappie haar al walgelijk ruime maandelijkse toelage nog wat zou verhogen.

Hunters exen waren de reden waarom ze in de Old Rectory woonden. Helen had gezegd dat het misschien verstandig was als ze niet bij zijn voormalige echtgenotes (die hij financieel nog steeds onderhield) en kinderen, die allen in en rond Crantsford woonden, op de lip gingen zitten. 'Mij best,' had Hunter gezegd. 'Kies een streek waar je graag zou willen wonen en ga praten met makelaars.'

'Meen je dat?'

'Tuurlijk. Hoe zou je het anders willen aanpakken?'

Dat vond ze een erg positieve kant van Hunter: zijn doortastende pragmatisme. Ze had verwacht dat hij bezwaren zou maken. Hij had zijn kinderen graag om zich heen en nu probeerde zij hem bij hen vandaan te houden. Ze had zich een beetje opgelaten gevoeld toen ze naar makelaars was gegaan om te informeren naar woningen in de prijsklasse waartoe Hunter had besloten, maar op het moment dat ze de Old Rectory zag en de schitterende tuin die erbij hoorde, zette ze haar scrupules meteen van zich af. Ze wist dat Hunter het een goede keus zou vinden. Vooral omdat het huis een bibliotheek had.

Nu stond ze nog steeds te luisteren naar de discussie in die bibliotheek en hoorde ze Marcia zeggen dat het allemaal de schuld was van die domme man die zijn hond niet in bedwang kon houden. 'Wat wil je nou, als hij dat stomme beest niet eens aan de lijn kan houden? Ik zou hem moeten aanklagen. Het had onze dood kunnen zijn.'

Waarop Hunter vroeg: 'Mankeren jullie echt niets? Savvie, je hebt toch geen whiplash?'

'Nee, nee, niks aan de hand. Is het goed dat ik iets te eten ga zoeken? Ik val om van de honger.'

Helen maakte zich snel uit de voeten, want ze wilde niet dat Savannah zou zien dat ze voor luistervink speelde wanneer ze de deur opendeed. Precies op het moment dat Savannah in de zwart-wit betegelde hal verscheen, gooide Helen de voordeur dicht. 'O, ben jij het,' zei haar stiefdochter, alsof Helen hier helemaal niet thuishoorde.

'Hallo,' antwoordde Helen opgewekt. 'Hoe is het ermee?'

Het antwoord was een onbeschoft schouderophalen en een glitterende knipoog van de flonkerende steen in Savannahs navelpiercing. Ze had een superslanke taille en een mooi plat buikje, dat ze voortdurend tentoonstelde, ongeacht wat voor weer het was. Het was een aantrekkelijk meisje met een rank lichaam en lang, steil, donkerblond haar, maar zoals veel meisjes van haar leeftijd maakte ze zich te zwaar op. Ze had nog niet geleerd dat minder meestal mooier is en dat een glimlach veel meer voor haar uiterlijk zou doen dan alle dure producten die ze in de parfumerie kocht.

Helen keek haar na toen ze door de gang naar de keuken slenterde, met haar wijde broek zo laag op haar heupen dat de zomen van de pijpen de vloer aanveegden. Toen pas zag Helen dat er bij de trap twee grote koffers en een gettoblaster stonden. Nieuwsgierig naar wat er allemaal aan de hand was, besloot ze dat het tijd was zich in het hol van de leeuw te wagen. Ze deed de deur van de bibliotheek open en ging naar binnen.

'Ah, daar ben je. Ik dacht al dat ik je hoorde.'

Hunter stond op en kwam achter zijn bureau vandaan om haar te begroeten en een kus te geven. Iedere andere man zou het gelaten hebben bij een bescheiden kusje op de wang, aangezien Echtgenote Nummer Twee met vlammende ogen toekeek, maar Hunter was niet zoals iedere andere man. Hij kuste haar vol op de mond, haakte tegelijkertijd zijn arm door die van haar en trok haar mee de kamer in.

Marcia, die bijna vijftig was maar zich kleedde als een vrouw van vijfentwintig, droeg vandaag een laagzittende witte spijkerbroek en een T-shirt dat eruitzag alsof het bedoeld was voor een kind van tien, zo strak zat het. Het voorpand had een split die een deel van haar borsten liet zien. Haar asblonde haar was kort en met een flinke hoeveelheid mousse gestileerd. Haar zonnebril met glittertjes droeg ze boven op haar hoofd en haar ijsblauwe ogen staarden naar Helen vanuit haar diepgebruinde gezicht.

'Hallo, Marcia,' zei Helen. Ze deed haar best vriendelijk over te komen en trok haar arm los uit Hunters greep. Ze zou zich nooit op haar gemak voelen in het gezelschap van Hunters exen. Marcia en Corinne konden het uitstekend met elkaar vinden, maar Helen wist heel zeker dat ze zelf nooit deel zou uitmaken van hun clubje.

'Helen,' zei Marcia op kille toon. Bijna net zo ijzig als haar blik. Ze stak haar hand uit naar haar handtas, die op een stapeltje paperassen op Hunters bureau stond. De documenten gleden weg, maar ze trok zich niets aan van de rommel die ze maakte. Ze zei alleen: 'Dan ga ik nu maar, Hunter. Ik bel je wel wanneer ik thuis ben.'

In de keuken at Savannah een sneetje toast met pindakaas. Ze zat op het aanrecht en sloeg met haar hakken tegen het deurtje van een van de keukenkastjes. Ze was in een rothumeur, en niet alleen omdat haar moeder haar hier bij haar vader had gedumpt omdat hun huis werd opgeknapt en haar moeder naar Amerika ging om een oude schoolvriendin op te zoeken. Nee, ze had vooral de smoor in om die ouwe vent en zijn hond. Wat was die kerel kwaad geweest! Alsof ze het met opzet had gedaan. Het was nota bene zijn eigen schuld. Zelfs zij wist dat, en ze had nog niet eens haar rijbewijs. Hij had zelf de riem losgelaten. Toen hij was gaan huilen, had ze niet geweten waar ze moest kijken! En wat was hij tegen haar tekeergegaan! En tegen mam. En toen had ze plankgas gegeven en was ze ervandoor gegaan, want op al dat geschreeuw zat ze echt niet te wachten.

Ze had eigenlijk helemaal geen trek, dus gooide ze de half opgegeten toast in de gootsteen, sprong van het aanrecht en liep naar de koelkast. Ze haalde er een geopend pak sinaasappelsap uit en zette het aan haar mond, met haar hoofd achterover en haar ogen gesloten. Weer zag ze de oude man voor zich met de piepende hond in zijn armen. Ze verslikte zich en morste sap op haar shirtje en op de vloer. 'Godsamme!'

Terwijl Savannah boven haar koffers uitpakte, dronken Helen en Hunter een glaasje op het terras. Het was een prachtige avond, maar Helen was in een prikkelbare stemming. Ze kon het niet hebben dat Savannahs verblijf haar zo nonchalant was opgedrongen. Mocht ze niet eens meebeslissen over wie er kwam logeren? Oké, het verwende nest was Hunters dochter, maar evengoed... Hij had het op z'n minst met haar kunnen overleggen. Ze had dat ook tegen hem gezegd, nadat hij Savannahs koffers naar boven had gebracht, maar hij had daarop geantwoord: 'Dat leek me niet nodig. Zou jij nee gezegd hebben als het jouw dochter was?'

'Natuurlijk niet.'

'Nou dan.'

En daarmee was de zaak afgedaan. Het zou erg bekrompen hebben geklonken als ze daarna nog had gezegd dat ze het niet meer dan beleefd zou hebben gevonden als hij het eerst met haar had besproken.

Hij liet de ijsblokjes ronddraaien in zijn glas gin-tonic en opeens herinnerde ze zich waarover ze hen had horen praten toen ze aan de deur had geluisterd. 'Zijn Savannah en Marcia betrokken geraakt bij een ongeluk?' vroeg ze. 'Ik hoorde je daarstraks vragen of ze niets mankeerden.'

Hij viste het schijfje citroen uit zijn glas en gooide het in de struiken. Hij was een gewoontedier – hij deed altijd een schijfje citroen in zijn gin-tonic en viste het er altijd uit wanneer hij het drankje half op had. 'O, dat. Een hond vloog vlak voor hun auto de weg op toen Savannah door het dorp reed.'

'Heeft ze hem geraakt?'

'Nee, gelukkig niet.'

'Van wie was die hond?'

'Dat weten ze niet. Ze zeiden alleen dat een oude man er erg van overstuur was.'

'Wat voor soort hond was het?'

Hij fronste. 'Hoe moet ik dat nou weten? Is dat belangrijk?'

'Ja, natuurlijk. We wonen hier, Hunter. De eigenaar van de hond moet een van onze dorpsgenoten zijn.'

Hij dacht daarover na. Toen zei hij: 'Marcia zei dat het geen schoothondje was, maar ook niet zo'n bakbeest. Het was zo'n buikschuiver met een lang lijf en korte pootjes.'

'Een corgi?'

'Nee. Kleiner.'

'Een dashond?'

'Ja! Goed van je.'

Helen nam een slokje van haar wijn. 'Vind jij het verstandig van Marcia dat ze Savannah in haar auto laat rijden? Ze heeft nog niet zo lang les. En ik zag dat er geen lesplaten op de auto zitten.'

Hunter bleef de ijsblokjes ronddraaien in zijn glas. 'Het is niets voor jou om openlijk kritiek te leveren op Marcia. Hoe komt dat zo opeens?'

Helen had zich voorgenomen nooit iets negatiefs of kleinerends te zeggen over de twee vrouwen die haar waren voorgegaan, maar nu kon ze zich niet inhouden. 'Een Porsche met een jonge, onervaren bestuurder. Dat is vragen om problemen. Ongeacht wie de ouders zijn.'

Hij bleef met zijn glas spelen. 'Daar zit wat in. Misschien kan ik beter een minder snelle auto voor haar kopen. Welk merk zou geschikt zijn, denk je? Weet je wat? Als je morgen niet naar kantoor hoeft, kun je er mooi samen met Savvie eentje gaan uitkiezen.'

Hè ja, gezellig! De volgende keer kun je beter je grote waffel houden, Helen Madison.

Madison-Tyler, verbeterde ze zichzelf.

Die avond in bed draaide Helen zich op haar zij nadat ze het licht had uitgedaan. Hunter vatte dat op als een uitnodiging om haar nek te kussen en dicht tegen haar aan te kruipen. Ze keek naar de verlichte wijzers van de wekker: halfeen. 'Moet je morgen niet vroeg op?' vroeg ze.

'Sinds wanneer heeft dat me hiervan weerhouden?' Zijn handen masseerden haar dijen en gleden toen om haar heen, met tastende, strelende vingers. Ze verstrakte eerst, maar ontspande zich toen. Vijftien minuten later, nadat Hunter met een vloek in de badkamer verdween, bleef ze in het donker liggen en vroeg zich af wat ze moest doen. Naar hem toe gaan met het risico dat hij nog bozer zou worden, zoals laatst, of het hem zelf laten verwerken? Dit is pas de derde keer, dacht ze. Het heeft niets te betekenen. Hij zal wel moe zijn. En misschien heeft hij er moeite mee de liefde te bedrijven nu Savannah hier is.

Na een poosje kwam hij terug. 'Sorry,' was het enige wat hij zei toen hij onder het donzen dekbed kroop, met zijn rug naar haar toe.

'Je hoeft je nergens voor te verontschuldigen,' zei ze zachtjes en ze rolde om naar zijn kant van het bed, waar hij eenzaam lag, roerloos van schaamte.

Als reactie schoof hij nog iets verder bij haar vandaan.

Lang nadat hij in slaap was gevallen, lag Helen nog te kijken naar de zachtjes bewegende gordijnen voor het open raam. Ze was moe, maar te gespannen om in slaap te kunnen komen, en dacht terug aan de afgelopen middag; ze had haar werk snel kunnen afronden en was nog een uurtje naar het verpleeghuis gegaan om haar grootmoeder gezelschap te houden. Emma had de radio aan en zat aan een tafel voor het raam dat uitzicht bood op een klein terras en een stuk gazon. De meesten van de 'gasten', zoals de patiënten werden genoemd, hadden een soort privéterreintje tot hun beschikking. Ze was bezig coupons te knippen uit de tijdschriften die Helen een week eerder voor haar had meegebracht. 'Deze is voor sojamelk,' legde ze aan Helen uit. 'Ik kan me alleen niet herinneren of je van sojamelk houdt.'

'Nee, ik niet.'

'Nou, ik knip hem evengoed maar uit. Het kan altijd van pas komen. Je krijgt vijftig pence korting, en dat is niets niks. En kijk, hier heb ik er een voor zalm in blik. Dat kunnen we morgen tussen de middag eten wanneer je uit school komt. Ik zal broodjes zalm maken en voor jou de korstjes van het brood snijden, zoals je altijd graag wilt.'

Helen vond het afschuwelijk om haar grootmoeder zo te moeten zien, 'aangenaam verward', zoals het medische personeel het noemde. 'Oma,' zei ze, 'zullen we een eindje gaan wandelen in plaats van coupons knippen? Het is een mooie dag. En daarna zal ik u foto's laten zien van het nieuwe huis.'

'Nee, lieverd, daar heb ik echt geen tijd voor. Opa komt zo dadelijk thuis en ik moet nog afstoffen.'

De tijdzones waren niet te herstellen, dus deed Helen maar mee, want iets anders had geen zin. Op sommige dagen was het zo erg dat Emma Helen verwarde met haar dochter Daisy, Helens moeder, die het enige kind van haar grootouders was geweest.

Helen had haar moeder niet gekend en alles wat ze over haar wist, had ze vergaard uit wat haar was verteld en de foto's die ze had gezien. Het beeld dat ze zich van Daisy had gevormd, was dat ze gevoelig en kwetsbaar was, een frêle meisje met te weinig zelfvertrouwen en te veel stemmingswisselingen. Ze was buitengewoon intelligent, maar het had haar ontbroken aan de sociale vaardigheden die nodig waren om in het dagelijks leven het hoofd boven water te houden. Het gevolg was dat ze op school erg was gepest en het was niet verwonderlijk dat ze geheel in de ban was geraakt van de eerste de beste man die aandacht aan haar besteedde. Ze liet haar plannen om te gaan studeren varen, ging van school en trok bij hem in, tot groot verdriet van Emma en Gerald, die hem een nietsnut vonden die een bijzonder slechte invloed had op hun dochter. Omdat ze hun afkeuring niet onder stoelen of banken staken, weigerde Daisy uiteindelijk nog iets met hen te maken te hebben, maar op een goede dag stond ze opeens weer bij hen op de stoep, in tranen. Ze was zwanger en dakloos, want haar vriend had haar eruit geschopt. Mocht ze weer thuiskomen? Emma en Gerald aarzelden geen seconde. Ze verwelkomden haar met open armen. De baby – Helen – werd gezond en wel op het uitgerekende tijdstip geboren, zonder complicaties, maar Daisy slaagde er niet in een band met haar te krijgen. Iedere keer dat ze naar de baby in het wiegje naast haar bed keek, begon ze te huilen alsof haar hart brak. Tegenwoordig zou dat herkend worden als postnatale depressie, maar in die tijd werd het toegeschreven aan Daisy's neerslachtige en kwetsbare karakter. 'Ze komt er wel overheen,' zeiden de artsen. Maar ze kwam er niet overheen. Vijf maanden later, toen Emma en Gerald met hun kleindochter terugkwamen van een wandeling door het park, troffen ze Daisy dood aan in het bad. Ze had met een van Geralds scheermessen haar polsen doorgesneden.

De volgende ochtend vertrok Hunter naar zijn werk zonder gedag te zeggen. Zwijgen was geen oplossing, dacht Helen toen ze hem zag wegrijden. Ze moesten hierover praten. Misschien hadden ze hulp nodig.

Toen ze beneden in de keuken was, hoorde ze het bonken van harde muziek in Savannahs kamer. Ze besloot haar stiefdochter een lesje te leren – een lesje dat heette: Hoe word ik een fatsoenlijk mens. Ze zouden uitzoeken van wie de hond was die door Savannah bijna was overreden, en dan zou Savannah haar verontschuldigingen aanbieden. Straks kwam Evie Hawkins en aangezien zij alles en iedereen in het dorp kende, kon Helen haar mooi vragen wie de man was en waar hij woonde.

6

Mac sloot Fritz in de keuken op en liep naar de voordeur om open te doen. Hij staarde naar de twee gezichten en vroeg zich af of hij deze mensen behoorde te kennen. De jongste van de twee vrouwen kwam hem vaag bekend voor, maar voor zover hij zich kon herinneren, kende hij niemand die zo veel moeite zou doen om er zo onaangenaam uit te zien. Je kon je amper voorstellen dat er in zo'n rank lichaam zo veel vijandigheid opgesloten kon liggen. Misschien waren het Jehova's getuigen; die kwamen meestal met hun tweeën aan de deur. Maar die kwamen meestal niet vijandig over; ze predikten juist liefde en vrede.

'Ja?' zei hij tegen de vrouw die hem had aangesproken en wist hoe hij heette. Het was een erg aantrekkelijke vrouw. Meer dan aantrekkelijk. Midden veertig, schatte hij. Kastanjebruin haar. Romige huid. Mooie lange benen. En een ring met een knots van een smaragd aan haar ringvinger. Ze was veel te kalm en elegant voor de jehova's. En hoe wist ze hoe hij heette? 'Wat wilt u?' vroeg hij nors.

'Ik ben Helen Madison-Tyler en dit is mijn stiefdochter Savannah.'

Madison-Tyler. De naam kwam hem bekend voor. 'Koest, Fritz!' riep hij over zijn schouder naar de keukendeur waarachter de hond blafte en de verf van de deur krabde. Conrad zou erg boos worden als dat beest nog meer schade veroorzaakte. 'Houdt u een inzameling?' vroeg hij, zich weer wendend tot degenen die Fritz zo opgewonden maakten. 'Voor een evenement in het dorp? Fritz! Wees stil!'

'Mogen we even binnenkomen, meneer Truman? Misschien komt uw hond dan tot rust.'

De brutaliteit! Wacht eens even, misschien waren het van die gehaaide dieven die met een smoesje binnenkwamen, om een glas water vroegen om je af te leiden en dan achter je rug van alles in hun zak staken. 'Hoe zei u dat u heette?' vroeg hij.

'We zijn hier vanwege uw hond,' zei het nors kijkende jonge ding.

Het kribbige ongeduld in haar stem ontging hem niet. 'Mijn hond? Hoezo?'

'Ik...' Ze stokte en wendde haar ogen af. 'Het spijt me dat ik gisteren uw hond bijna heb overreden,' mompelde ze. Toen draaide ze zich een kwartslag naar de vrouw met het kastanjebruine haar. 'Zo. Mag ik nu gaan?'

Mac voelde het bloed naar zijn gezicht stijgen toen hij doorkreeg waar dit om ging en het angstaanjagende moment herleefde waarop Fritz bijna was doodgereden door deze... onbehouwen tiener die eruitzag alsof ze geen greintje hersens had, laat staan goede manieren. Hij snapte niet waar ze het lef vandaan haalde hierheen te komen om te zeggen dat het haar speet, terwijl duidelijk was dat het haar geen klap kon schelen. Als ze echt spijt had gehad, zou ze gisteren meteen uit haar auto zijn gestapt. In plaats daarvan was ze ijskoud blijven zitten tot hij het bundeltje gaas had opgeraapt dat hij had laten vallen toen hij achter Fritz aan was gegaan. En tot zijn stomme verbazing was ze toen in volle vaart weggereden.

'Savannah!' siste de andere vrouw. 'We gaan niet weg voordat je meneer Truman je oprechte excuses hebt aangeboden.'

Nou, hij was benieuwd! Maar een tien met een griffel voor de stiefmoeder. Dat was tenminste een fatsoenlijke vrouw. Opeens herinnerde hij zich dat er samen met die wilde meid nog een vrouw in de auto had gezeten. Was zij dat geweest? Hij ging in de aanval. 'Wat bezielt u eigenlijk, dat u haar achter het stuur van zo'n snelle wagen laat zitten, en het goed vindt dat ze zo hard rijdt?'

Het verwende nest vond dat wel leuk om te horen, maar Madison-Tyler had haar antwoord klaar. 'Als ik in die auto had gezeten, meneer Truman, zou dit nooit zijn gebeurd, daar kunt u van op aan.' En ze ging op zachtere toon door: 'Is uw hond echt niet gewond? En hoe is het met uzelf? U moet erg geschrokken zijn.'

'Het gaat alweer,' zei hij, enigszins vermurwd. 'En Fritz mankeert niets.'

'Daar ben ik blij om. Ik weet dat dit geen compensatie is voor wat u hebt moeten doorstaan, maar ik wilde het u toch graag aanbieden.' Uit een grote schoudertas, die Mac nu pas opviel, haalde ze een fles claret. 'Het is er een uit de wijnkelder van mijn man. Ik heb zelf geen verstand van wijn, maar dit schijnt een goed jaar te zijn.'

Hij was er nooit de man naar geweest om een gegeven paard in de bek te kijken. Hij pakte de fles aan en keek naar het etiket. Het was zéker een goed jaar. Zo'n fles kostte algauw zestig pond. 'Maar van jou wil ik evengoed een oprecht excuus horen,' zei hij streng tegen de wilde meid en hij zag tot zijn genoegen dat ze ineenkromp. Om de vernedering compleet te maken, deed hij een stap opzij en zei: 'Weet je wat? Kom even binnen, dan kun je ook tegen Fritz zeggen dat je er spijt van hebt.'

Helen had de indruk dat Mac Truman vastbesloten was Savannah flink in verlegenheid te brengen, en dat kon ze hem niet kwalijk nemen. Ze had het idee dat ze in hem een verwante geest had gevonden toen ze in de keuken stonden te wachten op Savannahs excuus, terwijl Fritz snuffelend om hen heen liep. Te oordelen naar de frons op het gezicht van het meisje zou er nog eerder een meteoor door het dak van dit gezellige huis vallen, dan dat ze een verontschuldiging uit haar mond zouden horen. Het was Evie die haar had verteld dat de Trumans in de verbouwde kapel aan New Street woonden, een woning waar Helen vaak met bewondering naar had staan kijken sinds ze in Swanmere was komen wonen. Ze zou dolgraag van deze gelegenheid gebruik willen maken om niet alleen de gang en de keuken te zien, maar ook de rest van het huis. Evie zei dat ze er voor geen goud zou willen wonen. 'Met die levensgrote, tochtige woonkamer zeker,' had ze gezegd. 'Het kost Conrad vast een kapitaal om dat huis warm te houden. Al hebben ze aan geld geen gebrek, voor zover ik het kan beoordelen.' Zodra Helen die ochtend het gebruikelijke kopje koffie voor Evie had neergezet voordat ze aan de slag zou gaan, en had gevraagd wie van de dorpsbewoners een dashond had, was Evie op haar praatstoel gaan zitten en had ze Helen nauwkeurig op de hoogte gebracht van het wel en wee van Mac en Conrad Truman. 'Mac doet soms wat sikkeneurig,' had ze Helen toevertrouwd, 'maar zo is hij nu eenmaal. Ik trek me er niks van aan wanneer hij tegen me uitvalt. Het is trouwens een stuk erger geworden sinds zijn vriendin Alice Wykeham is overleden. Ze zaten constant bij elkaar. Ik heb weleens gedacht dat het misschien wel iets zou zijn geworden tussen die twee als ze elkaar hadden ontmoet toen ze nog jong waren. Als u begrijpt wat ik bedoel.'

'Vooruit, ik heb niet de hele dag de tijd.' Bij het horen van Macs strenge toon blafte de hond en snuffelde hij weer aan Savannahs enkels. Tot Helens verbazing bukte Savannah zich naar het dier. Ze zou er minder van hebben opgekeken als het meisje het dier een schop had gegeven. Savannah ging op haar hurken zitten, keek op naar Mac en zei: 'Ik meende het toen ik zei dat het me speet. Misschien heeft u het gewoon niet goed verstaan.'

Hij kneep zijn ogen half toe. 'O ja? En moet ik het daarmee doen?'

Ze haalde haar schouders op. 'Graag of niet.'

'Ik zal je excuus accepteren, jongedame, maar ik raad je aan voortaan niet zo hard te rijden. Hoe oud ben je eigenlijk?'

'Dat gaat u niks aan.'

'Savannah!'

Het meisje stond op. 'Ik heb gedaan wat je wilde. Aju.' Ze drong langs Helen, liep de gang door en gooide de voordeur achter zich dicht. Fritz begon weer te blaffen.

'Schat van een meid, zeg,' zei Mac Truman. 'Het zonnetje in huis zeker?'

Helen was woedend. 'Het spijt me. Ik dacht dat als ik haar meenam naar u toe, ze zou gaan inzien dat ze altijd voor de gevolgen van haar daden zal moeten opdraaien. Blijkbaar was dat een beetje naïef van me.'

'Bent u voor haar verantwoordelijk?'

'Nee, gelukkig niet. Ze is bij haar vader en mij komen logeren, omdat haar moeder naar Amerika gaat.'

'Voor hoe lang?'

'Een maand.'

'Dat lijkt me vier weken te veel. Ik zou het prettig vinden als u haar bij me vandaan kunt houden.'

'Met een beetje geluk blijft ze vier weken lang op haar kamer zitten.'

Mac had de fles wijn nog in zijn hand en zei: 'Bedankt voor de wijn. Ik heb bewondering voor de smaak van uw man op het gebied van wijnen; hij weet daar blijkbaar meer van dan van kinderen. Hij is duidelijk een man die niet op geld kijkt. Ik zal aan u denken wanneer ik hier vanavond een glaasje van neem.' Hij liep naar de tafel die bij de openslaande deuren stond, waarachter een flagstone terras lag. Het leek een zonnig, beschut hoekje: de verhoogde bloembedden waren gevuld met vrouwenmantel, allium en kattenkruid en lavendel, die op punt van bloeien stond. Het deed Helen denken aan sommige delen van de tuin van de Old Rectory. Dat kwam door de manier waarop de planten door elkaar waren geplant waardoor het geheel er qua textuur en kleur volkomen natuurlijk uitzag. Ze zag dat hij de fles op de tafel neerzette naast een groot, opengeslagen schrift. De pagina's stonden vol aantekeningen met ertussenin nauwkeurige schetsjes van planten. 'Houdt u van tuinieren, meneer Truman?' vroeg ze.

Hij zag dat ze naar het schrift keek en deed het snel dicht. 'Ja. U?'

'Ik zou het graag willen leren. Maar vertelt u dat alstublieft niet aan Olivia Marchwood, want dan strikt ze me meteen voor haar Garden Club.' Ze stopte verschrikt. Misschien was Mac Truman wel een fan van dat verschrikkelijke mens. Haar angst werd snel weggenomen. Hij rechtte zijn schouders en zei: 'Olivia Marchwood denkt dat zij alleen het voor het zeggen heeft in de Garden Club, maar dat is mooi niet zo.'

'Bent u er lid van?'

'Ja.'

'Zou ik er goed aan doen lid te worden?'

'U zou in ieder geval de gemiddelde leeftijd aanzienlijk omlaag brengen.'

Ze glimlachte en voelde dat de sfeer wat ontdooide. Dat gaf haar de moed te vragen: 'Kunt u soms iemand aanbevelen die me zou kunnen helpen met mijn tuin? Evie Hawkins zei dat ik contact moest opnemen met Orlando Fielding. Kent u hem?'

'Orlando is een uitstekende tuinman. Hij helpt me weleens met het zware werk, waarvan mijn neef vindt dat ik er te oud en te zwak voor ben. Maar ik denk dat Orlando niet op zoek is naar onderhoudswerkzaamheden; hij houdt zich nu bezig met tuinarchitectuur. Al kunt u het natuurlijk proberen. Waar woont u? Hebt u een grote tuin?'

'We wonen in de Old Rectory. Evie vertelde me dat u de vorige eigenaar hebt gekend, dat Alice Wykeham een goede vriendin van u –'

'Ach natuurlijk,' onderbrak hij haar nogal onbeleefd. 'Ik had moeten weten wie u bent. Uw naam kwam me wel bekend voor, maar ik wist niet waarvan. U hebt dus al kennisgemaakt met die ouwe roddelkous van een Evie Hawkins?'

'Ja, ze is mijn werkster. In mijn eentje kan ik dat grote huis niet onderhouden.'

'Alice kon dat wel.'

Helen kromp ineen bij de onmiskenbare kritiek. Ze had nog nooit eerder een werkster gehad en moest er zelf nog aan wennen. Ze dacht terug aan de dag waarop Hunter en zij de Old Rectory voor het eerst van binnen hadden gezien. De makelaar had uitgelegd waarom er een onaangename geur hing. 'Het huis heeft weken dicht gezeten,' vertelde hij. 'Maar als de ramen een paar dagen openstaan, trekt die lucht snel weg.'

'Er is meer nodig dan wat frisse lucht om dit huis leefbaar te maken,' had Hunter gezegd. 'Afgezien van de vochtplekken en de algemene aftakeling, en afgezien van het verouderde sanitair, is het hele huis doodgewoon vies.' Dat was niet helemaal waar, want het was eigenlijk alleen maar stoffig en verwaarloosd, maar Helen wist dat Hunters negatieve opmerkingen bedoeld waren om de vraagprijs omlaag te brengen.

'Het huis is een beetje moe,' had de makelaar toegegeven.

'Moe?' had Hunter herhaald. 'Het is afgepeigerd!'

'Juffrouw Wykeham is voorafgaande aan haar dood maanden ziek geweest,' ging de makelaar door. 'Helaas is alles, inclusief de tuin, toen op z'n beloop gelaten.'

De woorden van de makelaar hadden een scherp en triest beeld geschilderd van een op sterven liggende oude vrouw die geen kracht meer had om voor haar huis en tuin te zorgen. Het deed Helen sterk denken aan haar eigen grootmoeder. Het deed haar ook denken aan de vele mensen die ze via haar werk leerde kennen. Zij en haar vriendin Annabel hadden een organisatie in het leven geroepen die ze de naam Companion Care hadden gegeven. Ze leverden persoonlijke diensten aan ouderen die hulp nodig hadden. De aard van de hulp kon sterk variëren, van het invullen van formulieren, het vinden van een loodgieter, hulp bij het boodschappen doen, hun cliënten naar de tandarts, chiropodist of ziekenhuis brengen, tot gewoon een uurtje bij iemand theedrinken en wat babbelen. Ze hadden veel cliënten en Helen was er veel drukker mee dan ze zich in het begin had voorgesteld. Vandaar dat ze Evie nodig had. Ze herstelde zich snel en om zich te verdedigen tegenover de vijandige man, zei ze: 'Ik heb gehoord dat u zelf ook van de diensten van Evie gebruikmaakt, meneer Truman.'

'Dat wil mijn neef,' antwoordde hij op scherpe toon. 'Het is zijn huis en hij neemt de besluiten. Als het aan mij lag, zouden we het zonder haar doen. Ik kan nooit iets terugvinden nadat ze hier is geweest.'

Naar wat Helen had gehoord over de vorige eigenaar van de Old Rectory, waarbij Evie haar voornaamste bron van inlichtingen was, was Alice Wykeham een vrouw geweest die niet veel waarde hechtte aan omgangsvormen en geen geduld had gehad voor domme mensen. Helen kon zich goed voorstellen dat het helemaal had geklikt tussen haar en deze ongeduldige man. En omdat ze zo goed bevriend waren geweest wilde ze hem beter leren kennen, opdat ze een beter idee zou kunnen krijgen van de vrouw die zo veel liefde en zorg had besteed aan de tuin die nu de hare was. 'Dit klinkt misschien vreemd,' zei ze, 'maar ik vat de zorg voor de tuin van de Old Rectory op als een grote verantwoordelijkheid; alsof ik er de voogdij over heb gekregen. Ik neem aan dat u de tuin, dankzij uw vriendschap met Alice Wykeham, goed kent? Ik zou advies van uw kant erg op prijs stellen, als u tijd voor me kunt vrijmaken. Ik zou het jammer vinden als ik het helemaal verkeerd zou aanpakken.'

Hij gaf niet meteen antwoord. Misschien dacht hij na over hoe hij het beste van haar af kon komen. Toen hij sprak, zei hij echter: 'Ja, dat wil ik wel doen. Zo af en toe. U zou ook naar de Garden Club kunnen komen. We hebben aanstaande vrijdag een bijeenkomst. Als u wilt, zal ik u dan voorstellen aan de interessantste leden van de groep.' Hij glimlachte ondeugend. 'En ik zal mijn best doen u te beschermen tegen La Marchwood en voorkomen dat ze u meesleept naar haar hol.'

Toen Helen naar huis liep, via het bochtige pad tussen de kerk en de Old Rectory, genietend van het tunneleffect dat de dikke heggen en de overhangende takken van de kastanjebomen creëerden, wist ze dat ze in Swanmere haar eerste vriendschap had gesloten. Misschien zou ze zich hier nu thuis gaan voelen. Sinds ze met Hunter was getrouwd, had ze zich gevoeld alsof ze van haar anker was losgeslagen.

7

Lucy voelde zich niet lekker. Met een kruik op de juiste plek en haar hoofd op Orlando's schouder lag ze op de bank tv te kijken om niet aan de vervelende pijn in haar buik te denken. Maar dat werkte niet echt. 'Is het nog geen tijd voor een Ibuprofen?' vroeg ze.

'Nee,' zei hij streng. 'Je mag er pas over anderhalf uur weer een.'

'Je bent een beul.'

'Met zoete praatjes kom je er niet. Zolang ik in de buurt ben, krijg jij geen overdosis pijnstillers.'

'Maar ik ga zowat dood.'

'Kan best wezen.'

'Je zou het vreselijk vinden als ik doodging.'

Hij gaf haar schouder een kneepje. 'Voor zover ik weet, is er nog nooit iemand doodgegaan aan menstruatie.'

'Misschien ben ik de eerste en word ik een historisch geval. Wat een wroeging zul je dan hebben.'

'Ja, dat wel. Zal ik een nieuwe kruik voor je maken?'

Toen hij tien minuten later terugkwam uit de keuken zei ze: 'Weet je waar ik misschien wel wat van opknap? Als we samen een film keken.'

Hij gaf haar de kruik en kreunde. 'Een sentimentele ouwe film zeker?'

Ze glimlachte. 'Omdat je zo aandringt. Doe maar *Love Actually*.'

Even later stond de lage tafel bij de bank vol knabbeltjes en drankjes en richtte Orlando de afstandsbediening op de televisie. 'Ik ben benieuwd of je zonder tranen door de eerste minuten heen komt,' zei hij.

Lucy pakte nu al een zakdoek om een traan te drogen. 'Je weet best dat ik die scène op het vliegveld zo aangrijpend vind,' snufte ze. 'Ze kijken allemaal zo blij dat ze elkaar weer zien.'

Hij sloeg zijn arm om haar heen. 'Ik dacht dat het de bedoeling was dat je ervan zou opknappen.'

'Ik knap er ook van op. Sst!' Ze legde haar hoofd weer tegen zijn schouder en slaakte een diepe zucht. Op avonden als deze besefte ze pas goed hoezeer ze had geboft. Orlando was de beste vriend die ze zich kon wensen. Geen enkele andere man had haar ooit zo verwend wanneer ze veel last had van haar menstruatie, laat staan dat een man bereid was samen met haar naar een film van Richard Curtis te kijken. Ze hadden nog nooit ruzie of zelfs maar onenigheid gehad. De enige keer dat er tussen hen boze woorden waren gevallen, was toen ze een paar jaar geleden verkering had met een verkoper van tuinmeubelen. Orlando had van het begin af aan het gevoel dat er met de man iets niet in de haak was, maar Lucy geloofde hem niet. Ze had hem er zelfs van beschuldigd dat hij jaloers was. Tot ze erachter kwam dat de schoft getrouwd was en een baby had. Ze kon zichzelf wel wat dóén dat ze zo stom was geweest, maar Orlando had zich reuze fideel opgesteld. Hij had haar niet eens geplaagd met 'Heb ik het niet gezegd?' Hij had haar getroost wanneer ze huilde en van harte meegedaan wanneer ze de leugenachtige rotzak uitschold voor alles wat mooi en lelijk was. Gezien haar eigen achtergrond waren getrouwde mannen die een scheve schaats reden, vooral als ze ook nog kinderen hadden, de grootste schoften die er bestonden. Sinds die ernstige beoordelingsfout had ze zich niet meer in relaties gewaagd en de voorkeur gegeven aan de risicovrije betrouwbaarheid van haar vriendschap met Orlando boven alle gevaren die de liefde met zich meebracht.

Hun vrienden begrepen niet waarom Orlando en zij geen stelletje waren. Sommigen van Lucy's vriendinnen hielden er niet over op, maar dat kwam meer omdat ze Orlando zo'n lekker stuk vonden en zelf verliefd op hem waren. 'Hoe kun je samen met hem onder één dak wonen en immuun blijven voor dat prachtige lijf?' vroegen ze Lucy dan. Angie, haar collegaatje in de kwekerij, zei dat ze Orlando wel de hele dag in zijn sexy blauwe ogen kon kijken. Ze had zelfs toegegeven dat ze er vaak van droomde zijn brede borst en schouders en zijn smalle taille te mogen strelen. Alles bij elkaar scoorde hij heel hoog op de wip-lijst van haar vriendinnen, maar voor haar was hij gewoon Orlando. Hij had haar één keer gekust, lang geleden, en dat had ze best prettig gevonden, maar meteen daarna had zijn bedremmelde gezicht haar duidelijk gemaakt dat hij wist dat hij te ver was gegaan, dat hij het niet had moeten doen. Ze waren het er stilzwijgend over eens dat ze alles zouden bederven als ze op de romantische toer gingen. Want stel dat het uit raakte? Wat dan? Dan konden ze zelfs geen vrienden meer zijn. Ze zag dat vaak genoeg gebeuren bij vriendinnen en was niet van plan haar vriendschap met Orlando op het spel te zetten. Ze hadden een perfecte relatie. Bovendien was hij iemand op wie ze altijd kon rekenen; ze vertrouwde hem voor honderd procent. Er was niets dat ze niet voor hem zou doen en van alle mensen die ze kende, was hij de enige wiens mening ze belangrijk vond. En ze zou geen heerlijker manier weten om deze avond zoek te brengen dan gezellig tegen hem aan genesteld op de bank een film te kijken, terwijl hij afwezig met haar haar speelde.

Ze waren net bij de scène aanbeland waarin Emma Thompson ontdekt dat haar domme echtgenoot wordt verleid door de sekspoes van kantoor, toen de telefoon ging. 'Ik neem wel op,' zei Orlando.

'Zal ik de film stopzetten?'

Hij hees zich van de bank. 'Nee, hoeft niet.'

Hij nam in de keuken op en pakte meteen blocnote en pen erbij, omdat hij dacht dat het wel met zijn werk te maken zou hebben, maar dat was niet zo. Het was Olivia Marchwood.

'Ik zal je niet lang ophouden, Orlando,' zei ze op haar bazige toon. 'Ik wilde je alleen even laten weten dat de plannen voor vrijdagavond zijn gewijzigd. Degene die een lezing zou houden, kan niet komen, maar het is geen ramp, want ik heb al een plaatsvervangster gevonden, een vrouw die als reisleidster werkt voor een gespecialiseerd reisbureau.'

'Wat voor soort reisbureau?' vroeg Orlando. Hij kreeg meteen visioenen dat er iemand van Saga Holiday zou komen om de leden van de Garden Club reisjes aan te smeren.

'Een bureau dat is gespecialiseerd in rondleidingen door beroemde tuinen in Groot-Brittannië en Italië. We hebben erg geboft dat ze kan komen. Ik hoop dat iedereen op prijs zal stellen hoeveel moeite me dit heeft gekost.'

Orlando luisterde geïnteresseerd. De angstvisioenen over reisjes naar Mallorca maakten plaats voor beelden van bijzondere tuinen tegen een achtergrond van schitterende neoklassieke architectuur, perfect gesnoeide buxushagen, elegante cipressen, patio's en terrassen, barokke beelden en klaterende fonteinen. 'En wat is het onderwerp waarover ze komt praten?'

'De tuinen aan de Italiaanse meren. Het belooft een fascinerende avond te worden.'

Dat was Orlando zonder meer met haar eens. Hij vermoedde echter dat Lucy niet erg enthousiast zou zijn. Ze was geen lid van de Garden Club maar ging soms met hem mee als er een interessante spreker was uitgenodigd, maar hij durfde er een weeksalaris om te verwedden dat het woord Italië alleen al hevige weerstand zou opwekken.

Hij had Lucy nog steeds de envelop niet gegeven die hij uit de prullenbak had gevist en hoe langer hij ermee wachtte, hoe moeilijker het werd.

In Chapel House was ook Mac blij met het nieuws dat er vrijdagavond een andere spreker zou komen. Hij had zich al afgevraagd of hij het zou kunnen opbrengen interesse te veinzen voor een uur gezemel over bonsaibomen. Vorige maand had iemand gesproken over 'Natuurlijke genezing met behulp van planten', en dat was buitengewoon interessant geweest. De maand daarvoor was de lezing gegaan over 'Biologische ongediertebestrijding'. Maar bonsaibomen...? Zelfs Conrad, die hield van alles wat Japans was, had geen interesse voor beknotte boompjes die je meer deden denken aan het bobbelige achterwerk van een lelijke heks.

Hij maakte een notitie dat hij morgen Helen Madison-Tyler moest bellen om haar op de hoogte te stellen van de wijziging in het programma. Niet dat het haar veel zou kunnen schelen, maar het was een mooie gelegenheid om haar te herinneren aan het feit dat hij haar wel wilde helpen met de tuin van de Old Rectory. Hij had de hele dag nagedacht over haar onverwachte bezoek, en vooral over haar verzoek, en was tot de conclusie gekomen dat hij het Alice verschuldigd was een oogje op haar tuin te houden. Het was, vond hij, zijn plicht. Voor ingewijden was de tuin van de Old Rectory een bekend item geweest op de tuinkalender; mensen waren van heinde en verre gekomen wanneer Alice in de maanden juni en juli de tuin had opengesteld voor het publiek om geld in te zamelen voor een goed doel. Hijzelf had hem voor het eerst gezien toen hij al een paar maanden in Swanmere was om van zijn beroerte te herstellen en nog dacht dat zijn verblijf slechts van tijdelijke aard zou zijn. Conrad had hem met de auto naar St. John's gebracht, ook al was het niet ver, en met behulp van een wandelstok had hij de achterste banken van de kerk weten te bereiken. Hij had Alice leren kennen omdat hij tegen Conrad had gezegd dat hij niet op hem hoefde te wachten. Ze was bij hem komen zitten in de verder lege bank en nadat ze zich op haar gemak had geïnstalleerd – ze had een uitpuilende, smoezelige plastic boodschappentas bij zich, die ze boven op een verschoten, geborduurd knielkussen met een afbeelding van een kruis en duif zette – zei ze: 'U bent hier nieuw, hè? Ik zal u meteen maar waarschuwen: ik doe niet mee met al dat vredesvertoon. Als u kussen en omhelzingen en andere aanrakingen van religieuze aard wenst, kunt u beter in een andere bank gaan zitten.'

Hij antwoordde geamuseerd: 'Ik ben toevallig een voorstander van decorum, dus blijf ik hier zitten, als u het niet erg vindt.'

Er kwam niemand anders in hun bank zitten en de vrouw, wier gerimpelde gezicht met de felle ogen hem deed denken aan een krent, zong de psalmen niet mee en zei zelfs niet één keer 'amen'. Toen het tijd was voor de communie, kwam hij moeizaam overeind en bleef leunend op zijn wandelstok staan om zijn evenwicht te vinden, maar opeens durfde hij niet meer. Stel dat zijn benen het halverwege het gangpad naar het altaar begaven? Stel dat hij languit op zijn gezicht viel? Alsof ze zijn dilemma aanvoelde, zei de vrouw kordaat: 'Kom, leun maar op mij.'

Het idee dat dit vrouwtje hem zou helpen – pas toen ze opstond zag hij hoe nietig ze was, wat hem door haar felle persoonlijkheid niet eerder was opgevallen – vond hij zo aanstootgevend dat hij zei: 'Ik kijk wel uit. U zult me nog beschuldigen van onbetamelijk gedrag als ik u aanraak.'

Meteen ging hij op eigen kracht van start en alles ging goed tot hij na het knielen bij het altaar niet meer overeind kon komen. Zijn knieën werkten niet mee. Een stevige hand verscheen links van hem en toen werd hij door de vrouw met het krentengezicht overeind getrokken. 'Ik hoop dat u hebt gebeden dat u van uw koppigheid verlost zult worden,' zei ze toen ze weer in de bank zaten. 'Wat is er met uw benen?'

'Ik heb vorig jaar een beroerte gehad.'

'Een zware?'

'Nee, het viel gelukkig mee.'

Na de mis, toen hij zat te wachten tot Conrad hem zou komen halen, besloot hij zich aan haar voor te stellen.

'Dus *u* bent Conrads oom,' zei ze. 'Ik had het kunnen weten.'

'Kent u mijn neef?'

'Iedere vrouw in het dorp kent hem. Hij is het middelpunt van veel te veel belangstelling. Hoewel ik hem moet nageven dat hij daar volgens mij helemaal geen erg in heeft. Hoe lang blijft u in Swanmere?'

'Een paar maanden. Tot ik Conrad ervan kan overtuigen dat ik voldoende ben opgeknapt om weer op mezelf te wonen.'

'Nou, als u zich een keertje mocht vervelen, komt u maar eens bij me langs.'

'Waar woont u?'

Ze wandelde al weg over het grindpad dat in oostelijke richting bij de kerk vandaan liep. 'In de Old Rectory,' riep ze over haar schouder. 'Vraag maar aan Conrad; die weet wel waar het is.'

'Ik weet niet eens hoe u heet.'

'Alice. Alice Wykeham.'

Later hoorde hij hoe weinig mensen van Alice Wykeham een dergelijke uitnodiging kregen. Ze stelde wel haar tuin open voor het publiek, maar liet zelden iemand binnen in haar huis. Vijf dagen later besloot hij in te gaan op haar uitnodiging en verzocht hij Conrad hem naar de Old Rectory te brengen. Hij voelde zich als een tiener die door zijn vader werd afgezet bij het huis van een nieuw vriendinnetje toen hij aanbelde en Conrad in de auto bleef wachten voor het geval er niemand thuis was. Toen ging de deur open en mocht hij binnenkomen. 'Ik zal zorgen dat hij op tijd thuis is voor het eten,' zei ze met een ondeugende lach tegen Conrad.

'Foei, wat lelijk van u!' zei hij toen Conrad was weggereden. 'Alsof ik me nog niet ellendig genoeg voel!'

'Zeur toch niet zo. Je zou waarachtig denken dat u een ongeneeslijke ziekte hebt.'

'Heb ik ook. Ouderdom heet die.'

'Poeh... hij is niet alleen koppig maar heeft ook medelijden met zichzelf. Wat heb ik me op mijn hals gehaald! Ik weet precies wat u nodig hebt: een dubbele wodka martini. Ik neem er iedere dag rond deze tijd een. Dat doet een mens goed.'

'Nou, heel graag. Die van mij met een drupje citroen, alstublieft.'

Ze trok één wenkbrauw op. 'Da's nogal wiedes. Ga maar in de tuin zitten. *The Times* ligt op het bankje. Misschien weet u raad met acht verticaal. Ik zit er al een uur op te turen.'

Vanaf dat moment was hun vriendschap bezegeld, evenals zijn liefde voor tuinieren. Het was erg lang geleden dat iemand zoveel enthousiasme in hem had opgewekt.

De trein van Euston naar Crewe was bomvol. Conrad zat in een eersteklascoupé, te midden van een legertje onrustige heren in hemdsmouwen die op hun laptops tikten, documenten doornamen of rad in hun mobiele telefoons spraken. Misschien hadden ze geen eigen werkplek, misschien zaten ze de hele dag in de trein en gebruikten ze die als mobiel kantoor. Voordat hij te diep inging op deze gedachte en begon uit te rekenen of de kosten van een vast kantoor opwogen tegen de kosten van een ticket eersteklas voor de rest van je leven, dacht hij na over wat hemzelf vandaag te wachten stond. Het gebeurde niet vaak dat hij werd ontboden door het advocatenkantoor in Londen waarvoor hij veel freelance werk deed, maar nu en dan, wanneer het om een belangrijk contract ging of wanneer de Japanse maatschappij in kwestie een meer persoonlijke benadering wenste, verwachtte men dat hij kwam. Vandaar zijn nette pak. Hij vond het niet erg om af en toe die rol te vervullen, al werkte hij veel liever thuis, in zijn ouwe plunje. Samantha had zijn voorkeur voor thuiswerken niet gedeeld; hij had gezegd dat dat kwam doordat ze er ongezond veel genoegen aan beleefde de baas te zijn van haar eigen bedrijf. 'Ontken het maar niet,' had hij gezegd toen ze voor het eerst samen uit eten waren gegaan. 'Het is duidelijk dat je er een enorme kick van krijgt dat er meer dan twintig mensen voor je werken.'

'En is daar iets mis mee?' had ze gevraagd.

'Alleen als het je naar je hoofd stijgt.'

'En hoe zou dat tot uitdrukking komen?'

'Nou, bijvoorbeeld doordat je gaat proberen de baas te spelen over mij.'

'En wat zou het gevolg daarvan zijn?'

'Dat ik strenge maatregelen zou moeten nemen.'

'Zoals?'

'Wil je per se altijd het laatste woord hebben?'

'Nee, ik zit met je te flirten. Je bent alleen niet slim genoeg om dat te snappen.'

Ze was even vrijpostig als ambitieus. Vanaf het moment dat hij haar had gezien, was hij verloren geweest. Hij was zelf niet dom, maar vergeleken bij haar scherpe intellect kwam hij nauwelijks boven het ontwikkelingsniveau van een amoebe uit. Ze sprak niet alleen vloeiend Russisch en wist alles over de Russische handelswetten en de weinig luisterrijke wereld van werktuigen, fabrieksinstallaties en machines voor het vervaardigen van kabels en draden, die de hoofdmoot vormde van het vertaalwerk van haar firma, maar ze sprak ook redelijk Frans, Spaans en Italiaans en een beetje Grieks. Toen ze vaste verkering hadden en op vakantie gingen naar Japan, verbaasde ze hem opnieuw toen ze bij aankomst in hun hotel in Kyoto aan het meisje achter de balie vroeg hoe laat het ontbijt werd geserveerd – in het Japans. 'Spreek je nu ook al Japans?' had hij gevraagd.

'Ik leer het stiekem,' had ze met een glimlach geantwoord.

'Maar dan is er niets meer waarin ik beter ben dan jij.'

Ze had haar arm door de zijne gestoken, hem meegetrokken naar de lift en gezegd: 'Ik weet een heleboel dingen waarin jij beter bent dan ik. Laten we naar bed gaan.' Dat hoefde ze geen twee keer te zeggen. Het scheelde weinig of ze hadden hun kleren al uit voordat ze op hun kamer waren.

Toen hij haar platenverzameling had gezien en tot de ontdekking kwam dat ze een grote fan was van Nick Drake, had voor hem als een paal boven water gestaan dat ze zijn vrouw moest worden. 'Er zit niks anders op,' zei hij terwijl hij zijn lievelingsplaat, *Five Leaves Left* opzette, 'je zult met me moeten trouwen. Dat ben je wettelijk verplicht.'

Haar antwoord was: 'Het spijt me, maar daar moet ik echt nog even over nadenken.'

Dat had ze gedaan. Ongeveer een halve seconde.

Ze kwamen uit heel verschillende milieus, maar dat had hun relatie nooit in de weg gestaan. Bij hem thuis hadden ze het nooit breed gehad – zijn vader was een ambitieloze dominee geweest – terwijl Samantha een telg was van een welgestelde, hechte familie. Niet lang nadat hij haar had leren kennen, had ze een 'aardig potje' geërfd, zoals ze de aanzienlijke som noemde die een oudtante haar had nagelaten. 'Pas op, mannetje,' had ze tegen hem gezegd. 'Als je me alleen wilt vanwege mijn geld, kun je beter wegwezen. Mijn familie zal je vermoorden als je probeert geintjes uit te halen.'

Haar ouders waren nu overleden, maar ze had een broer en zus die allebei getrouwd waren en volwassen kinderen hadden. Samantha was veel jonger, een nakomertje dat was geboren toen haar ouders al midden veertig waren. Conrad ging nog weleens naar haar zus of broer toe, meestal rond de kerst. De tijd van het jaar waarin families bijeenkwamen.

Zelf had hij vrijwel geen familie meer. Zijn moeder was een jaar voordat hij Samantha had leren kennen, aan kanker gestorven en zijn vader was bijna op de kop af een jaar later overleden aan een embolie. Afgezien van zijn zus Susan, die hij zelden zag omdat hij haar slecht opgevoede kinderen en haar chagrijnige man niet kon uitstaan, had hij alleen Mac.

Samantha en Mac konden het uitstekend met elkaar vinden. Ze noemde hem haar Big Mac en hield vaak per telefoon een wedstrijdje wie het eerst de kruiswoordpuzzel in *The Times* af had. Toen Conrad zijn oom had moeten bellen met het nieuws dat Samantha dood was, was Mac diepbedroefd geweest. 'Ik beschouwde haar als een dochter,' had hij gezegd met een stem die brak van de emoties. 'Ze was geweldig. Ik was gek op haar.' En toen: 'O, Conrad, wat nu? Hoe moet je hier ooit overheen komen?'

'Hier kom ik nooit overheen,' had hij eenvoudig geantwoord.

8

Wat Helen zo prettig vond aan Companion Care was dat het werk zo gevarieerd was en dat geen twee dagen hetzelfde waren. In principe werkte ze op donderdag en vrijdag hele dagen, en op maandag en dinsdag alleen 's ochtends, maar in de praktijk was haar rooster erg flexibel. Nu Savannah bij hen thuis rondhing en iedere kans aangreep om heibel te schoppen, overwoog Helen serieus om fulltime te gaan werken.

Het was vrijdagochtend en het vooruitzicht dat ze acht uur lang niet in de Old Rectory hoefde door te brengen, maakte Helen helemaal blij. Ze zou ongeveer een uur nodig hebben voor administratieve klusjes en dan kon ze op weg. Haar eerste klant was Isobel Jenkins, die eerst naar de dokter moest, vervolgens naar de apotheek om haar medicijnen op te halen en daarna naar de bibliotheek. De middag zou ze geheel besteden aan meneer Haddon, die in het ziekenhuis een afspraak had voor een bloedonderzoek en een röntgenfoto. Ze had geen idee hoeveel tijd daarmee gemoeid zou zijn, maar ze zou bij meneer Haddon blijven tot alles achter de rug was. Ongetwijfeld zou ze onderhand getrakteerd worden op nieuwe beeldende verhalen over de talloze ziekten die hij had gehad en de vele operaties die hij had ondergaan. Ze grapte vaak dat ze zijn prostaat inmiddels veel te intiem kende.

Dit was nu precies waarvoor ze Companion Care hadden opgericht; het was niet alleen maar een taxidienst voor ouderen. De meesten van hun klanten waren alleenstaand en hadden geen familie in de buurt op wie ze konden rekenen. Sommigen van hen waren te trots om gebruik te maken van de diensten die via de ouderenzorg beschikbaar waren en betaalden liever voor aparte regelingen in de privésfeer, om het gevoel te hebben dat het om een normale dienst ging waarvoor ze netjes betaalden. In veel gevallen ging het gewoon om het voorkomen van gezichtsverlies: ze konden hulp aanvaarden terwijl ze hun eigenwaarde behielden.

Trots was iets waaraan iedereen ten prooi viel, inclusief zijzelf. Toen duidelijk werd dat haar reisbureau over de kop zou gaan, had ze het vreselijk gevonden dat ze haar onafhankelijkheid zou verliezen. Ze was eraan gewend geraakt eigen baas te zijn en had geen zin om weer voor een ander te moeten werken. Door haar huwelijk met Hunter was alles veranderd. 'Je hoeft nu niet meer te werken voor de kost,' had hij gezegd, 'dus kun je net zo goed iets voor andere mensen doen.' Ze vermoedde dat hij nog zo ouderwets was dat hij liever had dat zijn vrouw niet werkte – Corinne en Marcia hadden dat ook nooit gedaan – maar dat een vorm van liefdadigheidswerk acceptabel en zelfs aanbevelenswaardig was. Binnen een paar weken waren Annabel en zij op het idee gekomen om Companion Care in het leven te roepen. Ze hadden kantoorruimte gevonden en dankzij een bescheiden lening van Hunter konden ze snel aan de slag gaan. Het was niet hun bedoeling winst te maken; wat ze hun klanten in rekening brachten, dekte alleen de overheadkosten. Ze hadden op het moment vier andere parttimers in dienst, maar er was al zo veel werk dat ze overwogen de ploeg met nog wat mensen uit te breiden.

Terwijl Annabel de post openmaakte, zette Helen een ketel water op voor hun eerste kopje koffie. Hun kantoor was in Crantsford, boven een showroom van badkamers, en bestond uit een redelijk grote werkruimte, een smalle gang waaraan een keukentje lag en een wc die zo'n kabaal maakte wanneer je doortrok, dat een dove er nog van zou schrikken.

Helen moest aan Mac Truman denken toen ze het kokende water in twee mokken schonk. Ze twijfelde er niet aan dat ook hij zijn trots had en dat zijn norse manier van doen te wijten was aan zijn angst voor de ouderdom. Annabel en zij zagen dat dagelijks, vooral bij hun mannelijke klanten. Ze had er alle begrip voor. Velen van hen hadden gevochten in de Tweede Wereldoorlog; ze hadden hun land en de wereld van de ondergang gered, waren naar huis teruggekeerd, getrouwd, hadden kinderen gekregen en geholpen het land weer op te bouwen. Ze waren een stuwende kracht geweest, maar werden nu alleen nog maar beschouwd als een uitgebluste groep. Geen wonder dat ze zich tegen die onrechtvaardigheid verzetten.

Evie had haar verteld dat Mac Truman 'een hoge piet in het bankwezen' was geweest voordat hij met pensioen was gegaan, en Helen begreep heel goed waarom hij niet ergens in een hoekje weggemoffeld wenste te worden. Ze was erg blij geweest toen hij haar gisteren had opgebeld om te zeggen dat hij te allen tijde tot haar beschikking stond voor advies of hulp. Hij had haar ook het telefoonnummer gegeven van Orlando Fielding, die ze meteen had gebeld. Ze had Orlando uitgelegd dat ze voorlopig alleen maar iemand wilde die regelmatig het gras kwam maaien en misschien wat kon snoeien. Hij had gezegd dat hij zich niet meer bezighield met onderhoudswerkzaamheden, zoals Mac Truman haar ook al had verteld, maar omdat het de tuin van Alice was geweest en hij die goed kende, had hij erin toegestemd een kijkje te komen nemen zodra hij er tijd voor had. Vervolgens had ze hem naar de Garden Club gevraagd. 'Meneer Truman zei dat u daar ook lid van bent. Het is toch niet te professioneel? Een beginner als ik zal toch niet te veel uit de toon vallen?'

Daar moest hij om lachen. 'U zult juist in de smaak vallen. Ze zullen u het hemd van het lijf vragen. Maar dat heeft niets te betekenen, hoor, dat doen ze met alle nieuwelingen. Al is een nieuweling die in de Old Rectory woont, wel apart. Uw tuin heeft een bijzondere reputatie.'

'Hebt u eraan gewerkt?'

'Ja. Het was een goede inspiratiebron. Net als Alice zelf. Ze heeft me meer over tuinieren en tuinarchitectuur bijgebracht dan ik op college heb geleerd. Ze was een tuinierster in hart en nieren en ze wist er ontzettend veel van.'

'Ze klinkt als een ware Gertrude Jekyll.'

Hij lachte. 'Dat kun je wel zeggen!'

De telefoon ging toen Helen net Annabels mok koffie op haar bureau zette. Annabel nam op en gaf de hoorn meteen aan Helen. 'Je heer en meester,' zei ze met een grijns.

Helen trok een gezicht. 'Die heb ik niet.'

'Wat heb je niet?' vroeg Hunter nadat ze 'hallo' had gezegd.

'Niets,' antwoordde ze en ze keerde Annabel de rug toe. 'Wat is er?'

'Heb je zin om met me te gaan lunchen in Juno's?'

Helen dacht meteen aan Isobel Jenkins. Als ze tijd moest vrijmaken voor een lunch met Hunter, moest ze Isobels bezoek aan de bibliotheek opschorten en dan zou Isobel erg teleurgesteld zijn. 'Zin wel, maar ik moet –'

'Goed, dan reserveer ik een tafel.'

'Nee, Hunter, luister nou even. Ik heb geen tijd. Ik moet –'

'Doe niet zo raar. Je kunt heus wel een uurtje vrijmaken voor je eigen man. Annabel kan voor je invallen. Ik verwacht je om één uur bij Juno's. Zorg dat je op tijd bent, want ik heb nog een drukke middag voor de boeg.'

Helen hing met overdreven zorgvuldige gebaren op.

Savannah wist niet precies hoe lang ze al voor het raam stond met alleen een handdoek om zich heen. De reden dat ze daar stond, was dat er in de tuin een man stond die er bijzonder goed uitzag. Hij droeg een spijkerbroek en een donkerblauw T-shirt dat zijn gespierde, krachtige bovenlichaam accentueerde, een lichaam van het soort dat beslist haar goedkeuring wegdroeg. Hij was het alleszins waard dat ze iets aantrok en naar beneden ging om te zien wat hij daar uitvoerde. Ze hief haar armen op tot boven haar hoofd en liet de handdoek op de grond vallen. Ze bleef zo nog een paar seconden staan, in de hoop dat hij naar het huis zou opkijken en haar zou zien. Maar dat deed hij niet. Ze trok snel een spijkerbroek en een haltertopje aan en ging op onderzoek uit voordat hij zou verdwijnen.

'Hallo. Wie hebben we hier?' vroeg ze, nadat ze stilletjes achter hem was gaan staan. Hij stond met zijn handen op zijn heupen en leek diep na te denken over een grote struik met paarse bloemen.

Toen hij haar stem hoorde, draaide hij zich om. 'Sorry. Ik wist niet dat er iemand thuis was.'

Tot haar genoegen zag ze dat hij er van dichtbij nog beter uitzag. Met zijn dikke, door de zon gebleekte haar, zijn gebruinde gezicht en blauwe ogen was hij echt een spetter. 'Hoezo? Was je van plan in te breken?'

Hij glimlachte. 'Ik heb de boel al bekeken. Er is niets wat het stelen waard is.'

'Je had boven moeten kijken, waar ik was.'

De glimlach verdween en hij draaide zich weer om naar de struik met de paarse bloemen. Geïrriteerd dat hij meer belangstelling toonde voor een stomme struik dan voor haar, zei ze: 'Je hebt geen antwoord gegeven op mijn vraag. Wie ben je en wat doe je hier?'

'Ik ben Orlando Fielding en ik probeer te berekenen hoeveel werk ik hier heb.'

'Werk?'

'In de tuin. Ik ben tuinman.'

'Je ziet er niet uit als een tuinman.'

Hij stak zijn duimen door de lusjes van zijn spijkerbroek en keek weer naar haar. 'Toch ben ik dat wel.'

Aangezien hij de eerste man was die de moeite van het bekijken waard was sinds ze in deze uithoek was gedumpt, besloot ze werk van hem te maken. 'Zin in een kop koffie?'

'Nee, dank je. Ik moet nodig gaan, anders kom ik te laat voor mijn volgende klus.'

'Maar je komt wel terug?'

'Dat denk ik wel. Het hangt ervan af wanneer je moeder wil dat ik begin.' Hij keek op zijn horloge. 'Oké, ik ben weg. Tot kijk.'

Ze keek hem na toen hij om het huis heen wegliep: sterke benen en een lekker kontje. Jammer dat hij zo snel was vertrokken. Toen pas drong tot haar door wat hij had gezegd en werd ze kwaad. Dat verwaande kreng van een Helen was haar moeder niet.

Ze zou het Helen nooit vergeven dat ze haar had gedwongen mee te gaan naar die enge ouwe kerel om haar excuus aan te bieden. En de heks had haar vader ook nog aan haar kant gekregen. 'Helen had gelijk,' had hij gezegd toen hij 's avonds was thuisgekomen en ze hem had verteld wat er was gebeurd. Ze had juist gedacht dat hij tegen Helen zou zeggen dat ze zich niet moest bemoeien met dingen die haar niet aangingen, maar hij had alleen maar gezegd: 'Met een beetje geluk zijn de gemoederen nu bedaard. Het zou niet prettig zijn als we meteen al ruzie kregen met de dorpsgenoten.' Sinds wanneer kon het haar vader iets schelen wat andere mensen van hem dachten? Haar enige troost was zijn commentaar toen hij hoorde dat Helen een kostbare fles van zijn favoriete wijnsoort had weggegeven. 'Heb je niet naar het etiket gekeken, Helen?' vroeg hij.

'Jawel, maar dat zei me niet veel.'

'Maar je weet dat dit een van mijn favoriete wijnen is.'

'Dan is het hopelijk ook een van meneer Trumans favoriete wijnen,' had ze vinnig geantwoord. 'Het was het minste wat we voor hem konden doen, na wat Savannah had gedaan.'

'Goed beschouwd heeft Savannah helemaal niets gedaan,' zei haar vader en hij keek naar Savannah. 'Die hond holde toch zomaar de weg op?'

'Ja, pap. Het lag helemaal niet aan mij.'

Helen de Heks liet het daar echter niet bij zitten en zei: 'Meneer Truman denkt daar heel anders over. Hij zei dat Savannah veel te hard reed.'

Haar moeder had Helen een oppervlakkige opportunist genoemd, een vrouw die op slinkse wijze haar slag had geslagen: 'Nu ze hem heeft gestrikt, denkt ze zeker dat ze over ons heen kan lopen.' Het laatste wat ze tegen Savannah had gezegd voordat ze was weggereden, was: 'Laat je niet commanderen door dat arrogante, geniepige wijf.'

Tot haar eigen ergernis had Savannah dat op de eerste de beste dag al gedaan, toen ze Helen had gehoorzaamd en haar verontschuldigingen had aangeboden aan meneer Truman. Maar het zou bij deze ene keer blijven. Ze was trouwens alleen maar gegaan omdat ze wilde weten of alles goed was met dat hondje. Toen ze klein was had ze eindeloos om een hond gezeurd. Het was haar liefste wens geweest. Maar haar vader en moeder hadden steeds geweigerd.

Isobel Jenkins nam er altijd de tijd voor om boeken uit te kiezen in de bibliotheek. Op haar gemak volgde ze haar route langs de planken met vrouwenromans, historische romans en detectives. Vandaag was geen uitzondering. Helen hield haar vanuit haar ooghoek in de gaten terwijl ze in de zithoek een pamflet van Companion Care op het prikbord hing. Ze stond in tweestrijd: moest ze de oude dame voorzichtig aansporen een beetje op te schieten, of haar net zo lang de tijd gunnen als ze wilde? Ze was woedend dat Hunter haar daarstraks zo voor het blok had gezet en ze had veel zin om de lunch af te zeggen. Hoe waagde hij het haar en haar werk zo te behandelen, alsof wat ze deed niet echt belangrijk was. Alsof haar werk alleen een soort hobby was, en ze alles zomaar in de steek kon laten wanneer hij dat wilde. Misschien had hij zijn eerste twee echtgenotes zo behandeld, maar als hij dacht dat hij met haar hetzelfde kon doen, had hij het mis.

'Ik ben klaar.'

Helen draaide zich om. Isobel was amper één meter vijftig lang en in haar donkerblauwe regenjas, met haar nylontasje met boeken tegen zich aan gedrukt, zag ze eruit als een klein, gerimpeld kind dat stond te wachten tot iemand haar van school kwam halen.

'Weet u zeker dat u genoeg boeken hebt?' vroeg Helen. Ze probeerde Isobel bijna over te halen nog een boek te gaan zoeken.

Wat een beetje kinderachtig van haar was, bedacht ze later, nadat ze Isobel had afgezet bij haar keurige victoriaanse huis en op weg was naar Crantsford. Ze wierp een blik op haar horloge en zag dat ze zeker tien minuten te laat zou zijn voor haar lunch met Hunter. Net goed. Ze was nu nog nijdiger dan daarstraks omdat Isobel zo teleurgesteld had gekeken toen ze haar had moeten vertellen dat ze niet kon binnenkomen voor een kopje thee en een plakje eigengebakken cake. 'Een andere keer,' had ze gezegd. 'Ik heb nog zo veel te doen vandaag.'

Het oude dametje had geglimlacht en haar tas met boeken tegen zich aan gedrukt. 'Ja, dom van me. Ik vergeet altijd dat je het drukt hebt.'

'Ik kom u volgende week halen voor uw afspraak bij de chiropodist.'

'Zal ik dan een verse cake bakken?'

'Graag. Als u tijd hebt.'

'Ik heb toch niets beters te doen.'

Annabel was er beter in dan zij om een emotionele afstand te scheppen tussen haarzelf en hun cliënten met hun problemen. Isobel Jenkins was een lief, eenzaam oud dametje en Helen had er altijd moeite mee haar zomaar achter te laten wanneer hun tijd officieel om was.

Ze reed net het parkeerterrein achter Juno's op toen haar mobieltje ging. Ze nam aan dat het Hunter was, die wilde weten waar ze bleef, klapte de telefoon open en zei: 'Ik kom eraan. Ik zoek een parkeerplaats.'

Een korte stilte en toen: 'Spreek ik met mevrouw Madison-Tyler?'

Ze herkende de stem niet en zei op veel minder scherpe toon: 'Ja, daar spreekt u mee.'

'O, hallo, met Orlando Fielding. Treft het slecht? Ik kan ook wel op een later tijdstip bellen, als u dat liever heeft.'

'Nee, het is wel goed. Belt u me over de tuin?'

'Ja. Ik heb hem vanochtend bekeken. Het klopt dat er nogal wat gesnoeid moet worden. En de gazons zijn er ook niet al te best aan toe. Niet te geloven hoe snel de natuur bezit neemt van dingen die niet worden bijgehouden. Als u wilt, kan ik een en ander voor u in orde maken en dan kunnen we later overleggen over de vaste verzorging.'

'Dat klinkt goed. Wanneer kunt u beginnen?'

'Wat dacht u van maandagmiddag?'

'Uitstekend.'

'We hebben het nog niet over de kosten gehad, maar ik reken meestal –'

'Maakt niet uit; daar hebben we het maandag nog wel over.'

'Goed. Tot vanavond dan.'

'Vanavond?'

'Bij de Garden Club.'

'O ja. Dat was ik helemaal vergeten. Bedankt voor de herinnering.'

Nadat ze de verbinding had verbroken, nam Helen nog een paar seconden de tijd om zichzelf in de spiegel te bekijken. Ze had zich nooit erg om haar uiterlijk bekommerd, maar omdat Hunter er altijd zo verzorgd uitzag, vond ze dat ze wel wat moeite kon doen om zelf ook netjes voor de dag te komen. Toen ze wat lippenstift opdeed, vroeg ze zich af of hij haar voor deze lunch had uitgenodigd opdat ze konden praten zonder risico dat Savannah meeluisterde. Als dat het geval was, zou hij zich misschien eindelijk voor haar openstellen en kunnen praten over hun problemen in bed. Tot nu toe had hij daar helemaal niets over gezegd.

Toen ze het restaurant binnenging, stond Hunter beleefd op. 'Waar bleef je zo lang?' vroeg hij nadat hij haar wang had gekust.

De vraag irriteerde haar, maar ze zei alleen: 'Ik had vanochtend een vol programma.' Toen vertelde ze over haar gesprek met Orlando en dat ze die avond niet thuis zou zijn.

'Weet je zeker dat je hierbij betrokken wilt raken? Is het niet een wat kneuterig gedoe allemaal?'

'Dat weet ik pas wanneer ik er ben geweest. Wil je soms mee?'

Hij lachte en schudde zijn hoofd. 'Nee, dank je wel. Kom, laten we iets bestellen. Ik heb niet al te veel tijd.'

'Ik ook niet,' zei ze nadrukkelijk.

Pas toen de serveerster hun bestelling had opgenomen, werd Helen duidelijk dat Hunter haar niet had gevraagd hierheen te komen om intieme onderwerpen met haar te besperken. Nee, het was een valstrik, een ordinaire valstrik. 'Ik vertrek morgen naar Barbados,' zei hij. 'Ik ga een appartementencomplex bekijken dat daar in aanbouw is. Ik had graag gewild dat je met me meeging,' vervolgde hij, 'maar we hebben nu de zorg voor Savannah.'

Nadat Helen tot tien had geteld, zei ze: 'Is ze niet oud genoeg om voor zichzelf te zorgen?'

'Ik heb Marcia beloofd dat ik op haar zou passen.'

'Neem haar dan mee.'

'Dat zou wel kunnen, maar dat doe ik toch liever niet.'

Hun eten werd geserveerd, maar Helen had geen trek meer.

9

Conrad zette zijn computer uit. De dag was voorbij gevlogen. Hij was vanochtend om halfnegen begonnen en nu was het alweer zeven uur. Er waren tijden geweest dat hij zelfs hele nachten was doorgegaan, om nergens anders aan te hoeven denken.

Hij sloot zijn kantoor af en stak de betegelde binnenplaats over naar het huis. Mac was nergens te bekennen, maar toen hij de lege soepkom op de keukentafel zag, met ernaast een slordig gesneden brood, een geopend pakje cheddar en een pot olijven, herinnerde hij zich dat het vrijdag was en dat Mac naar de Garden Club zou gaan. Hij had blijkbaar vroeg gegeten en was zich nu zeker aan het aankleden. Zijn oom klaagde steen en been dat de club zonder Alice niet méér was dan een stelletje onbenullen bij elkaar, maar sloeg evengoed nooit een bijeenkomst over. Conrad plaagde hem vaak dat hij alleen ging vanwege de aandacht waarmee de vrouwelijke clubleden hem overlaadden. Conrad was er zelf nog nooit geweest, maar kon zich wel voorstellen hoe het toeging in het dorpshuis, hoe de keurige dames van Swanmere hem vertroetelden en om zijn aandacht vochten. Je hoefde de oude fotoalbums maar te bekijken om te zien wat een knappe man Mac was geweest, en zelfs nu hij een beetje krom liep en trager was geworden, had hij nog altijd iets gedistingeerds. Hij straalde alle zelfvertrouwen en autoriteit uit die Conrads vader nooit had gehad.

De twee broers waren totaal verschillend geweest. Edwin Truman streefde naar een ideale wereld waarin iedereen een dak boven het hoofd en voldoende te eten had. Dat was op zich niet slecht, maar toen Conrad nog klein was, had hij altijd het idee gehad dat vooral hij en Susan degenen waren die iets moesten laten staan opdat 'de armen' het beter zouden krijgen. En niet alleen de armen in de parochie van hun vader, maar vooral de armen in verre landen waar de brandende zon de grond tot onvruchtbaar stof verpulverde en zwarte kindertjes iedere avond hongerig naar bed gingen. Hij en Susan werden er vaak toe aangespoord al hun zakgeld in het blikje te doen dat op de schoorsteenmantel stond, een oud *Brooke Bond*-blikje waar steevast mee werd gerammeld wanneer mensen zo dom waren bij hen op bezoek te komen. Hun vader verwachtte zelfs van hem en Susan dat ze een aanzienlijk deel van het geld afstonden dat ze (hoofdzakelijk van Mac) voor hun verjaardag en met de kerst kregen. 'Kleine opofferingen,' zei hij, 'zijn een grote stap om de wereld beter te maken voor iedereen.' Toen Conrad een keer de stoute schoenen had aangetrokken en hem had gevraagd waarom niemand iets kon opofferen om zíjn leven beter te maken, werd hij zonder eten naar bed gestuurd met de opdracht goed na te denken over zijn zelfzuchtigheid.

Toen hij nog klein was, had Conrad geen idee gehad hoe groot de animositeit tussen de twee broers, Mac en Edwin, was. Hij wist alleen dat iedere keer dat Mac op bezoek kwam – zowel toen ze in het deprimerende huis met het platte dak aan de rand van een arbeiderswijk woonden, als in de tochtige oude victoriaanse villa waar, ondanks dat er niets te stelen viel, om de haverklap werd ingebroken – het hele huis tot leven leek te komen en de muren bijna letterlijk trilden van Macs aanstekelijke levenslust. Hij deed goocheltrucjes voor Conrad en Susan; munten verdwenen zomaar en kwamen weer tevoorschijn vanachter hun oren of onder hun kin. Hij hield zwaardgevechten met Conrad, waarbij ze samen door de tuin holden alsof ze ridders waren, of woeste piraten met een lapje voor hun oog. Hij bracht kleur in hun leven met prachtige sprookjesboeken en speelgoed en had ook altijd cadeautjes bij zich voor hun ouders: zijden stropdassen en sjaaltjes, kasjmier truien, flessen whisky en luxe bonbons, allemaal dingen die Edwin Truman zich met zijn bescheiden salaris niet kon veroorloven. Tijdens een van zijn bezoeken gaf Mac zijn broer een duur fototoestel voor zijn verjaardag en toen Conrad enige maanden later zag dat het fototoestel nog in de doos achter in het dressoir in de zitkamer lag, vroeg hij aan zijn vader waarom hij er geen foto's mee maakte. Edwin, de man met de milde manieren, die zelfs nooit zijn stem verhief, had op scherpe toon geantwoord dat hij zich met zijn eigen zaken moest bemoeien en dat hij beter aan zijn huiswerk kon gaan dan in kasten neuzen waar hij niets te zoeken had.

Pas toen Conrad wat ouder was, viel hem op dat zijn vader, onder het mom dat hij aan zijn preek moest werken, vaak in zijn studeerkamer verdween wanneer Mac er was. Nóg weer later begreep hij dat zijn vader als het ware verschrompelde wanneer zijn broer er was.

Hij draaide zich om naar de deur toen hij trage, nadrukkelijke stappen op de trap hoorde. Even later kwam Mac de keuken binnen met Fritz op zijn hielen. Mac kleedde zich altijd netjes wanneer hij een avondje uitging, maar het viel Conrad meteen op dat zijn oom zich vanavond extra had opgedoft. In plaats van het tweedjasje en de corduroybroek die hij meestal aantrok, droeg hij de blazer met de grijze flanellen broek die hij apart hield voor wanneer hij naar de kerk ging en voor de enkele keer dat hij voor een feestje werd uitgenodigd. Zijn suède veterschoenen hadden plaats moeten maken voor zijn beste instapschoenen, en hij was gladgeschoren en rook naar een frisse aftershave.

Conrad floot zachtjes. 'Asjemenou. Op wie wil je vanavond indruk maken?'

'Doe niet zo raar. Ik had gewoon zin om eens iets anders aan te trekken.'

'Wie het ook mag zijn, ik denk niet dat ze veel prijs zal stellen op zo'n norse houding. Daar mag je wel iets aan doen voordat je gaat.'

Mac schudde zijn hoofd. 'Nu begin je me te irriteren.'

'Eindelijk zijn de bordjes verhangen!'

Er werd gebeld. 'Dat is voor mij,' zei Mac en hij liep al naar de deur. 'Tot straks.'

Een van de vele stilzwijgende regels waaraan ze zich hielden, was dat ze elkaars privacy respecteerden, wat inhield dat ze geen vragen stelden, maar Conrad was nu zo nieuwsgierig geworden dat hij, erop vertrouwend dat zijn wat dovige oom het niet zou horen, stilletjes achter hem aan liep. Hij wilde weten voor wie Mac zich zo had opgedoft, want hij had zijn oom sinds de dood van Alice niet één keer zo piekfijn gekleed gezien.

Hij verwachtte dat een van de oude dametjes van het dorp voor de deur zou staan, maar zag tot zijn verbazing een aantrekkelijke vrouw die nog niet half zo oud kon zijn als zijn oom. De ouwe snoeper!

'Ik hoop dat ik niet te vroeg ben,' zei ze. Ze had een prettige stem en een innemende glimlach. Prachtig haar met de kleur en glans van kastanjes omlijstte haar bleke gezicht.

'Helemaal niet,' antwoordde Mac. 'Ik zou u met plezier hebben uitgenodigd even binnen te komen, als mijn neef niet de manieren had van een barbaar.'

De vrouw wierp een bijna onmerkbare blik over Macs schouder naar de plek waar Conrad half achter de trap verscholen stond, en keek toen weer naar Mac.

'Meent u dat? In welk opzicht?'

'In ieder opzicht. Zullen we?'

Mac liep naar buiten en gooide de deur achter zich dicht, maar Conrad zag nog net dat de vrouw een beetje beduusd glimlachte terwijl ze weer in zijn richting keek. Ze had duidelijk al begrepen wie hij was: de barbaarse neef. Maar wie was zij? En wat had zijn oom allemaal uitgevreten terwijl hij op kantoor zat?

Het was in het dorpshuis veel drukker dan Helen had verwacht en er waren net zo veel mannen als vrouwen, dus Hunter zat er helemaal naast met zijn theorie dat het vast een soort plattelandsvrouwenclubje was. Mac legde uit dat niet alle aanwezigen lid waren van de Garden Club. 'En die zijn ook lang niet allemaal door iemand uitgenodigd,' zei hij. 'Sommige mensen komen gewoon omdat ze een bepaalde gastspreker graag willen horen. Die moeten daarvoor dan natuurlijk wel een entreeprijs betalen.'

'Zijn ze allemaal gekomen voor de lezing over de bonsaibomen?'

Hij grinnikte. 'Dat denk ik niet.'

'Maar u hebt gisteren de verandering pas doorgekregen.'

'Hier in Swanmere gaan nieuwtjes als een lopend vuurtje rond. Ik dacht dat u dat inmiddels wel wist.'

'O jee, wil dat zeggen dat iedereen ook al weet dat die ellendige stiefdochter van mij uw hond bijna heeft overreden?'

'Dat neem ik aan. Maar dat is niet zo belangrijk. Ik hoop eerlijk gezegd dat het feit dat u hier vanavond samen met mij bent, aanleiding zal zijn voor nieuwe roddels. Dat iedereen het er morgen aan het ontbijt over zal hebben.'

Helen lachte. Ze kon Macs ondeugende gevoel voor humor wel waarderen. Daarstraks had ze het idee gehad dat hij donders goed had geweten dat zijn neef kon horen wat hij over hem zei. En die neef zag er niet uit als iemand met barbaarse manieren. Daarvoor was hij veel te knap.

Mac Truman wenkte een jong stel naar zich toe. Toen ze bij hen waren, zei hij tegen het mooie blonde meisje: 'We zijn zeer geëerd met je aanwezigheid, Lucy. Het is een zeldzaam genoegen je hier te zien. Ik wil je graag voorstellen aan iemand die hier voor het eerst is.' Hij zei tegen Helen: 'Helen Madison-Tyler, dit zijn twee van mijn beste vrienden. Lucy Gray en Orlando Fielding.'

Helen gaf beiden een hand. Ze vormden een bijzonder knap stel, allebei blond met blauwe ogen en een fris, natuurlijk uiterlijk. Lucy had lang, golvend haar, precies het soort haar dat Helen zo graag had gewild toen ze klein was. 'Ik vind het leuk om persoonlijk met je kennis te maken,' zei ze tegen Orlando, en opeens voelde ze al haar vijfenveertig jaren. 'Ik meen dat je vanochtend mijn stiefdochter hebt ontmoet.'

Voordat hij de kans kreeg antwoord te geven, klonk een harde stem boven het geroezemoes uit. Het was Olivia Marchwood die hen tot de orde riep. 'Laten we een plaatsje zoeken,' zei Orlando.

'Weet u zeker dat u bij ons wilt zitten?' vroeg Lucy toen ze een lege rij opzochten. 'Wij zijn de zwarte schapen van het dorp en als u met ons omgaat, wordt u een sociale paria.'

Helen vond juist dat ze zich in prima gezelschap bevond, ondanks het leeftijdsverschil. Als Mac een vriend was van de benijdenswaardig jonge Lucy en Orlando, zei dat haar genoeg.

Olivia Marchwood schraapte haar keel en opende de bijeenkomst. Tien minuten werden besteed aan het voorlezen van de notulen van de vorige bijeenkomst van de club – Helen hoorde Lucy ongedurig schuifelen op haar stoel – en toen werd een lijst besproken met voorstellen voor uitstapjes naar tuinen in de komende zomermaanden. 'Wie belangstelling heeft, kan zich aan het einde van de avond bij mij opgeven,' zei Olivia Marchwood. 'Zoals altijd is er een beperkt aantal plaatsen, dus wie het eerst komt, het eerst maalt.'

Helen leunde opzij naar Mac. 'Wat vindt u? Zullen we samen gaan om Swanmere écht iets te roddelen te geven?'

Hij grijnsde. 'Daar ben ik altijd voor te porren,' fluisterde hij terug.

'En nu dan het hoogtepunt van de avond,' zei Olivia, terwijl ze een blad van haar blocnote omsloeg. 'Het doet me veel genoegen –' Ze stopte abrupt toen er ergens in het publiek een mobiele telefoon begon te rinkelen. Haar blik gleed over de rijen, op zoek naar de schuldige, en Helen dacht net bij zichzelf dat het de strengste blik was die ze ooit had gezien, toen die tot haar grote schrik op háár bleef rusten en ze met een schokje besefte dat het háár mobieltje was. Ze bukte zich haastig naar haar tas en toen ze zag dat het Hunter was, zette ze de telefoon af. Ze wist niet waarom hij belde, maar hij zou moeten wachten. Ze had hem nog niet vergeven dat hij haar met Savannah had opgescheept terwijl hij zelf lekker naar Barbados ging. Ze hadden er geen laaiende ruzie om gekregen, wat achteraf gezien eigenlijk jammer was. Misschien was het beter geweest als ze eventjes flink tegen elkaar hadden staan schreeuwen. Nu bleven haar woede en weerzin op een zacht pitje sudderen.

De commotie was voorbij en Olivia kon de spreekster aankondigen: Philippa Hutton van de reisvereniging *Gardens of Delight*.

Lucy luisterde maar met een half oor naar wat de vrouw vertelde. Ze was geagiteerd en ongedurig. Iedere keer dat er een nieuwe dia op het scherm werd geprojecteerd, verwachtte ze half het gezicht van haar vader te zien.

Ze nam Orlando dit erg kwalijk. Hij had gezegd dat de lezing ging over het Lake District. Ze had zich erop verheugd iets meer te horen te krijgen over de tuinen in het Cumbrian Lake District – Levens Hall, Holker Hall, Holehird en Muncaster Castle. In plaats daarvan was ze gedwongen te luisteren naar een vrouw die lyrisch vertelde over plaatsen aan het Comomeer, waar haar vader woonde. Toen de lezing was begonnen, had Orlando fluisterend gezegd dat hij het verkeerd had begrepen van Olivia. Dat kon best zijn, maar ze nam het hem evengoed kwalijk dat ze gedwongen was dit allemaal aan te horen.

Ze had haar vader voor het laatst gezien toen ze veertien was. Hij had vrij genomen van zijn werk, was haar van school komen halen en had haar meegenomen naar een restaurant. Hij zei dat hij haar iets belangrijks moest vertellen, iets wat hij die ochtend al met haar moeder had besproken. Zijn nieuws was dat hij niet meer bij haar moeder wilde blijven, dat hun huwelijk ten einde was gekomen. Haar eerste reactie was, en dat zei ze ook letterlijk tegen hem, dat als zíj haar irritante moeder kon verdragen, híj dat ook best kon. 'Zo eenvoudig is het niet, Lucy,' zei hij. 'Ik ben verliefd geworden op iemand anders.'

'Dat kan niet. Je bent met mamma getrouwd.'

'Het spijt me, maar het is toch echt zo.'

Daarna had ze er een paar minuten zwijgend bij gezeten en het papieren servet op haar schoot in reepjes gescheurd terwijl in haar binnenste verdriet en woede om de voorrang vochten.

'Het spijt me, Lucy,' had hij nogmaals gezegd. 'Ik heb dit niet gewild.'

'Waarom doe je het dan?'

'Omdat... ik niet anders kan. Ik wil bij de vrouw zijn van wie ik hou. Ooit zul je het wel begrijpen.'

'Niet waar! Ik zal nooit begrijpen hoe je ons zoiets kunt aandoen! Wie is die vrouw en waar woont ze?'

'Ze heet Francesca en ze woont in Italië.'

'In *Italië*? Ga je daar dan wonen? In een heel ander land? Wanneer krijg ik je dan nog te zien?'

'O, zo vaak. Je kunt in de vakantie komen logeren. Dat is toch ook leuk? Gaan we samen allerlei nieuwe plaatsen ontdekken. Wij tweetjes.'

'Ik wil niet bij je *logeren* en ik wil geen andere plaatsen ontdekken. Ik wil dat alles blijft zoals het nu is.' Ze begon zo hard te huilen, dat de andere mensen in het restaurant naar hen keken. Hij kwam aan haar kant van de tafel zitten en wilde zijn arm om haar schouders slaan, maar ze weerde hem af. 'Raak me niet aan! Ik haat je! Hoe kun je me zoiets aandoen?' Ze duwde hem opzij, sprong zo wild overeind dat haar stoel omviel en holde het restaurant uit.

Ze was zo verblind door haar tranen dat ze de taxi niet zag aankomen toen ze pardoes de straat overstak, maar de piepende remmen en de boze stem slaagden er niet in haar tot staan te brengen. Ze bleef hollen tot ze thuis was. Ze stak haar sleutel in het slot van de voordeur, ging naar binnen en riep haar moeder, maar kreeg geen antwoord. Het was griezelig stil in huis. De radio stond niet aan. Er klonk geen muziek. Het was alsof ze het verkeerde huis was binnengegaan. Ze liep de trap op en zag dat haar moeder op haar bed naar het plafond lag te staren. Naast haar lag een lege champagnefles. Lucy's hart sloeg een slag over toen ze dacht dat ze dood was, dat ze zelfmoord had gepleegd. 'Mam?' fluisterde ze. 'Mam, zeg eens wat.' Ze liep behoedzaam naar het bed terwijl ze vanuit haar ooghoek zag dat links van haar de deuren van de klerenkast openstonden. Een rij lege hangertjes was het bewijs dat haar vader al zijn kleren al had meegenomen.

Haar moeder bewoog zich. 'Hij heeft het je dus verteld?'

'Ja, maar we moeten hem tegenhouden. We moeten hem duidelijk maken dat hij een fout maakt. We mogen hem niet laten gaan.' Wat ze bedoelde, was: Ik kan dit niet aan. Ik wil niet in mijn eentje bij jou achterblijven.

Fiona schudde haar hoofd. 'Daarvoor is het te laat, Lucy. Wij hebben nu alleen elkaar nog.'

Lucy knipperde met haar ogen. De herinnering aan die dag stond haar nog zo helder voor de geest dat het was alsof de beelden ervan hier op het diascherm werden geprojecteerd. Na al die jaren zou het haar niet meer zo veel verdriet moeten doen, maar helaas was dat wel zo. Als haar vader echt van haar hield, zoals hij beweerde, zou hij haar niet in de steek hebben gelaten. Maar hij was duidelijk niet de man die ze dacht dat hij was. Hij was niets anders dan een egoïstische schoft.

Het was nog licht toen ze het dorpshuis uitkwamen. Lucy en Orlando hadden Mac en Helen uitgenodigd iets te gaan drinken in de Swan Inn, waar Mac nu tegen de tapkast geleund op hun bestelling wachtte. Hij wist dat Orlando had willen betalen, maar hij wist ook dat de jongen erg slecht bij kas zat.

Nadat hij had afgerekend, liep hij langzaam naar hun tafel, met het dienblad in beide handen, die hij dwong niet te beven, wat weleens gebeurde.

'Wat zie je er chic uit, Mac,' zei Lucy tegen hem toen hij was gaan zitten en de glazen had rondgedeeld. 'Waarom heb je je zondagse pak aan? Hoopte je vanavond een vrouwtje te kunnen strikken?'

Hij was blij dat hij Lucy weer zag glimlachen, want hij wist wel waarom ze daarstraks zo triest had gekeken. Hij zei: 'Niet zo brutaal, meisje. En hoe weet je of ik niet reeds een vrouwtje heb gestrikt?' Hij wierp daarbij een blik in Helens richting, in de hoop dat ze zou meespelen.

Dat deed ze. 'Wist je het nog niet, Lucy? Mac en ik rijden samen een scheve schaats. Het was liefde op het eerste gezicht.'

Hij lachte en zei, terugdenkend aan hoe ze elkaar hadden leren kennen: 'Was het maar waar. Eerlijk gezegd gedroeg ik me knap onbeleefd.'

Lucy zette haar glas met zo'n wild gebaar neer dat er wat wijn over de rand klotste. 'Allemachtig! Dit is de allereerste keer dat ik jou hoor toegeven, Mac, dat je je onbeleefd hebt gedragen.'

'Maar ik had er alle begrip voor,' zei Helen. 'Na wat mijn stiefdochter had gedaan, had hij het volste recht om ons onbeleefd te behandelen.'

'Moedig hem nou niet aan, Helen,' zei Orlando. 'We hebben hem net getemd! Het zou jammer zijn als al ons werk voor niks was geweest.'

Lucy pakte haar glas weer. 'Ik vind dat we Helen officieel welkom moeten heten als lid van onze exclusieve bende. Gezien het incident met haar mobiele telefoon heeft ze dat dubbel en dwars verdiend. Wie vóór is, heffe zijn glas!'

Een uur later zaten ze nog steeds in de pub. Helen had vaag gezegd dat ze eigenlijk naar huis moest – Hunter zou bijtijds naar bed gaan omdat hij in alle vroegte op moest voor zijn vlucht naar Barbados – maar ze had het zo naar haar zin dat ze helemaal niet weg wilde. Ze was geroerd door de manier waarop Lucy en Orlando Mac plaagden maar ook ontzagen. Het was duidelijk dat hij erg op hen gesteld was, en zij op hem. Hij had nu niets meer van de geprikkelde oude man die ze in Chapel House had ontmoet en ze vroeg zich af waarom hij eerder op de avond zo grof was geweest over zijn neef. Zouden ze ruzie hebben gehad?

Niet alleen was ze geïntrigeerd door Mac en zijn neef, ze was ook nieuwsgierig naar de relatie tussen Lucy en Orlando. Ze begreep niet waarom ze alleen maar vrienden waren. Eerder op de avond had ze abusievelijk gedacht dat ze een stelletje waren, maar dat hadden ze snel rechtgezet. Je zou denken dat ze voor elkaar gemaakt waren. Ze waren ongeveer even oud, achter in de twintig, schatte ze, en konden uitstekend met elkaar overweg. Als een paar dat al heel lang bij elkaar was, hadden ze zo'n sterke band dat ze zelfs de gewoonte hadden elkaars zinnen af te maken. Misschien was Orlando gay. Waren niet alle mooie mannen tegenwoordig gay? Of misschien was Lucy lesbisch. Ze zat te peinzen over hoe gecompliceerd relaties konden zijn en haar persoonlijke ervaringen daarmee, toen ze Mac hoorde zeggen: 'Wat vinden jullie eigenlijk van alle uitstapjes die La Marchwood voor deze zomer heeft voorgesteld? Wie gaat er mee?'

Lucy schudde haar hoofd. 'Volgens mij zijn ze allemaal op zaterdag en dan moet ik werken.' Ze hief haar vinger op naar Mac. 'Sommige mensen hebben een baan, weet je.'

'Dat geldt helaas ook voor mij,' zei Orlando. 'Ik werk tegenwoordig zes dagen in de week.'

'Jammer.'

'En die reis naar het Comomeer?' vroeg Helen terwijl ze de brochure van *Gardens of Delight* uit haar tas haalde.

Er viel een pijnlijke stilte. Niemand zei iets tot Lucy antwoordde: 'Nou, op mij hoef je niet te rekenen. Mooi dat ik niet naar dat stomme Comomeer ga!'

10

Gedurende de daaropvolgende dagen zagen Helen en Mac elkaar vrij vaak. In het weekend kwam hij naar de Old Rectory om de tuin te bekijken, en op dinsdag weer, nadat Orlando 's maandags het gras had gemaaid. Beide keren had hij Fritz bij zich en hadden ze het huis en de tuin voor zichzelf. Helen had geen idee waar Savannah uithing en Hunter zat duizenden kilometers ver op Barbados. Helen vond Mac aangenaam en amusant gezelschap, al leed hij aan onverwachte gemoedswisselingen. Soms was hij het ene moment vrolijk en maakte hij grapjes, en begon hij zich even later te beklagen over een kleinigheid.

Nu was het woensdagavond en was hij er alweer, ditmaal zonder Fritz. Hij zat bij Helen in de keuken te mopperen over hoe lang hij die middag bij de dokter had moeten wachten. Zijn jeremiade duurde al een kwartier en hij had ieder aspect van het doktersbezoek uitentreuren belicht, van de airs van de hooghartige receptioniste tot en met de onbekwaamheid van de jonge plaatsvervangende arts die hem ook nog had onderzocht.

'Zeg eens, Mac,' zei Helen toen ze er haar buik vol van had. Ze was die dag voor Annabel ingevallen en had van haar cliënten nog meer van deze litanieën moeten aanhoren, dus had ze hier echt geen zin in. 'Hoe kan ik je zover krijgen dat je ophoudt met zeuren?'

Hij keek op van de plastic tas op zijn schoot waaraan hij had zitten frunniken. Zijn gezicht stond nijdig: samengetrokken wenkbrauwen, opeengeperste lippen.

'Nou?' zei ze toen hij geen antwoord gaf en het gebonk van Savannahs stereo boven de stilte deed trillen. 'Zeg het maar? Want ik heb de hele dag al naar dit soort verhalen geluisterd, en één stuk chagrijn in huis is me meer dan genoeg!'

'Doe je ook zo lelijk tegen al die ouwe mensen voor wie je zorgt?'

'Nee. Die zet ik tegen de muur en schiet ik dood als ze zich niet gedragen. Wat dacht je van een glaasje wijn? Zul je daarvan opvrolijken?'

Hij begon bulderend te lachen en daarmee kwamen zijn wenkbrauwen weer op hun normale plek te zitten. 'Ik begin een heel nieuwe kant van jouw karakter te ontdekken. Ik dacht dat je een bedeesd vrouwtje was dat geen vlieg kwaad deed, maar je begint je te ontpoppen als een ware despoot. Een glaasje wijn uit de uitmuntende wijnkelder van je man zal er echter wel ingaan, ja. Weet je trouwens al wanneer hij thuiskomt en ik mijn bezoeken zal moeten beperken?'

Helen ontkurkte de fles Pouilly Fumé die ze in afwachting van Macs bezoek in de koelkast had gezet en zei: 'De kans is groot dat hij langer wegblijft dan was gepland. Hij zit erover te denken om door te reizen naar Antigua. Of Tobago. Ik weet het niet meer. Ik weet alleen dat ik nog langer in mijn eentje met het monster zit opgescheept dan ik had gedacht.' Ze maakte een hoofdbeweging naar het plafond.

'Dat meisje moet gewoon manieren leren. Ze weet zelf niet hoe goed ze het heeft.'

Helen gaf hem een glas wijn. 'Daar heb je gelijk in. Vannacht kwam ze pas om drie uur thuis. Ik weet niet waar ze heeft uitgehangen, maar ze heeft haar hele badkamer ondergekotst. Ik heb het niet opgeruimd. Dat mag ze zelf doen. Ze is per slot van rekening geen klein kind.'

Hij huiverde. 'Ik vind dat ik van geluk mag spreken dat ik nooit kinderen heb hoeven opvoeden. Proost.'

Helen nam een slokje wijn, zette Savannah uit haar hoofd en zei: 'Wat heb je eigenlijk in die tas, Mac? Je houdt hem zo angstvallig op je schoot.'

Hij zette zijn glas neer. 'Ik... ik vroeg me af of je hier soms interesse voor had.' Hij maakte de tas open en haalde er een stapeltje schriften uit. Sommige waren oud en hadden ezelsoren, andere zagen er gloednieuw uit. 'Ze waren van Alice,' zei hij. 'Het zijn de dagboeken die ze bijhield over de tuin. Ze heeft ze kort voor haar dood aan mij gegeven.' Hij bood ze haar met een eerbiedig gebaar over de tafel heen aan. 'Als je ze zou lezen, zou je pas goed begrijpen hoeveel de tuin voor haar betekende. En wat die misschien voor jou kan betekenen.'

Helen pakte de schriften van hem aan. Ze deed er eentje open en zag dat het erg veel leek op het schrift dat ze bij Mac thuis op de keukentafel had zien liggen op de dag dat ze elkaar voor het eerst hadden ontmoet. Ze herinnerde zich dat hij het haastig had dichtgedaan toen hij had gezien dat ze ernaar keek. Nu begreep ze waarom. Deze schriften waren niet zomaar dagboeken; ze vertegenwoordigden de sterke band met een vrouw op wie hij zo gesteld was geweest. 'Weet je zeker dat je ze aan mij wilt uitlenen?'

Hij nam een flinke teug van zijn wijn. 'Ik vertrouw erop dat je er goed op zult passen. Jij hebt er meer aan dan ik. Bij mij liggen ze maar te liggen. Deze aantekeningen kunnen je helpen meer te weten te komen over planten, over waar ze vandaan komen en hoe ze overleven in hun natuurlijke habitat, precies zoals Alice dat allemaal aan mij heeft geleerd.'

'Heb je ze allemaal gelezen?'

'Nee. Ik ben erin begonnen, maar ik hoorde als het ware de stem van Alice, en dat bracht me niet de troost waarop ik had gehoopt.'

Dat hij zo veel moeite deed om haar te helpen, vond Helen zonder meer ontroerend. Ze zei: 'Misschien klinkt het overdreven, want we kennen elkaar nog maar zo kort, maar ik heb het gevoel dat onze vriendschap was voorbestemd.'

Een ogenblik keek hij volkomen beduusd, toen kreeg hij tot haar ontsteltenis tranen in zijn ogen. 'Ik weet precies wat je bedoelt,' zei hij zachtjes. 'Met Alice en mij was het precies zo.'

Helen liep naar de voorraadkast om hem een ogenblik de tijd te geven weer tot zichzelf te komen. Hij was trouwens niet de enige die daar behoefte aan had. Ze wist niet of het kwam doordat Hunter op reis was, maar ze begon zich hier in de Old Rectory eenzaam te voelen, eenzamer dan ooit tevoren, wat nogal mal was en helemaal niks voor haar. Ze had zich in haar eentje juist altijd uitstekend kunnen redden. Dat schreef ze toe aan het feit dat ze enig kind was en dat ze was grootgebracht door haar grootouders, die niet de energie van jongere ouders hadden.

Maar als ze zich zo eenzaam voelde omdat Hunter op reis was, hoe kwam het dan dat ze daar alle andere keren dat hij er niet was geweest, géén last van had gehad? En waarom voelde ze zich emotioneel zo verbonden met de man die nu in haar keuken zat? Waar kwam dat door?

Ze pakte een zakje chips van de middelste plank, schudde ze op een schaaltje en bepeinsde dat deze voortvarende man ook een zachte, kwetsbare plek had. Dat was zaterdagochtend ook al gebleken, toen hij voor het eerst hierheen was gekomen. Ze had hem op de deur horen kloppen toen ze bezig was de rommel op te ruimen die Hunter in zijn kleedkamer had achtergelaten nadat hij zijn koffer had gepakt. 'Ik vond dat ik onze hartstochtelijke affaire nog pikanter kon maken door meteen na het vertrek van je man bij je te komen,' zei hij toen ze hem binnenliet. Hij bood haar een losjes bijeengebonden bosje bloemen aan uit de tuin van Chapel House: takjes bloeiende rozemarijn, roomwitte meibloesem en zoetgeurige lelietjes-van-dalen. De bloemen hadden haar op het idee gebracht dat Mac misschien wel even in zijn eentje door de tuin wilde lopen, dus had ze gezegd dat hij maar vast naar buiten moest gaan om van de zon te genieten terwijl zij koffie zette. Toen ze hem later aantrof op de stenen bank in de beschutting van de rododendrons en azalea's, starend naar de verzonken visvijver – de karper was allang door de reigers opgevreten – had hij er een beetje mistroostig uitgezien. Hoe vaak zou hij daar samen met Alice gezeten hebben, had ze zich afgevraagd.

Ze deed de deur van de kast dicht en zette het schaaltje met chips op de tafel.

'Neem me niet kwalijk,' zei hij schor, terwijl hij zijn zakdoek in zijn zak stopte. 'Wat ben ik opeens een sentimentele oude dwaas aan het worden. Maar ik mis haar, zie je. We begrepen elkaar zo goed. We waren buitengewoon goed op elkaar ingespeeld.' Hij slikte hoorbaar. 'Laten we maar over iets anders praten.'

Helen dacht snel na en zei: 'Misschien kun je iets voor me ophelderen. Gisteravond in de pub heb ik iets gezegd waar Lucy nogal kribbig van werd. Wat zit daar achter? Welke gevoelige snaar heb ik geraakt?'

'O, dat…' zei hij langzaam. 'Ja, dat was een penibel moment, hè?'

'Penibel is zacht uitgedrukt. Er viel meteen een doodse stilte. Ik voelde me zo opgelaten!'

'Iedereen heeft een tere plek en jij raakte toevallig die van Lucy. Haar vader heeft haar en haar moeder verlaten toen ze veertien was en sindsdien heeft ze niets meer met hem te maken willen hebben.'

'Maar wat heeft dat te maken met een reisje naar tuinen in Italië?'

'Marcus Gray woont aan het Comomeer.'

'O,' zei Helen.

'Kan er nog een glaasje af?' Mac hief zijn lege glas op.

Ze haalde de fles uit de koelkast. 'Vind je dat ik naar haar toe moet gaan om erover te praten?'

'Nee, hoor. Lucy is geen rancuneus type.'

'Wel tegenover haar vader.'

'Dat is waar, maar wij kennen alleen háár kant van het verhaal. In mijn ogen bestaan er geen gecompliceerder relaties dan die tussen familieleden, vooral als sommigen van die familieleden ruzie met elkaar hebben of hebben gehad.'

'En wat vind jij van het voorstel van Olivia Marchwood om met de Garden Club naar het Comomeer te gaan?'

'Het klinkt aanlokkelijk.'

'En?'

Hij knipoogde ondeugend. 'Zoals ik al heb gezegd, ga ik als jij ook gaat. Maar als je echtgenoot ook mee wil, moet ik afhaken. Ik heb een veel te groot ego om het vijfde wiel aan de wagen te kunnen zijn.'

Ze lachte. 'Ik denk dat de kans dat Hunter met de Garden Club mee wil, net zo groot, of eigenlijk klein, is als dat Savannah mee zou gaan.'

Precies op dat moment kwam het meisje binnen. Misschien was het een beetje paranoïde, maar Helen kreeg meteen het gevoel dat ze hen had staan afluisteren. Haar broekspijpen schuurden over de grond toen ze naar de koelkast liep. Ze zei: 'Zit je alweer over me te roddelen, stiefmoeder?'

De sfeer in de keuken bekoelde onmiddellijk. 'Ik moet maar eens gaan,' zei Mac. 'Het getuigt niet van goede manieren wanneer men te lang blijft plakken.'

Savannah was op het aanrecht gaan zitten en zwaaide met haar benen terwijl ze aan een kippenbout kloof. 'Hoe is het met uw hond, meneer Truman?'

'Heel goed. Maar hij heeft de afgelopen dagen dan ook geen last gehad van mensen die niet kunnen autorijden.'

Savannah glimlachte en wees met de kippenbout naar hem. 'Zeg maar dat hij goed moet oppassen, want morgen krijg ik mijn nieuwe auto.'

Dit hoorde Helen voor het eerst. Ze had tegen Hunter gezegd dat ze geen tijd had om met Savannah naar auto's te gaan kijken en had gedacht dat de zaak daarmee voorlopig op de lange baan was geschoven. 'Hoe kom jij aan een nieuwe auto?' vroeg ze.

'Pappa heeft me vanochtend gebeld, toen je naar je werk was. Hij zei dat het als verrassing bedoeld was, en dat ze in de garage alleen nog wachten op de papieren.' De kippenbout wees nu in Helens richting. 'Vanaf morgen mag jíj me dus rijles geven.'

Bij de voordeur zei Mac: 'Het lot heeft je met dat meisje een slechte kaart toebedeeld. Gelukkig is het maar tijdelijk.'

'Dat is te hopen.'

'Misschien verveelt ze zich alleen maar. Geef haar iets te doen. Iets interessants wat haar duidelijk zal maken wat een goed leven ze heeft. Je zou haar kunnen meenemen naar je werk.'

'Ik kijk wel uit!'

'Misschien zou het haar goeddoen als ze ziet hoe mensen die veel minder hebben dan zij, zich staande houden.'

'Onze cliënten zijn geen armoedzaaiers, Mac. En waarom zouden ook zij onder haar moeten lijden? Hoe zou jíj het vinden als ze opeens voor je deur stond?'

Hij gaf haar een kusje op haar wang. 'Dat is al gebeurd. En ik heb het overleefd.'

Conrad was al een uur klaar met zijn werk, maar in plaats van zijn kantoor af te sluiten en naar het huis te gaan om eten te koken, had hij *Five Leaves Left* van Nick Drake opgezet en was hij in een van de fotoalbums gaan bladeren. Het was een bitterzoete bezigheid. Sommigen vonden hem een masochist en misschien was hij dat ook, maar het kon hem allang niet meer schelen hoe andere mensen over hem dachten. Hij had zich erbij neergelegd dat hij emotioneel en seksueel een kreupele was in de ogen van zijn vrienden, die vonden dat vijf jaar een overdreven lange rouwperiode was. Sommigen vonden zelfs dat hij in zijn verdriet zwolg. Maar er waren nog steeds dagen waarop hij het gevoel had dat Samantha gisteren pas was gestorven. Een van de maten van het advocatenkantoor in Londen waarvoor hij freelance werk deed, had enige jaren geleden ook zijn vrouw verloren. Ze had kanker gehad. Hij had Conrad een keer verteld dat de dood van zijn vrouw hem niet zo zwaar had getroffen als de meeste mensen dachten. 'Mijn rouw begon op het moment dat we de diagnose kregen dat ze ongeneeslijk ziek was,' zei hij. 'Vanaf dat moment kon ik me erop voorbereiden.'

Conrad had geen gelegenheid gekregen zich erop voor te bereiden. Sams dood was een donderslag bij heldere hemel geweest. Het had hem recht in zijn hart getroffen en was bijna ook zíjn dood geweest. Precies een jaar nadat ze was overleden, toen hij de rauwe pijn van zijn verdriet en eenzaamheid niet langer kon verdragen, had hij nauwgezette plannen gemaakt om zichzelf van het leven te beroven. Met de voor hem typerende systematische gedegenheid – Sam had hem er weleens van beschuldigd pathologisch vasthoudend te zijn – had hij zijn privéadministratie op orde gebracht, zijn testament aangepast om Mac en zijn zus Susan erfgenaam te maken, in de garage een slang bevestigd aan de uitlaat van zijn auto en de motor aangezet. Met gesloten ogen had hij kalm zitten wachten, hopend dat het einde snel zou komen. Hij wist hoe het zou gaan: het giftige, kleur- en reukloze gas zou zich hechten aan de zuurstofvervoerende hemoglobine in zijn rode bloedcellen, waardoor die hun werk niet meer konden doen: zodra er aan voldoende weefsel zuurstof was onthouden, zou hij stikken.

Zijn fout was dat hij zijn ogen had gesloten, want toen had hij alleen maar aan Sam kunnen denken. Aan hoe ze eruit had gezien op de dag dat ze elkaar hadden leren kennen – hoe indrukwekkend ze had geleken. Hij herleefde het moment waarop hij haar voor het eerst echt had gekust en zijn vinger vast was komen te zitten in haar halsketting. Hij herinnerde zich de dag waarop ze samen hun eerste flat hadden gekocht en achter een radiator een slipje hadden gevonden, dat ze meteen uit het raam hadden gegooid en dat was neergekomen in de tuin van de buren, waar een barbecue in volle gang was.

Maar toen hij terugdacht aan hun trouwdag – aan hoe Sam in de kerk naar hem toe was gekomen met een zelfverzekerde glimlach op haar gezicht, aan het knipoogje dat ze hem had gegeven, in de wetenschap dat dit officieel de eerste dag van de rest van hun leven samen was – had hij abrupt zijn ogen opengedaan. Sam was een van de moedigste mensen geweest die hij kende; iemand die nergens bang voor was. Wat zou ze gezegd hebben van zijn laffe manier van doen? 'Zelfmoord?' hoorde hij haar minachtend zeggen, alsof ze naast hem zat. 'Ik had van jou wel iets beters verwacht, Conrad. Denk je dat ik met zo'n slap type zou zijn getrouwd?'

In de daaropvolgende dagen was hij bijna écht gaan geloven dat Sam bij hem in de auto had gezeten, dat haar geest of hoe je het ook noemen wilde, hem had gered, want terwijl de tranen over zijn wangen stroomden, had hij blindelings de motor afgezet en het portier opengedaan. Hij had de deur van de garage opengegooid en was neergestort op het doorweekte gras van de tuin. In de stromende regen had hij daar gelegen, zijn lichaam schokkend van zijn hartverscheurende snikken, kotsend tot er alleen nog gal naar boven kwam. Zijn buren, Tim en Ann, waren op de geluiden afgekomen en hadden hem naar binnen gebracht. Ze hadden snel begrepen wat hij van plan was geweest en hun vermoeden werd bevestigd toen ze een envelop op zijn nachtkastje zagen die was geadresseerd aan zijn oom. Tim was snel weer naar beneden gegaan om de garage te bekijken. Hij was arts en had precies geweten wat hij moest doen. Hij had Conrad gedwongen bij het open raam te gaan zitten en de vochtige nachtlucht in te ademen. Hij had hem eigenlijk naar het ziekenhuis willen brengen, maar Conrad had hem gesmeekt hem thuis te laten. 'Het gaat alweer, Tim,' zei hij. 'Je mag me onderzoeken als je wilt, maar dwing me alsjeblieft niet naar het ziekenhuis te gaan. Ik zou het niet kunnen verdragen dat iedereen te weten zou komen hoe zwak en laf ik ben geworden.'

Ze waren uiteindelijk overeengekomen dat Tim die nacht zou blijven om over hem te waken, op voorwaarde dat Conrad hem beloofde contact op te nemen met een specialist in rouwbegeleiding. Maar dat had hij nooit gedaan.

11

Het was zo stil als het graf in het Meadowlands Garden Centre. Het weer was omgeslagen, er stond een koude wind en de temperatuur was in één klap gezakt. Geen dag voor korte broeken. Lucy droeg een spijkerbroek, een T-shirt, een oude wollen trui van Orlando en haar groene fleecejack met het logo van Meadowlands. Nu er zo weinig klanten waren, had ze tijd om de bestelling van vanochtend uit te laden. Veel van wat ze verkochten, kwam uit plaatselijke kwekerijen, maar de wekelijkse lading planten uit Nederland vormde een integraal onderdeel van hun vaste voorraad. De planten waren meestal een beetje 'zwak', omdat ze in de grote Nederlandse kassen te veel vertroeteld werden, en hadden daarom in het begin altijd wat extra aandacht nodig. Ze laadde een karretje vol met verbascum en astilbes, duwde het naar het overdekte deel van het tuincentrum en zette de potten op de tafels. Hier stonden de planten beschut en konden ze langzaam wennen aan de lagere temperaturen. De arme stakkers hadden nog geen enkele ervaring met de ontberingen in de buitenwereld en hadden daarom ook weinig verweer tegen de wind.

Het begon te regenen. Lucy dacht aan Orlando, die vandaag aan een nieuwe tuin zou beginnen. Als de regen aanhield, zou hij straks in de modder baggeren. Net goed! Na wat hij haar allemaal had aangedaan. Eerst de lezing in het dorpshuis vrijdagavond – hoe had hij zich zo kunnen vergissen! – en toen ze thuis waren had hij haar een envelop voorgehouden. 'Als jij hem niet openmaakt,' zei hij, 'doe ik het.'

'Hoe kom je daaraan?' vroeg ze, want ze had het handschrift en de Italiaanse postzegel meteen herkend.

'Ik heb hem uit de prullenmand gehaald.'

'Waarom? Waarom heb je dat gedaan?'

In plaats van antwoord te geven, zei hij: 'Maak hem open, Luce. Vooruit, joh, wat heb je te verliezen?'

'Ik niks,' zei ze, 'maar van jou weet ik dat niet zeker!'

'Ik ben bereid dat risico te nemen.'

Toen ze begreep dat hij het niet zou opgeven, had ze de envelop uit zijn hand gegrist. 'Goed dan.'

Alleen had ze hem niet meteen opengemaakt, maar hem meegenomen naar haar slaapkamer, nadat ze Orlando had beloofd dat ze hem zou lezen. Wanneer ze eraan toe was.

Nu was het donderdag en was ze er nog steeds niet aan toe. Ze had het stomme ding weer kunnen weggooien, maar iedere keer dat Orlando vroeg of ze hem nu al had gelezen, lag er een blik op zijn gezicht die haar ervan weerhield hem in de vuilnisbak te gooien. Vandaag was haar D-day. Ze had de envelop in haar rugzakje gestopt met de bedoeling de kaart of brief tijdens haar lunchpauze te lezen. Toen ze Orlando had gevraagd waarom hij opeens zo veel interesse had voor de niet-bestaande relatie met haar vader, had hij zijn schouders opgehaald en gezegd: 'Doe het nou maar, Luce. Doe het desnoods alleen omdat ik het vraag.'

Om één uur stopte ze met werken om te gaan eten. Achter het deel met de uitgestalde tuinameublementen was een cafetaria en wanneer het niet druk was, mocht het personeel daarvan gebruikmaken. Voor drukke dagen hadden ze een ruimte tot hun beschikking die vroeger voor opslag was bedoeld en nu was verbouwd tot een kantine voor het personeel, met een gootsteen, koelkast, elektrische ketel en magnetron, en lange houten tafels met stoelen. Lucy besloot daar te gaan zitten. Ze had haar lunch – broodjes kaas met augurk, een banaan en een plakje Engelse cake – van huis meegebracht. In de kantine was verder niemand, zoals ze al had gehoopt, omdat de anderen die tegelijk met haar pauze hadden, in het cafetaria waren gaan zitten. Ze staarde nog een paar ogenblikken naar de envelop en vroeg zich af waarom ze dit in godsnaam ging doen. Waarom had ze zich verdomme door Orlando laten overhalen?

Ze had geen antwoord op deze vragen, behalve dat ze niet wilde dat Orlando haar kinderachtig zou vinden. Met een abrupt gebaar stak ze haar vinger onder de flap. Zoals ze al had verwacht, zat er een kaart in de envelop. Zonder op de afbeelding te letten en terwijl ze voelde dat haar domme hart sneller begon te kloppen, deed ze de kaart open.

Lieve Lucy,
Gezien het feit dat het met de Italiaanse posterijen nog steeds triest gesteld is (en ondanks dat ik deze kaart ruim op tijd verstuur), vrees ik dat hij je te laat zal bereiken. Niettemin wens ik je een heel fijne verjaardag.
Ik zou er nog steeds alles voor over hebben om je weer te zien. Kun je echt niet van gedachten veranderen? Zou je niet eens bij ons willen komen? Of misschien mag ik bij jou komen? Het zou zo veel voor me betekenen.
Heel veel liefs,
Marcus

Niet *pappa.* Niet eens, *je vader.* Nee, *Marcus.* Het leek de kloof tussen hen nog breder te maken, alsof hij helemaal niet haar vader was. Maar wat had ze ook verwacht? Het was alsof ze opnieuw in de steek was gelaten.

'Wat zit je hier in je eentje, Lucy? Ben je verstoten door de kudde?'

Ze deed de kaart snel in haar rugzak en draaide zich om naar haar baas die in de deuropening stond. Hugh Fielding was een lange, robuuste man met dik, krullend haar. Het enige wat Orlando van hem had geërfd, waren zijn blauwe ogen. 'Ik had behoefte aan wat rust,' zei ze.

'O, sorry dan dat ik je stoor.'

'Had u iets nodig?' Het klonk scherper dan haar bedoeling was.

Hij kwam binnen en trok een stoel naar achteren. 'Is er iets? Je lijkt niet jezelf te zijn.'

Ze zakte onderuit op haar stoel. Als ze ooit een tastbaar bewijs had willen hebben dat het beter was om te doen alsof ze helemaal geen vader meer had, zat dat nu in haar tas. Eén kaart, en haar ergernis had binnen drie seconden een nieuw hoogtepunt bereikt. 'Sorry,' zei ze. 'Ik zit gewoon een beetje in een dip.'

Op dagen als deze had Lucy er spijt van dat ze nooit haar rijbewijs had gehaald. Tegen de tijd dat ze 's middags in de stromende regen tegen de harde wind in naar huis was gefietst, was haar kribbige bui uitgegroeid tot een volwassen orkaan van ergernis. En het was allemaal Orlando's schuld. Als hij zich niet had bemoeid met dingen die hem niet aangingen, zou ze niet de hele middag zo'n rothumeur hebben gehad. Ze gooide haar fiets tegen de buitenmuur, ging via de achterdeur naar binnen en trok in de bijkeuken haar natte plunje uit. Ze was bezig met haar schoenen toen ze haar oren spitste. Stemmen: die van Orlando herkende ze, maar die van het meisje niet. Visite was het láátste waar ze behoefte aan had. Ze duwde de keukendeur open.

'Hoi, Luce,' zei Orlando. Hij had een lach op zijn gezicht en wipte achterover op zijn stoel. 'Ik hoorde je niet binnenkomen. Wat ben je nat. Wacht, dan haal ik even een handdoek voor je.'

Een handdoek kon ze inderdaad goed gebruiken, maar Lucy had meer belangstelling voor de vreemdelinge die aan de keukentafel zat en uit háár Winnie the Pooh-beker dronk. Orlando wist donders goed dat niemand uit die beker mocht drinken. Wat had dit te betekenen?

Orlando had schoon genoeg van Lucy's chagrijnige bui. Sinds Savannah vertrokken was, had hij alleen maar vuile blikken van haar gekregen. 'Lucy,' zei hij nadat ze in een ijzig stilzwijgen hadden gegeten, 'als je ergens mee zit, moet je het gewoon zeggen.'

'Ik zit nergens mee.'

'Nee? Ben je nog steeds boos op me omdat –'

'Ik ben niet boos,' beet ze hem toe. 'Laat me met rust.' Ze stond met een ruk op en begon met veel kabaal de tafel af te ruimen. Ze sméét de borden zowat in de vaatwasser.

'Heb je die brief van je vader al gelezen?' vroeg hij, ook al liep hij het risico dat ze met een mes op hem af zou komen.

Een ogenblik bleef het stil, toen draaide ze zich naar hem om met een giftige blik in haar ogen. 'Het was geen brief, als je het zo nodig moet weten.'

'Je hebt de envelop dus eindelijk opengemaakt? Wat zat erin?'

‘Een kaart. En dat weet je best.’

‘Wat schreef hij?’

Ze trok een gezicht. ‘Gefeliciteerd met je verjaardag, blablabla. Wat zou hij anders moeten schrijven?’

‘Nou, misschien dat hij je graag weer eens wilde zien?’

Ze kneep haar ogen tot spleetjes. ‘Dat klinkt alsof je allang wist wat er op die kaart staat. Je hebt niet toevallig de envelop opengestoomd voordat je hem aan mij hebt gegeven?’

‘Natuurlijk niet!’ En hij vervolgde op kalmere toon: ‘Dus hij schrijft dat hij je wil zien?’

Toen ze geen antwoord gaf, vroeg hij: ‘Waarom niet, Luce? Heb je hem nog niet genoeg gestraft?’

‘Het is geen kwestie van straffen. Het is een kwestie van trouw blijven aan mezelf. Van zelfrespect. Van –’

‘Is het niet zo dat je hem verdriet wilt doen?’ viel hij haar in de rede. ‘Dat je hem wilt straffen voor het feit dat hij jou en je moeder in de steek heeft gelaten?’

Ze staarde hem verbluft aan.

Hij kon zelf ook nauwelijks geloven dat hij dit had gezegd. Wat bezielde hem? Waarom vond hij het zo belangrijk dat Lucy het goedmaakte met haar vader? Het had met hem immers niets te maken? ‘Sorry,’ zei hij. ‘Vergeet maar dat ik dat heb gezegd. Het gaat me allemaal niets aan.’

‘Eindelijk zeg je iets waar ik het mee eens kan zijn!’

Hij had er genoeg van. Hij schoof met een ruk zijn stoel naar achteren, stond op en liep de keuken uit. Boos op zichzelf omdat hij het zo slecht had aangepakt, ging hij in zijn kamer voor het raam staan en staarde naar de verregende tuin. De laatste bloesem van de kersenboom van de buren was door de wind naar hun tuin geblazen en bedekte de bodem met lichtroze blaadjes. Hij hoopte dat het morgen wat beter weer zou zijn. Vanmiddag had hij weinig kunnen doen en was hij vroeg naar huis gegaan. Daar had hij net droge kleren aangetrokken, toen iemand aanbelde. Tot zijn grote verbazing stond Helens stiefdochter Savannah op de stoep.

‘Daag!’ zei ze. ‘Mag ik binnenkomen? Het plenst en ik ben zeiknat.’

Ze zag eruit als een verzopen kat – haar haar plakte aan haar hoofd, haar make-up was uitgelopen, haar kleren waren doorweekt – dus had hij haar snel binnengelaten. 'Heb je nog nooit gehoord van die handige uitvinding die ze een paraplu noemen? Een jas is ook heel bruikbaar.'

Ze lachte. 'Ik ben door de regen overvallen. Hé, je woont hier mooi, zeg. Sorry dat ik op de vloerbedekking drup. Zou ik soms iets te drinken kunnen krijgen tot de bui voorbij is?'

Haar openhartige manier van doen amuseerde hem. 'Dat kan.' Omdat hij wist dat Lucy net zo netjes op het huis was als haar moeder altijd was geweest, had hij haar meegenomen naar de keuken, waar haar natte plunje niet al te veel schade zou aanrichten. 'Thee of koffie? Of liever iets fris?'

'Koffie graag. Oké.'

Hij deed water in de ketel en zette de mokken klaar. Toen hij zich omdraaide, stond ze achter hem haar lange, natte haar uit te wringen in de gootsteen. 'Wil je soms een handdoek?' vroeg hij.

'Hoeft niet, dank je. Ik overleef het wel. Wij Tylers kunnen wel tegen een stootje.'

Daar twijfelde hij geen moment aan.

Hij had net de koffie ingeschonken en haar gevraagd of ze niet wilde gaan zitten, toen Lucy thuiskwam. Hij zag meteen aan haar gezicht dat ze geen beste dag had gehad. Helaas leek Savannah helemaal niet in de gaten te hebben dat Lucy in een pestbui was. Hij had nog nooit meegemaakt dat iemand zó lang over een kop koffie deed. Pas toen Lucy zich had omgekleed en aan het eten was begonnen, was Savannah vertrokken. Hij was met haar meegelopen naar de deur en had haar een paraplu gegeven omdat het nog steeds regende.

'Ik kom hem morgen wel terugbrengen,' had ze gezegd.

'Dat hoeft niet. De eerstvolgende keer dat ik weer bij jullie thuis moet zijn, neem ik hem wel mee.'

Ze had naar hem geglimlacht en toen ze nonchalant en zelfbewust wegliep, en nog een keertje naar hem zwaaide, was hem opgevallen hoezeer ze hem deed denken aan hoe Lucy was geweest toen hij haar voor het eerst had gezien.

Hij hoorde een klopje op de deur van zijn slaapkamer en draaide zich om. Het was Lucy.

'Mag ik binnenkomen?'

'Alleen als ik eerst mag zien welke massavernietigingswapens je bij je hebt.'

Ze kwam bij hem voor het raam staan. 'Het spijt me,' zei ze. 'Ik heb me nogal onbeschoft gedragen, hè?'

'Dat kun je wel zeggen.'

'Het komt doordat... Ik weet het niet, ik kan het niet uitleggen. Alles wat met mijn vader te maken heeft, doet me verdriet, en dat kan ik niet uitstaan. Ik kan het niet uitstaan dat hij nog steeds in staat is me verdriet te doen. Ik wou dat ik gewoon kon vergeten dat hij bestaat.'

'Maar dat kan niet, en dat weet je. Wat je wél kunt doen, is de touwtjes in eigen hand nemen. Als je nu eens instemde met zijn voorstel en hem precies vertelde hoe je over hem denkt? Jullie zullen misschien geen beste maatjes worden, maar...' Hij aarzelde en glimlachte, '... misschien word je dan wel iets makkelijker in de omgang.'

Ze glimlachte aarzelend. 'Ik zal erover nadenken.'

Hij sloeg zijn armen om haar heen en trok haar tegen zich aan. Toen ze daar zo stonden, hij met zijn kin op haar kruintje, besloot hij dat dit het juiste moment was om haar te vertellen waar hij al sinds vrijdagavond aan liep te denken. 'Weet je wat we moeten doen? We moeten met de Garden Club naar Italië gaan. Jij zou dan tijdens die reis een ontmoeting met je vader kunnen regelen, in de veilige wetenschap dat je de rest van het gezelschap als back-up hebt.'

Ze keek schuin naar hem op. 'Je hebt het al helemaal uitgewerkt, merk ik. Waarom is dit zo belangrijk voor je?'

Dat was een vraag die hij zichzelf ook al vele malen had gesteld. Hij wist zelf niet precies waarom hij tegen Lucy had gelogen over de lezing van afgelopen vrijdag, waarom hij net had gedaan alsof hij niet had begrepen wat Olivia Marchwood hem telefonisch had meegedeeld. Om de een of andere duistere reden had hij gewild dat ze meeging naar het dorpshuis. En om dezelfde duistere reden had hij die avond uitgekozen om haar de kaart van haar vader te geven. Misschien was het volle maan geweest.

'Orlando?'

Hij keek op haar neer en zag dat ze op antwoord wachtte. 'Omdat je mijn beste vriendin bent, sufferd,' zei hij. 'En omdat ik om je geef.'

12

Hoe was ze in godsnaam in deze situatie terechtgekomen? dacht Savannah. Waarom moest ze in een ziekenhuis zitten met haar stiefmoeder en een gerimpeld dwergvrouwtje met een ouderwetse boodschappentas? En als die gluiperd in zijn anorak aan de overkant van de wachtkamer nog één keer zo verlekkerd naar haar keek, zou ze hem iets géven om naar te kijken. Met een beetje geluk kreeg hij dan een hartaanval en stortte hij ter plekke dood neer.

Ze strekte haar benen, boog haar hoofd achterover en staarde naar de tl-buizen. Hoe lang zou het nog duren voordat dat ouwe mens aan de beurt was voor haar fysiotherapie? Misschien probeerde het ziekenfonds geld uit te sparen door mensen zo lang te laten wachten dat ze doodgingen voordat er nog meer tijd of geld aan hen hoefde te worden besteed. Goddank had pappa voor haar en haar moeder een privéverzekering afgesloten.

Helen en het ouwe wijf zaten te zeuren over hoe warm het hier binnen was. Savannah gaapte. Ze verveelde zich dood en Helen kennende was dit waarschijnlijk het hoogtepunt van deze dag. Als ze had geweten dat Helen de Heks haar deze hak zou zetten, had ze haar nooit om rijlessen gevraagd. Nu moest ze als tegenprestatie met haar mee naar haar werk. Ze had slechts een vaag idee gehad over wat ze voor werk deed – pappa had haar er iets over verteld en mamma had gekankerd over hoe gewiekst ze pappa het geld ervoor had afgetroggeld – maar ze had niet geweten dat het zo ontzettend saai was. Waarom deed ze dit in godsnaam? Mamma had nooit gewerkt; ze had altijd gezegd dat ze daar geen tijd voor had. En het was ook nergens voor nodig. Pappa verdiende geld als water. Waarom zou haar moeder een baan nemen die iemand anders echt nodig had? Nee, dit was puur egoïsme van Helen.

Binnenkort moest Savannah zelf gaan nadenken over een baan. Niet dat haar halfzus Kim ooit had gewerkt. Die was voor het gemak meteen getrouwd. Maar Savannah wilde nog niet trouwen, net zomin als ze voor haar vader wilde werken, zoals Clancy. Nou, misschien als ze een vorkheftruck mocht besturen in een van de magazijnen. Ja, dat zou wel geinig zijn. Veel van haar schoolvriendinnen zaten nu op de universiteit, maar omdat zijzelf haar einddiploma niet had gehaald, had ze studeren wel kunnen vergeten. Ze gaf de school de schuld. Haar ouders hadden haar nooit naar die tuttige meisjesschool moeten sturen; wat een ellende was dat geweest! Al had het nog erger kunnen zijn. Aanvankelijk hadden ze haar naar de kostschool willen sturen waar Kim ook op had gezeten, maar ze had gedreigd dat ze die dan in de fik zou steken. 'Ik ga nog liever de gevangenis in,' had ze gezegd. Ze glimlachte in zichzelf toen ze terugdacht aan de blik op hun gezichten.

Ze glimlachte niet toen ze terugdacht aan het avondje uit in Manchester van de week. Ze was uitgenodigd voor een feestje ter ere van Tasha Morgans twintigste verjaardag. Eigenlijk had ze er niet zo veel zin in gehad, maar in het suffe Swanmere had ze ook niks beters te doen.

Tasha was de dochter van een vriendin van haar moeder, en Savannah was de afgelopen jaren zo'n beetje met haar bevriend geweest. Omdat hun moeders het zo goed met elkaar konden vinden, dachten die dat dit ook voor hun dochters zou gelden, maar zij en Tasha hadden helemaal niks gemeen. Tasha had nu een baan als schoonheidsspecialiste en had het er aldoor over dat ze een rijke man wilde. De nachtclub waar ze aan het eind van die avond terecht waren gekomen, had ze gekozen omdat ze wist dat het een hangplek was van voetballers. 'Ik ga een rijzende ster aan de haak slaan,' had Tasha tegen haar vriendinnen gezegd toen de uitsmijter hen probleemloos binnenliet.

Algauw had Savannah genoeg gekregen van het dansen en een plekje aan de bar opgezocht met het voornemen flink door te zakken. Alles was beter dan te moeten toekijken hoe Tasha en haar coke snuivende vriendinnen zich uitsloofden voor een stelletje boerenkinkels die ze niet eens kenden. Zelf gebruikte ze geen coke meer sinds het een keertje mis was gegaan, sinds ze in het toilet van een nachtclub op de vloer wakker was geworden, en had gemerkt dat haar tas was gestolen. Nu hield ze het bij alcohol. Een leuke avond betekende nu drinken tot ze niet meer kon, dan alles uitkotsen en teruggaan naar de bar voor een tequila. Eén keer was dat fout gegaan en was ze in het ziekenhuis terechtgekomen, waar ze haar maag hadden leeggepompt, wat trouwens lang niet zo erg was als ze altijd had gedacht. Haar ouders wisten er niets van; haar moeder was die avond naar een galadiner en haar vader zat in het buitenland. In hun plaats was Clancy naar het ziekenhuis geroepen. Hij had haar uitgekafferd, maar later, in de auto op weg naar zijn huis, had hij erin toegestemd niks tegen pappa te zeggen als ze beloofde dat ze het nooit meer zou doen.

'Als pa dit hoort, krijg je eeuwig huisarrest,' zei hij.

'Ben jij nooit dronken geweest toen je zo oud was als ik?'

'Tuurlijk wel. Zo vaak. Maar ik ben een man. Van jou verwacht pa dat je je netjes zult gedragen. Niet dat je naar het ziekenhuis moet om je maag te laten leegpompen.'

'Da's niet eerlijk.'

'Er zijn zo veel dingen niet eerlijk. Waarom heb je het eigenlijk gedaan?'

'Hoe bedoel je?'

'Waarom heb je zo veel gedronken?'

'Omdat ik daar zin in had.'

'Is dat de enige reden? Het heeft niet iets te maken met het feit dat pa en jouw moeder gaan scheiden?'

'Zit jij op een cursus maatschappelijk werk of zo?'

Hij had niet verder aangedrongen en dat was maar goed ook, want als hij nog meer vragen had gesteld, had ze hem misschien de waarheid verteld.

Toen ze die avond in Manchester had gezien hoe hoerig Tasha danste voor een vent die voor haar knielde, had ze er opeens schoon genoeg van gekregen en besloten een taxi naar huis te nemen. De taxichauffeur trok een gezicht toen hij hoorde hoe ver weg ze woonde, maar toen ze hem de verzekering gaf dat ze met contant geld zou betalen, stemde hij ermee in en zei hij dat het haar zestig pond zou kosten. 'Best,' zei ze met een schouderophalen. Eén van de dingen die haar vader haar had ingeprent, was dat ze nooit in haar eentje ergens naartoe mocht gaan zonder dat ze voldoende geld op zak had.

Ze wist niet of het kwam door de waardeloze rijstijl van de taxichauffeur op de kronkelende buitenwegen, maar tegen de tijd dat de taxi op de halfronde oprit van de Old Rectory stopte, was ze straalmisselijk. Ze had de man drie briefjes van twintig in zijn hand gestopt, gauw de voordeur opengemaakt en was de trap op gestrompeld om te gaan overgeven. Ze wist dat Helen haar hoorde, want toen ze de trap opliep, zag ze bij haar het licht aangaan. Ze haalde het toilet in haar badkamer niet, maar dat kon haar niets schelen. Helen had een werkster. Maar de dag daarop kwam er helemaal geen werkster. Die bleek maar één keer in de week te komen. Helen de Heks had haar een emmer en schoonmaakmiddelen gegeven en gezegd dat ze zelf de boel moest opruimen.

Ze huiverde toen ze terugdacht aan het braaksel op de vloer van de badkamer. Helen de Heks hield vast bij hoe vaak ze haar te slim af was. Nou, ze kon maar beter oppassen, want dit spelletje kon Savannah ook spelen.

Ze gaapte weer. Helen en het ouwe wijf zaten nog steeds te leuteren. Jezus, wat ze er niet voor over zou hebben om hier niet te moeten zitten. Ze sloot haar ogen en dacht aan Orlando. Knappe, sexy Orlando. Het was gisteren een gaaf idee van haar geweest om naar hem toe te gaan. Ze had in de koffiehoek van de delicatessenzaak zitten wachten tot de bui voorbij zou zijn toen ze hem had zien langskomen in zijn bestelwagen. Hé, die is vroeg thuis! had ze gedacht. Als ze de regen nou eens trotseerde en een wandelingetje maakte door de hoofdstraat van het dorp? Ze wist precies op welke deur ze moest kloppen, want ze had Helen langs haar neus weg gevraagd waar hij woonde. Ze liet per ongeluk expres haar jas en paraplu aan de kapstok van de delicatessenwinkel hangen – als ze er niet meer hingen wanneer ze terugkwam, kocht ze wel nieuwe – en liep naar buiten. Zoals gepland was ze drijfnat bij Orlando aangekomen, zodat hij haar wel had móéten uitnodigen binnen te komen.

Alles was volgens plan verlopen tot dat meisje met wie hij daar woonde, was thuisgekomen. Meteen was de sfeer met het spreekwoordelijke mes te snijden geweest. Als er íemand was die een beetje moest chillen, dan was het Lucy wel! Genietend van het feit dat ze haar zo'n onbehaaglijk gevoel gaf, had ze een uur over haar koffie gedaan. Ze vond het leuk om mensen in verlegenheid te brengen.

Ze wist niet hoe oud Orlando was – dat had ze hem net willen vragen toen Lucy was binnengekomen – maar het maakte niet veel uit. Hij zag er goed uit en ze zou zich vast wel met hem kunnen amuseren zolang ze vastzat in Swanmere. En te oordelen naar de manier waarop hij naar haar had gekeken toen ze in de regen afscheid hadden genomen, had je alle kans dat hij in haar geïnteresseerd was.

Ze voelde bewegingen naast zich en deed haar ogen open. Eindelijk werd het ouwe wijf opgehaald voor haar fysio. De gluiperd aan de overkant was ook verdwenen.

'Heb je zin in een kopje koffie?' vroeg Helen.

'Wat moet ik ervoor doen?'

Helen de Heks fronste. 'Hoe bedoel je?'

'Bij jou is het altijd "voor wat, hoort wat". Ik heb alleen maar gevraagd of je bereid bent naast me te zitten wanneer ik autorijd, en nu zit ik hier in Bejaardenland.'

'Het spijt me dat je het zo ziet.'

'Ja, nou, als je maar niet denkt dat ik achterlijk ben.'

'Ik vind veel bijvoeglijke naamwoorden op jou van toepassing, Savannah, maar "achterlijk" hoort daar niet bij. Ik geef je mijn erewoord dat je een kop koffie kunt krijgen zonder dat je er iets voor hoeft te doen.'

'In dat geval graag met melk en twee suiker.'

Terwijl Savannah haar stiefmoeder nakeek tot ze om de hoek was verdwenen, op zoek naar een koffieautomaat, keerden haar gedachten terug naar Orlando. Als het tussen hen iets werd, kon ze nog wel wat langer in Swanmere blijven. De vraag was: wie zou dat het meeste irriteren?

Helen?

Of Lucy?

Ze glimlachte. Aan de slag!

13

Verwend. Onbetrouwbaar. Losbandig. Zelfzuchtig. Roekeloos. Vrijpostig. Listig. Doortrapt.

Dit waren de minst kwetsende bijvoeglijke naamwoorden die Helen wist te verzinnen om haar zenuwtergende stiefdochter te beschrijven. Ze had Savannah nu ruim een week in huis en kwam steeds dichter bij het punt waarop ze haar geduld zou verliezen, al had ze zich heilig voorgenomen dat ze het niet zover zou laten komen. Gisteren was het bíjna misgegaan toen ze Savannah in haar bijouteriekistje had zien snuffelen. 'Je kunt het gewoon vragen als je iets wilt lenen,' had ze vanuit de deuropening van de slaapkamer gezegd. Het meisje was niet eens geschrokken, maar had haar brutaal aangekeken, met een paar peervormige diamanten oorbellen in haar hand.

'Dit ben ik niet van je gewend, Savannah,' zei Helen terwijl ze de kamer binnenging. 'Dat je niets weet te zeggen. Is het de eerste keer dat dit je overkomt?'

'Ik was bezig uit te rekenen hoeveel geld mijn vader aan jou uitgeeft.'

'Dat kan ik je zó vertellen. Veel te veel. En dat terwijl ik nooit ergens om vraag.'

'Nee, dat hoeft ook niet.'

'Wat bedoel je daarmee?'

Savannah legde de oorbellen weer in het kistje. 'Dat pappa een hart van goud heeft. Wat dacht je dan dat ik ermee bedoelde?'

Met opeengeklemde kaken en gebalde vuisten had Helen het daarbij gelaten. Ze wist wat Savannah dacht: dat ze Hunter listig had gestrikt en nu bezig was hem zijn geld af te troggelen.

Morgen kwam hij thuis en dan zou Helen haar handen van zijn

dochter aftrekken. Ze wist dat ze hem er nooit van zou kunnen overtuigen dat zijn kleine meid een dochter van satan was, maar ze zou hem wél duidelijk maken dat Savannah voortaan weer zijn verantwoordelijkheid was. Ze had haar best gedaan. Ze gaf haar zelfs rijles! Zou Savannah een ander zo gek gekregen hebben? En ze kreeg stank voor dank. Laat dus niemand zeggen dat ze niet alles had gedaan om de lieve vrede te bewaren omwille van haar huwelijk.

Nu zaten ze in de auto en vloekte Savannah als een ketter terwijl ze de versnellingsbak van haar gloednieuwe auto molde. Toen Helen tegen Hunter had gezegd dat hij een geschikte wagen voor zijn dochter moest kopen, had ze niet een BMW met een 1,6 liter motor, stoelverwarming en airco bedoeld. Toen zij zo oud was als Savannah nu, was ze de trotse bezitster van een roestige, derdehands Ford Escort; zo roestig dat ze het daglicht door de vloer heen kon zien en haar voeten nat werden wanneer het regende.

'Remmen. R E M M E N!'

De auto kwam met gierende banden tot stilstand op een paar centimeter afstand van de achterzijde van de vrachtwagen waar ze al een tijdje achter hingen op de tweebaansweg naar Crantsford. Wegwerkzaamheden hadden het verkeer tot stilstand gebracht.

'Zag je de remlichten van de vrachtwagen niet?' vroeg Helen toen haar veiligheidsgordel weer ontgrendeld was en ze zich naar Savannah toe kon draaien.

Savannah schokschouderde. 'Nee.'

'Je moet opletten wat de andere weggebruikers doen.'

'Daar let ik heus wel op.'

'Blijkbaar niet goed genoeg.'

Savannah trommelde met haar vingers op het stuur. 'Ik heb een vraag,' zei ze na een korte stilte. 'Ga je hem de hele weg zo zitten knijpen?'

'Alleen als jij me de stuipen op het lijf blijft jagen.'

Tot Helens ergernis glimlachte het meisje tevreden. Het wicht deed waarschijnlijk niets liever dan haar de stuipen op het lijf jagen. Tot ze er een hartstilstand van kreeg. Hou je gedeisd, Helen. Toen achter hen iemand ongeduldig toeterde, zei ze: 'Je kunt weer optrekken.'

'Meen je dat?' zei Savannah sarcastisch. 'Dat had ik helemaal niet gezien.' En toen sloeg de motor af omdat ze in de verkeerde versnelling zat. 'Shit!'

'Je moet de versnelling in zijn één zetten.'

'Dat probeer ik juist.'

'Als je het meteen goed had gedaan, was de motor niet afgeslagen.'

'Die stomme pook wil niet. Hij zit vast.' Helen zag dat het meisje zenuwachtig begon te worden.

De bestuurder van de auto achter hen toeterde weer.

Helen bleef denken: rustig blijven, rustig blijven. 'Als je nu eens eerst het koppelingspedaal indrukte?'

'Dat doe ik! Maar –'

Opeens schoten ze naar voren en meteen sloeg de motor weer af. Het gevolg was een aanhoudend getoeter van de blauwe Subaru achter hen. Opeens had Helen er genoeg van. Ziedend van woede gooide ze haar veiligheidsgordel van zich af en stapte uit. Met grote passen liep ze naar de bestuurder van de Subaru die zo'n hechte relatie had ontwikkeld met zijn claxon. Hij had de mouwen van zijn overhemd opgerold, drukte met beide handen op het stuur en keek met een vertwijfelde blik in zijn ogen naar de auto's die hen passeerden. Ze klopte op het raampje. Het gleed open. 'Hou je een beetje koest, zeg,' zei ze, zich vooroverbuigend naar het open raampje. 'Ben je vergeten hoe moeilijk het is om te leren autorijden? Of heb je soms nooit les genomen? Net zomin als je hebt geleerd wat manieren zijn.' Er lag een pakketje boterhammen op de schoot van de man. In een bekerhouder stond een blikje cola en op de passagiersstoel lag een autokaart.

'Wat? U bent niet goed wijs!' snauwde hij terug. 'U ziet toch wel dat u het verkeer ophoudt?'

'En dat zal ik blijven doen tot u uw verontschuldigingen hebt aangeboden.'

Hij keek haar verbijsterd aan. 'Wat?'

'Ik zeg het niet nóg een keer. Stap uit!'

'Ik kijk wel uit. En als u niet weggaat, bel ik de politie.' Hij stak zijn hand uit naar zijn mobieltje.

'En wat gaat u de politie dan vertellen?' wilde ze weten. 'Dat u op de A556 wordt gegijzeld door een krankzinnig wijf?'

'Bijvoorbeeld.'

'Helen, waar ben je in jezusnaam mee bezig?'

Het was Savannah en ze keek woedend. Dat ontbrak er nog maar aan.

'Ah, precies wie er aan dit onderonsje nog ontbrak,' zei Helen op een gemaakt opgewekte toon. 'Ik weet het goed gemaakt, meneertje. *Jij* zegt netjes: "Het spijt me dat ik zo'n etter ben; ik zal het nooit meer doen", en dan rijden *wij* door.'

Of hij het deed uit angst voor waar ze toe in staat was, of omdat hij zich gewoon in zijn lot schikte, was niet duidelijk, maar de man mompelde iets wat op een verontschuldiging leek.

'Neem me niet kwalijk,' zei Helen en ze legde met een overdreven gebaar haar hand achter haar oor. 'Ik heb dat niet verstaan. Jij wel, Savannah?'

'Bent u doof?' riep hij. 'Ik zei dat het me speet. Mag ik nou alsjeblieft doorrijden? Ik ben al laat voor een vergadering.'

Terug in de BMW, nadat de bestuurder van de Subaru met gebalde vuist en ronkende motor was weggestoven, zei Helen kalmpjes: 'Zo, nu gaan we weer verder. Spiegels, koppelingspedaal indrukken, pook in zijn één... en zachtjes gas geven.'

Nadat ze een paar minuten gereden hadden, vroeg Savannah: 'Wat had jíj opeens?'

'Ik kan niet tegen slechte manieren,' zei Helen.

'Ja, dat heb ik gemerkt.'

'Dat gedrag van die man was nergens voor nodig. Er zit een levensgrote L op je auto. Hij had best wat geduld kunnen tonen.'

Savannah wist niet wat ze moest zeggen. Ze snapte er niks meer van. Ze dacht dat Helen haar niet kon uitstaan. Waarom had ze haar dan verdedigd? Haar moeder zou zoiets nooit hebben gedaan. Die zou die vent vanaf haar veilige plek in hun eigen auto hebben uitgescholden voor alles wat mooi en lelijk was, maar zou nooit zijn uitgestapt om hem de les te lezen. Savannah vond het moeilijk te beoordelen of de Heks nu haar respect verdiende, of dat ze van lotje getikt was.

Ze deed haar best zich te concentreren op het verkeer, haar spiegels, het schakelen en haar snelheid. Je moest op zo veel dingen tegelijk letten! Ze zou blij zijn wanneer ze weer thuis was en echte rijles kreeg van haar rijleraar. De lessen waren opgeschort zolang ze bij haar vader was. Ze had er pas twee gehad, maar met een beetje geluk had ze er niet erg veel meer nodig. Vooral niet als ze Helen kon overhalen nog een paar keer een ritje met haar te maken. Ook al knoopte Helen daar iedere keer een voorwaarde aan vast. De enige reden waarom ze vandaag de kans kreeg te oefenen, was omdat Helen had gezegd dat ze haar dan naar Crantsford moest brengen voor een bezoek aan haar grootmoeder. Alsof het nog niet genoeg was dat ze de hele dag tussen de ouwe mensen zat!

'Mijn grootmoeder is niet altijd even helder van geest,' zei Helen tegen Savannah toen ze door een gang met koningsblauwe vloerbedekking liepen.

Het interesseerde Savannah geen fluit hoe helder het ouwe mens was, want ze was niet van plan erg lang bij die twee te gaan zitten. Ze had al gezien dat er achter het bejaardentehuis – het dure bejaardentehuis waar haar vader ongetwijfeld voor moest dokken – een tuin was. Zodra ze Helens grootmoeder, naar wie ze uiteraard wel nieuwsgierig was, had gezien, ging ze lekker in die tuin in de zon zitten.

Om onduidelijke redenen was de grootmoeder bezig een krant aan stukjes te knippen toen ze binnenkwamen. Ze legde haar schaar neer en staarde naar Savannah. Het was alsof ze niet eens merkte dat Helen er ook was. Savannah wist niet waar ze kijken moest. Waarom zaten ouwe mensen altijd naar je te staren? Waren ze vergeten hoe onbeleefd dat was? Opeens begon het gerimpelde vrouwtje stralend te lachen. Savannah deed van schrik een stap naar achteren. 'Daisy!' riep het opoetje. 'Eindelijk! Waar heb je al die tijd gezeten? Ik ben zó ongerust geweest.'

Savannah ging wat dichter bij Helen staan. 'Waar heeft ze het over?'

Voordat Helen de kans kreeg antwoord te geven, zei haar verwarde grootmoeder: 'Kom fijn bij me zitten, kind, en vertel me wat je allemaal hebt uitgevoerd. Helen, zou jij thee kunnen zetten? Dat wil je zeker wel, Daisy? Een lekker kopje thee? En een plakje cake erbij? Je zult wel honger hebben. Goh, wat een verrassing! Gerald zal ook wel opkijken straks.'

Helen zei op zachte toon: 'Speel maar gewoon mee, goed?'

'Wat?'

'Doe het nou maar.'

Savannah slaakte een overdreven zucht maar gaf zich gewonnen. Waarom ook niet? dacht ze. Ze kon dit mooi uitbuiten. 'Goed dan. Ook al zijn jullie volgens mij volslagen krankzinnig en wil ik er uiteraard iets voor terugkrijgen. Wie is Daisy?'

'Daisy was mijn moeder.'

'*Wat?*'

'Wat staan jullie daar te smoezen? Kom, Daisy. Kom gezellig bij me zitten.'

Schoorvoetend liep Savannah naar haar toe. Toen ze op de stoel was gaan zitten die haar was aangewezen, sloeg het vrouwtje opeens haar armen om haar heen. Ze rook naar vanille. Savannah probeerde zich uit haar greep los te maken, maar dat lukte niet. Ze had weleens horen zeggen dat krankzinnige mensen sterker waren dan ze eruitzagen, en nu wist ze dat dat waar was. 'Zeg dat ze me los moet laten,' siste ze tegen Helen.

Helen kwam naar hen toe. 'Speel mee,' fluisterde ze. 'Het is maar voor een paar minuten. Dan is ze het alweer vergeten.'

'Wát is ze dan vergeten?'

'Dat we hier waren. Ik ga thee zetten, goed?'

Nadat Helen die avond een paar brieven had gepost, ging ze niet rechtstreeks terug naar huis. Ze had tijd nodig om na te denken en af te koelen en besloot een eindje te gaan wandelen.

Savannah was op de terugweg naar Swanmere, nadat ze Emma half ingedut voor de televisie hadden achtergelaten, over euthanasie begonnen. Tot op dat moment hadden ze zich vrij beleefd tegenover elkaar gedragen. Helen was zo dankbaar geweest dat Savannah zich in het bejaardentehuis netjes had gedragen, dat ze haar weerzin opzij had gezet en extra moeite deed om aardig te zijn tegen haar stiefdochter. Ze had de aanwijzingen over het rijden tot een minimum beperkt en gezegd dat ze wel een dvd konden huren voor 's avonds.

Maar dat was tenietgedaan toen Savannah zei: 'God, als ik ooit net zo aftakel als jouw grootmoeder, hoop ik dat iemand zo verstandig is iets in mijn chocolademelk te doen. Vind je het niet vreselijk dat ze niet eens weet wie je bent? Waarom ga je eigenlijk nog naar haar toe? Wat heeft het voor zin?'

'Ze wist vandaag juist wel wie ik ben,' zei Helen bedaard.

'Maar ze had geen flauw benul dat ik Daisy niet ben. Zeg, hoe denk jij over euthanasie?'

'Ik ben erop tegen.'

Savannah keek naar haar. 'Over niet al te lange tijd zal het heel gewoon zijn.'

'Hou je ogen op de weg! En "gewoon" zal het zo snel niet worden.'

'Dat zeg je alleen omdat je over de veertig bent en je zorgen begint te maken over het feit dat je niet eeuwig zult leven.'

'O ja, sorry, alleen jonge mensen kunnen de wereld objectief bekijken. Even een aantekening voor mezelf maken: ik moet niet aldoor zo subjectief doen.'

'Nou zeg, wind je niet op. En doe niet zo sarcastisch. Ik probeer een normaal gesprek te voeren over een belangrijk onderwerp.'

'Welnee!' zei Helen op verhitte toon. 'Wat je eigenlijk wilt zeggen, is dat de belangrijkste persoon in mijn leven uit haar lijden verlost moet worden omdat ze *jou* in de weg zit.'

'Nee, omdat ze *jou* in de weg zit. Zeg eens eerlijk, je gaat toch alleen nog maar naar haar toe omdat je vindt dat het je plicht is? En nog iets: zou mijn vader niet de belangrijkste persoon in je leven moeten zijn?'

De rest van de rit verliep in een ijzige stilte.

Het was een zwoele avond. De hemel had een bekoorlijke zachtblauwe kleur; dansmuggen vormden wazige wolkjes in de stille, warme lucht. Na de regen van de afgelopen dagen was de natuur in één klap tot leven gekomen. Helen volgde het pad dat begon tussen het postkantoor en de bank. Het liep eerst langs mooie huizen met tuinen vol bloeiende goudenregen, ceanothus en wisteria, en toen ze bij de splitsing kwam, koos ze niet de richting die haar bij het hek van haar eigen achtertuin zou brengen, maar liep ze rechtdoor. Hier was het pad omzoomd door meidoornheggen vol roomwitte bloemen die een zoete, appelachtige geur verspreidden. Bijen dwaalden loom van bloem naar bloem en het gegons verdrong de geluiden van het verkeer op de doorgaande weg. Ze wandelde verder en even later werd het pad overkoepeld door de lommerrijke takken van linden die het late zonlicht filterden. Het was alsof ze een magische tunnel met zeegroen licht had betreden. Aan het einde van het pad zag ze een hekje en daglicht. Het was een voorteken, dacht ze. Vanaf morgen, wanneer Hunter weer thuis was, zou alles weer normaal worden. Hij zou Savannah van haar overnemen en het mistroostige gevoel dat haar de hele week had geplaagd, zou verdwijnen.

Maar als dat niet gebeurde? Als de gevoelens die tijdens zijn afwezigheid de kop hadden opgestoken, niet zouden verdwijnen?

Zou mijn vader niet de belangrijkste persoon in je leven moeten zijn?

Dat ze zich zo had versproken! Hunter was haar man en zou dus inderdaad de belangrijkste persoon in haar leven moeten zijn. Maar dat was niet zo. Dat kon ook moeilijk. Hoe kon hij belangrijker zijn dan Emma? Bij haar vergeleken kende ze hem nog maar zo kort. Hij was trouwens niet de eerste man voor wie ze haar hart niet voor honderd procent had kunnen openstellen. 'Is er ooit een man geweest aan wie je je onvoorwaardelijk hebt gegeven?' vroeg een teleurgestelde minnaar haar ooit, toen ze na een dineetje zijn voorstel om te gaan samenwonen, beleefd had afgewezen. Een andere relatie eindigde ongeveer op dezelfde manier en toen kreeg ze te horen dat ze een onnodig hoge muur rond zichzelf optrok. Het woord ijskoningin werd zelfs genoemd. Het was bedoeld als kwetsende kritiek, maar sterkte haar juist in haar overtuiging dat ze in haar eentje beter af was. En er was toch niks mis met zelfstandigheid?

Ze bleef staan, snoof de geur van de natte aarde op en keek door een gat in de meidoornhaag. Fluitenkruid omzoomde een wei met hoog gras en paardenbloemen. In de verte zag ze de kerktoren boven de bomen en daken uitsteken. Een van die daken was van het huis van Lucy en Orlando. Ze vroeg zich af hoe het met hen was. En met Mac. Ze had niets meer van hem gehoord sinds hij haar de dagboeken van Alice had gegeven. Als Savannah niet thuis was, kon ze hem wel bellen om te vragen of hij een glaasje kwam drinken. Ze was benieuwd hoe hij gereageerd zou hebben op Savannahs opinie over euthanasie. Nu ze was gekalmeerd, besefte ze dat het meisje die dingen alleen maar had gezegd omdat ze om niemand anders gaf dan zichzelf. Daar moest je gewoon medelijden mee hebben.

Ze klom over het hekje en liep naar de vijver, waar sportvissers heel wat uurtjes konden zoekbrengen op de speciaal daarvoor gebouwde steigers. Vanavond zat er echter niemand. Ze was bijna bij het roerloze, spiegelende water aangekomen en snoof de geur van de wilde knoflook op, toen ze een twijg hoorde knappen. Haar hart begon te bonken en ze keek snel om zich heen, maar zag niemand. Gruwelijke beelden flitsten meteen door haar hoofd: dat ze werd achtervolgd, dat niemand haar hoorde gillen, dat iemand haar vastgreep en haar keel dichtkneep...

Weer knapte er ergens een twijg. Ze keek wild om zich heen. Een man met een hond kwam tussen de kastanjebomen vandaan. Ze herkende hen meteen: Macs neef, Conrad de Barbaar, en hun hondje Fritz.

14

Met fladderende oren stoof Fritz door het hoge gras en Conrad moest van de weeromstuit wel achter hem aan gaan. Toen hij bij de hond was aangekomen, lag die op zijn rug tussen de madeliefjes en liet zich op zijn buik krabben door de vrouw met wie Mac de afgelopen dagen zo veel contact had gehad. De eerste indruk die hij van Helen Madison-Tyler had gekregen, op de dag dat ze Mac was komen halen, was dat ze een aantrekkelijke vrouw was, en dat hij wel begreep waarom zijn oom het prettig vond in haar gezelschap te verkeren: ze had vast een kalmerende invloed op zijn nukkige temperament. Nu stelde hij zijn eerste indruk bij. Ze was niet alleen aantrekkelijk, ze was mooi. Op een kalme, beheerste manier.

'Dat beest is een allemansvriend, net als zijn baas,' zei hij toen hij neerkeek op het glanzende, kastanjebruine haar. Ze kwam met elegante bewegingen overeind. De ondergaande zon stond achter haar en zette haar rossige haar in vuur en vlam. Ze was langer dan hij zich herinnerde. Vriendelijke lichtbruine ogen keken hem aan.

'Gek, hè, dat we nog geen kennis hebben gemaakt?' zei ze en ze stak hem haar hand toe. 'Ik heb van Mac zo veel over u gehoord dat u zich niet eens hoeft voor te stellen.' Ze had een stevige handdruk.

'Ik zal maar niet raden naar wat mijn oom over me heeft verteld. Het is vast weinig goeds. Hoe bevalt het leven in Swanmere?'

'Goed,' was haar eenvoudige antwoord.

'Vindt u de bewoners niet een tikje te bemoeizuchtig?'

'Het is hier niet erger dan in andere plaatsen waar ik heb gewoond. Vindt u zelf van wel?'

'Ja.' Hij had meteen spijt van zijn antwoord, want nu wilde ze natuurlijk weten waarom. Al zat het er dik in dat ze vanwege haar vriendschap met Mac alles al over hem wist. Om verdere belangstelling de kop in te drukken zei hij snel: 'Mac voelt zich niet lekker. Daarom laat ik Fritz uit.'

'Ik vroeg me al af waarom ik niks van hem hoorde. Het is toch niets ernstigs?'

'Nee, een flinke verkoudheid. Maar hij doet heel zielig.'

Ze glimlachte. 'Zoals de meeste mannen.'

Fritz lag nog steeds op zijn rug met zijn pootjes in de lucht en blafte kort, alsof hij wilde zeggen: 'Hé, zijn jullie me helemaal vergeten?' Ze bukten zich tegelijk en stootten hun hoofden tegen elkaar. Conrad deed gegeneerd een stap achteruit en zei: 'Die hond is bijna net zo veeleisend als Mac.'

'Mag uw oom bezoek ontvangen? Dan zou ik hem even hartig kunnen toespreken. Al weet ik niet zeker of dat zal helpen,' voegde ze eraan toe met een glimlach die hij opvatte als een vorm van verstandhouding. Dezelfde glimlach als hij die eerste avond had gezien, toen ze naar hem had gekeken vlak voordat de voordeur dichtviel. Nu hij wist dat ze zijn oom al helemaal had doorzien, bekeek hij haar met heel andere ogen. Met Alice Wykeham was het precies zo gegaan. Ook zij had in een mum van tijd doorgehad wat Mac voor iemand was en toen had zich snel een band gevormd, een geestverwantschap die Alice had geholpen om 'die ouwe kankerpit' in het gareel te houden.

'Hebt u daar tijd voor?' vroeg hij. Uit het weinige dat hij van Mac had losgekregen, had hij begrepen dat ze aan het hoofd stond van een liefdadigheidsorganisatie voor oudere mensen. 'Vandaar haar belangstelling voor jou,' had hij plagend tegen zijn oom gezegd. Waarop Mac had geantwoord: 'Je bent niet toevallig een beetje jaloers?'

'Ik kan wel even met u meelopen, als het goed is,' zei ze. 'Ik heb geen plannen voor vanavond.'

'Nu meteen?' vroeg hij geschrokken.

'Ja, laten we hem verrassen. Of wilde u nog wat langer met Fritz wandelen?'

Misschien was dit wat zijn oom zo leuk aan haar vond, dacht Conrad, haar spontane gedrag. Toen ze over het hekje klommen, waarbij hij Helen galant zijn hand bood, vroeg hij zich af of het huis wel op orde was, geschikt voor bezoek, en herinnerde hij zich dat Evie die ochtend was geweest. Op Evie kon hij altijd rekenen; op zijn oom daarentegen niet. Hij had geen idee hoe die in zijn huidige stemming zou reageren op deze bezoekster.

15

Het was juni en eindelijk zomer. En Savannah was er nog steeds.

Helen vond dat ze lelijk aan het kortste eind had getrokken toen Marcia vanuit de Verenigde Staten opbelde om te zeggen dat ze nog wat langer zou blijven en of het goed was dat Savannah de hele zomer bij hen bleef. Ze had gedacht dat Savannah driftig op het nieuws zou reageren en iedereen in haar omgeving de schuld zou geven van het feit dat ze gedwongen werd dit miserabele bestaan nog een tijd langer te verdragen. Ze had stiekem gehoopt dat het kind op hoge poten zou terugkeren naar Crantsford, maar tot haar verbijstering had ze haar horen zeggen: 'Vind jij dat goed, pap? Weet je zeker dat ik jullie niet in de weg zit? Ik kan best naar huis, hoor, de schilders zijn klaar.'

Hij had geantwoord: 'Natuurlijk zit je ons niet in de weg. We vinden het juist fijn als je nog een poosje blijft. Nietwaar, Helen?'

Helen had haar kaken zo hard op elkaar geklemd dat ze bijna een paar kiezen had gebroken. Ze had alleen maar geknikt, waarna ze naar de keuken was verdwenen om met moorddadige meppen op de voor het avondeten bestemde varkenshaas haar frustratie af te reageren.

Nu waren ze twee weken verder en genoten Helen en Hunter van een zeldzaam rustig avondje in de tuin, omdat Savannah uit was. Helen keek naar haar man, die zijn drankje in zijn glas liet ronddraaien en een document las dat hij per fax had ontvangen. Alsof hij voelde dat ze naar hem zat te staren, keek hij op. 'Je ziet er moe uit, Helen,' zei hij. 'Werk je niet te hard?'

Om zo veel mogelijk bij Savannah uit de buurt te blijven, bracht Helen steeds meer tijd door bij Companion Care, maar dat kon ze natuurlijk niet aan Hunter vertellen. 'Hoor wie het zegt,' antwoordde ze luchtig.

Hij glimlachte. 'Ja, we zijn van hetzelfde laken een pak,' zei hij en hij las weer verder.

Annabel had ook al iets gezegd over de lange uren die ze maakte, en tegen haar kon Helen tenminste openhartig zijn. 'Ik weet dat het paranoïde klinkt,' had ze tegen Annabel gezegd, 'maar het is alsof er rond Savannah een negatief krachtveld hangt dat invloed heeft op alles wat ze doet. Ik snap niet dat Hunter dat niet ziet.'

'Is het een groot probleem? Ondermijnt het jullie relatie?' vroeg Annabel.

'Nee, ik denk niet dat het zover zal komen,' had ze luchtig gezegd, al was ze daar wel degelijk bang voor.

'Je mag natuurlijk niet vergeten dat Hunter zich in een moeilijke positie bevindt, omdat hij het zowel jou als zijn dochter naar de zin wil maken. Het punt is, dat Savannah zijn oogappel is en dat hij van jou verwacht dat je die mening met hem deelt.' Annabels reactie irriteerde haar. Het was net alsof haar vriendin Hunters zijde koos, wat als kritiek op Helens gedrag kon worden opgevat. En hoe kwam het dat de kinderloze Annabel opeens zo'n deskundige was op het gebied van kinderen en stiefkinderen?

Savannah was trouwens niet de enige oorzaak van de wrijving. Ze zaten met een veel groter probleem. Sinds Hunter was teruggekeerd uit het Caribische gebied, hadden ze maar één poging gedaan de liefde te bedrijven en net als voorheen was dat jammerlijk mislukt.

Impotentie was een woord dat je eigenlijk niet hardop mocht zeggen, net als kanker. Het onderwerp was taboe en Helen had geen idee hoe ze een oplossing moesten vinden als Hunter er niet eens over wilde praten. Iedere keer dat ze het probeerde aan te stippen, de kloof tussen haar en Hunter te verkleinen, begon hij snel over iets anders. Wat hem vermoedelijk nog het meest dwars zat, was zijn reputatie. Hij had de leeftijd bereikt waarop lichamelijke kwaaltjes de kop begonnen op te steken; misschien maakte hij zich zorgen dat hij iets had en was hij te bang en te ijdel om er iets aan te doen. Dat was het probleem met mannen als Hunter; ze dachten dat ze onoverwinnelijk waren en wilden per se de indruk wekken dat ze alles in de hand hadden.

Mac was net zo. Hij had het vreselijk gevonden toen Helen plotsklaps voor zijn neus stond, terwijl hij in bed zat, in zijn pyjama, ongeschoren, met *The Times* over het hele dekbed uitgespreid. Hij had vervaarlijk gefronst naar Conrad, maar die had dat genegeerd en de kamer verlaten, nadat hij tegen Helen had geglimlacht. Even later was hij weer tevoorschijn gekomen met twee koppen koffie en had hen alleen gelaten. Door het open raam van Macs slaapkamer had ze hem de binnenplaats zien oversteken. Kort daarna was een bureaulamp aangegaan in de kamer boven. Ze had gezien dat Conrad voor zijn computer ging zitten en zijn leesbril opzette. Evie had de gewoonte om haar, alvorens aan haar werk te beginnen, uitgebreid te vertellen over haar werkgever op Chapel House. Ze noemde Conrad een 'spetter' en een 'adonis'. Hoewel Helen zulke ouderwetse uitdrukkingen zelf nooit gebruikte, was ze het hier wel mee eens. Hij was lang, goed gebouwd en had een weloverwogen en gedecideerde uitstraling die haar erg beviel. Zijn korte lichtbruine haar was bij de slapen doorschoten met grijs en hij had een breed voorhoofd dat hem het aanzien gaf van een geleerde man. Een serieuze man. Dat alles had ze heimelijk in zich opgenomen toen ze door het dorp liepen op weg naar de zieke Mac. Ze was vanuit Macs kamer naar hem blijven kijken en vroeg zich af of hij zich bewust was van zijn aantrekkingskracht, tot Mac, die haar blik volgde, zei: 'Die jongen doet niks anders dan werken. Het valt me nog mee dat ik af en toe wat te eten en drinken krijg, nu ik het bed moet houden. Ik kan hier wel doodgaan voordat hij die kamer uitkomt.'

'Misschien zou hij wat meer tijd aan je besteden als je niet zo'n knorrige patiënt was,' wees ze hem terecht. 'Je hebt veel te veel medelijden met jezelf. Je bent nog lang niet dood, hoor.'

'Dat is slechts een kwestie van tijd.'

Het was al donker toen ze vertrok; ze had gezien dat er in Conrads werkkamer nog licht brandde en ze was in de verleiding gekomen naar hem toe te gaan om hem te bedanken voor de koffie, maar uiteindelijk had ze dat niet gedaan, omdat ze dacht dat hij vast niet gestoord wilde worden.

Waarom, vroeg ze zich nu af, terwijl ze luisterde naar het geklop van een specht ergens in de verte, kon ze tegen Mac precies zeggen wat ze dacht, en tegen haar eigen man niet? Waarom was ze zo bang Hunter kwaad te maken?

Je móét het met hem bespreken, zei ze tegen zichzelf. Doe het nu. Jullie zijn nu alleen, maak van de gelegenheid gebruik. 'Hunter,' zei ze.

'Hmm?' zei hij zonder op te kijken, een potlood tegen zijn lippen gedrukt.

'Kunnen we praten?'

Hij tikte met het potlood tegen zijn tanden en keek naar haar.

'Ik maak me zorgen over je,' zei ze zachtjes, al haar moed bijeen rapend.

Hij fronste en er verscheen een kille blik in zijn ogen. 'Ik heb gezegd dat ik er niet over wil praten.'

Doe net alsof hij niet Hunter is, maar iemand anders, dacht ze. Wat kan er gebeuren? 'Waarom wil je er niet over praten?' vroeg ze.

Nu schoten zijn ogen vuur. 'Heb je er al eens aan gedacht dat het best aan jou kan liggen? Ik heb dit probleem met andere vrouwen namelijk nooit gehad.'

Ai, dat deed pijn! Maar wat hem betrof, had ze hier waarschijnlijk om gevraagd. 'Het gaat er niet om aan wie het ligt, Hunter,' zei ze. 'Als je wilt, kunnen we samen naar een arts gaan.'

'Waarom?'

'Je bent een intelligente man, Hunter. Hou je niet van den domme.'

Hij gooide het potlood en het document op de tafel en pakte zijn gin-tonic. Hij dronk zijn glas in één keer leeg, maar zei niets.

'Hoor eens,' zei ze wat aarzelend, 'ik weet hoe moeilijk dit voor je is. Geen enkele man geeft graag toe –'

'Hoe weet jij hoe mannen zich voelen?' viel hij haar in de rede.

'Dat weet ik niet, maar als je je wat zou openstellen, zou ik beter kunnen beoordelen hoe ik hiermee moet omgaan.'

'Doe me een lol, zeg. Ik ben niet in de stemming voor halfbakken psychobabbels uit vrouwenbladen. En ik ga níét naar een dokter.'

'Maar Hunter...'

'Hou erover op!' Hij stond zo wild op, dat hij het tafeltje omgooide en zijn glas op de grond viel. Met grote stappen liep hij het terras over en verdween door de openslaande deuren het huis in.

Op de rand van tranen beet Helen op haar lip. Erover praten lukte dus niet. Hoe moesten ze dit oplossen als hij niet eens wilde toegeven dat het probleem bestond? Ze staarde een poosje naar de glasscherven en stond toen op om een stoffer en blik te gaan halen.

Ze volgde dezelfde route als Hunter had genomen en zag hem tot haar verbazing in de zitkamer bij een kleine tafel staan. Hij stond met zijn rug naar haar toe, maar ze zag dat hij een ingelijste foto had opgepakt van hun tweeën op hun trouwdag. O nee! dacht ze. Hij vraagt zich af waarom hij eigenlijk met me is getrouwd. Het was alsof hij haar op waarde schatte en een besluit nam over hun toekomst. Nooit eerder had ze dit gevoel gehad, dat er over haar werd geoordeeld. Ze wilde ongemerkt verdwijnen, maar was niet snel genoeg, of niet stil genoeg. Hij draaide zich om toen hij het geluid van haar schoen op de drempel hoorde. Hij zag er slecht uit. Ouder. Vermoeid. Verraden.

Opeens had ze vreselijk met hem te doen. Ze wist instinctief dat ze een kritiek stadium hadden bereikt. Als ze nu iets fout deed, zou alles verloren zijn. 'Het spijt me,' zei ze, 'ik had niets moeten zeggen. Kun je het me vergeven?'

Heel langzaam zette hij de foto terug op de tafel, en al even langzaam stak hij zijn armen naar haar uit. Ze liep naar hem toe. Hij drukte haar tegen zich aan, boog toen haar hoofd naar achteren en kuste haar hals, haar nek, haar mond. Hij bleef haar kussen, vertwijfeld, hartstochtelijk, klemde haar tegen zich aan alsof hij haar nooit meer wilde laten gaan. Hij begon te hijgen en opeens trokken zijn handen aan haar kleren, rukte ze bijna van haar lijf. Zijn hartstocht was zo groot, dat ze er zeker van was dat het nu weer goed zou komen. Misschien was het boven in hun slaapkamer een beetje te saai geworden, had er te weinig spontaniteit in gezeten. Hij trok haar mee naar de bank, duwde haar neer, maakte zijn gulp open en knielde voor haar neer. Ze schoot bijna in de lach toen ze zich opeens herinnerde dat Olivia Marchwood precies op deze plek had gezeten op de dag dat ze onaangekondigd op bezoek was gekomen, maar die gedachte verdween snel. Hunter stootte diep bij haar binnen. Ze onderdrukte een kreet van pijn, om hem vooral niet af te leiden.

16

In haar volkstuintje liep Lucy hardop te vloeken. 'Die stomme kaffer van een Orlando!' hijgde ze. 'Heeft hij oogkleppen voor of zo? Je hoeft geen genie te zijn om door te hebben waar dat wicht op uit is.'

'Weet je wat ze zeggen over mensen die tegen zichzelf praten?'

Ze keek op van het stuk grond dat ze aan het omspitten was om er de piramideachtige groeistokken voor de sperziebonen in te kunnen zetten, en zag Dan. Hij leunde op zijn schoffel en keek haar aan met die speciale vriendelijke blik van hem, die nooit zijn uitwerking op haar miste. Ondanks dat het een warme avond was, droeg hij zoals altijd een overhemd en een trui met daaroverheen het oude tweedjasje met de rafelige mouwen en het abstracte kunstwerk van vlekken op de voorpanden. 'Hoe lang sta je daar al?' vroeg ze. Ze streek het haar uit haar ogen en keek hem hijgend aan.

'Lang genoeg om te weten dat je boos bent. Je bent aan het spitten als een grondwerker. Waar wind je je zo over op?'

'Ik wind me nergens over op.'

'Kom,' zei hij. 'Kom even bij me zitten.'

Ze stak de schop diep in de grond. Hij bedoelde het goed, maar ze wilde niet kalmeren; ze wilde kwaad zijn. 'Ik heb geen tijd,' zei ze. 'Ik heb veel te veel te doen. Orlando zei dat hij me zou helpen, maar hij heeft zich gedrukt.'

'Tien minuten pauze kan geen kwaad. Ik heb daarstraks de eerste frambozen geplukt. Als ik nou eens een kopje thee voor ons zet, dan kun je fijn je hart uitstorten.'

Ze bezweek voor zijn overweldigende goedheid. Dat was het probleem met Dan: hij slaagde er iedere keer in haar te ontwapenen. 'Nou, vooruit dan maar.'

De tuin van Dan was de mooiste en best onderhouden tuin van allemaal. Het was tevens een van de grootste en helemaal achterin stond een schuurtje dat half was overgroeid met kamperfoelie, die nu zijn heerlijke geur verspreidde in de warme avondlucht. Terwijl Dan in het schuurtje een keteltje water opzette op de gasbrander, klapte Lucy twee lichtgewicht tuinstoelen uit, ging zitten en bekeek de bedrijvigheid rondom. Juni was de drukste maand in de volkstuintjes; dan kwam bijna iedereen. De lucht was vervuld van zomergeluiden: de opgewekte stemmen van mensen die hun oogst vergeleken (de eerste aardappelen waren opgegraven en werden bewonderd), en het geronk van elektrische heggenscharen en grastrimmers. De stroom daarvoor mochten ze voor een nominaal bedrag betrekken van Ronnie Tadget, die pal naast de volkstuintjes woonde.

'Alsjeblieft, een lekker kopje thee.'

Ze nam de mok over uit Dans verwrongen hand. 'Dank je wel, Dan. Je bent een engel.'

'En jij bent een mopperkont. Wat heeft Orlando op zijn geweten?'

'Je hebt dus staan luisteren.'

'Iedereen heeft kunnen horen hoe je die arme jongen stond uit te vloeken. Wat heeft hij gedaan?'

Ze was niet gewend haar hart bij andere mensen uit te storten. Ze mocht Dan erg graag en vertrouwde hem volkomen, maar ze kon hem evengoed niet vertellen waar ze mee zat. 'Waar zijn de frambozen die je me hebt beloofd?' vroeg ze.

Hij schudde zijn hoofd en gaf haar zijn mok. In zijn afwezigheid zocht ze naar iets waarmee ze hem van haar eigen problemen kon afleiden. Ze wilde Dan niet vertellen waar ze mee zat omdat ze bang was dat hij het verkeerd zou interpreteren, dat hij zou denken dat ze jaloers was op Savannah, maar jaloezie was niet de reden waarom ze zo'n hekel aan haar had. Ze had een hekel aan haar, omdat het als een paal boven water stond dat het een onbetrouwbare, geniepige meid was. Lucy had op school heel wat Savannah Tylers meegemaakt en had nooit de fout gemaakt hun macht te onderschatten. Het ergerde haar mateloos dat Orlando niet zag wat zijzelf zo duidelijk vond: dat Savannah hem alleen maar problemen zou bezorgen. Maar zo was hij. De goedheid zelve. Hij probeerde in ieder mens het goede te zien. 'Ik wil haar gewoon een kans geven,' had hij gezegd toen Lucy op een dag was thuisgekomen en Savannah alweer aan haar keukentafel had aangetroffen. Voor de derde keer die week.

'Een kans geven? In welk opzicht?' had ze gevraagd toen Savannah eindelijk was opgehoepeld en ze de kruimels van chips en chocoladerepen van de tafel veegde.

'Volgens mij maken de mensen het haar aldoor erg moeilijk.'

'Misschien komt dat omdat ze het verdient.'

'Jij hebt indertijd anders toch maar mooi geboft dat mijn vader bereid was jou een kans te geven toen je hem om werk kwam vragen,' zei hij half binnensmonds en hij goot het restant van zijn koffie in de gootsteen.

Dat was hard aangekomen. Hoe kon Orlando haar vergelijken met dat rijke, verwende nest dat nog nooit van haar leven had gewerkt? Ze was er vanochtend bij het ontbijt opnieuw over begonnen en toen had Orlando haar verteld dat Savannah had gevraagd of ze voor hem mocht komen werken.

'Wat? Je verdient nauwelijks genoeg om jezelf te onderhouden, laat staan dat je iemand anders kunt betalen.'

'Ik heb niet gezegd dat ik haar ervoor zal betalen.'

'Bedoel je dat ze voor niks wil werken?'

'Ze zegt dat ze van me wil leren.'

'Ja, vast!'

'Wat bedoel je daarmee?'

'Doe niet zo achterlijk, Orlando. Ze windt je om haar vinger. Dat doen meisjes als zij. Wat voor soort werk denk je trouwens dat ze voor je kan doen? Ze zal je alleen maar in de weg lopen. Ze heeft net zo veel interesse voor tuinieren als ik voor kernfysica.'

Toen hij geen antwoord gaf, maar met overdreven aandacht melk op zijn cornflakes goot, zei ze: 'En? Neem je haar in dienst?'

'Ik heb nog geen besluit genomen. We gaan vanavond ergens iets drinken en dan zal ik haar mijn antwoord geven.'

'Vanavond? Maar je zou meegaan naar de volkstuintjes. We zouden de stokken voor de bonen plaatsen en de zoete aardappelen poten. Als we dat nu niet doen, is het te laat.'

Hij keek haar aan met een verslagen uitdrukking op zijn openhartige gezicht. 'Dat was ik helemaal vergeten,' zei hij. 'Ik bel Savannah wel dat ik het moet uitstellen tot morgenavond. Dat vindt ze vast niet erg.'

'Nee, doe dat vooral niet. Niet voor mij. Ik red me wel. Ik heb me tot nu toe altijd prima gered in mijn eentje.' Ze smeerde zo driftig boter op een sneetje toast dat het in stukjes brak. Ze keerde haar bord om boven de pedaalemmer en liet het deksel hard neerkomen.

'Vind je niet dat je een klein beetje overdrijft? En dat je een beetje onredelijk doet?' vroeg hij bedaard.

Onredelijk? Zij? Ha! Ze had hem achtergelaten met zijn cornflakes en was in recordtijd naar haar werk gefietst. Ze had geprobeerd haar woede te focussen op Savannah, in plaats van op Orlando, maar dat maakte alles alleen maar erger. Ze kon zich heel goed voorstellen wat een lekker hapje Orlando was voor een meisje als Savannah. Knappe binken als hij waren dun gezaaid. Hij was niet alleen knap om te zien, maar hij had een hart van goud. Echt, je kon geen kwaad woord over hem zeggen. Misschien was dat de reden waarom zijn binkigheid, zoals Angie het noemde, voor Lucy nooit belangrijk was geweest. Het ging haar om zijn persoonlijkheid. Maar het idee dat Savannah Orlando in haar klauwen zou krijgen, en niet alleen denkbeeldig maar ook letterlijk, vervulde Lucy met haatgevoelens. Hij verdiende iets veel beters. Haar gedachtegang nam een onvoorziene wending toen ze dacht aan alle keren dat ze Orlando vrijwel naakt had gezien, wanneer hij de badkamer uit kwam in een wolk stoom met alleen een handdoek om zijn middel gebonden, zijn natte haar achterover, terwijl waterdruppels over zijn brede schouders en gladde, haarloze borst gleden. Ze trapte nog harder op de pedalen. Nee, die Savannah moest met haar grijpgrage vingers van Orlando afblijven! Haar benen trilden zo toen ze bij het tuincentrum aankwam, dat ze even moest gaan zitten tot het ophield. Angie vroeg of er iets was, en maakte zich toen snel uit de voeten. Lucy dacht dat Orlando wel zou bellen om te zeggen dat het hem speet, en naarmate de dag vorderde werd haar teleurstelling steeds groter. Toen ze 's middags thuiskwam, lag er een briefje dat hij zijn afspraak met Savannah toch niet had afgezegd. Woedend had ze haar laarzen aangetrokken en ze was regelrecht naar haar tuintje gegaan.

Dan kwam weer tevoorschijn. 'Sorry dat het zo lang duurde,' zei hij, en hij gaf haar een plastic schaaltje met frambozen in ruil voor zijn mok. 'Ik heb speciaal voor jou alle bladluis eraf gehaald.'

'Je bent te goed voor deze wereld, Dan.'

'Ja, dat zeggen wel meer mensen. Maar vertel me nu eens waar je mee zit. Heeft het te maken met dat reisje naar Italië? Is het vanwege je vader?'

De verleiding was groot om dat excuus aan te grijpen, maar Lucy antwoordde behoedzaam: 'Ja en nee.' Ze stak een framboos in haar mond. De vrucht was rijp en toch stevig. En hij smaakte verrukkelijk. Zelfgeteelde frambozen, in het bijzonder die van Dan, waren doodgewoon niet te vergelijken met de smakeloze troep die je in de supermarkt kon krijgen.

De geplande reis naar het Comomeer begon vaste vormen aan te nemen en het hele dorp had het erover. Veel mensen hadden zich al ingeschreven, onder wie Orlando, en ook Mac had gezegd dat hij erover zat te denken om te gaan. Dat had hij haar verteld toen ze in het dorp had gehoord dat hij een beetje ziek was, en ze op een avond bij hem langs was gegaan. Conrad had opengedaan en was haar voorgegaan naar de woonkamer, waar Mac genoeglijk op de bank lag, druk in gesprek met Helen. 'Zo, meneertje Populair,' zei ze, en ze zag dat Conrad discreet verdween, 'hoe is het ermee?'

'Een stuk beter nu ik jou zie. Heb je iets lekkers voor me meegebracht?'

'Toevallig wel.' Ze gaf hem het doosje Turks fruit dat ze in de delicatessenwinkel had gekocht, omdat ze wist dat hij daar dol op was.

Hij begon zelf over Italië en zei dat hij wel zin had om te gaan, vooral omdat het waarschijnlijk zijn zwanenzang zou zijn, zijn laatste vakantie voordat hij de pijp uitging. Ze gaf hem een speels duwtje tegen zijn schouder en zei dat hij niet zo somber moest doen. 'Je was altijd zo'n gezellige man,' zei ze. 'Waarom ben je opeens zo melodramatisch?'

'Omdat, mijn schone deerne, ik me gereedmaak voor de dood.'

'Als je daar niet snel over ophoudt, zullen we je een eindje op weg helpen,' zei Helen, en ze mepte hem tegen zijn andere schouder.

Helen zei dat ze ook wel zin had in de reis, maar dat ze nog moest bekijken of ze het kon regelen met haar werk. 'Het is natuurlijk mogelijk dat Hunter ook mee wil,' zei ze, 'maar eerlijk gezegd betwijfel ik of hij zin en tijd heeft.' Gek was dat. Lucy was er zo aan gewend Helen in haar eentje te zien, dat ze soms helemaal vergat dat ze getrouwd was. Haar man was echt een mysterie.

Maar één ding was zeker en er kon niet over onderhandeld worden, zei ze tegen Helen en Mac, en dat was dat Lucy Gray niet meeging. Men kon soebatten wat men wilde, in het bijzonder Orlando, maar niets zou haar van haar besluit afbrengen.

'Wat vind je van de frambozen?' vroeg Dan, en ze schrok op uit haar gedachten. 'Zijn ze net zo lekker als vorig jaar?'

'Ze zijn verrukkelijk. Ik moet ze echt zelf ook gaan kweken. Ik snap niet waarom ik dat nog steeds niet heb gedaan.'

'Omdat je een Juffertje Misschien bent, zoals mijn moeder dat altijd noemde. De ene dag zus, de volgende dag zo. Tot je gaat inzien dat je niet alles op de lange baan kunt schuiven.'

'Vind je echt dat ik zo ben?'

'Het is geen kritiek.'

'Zo klinkt het wel.'

'Zo had ik het niet bedoeld. Maar zeg eens, ga je naar Italië of niet?'

Opeens glimlachte ze. 'Als jij met me meegaat.'

Hij lachte en woelde een beetje onhandig met zijn grote hand door haar haar. 'Ik ben niet eens lid van de club.'

'Ik ook niet.'

'En wat zou een eenvoudig mens als ik in het elegante Italië moeten? Ik ben van mijn leven nog niet verder gereisd dan Worcester, en dat was toen ik nog klein was. Nee, ik heb meer dan genoeg aan de verhalen waarmee jullie thuiskomen. Bovendien moet er iemand hier blijven om een oogje in het zeil te houden.'

Ze stopte nog een framboos in haar mond. 'Dat hoef je niet in je eentje te doen, want ik ga niet.'

Hij keek haar teder aan. 'We zullen zien, Juffertje Misschien.' En hij nam slurpend een slokje thee.

Orlando zat met een bezwaard gevoel in de tuin van The Swan te wachten tot Savannah weer tevoorschijn zou komen. De laatste tijd wrong er iets tussen Lucy en hem. De sfeer was gespannen en dat vond hij helemaal niet leuk. Misschien was het toch geen goed idee geweest om bij elkaar te gaan wonen. Was het een kwestie van 'te veel van het goede'? Hij had niet veel zin om weer bij zijn ouders te gaan wonen, maar als hij zijn vriendschap met Lucy ermee kon redden, moest hij daar serieus over gaan nadenken. Eén ding was zeker: hij verdiende nog lang niet genoeg om iets betaalbaars te kunnen kopen in Swanmere, want daar lagen de prijzen erg hoog. Hij zou hooguit kunnen uitkijken naar een huis in een ander dorp, waar het leven minder duur was.

Opdrachten voor tuinontwerpen druppelden langzaam binnen, maar het zou nog wel even duren voordat hij voldoende draagkracht had om grote financiële verplichtingen, zoals een hypotheek, op zich te nemen. Als vaste klus had hij het onderhoud van de tuin van de Old Rectory. Hij deed het eigenlijk om Helen een plezier te doen, maar ze betaalde hem er wel voor, omdat ze wel had begrepen dat ze de hoeveelheid werk die nodig was om de tuin op orde te houden, schromelijk had onderschat. Hij had haar dat meteen al kunnen vertellen, maar dat zou onbeleefd en aanmatigend zijn geweest. Omdat hij, mede dankzij Lucy, zo weinig vaste lasten had, kon hij aardig wat sparen en ook geld opzij leggen voor de reis naar Italië in september. Hij glimlachte in zichzelf. Misschien was dat reisje aftrekbaar van de belasting. Was het voor een tuinarchitect niet noodzakelijk andere tuinen te bekijken?

'Dat mag ik graag zien: een man die glimlacht wanneer hij me ziet.'

Met een charmante lach ging Savannah naast hem op het bankje zitten en nam een slok van haar bier. Hij rook de wolk parfum die om haar heen hing en zag dat ze een vers laagje lipgloss had opgedaan. Lucy zou ongetwijfeld zeggen dat dit allemaal slinkse tactieken waren om hem te strikken. Alsof niet ieder meisje met wie hij was uitgegaan, haar make-up had bijgewerkt wanneer ze naar het toilet ging! Maar het had geen zin dat tegen Lucy te zeggen wanneer ze in zo'n kribbige stemming was. Wat hem het meest irriteerde, was dat ze dacht dat hij zo dom zou zijn in de trucjes te trappen van Savannah of welk ander meisje dan ook. Savannah wilde alleen maar mensen leren kennen in Swanmere. Hij was geenszins van plan een relatie met haar aan te gaan. Ze was veel te jong voor hem.

'En?' zei ze. 'Heb je al besloten of ik voor je mag werken?'

'Weet je zeker dat je het wilt? Je krijgt er niets voor. Ik kan het me niet veroorloven je te betalen.'

'Ik doe het niet voor het geld. Ik wil gewoon iets te doen hebben, want ik verveel me hier dood. En ik wil graag iets over tuinieren leren. Ik heb al in Helens boeken zitten snuffelen. Dat zegt toch wel iets?'

Hij lachte. 'Hoeveel dat zegt, zullen we pas weten wanneer je tot je knieën door de modder baggert of helemaal vol zit met doornen.'

'Dus je vindt het goed? Ben ik officieel je partner?'

'Mijn leerling.'

'Cool! Wanneer kan ik beginnen?'

Diezelfde avond zaten Mac en Conrad in de tuin van Chapel House. Conrad was net terug van zijn wekelijkse partijtje tennis en zat zich te ontspannen onder het genot van een biertje. Mac, die met veel gesnuif en gefoeter de kruiswoordpuzzel in *The Times* aan het oplossen was, met de trouwe Fritz aan zijn voeten, zat aan zijn tweede gin-tonic. Nu zijn oom eindelijk van de verkoudheid af was die hem een paar dagen aan bed had gekluisterd, was er niet alleen snel verbetering gekomen in zijn gezondheid, maar ook in zijn humeur, al had hij het Conrad nog niet vergeven dat hij Helen onaangekondigd had binnengelaten toen hij in bed lag. 'Verdomme nog aan toe, Conrad,' had hij gezegd toen Helen weer was vertrokken en Conrad het eten klaar had. 'Je had me wel even kunnen waarschuwen dat ze zou komen.'

'Hoe? Via telepathie?'

'Had je je mobieltje niet bij je?'

'Waarom zou ik een mobieltje meenemen als ik alleen maar Fritz uitlaat?'

'Voor het geval ik je nodig heb!'

Een dergelijke opmerking had hij niet meer van Mac gehoord sinds die van zijn beroerte was hersteld. Conrad wilde er niet al te veel achter zoeken, maar kon toch ook zijn ogen niet sluiten voor wat het betekende: dat zijn oom gedurende de tijd dat hij bedlegerig was geweest, zijn zelfvertrouwen weer gedeeltelijk was kwijtgeraakt.

'Conrad?'

Hij keek op van zijn bier. 'Ja?'

'Ik heb een vraag.'

'Zeg het maar.'

'Je weet dat Olivia voor de leden van de Garden Club een reis aan het organiseren is naar het Comomeer?'

'En je wilt gaan? Dat vind ik een prima idee!'

Mac ging rechtop zitten. 'Ik vraag niet om je toestemming,' zei hij op scherpe toon.

'En die gaf ik ook niet,' antwoordde Conrad effen. 'Ik zei alleen maar dat ik het een goed idee vind. Echt iets voor jou.'

'Niet zo minzaam, jochie!'

'Noem me geen jochie. Ik ben negenenveertig, voor het geval je dat bent vergeten.'

Mac keek hem dreigend aan. 'Er mankeert niets aan mijn geheugen.'

Conrad zweeg gefrustreerd. Hoe kwam het toch dat ze elkaar iedere keer tegen de haren in streken? Hij wist dat Mac andere mensen nooit op deze manier toesprak. Hij wist best dat je je frustraties het makkelijkst kon botvieren op je eigen familieleden, maar Macs minzame gedrag liep soms de spuigaten uit. Hij had Alice ooit gevraagd waarom hij zo was en toen had ze gezegd dat iedereen iemand nodig heeft op wie hij zijn frustraties kan afreageren. 'Sorry, Conrad, maar het ziet ernaar uit dat Mac jou heeft gekozen. Jij bent de enige op wie hij zich ongestraft kan uitleven. Hij zou als een lied zonder muziek zijn als hij jou niet had.'

Met deze woorden van Alice in gedachten, onderdrukte Conrad zijn eigen frustraties en zei: 'Sorry dat ik je in de rede viel, Mac. Wat wilde je zeggen?'

'Het maakt niet uit. Het was waarschijnlijk toch een dom idee.'

'Zeg het evengoed maar.'

Mac schraapte luidruchtig zijn keel. 'Ik had graag dat je meeging naar Italië.'

'Wat? Dat meen je niet.'

'Als ik het niet meende, zou ik het niet zeggen.'

'Maar ik weet niets van tuinieren.'

'Een vakantie zou je goeddoen. En… ik ben erg op je gezelschap gesteld. Bovendien zou je dan mooi al die ouwe wijfies bij me vandaan kunnen houden, die op een kans wachten om mij in hun schoothondje te veranderen.'

Conrad glimlachte. 'Ik zie in jou geen poedel. Eerder een rottweiler.'

'Maar je snapt wel wat ik bedoel. Dus… ga je mee?'

'Ik zal erover nadenken.'

'Denk niet al te lang; Olivia wil zo snel mogelijk haar namenlijst rond hebben.'

'Ik zei dat ik erover zou nadenken.'

17

Hunter stond voor de hoge spiegel in hun slaapkamer, strikte zijn stropdas en floot een vrolijk deuntje. Hij zag eruit als een tevreden man, een man die de baas is over zijn leven, over zijn wereld. En ook over zijn vrouw, schijnbaar.

Er was een week verstreken sinds ze met succes de liefde hadden bedreven op de bank in de zitkamer en de uitwerking die dat op Hunter had gehad was even opmerkelijk als begrijpelijk. Hij gedroeg zich luchthartig, attent en energiek. Alsof hij was herboren. Helen was blij dat het probleem was opgelost, maar wist niet goed wat ze moest denken van de nieuwe kant van het karakter van haar man die tevoorschijn was gekomen. Wanneer ze nu de liefde bedreven, voelde ze zich buitengesloten. Er kwam geen tederheid aan te pas, alleen brute haast. Ze vroeg zich af wat er door zijn hoofd ging wanneer hij haar met zo veel kracht nam. Misschien moest ze het zien als het afbakenen van zijn territorium, waarmee hij zich distantieerde van zijn eerdere falen. Het gaat wel over, dacht ze terwijl ze haar lippen stiftte en wat parfum op haar hals en polsen spoot. 'Ben je zover?' vroeg ze.

Hunter deed zijn colbertje aan, trok de manchetten van zijn overhemd naar beneden, keek of zijn manchetknopen goed zaten en kwam naar haar toe. Zijn overhemd had precies dezelfde kleur als zijn felblauwe ogen, en met zijn bruine kop van de Caribische zon zag hij er bijzonder knap uit. Hij kwam naast haar staan voor de spiegel. 'Ik ben zover,' zei hij. 'Mmm... wat ruik je lekker.' Hij kuste haar wang en tilde haar haar op om achter haar oor te snuffelen. 'Jammer dat we naar beneden moeten.'

'Het was jóúw idee om een housewarmingparty te geven.'

'Maar een mens kan van gedachten veranderen.' Hij trok haar dichter naar zich toe.

'Je hebt ooit gezegd dat je nooit van gedachten verandert,' antwoordde ze.

'Dat heb ik dan gelogen.' Hij sloeg zijn armen om haar heen, kuste haar en stak zijn tong diep in haar mond.

Ze kuste hem terug, maar omdat ze wist dat er ieder moment aangebeld kon worden, probeerde ze zich van hem los te maken. 'Nu heb je mijn lippenstift helemaal uitgesmeerd,' zei ze luchtig.

Hij glimlachte, kuste haar weer en stak zijn hand tussen haar benen.

'Hunter, we hebben geen tijd,' zei ze. 'Zo dadelijk staan de eerste gasten voor de deur.'

'Nou en? Zij kunnen wel even wachten. Maar wij niet.' Hij nam haar tegen de muur van de slaapkamer, met haar rok hoog opgetrokken, terwijl zijn lippen de hare kneusden. Hij kwam bijna meteen klaar en zijn kreun van genot was zo luid dat het bijna klonk als een kreet van triomf. Ze hadden net hun kleren weer rechtgetrokken toen ze autobanden op het grind hoorden. 'Ik ga wel vast naar beneden, dan kun jij je make-up in orde maken,' zei hij met een knipoog, terwijl hij controleerde of zijn gulp dicht zat.

In de badkamer staarde Helen naar haar spiegelbeeld. Ze had een blos op haar wangen en haar lippenstift was helemaal uitgesmeerd. Toen ze zich wat dichter naar de spiegel boog, zag ze dat haar onderlip gezwollen was. Ze betastte met haar tong de binnenkant van haar lip en proefde bloed. En haar achterhoofd deed pijn omdat het tijdens de seks tegen de muur was geslagen. Een gevoel van zelfverachting trok door haar heen. Ze voelde zich bezoedeld.

Conrad wist zelf niet wat hij hier deed; hij kende vrijwel niemand. Mac had gezegd dat het merendeel van de gasten vrienden en familie van de gastheer en gastvrouw zouden zijn. Hij had Helens man zojuist ontmoet en alhoewel hij Helen amper kende, had hij de indruk gekregen dat ze absoluut niet bij elkaar pasten. Hunters zelfverzekerde houding leek erop te wijzen dat hij een man was die van excessen hield en Conrad vroeg zich af hoe monogaam hij was. Dat waren mannen als Hunter zelden. Ze hadden voortdurend iets te bewijzen. Een paar jaar geleden had hij wat vertaalwerk gedaan voor een man die twee maîtresses had. Zijn vrouw wist ervan, maar deed alsof ze niets in de gaten had, omdat hij haar met rust liet en ze erg gesteld was op het luxe leventje dat ze zich dankzij zijn succes konden veroorloven. Misschien was Helen net zo.

Het begon hem te vervelen om als een soort aanhangsel op het drukke terras te staan en hij had geen idee waar Mac was. Hij liep het trapje af naar het lager gelegen deel van de tuin en zag dat die enorm was opgeknapt sinds hij hem voor het laatst had gezien. Dat was geweest toen Alice op sterven lag. Hij wist van Mac dat Orlando hard had gewerkt om de borders op te knappen en het originele ontwerp van de tuin te herstellen. Hij had goed werk geleverd. De bloemen zagen er met hun frisse kleuren zelfs in zijn ondeskundige ogen prachtig uit. Hij vond het bijna jammer dat hij zo weinig afwist van de planten en bloemen die hij om zich heen zag. Hij kende er natuurlijk wel een paar van naam – rozen, lupinen, lavendel, kattenkruid en vingerhoedskruid – maar de rest zei hem niets. Alice had vaak plagend gezegd dat hij een ongeciviliseerde filistijn was. En dat het jammer was dat hij zo weinig sociaalvoelend was. Dat voelde hij nu heel sterk. Hij was hier alleen omdat Mac had gezegd dat het niet netjes zou zijn om Helens uitnodiging af te slaan. Mac had ook gewild dat hij hem een lift gaf, omdat hij naar eigen zeggen een beetje onvast op zijn benen stond. 'Ik wil je graag in de buurt hebben, voor het geval ik plotseling het loodje leg.' Het was vermoedelijk als grapje bedoeld, maar Conrad had zijn twijfels.

Hij zag een stenen bank waar niemand zat en liep er snel naartoe, voordat iemand anders er beslag op zou leggen. Het was een mooi plekje met uitzicht op een langwerpige vijver waarvan het water zo glad was als een spiegel. Hij hief zijn gezicht op naar de warme stralen van de avondzon en sloot zijn ogen. Hij zat er amper een paar minuten toen stemmen zijn rust verstoorden. Hij deed zijn ogen open.

'Wat een mooi plekje,' zei een vrouw tegen hem. 'Mogen we erbij komen zitten?' Ze was samen met een man, vermoedelijk haar echtgenoot. Ze stelden zich aan hem voor: Annabel en Simon, vrienden van Helen. 'Het is net als bij een bruiloft, vindt u ook niet?' zei de vrouw. 'Dat je moet uitzoeken aan welke kant je moet gaan zitten in de kerk. Bij wie hoort u, de bruid of de bruidegom?'

'Ik ben een buurman, dus hoor ik eigenlijk bij niemand. Ga gerust zitten, ik wilde toch net gaan.'

Abrupt liep hij weg zonder zich er iets van aan te trekken dat hij zich onbeleefd gedroeg. Hij had geen zin om met volslagen vreemden te gaan zitten babbelen. Daar had hij trouwens nooit zin in. Hij ging op zoek naar een andere schuilplaats en was nog niet ver gekomen toen hij Helen tegenkwam. 'Dag,' zei ze. 'Eenzaam en alleen?'

'Ik ben geen mens voor feestjes,' antwoordde hij.

'Waarom bent u dan gekomen?'

Hij fronste. 'Omdat u me hebt uitgenodigd.'

'Doet u altijd wat men van u verlangt?'

'Niet altijd. Ondervraagt u uw gasten altijd op deze manier?'

Ze keek onthutst. 'Neem me niet kwalijk. Dat was inderdaad onbeleefd van me. Misschien ben ik net als u niet in de stemming voor een feestje.' Ze wierp een blik in de richting van het huis en het terras waar alle anderen zich uitstekend leken te amuseren.

'Als u denkt dat u er iets aan heeft, wil ik u wel ontvoeren.'

Ze keek weer naar hem. 'Wat een goed idee. Waar zou u me verbergen?'

'Waar u maar wilt. Maar dan moeten we eerst een losgeldbriefje schrijven. Hoeveel denkt u dat uw man bereid is voor u te betalen?' Hij glimlachte, maar merkte dat ze niet met hem meedeed. 'Is er iets?' vroeg hij.

Ze wendde haar gezicht af alsof ze zich schaamde. Nu pas viel hem op dat er iets mis was met haar lip. Om onverklaarbare redenen vond hij het opeens erg belangrijk haar te zien glimlachen. Hij bood haar zijn arm. 'Kom, u bent hierbij gekidnapt.'

Hun bestemming was een ommuurd stuk van de tuin waar je kon komen via een sierhek in de heg. Conrad wist dat het oorspronkelijk een moestuin was geweest, maar omdat Alice niemand had voor wie ze groenten hoefde te kweken, had ze er een geheime tuin van gemaakt. Er liep een stenen pad doorheen, met aan weerskanten borders van vaste planten. Aan het einde van het pad was een prieel dat was begroeid met roze rozen.

'Ik zie dat Orlando hier bezig is geweest,' zei hij. 'De laatste keer dat ik dit deel van de tuin heb gezien, lag het er verloederd bij. Of hebt u zelf groene vingers?' vroeg hij.

'Ik heb er wel íets aan gedaan, maar alle eer komt Orlando toe. Ik snap nu niet hoe ik in het begin heb kunnen denken dat ik de tuin zelf zou kunnen bijhouden. Alice moet een soort superwoman zijn geweest.'

'De tuin was haar lust en haar leven. Ze besteedde er al haar tijd aan.'

'Soms wou ik dat ik dat ook kon doen. Tuinieren is een heerlijke bezigheid.'

Ze waren op de gietijzeren bank gaan zitten. De lucht was bezwangerd met de fijne, ouderwetse zomergeuren van rozen, anjers en kamperfoelie. Vlinders streken met trillende vleugels neer op de paarse pluimen van een vlinderstruik. Conrad koos zijn woorden met zorg. 'Ik geloof dat u het zou kunnen doen, als u dat wilde. Volgens de geruchten die in het dorp de ronde doen, is uw man steenrijk en hoeft u eigenlijk niet te werken.'

'Ik werk omdat ik dat mijn hele leven heb gedaan. Ik werk omdat ik dat wil.' Het klonk scherp en verdedigend. Seconden verstreken. 'En ík heb horen fluisteren dat ú ook niet hoeft te werken,' zei ze, nu op een minder scherpe toon. 'Is dat waar?'

'Van wie hebt u dat gehoord? Van Mac?'

'Dat verklap ik liever niet.'

'Wie uw bron ook is, het is gedeeltelijk waar. Toen mijn vrouw overleed, was de uitkering van haar levensverzekering voldoende om nooit meer te hoeven werken, maar ik doe het omdat ik het prettig vind. Uw verklikker heeft u ongetwijfeld ook ingelicht over mijn geestelijke gezondheid, te weten dat ik gek ben van verdriet.'

'Dus ik heb me laten ontvoeren door een krankzinnige?' zei ze, met een snelle zijdelingse blik op zijn gezicht.

Die opmerking kwam zo onverwacht dat hij hardop begon te lachen. 'Dat krijg je ervan als je naar medelijden hengelt.'

'Deed u dat?'

Nu lachte hij niet meer. En hij gaf ook geen antwoord. 'Mac heeft gevraagd of ik met hem meega op dat reisje naar het Comomeer.'

'Ja, dat heeft hij me verteld. Hij zei dat u er niet veel zin in hebt. Waarom wil hij u mee hebben, denkt u?'

'Waarschijnlijk als wraak om een ingebeelde grief.'

Ze glimlachte. 'U gaat vreemd met elkaar om, moet ik zeggen.'

'Vroeger was dat niet zo. Toen ik nog klein was, was hij mijn idool. Ook als volwassene heb ik altijd ontzag voor hem gehad, maar nu...' Hij maakte de zin niet af. Hij kon het niet over zijn hart verkrijgen het hardop te zeggen. Hem af te vallen.

'Maar nu hebt u medelijden met hem,' zei ze zachtjes. 'En ik durf er alles om te verwedden dat hij dat weet.'

Hij slaakte een diepe zucht. 'U bent hier goed in.'

'Nee, ik raad er alleen maar naar, gebaseerd op mijn eigen gevoelens ten opzichte van mijn grootmoeder.'

'Maar ik wil wedden dat u met haar niet voortdurend psychologische spelletjes speelt, zoals Mac en ik.'

'Nee. Maar wie weet hoe het zou zijn geweest als ze helder van geest was gebleven.'

'Mac heeft me verteld dat ze in een verpleeghuis zit. Was het erg moeilijk om tot dat besluit te komen?'

'Bent u bang dat u op een dag dat besluit zult moeten nemen voor Mac?'

'Bent u altijd zo meedogenloos openhartig?'

'Openhartig wel, maar ik vind niet dat ik meedogenloos ben. U bent trouwens niet verplicht om antwoord te geven op mijn vragen.'

'Maar dan vindt u me een watje. Nee, ik wil best antwoord geven. Ik maak me inderdaad zorgen over Mac, maar ik heb mezelf beloofd dat hij alleen naar een tehuis gaat als het echt niet anders kan. Ik ben bereid alles voor hem te doen. Tot het bittere einde.'

'Ik ben benieuwd of u dat ook nog zult zeggen wanneer hij 's nachts in zijn bed plast.' Haar stem klonk vlak.

Daarop had hij geen antwoord, maar hij zei: 'Neemt u me niet kwalijk. Ik bedoelde er niet mee dat ik denk dat ik het beter zou doen dan u.'

Ze leek zich te herstellen en keek hem weer aan. 'Nee, ik moet ú vragen me niet kwalijk te nemen. Ik weet zelf niet wat ik heb vandaag.'

'Te veel van het goede misschien,' zei hij en hij werd zich er sterk van bewust wat een prachtige ogen ze had. Hij wist nog dat ze de kleur van cognac hadden, maar nu zag hij dat er kleine gouden vlekjes in het bruin zaten.

'Wat?'

'Uw feestje. Te veel lekkernijen,' zei hij met een glimlach. 'Cake en frisdrank, een bijzonder slechte combinatie.'

Ze bleven zwijgend zitten tot boven het melodieuze gekwinkeleer van de vogels vrolijk gelach opsteeg vanachter de muur. 'Zo te horen is het een geslaagd feest,' zei hij. 'Nog bedankt voor de uitnodiging.'

'Ze zeiden allemaal dat u vast niet zou komen.'

'Wie zeiden dat?'

'Evie, Lucy, Orlando. En Mac.'

'Het is een erg plezierige gedachte dat zo veel mensen je zo hoog aanslaan,' zei hij droog.

Een nieuwe lachsalvo klonk op achter de muur. 'Ik moet maar eens teruggaan,' zei Helen. 'Hunter vraagt zich vast af waar ik ben.'

'Ja, ik leg inderdaad te veel beslag op u. Is hij een jaloerse echtgenoot?'

'Ik heb geen idee. Hij heeft nooit reden gehad jaloers te zijn.'

'Dat zal Mac wel jammer vinden. Ik geloof dat hij erg zijn best doet de "andere man" in uw leven te zijn.'

Ze glimlachte en stond op. 'Ik vind uw oom prettig gezelschap,' zei ze eenvoudig. 'Hij maakt me aan het lachen.'

'Het feit dat u hier bent komen wonen heeft hem iets nieuws gegeven om over na te denken,' zei hij. 'Hij was erg aangeslagen door de dood van Alice.'

'Dat weet ik,' antwoordde ze.

Toen Conrad het hek voor Helen openhield, bedacht hij dat hij haar moest vragen of ze meeging naar het Comomeer. Dat had ze er daarstraks niet bij gezegd. Als ze meeging, dacht hij, zou de reis misschien meevallen.

'Enig idee waar pa is, Savannah?'

Savannah slikte de slok bier door en keek om naar Clancy. 'Geen idee. Toen ik hem voor het laatst zag, stond hij met een vrouw te praten.'

Clancy lachte. 'Typerend. Vind je ook niet, mam?'

Corinne trok een misprijzend gezicht. 'Hij zal nooit veranderen.' Ze keek afwezig om zich heen. 'O, daar heb je Frank. Ik ga even een praatje met hem maken. Ik heb hem al zo lang niet gezien.'

Toen ze weer alleen waren, liet Clancy zijn stem dalen en zei: 'Wat is die arme moeder van mij toch een slechte leugenaarster.'

'Hoezo?'

Hij wees met zijn hoofd naar de plek waar Corinne nu stond te praten met hun vaders oudste vriend en zakenpartner. 'Zij en Frank hebben een relatie. Al weken. Ze houden het stil omdat ze niet zeker weten hoe pa erop zal reageren.'

Dit verbaasde Savannah. Niet dat Corinne uitging met Frank, maar dat haar vaders eerste vrouw überhaupt met iemand uitging. Ze was een jaar jonger dan pa, maar zag er veel ouder uit. Ze besteedde helemaal geen aandacht aan haar uiterlijk en droeg kleren die al jaren uit de mode waren. Savannah had foto's gezien van toen ze jong was, en wist daarom dat ze ooit een aantrekkelijke vrouw was geweest, maar nu had ze een figuur van niks en grapten de andere familieleden achter haar rug dat ze zelf haar haar knipte. Ze bracht het grootste deel van haar tijd door bij haar honden en paarden en zei altijd dat je met hen tenminste wist waar je aan toe was. Ze was het tegenovergestelde van Savannahs moeder, en toch konden ze goed met elkaar opschieten. Misschien juist omdat ze zo verschillend waren. Je hoefde geen genie te zijn om te begrijpen dat Corinne en Marcia allebei flink wat aan de scheiding hadden overgehouden. Vooral Corinne, die pa had geholpen in de zaak toen die nog in de kinderschoenen stond, en volgens Clancy nu recht had op een flink deel van de winst. Geen van beide vrouwen had ooit hoeven werken en afgezien van de lumpsum die ze elk hadden gekregen bij de scheiding, stopte Savannahs vader hun regelmatig nog wat toe wanneer hij daar zin in had. Voor zover ze wist hadden ze nooit plannen gehad om te hertrouwen en ze vermoedde dat ze de financiële zekerheid waar ze dankzij haar vader van genoten, wel prettig vonden. Maar nu had Corinne dus stiekem een relatie met Frank.

'Ik dacht dat het pa niks uitmaakte met wie jouw moeder uitgaat,' zei ze tegen Clancy. 'En ze mag doen wat ze wil.'

'Ze hebben zich in het hoofd gehaald dat pa vindt dat Frank buiten zijn boekje gaat. Je weet hoe hij is – hij wil dat we ons allemaal aan het script houden. Het script dat híj schrijft. Hoe gaat het trouwens met je rijlessen? Ik hoor dat Helen zich voor je inspant.'

'Niet meer. Pa heeft het van haar overgenomen. Dat wil zeggen, hij is één keer met me gaan rijden. Het probleem is dat hij bijna nooit thuis is, en als hij er al is, staan rijlessen niet hoog op zijn prioriteitenlijst.'

Vanuit haar ooghoek zag ze Orlando in beeld komen. Ze zag hem het grasveld oversteken naar de vijver waar Mac Truman op een bankje zat met de ijzig ogende Lucy. Hij droeg een verschoten spijkerbroek met rafels en een wit T-shirt dat prachtig afstak bij zijn gebruinde huid. Wat zag hij er goed uit! Haar plan om zo veel mogelijk bij hem in de buurt te zijn, lukte aardig. Het was alleen jammer dat ze moest doen alsof ze van tuinieren hield. Dat was echt balen. Wat een geweldige vent hij was, en dat hij wel iets voor haar móést voelen, bleek wel uit het feit dat hij niet eens kwaad was geworden toen ze per ongeluk allerlei verkeerde plantjes uit de grond had getrokken omdat ze dacht dat het onkruid was. Hij probeerde haar de namen van planten te leren en had haar boeken gegeven die ze moest bestuderen, maar het enige wat ze wilde bestuderen, was zijn sexy lijf!

'Ik hoor dat je een nieuwe hobby hebt. Tuinieren,' zei Clancy.

Ze draaide zich om en zag dat haar halfbroer haar blik had gevolgd. Er ontging Clancy ook niets! 'Dat zou je kunnen zeggen,' zei ze.

'Hoe oud is hij?'

'Achtentwintig.'

'Wat zegt pa ervan?'

Ze haalde haar schouders op en nam een slok uit haar flesje Budweiser. 'Die heeft het zo druk dat hij helemaal niet in de gaten heeft wat ik doe,' zei ze. 'Hij is óf druk met zijn werk óf met Helen.'

Ze dacht aan de walgelijke geluiden die ze daarstraks in hun slaapkamer had gehoord en rilde. Niets was zo erg als je eigen vader daarmee bezig te horen!

18

Hunter had het duidelijk naar zijn zin. Met al zijn dierbaren om zich heen – Savannah, Clancy en zijn vrouw Paula, Kim en haar echtgenoot Terry, Corinne en Frank Maguire, die bijna familie was – zat hij echt te genieten. Voor het eerst benijdde Helen hem dit eenvoudige genot. Ook al hield hij nog zo van de goede dingen van het leven, de familie was toch de bron van zijn geluk. Vooral wanneer hijzelf het middelpunt van hun belangstelling was.

Het was bijna tien uur en de andere gasten waren allang vertrokken. Binnen waren de cateraars bezig de glazen en het serviesgoed in te pakken en zodra ze vertrokken waren, zou Helen koffie gaan zetten voor de liefhebbers. Hunter, Clancy en Terry wilden er vast whisky of cognac bij. Frank zou het bij wijn houden. Dat deed hij tenminste meestal. Zonder te luisteren naar de gesprekken rond de tafel keek ze op naar de lucht die nog steeds niet helemaal donker was. Schitterende penseelstreken in roze, paars en donkerblauw gaven de hemel een theatraal aanzien. Ze was het liefst een eindje door de tuin gaan lopen, blootsvoets over het koele gras, de zoete geur van de bloemen en planten opsnuivend. Misschien straks, wanneer ze allemaal weg waren. Ze wilde naar de geheime tuin, het hek achter zich dichttrekken en net doen alsof dát haar wereld was. Alsof er niets anders bestond achter de muren en de heg. Op die magische plek voelde ze zich altijd het meest op haar gemak. Ze genoot van het gevoel van geborgenheid dat ze daar kreeg. Daarstraks had Conrad gezegd dat ze zich daar mooi konden verstoppen. Normaal gesproken zou ze plezier hebben gehad in zijn gezelschap, maar ze was de hele dag al in een sombere bui geweest. Annabel had er zelfs iets over gezegd voordat ze was vertrokken.

'Alles oké, Helen?' vroeg haar vriendin. 'Je kijkt een beetje bedrukt.' Ze antwoordde dat ze gewoon moe was. Wat moest ze anders? Ze kon moeilijk zeggen dat ze zich voelde alsof ze was ontwaakt uit een droom en in de huid van een andere vrouw was gekropen; dat ze weleens wilde weten wie de man was met wie ze was getrouwd, en waarom ze zich door hem zo neerbuigend liet behandelen.

Opeens merkte ze dat de gesprekstoon rond de tafel was veranderd, dat ze allemaal ergens erg opgetogen over waren, en keerde ze terug naar het hier en nu. Hunter en Clancy waren opgestaan en omhelsden elkaar. Daarna kuste Hunter zijn schoondochter en feliciteerde haar. Toen liep hij naar Clancy's moeder, Corinne, legde zijn handen op haar schouders en drukte een kus op haar haar. 'Hoe vind je dat, Corinne? We worden grootouders!'

Corinne lachte en legde een hand op die van Hunter. 'Het zal tijd worden,' zei ze met een blijde glimlach naar Clancy.

Vervolgens waren Kim en Savannah aan de beurt om in het zonnetje gezet te worden. 'Horen jullie dat? Jullie worden tante Kim en tante Savannah. Het idee!' zei Hunter stralend.

En alsof hij zich haar nu pas herinnerde en terwijl hij achter Corinne bleef staan met zijn handen op haar schouders, keek Hunter naar Helen, die helemaal aan het einde van de tafel zat. 'Wat een heerlijk nieuws, hè?' Alle ogen werden op haar gericht. Ze had zich nog nooit zo'n outsider gevoeld.

Uren later, toen ze alsnog haar toevlucht zocht in de tuin, verweet ze het zichzelf dat ze zich zo voelde. Had ze niet altijd het leven op een veilige afstand gehouden om vooral maar niet gekwetst te worden? Toen ze had gezien hoezeer haar grootouders leden onder het verlies van hun enige kind, hoe hun leven werd verwoest zonder dat ze er iets tegen konden doen, had ze al geweten dat ze zelf nooit dergelijke risico's wilde lopen. Nooit. Ze hield zich bij de filosofie dat je je beter stilletjes door het leven kon begeven, onder dekking van de duisternis, opdat er niemand al te veel op je zou letten.

Het was dus logisch, dacht ze terwijl ze op haar blote voeten in het maanlicht over het gras liep, dat ze zich door Hunter emotioneel op een afstand te houden, uiteindelijk van hem vervreemd zou gaan voelen. Misschien had hij gelijk, misschien had 'het probleem' aan háár gelegen. Was ze onbewust koel en stug geweest? In dat geval was zijn huidige gedrag niet verwonderlijk. Gelijk men zaait, zo zal men oogsten. Ze had het aan zichzelf te danken.

Heel zachtjes, om de vredige stilte van de nacht niet te verstoren, lichtte ze de klink van het hek in de heg. Het was drie uur en ze was klaarwakker. Ze was naar beneden gegaan om iets te drinken, maar toen ze de tuin had gezien, verlicht door de volle maan en de heldere sterrenhemel, had ze de verleiding niet kunnen weerstaan. Ze had een fleecejack over haar nachtpon aangetrokken en de achterdeur geopend.

Ze nestelde zich op de bank waar ze die avond met Conrad had gezeten. Met haar knieën naar haar borst opgetrokken keek ze op naar de helder stralende maan, die hoog aan de hemel stond. Het was windstil en in de schaduwen rondom haar bewoog zich niets. Starend naar de met sterren bezaaide hemel probeerde ze uit te zoeken hoe ze zou kunnen ontsnappen aan de gevaarlijkste en meest destructieve persoon die ze kende: zijzelf.

Ze moest iets verzinnen om van dit nieuwe leven een succes te maken. Maar wat?

Hunter had veel bewonderenswaardige karaktertrekken: hij was een trotse en toegewijde vader; een eerlijke zakenman die veel had bereikt; hij was gul, zowel voor familie als vreemden; hij had een enorm doorzettingsvermogen. Door al deze kwaliteiten was hij een bijzonder aantrekkelijke persoonlijkheid, maar soms ving ze een glimp op van een kwetsbaarheid, een hunkering, al zou hij dat vermoedelijk nooit toegeven. Misschien was dat de reden waarom ze ja had gezegd toen hij haar in Egypte ten huwelijk vroeg. Ze had zichzelf ervan overtuigd dat haar respect en dankbaarheid vanzelf zouden uitgroeien tot liefde. En zo niet tot liefde in de strikte zin van het woord, dan toch tot een goede, geestverruimende relatie. Ze zag zichzelf als de persoon die Hunter nodig had in zijn leven. Een sterke, trouwe vrouw aan zijn zijde. Een waardige metgezel.

Nadat ze in het huwelijk had toegestemd, had twijfel alleen nog de kop opgestoken toen haar tijdens de huwelijksceremonie werd gevraagd of ze deze man, Hunter Kyle Fraser Irving Tyler, als haar wettige echtgenoot wilde accepteren. *Kyle Fraser Irving*? Dat hoorde ze voor het eerst. Hij had met geen woord gerept over al die extra namen. Was er nog meer dat hij haar niet had verteld? Dat ze blijkbaar evengoed ja zei, bleek uit het feit dat Hunter haar kuste en de weinige vrienden die ze hadden uitgenodigd, spontaan begonnen te klappen.

Ze deed haar ogen dicht om te proberen dat moment nog eens te doorleven, zich het geluksgevoel van die dag weer voor de geest te halen. Ze wilde het, maar het lukte niet. Ze zag alles voor zich, de gelukzalige uitdrukking op Hunters gezicht, zijn indringende blauwe ogen, zijn hagelwitte overhemd, maar slaagde er niet in het gevoel dat ze gelukkig was geweest, naar boven te halen.

Het was er doodgewoon niet meer.

19

Na Helens feest was het weer omgeslagen. Iedere ochtend zag Lucy een grijze lucht met dreigende regenwolken wanneer ze de gordijnen opendeed, en zakte haar humeur onder het nulpunt. Regen was goed voor de tuin, maar slecht voor de business. Bij regen bleven de klanten weg. 'Als dit nog lang zo blijft,' klaagde Hugh, 'kunnen we de kerstspullen wel vast neerzetten.'

Vandaag, de laatste vrijdag van juni, regende het alweer, zo'n geniepige motregen waar je van doorweekt raakt voordat je er erg in hebt. Lucy was blij dat ze vandaag binnendienst had. Ze was bezig het rek met zakjes zaad op orde te brengen en had er een paar gevonden die waren aangevreten door muizen. De muizen hier leken wel circusmuizen die wonderbaarlijke acrobatische toeren konden verrichten. Ik snap niet hoe die rare beesten bij zakjes kunnen komen die anderhalve meter boven de grond hangen, dacht ze. Eigenlijk zouden ze 's nachts muizenvallen moeten neerzetten, maar dat kon ze nog steeds niet over haar hart verkrijgen. En het was jammer dat ze geen vallen konden zetten voor de mensen die overdag zakjes stalen. Ze stond er iedere keer weer verbaasd over hoeveel er per dag werden gejat. De grootste boosdoeners waren de gepensioneerden, die dachten dat ze zich alles konden permitteren. Ze hadden een keer een man betrapt die zijn zakken ermee had volgestopt en het lef had te zeggen: 'Wat maken zo'n paar zakjes zaad nou uit?' Hugh had gezegd dat hij maar beter snel kon vertrekken en nooit meer terugkomen. 'Als ik u hier nog een keer zie, haal ik de politie erbij.'

'Zou u dat echt doen? Wegens een paar onnozele zakjes zaad?' zei de man.

'Die horen toevallig bij mijn broodwinning. Maak dat u wegkomt!'

Het was niet verstandig Hugh Fielding kwaad te maken.

Hetzelfde gold voor Orlando, wist Lucy inmiddels. Zo vader, zo zoon, dacht ze terwijl ze een stoffer en blik ging halen om het spoor van muizenkeutels op te vegen. Ze wist allang dat Orlando erg koppig kon zijn, maar dat hij weigerde in te zien waartoe een meisje als Savannah in staat was, was doodgewoon dom. Ze had niet gedacht dat er ooit een tijd zou komen dat ze het eens zou zijn met haar moeder, maar Fiona had wel gelijk wanneer ze zei dat een man wat vrouwen betreft nooit verder kijkt dan zijn neus lang is.

Orlando hield vol dat Lucy er te veel achter zocht, dat hij en Savannah niets met elkaar hadden. 'Ze klit anders vreselijk aan je,' zei Lucy. 'Een blinde kan zien dat ze in iets heel anders dan tuinieren is geïnteresseerd.'

'Als ik niet beter wist, zou ik denken dat je jaloers bent.'

Twee dagen later vertelde Orlando dat Savannah meeging naar Italië. Lucy gaf geen antwoord omdat ze niet voor zichzelf kon instaan. Met een gevoel dat ze langzaam wegzakte in ijskoud water hoorde ze Orlando zeggen: 'Haar vader is blij dat ze een aardige hobby heeft gevonden. Ze zegt dat hij me helemaal ziet zitten.'

'O ja?' mompelde Lucy neutraal.

Vervolgens vroeg Orlando of Lucy al had besloten of ze meeging of niet. 'Er zijn niet veel plaatsen meer, dus als je mee wilt, moet je opschieten. Mac gaat mee, en Conrad ook.'

'Toevallig,' zei ze, en ze deed erg haar best opgewekt te klinken, 'ben ik je voor. Ik heb me al opgegeven.'

'Echt?' Hij keek blij verrast. 'Wat leuk.'

Het was uiteraard gelogen. Ze had zich helemaal niet opgegeven. Maar ineens zag ze helemaal voor zich hoe Savannah zich in een romantische tuin aan het Comomeer in Orlando's armen zou storten en besloot ze ter plekke mee te gaan. Iemand moest Savannah in de gaten houden, en dat kon ze het beste zelf doen. Zodra Orlando weg was en ze het rijk alleen had, belde ze Olivia Marchwood. 'Je hebt wel lang gewacht, zeg,' zei het irritante mens, 'maar je boft, want er zijn nog een paar plaatsen over. Ik moet dan wel vóór het einde van de week een aanbetaling van je hebben van £150. Zeg, is het waar dat je vader aan het Comomeer woont?'

‘Ik geef de cheque morgen bij u af,’ had ze tegen de nieuwsgierige bemoeial gezegd. Dit had niets te maken met Marcus Gray. Ze ging alleen maar mee om Orlando te beschermen.

Alle muizenkeuteltjes waren opgeruimd. Lucy zette stoffer en blik weg en hoorde iemand op de bel drukken die op de toonbank stond. Niet één keer, niet twee, maar driemaal, aanhoudend en indringend. Ze liep snel terug om te zien wie er geholpen wilde worden en wenste meteen dat ze het aan een van de anderen had overgelaten.

‘Hoi, Luce,’ zei Savannah. ‘Ik heb hier een lijstje van spullen die Orlando moet hebben.’ Ze wapperde met een velletje papier. ‘Ik heb geen flauw idee wat het allemaal is. Kun je me even helpen?’

‘Natuurlijk.’ Al verbaast het me dat je mijn hulp nodig hebt, dacht Lucy, aangezien je je over het algemeen alles gewoon toe-eigent. ‘Waar is Orlando?’

‘Buiten. Op zoek naar zijn vader.’

Lucy pakte het lijstje aan van Savannah. De gebruikelijke dingen: beendermeel, vloeibaar organisch zeewier, korreltjes kippenmest, touw, bamboestokken, turfloze compost. ‘Ga maar even een karretje halen,’ zei ze tegen Savannah. Ze wees naar de rij karretjes die achter de automatische schuifdeuren in de regen stond. Savannah hoefde niet te denken dat ze ook dát voor haar zou halen. Het meisje zag er vandaag trouwens meer uit als een hulpje van een tuinman dan tot nu toe. Op haar eerste dag was ze komen opdagen in een minuscuul shortje. Vandaag droeg ze een slobberige combatbroek, een zwart nylon jack en een wollen muts die ze tot over haar oren had getrokken. ‘Goed,’ zei ze toen Savannah terugkwam met de kar. ‘Kom maar mee.’

Toen ze de lijst voor de helft hadden afgewerkt, zei Savannah opeens: ‘Zeg, Luce, jij mag me niet, hè?’

Lucy gooide een bol touw in het karretje en zei: ‘Zou je me een plezier willen doen en me niet “Luce” willen noemen?’

‘Zo noemt Orlando je anders ook.’

‘Ja, maar hij is de enige die dat mag.’

‘Waarom?’

‘Omdat we elkaar al zo lang kennen.’

'Ben je verliefd op hem?'

Lucy stopte met wat ze aan het doen was. 'Neem maar drie flessen organisch zeewier. Ze zijn in de aanbieding, derde fles gratis.'

'Ben je verliefd op hem?'

Lucy hield een vinnig antwoord in. 'Nee. Waarom denk je dat?'

Savannah haalde haar schouders op. 'Omdat je mij een bedreiging vindt en daarom een hekel aan me hebt.' Ze zei het allerliefst, maar de manier waarop ze haar kin naar voren stak, beviel Lucy niet. Ze was echter niet van plan zich door het arrogante kreng in een hoek te laten manoeuvreren.

'Ik haat je helemaal niet,' loog ze, al even liefjes.

'Wel waar. Toen je me voor het eerst zag, had je meteen al een hekel aan me.'

Een tien voor scherpzinnigheid, dacht Lucy. 'Onzin,' loog ze weer. 'Ik haat niemand. Haat is een zinloze emotie.'

'Orlando zegt dat je je vader haat.'

Lucy liet haar hand rusten op een doos beendermeel. Ze had de grootste moeite haar zelfbeheersing te bewaren. 'O ja?' vroeg ze kortaf.

'Orlando zegt dat je hem sinds je veertiende niet meer hebt gezien. Mijn vader is soms ontzettend ouderwets en vervelend, maar ik kan me niet voorstellen dat ik hem zo lang niet zou zien.'

Lucy slikte. Ze liet de doos met beendermeel met een bons in het karretje vallen. Anders had ze hem in Savannahs zelfgenoegzame smoelwerk gegooid. Wist ze werkelijk niet hoe aanmatigend en ongevoelig ze zich gedroeg? Of deed ze het met opzet? Wat haar nog het meest dwars zat, was dat dit meisje, dat bijna tien jaar jonger was dan zij, haar zo makkelijk op stang kon jagen. Waarom kwamen al haar stekels overeind wanneer ze haar zag? Waarom huiverde ze iedere keer dat ze Savannah Tyler zag alsof iemand met zijn nagels over het schoolbord kraste?

'Het lijkt me verschrikkelijk als je van iemand houdt en het niet wederzijds is.'

Jezus, ze wist niet van ophouden. 'Zoals ik al zei, ben ik niet verliefd op Orlando.'

'Ik had het niet over hem; ik had het over je vader.'

'Krijg de pest,' mompelde Lucy.

'Wat?'

'Mest. Kippenmest. Hij wil zes blikken.'

Ze laadden de blikken in het karretje.

'Kunnen we wel vriendinnen zijn?'

Lucy hield haar blik gericht op de lijst en keek na of ze niets had overgeslagen. Ze zei: 'Nee, dat lijkt me niet. Vind je zelf van wel?' Ze greep het karretje, duwde het naar de kassa, sloeg de artikelen aan, trok de korting af die Orlando altijd kreeg en gaf Savannah de rekening. Het meisje haalde een stapeltje biljetten van £10 en £20 tevoorschijn, die ze blijkbaar van Orlando had gekregen. Ze waren bijna klaar toen Orlando binnenkwam met zijn vader. *Verrader!* wilde Lucy hem toebijten. Hoe haal je het in je hoofd Savannah al die dingen over mij te vertellen? *Ik dacht dat we vrienden waren!*

'Aha! Dit is dus de protegee over wie ik zo veel heb gehoord,' zei Hugh. 'Je ziet er erg jong uit; weet je zeker dat je oud genoeg bent om te mogen werken?'

Orlando trok een gezicht. 'Savannah, dit is mijn vader. Wees maar aardig tegen hem. Hoi, Luce. Jij bent zeker wel blij dat je vandaag binnen mag werken. Buiten is het een mistroostige boel.'

Niet half zo mistroostig als ik ben, dacht ze bitter.

De rest van de dag kon ze alleen nog maar denken aan wat Savannah had gezegd. Iedere keer dat ze het gesprek in gedachten nog eens had doorgenomen, kwam ze tot dezelfde conclusie: het kind kletste uit haar nek.

20

Het was de eerste week van juli en Mac was rusteloos. Hij verveelde zich en wilde iets om handen hebben. Er was genoeg te doen in de tuin nu het was opgehouden met regenen en de zon weer tevoorschijn was gekomen, maar hij was niet in de stemming voor wieden, snoeien en planten. Hij suste zijn geweten met een uitspraak die Alice ooit had gedaan, namelijk dat zorgvuldig toegepaste verwaarlozing een tuin geen kwaad deed en zelfs heel goed kon zijn. 'De ergste zonde die een tuinier kan begaan,' zei ze altijd, 'is proberen de natuur met geweld in een keurslijf te steken. Je moet het Moeder Natuur af en toe gunnen haar vleugels uit te slaan.'

Met een geïrriteerde zucht gaf hij de kruiswoordpuzzel op, nadat hij een uur naar 9 horizontaal had zitten staren, en smeet de krant met een woest gebaar op de grond. Fritz piepte van schrik. Hij hees zich uit de tuinstoel, een dure teakhouten dekstoel die Conrad voor hem had gekocht, en strekte zijn ledematen. Hij was zo stijf als een plank, zijn knokkels waren gevoelig en zijn knieën deden pijn, wat zijn humeur natuurlijk niet ten goede kwam. Hij zou het niet snel toegeven, maar hij was eenzaam. Heel even overwoog hij de binnenplaats over te steken voor een babbeltje met Conrad, maar die zat natuurlijk weer helemaal in zijn werk en zou de onderbreking slechts beleefd dulden. Soms vond hij het bewonderenswaardig dat Conrad zich zo op zijn werk kon concentreren, soms irriteerde het hem mateloos. Het leven had meer te bieden dan alleen maar werken.

Met Fritz op zijn hielen ging hij naar binnen om koffie te zetten. Hij hoorde Evie boven tekeergaan met de stofzuiger en vroeg zich af of Helen thuis was en of ze zin had in bezoek. Hij zou eerst moeten bellen. In tegenstelling tot Alice, die vrijwel altijd thuis was geweest, had Helen het druk en werkte ze op onregelmatige tijden. En hij mocht haar man niet vergeten. Hij wilde niet dat die hem zou gaan beschouwen als een lastpost, een meelijwekkende ouwe kerel die steeds kwam kleppen. Maar omdat het een doordeweekse dag was en Hunter vermoedelijk naar zijn werk was, besloot hij het te proberen. Toen hij Helens stem hoorde, kikkerde hij meteen op. 'Dag Helen, met Mac.'

Een kakofonie van achtergrondmuziek en schrapende geluiden bereikte zijn oor. 'Momentje, Mac, dan loop ik met de telefoon naar de keuken.' Binnen een minuut hoorde hij haar stem weer. 'Zo, dat is beter. Er zijn hier schilders aan het werk. Ik probeer een oogje op hen te houden en tegelijkertijd te werken, maar dat lukt niet erg. Ik kan me absoluut niet concentreren.'

'Ben je dan alweer iets aan het opknappen? Ik dacht dat jullie klaar waren.'

'Nee, nog niet, maar dit is gelukkig de laatste kamer.'

Een gevoel van teleurstelling bekroop hem. 'Als je het zo druk hebt, heb je zeker geen zin in bezoek? Ik had willen vragen of je kwam buitenspelen.'

'Graag! Hunter is weer eens op reis en ik heb juist behoefte aan gezelschap. Wat had je in gedachten?'

'Kom me entertainen. Het is hier zo'n saaie boel dat ik verschrompel van verveling.'

Haar lach was als de zon die achter de wolken vandaan kwam. 'Om hoe laat wil je me hebben?' vroeg ze.

'Nu meteen! Dit is een spoedgeval.'

'Over een kwartiertje dan. Zet maar vast een keteltje water op.'

'Ik heb een veel beter idee. Ik ga wodka-martini's maken.'

In Kyoto was het negen uur 's avonds en met de hoorn tegen zijn oor gedrukt hoorde Conrad de regen die duizenden kilometers ver weg neerkletterde. Hij had zijn oude vriend Tsubasa Itani aan de lijn, professor in Japanse poëzie en literatuur. Ze waren gewend elkaar op hun verjaardag te bellen, en vandaag was Tsubasa vijftig geworden.

'Krijg je daar geen heimwee van?' vroeg Tsubasa toen hij weer aan de lijn kwam nadat hij de telefoon even buiten het raam van zijn flat had gehouden om Conrad te laten meegenieten van het nog steeds voortdurende regenseizoen. De stad Kyoto was net een grote kom en het regende daar altijd langer dan in Tokio en Osaka. Ja, bekende hij, bij het horen van de regen op het dak van Tsubasa's flat kreeg hij inderdaad heimwee naar de jaren dat hij in Japan had gewoond. En hij vond het zo jammer dat hij zijn vriend en diens vrouw Shinobu nu al twee jaar niet had gezien.

'Wanneer kom je weer eens? Shinobu vraagt aldoor wanneer we je nu eindelijk weer te zien krijgen.'

'Ik zou het graag willen, maar je weet hoe het gaat. Ik heb het erg druk met mijn werk.'

'Ja, ik weet precies hoe het is wanneer je het zo druk met je werk hebt dat je geen tijd kunt vrijmaken voor oude vrienden.'

'Hou op, Tsubasa.'

'Waarmee?'

'Dat weet je best.'

'Oké, dat weet ik, maar daarom mag ik nog wel blijven hopen dat je op een dag weer gelukkig zult worden.'

'Ik ben gelukkig genoeg.'

'Uso!'

Conrad wist niet wat hij hoorde. Dat de uiterst beleefde Tsubasa hem een leugenaar noemde was hetzelfde als dat de koningin van Engeland tegen de aartsbisschop van Canterbury zou zeggen dat hij de pleuris kon krijgen. 'Wat mankeert je?'

'Het is tijd om de draad van het leven weer op te pakken, Conrad. Om Sam achter je te laten. Ik weet dat je van haar hield en nog steeds van haar houdt, maar ze hoort tot het verleden. Ze is er niet meer. Ze is alleen nog maar een herinnering. De volgende keer dat we elkaar spreken, word je vijftig. Hoe zul je er dan bij zitten? Nog steeds een eenzame vrijgezel met alleen je werk om de nachten door te komen? Is dat wat je wilt?'

'Je vergeet mijn oom.'

'Inderdaad. Maar ook hij zal over niet al te lange tijd slechts een herinnering zijn.'

'Als je zo doorgaat, pak ik het eerstvolgende vliegtuig naar Kyoto en ben *jij* binnenkort slechts een herinnering!'

Tsubasa lachte. Opeens was het alsof Conrad zijn lach in stereo hoorde. Hij rekte zijn nek om uit het raam te kijken en zag zijn oom in de tuin, in gezelschap van Helen. Ze zaten aan een tafel in de schaduw van de appelboom, elk met een cocktailglas voor zich. Fritz lag op zijn rug bij Helen die de buik van de hond afwezig met haar blote voet aaide. Die Fritz boft toch maar, dacht hij. Ze had mooie voeten, zag hij, en mooie enkels. Hij rekte zijn nek nog iets verder en viel bijna van zijn stoel.

'Conrad? Ben je er nog?'

'Sorry. Wat zei je?'

'Ik vroeg of er echt geen kans op is dat je ons dit jaar komt opzoeken. En of je überhaupt van plan bent jezelf een vakantie te gunnen.'

'Eerlijk gezegd ga ik aan het eind van de zomer op vakantie.'

'O ja?'

'Ja. Naar Italië.'

'In je eentje?'

Hij stond op het punt Tsubasa te vertellen over de reis van de Garden Club toen hij opeens van gedachten veranderde. 'Met een vriendin,' zei hij. 'Haar naam is Helen.'

Die woorden leidden uiteraard tot een diepgaand verhoor. 'Oké, ik zeg nu niets meer,' zei Conrad toen hij er genoeg van had aldoor 'Geen commentaar' te moeten herhalen. 'Ga maar lekker je verjaardag vieren en doe Shinobu de hartelijke groeten van me.'

Toen hij had opgehangen bleef hij naar de telefoon zitten staren en vroeg hij zich af wat hij in godsnaam had gedaan. *Ik ga met een vriendin. Haar naam is Helen.* Wat moest dat voorstellen? Oké, hij had Mac ten slotte zijn zin gegeven en gezegd dat hij zou meegaan, omdat hij zich zorgen over hem maakte, maar waarom had hij er nu deze draai aan gegeven? Hij keek van de telefoon naar de vrouw die de oorzaak was van deze geestesstoornis. Haar blote voet wreef nu niet meer Fritz' buik, maar wipte op en neer als op de maat van muziek die alleen zij kon horen. Conrad keek naar haar gezicht terwijl ze met Mac praatte, een slokje nam, een lok haar achter haar oor streek, haar zonnebril omhoog duwde, en kwam tot de enig mogelijke conclusie: hij voelde zich tot haar aangetrokken.

Maar waarom? En waarom voelde hij zich juist tot een getrouwde vrouw aangetrokken, na jaren als monnik te hebben geleefd? Hoe kwam dat? Was het een slim trucje van zijn onderbewustzijn om hem naar iets te laten verlangen dat verboden was en dat hij daarom nooit kon krijgen? Met andere woorden, een veilige fantasie, die nooit enige binding van zijn kant zou eisen? Hij schudde ongelovig zijn hoofd. Wat een idioot idee.

Op zijn werk kon hij zich nu niet meer concentreren, dus kon hij net zo goed gaan lunchen. En voor de verandering eens in gezelschap van anderen.

'Ik hoop dat ik niet stoor,' zei hij toen hij in de tuin naar Mac en Helen toeliep.

'Lieve hemel!' riep Mac uit en hij keek met overdreven gebaren op zijn horloge. 'Wat doe jij hier op dit uur van de dag?'

Conrad haalde zijn schouders op. 'Ik had behoefte aan een pauze. Kan ik voor jullie nog iets inschenken?'

'Evie was zojuist bezig de keuken te doen. Ik zou dus maar even wachten, tenzij je het niet erg vindt om een stortvloed van kritiek over je heen te krijgen.'

Helen lachte. 'Niet te geloven. Twee volwassen mannen die bang zijn voor Evie Hawkins. Schamen jullie je niet?'

Conrad ging in de stoel naast zijn oom zitten, zodat hij vol zicht had op Helen. 'Ze mag graag de baas over ons spelen,' zei hij. 'Ze denkt dat we zelf niks kunnen.'

'En is dat zo?'

Mac snoof. 'Natuurlijk niet!'

'Het is gewoon makkelijk dat we Evie hebben,' zei Conrad verstandig. 'We hebben geen van beiden zin om het werk te doen dat zij voor ons doet.'

Weer snoof Mac, alsof hij wilde zeggen dat Conrad niet zulke onzin moest uitkramen. De oude man stond op. 'Om te bewijzen dat ik niet bang voor haar ben, ga ik nu naar binnen om voor ons alle drie nog een cocktail te maken. Wil jij van hetzelfde, Helen?'

'Nou, beter van niet, denk ik eigenlijk. Als ik niet oppas, vind ik straks de weg naar huis niet eens.'

'Geeft niks,' zei Mac, 'zo nodig brengt Conrad je thuis. Waar heb jij zin in, Conrad?'

Conrad had nog een aantal uurtjes werk voor de boeg en zei: 'Niet om het een of ander, maar ik kan beter op safe spelen en een biertje nemen in plaats van die sterke cocktails van jou.'

'Zei ik niet dat hij een feestneus is, Helen?'

Toen ze alleen waren, zei Conrad: 'En zo worden nog meer van mijn tekortkomingen voor je blootgelegd.'

Ze glimlachte. 'Hij zegt dat je te hard werkt. Is dat zo?'

'Ik doe wat er gedaan moet worden.'

'Hoeveel uur per week werk je ongeveer?'

'Ik heb geen idee.' Hij leunde achterover op zijn stoel, sloeg zijn benen over elkaar en wou dat Helen haar zonnebril afzette, zodat hij haar ogen kon zien. 'Ik hoor van Mac dat je stiefdochter voor Orlando werkt.'

'En dat verbaast je?'

'Eerlijk gezegd wel. Ik ken het meisje niet, maar volgens Mac is ze niet wat je noemt een geboren tuinierster.'

'Ik heb het idee dat het niets te maken heeft met wel of niet houden van tuinieren, maar alles met het feit dat Orlando zo'n bink is. Ze gaat zelfs mee naar het Comomeer. Ik kon mijn oren nauwelijks geloven toen ze aan haar vader vroeg of ze mocht gaan.'

'Gaat je man ook mee?' Hij zat opzettelijk te vissen. Het laatste wat hij er van Mac over had gehoord, was dat Helen haar naam op de lijst had gezet, maar dat Hunter nog steeds geen besluit had genomen.

'Nee, die gaat niet mee.'

Hij begon bijna te juichen.

'Wat heeft voor jou de doorslag gegeven?' vroeg ze.

'Het feit dat ik het tot in het oneindige zou moeten horen als ik niet meeging.'

'En de ware reden?'

Hij keek achterom, om er zeker van te zijn dat Mac hem niet kon horen. 'Ik maak me zorgen over mijn oom.'

'O ja?'

'Hij is niet zichzelf. Hij heeft tegen jou zeker niks gezegd?'

Ze schudde haar hoofd. 'Met geen woord. Maar dat verwacht ik ook niet, eerlijk gezegd. Het is niet zo dat ik een oude, vertrouwde vriendin ben.'

'Misschien geen oude vriendin, maar ik geloof dat hij je wel vertrouwt. En dat wil heel wat zeggen, dat mag je rustig van me aannemen.'

Ze glimlachte. 'Misschien was hij alleen maar wat somber gestemd. Hij vertelde me daarstraks over een tuin in Shropshire waar hij en Alice soms naartoe gingen. Denk je dat hij het leuk zou vinden als ik dat eens met hem zou doen?'

'Volgens mij wel.' Diep in zijn hart vond Conrad dat hij het zelf ook leuk zou vinden en voordat hij wist wat hij deed, zei hij: 'Misschien is het beter als ik dan ook meega. Voor het geval Mac iets mocht overkomen. Ik zou niet willen dat jij dan met het probleem kwam te zitten.'

Ze zette haar zonnebril af en leunde met een verontrust gezicht naar voren. 'Maak je je zo veel zorgen om hem?'

Blijkbaar had hij wat overdreven. Als dit Mac ooit ter ore kwam, was hij nog niet jarig. Hij nam wat gas terug en zei: 'Nee, dat niet, maar je kunt maar beter op alles voorbereid zijn, vind ik. Of zou ik in de weg zitten?' Hij bleef haar met opzet aankijken, maar had er tegelijkertijd spijt van. O, die ogen! Met de grootste moeite wendde hij zijn blik af. Om zich een houding te geven, bukte hij zich om Fritz achter zijn oren te krabben.

'Natuurlijk niet,' antwoordde ze. 'Wanneer zou jou het beste uitkomen?'

Hij richtte zich op en waagde het weer naar haar te kijken, maar zag opgelucht en teleurgesteld tegelijk dat ze haar zonnebril weer had opgezet. 'Morgen?'

Ze aarzelde. 'Morgen is mijn vaste dag voor een bezoek aan mijn grootmoeder. Ik was van plan 's middags een uitstapje met haar te maken.'

'Dan kan ze toch mooi met ons mee?' Wat mankeerde hem? Waarom gedroeg hij zich als een verliefde schooljongen? Waarom zette hij haar zo onder druk?

Mac stond in de keuken met de cocktailshaker in zijn hand. Als Helen erbij was geweest, zou hij er een show van hebben gemaakt, maar nu had hij alleen Evie als publiek. Ze stond op een stoel en was de bovenkant van de kastjes zogenaamd aan het schoonmaken. Als je het hem vroeg, maakte ze het hele huis 'zogenaamd' schoon. Ze wapperde alleen maar wat met de stofdoek en wreef hier en daar wat meubelolie in.

'Ik lust er ook wel een, als je toch bezig bent,' zei ze.

'Vergeet het maar. Je doet al amper wat zónder alcohol in je lijf.'

'Brutale hond!'

'Doe niet zo grof, zeg!'

Ze schudde haar stofdoek uit. 'Moet jij nodig zeggen.'

Met zijn rug naar haar toe grijnsde hij. Hij vond zijn gekissebis met Evie eerlijk gezegd wel leuk. Hij deed een paar druppels citroen in de glazen toen het aanrecht opeens bewoog. Het kwam op hem af en de keuken begon te hellen. Het was alsof al het bloed uit zijn lichaam wegtrok. De tijd stond stil en hij kreeg het gevoel dat hij uit zijn lichaam trad. Angstig haalde hij een paar keer diep adem, er helemaal van overtuigd dat zijn laatste uurtje had geslagen. Dag leven! Hij greep zich aan het aanrecht vast om niet te vallen en hoopte dat de keuken snel zou ophouden met draaien. Hij hield zich stevig vast. Hij wilde niet doodgaan. Nog niet. Hij was er nog niet klaar voor. Hij had nog zo veel te doen. Even plotseling als het was begonnen, hield het op en was alles weer gewoon. Hij hoorde een stem. Die van Evie. Ze stond naast hem en vroeg wat er was.

'Niks aan de hand,' zei hij verbeten. Maar dat was niet zo. Hij was misselijk van angst.

21

De volgende dag was het schitterend weer. Helen had 's nachts de regen nog zachtjes tegen de ruiten horen tikken, maar nu stroomde zonlicht de slaapkamer in en beloofde het een warme, zonnige dag te worden. En een gezellige dag. Ze verheugde zich op het uitstapje naar Shropshire en de Wollerton Old Hall Garden.

Mac had gisteren nogal lauw gereageerd toen ze hem over het plan hadden verteld. Na veel vijven en zessen was hij bijgetrokken, maar Helen moest aldoor denken aan wat Conrad had gezegd over dat zijn oom de laatste tijd niet zichzelf leek te zijn. Mac had er ook een beetje vreemd uitgezien toen hij was teruggekomen met de drankjes, heel anders dan toen hij naar binnen was gegaan om de wodka-martini's te maken. Ze had echter geen idee waardoor zijn stemming zo plotseling was omgeslagen.

Ze bleef even voor het raam staan om te genieten van het uitzicht op de tuin, die er schitterend uitzag. Op het door Orlando perfect gemaaide gazon en aan de planten en bloemen glinsterden regendruppels. Haar blik gleed over de witte ridderspoor en parelroze stokrozen, de hoge verbascum met zijn grijswitte stengels en bladeren en lichtgele bloemen, de roomwitte lelies en tere, paarse campanula's, de verhoogde bedden met heiligenbloem, waarvan de felgele bloempjes het geheel een frisse aanblik gaven. Zelfs van deze afstand zag ze dat er nu al bijen druk bezig waren rond de lavendel in de achterste perken. Ze kreeg een voldaan gevoel toen ze naar de ronde bloemperken bij het zomerhuis keek, die ze had gewied nadat ze gisteren was teruggekomen uit Chapel House: de omgewoelde aarde zag er rijk en gezond uit. Nu Hunter in Dubai zat, had ze zich niet schuldig hoeven voelen toen ze in de tuin was blijven werken tot de kerkklokken tien uur sloegen en het te donker werd om nog langer door te gaan. Ze hoopte dat Alice met een goedkeurende glimlach op haar neerkeek. Ze hoopte ook dat Alice het niet vervelend vond dat ze wat veranderingen wilde aanbrengen in de ommuurde tuin. Orlando had haar erop gewezen dat veel van de planten daar op sterven na dood waren en vervangen moesten worden. Dat was een van de redenen waarom ze zich zo verheugde op hun uitstapje naar Wollerton Old Hall Garden. Mac zei dat die tuin een van Alice' favorieten was geweest en een geweldige inspiratiebron.

Ze nam een douche, kleedde zich aan en ging naar beneden. Savannah zat aan tafel met een bordje toast en een glas sinaasappelsap.

'Goedemorgen. Je bent al vroeg op, zie ik,' zei Helen. De sfeer tussen hen was de laatste tijd niet meer zo gespannen. Ze had het idee dat Savannah haar sinds het incident met de man in de Subaru met andere ogen bekeek en misschien zelfs een nukkig soort respect voor haar had gekregen. Het gebeurde niet vaak dat Helen uit haar slof schoot en wanneer het gebeurde, ging het meestal om iets onbeduidends, want de belangrijke zaken van het leven hield ze zorgvuldig achter slot en grendel.

'Orlando heeft een hoop werk vandaag,' antwoordde Savannah.

Helen glimlachte in zichzelf. Orlando dit, Orlando dat. Ze deed water in de ketel, tilde het deksel van de kookplaat van de Aga en voelde de hitte eruit opstijgen. Nadat ze de ketel op de kookplaat had gezet, deed ze een raam open. Ze kon er nog steeds niet bij wat het nut was van een fornuis dat ook hitte produceerde wanneer je het helemaal niet nodig had. 'Wat is jullie eerste klus vandaag?' vroeg ze aan Savannah.

'We moeten naar een van die stomme huizen in de nieuwbouw. Hij heeft de tuin ervoor ontworpen.'

Helen besloot niks te zeggen over Savannahs minachting voor nieuwbouw en zei: 'Je vindt het echt leuk om voor Orlando te werken, hè?'

Savannah kauwde op haar toast en knikte. 'Ja. Waarom zou ik het niet leuk vinden?'

Helen kende haar stiefdochter inmiddels zo goed dat ze wist dat dit een retorische vraag was, dus hield ze de lijst van redenen waarom ze deze ommekeer in Savannahs kijk op het leven zo'n verrassing vond, maar voor zich. Wat Helen nog meer verbaasde, was Hunters reactie erop. Ze had gedacht dat hij Savannah de les zou lezen, zou zeggen dat dit geen geschikt werk was voor zijn dochter, maar Hunter had zowaar zijn bewondering uitgesproken dat Orlando het aandurfde zijn dochter onder zijn vleugels te nemen, en had gegrapt dat de jongen niet wist waar hij aan begon. Misschien vond hij haar baantje net zoiets als Helens werk: nuttig, zonder dat je het erg serieus hoefde te nemen.

'Wat ga jij vandaag doen?' vroeg Savannah. 'Naar je kleren te oordelen, ga je niet naar je werk.'

Helen zag Savannah met een kritische blik haar afgeknipte spijkerbroek, strapless topje en zijden bloes bekijken. 'Ik ga een dagje uit met Mac en Conrad,' zei ze. Ze vertelde verder over de tuin die ze gingen bekijken en dat ze haar grootmoeder ook meenamen.

'Jij liever dan ik.'

Ze reed pas naar het verpleegtehuis nadat ze had gebeld om te informeren of Emma zich goed genoeg voelde om mee te gaan. Haar mobieltje ging toen ze er net was aangekomen. Het was Annabel. 'Geen paniek, ik bel niet op je vrije dag met vragen over werk. Ik wilde alleen weten of je volgende week voor me kunt invallen.'

'Ik zou niet weten waarom niet. Wanneer precies?'

'Ik ben uitgenodigd voor een meidenweekend waar we ons het leplazarus gaan zuipen en steen en been klagen over onze mannen. Vind je het goed als ik pas woensdag weer verschijn?'

Nadat ze had opgehangen, bedacht Helen dat ze zelf bijna nooit naar een meidenweekend was geweest. Daar had ze zelf voor gekozen, want ze hield niet van zo'n club vrouwen om zich heen.

Emma zat al op haar te wachten, op de rand van haar bed, met haar dikke winterjas aan en beide handen geklemd om de handtas op haar schoot. 'Ik heb gezegd dat het warm wordt vandaag en dat ze die jas helemaal niet nodig heeft,' vertelde de verpleegkundige aan Helen, 'maar ze wil hem niet uitdoen.'

'Geeft niks. Ze kan hem later uittrekken wanneer ze het warm krijgt.' Toch zei ze tegen Emma: 'Kunt u niet beter uw dunnere regenjas aandoen, voor het geval het mocht gaan regenen?'

Emma trok een bezorgd gezicht. 'Als er kans op regen is, kunnen we beter een paraplu meenemen.' Tegen die logica kon Helen niet op.

Het had heel wat voeten in de aarde voordat Emma haar draai had gevonden in de auto. Meestal was ze niet zo lastig. Wanneer Helen met haar uitging, schikte ze zich altijd gewillig naar wat Helen zei. Vandaag stond de stoel te veel naar voren. De veiligheidsgordel sneed in haar hals. Het was te warm in de auto. En toen te koud. 'Waarom tocht het zo?' wilde ze weten.

'Dat is de airco, oma.'

'De wat?'

'De airconditioning.'

'Ik vind het veel te koud. Zie je nou wel dat ik mijn dikke jas had moeten aanhouden? Ik zit te bevriezen. Waar is dit knopje voor?'

Het was het knopje van de radio en gelukkig werd Emma, als een ongedurig kind, door de stem van Jenni Murray tot rust gebracht en ging ze zitten luisteren. Maar toen het volgende onderwerp van de praatshow werd aangesneden, vond Helen dat ze beter wat muziek kon opzoeken.

'Hé, ik zit hier naar te luisteren,' zei Emma en ze gaf een tik op Helens hand toen die een andere zender wilde opzoeken.

'Sorry.'

'Wat je goed moet onthouden,' zei een zogenaamde deskundige die bezig was haar laatste boek, een sekshandleiding voor mensen boven de veertig, te promoten, 'is dat seks de lijm is die mensen bij elkaar houdt. Bij het schrijven van mijn boek heb ik vraaggesprekken gehouden met honderden echtparen van middelbare leeftijd en die zeiden allemaal hetzelfde, namelijk dat er geen kijk op was dat een huwelijk lang zou duren, als de seks niet goed was.'

Vanuit haar ooghoek zag Helen dat Emma instemmend knikte. 'Je grootvader en ik hadden 's middags altijd seks, wanneer jij naar school was.'

Helen klemde haar handen om het stuur. Dit wilde ze helemaal niet horen.

'Hij deed het altijd het liefst van achteren.'

Neeeee!

De deskundige op de radio gaf nu tips voor een gezond seksleven.

Daartoe behoorde je blijkbaar gebruik te maken van babyolie, een ruime sortering seksartikelen, en je moest altijd, *altijd*, daar kon de deskundige niet genóég nadruk op leggen, blijven experimenteren met nieuwe posities en fantasieën, ongeacht hoe mal die leken. Bovendien, en dit was De Allerbelangrijkste Regel: Rust Roest!

Goeie genade! Hoe kwam het toch dat het leven zo drastisch was veranderd? Hoe kwam het dat het heel normaal was geworden om seks tot in de kleinste details te bespreken? Om halfelf 's ochtends kreeg je doodleuk te horen dat sommige vrouwen alleen konden klaarkomen via orale seks.

'Daar was je grootvader erg goed in,' zei Emma doodgemoedereerd. 'Hoe is jouw man in bed?'

Het gesprek was bijzonder surreëel aan het worden: om te beginnen wist Emma opeens weer dat Helen was getrouwd, en in de tweede plaats hadden ze het nog nooit over seks gehad. Helen kwam sterk in de verleiding haar hart uit te storten bij haar grootmoeder, in de wetenschap dat Emma zich haar bekentenissen later toch niet zou herinneren. Ze vroeg zich af hoe het zou zijn om eens gewoon hardop te zeggen dat Hunter waardeloos was in bed, dat alles wat hij deed leek te worden gevoed door een enorme behoefte te overheersen en te bezitten. En dat het wanneer hij klaarkwam net was of hij het winnende doelpunt had gescoord. Ze zou er best met hem over willen praten, voorzichtig opperen dat hij het ook weleens met een meer tedere en zachtere aanpak zou kunnen proberen, maar ze durfde niet, omdat ze bang was dat hij het als kritiek zou opvatten. Aanmerkingen over zijn techniek zouden kunnen leiden tot de terugkeer van Het Probleem.

In plaats van antwoord te geven op de onaangenaam openhartige vraag van haar grootmoeder, vroeg ze: 'Hebt u het warm genoeg?'

De deskundige in de studio legde nu aan Jenni uit dat een buitenechtelijke verhouding soms goed was om een verlept, uitgeblust huwelijk nieuw leven in te blazen. 'Vreemdgaan is niet altijd zo slecht als de meeste mensen denken,' kweelde ze.

Ja, ja, dacht Helen, geef jij de mensen maar mooi carte blanche om elkaar te bedriegen. Stom wijf. Dat ze zulke mensen aan het woord lieten in radioprogramma's!

Mac was hier voor het laatst samen met Alice geweest. Toen was het een benauwde, bewolkte dag geweest en had in de verte de donder gerommeld, maar dat had voor hen de pret niet mogen drukken. Het was laat in het seizoen geweest en ze hadden de tuin bijna voor zich alleen gehad. Ook vandaag was het niet erg druk, ondanks dat het een warme zomerdag was. Hij zag dat Helen onder de indruk was van de tuin en zelfs Conrad leek enige interesse te tonen. Mac was nog steeds niet over zijn verbazing heen dat Conrad zomaar een dag vrij had genomen om mee te gaan naar een tuin. Misschien had Helen hem ertoe overgehaald. Hij wist zeker dat als *hij* degene was geweest die het voorstel had gedaan, Conrad geen ja had gezegd.

Helen had per se willen rijden en haar grootmoeder had het grootste deel van de reis geslapen. Ze was wakker geworden toen ze de grote weg hadden verlaten en waren gestopt op het veld dat als parkeerterrein diende. Er waren een paar onaangename ogenblikken gevolgd, omdat Emma volkomen de kluts kwijt was. 'Waar ben ik?' vroeg ze. 'Wie zijn die mensen?' En toen had ze opeens vreselijke haast om uit te stappen. Na wat indringend gefluister was duidelijk geworden dat ze naar de wc moest. Ze had hoge nood. Toen dat eenmaal achter de rug was, werd ze weer rustig en wilde ze best door de tuin wandelen. Tot groot vermaak van Mac zag ze Conrad aan voor Helens echtgenoot. 'Neem me niet kwalijk,' zei ze op een gegeven moment, 'ik weet niet meer hoe je ook alweer heet. Helen heeft het me wel verteld, maar ik ben het kwijt.' Mac moest het Conrad nageven dat hij bijzonder veel geduld voor haar aan de dag legde. Meer dan hijzelf. Haar verwarde gedrag was precies datgene waar Mac zo bang voor was: het voorportaal van de dementie. Aan de andere kant: als hij vaker zoiets meemaakte als wat hem gisteren in de keuken was overkomen, zou het einde misschien sneller komen dan hij had gedacht en zou hem de vernedering van een dergelijke aftakeling worden bespaard. Hij wist dat hij eigenlijk een praatje moest gaan maken met de dokter, maar de angst voor de definitieve, onweerlegbare bevestiging dat hij in een pijlsnelle bobslee op het parcours naar de uitgang van het wereldse leven was gezet, vervulde hem met afgrijzen.

Wollerton Old Hall Garden was lang niet zo groots en pretentieus als vele andere plaatsen die Helen had bezocht. Het was eerder bekoorlijk verfijnd, een voorbeeld van schitterende tuinarchitectuur en vakmanschap. Alles draaide om de toepassing van kleuren en structurele elementen en de sfeer was bedwelmend vredig. Ieder onderdeel van de tuin dat ze bekeken was al even mooi als het vorige. Helen vond het schitterend hoe de drie hectaren die het terrein besloeg, vele tuinen binnen een tuin bevatten. Elk daarvan had een naam – een ervan heette toevallig Alice's Garden – en er stond altijd wel een strategisch geplaatst bankje waar je kon gaan zitten om van het moois te genieten.

'Ik geloof dat we verkeerd zijn gelopen,' zei Conrad, opkijkend van de plattegrond. 'Als ik me niet vergis zijn we weer terug bij de Daisy Borders.'

'Inderdaad,' zei Helen, toen ze de zonnewijzer en de kleurrijke perken met stokrozen, ridderspoor en lupinen herkende. 'Laten we even gaan zitten om uit te rusten.'

'We gaan toch nog niet naar huis?' Emma's stem klonk ijl van teleurstelling. Ze keek Helen ongerust aan.

Helen nam haar bij de hand en leidde haar naar het bankje. 'We gaan alleen eventjes uitrusten, oma, omdat het zo warm is. Gaat u hier maar zitten. Wilt u uw jas uitdoen?' Emma leek daar eventjes over na te denken en begon toen aan de knopen te prutsen. Helen wilde haar helpen, maar Emma duwde haar handen weg. 'Nee, niet doen. Ik wil dat hij me helpt.' Ze wees naar Conrad.

'Conrad heeft daar nu geen tijd voor, oma.'

Emma keek haar aan alsof ze niet goed bij haar hoofd was. 'Geen tijd? Hij staat daar alleen maar te staan.'

'Het geeft niet, Helen. Ik wil haar best helpen.'

Helen stapte opzij en keek toe toen Conrad zich vooroverboog tot hij op ooghoogte was met Emma. Toen hij de eerste knoop had losgemaakt, keek haar grootmoeder hem bedeesd aan, met haar hand voor haar mond. Ze giechelde als een tiener. 'Je bent erg knap om te zien, weet je dat?' zei ze.

Achter haar zei Mac: 'Vinden jullie het goed als ik even een kijkje ga nemen in het zomerhuis? Ze hadden daar vroeger een expositie van "voor en na"-foto's van de tuin.'

Helen zag Mac in het zomerhuis verdwijnen en toen ze weer omkeek, zag ze dat Emma over de bank schoof om plaats te maken voor Conrad. Wat een engelengeduld heeft hij, dacht ze toen hij ging zitten. Omdat er voor haar geen plek meer was, ging ze tegenover hen in het gras zitten. Vanachter haar zonnebril bekeek ze haar grootmoeder, die er met flonkerende ogen en een stralende glimlach bij zat. Helen vermoedde dat dat veel te maken had met het feit dat een knappe man zo veel aandacht aan haar besteedde. Ze hoopte dat Conrad het niet erg vond dat Emma hem aldoor met Hunter verwarde. Dat deed ze nu weer. 'Ik hoop dat je een goede echtgenoot bent voor Helen,' zei Emma.

Helen verstijfde. Als het gesprek nu maar geen onaangename wending zou nemen.

Conrad had al een goede wedervraag klaar. 'Had u zelf een goede echtgenoot?'

Dat leverde hem een ondeugende grijns en een knipoog op. 'Hij was een echte man,' zei Emma. 'In iedere betekenis van het woord.' Ze porde Conrad in zijn ribben en begon weer te giechelen.

Wat had haar grootmoeder vandaag? Na dat stomme radioprogramma was ze opeens een karikatuur geworden van een vrouw die bezeten was van seks.

'Ik herinner me nog precies de eerste keer dat we het deden,' zei Emma nostalgisch. Ze sloeg haar ogen neer en schikte met bevende handen de plooien van haar rok. 'Het was in een bos. We waren daar 's ochtends in alle vroegte om paddenstoelen te plukken. Het was een beetje koud zodat we ons niet helemaal konden uitkleden, maar we lagen op een zacht bed van bladeren en mos, en in de bomen zaten allemaal vogeltjes te fluiten.' Ze staarde in het niets. 'Ik ruik het mos nog. En de paddenstoelen.' Langzaam draaide ze haar gezicht naar Conrad. Ze had tranen in haar ogen. 'Ik herinner me die dag nog heel precies. De gelukkigste dag van mijn leven.' Ze fronste. 'Wat was je naam ook alweer?'

Met een onvoorstelbaar lief en bezorgd gebaar sloeg Conrad zijn arm om Emma's schouders. Helen kreeg er een brok van in haar keel.

22

Een halfuur later zei Emma dat ze honger had, dus wandelden ze naar het huis met de aangrenzende tearoom. Die had zelfbediening en nadat ze het menu op het schoolbord helemaal hadden gelezen, moest Helen alles nog drie keer uitleggen aan Emma en vervolgens antwoord geven op haar vragen, die ze zo luid stelde dat de jonge meisjes achter de toonbank moeite hadden niet te gaan lachen. 'Een quiche van zalm en broccoli? Denk je dat ik dat lekker vind? Linzensoep? Is die glad of met stukjes? Zitten er zilveruitjes in de boerensalade? Daar kan ik niet tegen, hoor, daar ga ik winden van laten.' Uiteindelijk kon ze een keus maken. Helen bracht haar grootmoeder naar een tafel in het deel van het restaurant waar verder niemand zat, al voelde ze zich daarover wel een beetje schuldig. Schaamde ze zich zo voor haar grootmoeder dat ze haar bij andere mensen vandaan wilde houden? Kon het haar echt zo veel schelen wat andere mensen dachten?

Ze had zich gisteren ook al afgevraagd of het eigenlijk wel zo'n goed idee was om Emma mee te nemen. Ze had zich zorgen gemaakt over hoe Mac en Conrad zouden reageren op Emma's afnemende geestelijke vermogens. Niet iedereen kon daarmee omgaan. Hunter bijvoorbeeld niet. Daarom had Helen Emma maar één keer meegenomen naar de Old Rectory en daarna niet meer. Hunter had absoluut niet geweten hoe hij zich tegenover haar moest gedragen. Hij was niet in staat Emma's grillige gedrag gewoon te accepteren en weigerde zich te plooien naar haar verwarde gedachtegang. En Emma had dat blijkbaar aangevoeld, want ze was zich kribbig en stuntelig gaan gedragen. Nadat ze per ongeluk een tafeltje had omgestoten waarbij een kop en schotel waren gebroken, sloot ze zich op in het toilet en zei dat ze niet naar buiten kwam zolang die nare man er was.

Conrad daarentegen gaf blijk van eindeloos geduld. En mededogen. Helen zou nooit vergeten hoe hij zijn arm om Emma's schouders had geslagen. Dat gebaar was even aangrijpend geweest als Emma's woorden. Het was een vreemde gewaarwording om je grootmoeder zo schalks en ook romantisch over haar man te horen praten, en daardoor had ze opeens beseft dat ze zelf geen verhalen had om ooit door te vertellen. Ze had nooit zo veel van iemand gehouden als haar grootouders blijkbaar van elkaar hadden gehouden. Ze had door de jaren heen genoeg relaties gehad en momenten van seksuele vervoering gekend, maar betwijfelde of de herinneringen daaraan nog vers in haar geheugen zouden liggen wanneer ze dik in de tachtig was. Afgezien van de band met haar grootouders, was niets in haar leven ooit van lange duur geweest.

Na de lunch liepen ze de tuinen weer in om nog eventjes rond te kijken. Helen wilde nog een kijkje nemen in de Yew Walk, de Rose Garden en de Cottage Garden, en eigenlijk ook de Main Herbaceous Border om foto's te nemen en aantekeningen te maken.

Toen ze in de Yew Walk stonden en Helen haar fototoestel in gereedheid bracht, ging Emma opeens pal voor haar staan. 'We zijn hier al geweest,' zei ze.

'Dat klopt, oma.' Helen deed een stap opzij om de foto te maken, maar toen ze door de lens keek, zag ze opnieuw haar grootmoeder.

'Ik wil naar de vijver,' zei de oude vrouw, en ze voegde er een beetje onzeker aan toe: 'Er is hier toch een vijver?'

Conrad kwam tussenbeide. 'Als wij nu even doorlopen met Emma, kun jij je foto's nemen, Helen.'

Helen vond echter dat Conrad al meer dan genoeg voor haar grootmoeder had gedaan. 'Dat hoeft echt niet; ik ben hier zo klaar.'

Emma leek het nu echter grappig te vinden om steeds voor de lens te gaan staan.

'Kom, Emma,' zei Mac, 'dan gaan wij die visvijver zoeken.'

Helen dacht dat Emma Macs hand van zich af zou slaan, maar haar grootmoeder liep gewillig met hem mee. Conrad bleef bij Helen achter. Het was dus blijkbaar zoals ze al had gedacht: hij vond zelf ook dat hij genoeg had gedaan.

'Heb je liever dat ik je alleen laat?' vroeg hij.

'Nee, helemaal niet. Als je je tenminste niet verveelt. Dit moet voor jou een saaie dag zijn. Volgens Mac hou je helemaal niet van tuinen.'

'Dat klopt niet helemaal. Ik hou niet van tuinieren. Ik zie er de lol niet van in om je iedere dag in het zweet te werken in een poging de natuur te slim af te zijn.'

'Zelfs niet wanneer het resultaat zo mooi is als dit?' Ze keek om zich heen naar de Yew Walk.

Hij glimlachte. 'Oké, je hebt gelijk; ik doe maar alsof om te verbloemen dat ik aartslui ben.'

'Dat ben je helemaal niet.' Verlegen deed ze alsof ze het fototoestel instelde. Ze zocht naar de juiste woorden voor wat ze wilde zeggen. 'Je was daarnet erg tactvol. Wat mijn grootmoeder zei was nogal gênant, maar dat gebaar van jou zal ik me altijd herinneren. Dat wilde ik je graag zeggen. Dat het veel voor me betekent. Niet iedereen is in staat een verwarde oude vrouw zo vriendelijk te bejegenen.'

'Alleen iemand met ijswater in zijn aderen zou onaangedaan blijven door wat ze zei.'

Hij keek opeens heel eigenaardig naar haar. Heel indringend, alsof hij er nog iets aan wilde toevoegen. Alsof hij... Ze slikte. Nee, hield ze zichzelf voor. Ze verbeeldde het zich. De hitte begon haar parten te spelen. En toch... hij bleef naar haar kijken. Ze zag nu dat hij blauwe ogen had, maar niet het harde blauw van Hunters ogen. De zijne hadden een lichtblauwe kleur die een weerspiegeling leek van de zomerse hemel.

Ze slikte weer en wendde met tegenzin haar blik af. Ze nam een foto van de borders met de perfect tot piramides gesnoeide taxusboompjes, en toen wat close-ups van een metalen pergola, bedekt met clematis in de kleur van roze marshmallow omgeven door donkerroze rozen, en van een klimmende hydrangea rond de boogvormige entree tot dit deel van de tuin. Door de lens van de camera keek ze rond naar andere dingen die de moeite van het fotograferen waard waren en stopte abrupt toen Conrad in beeld kwam. Hij stond gebukt bij een bloemperk om aan de rozen te ruiken. Ze zoomde in tot zijn profiel het frame vulde. Dat ze hem opeens zo dichtbij zag, bezorgde haar een heel eigenaardig gevoel, mede vanwege de herinnering aan de blik in zijn ogen daarnet. Ze wilde haar hand uitsteken om zijn gezicht aan te raken, haar vinger langs zijn wang te laten glijden en die dan te kussen...

Ze drukte op de ontspanner.

Hij draaide zich om.

'Je stond er zo bedachtzaam bij,' zei ze bij wijze van uitleg.

Hij kwam naar haar toe. 'Dan mag ik ook een foto van jou nemen.'

Ze drukte het fototoestel tegen zich aan. 'Mooi niet.'

'Doe niet zo flauw. Geef me het toestel.'

'Zal ik soms een foto maken van u en uw vrouw?'

Ze keken gelijktijdig om en zagen dat een echtpaar met identieke zonnehoedjes op de Yew Walk was binnengekomen. Helen wilde zeggen dat het echt niet nodig was, maar Conrad griste de camera uit haar handen en gaf het aan de man. 'Graag. Erg aardig aangeboden van u.'

De man bekeek het toestel en bracht het toen naar zijn oog. 'Ja, goed zo, maar u moet iets dichter bij elkaar gaan staan. Noemt u dat dicht bij elkaar?'

'Neemt u er maar twee,' zei Conrad tegen de man toen hij de foto had genomen. 'Voor alle zekerheid.'

Helen keek naar hem op. 'Hoe bedoel je?' vroeg ze.

'Voor het geval de eerste is mislukt,' zei Conrad. Toen boog hij zijn hoofd en gaf hij haar een zachte kus op haar wang. Zo vluchtig dat ze het bijna niet voelde. Een zachte aanraking als de streling van de zomerwind.

Nu wist ze zeker dat ze zijn blik daarstraks wel degelijk juist had geïnterpreteerd.

23

Mac was blij dat hij weer thuis was, want hij was doodmoe. De hele dag had hij last gehad van opdringerige, naargeestige gedachten, die allemaal te maken hadden met Alice. Wat had hij haar aanwezigheid sterk gevoeld in Wollerton! Dat kwam natuurlijk omdat hij daar zulke goede herinneringen aan had. Het was de plek waar hij haar voor het eerst had gekust, toen ze met hun tweetjes in het zomerhuis bij de Daisy Border waren om de fototentoonstelling te bekijken. Opeens had hij een behoefte gevoeld haar te laten weten hoezeer hij op haar gesteld was, terwijl ze tot dan toe niet eens hand in hand hadden gelopen, omdat zoiets op hun leeftijd niet meer nodig leek. In het koele interieur van het zomerhuis, zonder andere mensen in de buurt, vond hij een kus opeens absoluut noodzakelijk. 'Zo,' zei ze toen hij haar weer losliet, 'ik zat me al af te vragen wanneer het er eindelijk van zou komen.'

'Ik wist niet zeker hoe je erop zou reageren,' zei hij.

'Je was zeker bang dat ik je een klap in je gezicht zou geven.'

'Zoiets, ja.'

Ze lachte zo hartelijk dat de jaren wegvielen van haar gerimpelde, verweerde gezicht en hij een glimp opving van hoe ze eruit had gezien als jong meisje. Hij wou dat hij haar toen had gekend. Dan zou zijn leven heel anders zijn verlopen.

Er was nog een reden waarom hij de hele dag aan haar had moeten denken: ze was de enige die hij persoonlijke dingen had durven toevertrouwen. Hij had weer een aanval van duizeligheid gehad toen hij in het zomerhuis was. Opeens draaide alles om hem heen en moest hij zich snel vastgrijpen aan een tafel. Godzijdank was hij niet gevallen. Daarna was hij de hele dag gespannen gebleven, uit angst dat het nog een keer zou gebeuren, en daar moest hij nu voor boeten. Door zijn nutteloze pogingen een nieuwe aanval te voorkomen, had hij de hele dag al zijn spieren gespannen, en het gevolg was dat zijn hele lichaam hem nu pijn deed.

Hij nam een gin-tonic en liep ermee het terras op. De zachte wind voerde de geur van lavendel met zich mee. Met vermoeide bewegingen ging hij zitten en dacht weer na over de voorbije dag. Hij was nogal druk geweest met zijn eigen problemen, maar had evengoed gevoeld dat er nog iets anders niet helemaal goed zat. Op de terugweg, toen hij achterin zat met Emma, was er een spanning merkbaar geweest tussen Helen en Conrad. Ze hadden maar een paar woorden gewisseld en elkaar niet één keer aangekeken. Had Conrad iets gedaan waardoor Helen van streek was geraakt? Maar wat dan? Net als ieder ander had Conrad zijn gebreken, maar hij was niet iemand die zijn medemensen snel irriteerde, behalve hem dan, en Helen had een erg gelijkmatig karakter. Toen ze klaar was met fotograferen en samen met Conrad bij hen kwam en zag dat Emma aan de rand van de visvijver zat met haar kousenvoeten in het water, was ze niet eens boos geworden. 'Ik heb geprobeerd haar tegen te houden,' had Mac gezegd, 'maar ze trok zich niets van me aan.' Hij dacht dat ze het hem kwalijk zou nemen dat hij niet goed op haar grootmoeder had gepast, want er had haar makkelijk iets kunnen gebeuren, maar Helen knikte alleen maar en nam een foto van haar grootmoeder, die als een tevreden kind golfjes maakte in het water. Voorbijgangers begonnen te glimlachen toen ze het zagen, alsof Emma's blijdschap op hen oversloeg. Een kleuter die ook het water in wilde, probeerde uit zijn wandelwagentje te klimmen en zijn ouders hadden de grootste moeite hem ervan te overtuigen dat het eigenlijk niet mocht. Helen had nog meer moeite haar grootmoeder duidelijk te maken dat het tijd was om naar huis te gaan. Conrad had wat papieren servetjes uit de tearoom gehaald om Emma's voeten af te drogen en ten slotte hadden ze haar onder lichte dwang mee terug genomen naar de auto.

Nu hij terugdacht aan de strakke trek op Helens gezicht toen ze de servetjes van Conrad had aangepakt, begon hij zich af te vragen of de gespannen sfeer in de auto wel aan Conrad had gelegen. Misschien kwam het door Emma's gedrag dat Helen op de terugweg zo stil was geweest. Het viel ook niet mee om te moeten aanzien hoe iemand van wie je hield geestelijk zo achteruitging.

Hij zette zijn glas op de armleuning van zijn stoel en keek op zijn horloge. Het was bijna halfzeven. De avond was nog jong. Misschien konden ze straks naar de Swan gaan om een hapje te eten, want in koken had hij vanavond echt geen zin. Hij gaapte langdurig, voelde zijn oogleden zwaar worden en werd toen overmand door slaap.

Conrad was naar zijn kantoor gegaan om zijn e-mails te bekijken. Hij liep de berichten na om te zien of er iets dringends bij zat, maar zag dat alles kon wachten tot morgen. Hij zette de computer uit, leunde achterover in zijn stoel en legde zijn voeten op zijn bureau. Het was tijd om wat feiten onder ogen te zien.

Hij had geflirt met een getrouwde vrouw. Goede zet, Conrad! Ben je helemaal achterlijk geworden?

Zelfs op het diepste dieptepunt van zijn verdriet, toen hij zich nauwelijks staande kon houden en had gedacht dat hij Sam zou kunnen vergeten door met ieder beschikbaar meisje naar bed te gaan, had hij zich niet ingelaten met getrouwde vrouwen. Zo fatsoenlijk was hij nog wel.

Hij sprak nooit over die duistere, verwarde periode in zijn leven. Het was niet iets om trots op te zijn en de reeks avontuurtjes en rampzalige relaties had geleid tot zijn armzalige poging zelfmoord te plegen. Hij vond het vreselijk dat hij Sam op zo'n manier ontrouw was geweest, maar de minachting die hij voor zichzelf voelde viel in het niet bij zijn verpletterende eenzaamheid. Hij was tot de conclusie gekomen dat door de intense rouw die hij had leren kennen, de mensen voor hem in twee groepen uiteen waren gevallen: degenen die wisten hoe hij zich voelde omdat ze zelf ook een geliefde hadden verloren, en degenen die geen idee hadden wat hij doormaakte, omdat hun levens nooit waren verstoord door iets dramatischers dan een gebroken nagel.

De ironie wilde dat hij tot Sams dood gelukzalig deel had uitgemaakt van de groep van de gebroken nagels. Pas toen hij Sams levenloze lichaam in zijn armen had gehouden, was zijn kijk op het leven voor altijd veranderd.

Ze waren nog maar net naar Cheshire verhuisd, toen het gebeurde. Sam had graag willen verhuizen toen ze zwanger was geworden. Ze wilde weg uit Londen en weer dichter bij haar ouders gaan wonen, in de streek waar ze was opgegroeid. 'Ik wil niet dat ons kind opgroeit als een cockney,' had ze met een knipoog gezegd. Hij had er niet eens zo'n behoefte aan gehad om vader te worden, want hij vond dat hun leven ook zonder kinderen perfect was, maar hij had toegestemd toen Sam zei dat ze niet al te lang meer moesten wachten omdat ze anders te oud zou zijn. Ze zag de toekomst al helemaal voor zich. 'Zodra je me zwanger hebt gemaakt,' zei ze op een avond in bed, nadat hij nijvere pogingen daartoe had gedaan, 'verkoop ik de zaak.'

'Ik dacht dat de zaak je lust en je leven was.'

'Welnee,' zei ze. 'Jíj bent mijn lust en mijn leven. Ik ga lekker mijn gemak ervan nemen. Ik wil buiten wonen en kippen houden.'

'Als je die dan maar niet eigenhandig de nek omdraait.'

'De enige wie ik de nek zal omdraaien, ben jij, als je niet gauw een van mijn eitjes bevrucht.'

Twee maanden daarna kwamen ze erachter dat hij zich met succes van die taak had gekweten en nog een maand later deed een concurrerende firma een bod op TransLex Ltd. Niet lang daarna verhuisden ze naar Cheshire, waar ze een schattig wit met zwart vakwerkhuis kochten waar een hectare grond bij hoorde met een oude boomgaard en een flinke moestuin. Terwijl hij op kantoor zat om scheepscontracten te vertalen, liep Sam op laarzen rond om haar boereninstinct te ontwikkelen. Hij plaagde haar vaak dat het nog geen jaar zou duren voordat ze weer aan het werk zou willen.

Ze was ruim zeven maanden zwanger toen de juridische firma waarvoor hij veel freelancewerk deed, hem verzocht naar Japan te gaan voor besprekingen met een cliënt. Hij stond hevig in dubio. Aan de ene kant wilde hij graag gaan, aan de andere kant wilde hij Sam niet in haar eentje achterlaten nu ze hoogzwanger was. 'Doe niet zo mal,' zei ze. 'Pak je koffer en ga. Ik red me heus wel. En breng een voorraadje wasabibonen voor me mee.'

Ze bracht hem naar het vliegveld, maar het zat hem nog steeds niet lekker dat ze helemaal alleen zou zijn. 'Wil je echt niet bij je ouders gaan logeren tot ik terug ben?' vroeg hij nogmaals.

'Je moet niet zo zeuren. Boris en ik redden ons heus wel.' Ze wisten nog niet of hun baby een jongetje of een meisje was, maar vonden Boris een leuk koosnaampje.

Hij kuste haar ten afscheid, zonder te weten dat het de laatste keer zou zijn.

Hij belde haar iedere dag vanuit zijn hotel in Tokio en ze zei lachend dat hij een sentimentele dwaas was toen hij haar vertelde dat hij een vol uur had doorgebracht in het grote warenhuis Seibu in Ikebukuro om babykleertjes en speelgoed te kopen. 'Klopt, en dat is juist de reden waarom je zo veel van me houdt. Zeg, ik moet ophangen. Ik heb nog één bespreking en dan vertrek ik naar het vliegveld. Je hoeft me niet te komen afhalen. Ik neem wel een taxi.'

'Ben je mal. Ik kom naar het vliegveld, hoor.'

In zijn hart was hij daar blij om. Het was heerlijk wanneer je op het vliegveld werd opgewacht door degene van wie je hield.

Hij had het geluk dat hij op lange vluchten urenlang kon slapen, vooral in de business class. Wat hij zo fijn vond aan vluchten met hoofdzakelijk Japanse passagiers, was dat het dan altijd zo heerlijk stil was in het toestel, omdat Japanners de rustigste reizigers ter wereld waren. Twaalf uur later liep hij met de stroom passagiers mee naar de aankomsthal. Ooit had Sam een plakkaat gemaakt toen ze hem kwam afhalen, waarop ze had geschreven: 'Miss Capulet voor Mr. Montague.' Niet lang daarna was ze zelf naar Moskou gegaan en had hij, toen hij haar van het vliegveld haalde, een bord gemaakt waarop stond: 'Vronsky voor A. Karenina.'

Hij zocht tussen de wachtenden naar haar gezicht of zo'n bord, maar Sam was nergens te bekennen. Hij wachtte tien minuten en belde toen haar mobieltje, in de veronderstelling dat ze vastzat in het verkeer. Toen hij haar niet kon bereiken omdat haar mobieltje niet aan stond, probeerde hij het nummer thuis. Ook daar kreeg hij geen gehoor. Geen paniek, vermaande hij zichzelf. Als de bevalling voortijdig is begonnen, heeft ze haar ouders in de buurt en mensen genoeg die met haar mee kunnen naar het ziekenhuis. Maar waarom had ze geen bericht achtergelaten op zijn voicemail?

Hij wachtte ongeduldig nog een halfuur terwijl hij herhaaldelijk naar beide telefoonnummers belde en zichzelf bleef voorhouden dat ze waarschijnlijk niet op de tijd had gelet, overhaast was vertrokken en had vergeten het antwoordapparaat aan te zetten. En vergeten haar mobiel mee te nemen? Na nóg tien minuten gaf hij het op en nam hij een taxi. Onderweg belde hij Sams ouders. Haar vader nam op. Zo te horen hadden ze bezoek, want hij hoorde stemmen en muziek op de achtergrond. Misschien hadden ze spontaan besloten Sam eens lekker te verwennen. Sam zei altijd dat dat helemaal niet nodig was, maar Conrad wist dat ze het diep in haar hart heerlijk vond. Dit geruststellende visioen werd na tien seconden al vernietigd toen Phil zei: 'Hallo, Conrad, hoe is het met mijn geliefde dochter?'

Het was al donker toen de taxi de oprit opreed. Het eerste wat Conrad opviel was dat de Chrysler Jeep die Sam onlangs had gekocht, naast zijn Beamer geparkeerd stond. Er brandde geen licht in het huis en op het stoepje stonden twee flessen melk. Toen wist Conrad zeker dat er iets mis was.

Hij stak zijn sleutel in het slot, maar toen hij tegen de deur duwde, kreeg hij hem maar een paar centimeter open omdat de ketting erop zat. Hij liep achterom. De deur van de bijkeuken zat op slot. Zijn hart bonkte als een gek. Hij sloeg een ruit van het keukenraam kapot en maakte het raam open. Met enige moeite klom hij naar binnen en stapte over de scherven heen. Hij riep Sams naam, maar zijn stem echode in de stilte.

Hij deed het licht in de keuken aan en in de gang, en vond haar in de hal, onder aan de trap. Gal steeg op naar zijn keel, zweet brak hem aan alle kanten uit, en hij wist met een zekerheid waarvan zijn hart een paar slagen oversloeg, dat Sam dood was en dat dit moment hem zijn leven lang zou bijblijven. Ze droeg een nachtpon met daaroverheen zijn dikke badjas, die ze zo graag droeg omdat... omdat die zo lekker lang was en warmer dan haar eigen... De plas donker bloed die uit het gat in haar hoofd op de vloerbedekking was gestroomd, maakte hem duidelijk dat ze hier al een tijdje lag. Hij zakte op de vloer neer en nam haar in zijn armen. Zijn tranen druppen op haar witte gezicht en toen hij ze wegstreek en voelde hoe koud haar huid was, ontsnapte hem een wilde kreet. *Waarom? Waarom was ze hem afgenomen?*

Hij huilde nog steeds toen zijn mobieltje begon te rinkelen in zijn jaszak. Hij probeerde het te negeren, maar het bleef rinkelen. Toen nam hij op. Het was Phil, die belde om te vragen hoe het met hen was.

Hij wreef over zijn gezicht en vroeg zich af hoe lang hij in het verleden verzonken was geweest. Een blik op zijn horloge vertelde hem dat er een halfuur was verstreken. Hij zette zijn voeten op de grond en liet zijn gedachten terugdwalen naar het beginpunt.

Helen.

Ze was de eerste vrouw na Sam die hem iets deed. In de nasleep van zijn halfbakken zelfmoordpoging had hij gezworen nooit meer naar andere vrouwen te kijken. Hij had tegen zichzelf gezegd dat Sam het verdiende dat hij haar trouw bleef. Een celibatair leven was lang niet zo erg als de meeste mensen dachten. Het was best te doen, had hij ontdekt, als je maar zorgde dat je het altijd druk had. Trouwens, naar de verhalen in de kleedkamer van de tennisclub te oordelen, waren er blijkbaar ook mannen die hun seksleven al opgaven terwijl ze nog getrouwd waren. 'Jij zit goed, Conrad,' zeiden ze vaak. 'Jij bent vrijgezel; als je wilt, neem je iedere week een ander meisje.'

Ja, dat dachten ze.

Maar nu had hij Helen ontmoet. Hij dacht aan haar gezicht, aan de heerlijke kalmte die het uitdrukte. Aan haar mooie, gebogen wenkbrauwen en haar ogen. Wat een ogen! Ogen die hem verleidden zich te gedragen als een dwaas. Een dwaas die haar had gekust. Oké, het was alleen maar een kusje op haar wang geweest, maar mocht dat? vroeg hij zich af. Mocht je dat doen bij een getrouwde vrouw?

Toen zijn lippen haar huid geraakt hadden, was hem duidelijk geworden dat hij al sinds die eerste avond bij de vijver ernaar had verlangd haar te kussen. Wat moest hij daar nu mee?

Niets. Hij kon naar haar verlangen, maar daar schoot hij niets mee op. Ze was getrouwd. Haar zwijgen in de auto op de terugweg zei genoeg. Blijf bij me vandaan, had ze met dat zwijgen duidelijk gemaakt. Blijf bij me vandaan!

24

Vanaf haar plek op de tweede rij in de zaal van het dorpshuis had Lucy vrij zicht op de gastspreker, een bebaarde man op sandalen die lelijke, bleke voeten had met weerzinwekkend dikke, vergeelde nagels. Zijn verhaal over bonsaiboompjes interesseerde haar geen klap. Ze had die zogenaamde kunstvorm altijd bijzonder wreed gevonden, te vergelijken met het omwikkelen van meisjesvoeten om ze klein te houden. Daar kwam nog bij dat de spreker een akelig nasale stem had die haar koude rillingen bezorgde, en zijn hakkelende manier van spreken deed haar denken aan een ketel die op een klein pitje staat en af en toe aarzelend begint te fluiten.

Lucy was vanavond veel liever naar haar volkstuintje gegaan en zat hier alleen maar vanwege die ellendige Savannah. Ze was gedwongen al dit gezemel aan te horen omdat ze zich verplicht voelde een oogje op Orlando te houden, en het ergste was nog dat Savannah helemaal niet was komen opdagen! Net toen ze samen met Mac een plekje in de zaal had gezocht, had Orlando een sms'je van Savannah ontvangen dat ze had besloten niet te komen en na afloop in de Swan op hen zou wachten. Het kind was slimmer dan Lucy had gedacht.

Sinds het gesprek in het tuincentrum, toen Savannah zo slinks had gevraagd of ze geen vriendinnen konden zijn, had Lucy besloten haar nauwlettend in de gaten te houden tot ze haar ergens op zou betrappen. Ze was ervan overtuigd dat Savannah alleen maar deed alsof ze belangstelling had voor tuinieren om zo veel mogelijk tijd te kunnen doorbrengen met Orlando. Als ze het juiste meisje voor Orlando was geweest, had Lucy haar trucjes door de vingers kunnen zien; dan zou ze misschien zelfs bewondering hebben voor alle moeite die ze deed. Ze wist echter heel zeker dat Savannah niet geschikt was voor Orlando. Hij verdiende iets veel beters. Om te beginnen iemand die min of meer van zijn eigen leeftijd was.

Orlando had nog steeds niet door dat Savannah op méér uit was dan vriendschap en Lucy deed maar geen pogingen meer hem dat aan zijn verstand te brengen. Ze was bang dat hij het verkeerd zou gaan opvatten als ze bleef aandringen, vooral als Savannah hem op het verkeerde been bracht met het soort opmerkingen dat ze tegen Lucy had gemaakt – *'Ben je verliefd op hem?'* Wat een onzin! Ze maakte zich alleen maar zorgen om Orlando, omdat hij haar beste vriend was. Had hij niet precies hetzelfde gezegd toen hij haar had gewaarschuwd voor de getrouwde man met wie ze een relatie had? 'Je bent mijn beste vriendin; ik sta niet toe dat iemand je pijn doet,' had hij gezegd.

Al wist ze niet helemaal zeker of ze hem nog wel haar beste vriend kon noemen na wat hij Savannah had verklapt over haar en haar vader. Waarom had hij dat in godsnaam gedaan? En wat gaf die meid het recht haar mening te geven over Lucy's vader, laat staan tot de volkomen onjuiste conclusie te komen dat Lucy nog steeds van hem hield? Ze was van plan geweest Orlando daarover aan te spreken en een verontschuldiging van hem te eisen, maar was bang dat ze kleinzielig zou overkomen, dus had ze net gedaan alsof het niet belangrijk was. Ze had zich voorgenomen dezelfde houding aan te nemen betreffende de reis naar het Comomeer. Niemand hoefde te denken dat het voor haar iets bijzonders was. Ze ging op vakantie naar de plek waar haar vader woonde. Nou en? Als ze toevallig een uurtje over had, zou ze hem misschien opzoeken. Of misschien ook niet. Dat ging niemand iets aan. Marcus Gray was niet de reden waarom ze had besloten naar Italië te gaan. Het ging haar enkel en alleen om Orlando. Ze wist zeker dat Savannah daarginds haar slag zou slaan en hem zou dwingen iets te doen waar hij spijt van zou krijgen.

Ze schrok op uit haar gedachten toen iedereen begon te klappen. Godzijdank. Baardmans was uitgepraat. Olivia Marchwood stond op met een notitieboekje in haar hand. 'Ik geloof dat ik uit naam van ons allen spreek,' zei ze toen het applaus gênant snel was weggestorven, 'dat we vanavond allemaal iets hebben geleerd. Ikzelf had geen idee dat de wereld van de bonsai zo fascinerend is. Dank u hartelijk, meneer Brown; ik denk dat velen van ons nu een poging zullen wagen een bonsaiboompje te kweken.' Ze begon weer te klappen en het publiek deed flauwtjes mee. Daarna zei ze dat er pauze was met gelegenheid een kopje koffie of thee te drinken. 'Ik verzoek jullie allen daarna jullie plaatsen weer op te zoeken,' zei ze, 'want ik heb nieuwe informatie ontvangen over onze reis naar het Comomeer. De mensen van *Gardens of Delight* hebben me een brochure gestuurd over het hotel waar we zullen logeren. Ik heb voor iedereen kopieën gemaakt.'

'Jammer dat Helen vanavond niet kon komen,' zei Mac toen ze in de rij stonden voor de koffie.

'Heeft ze gezegd waarom ze niet kon?' vroeg Orlando.

'Ze moest naar het vliegveld om haar man af te halen.'

'Vindt ze het niet vervelend dat hij zo vaak weg is?' vroeg Lucy.

'Ik heb geen idee. Daar heeft ze het nooit over.'

Ze waren inmiddels aan de beurt en nadat ze een handjevol munten in het mandje hadden gegooid en kopjes koffie en koekjes aan elkaar hadden doorgegeven, vroeg Lucy: 'Weet iemand of Hunter ook meegaat naar Italië?'

'Ik geloof van niet,' antwoordde Mac.

Orlando voegde eraan toe, veel te snel naar Lucy's zin: 'Volgens Savannah heeft hij het veel te druk.'

Toen het met tussenpozen twee uur had geregend, zei Orlando: 'Dit heeft weinig zin. Laten we er maar mee ophouden en naar huis gaan.'

Savannah probeerde niet te laten merken hoe teleurgesteld was, ook al was ze door de laatste plensbui bijna tot op het bot doorweekt. Ze vond het erg prettig om samen met hem te schuilen in zijn auto. De vrouw voor wie ze werkten, had hun thee en cake gebracht, en met de radio aan was het erg gezellig zo met hun tweetjes. Ze had nog nooit zo veel met iemand gepraat als met Orlando. Hij was geweldig; hij luisterde tenminste echt naar haar en keek haar nooit glazig aan zoals haar vader en moeder wanneer ze deden alsof ze naar haar luisterden.

Het enige minpunt van Orlando was eigenlijk dat hij nog steeds niet doorhad hoe gek ze op hem was. Gisteravond in de pub had ze haar uiterste best gedaan hem duidelijk te maken dat ze hem wilde, ondanks de priemende blikken van Lucy, of misschien juist vanwege de priemende blikken die ze van dat opgefokte kreng kreeg. Misschien was hij alleen maar voorzichtig. Hij dacht waarschijnlijk dat hij te oud voor haar was. Een andere reden kon er niet zijn, tenzij Lucy hem stiekem van alles aanpraatte en hem leugens over haar vertelde. Als dat zo was, zat er niets anders op. Dan moest ze maatregelen nemen. Zielig hoor, zoals Lucy zich gedroeg. Ze kon Orlando zelf niet krijgen, dus mocht ook niemand anders hem hebben. Nou, dan zou ze nog raar opkijken!

'Laten we nog tien minuten wachten,' zei ze tegen Orlando. 'Ik heb het idee dat het al iets minder hard regent.'

Hij lachte. 'Ik wist niet dat je zo'n onverbeterlijke optimist was.'

'Er zijn nog veel meer dingen die je niet over me weet,' zei ze met een glimlach die naar ze hoopte nét verleidelijk genoeg was.

'Nou, ik weet wel dat een hete douche en droge kleren me heel welkom zijn.' Hij reikte voor haar langs om haar lege mok van het dashboard te pakken, pakte de zijne in dezelfde hand en deed het portier open. 'Ik ben zo terug; ik zal tegen de anderen en mevrouw Moreton zeggen dat we er voor vandaag een punt achter zetten.'

Savannah keek hem na toen hij naar de auto liep die voor hen geparkeerd stond en waarin zijn hulpjes zaten. Twee achterlijke sukkels. Dat hij niet stapelgek van die twee werd, was haar een raadsel. Craig, die een zilveren tepelring had en een tatoeage in zijn nek en zichzelf beschouwde als een soort Robbie Williams, had geprobeerd het met haar aan te leggen, maar ze had hem snel afgepoeierd.

Orlando sprintte door de regen naar de voordeur van het huis. Hij was kletsnat en zijn haar zat op zijn hoofd geplakt. Opeens beeldde ze zich hem in onder de douche, en kreeg ze een idee.

Ze waren bijna terug in Swanmere toen ze met haar vlakke hand tegen haar voorhoofd sloeg. 'Wat stom van me! Er is bij mij niemand thuis. Mijn vader en Helen zijn allebei op hun werk.'

'Heb je geen sleutel?' vroeg Orlando.

Ze schudde haar hoofd. 'Vergeten.'

'Geeft niks. Dan ga je toch gewoon met mij mee? Kun je lekker douchen en onderhand stoppen we je kleren in de droger.'

Savannah glimlachte. 'Als ik je niet in de weg zit.'
'Tuurlijk niet. Lucy is er toch nog niet.'
Mooi zo, dacht ze.

Ze gingen via de achterdeur naar binnen en trokken in de bijkeuken hun modderige laarzen en ook hun sokken uit. Hun jacks hing hij op hangertjes te drogen naast de wasmachine. Hij liep de keuken in en riep Lucy's naam om te zien of ze thuis was. Hij verwachtte haar pas over een uur, maar het leek hem evengoed verstandig te controleren of ze er toevallig al was, want hij wist hoe ze dacht over zijn vriendschap met Savannah. Hij snapte nog steeds niet wat ze nou eigenlijk op haar tegen had, maar had zich erbij neergelegd dat het tussen hen nooit zou boteren.

Soms had hij het gevoel dat Savannah probeerde met hem te flirten, maar dat schreef hij toe aan haar ondeugende karakter. Volgens hem deed ze het meestal om een reactie uit te lokken. Hij had begrepen dat ze het thuis niet zo prettig had, ook al kreeg ze in financieel opzicht alles wat haar hartje begeerde, en dat ze er gewoon behoefte aan had dat iemand wat aandacht aan haar besteedde. Eerlijk gezegd had hij gedacht dat juist Lucy daar wel begrip voor kon opbrengen.

Hij gaf Savannah een schone handdoek, wees haar waar de badkamer was en besloot zelf gebruik te maken van Lucy's badkamer. Dat zou ze vast niet erg vinden. Hij trok zijn spijkerbroek en T-shirt uit en stapte onder de douche. Het was verleidelijk om lekker lang onder de warme straal te blijven staan, maar dat deed hij toch maar niet. Hij droogde zich af, bond de handdoek rond zijn middel en liep op zijn blote voeten naar zijn slaapkamer om zich aan te kleden. Toen hij de deur achter zich dichtdeed, de handdoek op de grond liet vallen en zich omdraaide, kreeg hij de schok van zijn leven.

Savannah zat rechtop in zijn bed. Hij zag alleen haar hoofd en naakte schouders boven het donzen dekbed, maar durfde er iets om te verwedden dat ze helemaal niets aan had. Voordat hij iets kon zeggen of zijn handdoek van de grond kon oprapen, hoorde hij een stem die zijn naam riep.

Lucy.

25

Lucy wilde maar één ding toen ze de trap op strompelde: wat antigrippine innemen en onder de wol kruipen. Ze was vanochtend opgestaan met een hoofd vol watten en dat had zich ontwikkeld tot een zware verkoudheid. Gelukkig waren er nauwelijks klanten geweest vanwege het slechte weer. Hugh had haar ruim voor het einde van de dag naar huis gestuurd. 'Wegwezen met al die bacillen van je!' had hij gezegd.

De terugweg op haar fiets in de stromende regen was bijna haar dood geworden en zodra ze binnen was, had ze haar jas en tas op de grond laten vallen en was ze, zonder zich iets aan te trekken van de rommel die ze maakte, naar de trap gelopen. Ze had Orlando's auto zien staan en was blij dat hij thuis was. Wat liefdevolle verzorging en ze zou er snel weer bovenop zijn.

'Orlando,' riep ze nogmaals.

Geen antwoord. Misschien stond hij onder de douche. Hij was niet in de badkamer boven aan de trap, maar aan de plasjes water op de vloer zag ze dat hij er wel was geweest. Ze wilde hem zien, hem vertellen hoe ellendig ze zich voelde. Ze liep de gang door naar zijn slaapkamer, klopte op de deur en had haar hand al op de deurknop toen ze een geluid hoorde. Het was het onmiskenbare geluid van een meisje dat giechelde. Ze trok haar hand terug alsof ze een elektrische schok had gekregen.

Savannah!

Wie kon het anders zijn?

Ze liep achteruit weg bij de deur. Ze wilde zo snel mogelijk zo veel mogelijk afstand zien te krijgen tussen haarzelf en Orlando's kamer. Het laatste wat ze wilde, was dat hij de deur zou opendoen.

Maar ze was niet snel genoeg. De deur ging op een kier open. Het was Orlando en hij had alleen maar een handdoek rond zijn middel. Ze had hem vaak genoeg zo gezien, maar nu was het anders. Het was alsof hij iemand was die ze helemaal niet kende. Ze wendde gegeneerd haar blik af. Hij kwam de gang op en trok de deur achter zich dicht, maar door de kier ontsnapte weer een gegiechel. 'Het is niet wat je denkt,' zei hij op fluistertoon. 'Ik dacht dat ze –'

Lucy bleef naar achteren lopen en hief haar handen op. 'Het gaat mij niets aan. Je hoeft niets uit te leggen.'

'Maar Luce, je ziet het verkeerd. Er vált niets uit te leggen. Ik... ze...'

'Echt, ik wil het niet weten. Ik zou het alleen prettig vinden als jullie niet te veel lawaai maakten, want ik ga naar bed. Ik voel me niet goed. Daarom ben ik zo vroeg thuisgekomen.'

Ze verdween zo waardig mogelijk in haar kamer en slaagde er zelfs in de pijn te negeren toen ze haar teen stootte aan de houten commode naast de linnenkast. Maar nadat ze de deur van haar kamer had dichtgedaan, bleef er niets van haar houding over en liet ze zich op het bed vallen. Ze drukte haar gezicht in het dekbed en snikte: 'Waarom doet hij me dit aan? En nog wel met *haar*?'

26

Er was een kleine week verstreken sinds Hunter was teruggekeerd van zijn reis naar Dubai, maar Helen had vandaag, zondag, pas het gevoel dat hij weer echt thuis was. Hij had het zo druk gehad met de follow-up van de deals die hij tijdens zijn afwezigheid in werking had gezet, waaronder een huurcontract voor kantoorruimte, dat ze hem nauwelijks had gezien. Iedere ochtend vertrok hij al vroeg naar zijn werk en hij kwam 's avonds laat pas weer thuis. 'Wacht maar niet op me met het eten,' zei hij wanneer hij haar vanuit de auto belde. 'Ik heb al een broodje gegeten.' Dat hij zo weinig thuis was, was teleurstellend en verontrustend. Ze voelde zich kwetsbaar. Meer dan ooit tevoren had ze behoefte aan een bevestiging dat hij van haar hield. Ze wilde hem bij zich in de buurt hebben, zich beschermd voelen door zijn allesoverheersende aanwezigheid.

Waarom? Dat was nogal duidelijk. Om niet te hoeven denken aan wat er tussen haar en Conrad was voorgevallen in Wollerton. Al tijdens de rit naar huis die dag, toen ze het niet had aangedurfd hem aan te kijken of iets tegen hem te zeggen, had ze zich voorgehouden dat het niets betekende, die kus. En die blik ook niet. Toch bleef ze terugdenken aan de zachte aanraking van zijn lippen op haar wang. Zo'n teder gebaar. Als een verliefde tiener kreeg ze iedere keer vlinders in haar buik wanneer ze aan Conrad dacht.

Sindsdien had ze zich op haar werk gestort en steeds een smoesje verzonnen wanneer Mac belde. Haar pad mocht dat van Conrad niet kruisen zolang de herinnering aan die dag nog zo vers in haar geheugen lag.

Ze keek naar Hunter, die tegenover haar zat aan de tafel in de tuin waar ze aan het ontbijt zaten. Woordeloos probeerde ze hem ertoe te bewegen op te kijken en met haar te praten. Begreep hij niet dat ze hem nodig had? Ze begon in stilte af te tellen, hem te dwingen het rapport dat hij aan het lezen was, neer te leggen voordat ze bij tien was.

Tot haar verbazing gebeurde dat.

Hij was erg bruin geworden in Dubai, waardoor zijn ogen nog helderder en blauwer leken. Hij zag er goed uit. Een man naar wie vrouwen omkeken. 'Ik zit erover te denken een abonnement te nemen bij een fitnessclub,' zei hij.

'O ja?' Dit kwam als een complete verrassing. Hij was er altijd heilig van overtuigd geweest dat een gezond lichaam een lichaam was dat hard werkte en zich verstandig voedde.

'Ik ben een paar keer naar de fitnessruimte gegaan in het hotel in Dubai en dat beviel me eigenlijk wel,' zei hij.

'Zo dadelijk ga je me ook nog vertellen dat je daarginds hebt gegolft en dat je dat nu hier ook gaat doen.'

Hij haalde zijn schouders op. 'Wie weet? Misschien. Als het me lukt om daarginds net zo veel zaken te doen als ik van plan ben, is een golfclub geen slecht idee. Golf is in. Je moest eens weten hoeveel zaken worden gedaan op de golfbaan. Kun je me het sinaasappelsap even aangeven?'

Ze reikte hem de glazen kan aan. Dit was het eerste echte gesprek dat ze hadden gevoerd sinds hij was thuisgekomen. 'Hoe was het eigenlijk in Dubai? Je hebt me er niet veel over verteld.' Ze wist precies hoe Dubai eruitzag. Een afgrijselijk land waar ze nooit naartoe had gewild; een land met te veel rijkdom, een Disneyland voor welgestelde mensen die niet langer in de echte wereld wilden leven.

'Het was veertig graden en het wemelde er van de projectontwikkelaars,' antwoordde Hunter. 'Het land is één groot bouwproject. Er staan momenteel meer hijskranen in Dubai dan waar ook ter wereld.'

Ja, dát wist ze zelf ook wel. En ze wist ook dat er bouwvakkers werkten die een loon van amper een dollar per uur kregen. 'En verder?' vroeg ze.

Met het rapport nog in zijn ene hand, schonk hij met zijn andere hand zijn glas vol. 'Verder valt er niet veel te vertellen. Over vijf jaar is de lol er daar waarschijnlijk alweer af. Dan wordt de markt overgenomen door Russen, Oost-Europeanen en Chinezen die hun slag komen slaan.'

Ze werd opeens kwaad om zijn neerbuigende toon. En het feit dat hij het rapport nog steeds in zijn hand had, irriteerde haar ook. Blijkbaar vond hij dat hij alweer genoeg aandacht aan haar had besteed. 'Wat voor soort onroerend goed wil je er kopen?' vroeg ze.

Hij nam een lange teug van zijn sinaasappelsap. 'Wat doe je eigenaardig. Je hebt nog nooit belangstelling getoond voor mijn zaken. Waarom vraag je er nu opeens naar?'

Ze aarzelde. Waarom deed ze dit? Waarom wilde ze hem per se tot een gesprek dwingen, terwijl hij daar duidelijk geen zin in had? Vertrouwde ze zichzelf écht niet? Obstinaat antwoordde ze: 'Bedoel je dat je tot nu toe teleurgesteld was dat ik niet meer belangstelling toonde?'

Verwarring – of was het irritatie? – gleed over zijn gezicht. 'Wat een vragen, Helen. Voel je je soms verwaarloosd? Is dat het probleem?'

'Ja,' zei ze, want opeens leek dit haar de beste manier om een einde te maken aan wat ze had opgerakeld. En was verwaarlozing niet gedeeltelijk het probleem? Als hij vaker thuis was, was hun huwelijk misschien niet zo... onevenwichtig. 'Ja,' herhaalde ze, 'ik voel me verwaarloosd.'

Hunters gezicht kreeg een zachtere trek. Hij legde het rapport neer en stak zijn hand naar haar uit. 'Waarom heb je dat dan niet gezegd? Ga de volgende keer met me mee naar Dubai. Ik wil graag je mening over de Arabische ranches die ik daar aan het kopen ben. Misschien kunnen we een plekje voor onszelf uitkiezen.'

'Om te gaan wonen, bedoel je?'

Hij lachte. 'Doe niet zo mal. Ik zou mijn kinderen nooit achterlaten. Nee, ik bedoel een vakantiehuis.'

'Nou...'

'Goed, dat doen we dus. Ik had er zelf aan moeten denken dat je misschien wel mee wilde. Vergeef je me?'

'Er valt niets te vergeven,' zei ze flauwtjes.

Hij verdiepte zich weer in het rapport en Helen voelde zich als een secretaresse die hij niet meer nodig had.

Vijf minuten later ontving hij een sms-bericht op zijn mobiel. Ze zette de ontbijtspullen op het blad en liep ermee het huis in. Binnen was het stil. Savannah sliep waarschijnlijk nog. Met een ongedurig gevoel pakte ze een van Alice' dagboeken van de plank boven het dressoir en liep ermee naar buiten. Niet naar de plek waar ze met Hunter had gezeten, maar naar het deel van de tuin dat ze nu de geheime tuin van Alice noemde.

Jammer genoeg was ze er nog steeds niet aan toegekomen daarin de geplande verandering aan te brengen. Gedeeltelijk omdat ze er geen tijd voor had gehad, maar vooral omdat de inspiratie voor het project nog in haar fototoestel zat opgesloten. Ze durfde de film niet te laten ontwikkelen.

Ze had die foto van Conrad niet moeten nemen. Daarmee was alle ellende begonnen. In wezen had ze doodgewoon met hem staan flirten toen ze had ingezoomd op zijn profiel en de foto nam. Ze zou voortaan beter moeten oppassen. Dergelijke fouten waren gevaarlijk.

Ze deed de houten poort achter zich dicht en liep langzaam over het stenen pad met het visgraatpatroon dat dwars door de tuin liep. Ze voelde zich nu al tot rust komen in de kalmerende beslotenheid, en ze kikkerde op van de heerlijke geur van de Gallica- en Albarozen. Alles wat Alice hier had geplant, creëerde een sfeer van tijdloze rust. Helen wist dat ze voorzichtig te werk zou moeten gaan om niet te verknoeien wat Alice had bereikt, wanneer ze eenmaal haar eigen inbreng eraan zou toevoegen. Ze had geprobeerd Hunter bij haar plannen te betrekken, maar die had niet meer dan beleefde belangstelling getoond. Hij kwam hier zelden. Hij beweerde dat hij zo ver van het huis geen bereik had op zijn mobiel en eerlijk gezegd vond Helen het wel prettig dat het daarom haar eigen plekje kon blijven.

Waar ze had gezeten met Conrad.

Zie je wel! Zo ging het iedere keer! Hij glipte op de meest onverhoede momenten haar gedachten binnen, en dat gebeurde veel te vaak. Hoe meer ze haar best deed hem op een afstand te houden, hoe hardnekkiger zijn aanwezigheid werd. Gisteren had ze zomaar opeens moeten denken aan de allereerste keer dat ze hem had gezien. Toen Annabel terug was van haar lange weekend, had die haar betrapt toen ze uit het raam had staan staren. Ze moest een eigenaardige uitdrukking op haar gezicht hebben gehad, want Annabel had gelachen en gezegd: 'Ik geef je niet één maar twéé stuivers voor je gedachten. Aan wie sta je te denken?'

Om haar vriendin af te leiden, zei ze: 'Hoe was het meidenweekend? Zijn jullie erg dronken geworden en hebben jullie alle echtgenoten naar behoren afgekraakt?'

Annabel kreunde. 'Kind, dat wil je niet weten. We hebben ons schandalig gedragen! Ik geloof dat ik geen tien minuten heb geslapen.'

Dat geloofde Helen graag, te oordelen naar Annabels vermoeide gezicht.

Ze ging op de gietijzeren bank zitten en sloeg Alice' dagboek open. Hier, op de plek die had toebehoord aan Alice, bestond een wereld die geen verwarring en teleurstellingen kende.

Wie echt om zijn tuin geeft, moet naar de toekomst kijken, had Alice geschreven. *We zijn onverbeterlijke optimisten. Als we dat niet waren, zouden we helemaal gek worden.*

27

Lucy's verkoudheid werd met de dag erger. Hetzelfde gold voor de situatie tussen haar en Orlando. De sfeer in huis raakte steeds verder uit evenwicht. Ze deden niets dan ruziemaken, zelfs over onnozele dingen als wie had vergeten de vuilnisbak buiten te zetten.

Als hij gewoon de waarheid vertelde, zou ze dat hebben gerespecteerd, maar nee, hij bleef ontkennen dat hij iets met Savannah had. Hij dacht zeker dat ze achterlijk was. Ze had met haar eigen ogen gezien waar hij mee bezig was! Dat hij durfde vol te houden dat hij geen idee had gehad dat Savannah in zijn bed was gekropen, was ronduit beledigend. 'Het is echt waar! Ik was in jouw badkamer onder de douche gegaan en toen ik terugkwam lag ze in mijn bed!' zei hij. Ja, ja. Net zoals Bill Clinton nooit een seksuele relatie had gehad met Monica Lewinsky, was haar antwoord. 'Goed dan!' zei hij opeens fel. 'Als je me niet gelooft, moet je dat zelf weten. Noem me gerust een leugenaar als je dat nou zo leuk vindt. Het gaat je trouwens niets aan wat ik doe.'

'Inderdaad! En het kan me geen donder schelen met wie je naar bed gaat!' schreeuwde ze schor met haar pijnlijke keel. 'Voor mijn part slaap je met alle vrouwen in Swanmere. Ik dacht alleen dat je zo verstandig zou zijn je handen af te houden van meisjes als Savannah.'

'Zal ik jou eens wat vertellen?' zei hij op een onaangenaam kille toon. 'Je doet me opeens sterk denken aan je moeder. Ik heb je nog nooit zo onredelijk en verbitterd meegemaakt. Je verdraait alle feiten. Om redenen die ik absoluut niet begrijp, ben je verblind door jaloezie. Ik wil Savannah alleen maar een kans geven, net zoals mijn vader en veel andere mensen jou een kans hebben gegeven toen je –'

De rest hoorde ze niet omdat ze langs hem heen naar de badkamer vloog en de deur achter zich dichtsmeet. Toen ze hoorde hoe hij met bonkende stappen de trap afliep, zakte ze op de grond neer en barstte in huilen uit. Ineengedoken, met haar rug tegen de rand van het bad en haar kin op haar knieën, voelde ze zich alsof haar hart in stukken brak. Maar waarom? Waarom trok ze zich dit zo aan?

Dat was het moment waarop ze was begonnen na te denken over de vraag of haar gevoelens ten opzichte van Orlando misschien ingewikkelder waren dan ze tot nu toe had beseft. Was ze soms verliefd op hem? Het idee was zo onthutsend dat het een nieuwe huilbui veroorzaakte. En het werd nog erger toen ze zich Orlando en Savannah samen in bed inbeeldde. Ze balde haar vuisten en drukte ze tegen haar ogen. O, god, waarom was dat ellendige kind in hun leven gekomen?

Ze zou er alles voor over hebben als ze de tijd een paar maanden kon terugdraaien, naar de tijd toen Orlando en zij nooit ruzie hadden, bijna al hun vrije tijd samen doorbrachten en altijd plezier hadden, als beste vrienden. Het was alsof ze voor elkaar gemaakt waren. Ze hadden nooit ruzie. Goed beschouwd hadden ze zich bijna gedragen als een getrouwd stel.

Haar grootste angst was dat Orlando bij haar weg zou gaan, als de situatie nog meer verslechterde. Dat hij uit haar leven zou verdwijnen, net zoals haar vader uit het leven van haar moeder en haarzelf was verdwenen.

Nu, twee dagen later, had ze tot overmaat van ramp ook nog haar moeder aan de telefoon. Al binnen een paar seconden was duidelijk dat die alleen maar belde om haar gal te spuwen over Charles, die klaarblijkelijk een in haar ogen afgrijselijke zonde had begaan.

Lucy schuifelde onderhand in haar ochtendjas en op haar pantoffels door de keuken om een pannetje tomatensoep op het fornuis te zetten. Ze hield de draadloze telefoon het grootste deel van de tijd een stukje van haar oor en luisterde alleen af en toe een paar seconden naar de monoloog om te kunnen bijhouden waar het over ging.

Na een poosje hield haar moeder op met praten om achterdochtig te vragen: 'Luister je eigenlijk wel, of praat ik tegen mezelf?'

'Sorry, mam,' zei ze hees, 'ik voel me niet lekker. Ik heb een flinke kou te pakken en ben al een paar dagen thuis. Wat is er precies gebeurd? Waarom ben je zo boos op Charles? Vindt hij je pedicure te duur of zo?'

Fiona klakte misprijzend met haar tong. 'Je weet hoe ik denk over sarcastische opmerkingen, Lucy.'

'Ja, dat je die moet overlaten aan achterlijke dwazen. Maar zo voel ik me op het moment, dus ga alsjeblieft niet zedenpreken. Vertel eens, wat heeft hij gedaan?'

'Ik wil er niet over praten.'

'Waarom bel je dan?'

'Ik dacht dat je interesse zou tonen, maar je bent blijkbaar zo met jezelf bezig dat ik je helemaal niet interesseer. Hoe is het met die jongeman van je? Ik hoop dat hij zich beter gedraagt dan Charles.'

'Welke jongeman bedoel je?' Lucy wist heel goed welke jongeman haar moeder bedoelde, maar stak nog liever gloeiende naalden in haar eigen ogen dan dat ze dat zou toegeven.

'Ik bedoel Orlando, en dat weet je heel goed.'

Lucy roerde in de soep. 'Om te beginnen is hij niet *mijn* jongeman en bovendien heb ik geen idee hoe het met hem is. Ik heb hem de laatste tijd amper gezien. Hij is bijna nooit thuis.'

Fiona klonk meteen een stuk opgewekter. 'O ja? Hebben jullie ruzie gehad? Nou, kind, ik kan niet zeggen dat het me spijt. Integendeel. Ik heb altijd al gevonden dat je veel te goed voor hem bent. Zo'n jongen zonder vooruitzichten. Als hij in de zaak van zijn vader was gegaan, was het nog iets anders geweest, dan had hij je tenminste wat zekerheid kunnen bieden.'

Lucy had dit al talloze malen moeten aanhoren, maar vandaag vielen de woorden van haar moeder helemaal verkeerd. 'We zijn alleen maar vrienden, mam,' zei ze vermoeid. 'Hij hoeft me niets te bieden.'

'Schei toch uit. Hij heeft al jaren een oogje op je. Fijn zo, misschien ontmoet je nu eindelijk eens een geschikte man. Jammer dat dit niet veel eerder is gebeurd.'

Lucy voelde zich lichamelijk en geestelijk te slap om ertegen in te gaan, en wenste dat haar moeder zich voor de verandering eens zou gedragen als een echte moeder en zou merken dat er met haar dochter iets niet in orde was. Maar daar hoefde ze niet op te hopen. Fiona gaf alleen maar om zichzelf en Lucy zou altijd degene blijven die haar moest oppeppen en zeggen dat alles goed zou komen. Ze deed het gas onder de borrelende soep uit en dacht terug aan alle keren dat ze pogingen had gedaan haar moeder op te beuren en alleen maar te horen had gekregen: 'Marcus Gray kan de pest krijgen! Ik heb hem niet nodig!' Hoe vaak had zij, het kind, zich niet als volwassene moeten gedragen, hoe vaak was zij niet degene geweest die 's avonds de ramen en deuren op slot en de lichten uit had gedaan en was gaan controleren of haar moeder niet in slaap was gevallen met een brandende sigaret in haar hand? Het was een last waartegen ze zich uiteindelijk met kracht was gaan verzetten. Ze had al het mogelijke gedaan om los te komen van de verstikkende afhankelijkheid van haar moeder.

Ook nu kostte het haar de grootste moeite te zeggen: 'Maar even terug naar jou, mam. Je weet best dat Charles zielsveel van je houdt.'

Het was negen uur en Orlando en Savannah werkten hard om het karwei af te ronden dat vandaag per se af moest zijn, omdat de cliënten morgen een tuinfeest hielden ter ere van hun dertigste trouwdag. Hij zette de motormaaier af, gooide het gras in de vuilniszak en zag dat Savannah het terras aan het vegen was nadat ze de potten met lichtroze nemesia op hun plek had teruggezet en water had gegeven, zoals hij haar had opgedragen. Ze had zich ontpopt als een harde werkster. In het bijzonder na die idiote stunt van haar. 'Wat moet dit voorstellen?' had hij bars gezegd nadat Lucy op de deur van zijn slaapkamer had geklopt. Hij had twee en twee bij elkaar opgeteld en was op hoge poten verdwenen. 'Nee, zeg maar niks. Ik wil het niet eens horen. Kleed je aan en maak dat je wegkomt, Savannah.'

Gehoor gevend aan zijn bevel was ze uit zijn bed gestapt en de kamer doorgelopen naar de plek waar haar kleren lagen. Ze was volkomen naakt en als hij ook maar een greintje fatsoen had gehad, had hij zijn ogen afgewend, maar dat had hij niet gedaan. Hij staarde naar haar prachtige slanke lichaam en vooral naar haar volle borsten. Toen ze het zag, kwam ze met haar handen in haar zij naar hem toe en zei: 'Kun je eerlijk zeggen dat je geen zin in me hebt?'

Hij slikte. 'Ik ben negen jaar ouder dan jij, Savannah.'

'Dat is geen antwoord op mijn vraag.'

Het meisje had buitengewoon veel zelfvertrouwen. En ze was zo sexy als wat. Hij probeerde te negeren wat er onder zijn handdoek gebeurde en zei: 'Kleed je nou maar gauw aan.' Met meer vastberadenheid dan hij dacht dat hij bezat, pakte hij een schone spijkerbroek, boxershort en T-shirt en liep snel de kamer uit. Op de gang bleef hij met bonkend hart en een droge mond staan. Hevig geschrokken van het effect dat ze op hem had, dook hij de badkamer in en hield zijn gezicht onder de koude kraan. Toen kleedde hij zich haastig aan en wachtte tot ze tevoorschijn zou komen, want hij was niet van plan haar hier in haar eentje achter te laten nu Lucy op het oorlogspad was.

Ze kwam al snel naar buiten, in haar natte werkplunje, maar tot zijn verbazing was er geen spoor van schuldbewustheid te bespeuren op haar gezicht. Ze zag er erg jong en bijna kwetsbaar uit. 'Wil dit zeggen dat ik ontslagen ben?' vroeg ze. Er was niets meer over van haar uitdagende houding van daarnet. Ze keek alleen maar triest. Hij kreeg er meteen spijt van dat hij haar zo bruusk had behandeld. In een poging de klap te verzachten, glimlachte hij. 'Och, ongewenste intimiteiten heb je bijna overal waar gewerkt wordt. Zolang het maar niet nog een keer gebeurt, goed?'

Ze hief haar kin op uit de V van haar T-shirt, maar keek hem nog niet aan. 'Meen je dat? Mag ik voor je blijven werken?'

De smekende toon deed hem iets. Bijna sloeg hij troostend zijn armen om haar heen. 'Laten we afspreken dat we net doen alsof het niet is gebeurd,' zei hij.

Een lichte blos kroop over haar gezicht en ze beet op haar onderlip. 'Ik... ik weet niet of ik dat wel kan.'

Hij legde zijn hand op haar schouder. 'Kom, ga nu maar gauw naar huis. Morgenochtend kom ik je om halfnegen afhalen. We moeten de tuin van mevrouw Moreton afmaken en we zijn maar met ons tweeën, want Richie en Joel beginnen aan een andere klus.'

De dag daarop scheen de zon weer en was de lucht stralend blauw. Savannah zei de hele ochtend amper een woord. Tijdens de lunch besloot Orlando iets te doen aan de onaangename stilte. Hij miste de oude Savannah, de wijsneus, het zelfverzekerde meisje dat op alles een antwoord had, en omdat hij wist dat mevrouw Moreton de hele dag weg zou blijven, stelde hij voor dat ze hun brood op het terras zouden opeten. Hij keek naar haar toen ze de dop van een flesje Pepsi draaide en zat net te verzinnen wat hij zou zeggen, toen ze haar hoofd achterover boog en een lange, dorstige teug nam uit het flesje. Toen hij naar haar ranke hals keek, kon hij geen woord uitbrengen. Ze liet het flesje zakken en zag hem naar haar kijken. 'Wil je ook?' vroeg ze. Ze stak hem het flesje toe.

Hij schudde zijn hoofd. Ze is negen jaar jonger dan ik, dacht hij verbeten, maar het zaad van de wellust was gezaaid. Hij begeerde haar. Hij kon er niets aan doen.

'Je vraagt je zeker af waarom ik gisteren die stunt heb uitgehaald,' zei ze toen het stil bleef. Onderhand schopte ze haar laarzen uit en stroopte haar sokken van haar voeten. Als betoverd keek hij toe toen ze haar benen strekte en haar tenen bewoog in de zon. Aan haar rechtervoet droeg ze een zilveren teenring.

'Inderdaad,' antwoordde hij.

'Het spijt me. Het was een domme zet. Ik ben er gewoon aan gewend altijd mijn zin te krijgen, zie je. Dat heb ik van mijn vader.' Ze leunde achterover in haar stoel en rolde haar topje omhoog om haar al gebruinde buik bloot te stellen aan de zon. Opeens kwam hij sterk in de verleiding zich over haar heen te buigen en die platte buik met de in de zon glinsterende navelpiercing te kussen.

Hij schraapte zijn keel. 'En in welk opzicht wilde je precies je zin krijgen?' vroeg hij. Alsof hij dat nog niet wist!

Zonder haar hoofd te draaien of zelfs maar haar ogen open te doen, zei ze: 'Ik heb al een oogje op je vanaf de allereerste keer dat ik je heb gezien. Ik vond dat het tijd was er iets aan te doen.' Ze deed haar ogen open, maar keek niet naar hem. Ze draaide de dop op het flesje Pepsi en zette het tussen haar benen. 'Het geeft niet. Als je me niet wilt, kom ik daar wel overheen. Het zou jammer zijn, maar ja, niks aan te doen.' Nu draaide ze zich naar hem toe en keek hem aan. 'Als jij er tenminste ook zo over denkt. Ik bedoel, ik vind het leuk om voor je te werken en zou het niet prettig vinden als jij daar een probleem mee had.'

Dat was uiteraard het moment waarop hij had moeten zeggen dat het inderdaad beter was als ze niet meer voor hem zou werken. Maar dat deed hij niet. Met moeite maakte hij zijn blik los van het provocatief geplaatste flesje en legde in overdreven bewoordingen uit dat hij er helemaal geen probleem mee had als ze voor hem bleef werken.

Sindsdien had hij begrepen dat de problemen daarmee pas waren begonnen. Overdag werd hij afgeleid door gedachten aan Savannah en 's avonds moest hij het hoofd bieden aan de chagrijnige buien en het commentaar van Lucy.

Hij begreep niets van Lucy. Ze had zich nog nooit zo onredelijk gedragen. Hoe vaak hij ook zei dat hij niet met Savannah naar bed was geweest, ze geloofde hem niet. En toen dacht hij: wat maakt het ook uit? Dan moet ze het zelf maar weten. Bovendien had hij het volste recht naar bed te gaan met wie hij wilde. Dat Lucy en hij al zo lang bevriend waren, wilde niet zeggen dat hij haar rekenschap en verantwoording verschuldigd was.

Hij vond het jammer en vervelend dat hun relatie zo was verzuurd, maar wist dat hij niets verkeerds had gedaan en was dan ook niet van plan erover te beginnen en het uit te praten. Als iemand dat moest doen, was zíj het, voor al die stekelige opmerkingen die ze maakte. Misschien zou ze weer in haar normale doen komen wanneer ze over die verkoudheid heen was.

'Orlando, ik ben hier klaar. Zal ik beginnen de spullen naar de auto te brengen?'

Savannahs stem onderbrak zijn gedachten en hij duwde de grasmaaier naar het terras, waar ze stond te wachten. Hij controleerde of ze alles had gedaan wat hij haar had opgedragen en zei: 'Ja, doe maar. Ik zal tegen meneer en mevrouw Moreton zeggen dat we klaar zijn.' Hij zweeg even en zei toen: 'We hebben het erg laat gemaakt vandaag. Zullen we een hapje gaan eten in de Swan voordat ik je naar huis breng?'

Ze keek hem onbevangen aan met haar amandelvormige ogen: 'Ben je niet bang dat ik zal proberen je te verleiden?'

Hij lachte. 'Dat moet ik nog zien.'

En met een zweem van haar oude zelfvertrouwen antwoordde ze: 'Wie weet. Als je geluk hebt doe ik het misschien.'

28

Het was pas woensdag, maar voor de derde keer deze week zou Helen de avond in haar eentje moeten doorbrengen. Hunter had aan het ontbijt gezegd dat hij na het werk samen met Clancy nog wat dingen wilde doornemen met de financieel manager van de maatschappij, en laat thuis zou zijn. 'Wacht maar niet op me,' zei hij. 'Clancy en ik gaan wel ergens een hapje eten en misschien daarna nog wat drinken. Als het erg laat wordt, blijf ik misschien wel overnachten bij hem en Paula. Dat vind je toch niet erg?' Hij had haar wang gekust en was vertrokken zonder op antwoord te wachten. Even later, toen Helen haar spulletjes bij elkaar zocht om zelf ook naar haar werk te gaan, was Savannah in de keuken verschenen met de mededeling dat ook zij die avond niet thuis zou zijn, zonder erbij te vertellen wat ze ging doen.

Helen deed nu de voordeur achter zich dicht en raapte de post van de mat. Het was onaangenaam stil in huis. Ze liet haar aktetas in de hal staan en liep naar de keuken, waar de overblijfselen van Savannahs ontbijt – korstjes toast, een leeg kartonnetje sinaasappelsap en een half opgegeten appel – over het aanrecht verspreid lagen. Het meisje was de laatste tijd wat aangenamer in de omgang geworden, maar bleef een onverbeterlijke sloddervos die ervan uitging dat iemand anders haar rommel zou opruimen.

Helen schreef de verbetering in Savannahs gedrag aan Orlando toe, maar toen ze Mac laatst tegenkwam in de boekwinkel, had hij laten doorschemeren dat het feit dat Orlando haar stiefdochter onder zijn vleugels had genomen, spanningen veroorzaakte in zijn vriendschap met Lucy. Helen snapte niet waarom Orlando bereid was zijn vriendschap met Lucy op het spel te zetten voor Savannah. Tenzij er meer achter zat natuurlijk. Hunter had Savannah al een paar keer plagend gevraagd of Orlando en zij zich alleen maar bezighielden met tuinieren. 'Dat gaat je niks aan, pap,' had Savannah lachend geantwoord, maar aan haar lach – die meisjesachtiger klonk dan ze van Savannah gewend waren – had Helen kunnen horen dat ze verliefd was op Orlando. Logisch ook. De knappe Orlando Fielding was beslist de moeite waard.

Helen had aan Mac gevraagd, omdat die beter op de hoogte leek te zijn dan zijzelf, of er iets aan het opbloeien was tussen Orlando en Savannah, maar daarop moest Mac haar het antwoord schuldig blijven. Hij zei wel dat het hem was opgevallen dat ze haar, Helen, de laatste tijd erg weinig hadden gezien, waarop ze maar had geantwoord dat ze het erg druk had met haar werk. Toen zei hij dat hij naar huis ging om te luisteren naar een cassette met Italiaanse lessen, ter voorbereiding van hun reis. 'Ik vind het nooit leuk wanneer je in een ander land overkomt als een ongeletterde boer. Je kunt beter een paar aardige zinnen leren om mee te pochen.'

Helen wist dat Conrad vloeiend Japans sprak en vroeg zich opeens af of hij nog meer talen beheerste. Ze vroeg. 'Spreekt Conrad Italiaans?'

'Hij is zo iemand bij wie talen gewoon komen aangewaaid. Alhoewel zijn vrouw, Sam, de ware linguïst was.'

Dit was de eerste keer, voor zover Helen zich herinnerde, dat Mac iets over Conrads overleden vrouw zei en ze besloot het erop te wagen hem te vragen hoe Conrads grote liefde eigenlijk was gestorven. Het antwoord was veel gruwelijker dan ze ooit had kunnen denken. 'Door een dom ongeluk,' zei Mac. 'Op een dag kwam Conrad terug van een zakenreis en trof hij haar dood aan onder aan de trap. Ze moet zijn gestruikeld en van de trap gevallen. Zo simpel. Eén misstap en ze was er niet meer. En hun ongeboren baby ook niet. Sindsdien leeft de jongen in een hel.'

Helen vond het verschrikkelijk. Ze wist wat een desastreuze invloed de dood van haar moeder Daisy had gehad op het leven van haar grootouders. Ze waren eigenlijk nooit helemaal over de klap heen gekomen, vooral haar grootvader, die het lijk van zijn dochter had gevonden. Zoiets gruwelijks bleef je je hele leven bij. Soms was Helen dankbaar dat Emma nu geestelijk zo in de war was dat ze misschien niet meer werd gekweld door die afschuwelijke herinneringen. Dat zou een kleine troost zijn.

Helen vond het voor zichzelf een kleine troost dat ze erin was geslaagd Wollerton en alles wat ermee samenhing eindelijk van zich af te zetten. Wat er in Conrads hoofd was omgegaan, was zíjn zaak. Godzijdank was ze weer helemaal tot zichzelf gekomen. Ze zag Conrad af en toe in het dorp, in zijn Saab of te voet in de hoofdstraat, maar ze had niet meer met hem gesproken.

Toch werd ze, ondanks dat ze niet bewust aan hem dacht, op de meest onverwachte momenten aan hem herinnerd. En dan waren het vooral zijn mededogen en tederheid die haar bewustzijn binnenslopen. Ze besefte nu eigenlijk pas dat Hunter ondanks zijn grootse gebaren, altruïstische donaties en goedgeefsheid, geen tedere man was, al zou hij zelf ongetwijfeld zeggen dat daadwerkelijke hulp veel meer waard was dan tranen en medeleven. Hunter zou nooit blijven staan om aan een roos te ruiken, net zomin als hij tijdens een opera een traan zou laten.

Toch was hij een goed mens, hield ze zichzelf voor. Kijk maar hoe hij had gereageerd toen ze hem had verteld dat ze zich verwaarloosd voelde. En voor zijn kinderen had hij alles over. Nou ja, voor Savannah trok hij niet voldoende tijd uit – zijn halfbakken poging haar te leren autorijden was op niets uitgelopen en haar gloednieuwe auto stond als een vergeten stuk speelgoed naast het huis – maar zijn tijd was dan ook kostbaar. Die benutte hij volledig voor zijn werk, want zijn business was zijn *raison d'être*. Wat hem betrof moest de rest van de wereld zijn eigen boontjes maar doppen. Hij was altijd weg, en wanneer hij thuis was, zat hij aan de telefoon. Ze maakte zich weleens zorgen dat hij te veel deed, zeker nu hij ook nog een abonnement had genomen op een fitnessclub. Hij had alle kenmerken van een man van middelbare leeftijd die op weg was naar een hartaanval.

Zijn behoefte aan seks was de laatste tijd trouwens weer verdwenen. Was ook dat niet een teken dat hij aan uitputtingsverschijnselen leed? Ze paste er echter wel voor op er iets over te zeggen. Alfamannetjes als Hunter zouden dergelijke zwakheden tot hun laatste ademhaling blijven ontkennen, en na de manier waarop hij zich voorheen in bed had gedragen, was dit gebrek aan interesse eigenlijk wel prettig.

Ze trok het elastiek van de stapel post en sorteerde de enveloppen. De meeste waren voor Hunter, maar er zat ook een lila envelop bij met haar naam erop in een spichtig handschrift. Ze maakte hem open en zag dat er een kaart in zat van Isobel Jenkins. Helen had haar vorige week een cadeautje gestuurd voor haar verjaardag, het nieuwe boek van Maeve Binchy, en nu had Isobel haar een kaartje gestuurd om haar te bedanken. Met een glimlach zette ze de kaart op het buffet en sorteerde de rest van de post. Er waren nog twee grote bruine enveloppen voor Hunter en... een pakketje voor haar: de foto's die ze had laten ontwikkelen.

Ze had de film met opzet niet naar een winkel in het dorp gebracht, uit angst allerlei roddelpraatjes op gang te brengen. Ze had zelfs op het punt gestaan de film weg te gooien. Maar ze had dat toch niet gedaan, want ze wilde zien of het fototoestel had vastgelegd wat ze die dag had gevoeld. Ondanks dat ze alleen thuis was, keek ze over haar schouder voordat ze het pakje openmaakte. Ze liet de glansfoto's op de tafel glijden en voelde haar hartslag versnellen toen ze zocht naar de foto van Conrad.

Daar had je hem. De foto die ze had genomen toen hij niet keek. Ze staarde naar zijn knappe, intelligente gezicht, de lijn van zijn kaak, zijn neus, de kleur van zijn lichtbruine haar, dat nog lichter leek door de zon die erop viel. Wat keek hij peinzend. Bijna melancholiek. Ze pakte de laatste twee foto's. Die van hen samen, eerst een met Conrads arm om haar heen, nu zonder melancholieke uitdrukking op zijn gezicht, en die waarop zijn lippen haar wang hadden beroerd. Ze legde haar hand op de plek van de kus. Ze had geen enkele moeite zich in te beelden dat hij dat nog een keer deed. Nu. Hier.

Hou op! zei ze in zichzelf. *Zulke dingen mag je niet denken!*

Ze schrok zich wezenloos toen de telefoon ging en stak haar hand uit naar het toestel. 'Hallo?' zei ze. Ze dacht dat het Hunter was en legde schuldbewust haar hand op de foto's.

'Dag Helen, met Mac. Hoe is het ermee?'

'O, gaat wel. Ik zat me net af te vragen wat ik vanavond eens zal gaan doen, want Hunter komt weer eens laat thuis.'

'In dat geval wil je mij misschien wel van dienst zijn. Conrad is een kerrieschotel aan het klaarmaken en daar ben ik in mijn eentje niet tegen opgewassen. Zou ik je ertoe kunnen overhalen een wanhopige man gezelschap te komen houden?'

Niet doen, dacht ze. Zeg nee. Zeg nee, dank je, en hang dan op.

'Dolgraag, Mac. Om hoe laat wil je me hebben?'

'Zo snel mogelijk.'

Je speelt met vuur, dacht ze toen ze de foto's verstopte en zich omkleedde.

Dat kan me niets schelen, gaf ze zichzelf antwoord. Ik verveel me en ik ben eenzaam. Waarom zou ik niet een avond mogen doorbrengen met Mac en Conrad?

Omdat mensen die zich vervelen en eenzaam zijn, ook kwetsbaar zijn. Dat is een gegeven dat iedere verwaarloosde echtgenote kent.

Mac keek naar Conrad en vroeg zich af wat er met hem was. 'Ik snap er niks van,' zei hij. 'Ik dacht dat je het juist leuk zou vinden om iemand anders aan tafel te hebben dan je saaie oom.'

'Je had me op z'n minst kunnen vragen of ik in de stemming was voor gezelschap,' beet Conrad hem toe.

'Maar het is geen volslagen vreemde die ik heb uitgenodigd. Het is Helen.'

'Toch had je het eerst moeten vragen.'

'En wat had je dan gezegd?'

'Ik hoor de bel. Ga maar gauw opendoen.'

Mac liep de gang in, stomverbaasd over Conrads reactie op het feit dat hij Helen had uitgenodigd. 'Dat is snel,' zei hij toen hij de deur opendeed en haar zag staan. 'Kom erin. Helaas moet ik je aanraden een beetje voorzichtig om te springen met Conrad.'

Ze fronste en keek een beetje geschrokken. 'Is daar een speciale reden voor?'

'Hij is in een chagrijnige bui. Alsof hij geen zin heeft in gezelschap.'

'Dan is het misschien beter als we dit een andere keer doen.'

'Welnee. Hij kikkert vast op wanneer hij je ziet. In het gezelschap van zo'n lieftallig persoontje als jij kan zelfs de grootste mopperpot niet boos blijven.'

'Dank je voor het compliment, Mac, ook al is het schromelijk overdreven.'

Hij lachte en bood haar zijn arm. 'Helemaal niet. Jij bent precies wat dit huis nodig heeft: een zonnestraal. Kom, laat je magie haar werk doen!'

Nadat Conrad snel achter elkaar een paar glazen wijn had gedronken, begon hij zich te ontspannen en had hij zijn oom vergeven. Hij ging zelfs zo ver dat hij in stilte toegaf dat het een gezellige avond was geworden. In het begin was hij bang geweest dat hij zich geen houding zou weten te geven tegenover Helen, wat de reden was waarom hij haar niet had willen zien, maar toch was het reuze meegevallen. Hij had gemerkt dat ze net als hij aanvankelijk probeerde direct oogcontact te vermijden, wat voor hem een teken was dat ze er zelf ook niet zeker van was geweest of het wel zo'n goed idee was geweest bij hen te komen. Nu was hij blij dat Mac haar had uitgenodigd en vooral dat ze de uitnodiging had aanvaard. Hij wou alleen dat hij eventjes onder vier ogen met haar kon praten, want hij wilde haar zijn excuus aanbieden voor dat ogenblik van waanzin in Wollerton, en haar ook geruststellen. Het probleem was dat hij nu al wist dat hij haar, wanneer Mac er niet bij was, onmiddellijk weer zou willen kussen. En ditmaal niet zo zedig.

Hij keek naar haar terwijl ze luisterde naar Mac die zat op te scheppen met zijn pasgeleerde Italiaanse zinnen. Ze zaten aan de keukentafel – hij en Mac maakten vrijwel nooit gebruik van de eetkamer – er stond een cd op, en zijn verlangen om zijn hand over de tafel heen uit te steken en Helens wang aan te raken op de plaats waar hij die had gekust, was zo groot dat hij zich moest dwingen aan iets anders te denken. Ze maakte het hem trouwens niet makkelijk: het roomkleurige topje dat ze droeg omvatte haar lichaam zoals hij het zelf graag wilde doen. Zijn hartslag versnelde bij die gedachte. Nu richtte ze haar cognackleurige ogen op hem en vroeg hoe zijn Italiaans was. '*Parlo italiano un po*,' antwoordde hij. Hij toonde met zijn vingers aan hoe weinig.

Ze glimlachte. 'Daar geloof ik niks van. Volgens mij ben je te bescheiden.'

Hij glimlachte terug en haalde onschuldig zijn schouders op. 'En jij?'

'Ik heb het een tijd niet gesproken, maar vroeger was mijn Italiaans goed genoeg om zonder problemen groepen toeristen rond te leiden op de bekende plekjes in Italië.'

'Zal het niet vreemd voor je zijn om nu het andere jasje aan te trekken, dat van de toerist en niet van de reisleider?'

'Nee, hoor. Ik vind het juist heerlijk om deel uit te maken van de groep en niet de verantwoordelijkheid te dragen om die groep iedere dag van A naar B te krijgen.'

'Gelijk heb je,' zei Mac. 'En aangezien je man niet meegaat, zal het ons een genoegen zijn ons over je te ontfermen. We kunnen optreden als chaperonnes. Wat vind jij, Conrad?'

Conrad knikte. 'Prima,' zei hij neutraal. 'Ervan uitgaand dat Helen een chaperonne wil. Koffie?'

'Of een likeurtje?' stelde Mac voor.

Helen vouwde haar servet op en legde het naast haar dessertbordje. Nog iets wat Conrad zo leuk vond aan haar: dat ze alles zo overwogen deed. Ze had nooit haast. 'Nee, dank je,' zei ze. 'Ik moet maar eens gaan, maar eerst wil ik graag helpen met afwassen.'

'Ben je mal,' zei Mac. 'Daar is Conrad goed in.'

'Eerlijk gezegd,' zei Conrad, die een kans zag en die snel greep, 'zou ik willen voorstellen dat ik Helen naar huis breng, terwijl jij de afwas doet, Mac.'

Helen had niets op het voorstel tegen en hij zag dat haar bleke gezicht een lichte blos kreeg.

Het was een zachte, heldere avond. Het was net middernacht geweest toen ze door de hoofdstraat van het uitgestorven dorp liepen. Boven hen flonkerden de sterren en stond de maan als een zilveren sikkel aan de hemel. Hij legde zijn hand in de holte van haar rug toen ze de straat overstaken. Toen haalde hij diep adem. 'Helen,' zei hij.

'Nee. Zeg alsjeblieft niets.'

Hij hield abrupt zijn pas in. Ze weet het, dacht hij. Ze weet wat ik voor haar voel. Toch zei hij: 'Je weet niet eens wat ik wil zeggen.'

'Ik geloof van wel.'

'En je vindt niet dat ik het evengoed moet zeggen?'

Ze hield haar pas in. 'Ik ben getrouwd, Conrad.'

'Ja, en ik wou dat dat niet zo was.'

'Zeg dat niet.'

'Ik wou dat je niet getrouwd was,' herhaalde hij. 'Ik wou dat je ongebonden was en dat ik –'

'Hou alsjeblieft op.'

'Waarom vind je het dan goed dat ik je naar huis breng?'

'Omdat... omdat het onbeleefd zou zijn geweest als ik had geweigerd.'

'Dus het is beter om beleefd te doen dan om de waarheid te spreken?'

Ze draaide zich naar hem toe en keek hem aan, haar ogen zo donker als de hemel boven hun hoofden. Ze keek benepen, bijna alsof ze bang voor hem was.

'Sorry,' zei hij geschrokken. 'Van nu af aan zal ik mijn grote mond dichthouden.'

En dat deed hij ook. Hij deed geen poging haar een afscheidskus te geven, zoals hij van plan was geweest, maar bleef voor de Old Rectory staan tot ze naar binnen was gegaan. Hij hoorde een uil roepen, draaide zich om en liep weg, waarbij het grind onder zijn schoenen knerpte.

Hij wilde geloven dat hij haar met een verlangende uitdrukking op haar gezicht voor het raam zou zien staan als hij zich omdraaide.

Maar hij draaide zich niet om. Hij had het te druk met vooruitzien, naar de reis naar het Comomeer.

29

Het ergerde Lucy mateloos dat allerlei mensen zich om onverklaarbare redenen opeens opwierpen als deskundigen en haar wilden laten profiteren van hun wijsheid. Eerst haar moeder met haar raadgevingen, toen Mac, toen Dan, toen Angie en nu Hugh ook nog. Haar moeder, voor wie het altijd een genoegen was Orlando zwart te maken, had gezegd dat het de hoogste tijd was dat Lucy de waarheid over hem onder ogen zag. Alle anderen zeiden dat hun ruzie een storm in een glas water was. Maar evengoed een storm, dacht ze. Wat haar het meest pijn deed, was dat hij had gezegd dat ze op haar moeder begon te lijken.

Onredelijk.

Verbitterd.

Jaloers.

Hoe kon hij zulke dingen zeggen als hij om haar gaf? Hij wist toch wel hoe erg hij haar daarmee kwetste?

Ze was eindelijk van haar verkoudheid af en was alweer een week aan het werk. De hele week had ze al het mogelijke gedaan om Hugh te ontlopen. Tot vandaag toe was dat aardig gelukt, maar nu had hij haar toch te pakken gekregen. Hij kwam naar haar toe toen ze bezig was de afdeling tuinplanten op orde te brengen, die er na het weekend uitzag alsof er een kudde olifanten doorheen was getrokken. Hij bleef eventjes naar haar staan kijken met een blik waarmee hij vermoedelijk wilde zeggen dat hij niet alleen haar baas was maar ook haar vriend.

'Hoe gaat het, Lucy?' vroeg hij toen, terwijl hij met zijn ene hand een balpen liet klikken en met zijn andere hand aan de walkietalkie aan zijn broekriem frunnikte.

'Druk,' zei ze. Dat zag hij toch zelf ook wel? Ze ging verwoed door met vegen.

‘Te druk voor een praatje?’

Ze bleef vegen, met gebogen hoofd, en zei: ‘Vijf minuten, meer niet. Er komt zo dadelijk een zending binnen die ik moet uitpakken voordat –’

Zoals verwacht viel hij haar in de rede. ‘Ik weet precies hoe laat die zending komt, Lucy. Na de lunch. Doe jezelf dus een plezier en luister naar wat ik te zeggen heb.’

‘Dat ben ik anders niet verplicht.’

Hij klikte met de balpen. ‘Dat klopt, maar voor één keer maak ik hier de dienst uit. Zet die bezem weg en kom mee naar mijn kantoor voor een kop koffie.’ Zonder op antwoord te wachten gaf hij Angie, die met een van de vakantiekrachten stond te praten, een teken. ‘Kun je het eventjes alleen af hier, Angie? Ik heb Lucy een paar minuten nodig.’

Hughs kantoor was één grote puinhoop, in tegenstelling tot de rest van de kwekerij. Iedere keer dat Lucy er kwam, kreeg ze zin om haar mouwen op te stropen en alle oude catalogi, brochures, dossiermappen, zakjes zaad, kranten, geplette kartonnen dozen, gehavende en zelfs beschimmelde koffiemokken in een grote zak te doen en in de container te gooien. Ook de scheve, gebroken stoel stond er al zo lang als Lucy zich herinnerde, de zitting aangevreten door een hier permanent bivakkerende muizenfamilie. ‘Ik blijf liever staan,’ zei ze toen Hugh hun mokken neerzette op het enige deel van het bureau waar ze niet zouden omvallen, en haar uitnodigde te gaan zitten. ‘Dit kantoor is een gevaar voor de volksgezondheid,’ zei ze. ‘Daar moet je toch echt eens iets aan doen.’

Hij lachte. ‘Ik kijk wel uit. Dit is een beproefde methode om snel van opdringerige vertegenwoordigers af te komen. De meesten weten niet hoe snel ze weer moeten verdwijnen.’

‘Het zou me niets verbazen als er onder al die rotzooi eentje ligt te verrotten. Dat zou in ieder geval de stank verklaren.’ Ze trok haar neus op. ‘Stoort het jou niet?’

‘Nee, maar wat me wel stoort, is dat mijn zoon je verdrietig maakt. Wat is er aan de hand?’

Verdorie. Had hij tóch een manier gevonden om het probleem aan te snijden. ‘Waarom vraag je dat niet aan hém?’

'Dat heb ik gedaan, maar hij trok een nietszeggend gezicht en zei geen woord. Heeft het iets te maken met dat meisje dat voor hem werkt?'

Lucy pakte haar mok en nam voorzichtig een slokje. Niet omdat ze bang was dat de koffie te heet was, maar omdat Hughs koffie in overeenstemming was met zijn kantoor. Een huisman zou hij nooit worden. De koffie was zo sterk dat ze ervan rilde. 'Ik zie die Savannah niet eens staan.'

Hugh trok een van zijn borstelige wenkbrauwen op. 'Naar je toon te oordelen zou ik juist zeggen van wel.'

Met het gevoel dat ze met haar rug tegen de muur stond, zei ze: 'Hugh, ik wil niet arrogant overkomen, maar vind je zelf ook niet dat dit iets is waar je je niet mee moet bemoeien?'

'Nee, dat vind ik helemaal niet. Je hoort bij ons. Ik beschouw je bijna als een dochter.'

Zijn woorden hakten in op haar vastberadenheid. Ze schraapte haar keel, plotseling overmand door emoties. 'Ik heb nooit geweten dat je zo'n overtuigende retoriek bezat,' zei ze in een dappere poging zich er alsnog uit te redden. *Blijf in de verdediging, dan red je het wel.*

'Meisje nou toch, waarom sluit je me buiten? Als mijn zoon zich heeft misdragen, wil ik dat graag weten.'

'We hebben alleen maar ergens ruzie over gehad.' *Eerste deuk in de vesting.*

'Dat moet dan een fikse ruzie zijn, want hij zit de laatste tijd veel te vaak bij ons thuis. Ik heb de indruk dat jullie helemaal niet meer met elkaar praten.'

Om tijd te winnen nam ze nog een slokje koffie, maar had daar meteen spijt van. 'We zijn allebei nogal uit onze slof geschoten,' zei ze. 'We hebben dingen gezegd die we misschien niet hadden moeten zeggen.'

'En die dingen gaan over dat meisje? Savannah?'

'Waarom begin je nu alweer over haar?'

'Omdat jullie tweeën onafscheidelijk zijn geweest sinds jullie elkaar hebben leren kennen, en nu, kort nadat zij op het toneel is verschenen, opeens niet meer met elkaar praten. Hebben Orlando en Savannah iets met elkaar? Is dat het probleem?'

'Hugh, dit is niet eerlijk. Zelfs als Orlando uitging met een vrouw die ervan wordt verdacht een seriemoordenares te zijn, is het niet aan mij je dat te vertellen. Mag ik weer aan het werk gaan?'

'Dus jij vindt haar te vergelijken met een seriemoordenares? Heb je zo'n hekel aan haar?'

Verdomme! 'Dat heb ik niet gezegd.'

'Nee, dat hoef je niet te zeggen. Het was duidelijk aan je te zien op de dag dat ze hier inkopen kwam doen. Ik weet dat mannen erom bekendstaan traag van begrip te zijn op dit gebied, maar weet Orlando eigenlijk wel wat je voor hem voelt?'

Lucy verstijfde. 'Wat bedoel je daarmee?'

'Hou je niet van de domme. Heb je hem verteld wat je voor hem voelt? Of kijk je werkeloos toe terwijl hij zich volkomen belachelijk maakt met een jong meisje dat zijn ego op effectieve wijze weet te strelen?'

Ze staarde hem woordeloos aan.

'Als ik jou was,' ging hij door, 'zou ik voor hem vechten. Sommige mannen moet je gewoon een klap op hun kop geven en aan hun haren meeslepen naar je grot. Dat heeft mijn vrouw met mij ook gedaan, dus als het een familietrekje is, moet je maar snel op zoek gaan naar een geschikte knuppel.'

Lucy's verstand zei dat ze moest blijven vechten, blijven doen alsof, en Hugh ervan overtuigen dat hij een te levendige fantasie had, maar haar hart zei dat ze eerlijk moest zijn. Tegenover hem en tegenover zichzelf. Dat ze moest zeggen dat het inderdaad heel goed mogelijk was dat ze verliefd was op Orlando, dat ze al die jaren van hem had gehouden zonder het zelf te beseffen, en dat ze hem nu in de armen van een andere vrouw had gedreven. Ten slotte zei ze: 'Het is te laat, Hugh. Orlando heeft me heel duidelijk laten weten dat onze vriendschap nooit tot iets anders zal uitgroeien.'

'Weet je dat zeker?'

Net als je moeder... onredelijk... bitter... jaloers. Ze slikte. 'Ja. Hij had het niet duidelijker kunnen zeggen.'

'Wanneer mensen ruzie hebben, zeggen ze zo veel. Ik bemoei me meestal niet met dit soort dingen, maar zou je soms willen dat ik een praatje met hem maak? Hem de ogen open? Want dat gedoe met Savannah kan echt niets anders zijn dan een bevlieging.'

Ze moest er bijna om huilen dat Hugh zo veel om haar gaf en bereid was dit allemaal voor haar te doen. Ze schudde haar hoofd en mompelde iets onduidelijks over dat ze weer aan het werk moest.

Maar hij was nog niet klaar. 'Je gaat toch geen domme dingen doen, hè?'

'Zoals?'

'Die reis naar Italië afzeggen.'

Verbluft over zijn intuïtie – ze had al een paar keer op het punt gestaan Olivia Marchwood te bellen om te zeggen dat ze niet meeging – zei ze: 'Kun je nu ook al gedachtelezen?'

'Als ik het niet dacht.' Hij kwam achter het bureau vandaan en stapte over een halfverbrokkelde doos polystyreen heen. 'Dat zou laf zijn, en je bent geen lafaard, Lucy. Ga maar fijn naar het Comomeer, geniet van al het moois daar en vier lekker vakantie, tot die achterlijke zoon van mij beseft dat dat meisje niks voor hem is. En ga alsjeblieft ook je vader opzoeken en vertel hem precies wat je allemaal op je hart hebt. Volgens mij is dit een goede tijd om dingen uit te praten. Ho, niet gaan huilen. Ik ben maar een doodgewone vent, die niet tegen emotionele toestanden kan.'

'Ik huil niet,' snufte ze. 'Ik heb tranen in mijn ogen van die afgrijselijke koffie.'

30

Savannah lunchte met haar moeder. Ze zaten in een van Marcia's favoriete restaurants in Manchester, een trendy, minimalistische tent met parket en kelners die zich zo verwaand gedroegen dat Savannah de neiging kreeg te gaan krijsen of een harde boer te laten.

Kersvers terug uit Amerika was Marcia gekleed in een nauwsluitende, poederblauwe hipster jeans met een diamanten riem en een wit topje met een diep decolleté. Zelfs in Savannahs kritische ogen zag haar moeder er geweldig uit, jaren jonger dan toen ze haar voor het laatst had gezien. Ze was eraan gewend overschaduwd te worden door haar moeder, maar vandaag voelde ze zich als een volledige zonsverduistering. Het was geen prettige gewaarwording dat alle mannen niet naar haar keken, maar hun nek rekten om Marcia te bekijken. Toen haar moeder koket met haar wimpers knipperde tegen de kelner die de wijn inschonk, ging Savannah een lichtje op. Ze bekeek haar moeders gezicht nog eens aandachtig, de gladde huid, vooral het deel rond de ogen en het voorhoofd. En haar kin. En haar... *Jezus!* Daarom was ze zo lang in Amerika gebleven! Ze had een facelift ondergaan en haar tieten laten vergroten. Ze was gebleven tot de zwellingen en blauwe plekken waren verdwenen en ze in puike vorm terug kon komen zonder dat iemand er iets van hoefde te weten.

En ze had zelfs tegen haar eigen dochter niets gezegd. Wat dat betrof was ze niet veranderd. Dat was wat haar zo tegenstond van haar ouders, dat ze zich zo weinig aan haar gelegen lieten liggen. Ze namen haar nooit in vertrouwen. Ze vroegen haar nooit hoe zij ergens over dacht. Ze verwachtten gewoon dat ze zich naar hun leven voegde.

Orlando daarentegen had altijd tijd voor haar. Hij was de geduldigste man die ze kende, en de aardigste en knapste. En bijna had ze alles verpest, verdorie. Ze had er niet op gerekend dat hij heel anders was dan de jongens die ze tot nu toe had gekend. Wat een vernedering was het geweest toen hij haar afwees toen ze kant-en-klaar voor hem in bed lag. Ze had zich gedragen als een del, en iedereen wist dat fatsoenlijke mannen niets van dellen moesten hebben.

Maar wat was hij daarna aardig geweest. Hij had gezegd dat ze net zouden doen alsof er niks was gebeurd; alleen had ze zich daardoor nog ellendiger gevoeld en was ze bijna gaan huilen. Terwijl ze dat nooit deed. Ze had nog nooit van haar leven een traan gelaten waar een jongen bij was. Ze zou een kerel nooit laten merken hoezeer hij haar kwetste, en ze had haar zelfbeheersing ondanks alles weten te bewaren en de dag erop had ze besloten Orlando eerlijk te vertellen hoe de vork in de steel zat. Ze had toch niets meer te verliezen. Dat besluit was een schot in de roos geweest. Daarna was alles zelfs beter geworden dan tevoren. Helemaal omdat dat stuk chagrijn van een Lucy naar de achtergrond was geschoven.

Het was heel vreemd, maar Orlando's liefde voor zijn werk was besmettelijk. Ze begon het nota bene leuk te vinden om van alles te leren over planten en bloemen en alle andere dingen waar hij in gespecialiseerd was. En gisteren had hij iets volkomen onverwachts gedaan. Hij had haar gekust. Toen hij bericht kreeg dat hij een opdracht had gekregen om een tuin te ontwerpen voor een of andere bekende televisiepersoonlijkheid in Nantwich, sloeg hij van pure blijdschap zijn armen om haar heen, tilde haar van de grond en zwaaide haar in de rondte. 'Je brengt me geluk,' zei hij. 'Dit is een heel belangrijke opdracht.' En toen kuste hij haar, op haar mond. Geen tongzoen, maar een voorproefje van wat er misschien nog komen ging. En hij had haar uitgenodigd voor een dineetje om het goede nieuws te vieren.

'En wat heb jij allemaal gedaan toen ik weg was?'

Savannah schrok op uit haar gedachten en keek naar haar moeder. Haar eigenaardig jong uitziende, rimpelloze moeder met de enorme borsten. Opeens kreeg ze behoefte met Marcia te concurreren, haar te laten zien wie van hen tweeën nog écht jong was. Dus vertelde ze haar over Orlando.

'Hoe oud is die tuinman van je?' vroeg Marcia nadat een kelner, met onbeschaamde blikken op Marcia's decolleté, hun borden had weggehaald.

'Hij is acht jaar ouder dan ik, maar dat maakt niets uit. Hij is de eerste man die me behandelt als –'

'En je vader vindt dat goed?' viel Marcia haar in de rede.

Savannah zette meteen haar stekels op. 'Ik ben volwassen. Ik mag uitgaan met wie ik wil.'

'Maar een tuinman! En je werkt voor hem. Jij. In de tuin.' Marcia rilde. Als ze niet zo'n opgerekte huid had gehad, dacht Savannah, zou er op haar gezicht misschien afgrijzen of woede te zien zijn geweest. 'Dat is niet wat je vader en ik voor ogen hadden toen we je naar die dure school stuurden,' zei Marcia hautain.

'Ik wilde helemaal niet naar die dure school. Dat wilden jullie. Van nu af aan mag ik zelf over mijn leven beslissen.'

Marcia raakte met haar servet haar mondhoeken aan. 'Je hebt mijn vraag over je vader nog niet beantwoord. Weet hij dat je een relatie hebt met een oudere man?'

'Jezus, mam, je doet alsof hij net zo oud is als jij.'

'Niet zo brutaal. Ik begrijp het al. Je vader heeft het zo druk met zijn werk en met Helen dat hij helemaal niet weet dat jij je inlaat met het personeel en jezelf volkomen belachelijk maakt.'

Savannah had er genoeg van. Echt iets voor haar moeder om Orlando te beschouwen als personeel. Ze besloot haar een doodslag toe te brengen. 'Eerlijk gezegd staan pappa en Helen helemaal achter me. Ze vinden het leuk dat ik voor Orlando werk. Misschien had jij samen met je gezicht en je borsten ook je vooroordelen moeten laten liften, mam.'

Seconden lang zei Marcia niets. Ze staarde Savannah alleen maar aan. 'Sinds wanneer kan het jou iets schelen wat *Helen* denkt?'

Goede vraag, dacht Savannah toen haar moeder een paar minuten later naar het toilet was verdwenen, waarschijnlijk om in de spiegel te onderzoeken waardoor haar geheim was verraden. Helen mocht haar gebreken hebben, peinsde Savannah, maar ze had nog nooit een neerbuigende opmerking gemaakt over Orlando. En de herinnering aan hoe ze op de bestuurder van de Subaru was afgestevend, ontlokte haar opnieuw een glimlach.

Ze stonden weer buiten toen haar moeder vroeg: 'Zeg eens, lieverd, wanneer kom je naar huis?'

Die vraag had Savannah al verwacht. 'Nou, mam, eigenlijk wil ik voorlopig liever bij pappa blijven wonen.'

'Dat meen je niet.'

'Als ik naar huis ga, kan ik niet voor Orlando blijven werken.'

'Ik had kunnen weten dat hij erachter zit!'

'En nog iets, mam. Over een paar weken ga ik naar Italië, met Orlando.'

'Jullie samen?'

Ze vertelde haar over de reis.

'Nou, zo te horen heb je alles al helemaal voor elkaar. Blijkbaar mag ik nog van geluk spreken dat je vandaag tijd hebt kunnen vrijmaken om met me te lunchen.'

'Nu weet je hoe dat voelt, mam.'

Orlando was zenuwachtig. Hij zou Savannah afhalen bij de Old Rectory en afgezien van de vraag of haar vader thuis zou zijn, en wat die te zeggen had over zijn dochters officiële date met hem, twijfelde hij nog of hij hier eigenlijk wel goed aan deed. Door Savannah mee uit te vragen, liet hij haar duidelijk weten dat hij in haar geïnteresseerd was. Al was ze waarschijnlijk al tot die conclusie gekomen toen hij haar had gekust. Dat had hij volkomen spontaan gedaan, zonder er verder bij na te denken, en pas later hadden twijfels de kop opgestoken. Waar was hij precies mee bezig?

Tot nu toe was hij altijd met Lucy gaan praten wanneer hij ergens mee zat. Die was er altijd voor hem geweest als hij in onzekerheid zat. Lucy was degene die hem, samen met Alice, had aangemoedigd de studie tuinarchitectuur te doen. Hij was bang geweest dat zijn vader er boos om zou worden, omdat hij wist dat die er helemaal op rekende dat hij op een dag de zaak zou overnemen, maar Lucy had hem aangespoord zijn eigen weg te volgen en was zelfs met zijn vader gaan praten.

Toen hij de auto op de oprit van de Old Rectory tot stilstand bracht, nam hij een plechtig besluit het met Lucy uit te praten en alles weer bij te leggen. Hij had heel lelijke dingen tegen haar gezegd en wist dat hij haar daarmee erg had gekwetst. Niet met opzet, maar in drift. Zoiets gebeurde hem niet vaak, en hij had er nu hevig spijt van en hoopte dat Lucy hem zou vergeven.

Hij belde aan. Er werd meteen opengedaan door Savannah zelf en toen hij haar zag, was hij Lucy en alle twijfels van zojuist meteen vergeten. 'Wat zie je er mooi uit,' zei hij toen Savannah de deur achter zich dichtdeed en naar hem toe kwam. Hij was er helemaal aan gewend haar in haar werkplunje te zien, maar nu droeg ze een sexy zwart jurkje dat maar nét over haar kittige kontje reikte en avondschoentjes met hoge hakken en enkelveters, van het soort dat bedoeld was om mannen te verleiden. De transformatie was ongelofelijk. Hij voelde zich als een tekenfilmfiguurtje: als hij zijn mond opendeed, zou zijn tong tot op zijn knieën bungelen.

'Dank je,' zei ze. 'Je ziet er zelf ook niet slecht uit.'

Hij vond dat ze een hartstikke gaaf stel waren toen hij de deur van het Italiaanse restaurant opendeed. Er was geen man die niet naar Savannahs benen keek toen ze heupwiegend door het restaurant liep. Ja, kijk maar goed, dacht hij. Maar ze is van mij!

Dat gevoel bleef hem de hele avond bij en alle twijfels over waar hij aan begonnen was, waren verdwenen tegen de tijd dat hij haar thuisbracht en ze weer voor de voordeur van de Old Rectory stonden.

'Ik heb echt genoten van deze avond,' zei ze, met haar handen op haar rug ineengeslagen, waardoor haar borsten naar voren staken.

'Ik ook. Denk je dat je nog een keer met me uit wilt?'

'Wat denk jij?'

'Op dit moment denk ik alleen maar dat ik je graag wil kussen.'

'Is er een reden waarom je dat níét zou doen?'

'Ik ben bang dat er een alarm zal afgaan wanneer ik je kus, dat er dan overal zwaailichten aangaan en je vader naar buiten zal stormen.'

Ze glimlachte en ging een treetje hoger staan zodat hun ogen op dezelfde hoogte kwamen. 'Zullen we het proberen en kijken wat er gebeurt?'

Dat deden ze.

Niets was te vergelijken met een officiële eerste kus. De opwinding. De belofte. Dan de begeerte naar méér dan een kus. Hij drukte haar ranke lichaam tegen zich aan, zijn mond open op de hare, haar tong spelend met de zijne.

'Zo,' zei ze toen ze elkaar eindelijk loslieten, 'geen alarm, geen zwaailichten, geen boze vader.'

'Misschien heb jij geen lichtflitsen gezien,' grapte hij, 'maar ik wel.'

Ze glimlachte, kuste hem nog een keer heel licht op zijn lippen en zei: 'Tot morgen.' Toen draaide ze zich om en ging naar binnen. Ze was zo snel verdwenen dat het leek alsof de hele avond alleen maar in zijn verbeelding had bestaan.

31

Wat een ellende. Wat een ramp. Hoe had zij, de nuchtere Helen Madison-Tyler, het zo ver laten komen? Waarom had ze Conrad al die tegenstrijdige hints gegeven? Ze had moeten weigeren toen hij aanbood haar thuis te brengen. Ze had hem net zo goed zwart op wit kunnen mededelen dat ze niet gelukkig was met haar man en op zoek was naar afleiding. Ze kon net zo goed in een kermistent gaan zitten met een klantenlokker ervoor die riep: 'Komt dat zien! Komt dat zien! Een eenzame, ongelukkig getrouwde vrouw!'

Wie had kunnen denken dat een dergelijke beschrijving ooit op haar van toepassing zou zijn? Maar het wás zo, ze was eenzaam en teleurgesteld over haar huwelijk. Maar een verhouding was geen oplossing. Niet met Conrad en ook niet met een ander. Ze had principes, en ze was niet van plan die samen met haar eigenwaarde overboord te zetten.

'Je hebt er een overgeslagen.'

Ze keek op naar de waterige ogen van haar grootmoeder. 'Wat zeg je, oma?'

'Je hebt een coupon overgeslagen. Kijk maar.'

'Je hebt gelijk. Sorry. Ik zat met mijn gedachten ergens anders.' Ze knipte de coupon voor korting op een blik hondenvoer uit het tijdschrift en legde hem bij alle andere spaarzegels die Emma nooit zou inleveren. Het was zo'n dom en zinloos karweitje, dat ze er de zenuwen van kreeg. Waarom was het leven zo oneerlijk? Opeens had ze het niet meer. Ze móést hier weg. Weg van de geur van de dood. Ongeacht hoe elegant en verfijnd het verpleeghuis was ingericht, de geur van de dood was alom aanwezig. Het gebouw zelf was doordrongen van de zurige, smerige stank van dood en rotting. Er bestond geen enkele twijfel over dat dit de laatste halte was vóór het eindstation.

Dat een bitterzoet leven als dat van Emma zo moest eindigen. Had ze nog niet genoeg geleden? Helen kreeg het opeens te kwaad toen ze eraan dacht wat Emma, samen met haar grootvader, allemaal voor haar had gedaan. Wat zou er van haar terecht zijn gekomen als zij er niet waren geweest? Als jong meisje had ze een verlammende angst ontwikkeld ergens achtergelaten te worden. Winkelen werd een bezoeking. Stel dat oma haar hand losliet? Stel dat oma tussen de mensen verdween en Helen haar niet kon vinden? Stel dat ze de weg naar huis niet kon vinden? Op den duur had ze, met pure wilskracht, besloten dat ze zou moeten leren voor zichzelf te zorgen. Ze onthield het nummer van de bus die ze altijd namen, leerde de namen van de straten en de winkels uit haar hoofd. Ze maakte ezelsbruggetjes om haar weg te kunnen vinden: dat was de rij huizen waar ze ooit een ziekenauto met draaiend zwaailicht hadden zien staan; dat was de slagerswinkel waar ze altijd zaagsel op de grond strooiden en de verkopers gekke mutsen op hadden; en dat was het zebrapad waar een boze moeder een klein jongetje een draai om zijn oren had gegeven toen hij zijn ijsje had laten vallen. In het begin was het erg vermoeiend, maar algauw deed ze het automatisch en kreeg ze steeds meer zelfvertrouwen. Het enige waar ze moeite mee had, waren de medelijdende blikken. Die vond ze verschrikkelijk. De wetenschap dat iedereen wist dat ze anders was dan andere kinderen. Een tijdje haatte ze zelfs haar dode moeder hierom. Waarom was Daisy zo egoïstisch geweest dat ze zichzelf om het leven had gebracht zonder zich er iets van aan te trekken wat er met haar kind zou gebeuren en hoe haar ouders eronder zouden lijden? Ze had gezworen dat ze zelf nooit zo zwak zou zijn. Ze zou zo sterk zijn dat niets en vooral niemand haar aan het wankelen zou brengen. Onafhankelijkheid ging boven alles, had ze begrepen. Zolang ze onafhankelijk was, was alles in orde.

'Zullen we een eindje gaan wandelen?' vroeg ze, terwijl ze opstond en in haar tas naar een papieren zakdoekje zocht.

Emma legde haar schaar neer en haar gezicht lichtte op toen ze glimlachte. 'Kunnen we weer naar die tuin gaan? Waar we gisteren waren?'

Helen vond het fijn dat haar grootmoeder zich iets van het uitstapje naar Wollerton herinnerde, ook al voelde het voor haarzelf niet aan als gisteren, maar jammer genoeg was het te ver om er nu nog naartoe te gaan, dus zei ze: 'Een andere keer. Vandaag gaan we gewoon hier in de tuin wandelen.'

De glimlach verdween even snel als hij was verschenen. 'Nee, dat wil ik niet. Ik heb veel te veel te doen.' Ze pakte de schaar weer.

Helen kon het niet verdragen om nog langer in *Chat* en *Good Housekeeping* te moeten knippen en zei dat ze thee ging zetten. Even later kwam ze terug naar Emma's kamer met een dienblad met het theeservies en een schaaltje met koekjes die ze had meegebracht.

'Je ziet eruit alsof je niet gelukkig bent,' zei Emma toen ze in een koekje hapte en op haar vest kruimelde.

Dit kwam zo onverwacht, dat Helen haar eerst alleen maar aankeek en toen ronduit zei: 'Dat ben ik ook niet.'

Emma keek haar ernstig aan en trok haar vlassige witte wenkbrauwen samen. 'O, wat vind ik dat sneu voor je, Daisy. Waarom ben je niet gelukkig?'

Daisy. Helen. Wat maakte het uit? 'Mijn huwelijk is een teleurstelling,' zei ze eenvoudig.

De frons verdiepte zich tot een uiterst geconcentreerde blik. 'Heb ik je man ontmoet? Ik kan het me niet herinneren.'

'Ja.'

'Vond ik hem aardig?'

Helen dacht terug aan de gebroken kop en schotel en de gesloten deur van het toilet en zei: 'De meeste mensen vinden Hunter aardig, oma. Hij is charismatisch, een man die opvalt.' Ze gaf haar grootmoeder nog een koekje en probeerde onopgemerkt de kruimels van haar vest te vegen.

'Dat kan ik zelf wel,' zei Emma en ze duwde haar hand weg. 'Vertel eens verder.'

Waarom niet? dacht Helen, als haar grootmoeder het per se wilde. 'Ik heb een andere man ontmoet, die precies het tegenovergestelde is van Hunter. Een rustige, attente, aardige man. Je kent hem, want hij was erbij toen we naar Wollerton zijn gegaan. Sinds ik hem heb ontmoet, moet ik voortdurend aan hem denken. Hij doet me iets, wat ik met Hunter niet heb. Ik weet niet hoe het komt, maar hij heeft me heel duidelijk laten weten dat hij verliefd op me is, en ik weet dat ik niet zou moeten reageren op wat hij zegt en doet, maar ik kan het niet helpen.' Ze stopte om adem te halen en ook om haar zelfbeheersing weer onder controle te krijgen. 'Wat vind je dat ik moet doen, oma?'

Emma, die met een afwezige blik in haar ogen naar het plafond had zitten kijken, klemde opeens haar handen rond de armleuningen van haar stoel en zei met een benauwd gezicht. 'Ik moet naar de wc.'

Het leek absoluut geen toeval toen Helen onderweg naar huis bij de delicatessenwinkel naar binnen ging en Conrad daar de enige andere klant was. Hij wilde net weggaan, met een boodschappentas waar een baguette uitstak. Toen hij vroeg hoe het met haar was, zei ze 'heel goed'. Met hem ook, antwoordde hij. Fijn, vonden ze allebei. Het was fijn dat het met hen allebei goed ging. Na die sprankelende conversatie stapten ze gelijktijdig naar links en naar rechts voordat ze erin slaagden langs elkaar heen te komen en tegen de tijd dat hij de deur achter zich dicht had getrokken en Helen bij de toonbank stond, was ze vergeten wat ze ook alweer had willen kopen. Ze vroeg in het wilde weg om gevulde olijven en een stuk Stilton en vertrok met gênante haast.

Conrad stond buiten op haar te wachten.

32

'Ben je iets vergeten?' vroeg ze.

Conrad knipperde met zijn ogen, alsof dat hem zou helpen voldoende moed te vatten. 'Ik ben vergeten te vragen of je...' Hij maakte zijn zin niet af.

Haar waanzinnig mooie ogen keken hem aan, maar ze zei niets.

Hij schraapte zijn keel en probeerde het opnieuw. 'Ik moet aldoor aan je denken. Ik kan het niet helpen.'

Haar blik zakte, tot aan haar schoenen. 'Daar moet je dan mee ophouden,' zei ze zwakjes.

'Misschien wil ik er niet mee ophouden. Mag ik met je meelopen?'

Ze keek weer op, met een geschrokken gezicht, alsof hij een pistool had afgevuurd.

'Ik wil alleen maar met je meelopen,' zei hij.

Hij zag aan haar gezicht dat ze aarzelde en toen knikte ze. Terwijl ze wachtten tot ze konden oversteken, zagen ze in een van de auto's Olivia Marchwood, die hen koninklijk toewuifde. Toen liepen ze snel naar de overkant. 'Laten we een omweg nemen,' zei Helen, 'door het kerkhof.'

Eerst dacht hij dat hij het geluk aan zijn kant had, dat ze het voorstelde om de duur van hun samenzijn te rekken. Daarna bedacht hij dat ze het misschien wilde omdat ze dacht dat de heilige grond van St. John's haar tegen hem zou beschermen. Die gedachte werd onderstreept door het feit dat ze wegliep met een tempo alsof ze dekking zocht, maar toen ze eenmaal het hek door waren en in de vlekkerige schaduw van de oude taxusbomen liepen, vertraagde ze haar pas. Ze volgden het grindpad en toen hij de bank zag waar hij altijd zat wanneer Mac de mis bijwoonde, zei hij: 'Zullen we even gaan zitten?'

Weer knikte ze alleen maar. Hij had geen idee wat er in haar hoofd omging. Deed ze dit alleen om hem een plezier te doen?

Toen ze waren gaan zitten zei hij: 'Ik meende wat ik daarnet zei, dat ik voortdurend aan je moet denken. Ik heb geprobeerd je uit mijn gedachten te bannen, maar je wilt niet verdwijnen.' Hij draaide zijn gezicht naar haar toe. 'Het... het is lang geleden dat iemand dit effect op me had. Ik heb gewoon pech dat je getrouwd bent.'

'Ik heb nog nooit iemand bedrogen,' mompelde ze.

'Ik ook niet.'

'Ik ben altijd van mening geweest dat mensen die dat doen, geen zelfbeheersing hebben. Dat ze egoïstisch zijn en het onderscheid tussen goed en slecht niet weten. En ik weet best dat dit erg preuts en hoogdravend klinkt in deze moderne tijd waarin iedereen maar doet wat hij wil.'

'Helemaal niet. Ik dacht vroeger altijd dat mensen die een persoonlijke crisis doormaakten, zichzelf gewoon een schop onder de kont moesten geven. Na de dood van Sam weet ik wel beter. Het leven heeft niet het eenvoudige zwart-witpatroon dat we er graag aan zouden geven. Het is chaotisch, gecompliceerd en vaak heel onduidelijk. Ieder moet proberen er het beste van te maken. En iedere vluchtige kans op geluk aangrijpen.'

'Maar niet ten koste van het geluk van een ander.'

'Je bedoelt dat van je man?'

'Ja. Hunter mag dan geen volmaakte echtgenoot zijn, maar hij heeft er recht op dat ik hem trouw blijf.'

'Hij boft.'

'Nee, ik bof.'

Hij zou genoeg antwoorden weten op die volslagen onjuiste opmerking, maar zei niets. In plaats daarvan luisterde hij naar de geluiden van een sjilpende merel, koerende duiven en het vage geronk van een grasmaaier ergens in de verte. Onderhand vocht hij tegen het verlangen de vijf centimeter afstand tussen hen te dichten. Hij wilde Helen aanraken. In zijn armen nemen. Kussen. Het was lang geleden dat hij zich zo had gevoeld en hij staarde strak voor zich uit opdat ze niet zou zien hoe sterk zijn gevoelens voor haar waren.

Na een poosje kon hij de stilte niet meer verdragen. 'Ik wil alleen maar tijd met je doorbrengen,' zei hij. 'Je beter leren kennen.' Hij waagde een blik opzij. 'Mag dat ook niet?'

Ze draaide zich naar hem toe en keek hem aan. Zijn hart sloeg een slag over. Haar gezicht drukte zo'n droefenis uit dat zijn adem stokte. Dit is mijn schuld, dacht hij beschaamd. Ik mag haar dit niet aandoen. Als ik echt om deze vrouw geef, moet ik haar met rust laten. Abrupt stond hij op. 'Sorry,' zei hij en hij liep meteen weg. 'Ik heb er geen recht op je aldoor lastig te vallen.' Hij was al een eindje bij haar vandaan, toen hij stopte en zich omdraaide. 'Vergeet maar wat ik heb gezegd,' riep hij. 'Jij hebt gelijk. Ik had het mis.'

Naar zijn gevoel slaagde Conrad er een heel lange tijd in Helen uit zijn gedachten te bannen, maar in feite waren het maar drie dagen. Toen hield hij het niet meer vol en besloot hij met zijn oom mee te gaan naar de Garden Club, die een bijeenkomst hield over de reis naar het Comomeer. Dat was in ieder geval een volkomen onschuldige manier om een avond in Helens gezelschap te kunnen doorbrengen zonder onnodige ophef te veroorzaken.

Behalve dat het ophef veroorzaakte uit een onverwachte hoek, te weten Mac. 'Je wilt mee naar de bijeenkomst?' vroeg zijn oom ongelovig. 'Waarom in vredesnaam?'

'Je wilt zelf dat ik meega op die stomme reis,' antwoordde hij. 'Dan is het tijd dat ik er wat belangstelling voor toon. Ik weet nauwelijks waarvoor ik me heb opgegeven.'

'Je zult je dood vervelen. Als ik jou was bleef ik lekker thuis.'

'Maak je geen zorgen. Als ik mee op reis moet, overleef ik dit ook wel.'

Ze zaten aan de lunch op een van de zeldzame dagen dat Conrad zich uit zijn kantoor had laten lokken door het vooruitzicht op een uurtje pauze in de warme zon. En omdat hij zijn oom wilde uithoren over Helen. Hij wist dat Mac gisteren met haar naar de plaatselijke kwekerij was gegaan om planten uit te zoeken voor de tuin van de Old Rectory.

'Heb je het gisteren gezellig gehad met Helen?' vroeg hij. Door over haar te praten, voelde hij zich dichter bij haar. En dat was fijn.

Daardoor kon hij zichzelf wijsmaken dat ze hem op een goede dag misschien zou aankijken zonder die droevige blik in haar ogen.

Mac nam nog een kadetje en zei: 'Eerlijk gezegd was ze stiller dan anders.'

'Hoe bedoel je?'

'Misschien is "afwezig" een beter woord. Een paar keer moest ik herhalen wat ik had gezegd, omdat ze me niet had gehoord. Over het algemeen is ze veel attenter.'

'Misschien verveelde je haar.'

Mac fronste. 'Aardig van je. Mag ik de boter?'

'Of denk je dat ze ergens over liep te tobben?'

Mac keek hem schuins aan. 'Bijvoorbeeld?'

Conrad haalde zijn schouders op. Hij moest ophouden met vissen, maar kon het niet helpen. 'Ik weet het niet. Ik heb de indruk dat haar huwelijk niet je dat is. Haar man is altijd weg.'

'Het is niet verstandig om te speculeren over andermans huwelijk. De band die relaties in stand houdt, is voor buitenstaanders vaak onbegrijpelijk. Denk maar aan het huwelijk van je eigen ouders.'

Conrad wilde niet op een zijspoor gebracht worden, zeker niet door het mistroostige huwelijk van zijn ouders. 'Wat vind jij van Hunter?'

'Ik ken hem amper.'

'Sinds wanneer weerhoudt dat je ervan je een mening over hem te vormen?'

Mac kneep zijn ogen half toe. 'Wat heb jij opeens, Conrad?'

'Hoe bedoel je? We zitten toch alleen maar rustig in de tuin een praatje te maken?'

'Dat zijn twee beledigingen binnen evenzoveel minuten. Zelfs voor jou is dat veel. Ik zal het je ronduit vragen: waarom heb je opeens zo veel belangstelling voor Helen? Waaraan heeft ze het verdiend dat je mij over haar uithoort?'

De blik op Conrads gezicht zei blijkbaar genoeg. Of misschien was Mac bij het horen van zijn eigen vraag een lichtje opgegaan. Seconden verstreken. 'Conrad, hou je iets voor me achter? Jij en Helen... Het is toch niet zo dat...' Zijn stem zakte weg. 'Goeie god! Wat heb je gedaan?'

Het leek Conrad weinig zin hebben erover te liegen. 'Niet veel. Maar niet omdat ik het niet heb geprobeerd.'

'Spreek niet in raadselen. Heb jij een verhouding met Helen, ja of nee?'

'Een verhouding is niet wat ik wil. En het strekt Helen tot eer dat zij dat ook niet wil.'

Mac stond zowat op springen. 'Wat dan wel?'

'Laat ik zeggen dat als haar omstandigheden niet waren zoals ze zijn, alles heel anders had kunnen zijn.'

'Ze is een getrouwde vrouw!' bulderde Mac. 'Ik sta niet toe dat je haar verdrietig maakt.'

Conrad wist niet wat voor reactie hij van zijn oom had verwacht, maar in ieder geval niet dat hij haar zo verbeten in bescherming zou nemen. 'Helen verdrietig maken is het laatste wat ik wil,' zei hij.

'Ik wil hier niets mee te maken hebben.'

'Mooi! Want het laatste wat ik in gedachten had, is een triootje!'

Mac brieste. 'Doe niet zo idioot. Er staat een huwelijk op het spel.'

'Helemaal niet. Helen is bijzonder verstandig en trouw. Ze heeft niets gedaan en zal ook niets doen waardoor haar huwelijk gevaar zal lopen.'

'En jij? Als je bij haar in de buurt blijft rondhangen, zal ze –'

'Mac,' viel Conrad hem in de rede, 'dit is niet makkelijk voor me. Denk je nu werkelijk dat ik me met opzet in de nesten heb gewerkt? Ik kan het niet verklaren of rechtvaardigen. Het is gewoon zo. Niks aan te doen. Ze brengt mijn hoofd op hol. Door haar heb ik eindelijk weer het gevoel gekregen dat ik leef. Is dat nu echt zo verkeerd?'

Tot zijn verbazing zakte de woede van zijn oom plotsklaps helemaal weg. De oude man liet zich tegen de rugleuning van zijn stoel zakken. Hij zag er doodmoe uit. 'Jij vindt het misschien niet verkeerd,' zei hij bijna onhoorbaar, 'maar je kunt ervan op aan dat Hunter daar heel anders over denkt. Je weet nooit waartoe een bedrogen echtgenoot in staat is. Vooral iemand als Hunter. Ik durf er alles om te verwedden dat hij een opvliegend karakter heeft.'

'Maar er is niets gebeurd. En ik meende het toen ik zei dat ik Helen geen verdriet wil doen.'

Het was die avond warm en benauwd in de zaal van het dorpshuis. Alle ramen stonden open, maar dat hielp niets, want ook buiten stond geen zuchtje wind. In afwachting van de aanvang van de vergadering wuifden de aanwezigen zich koelte toe met alles wat daartoe kon dienen, en beklaagden ze zich over de drukkende hitte. Er werd gemopperd over de weerberichten die nog meer hete dagen in het vooruitzicht hadden gesteld, en er werd nog harder geklaagd over de dreiging van schimmelziekten zoals meeldauw, roest en bladluis onder de planten.

Mac luisterde niet. Hij verkeerde in een shocktoestand. Het nieuws over Conrad en Helen was als een donderslag bij heldere hemel gekomen. Hoe kwam het dat hij er helemaal niets van had gemerkt? Hij voelde zich verraden. Was Helen alleen maar met hem omgegaan om tijd te kunnen doorbrengen met Conrad? Was ze echt zo listig? Dat kon hij niet geloven. Hij mocht Helen graag. Eerlijk gezegd was hij een beetje jaloers. Hij beschouwde Helen als zijn speciale vriendin.

Hij leunde wat naar voren en keek naar haar. Ze zat aan de andere kant naast Conrad. Conrad had gezworen dat er tussen hen niets was gebeurd, maar Mac had het er evengoed moeilijk mee. De begeerte bestond, in ieder geval bij Conrad. Er was maar één vonk nodig om de vlam in de pan te laten slaan, en dan? Hij slaakte een onhoorbare zucht. Het scenario was hem bekend. Hetzelfde verhaal. Alleen met andere mensen.

33

Lucy deed erg haar best de indruk te wekken dat dit gesprek met Orlando haar helemaal niet akelig maakte. Omwille van hun vriendschap moest ze zich opgewekt en ruimdenkend voordoen. En vooral Orlando ervan overtuigen dat ze het helemaal niet erg vond dat hij en Savannah zich in Swanmere nu openlijk als een stelletje gedroegen.

Het was acht uur 's avonds en ze waren in haar volkstuintje. Ze had Orlando speciaal uitgenodigd, want dit was de enige plek waar ze met hem kon praten zonder dat Huppeltrutje erbij was.

Hij arriveerde precies op tijd, altijd even punctueel, en eerst spraken ze alleen maar over neutrale onderwerpen, zoals de maïs die al rijp was en de tomatenoogst die ze eerder op de avond trots aan Bill en Joe had laten zien. Toen er niets meer over was waarmee ze het hete hangijzer konden omzeilen, zei ze: 'Ik ga water opzetten en dan moeten we het toch maar even hebben over waar we allebei mee zitten, goed?'

Toen ze de ketel op het petroleumstel zette in het schuurtje, waar het zo heet was als in de Sahara omdat de zon er de hele dag op had gestaan, hield ze zichzelf voor dat alles dik voor elkaar zou komen. Ze zouden elkaar hun verontschuldigingen aanbieden en weer beste vrienden zijn.

Maar was beste vrienden genoeg voor haar?

Meer zou het niet worden, bracht ze zichzelf in herinnering. Op meer hoef je niet te rekenen.

Ze gingen naast elkaar op de verveloze vouwstoeltjes zitten die Dan haar ooit had gegeven en staarden in hun mokken – Orlando naar zijn zwarte koffie en Lucy naar haar muntthee. Ze dronk de laatste tijd veel muntthee. Men zei dat die een kalmerende invloed had en goed was voor je maag. Wanneer ze ergens mee zat, had ze altijd last van haar maag.

Opeens begonnen ze gelijktijdig tegen elkaar te praten.

'Het spijt me dat ik al die lelijke dingen heb gezegd, Lucy.'

'Het spijt me dat ik me zo onaangenaam heb gedragen, Orlando.'

Ze glimlachten aarzelend naar elkaar.

'Ik heb schromelijk overdreven,' zei Lucy. 'Ik zat echt helemaal fout.'

'Ik ook. Ik snap zelf niet hoe ik me zo onredelijk heb kunnen gedragen. Vergeef je me?'

'Alleen als jij mij ook vergeeft.'

'Dat doe ik hierbij.'

Ze zetten hun mokken neer en omhelsden elkaar.

'Ik heb je zo gemist, Lucy,' zei hij. 'Laten we nooit meer ruziemaken.'

'Je bent mijn oudste en beste vriend en ik wil onze vriendschap nooit meer op het spel zetten.'

Hij drukte een kus op haar kruintje. 'Hetzelfde geldt voor mij.'

'Zo, vertel eens,' zei ze toen ze elkaar hadden losgelaten en hun mokken weer hadden opgepakt. Ze hoorden Bill en Joe om onduidelijke redenen luidkeels *You'll Never Walk Alone* zingen. 'Hoe gaat het met jou en Savannah?'

Ze voelde hem verstijven en vatte het op als een teken dat hij daar liever niet over wilde praten. Het was lief van hem dat hij haar wilde sparen, maar dat zou ze niet toestaan. Ze moest hier gewoon doorheen. 'Ga je gang, Orlando. Ik kan het nu wel aan, hoor.'

Algauw had ze spijt van haar woorden, want het was duidelijk dat hij dolgraag over Savannah praatte en dat haar naam alleen al hem deed glimlachen. Het geluk straalde zo duidelijk van hem af, dat Lucy's tranen erg hoog zaten. Haar hart voelde aan als een klomp lood die ze het liefst uit haar lichaam zou rukken en zo ver mogelijk van zich af gooien, want misschien zou het dan niet meer zo'n pijn doen.

Ze dwong zich te glimlachen, hem de kans te geven zijn gevoelens met haar te delen. Als ze echt om hem gaf, moest ze blij voor hem zijn dat hij gelukkig was, hield ze zichzelf keer op keer voor.

'Het klinkt serieus, Orlando,' zei ze.

Hij haalde zijn schouders op, maar die ellendige grijns van hem wilde niet weg.

Ze gaf hem speels een duwtje met haar voet. 'Vooruit, je kunt het mij wel vertellen, hoor. Hou je van haar?'

'Daarvoor is het nog veel te vroeg, Luce.'

'Sinds wanneer heeft tijd daar iets mee te maken?'
'Nou, liefde, dat is toch –'
'Schei uit, zeg. Ik zie het aan je ogen, Orlando. Je bent stapelverliefd op haar.'
Hij kreeg een kleur. 'Je kent me veel te goed. Ik weet zelf niet hoe het is gebeurd. Opeens wisten we het.'
'Zo gaat dat in de liefde.' En dat wist Lucy zelf maar al te goed. Al die jaren had ze Orlando beschouwd als haar beste vriend, en opeens zond haar hart een dringend signaal uit dat hij veel meer voor haar betekende.
Hij sloeg zijn arm om haar schouders. 'Je weet niet half hoe blij ik ben dat alles weer goed is tussen ons,' zei hij.
'Ik ook.'
Hij gaf haar schouder een kneepje. 'Je bent de bovenste beste, Luce.'
Ja, jammer genoeg wel, dacht ze doodongelukkig.

Later, toen hij weg was en er in de schemering nog maar een paar mensen in hun tuintjes bezig waren, stond Lucy zielig alleen in haar schuur. Ze huilde zo geluidloos mogelijk, met haar handen voor haar gezicht geslagen. Ze werd zo in beslag genomen door haar verdriet dat ze de naderende voetstappen niet hoorde.
'Lucy? Wat is er?'
Het was Dan, en zijn verweerde gezicht stond zo bezorgd dat ze nog harder ging huilen. Hij kwam binnen en sloeg zijn armen om haar heen. Ze liet haar hoofd tegen zijn borst rusten en voelde zich een klein beetje getroost toen ze de bekende tuingeuren rook die aan zijn oude tweedjasje hingen. 'O, Dan,' zei ze, 'ik hou het niet meer.'
'Meisje nou toch. Zo erg kan het toch niet zijn?'
'Jawel. Het is verschrikkelijk.'

De trein van 21.20 uur uit Euston vertrok met twintig minuten vertraging. Het was de hele dag bloedheet geweest in Londen en de temperatuur in de eersteklascoupé waar Conrad zat, was niet veel beter. Hij had zijn laptop op het tafeltje voor zich gezet om gedurende de twee uur durende reis nog wat werk te doen. Alles bij elkaar was het een geslaagde dag geweest. Hij had een goede beurt gemaakt, omdat hij een geniepige clausule had ontdekt die de Japanse advocaten op het laatste moment aan het contract hadden toegevoegd, een clausule die zijn cliënten op lange termijn veel geld zou hebben gekost. Die affaire zou nog wel een staartje krijgen!

Ze waren nog niet lang onderweg toen iemand iets verderop in de coupé op zijn mobieltje gebeld werd. De man begon op zo'n luide toon aan het gesprek, dat de vrouw tegenover Conrad, die de *Evening Standard* zat te lezen, hem aankeek en een gezicht trok. Conrad gaf met een bijna onmerkbaar knikje aan dat hij het helemaal met haar eens was. Vijf minuten later liet de onbekende man iedereen in de coupé nog steeds meegenieten van het eenzijdige gesprek. 'Geloof me, de vooruitzichten voor Dubai zijn uitstekend,' zei hij tegen degene die hij aan de lijn had. 'Je zou gek zijn als je niet meedeed; het is hét businesscentrum van het Midden-Oosten. De waarde van het onroerend goed is enorm gestegen, in sommige gevallen zelfs verdubbeld. Ja, echt, en het einde is nog lang niet in zicht. Maar als je wilt deelnemen aan Palm Projects, moet je snel zijn, want iedereen wil nu een graantje meepikken.'

Conrad wilde nu weleens weten wie die arrogante brulaap was en leunde opzij om tussen de twee stoelen aan de overkant van het gangpad te kunnen kijken. Meteen schoot hij weer terug naar zijn eigen plek bij het raam. Het was Hunter! Hij vond het een beetje dom van zichzelf dat hij zijn stem niet had herkend, maar hij had hem dan ook maar één keer ontmoet, waarbij hij vrijwel niet met hem had gesproken. Toch was dit wel een heel eigenaardig toeval. Of had hij gewoon last van een kwaad geweten?

Hunter is misschien geen perfecte echtgenoot, maar heeft er recht op dat ik hem trouw blijf.

Het was niet de eerste keer dat die woorden van Helen in zijn hoofd rondspookten. Wat zag ze in hem? Waarom bleef ze bij hem? Ging het haar, zoals hij zich al eerder had afgevraagd, om de levensstijl die ze zich dankzij haar huwelijk kon veroorloven? Bij die gedachte stond hij liever niet al te lang stil, want dat zou Helen in een bijzonder ongunstig licht zetten.

Wat de redenen ook waren waarom ze die opmerking had gemaakt, hij was ervan overtuigd dat ze niet van haar man hield.

Al was het natuurlijk mogelijk dat hij het allemaal te simplistisch zag. Ging hij er automatisch van uit, door de maatstaf van zijn eigen huwelijk te gebruiken, dat alle relaties net zo ongecompliceerd waren als die van hem was geweest? Dat alle huwelijken net zo stevig verankerd zaten in liefde en eensgezindheid?

Hij waagde nog een blik tussen de stoelen door. Helens man was het gesprek nu aan het afronden. 'Dat is goed. Mijn secretaresse zal je de documenten sturen. Tot kijk!' Hij klapte zijn mobiel dicht, keek naar links, knipoogde en verdween uit Conrads gezichtsveld.

De knipoog maakte duidelijk dat Hunter niet in zijn eentje reisde. Was Helen bij hem? Conrad leunde nog iets verder naar links, waardoor de man die naast hem zat met een verstoord gezicht achteroverleunde, en ving een glimp op van Hunters metgezel.

Jammer genoeg kon hij die niet duidelijk genoeg zien. Het enige wat hij zeker wist, was dat de blonde vrouw die Hunter nu kuste, niet Helen was. Zijn secretaresse misschien?

Conrad was woedend. Hoe waagde Hunter het om Helen te bedriegen! Hoe waagde hij het misbruik te maken van haar vertrouwen! Wat voor soort man was hij?

Maar geleidelijk werd zijn verontwaardiging aan de kant geschoven door de ironie van de situatie en liet hij zijn woede en gramschap varen. Toen de trein het station van Watford Gap binnenreed, zat hij na te denken over wat deze ontdekking voor Helen zou kunnen betekenen. Zou ze zich nu minder schuldig voelen als ze een verhouding met hem begon? Zou ze Hunter hierom verlaten? Zo ja, was het dan voor hemzelf niet het beste als hij haar vertelde dat Hunter iets met een ander had? Ja of nee? En was hij in staat zich zo ongehoord zelfzuchtig te gedragen?

Hij heeft er recht op dat ik hem trouw blijf.

Die opvatting leek nu erg misplaatst, maar zou het Helen niet vreselijk pijn doen als ze wist dat haar man haar bedroog?

Nee. Hij kon het niet doen. Hij wilde niet degene zijn die haar verdrietig zou maken.

En dat was voor hem het onomstotelijke bewijs dat hij verliefd op haar was.

BELLAGIO

34

Marcus wist niet of het de leeftijd was die hem parten begon te spelen, maar hij vond het in ieder geval niet leuk wanneer Francesca voor langere tijd wegging. Hij had gezegd dat hij best mee wilde naar Milaan, maar dat voorstel had ze krachtig geweerd. 'Je hebt er echt niks aan,' zei ze. 'Ik ben constant de hort op met mijn vriendinnen.'

De uitnodiging voor de reünie met vriendinnen uit haar studietijd was zomaar opeens uit de lucht komen vallen. Hij gunde het zijn vrouw best dat ze een paar dagen oude herinneringen ging ophalen, maar hij had een onaangenaam gevoel over haar afwezigheid. Het was een gevoel van onbehagen dat hem nu al weken plaagde, misschien zelfs langer. Hij kon niet zeggen waar het precies aan lag, misschien kwam het door het feit dat Francesca zich de laatste tijd een beetje afwezig gedroeg. Het was alsof ze heel ver van hem af stond, wat nog nooit eerder was gebeurd. Hij had geprobeerd er met haar over te praten, af en toe een subtiele vraag te stellen in de hoop dat ze in het aas zou bijten en hem zou vertellen wat er aan de hand was, maar die strategie was niet gelukt.

Hun band was altijd zo hecht geweest dat hij iedere verandering in haar stemming meteen aanvoelde. Daarom was hij er zeker van dat hij zich niet had ingebeeld dat Francesca zich anders gedroeg dan anders. Hij was ervan overtuigd dat ze iets voor hem verborgen hield en zijn grootste angst was dat ze niet meer gelukkig was met hem.

Tot nu toe had hij die gedachte niet onder woorden durven brengen, niet eens in stilte. Het maakte hem zo bedroefd dat hij nu zijn bril op het bureau gooide, zijn laptop afzette en besloot naar Bellagio te gaan. Hij moest toch nog naar de bank en dan kon hij meteen even langsgaan bij Anna. Als er iemand was die wist waar Francesca mee zat, was zij het.

Het was een warme dag in augustus en de zon stond hoog aan de hemel, maar in de smalle schaduwrijke straten van Pescallo was het altijd koel. Toen Francesca hem voor het eerst had meegenomen naar dit kleine vissersdorp, had hij zijn hart er meteen aan verpand en haar gevraagd, in de hoop dat ze ja zou zeggen, of ze hier wilde gaan wonen. Ze was dolblij geweest met zijn reactie en toen er een geschikt huis was vrijgekomen, hadden ze het meteen gekocht. Dat was nu iets meer dan twaalf jaar geleden. Het was de bedoeling dat het een huis zou worden waarin hun kinderen zouden opgroeien, maar dat had helaas niet zo mogen zijn. Na een paar miskramen en consultaties met allerlei specialisten, had Francesca moeten accepteren dat ze hoogstwaarschijnlijk nooit moeder zou worden. Het was een bittere teleurstelling, te meer omdat alle andere vrouwen in haar familie met het grootste gemak kinderen kregen. In het begin was ze er zo kapot van geweest, dat Marcus bang was haar te verliezen. En in die trieste tijd had hij precies hetzelfde onheilspellende gevoel gehad als nu weer bezit van hem had genomen.

Dankzij de veerkracht die hij in haar zo bewonderde, had Francesca haar droefenis overwonnen en zich erbij neergelegd de lievelingstante van haar vele neefjes en nichtjes te zijn. Ze noemden haar *zia Cica* en waren even dol op haar als zij op hen. Toch wist hij dat deze rol het vacuüm van haar behoefte aan een eigen kind nooit geheel kon vullen en hij zou er alles voor over hebben gehad om haar wens te laten uitkomen.

Hij hield nog net zo veel van haar als op de dag dat hij halsoverkop verliefd op haar was geworden. Ze hadden elkaar ontmoet door zo'n buitengewone samenloop van omstandigheden die je nooit ziet aankomen. Hij was in gedachten zo bezig geweest met zijn zoveelste ruzie met Fiona, dat hij haar helemaal niet zag toen ze uit een zijstraat kwam. Gelukkig liep alleen haar fiets schade op en raakte ze zelf niet gewond. Ze krabbelde overeind, sloeg zijn helpende hand van zich af en begon hem uit te schelden. Dat gebeurde in het Italiaans, maar het was hem en de omstanders die waren blijven staan, om hulp te bieden of omdat ze nieuwsgierig waren naar het opstootje, duidelijk dat ze hem er flink van langs gaf. Pas toen ze haar tirade voortzette in het Engels, besefte hij ten volle hoe kwaad ze was. Hijzelf was zo geschrokken van het feit dat hij haar door één moment van onoplettendheid had kunnen doodrijden dat hij steeds opnieuw herhaalde hoezeer het hem speet en dat hij de schade aan haar fiets zou vergoeden. En dat hij haar naar het dichtstbijzijnde ziekenhuis wilde brengen om te laten onderzoeken of ze echt geen lichamelijk letsel had opgelopen. Gedurende de korte rit zat ze naast hem met haar armen strak over elkaar geslagen en bleef ze foeteren over zijn onoplettendheid. Wanneer er een pauze viel in haar luidruchtige monoloog, die ze nu weer in het Italiaans hield, en hij erin slaagde óók iets te zeggen, staarde ze hem alleen maar aan. Alhoewel hij zich nog steeds oprecht zorgen maakte dat hij haar had verwond, nam zijn vrees enigszins af toen hij zich herinnerde dat Italianen erg theatraal konden doen en het heerlijk vonden wanneer ze op iets of iemand konden afgeven.

Ze brachten bijna twee uur door op de eerstehulpafdeling en tegen de tijd dat ze naar huis mochten, wist hij al dat hij haar bijzonder mooi vond en dat ze een erg sexy stem had. Haar Engels was vrijwel perfect en werd gekleurd door het zangerige accent van haar moedertaal. In antwoord op zijn vragen vertelde ze hem dat ze Engels studeerde aan de universiteit van Milaan en in Londen was om een proefschrift te schrijven. Dat maakte grote indruk op hem. Hij had op school Shakespeare, de belangrijke dichters en Chaucer moeten lezen en had dat een hele klus gevonden, en nu had hij een jong Italiaans meisje ontmoet dat een proefschrift schreef over *Wuthering Heights* van Emily Brontë. Hoe ze de ouderwetse taal nauwkeurig kon doorgronden, was hem een raadsel. Door over haar studie te praten, waren ze in ieder geval op veilig terrein gekomen. Haar woede zakte en ze vertelde hem dat ze van plan was naar Yorkshire te gaan om te zien waar de gezusters Brontë hadden gewoond. Opeens flapte hij eruit: 'Ik moet volgende week voor zaken naar Yorkshire; kan ik je soms een lift geven?'

Ze keek hem aan met haar prachtige donkere ogen. 'Waarom? Waarom zou je me helemaal naar Yorkshire brengen?'

'Ik zei alleen maar dat ik toevallig die kant uit moet.'

Ze tuitte haar lippen en zei: 'Ik zou wel gek zijn als ik bij zo'n slechte chauffeur in de auto stapte.'

'Ik mocht je anders wel hiernaartoe brengen,' merkte hij op.

'Alleen maar omdat ik in een shocktoestand verkeerde. Misschien is dat nóg zo. Misschien heb ik een hersenschudding en zal ik sterven aan een hersenbloeding.'

Hij glimlachte. 'Studeer je soms ook voor arts?'

'Ik studeer in ieder geval meer dan jij! Heb je eigenlijk ooit wel rijles genomen?'

Grinnikend om haar spitse opmerking boog hij zijn hoofd. 'Eénnul,' zei hij.

Uiteindelijk reed ze met hem mee naar Yorkshire en bij iedere kilometer die ze aflegden, werd hij zich scherper bewust van het gevaar waaraan hij zich willens en wetens blootstelde. Alleen voelde het niet aan als een gevaar. Het was juist een heerlijk gevoel. Het was een genot om in gezelschap te verkeren van dit jonge Italiaanse meisje met haar levendige gezicht, flonkerende donkere ogen en verbazingwekkend lange wimpers. Tegen de tijd dat ze in Haworth aankwamen en hij haar afzette bij de B&B waar ze een kamer had gereserveerd, wilde hij haar niet meer verlaten, nog geen minuut. Ze spraken af dat hij haar twee dagen later weer zou oppikken, ook al moest hij daarvoor zijn eigen verblijf met een dag rekken. Toen hij op de dag in kwestie voor de oude boerderij stopte, hoopte hij bijna dat zou blijken dat hij niets voor haar voelde wanneer hij haar weer zag, dat het alleen maar een bevlieging was geweest. Maar nee. Eén blik was genoeg. Toen ze naar buiten kwam en met haar rugzak over haar schouder naar de auto liep, met een glimlach waarvan haar hele gezicht oplichtte, maakte zijn hart een sprongetje.

Op de M1, toen Londen in zicht kwam, zei ze: 'Ik weet dat je getrouwd bent'– dat had hij haar tijdens de heenreis verteld – 'maar ik wil graag contact met je houden. Zou dat kunnen?'

'Ik wil ook contact houden met jou,' zei hij, met een snelle blik zijwaarts om de uitdrukking op haar gezicht te zien. 'Dus zal ik ervoor zorgen dat het kan.'

Ze zei daarop niets meer, maar legde haar hand op zijn been en liet die daar de rest van de rit liggen. Vanaf die dag zag of belde hij haar dagelijks. Toen ze haar proefschrift af had en het tijd was om terug te keren naar Italië, wist hij dat hij haar niet kon laten gaan. Hij bood haar een baan aan bij zijn reclamebureau, maar die sloeg ze met tranen in haar ogen af. 'Het spijt me, *caro*,' zei ze, 'maar ik moet terug naar huis, naar mijn familie. Ik hoor thuis in Bellagio, niet in Londen.'

Hij smeekte haar hem niet te verlaten. 'Ik kan niet blijven,' zei ze. 'Ik weet dat het egoïstisch van me is, maar ik kan niet op deze manier doorgaan. Ik wil je ofwel helemaal ofwel helemaal niet.'

Hij begreep wat ze van hem verlangde, maar was hij ertoe in staat? Als Lucy er niet was geweest, was hij gegaan zonder er ook maar een moment over na te denken. Zijn dochter... hij hield zo veel van haar. Maar hij hield ook van Francesca. Ten slotte wist hij zichzelf ervan te overtuigen dat de liefde alle problemen zou overwinnen en dat Lucy het hem op den duur wel zou vergeven.

Hij wachtte nog steeds op die dag. Misschien had het geen zin te blijven denken dat ze ooit begrip zou kunnen opbrengen voor wat hij had gedaan. Een jaar nadat hij Engeland had verlaten, was er een korte periode geweest waarin hij was opgehouden Lucy te schrijven, omdat de hartverscheurende stilte die op iedere kaart, iedere brief, ieder cadeautje volgde, te pijnlijk was. Hij kon het niet verdragen voortdurend in de hoop te leven dat ze ooit een antwoord zou sturen en hij zei tegen Francesca dat hij tot de conclusie was gekomen dat het beter was als hij probeerde net te doen alsof hij geen dochter had. Daar werd ze ontzettend boos om en ze zei dat ze hem zou verlaten als hij dat zou doen. Achteraf wist hij dat ze gelijk had. Het was beter om te blijven hopen. Maar waarom kon Lucy zelfs na al deze jaren niet accepteren dat het iets was geweest waarin hij geen keuze had gehad? Dat hij doodgewoon bij Francesca moest zijn? Hij had gedacht dat ze er inmiddels wel achter was gekomen dat de liefde, de ware liefde, heel eigen regels had. Dat het niet het rationele proces was waar iedereen het voor aanzag.

Een aantal jaren had hij geprobeerd zijn ogen te sluiten voor wat hem eigenlijk al duidelijk was: dat zijn huwelijk voorbij was. Slechts omwille van zijn dochter had hij zijn best gedaan er nog iets van te maken en het was geen moment in hem opgekomen zijn geluk bij een andere vrouw te zoeken. In plaats daarvan had hij zich op zijn werk gestort, maar dat had juist geleid tot meer redenen voor klachten. ‘Je bent nooit thuis,’ had Fiona gezegd. Ja, vind je het gek? had hij haar willen toeschreeuwen, maar dat deed hij niet, want hij kon niet tegen ruzie. Als kind had hij veel te veel gekijf meegemaakt tussen zijn eigen ouders. Hij was niet in staat een arena van haat en nijd te betreden. Zelfs toen zijn geschillen met Fiona het punt bereikten waarop hij de indruk had dat ze hem alleen nog maar treiterde om het treiteren zelf, bijvoorbeeld wanneer ze zei dat hij veel te veel tijd aan Lucy besteedde, of juist te weinig tijd, ging hij nooit tegen haar in. Misschien was dat zijn fout geweest. Misschien zou alles anders zijn gelopen als hij op zijn strepen had gestaan en krachtiger was opgetreden. Aan de andere kant: wát hij ook deed, het was nooit goed.

Toen Francesca op het toneel was verschenen, was het dan ook geen wonder dat hij haar gezelschap zo geestverrijkend en amusant had gevonden. Niet dat hij zo ver zou zijn gegaan als hij niet meteen smoorverliefd op haar was geworden. Als het alleen maar een korte bevlieging was geweest, had hij er meteen een punt achter gezet. Met die wetenschap had hij zichzelf al die jaren getroost, omdat hij, ondanks dat hij zo gelukkig was met Francesca, nog steeds gebukt ging onder schuldgevoelens om wat hij Lucy had aangedaan.

Hij bleef even staan om op adem te komen. Hij was zo in zijn gedachten opgegaan dat hij zijn tempo niet had aangepast aan de steile klim naar Bellagio. Hij draaide zich om en keek naar het meer, de uitloper aan de zijde van Lecco. Het water was volkomen glad. Hij vroeg zich af wat Francesca aan het doen was. Was ze bij haar oude vriendinnen? Of bij iemand anders?

Een man…

Hij huiverde. Als Francesca hem verliet, zou niet alleen zijn leven niets meer waard zijn, maar zou het kolossale offer dat hij had gebracht, voor niets zijn geweest. Dat zou hij niet laten gebeuren. Hij zou met Francesca praten, haar de gelegenheid geven hem te vertellen wat haar dwars zat. Misschien vond ze dat hij haar de laatste tijd wat had verwaarloosd. Sinds hij een paar maanden geleden zijn zaak in Milaan had uitgebreid, had hij het nog drukker dan voorheen. Ze had zich daar tot nu toe nooit over beklaagd en wanneer haar werk als freelance schrijver en reisleidster het toeliet, verbleef ze samen met hem in hun flat in Milaan.

Als ze vond dat ze naar het tweede plan was geschoven, zou hij stappen ondernemen om dat recht te zetten. Hij had een fantastisch team, dus kon hij best wat zaken aan hen overdragen, al zou dat voor hem een uitdaging zijn, want hij gaf niet graag dingen uit handen. Toen hij uit Engeland was vertrokken, had hij gedacht dat hij ook de branche en de moordende competitie waarmee hij dagelijks te maken had, achter zich kon laten, maar algauw had hij gemerkt dat hij geen mens was voor een gezapig leventje. Hij had behoefte aan de opwinding van nieuwe deals, nieuwe doelen. Het reclamewezen zat hem in het bloed. Zodra hij het Italiaans meester was en voldoende vertrouwen in zichzelf had om zaken te doen in een vreemde taal, was hij een reclamebureau begonnen en het had niet lang geduurd voor hij met de besten kon concurreren. Hij merkte dat Italië bijzonder veel opwindende dingen te bieden had. Als je de belachelijke bureaucratie en de amper verhulde corruptie en xenofobie naast je neerlegde, was Italië, en Milaan in het bijzonder, een land van eindeloos veel mogelijkheden. Dankzij de industrie in het noorden had zijn bureau nooit gebrek aan klanten. Zoals verwacht duurde het even voordat hij naam had gemaakt. In het begin huurde hij een kleine kantoorruimte in Bellagio, waar Francesca en hij toen woonden, op loopafstand van vrijwel al haar naaste familieleden. Na een poosje had hij het advies van zijn favoriete schoonzus opgevolgd en was hij zaken gaan doen met een paar plaatselijke bedrijven. Op het eerste gezicht zou je denken dat men in Bellagio hoofdzakelijk van de toeristenindustrie leefde, maar als je iets verder keek, kwam je erachter dat er ook een aantal kwekerijen waren en een glasfabriek die was gespecialiseerd in ornamenten en kerstdecoraties. De prachtige, met de hand gemaakte kerstballen waren van uitstekende kwaliteit en werden in groten getale geëxporteerd naar de Verenigde Staten. Negentig procent van de productie ging naar Amerika en Marcus vond het fijn dat hij deel uitmaakte van het nog steeds groeiende succes van de firma.

Enrico Mosto, de eigenaar van de grootste kwekerij, was een goede vriend van hem en er ging bijna geen week voorbij dat ze niet samen ergens iets gingen drinken of een hapje eten. Hij had ook voor vanavond met Enrico afgesproken, in het Serbelloni. Het restaurant van het Grand Hotel Villa Serbelloni – een van de mooiste aan het Comomeer – was Enrico's favoriet en hij nodigde Marcus en Francesca minstens één keer in de maand uit voor een diner daar. Vanavond zouden ze voor het eerst slechts met hun tweeën zijn, want Francesca was nog niet thuis uit Milaan, en Enrico's vrouw was in het begin van het jaar overleden. De arme man was nog steeds in diepe rouw.

Toen hij weer op adem was, vervolgde Marcus zijn weg. Even later had hij de top van de helling bereikt en vanaf dat punt was het alleen nog maar heuvelafwaarts naar Bellagio.

Het dichtbevolkte stadje deed Marcus vaak denken aan Venetië, vanwege de vele smalle steegjes waarvan de meeste geplaveid waren met kinderhoofdjes en dus, zei Francesca altijd, een ramp waren voor vrouwen op hoge hakken. Toen hij hier pas woonde, had het lang geduurd voordat hij er in zijn eentje de weg kon vinden, vooral 's avonds.

Aan het einde van de Salita Genazzini liep hij langs het Hotel Splendide naar de bank. Tien minuten later stond hij weer tussen de vele toeristen op straat. Aan de overkant stond een rij auto's te wachten bij de veerpont. Er was er net een binnengekomen die alweer een grote groep toeristen naar het stadje had gebracht. Over twee maanden zou de rust weerkeren. In de eerste week van november kwam alles hier tot stilstand. Dan sloten de hotels hun deuren, en de meeste winkels en restaurants ook. Slechts een handvol bleef open ten behoeve van de drieduizend koppen tellende plaatselijke bevolking en de Milanezen die hier hun weekenden doorbrachten. Het gevoel van verlichting dat in november over Bellagio neerdaalde, was even tastbaar als de sneeuw die later zou vallen op de omliggende bergtoppen.

Op de kade sloeg hij rechtsaf en liep de hoofdstraat door. Overal hoorde hij Engels spreken, door Australiërs, Amerikanen en Britten. Er kwamen tegenwoordig vooral mensen van iets oudere leeftijd, die de immer groeiende macht van het pond en de dollar met zich meebrachten. Hij wuifde naar de kelners van de San Remo Bar en kwam heel even in de verleiding er een biertje te drinken, maar toen hij zag dat alle tafels bezet waren, liep hij door naar zijn bestemming.

35

Pas toen ze op een hoogte van 35.000 voet zaten, was Helen voldoende gekalmeerd om iets te kunnen zeggen. 'Ik begrijp nog steeds niet waarom je dit doet,' zei ze. 'Het is helemaal niet nodig.'

Hunter luisterde niet. Zijn aandacht was gericht op de mooie, glimlachende stewardess, een jong, donkerharig Italiaans meisje met hagelwitte tanden, die hem een zakje nootjes en een gin-tonic kwam brengen. Vanuit haar ooghoek bekeek Helen de interactie tussen haar echtgenoot en het meisje. Zoals altijd deed Hunter waar hij goed in was: de stewardess charmeren en de aandacht naar zichzelf toe trekken. Hij was onberispelijk gekleed in een lichtblauw overhemd met open boord, klassieke blazer en roomwitte pantalon. Het enige sieraad dat hij droeg was een gouden Rolex-horloge (drie keer getrouwd, maar hij had nog nooit een trouwring gedragen), en hij straalde een air van zelfvertrouwen en rijkdom uit. Logisch dat zo'n meisje vond dat hij wel een extra glimlach waard was. Of een extra zakje nootjes. De vraag was: kon Hunter de verleiding weerstaan? Had hij sinds ze waren getrouwd, alle verleidingen weerstaan?

'Signora?'

De glimlach en hagelwitte tanden waren nu tot haar gericht. 'Witte wijn, alstublieft,' zei ze, zo beleefd als ze op kon brengen. Het was niet de schuld van de stewardess dat Hunter altijd de aandacht trok, noch dat hij zich niets van de rest van de groep had aangetrokken toen hij hun beider vliegtickets had laten upgraden. Helen had zich nog nooit zo opgelaten gevoeld als toen ze bij elkaar stonden bij de incheckbalie van Alitalia, zoals Olivia hun had verzocht, en Hunter botweg verkondigde dat hij zich al heel lang niet meer als een sardientje in de toeristenklasse liet proppen, en zijn ticket en dat van Helen had laten upgraden. Toen ze met hem naar de incheckbalie van de business class liep, had ze de ogen van de hele groep in haar rug gevoeld en met haar hele hart gewenst dat hij niet op het laatste ogenblik van gedachten was veranderd, en thuis was gebleven. Marcia had hem onder druk gezet, erop aangedrongen dat hij mee moest gaan om een oogje te houden op Savannah en Orlando. Helen had bijna hardop gelachen toen ze het hoorde. Ze wist dat Marcia dom was, maar nu had ze ontdekt dat ze ook onnozel was. Wat dacht ze eigenlijk? Dat Savannah twaalf was?

Wat haar nog het meest dwars zat, was dat toen zíj had gevraagd of Hunter meeging naar Italië, hij had gezegd dat hij het te druk had, en dat Marcia alleen maar met haar vingers had geknipt en hij alles opzij had gezet om aan haar wensen te voldoen.

Helen had zich vergist: Hunter had haar wel degelijk gehoord. Hij had het zakje nootjes opengescheurd, de inhoud op zijn servet gestrooid en er een in zijn mond gestoken, waarna hij zei: 'Ik snap niet waarom je zo moeilijk doet. Normaal gesproken vind je het helemaal niet erg dat we eersteklas reizen.'

'Dit is iets anders,' zei ze, 'en dat weet je best. We reizen met een groep vrienden en buren, en dan blijf je bij elkaar. Zo dadelijk ga je me ook nog vertellen dat je achter mijn rug om een beter hotel hebt geboekt in Bellagio.'

Hij stak nog een nootje in zijn mond. 'Dat niet, maar als het hotel me niet aanstaat, zal ik dat zeker doen. Ik ga niet in een hotel zitten dat niet naar mijn zin is, en ik zie niet in waarom ik me daarvoor tegenover iemand zou moeten verontschuldigen.'

Ze kwam sterk in de verleiding te zeggen: 'En ik hoef me niet te verontschuldigen als ik er wil blijven.' Maar ze zei niets en keek uit het raam, haar ogen half toegeknepen tegen de schittering van de witte wolken en de diepblauwe lucht. Ze vroeg zich af wat er tien rijen achter hen, achter het gordijn, over hen werd gezegd. In het bijzonder wat Conrad van haar dacht.

Een paar dagen na de bijeenkomst in het dorpshuis waar Conrad volkomen onverwacht bij aanwezig was, had ze van Mac gehoord dat hij naar Tokio was voor zijn werk. Ze had zich opgelucht en tegelijkertijd teleurgesteld gevoeld dat ze de komende dagen geen risico liep hem in het dorp tegen te komen. Het was een verwarrende tijd;

ze had zo veel tegenstrijdige gevoelens. Aan de ene kant wilde ze Conrad graag zien, aan de andere kant was ze bang voor wat er zou gebeuren als ze hem zag.

Die dag op het kerkhof, toen hij zo openhartig had gesproken over wat ze hem deed, was ze bijna voor de verleiding bezweken. Als hij haar toen had aangeraakt, zou ze hem niet hebben kunnen weerstaan. Maar opeens was hij overeind gesprongen en had hij gezegd dat ze alles moest vergeten.

Verward en verbijsterd was ze er nog een tijdje blijven zitten – verbijsterd dat ze zulke sterke gevoelens voor hem had, en verward door zijn grillige gedrag. Waarom was hij er zo plotseling vandoor gegaan?

Toen hij tijdens de bijeenkomst van de Garden Club naast haar zat, hoopte ze dat hij zou uitleggen wat er was gebeurd, al was het maar om haar ervan te verzekeren dat ze hem niet had beledigd, maar afgezien van een paar neutrale opmerkingen had hij helemaal niets gezegd.

Ze wist dat hij geen hoge pet op had van Hunter en na het debacle van vandaag was Hunter vast nog dieper gezonken in zijn achting. Ze vond het bijzonder onaangenaam dat ook zij daardoor een slechte beurt maakte en ze hoopte dat Mac, Lucy en Orlando begrepen dat ze niets te maken had met Hunters nonchalante besluit.

Het verbaasde haar dat Savannah niet bij de upgrade was inbegrepen, maar ze had het idee dat het meisje tegen haar vader had gezegd dat hij op het dak kon gaan zitten met zijn business class als ze niet naast Orlando kon zitten. Op het moment was er een atoombom nodig om die twee van elkaar te scheiden.

Toen ze zag dat het eten geserveerd zou worden, sloot ze haar ogen en deed alsof ze sliep. Ze had geen trek. Al de hele week had ze geen eetlust. Annabel had er zelfs iets van gezegd. 'Ben je afgevallen?' had ze gevraagd.

'Een beetje.'

'Ik wist niet dat je aan het lijnen was. Je hebt het ook helemaal niet nodig.'

Bijna had ze haar oude vriendin in vertrouwen genomen en haar verteld dat ze vanwege Conrad niet kon eten of slapen, maar ze had dat toch niet gedaan. Annabel zou het niet begrijpen, want die vond

Hunter perfect. In plaats daarvan had ze opnieuw haar hart uitgestort in een eenzijdig gesprek met haar grootmoeder toen ze met haar naar een nabijgelegen tuincentrum was gegaan. De enige reactie van Emma was de vraag geweest of ze een ijsje mocht.

Ook had ze het bijna aan Isobel Jenkins verteld tijdens hun wekelijkse ochtend samen. Ze hadden eerst gewinkeld, omdat Isobel een nieuwe winterjas nodig had, en daarna had Helen haar geholpen formulieren van de verzekeringsmaatschappij in te vullen en opeens had Isobel gezegd dat Helen er moe uitzag. Helen had de grootste moeite gehad zich in te houden en er niet uit te flappen dat haar leven helemaal op zijn kop stond, omdat ze een man had ontmoet die iets diep in haar binnenste had geraakt, een plekje dat niemand anders tot nu toe had beroerd.

Helen liet haar hoofd tegen het raam rusten en gaf haar gedachten de vrije loop. Hoe was dit gebeurd? Waarom had ze het zover laten komen dat Conrad haar zo bezighield dat het andere mensen begon op te vallen dat ze was veranderd.

Was het Hunter ook opgevallen? vroeg ze zich af. Waarschijnlijk niet. Hij schonk de laatste tijd nauwelijks aandacht aan haar. Die gedachte kwam niet voort uit zelfmedelijden; het was doodgewoon een feit en ze had altijd goed kunnen omgaan met feiten. Onzekerheid daarentegen was een heel ander verhaal.

Mac was onrustig. Hij kon zijn draai niet vinden, hoe vaak hij ook ging verzitten. Er was te weinig beenruimte, hij had het warm en voelde zich licht in het hoofd. Gisteravond, toen hij zijn koffer aan het pakken was, was hij weer duizelig geworden, terwijl het juist de afgelopen dagen zo goed was gegaan. Maar dit was niet zijn grootste zorg. Hij had een onheilspellend gevoel over de komende dagen. Allerlei mensen uit zijn naaste omgeving waren terechtgekomen in situaties die alleen maar tot verdriet zouden leiden.

Om te beginnen had je de arme Lucy die haar best deed niets te laten merken van het feit dat ze doodongelukkig was. Mac mocht Orlando graag en had altijd respect voor hem gehad, maar vond dat het joch nu volslagen zijn verstand had verloren. Het bestond gewoon niet dat hij echt iets in Savannah zag. Iedereen wist dat hij en

Lucy in ieder opzicht voor elkaar gemaakt waren en iedereen was er dan ook van uitgegaan dat het slechts een kwestie van tijd was voordat ze officieel een stel werden. Mac was ervan overtuigd dat Orlando op een dag wel weer tot bezinning zou komen, of dat Savannah zich zou gaan vervelen en Swanmere zou verlaten, want ze leek hem geen type dat erg lang in zo'n dorp kon wonen. Volgens hem was ze iemand die het op geen enkele plek lang volhield, hoewel dat natuurlijk ook aan haar leeftijd kon liggen. Voor jonge mensen was niets eeuwigdurend en gold alleen het hier en nu. Ze vonden dat je de genoegens van het leven met beide handen moest aangrijpen en dat ze hun behoefte aan gevaar en sensatie op iedere manier mochten bevredigen, zonder stil te staan bij de consequenties.

In dit geval waren de consequenties dat zodra Savannah genoeg had van dit avontuurtje en op zoek zou gaan naar een nieuwe uitdaging – wat geen kwestie was van *als*, maar van *wanneer* – Orlando zou doen wat iedereen in zijn geval zou doen: uithuilen bij Lucy. En hoe zou Lucy, die dol op hem was, zich dan voelen? Misbruikt? Verraden? Blij dat hij zijn vingers had gebrand? Het was moeilijk te zeggen, maar voordat het zover zou zijn, was hij van één ding heel zeker, en dat was dat Lucy doodongelukkig was en dat Orlando daar helemaal geen weet van had. Ze zaten met hun drieën in de rij voor Mac en Conrad, de twee meisjes naast elkaar en Orlando bij het raam. Omdat Mac zo lang was, kon hij over de stoelen heen kijken en zien wat er allemaal gebeurde. Savannah had haar hoofd op Orlando's schouder gelegd en zat openlijk met hem te flikflooien. Af en toe giechelde ze ook op een bijzonder irritante manier. Arme Lucy. Mac had echt met haar te doen. Alsof ze niet al genoeg aan haar hoofd had, nu ze voor het eerst na al die jaren haar vader misschien weer zou zien.

Mac had hierover slechts heel kort met haar gesproken, alleen maar om haar te laten weten dat ze altijd bij hem kon aankloppen als ze daar behoefte aan had. Met haar opgewekte antwoord had ze hem niet kunnen foppen. 'O, dat vind ik vreselijk lief van je, Mac, maar ik red me wel, hoor. Je zult zien dat als ik eenmaal besluit bij hem op bezoek te gaan, ze net op vakantie zijn. En dat zou misschien ook wel het beste zijn.' Hij vond het bewonderenswaardig dat ze er zo luchtig over kon doen, maar kende haar goed genoeg om te weten wat er achter haar dappere woorden schuilging. En toen hij Dan laatst was tegengekomen in de Swan, had die hem verzocht tijdens de reis een oogje op Lucy te houden.

'Het arme kind zit erg met zichzelf in de knoop,' had Dan gezegd, 'en dat is ook geen wonder, nu Orlando zulke rare dingen uithaalt. Die jongen heeft haar hart gebroken.'

Orlando wist het zelf waarschijnlijk niet, maar er waren nog meer mensen die kritiek op hem hadden. Zelfs Olivia Marchwood, die niet bekendstond om nuttige adviezen op het gebied van de liefde, had zich aangesloten bij het koor van afkeurende stemmen. 'Mannen!' had iemand haar in de boekwinkel horen zeggen. 'Ze zijn ook allemaal hetzelfde.'

Mac hoopte alleen dat net zo goed als Orlando zich niet bewust was van het feit dat hij min of meer in ongenade was gevallen, Lucy niet wist dat iedereen in het dorp met haar meeleefde, want ze vond het vreselijk wanneer mensen medelijden met haar hadden.

Hij slaakte een diepe zucht. Zijn rechterbeen begon een beetje stijf te worden. Hij strekte hem voorzichtig in het gangpad en masseerde zijn knie.

'Gaat het?' vroeg Conrad.

'Het zal beter gaan wanneer we eenmaal zijn geland. Misschien hadden we er beter aan gedaan ons te laten upgraden, net als Helens man heeft gedaan.'

Conrad vouwde het papieren servet op en legde het op het blad met de restanten van zijn lunch. Zijn enige reactie was: 'Wil je opstaan en een poosje heen en weer lopen om het bloed in je benen beter te laten doorstromen?'

'Ben je bang dat ik trombose krijg en de pijp uitga?'

'Wat denk je zelf?'

'Ik denk van niet. Ik ben van plan je nog heel lang in de weg te zitten.'

'Daar ben ik blij om. Waarom eet je niet?'

'Waarom zit jij me zo te bemoederen?'

'Nou, zelf weten, hoor. Ik ga een dutje doen.'

Conrad liet de rugleuning van zijn stoel wat zakken en het verbaasde Mac helemaal niet dat hij vrijwel meteen in slaap viel, want hij leed nog aan jetlag van zijn reis naar Japan. En jij bent de tweede reden waarom ik zulke onaangename voorgevoelens heb over deze reis, dacht Mac.

Hij draaide zijn hoofd weg van Conrad en keek door de gang naar de plaats waar Helen en Hunter aan het oog werden onttrokken door twee slordige gordijntjes. Mac wist maar al te goed dat het geen pretje was om te houden van de vrouw van een ander. Een tijdlang was je in de zevende hemel, tot duidelijk werd dat de vrouw in kwestie haar man nooit zou verlaten, omdat ze met hem verbonden was door iets wat je nooit zou kunnen begrijpen en waarmee je nooit kon wedijveren, en dan begon het leed. Wanneer je eenmaal wist dat het lot had beschikt dat je niet samen door het leven zou gaan, dat je liefde niet genoeg was om haar hart volledig te veroveren, verloor je leven iedere betekenis. Een dergelijk verdriet wenste hij zelfs zijn grootste vijand niet toe, laat staan Conrad.

Hij werd nu zelf ook een beetje slaperig en sloot zijn ogen. Hij wist hoe groot de stress was die zowel Conrad als Lucy nu voelde en hoe goed ze erin slaagden hun gevoelens verborgen te houden, maar in feite deed hij precies hetzelfde. Hij had nog steeds niemand iets verteld over zijn duizeligheid. Hij had het aan Conrad moeten vertellen, maar wilde hem er niet mee belasten. De jongen had al genoeg aan zichzelf.

Zijn laatste gedachte voordat hij wegzonk in de wollige armen van de slaap, was dat het net was alsof ze naar het Comomeer vlogen met een bom aan boord. De grote vraag was, wie of wat die bom zou laten ontploffen.

36

De eindbestemming van Marcus' wandeling was Hotel Villa Rosa, dat al bijna vijftig jaar eigendom was van de familie Fontana. Francesca's vader, Rinaldo Fontana, had het verwaarloosde, vier verdiepingen hoge gebouw gekocht toen hij een ambitieuze jongeman was, en er een traditionele albergo met restaurant van gemaakt. Na de dood van Rinaldo was het hotel overgenomen door Francesca's broers – i Fratelli Fontana – en hun echtgenotes, en zo was het een echt familiebedrijf gebleven.

Op de dag dat Francesca Marcus had voorgesteld aan haar familie, hadden ze hem bekeken met onverholen afkeer en achterdocht. Francesca was de enige dochter van Rinaldo en Rosa en tevens hun jongste kind, en als je zou zeggen dat ze hun twijfels hadden over de vraag of hij wel geschikt was voor haar, was dat heel zachtjes uitgedrukt. Alleen een massamoordenaar zou zo kil zijn verwelkomd. Hun achterdocht was natuurlijk niet ongegrond. Wie was die man, die zoveel jaar ouder was dan hun geliefde dochter? Wat was hij voor een man als hij zijn gezin in Engeland in de steek liet voor Francesca? Wie kon garanderen dat hij straks met haar niet precies hetzelfde zou doen?

De eerste anderhalf jaar was een verschrikking. De Fontana's gedroegen zich beleefd, maar meer ook niet. Met de kerst besloot Francesca er iets aan te doen. Tijdens het diner vertelde ze aan de familie dat zijn scheiding erdoor was en dat ze gingen trouwen, met of zonder instemming van de familie. 'Ik hoef me niet te schamen voor wat ik doe, voor het feit dat ik ga trouwen met een gescheiden man,' zei ze. 'Ik hoef me ook niet te schamen voor het feit dat hij niet katholiek is. Ik schaam me alleen voor het feit dat mijn eigen familie ons zo neerbuigend behandelt. Ik had gehoopt dat jullie de man van wie ik hou, een eerlijke kans zouden geven.'

Marcus was onbeschrijflijk trots op Francesca en nam haar hand in de zijne toen ze weer ging zitten, al verwachtte hij niet dat de ijzige houding van de Fontana-clan nu zou smelten. Hij kreeg ongelijk. Rinaldo kwam langzaam overeind en hief met tranen in zijn ogen zijn glas op naar Marcus. 'Op mijn toekomstige schoonzoon,' zei hij, en daarbij glimlachte hij zelfs. Toen volgden alle anderen zijn voorbeeld en was het ijs eindelijk gebroken. Hij was geaccepteerd. Hij hoorde erbij.

In maart werd het huwelijk voltrokken, een paar weken voordat het seizoen begon. De plechtigheid werd gehouden in de plaatselijke *biblioteca*, en het was de eerste keer dat er binnen de familie Fontana een burgerlijk huwelijk werd gesloten. Later zei Francesca dat het mogelijk was dat de oudere leden van de familie hen nooit als officieel getrouwd zouden beschouwen. 'Mijn grootmoeders zijn nog van de oude stempel,' legde ze uit. 'Voor hen gaan traditie en religie boven alles.'

Al die tijd, terwijl hij zijn best deed Francesca's vader te bewijzen dat hij diens geliefde dochter waard was, was hij door zijn eigen dochter doodverklaard. Hij ontving niet één brief of telefoontje van Lucy. Soms vreesde hij dat ze de brieven die hij haar stuurde, helemaal niet ontving, omdat Fiona ze onderschepte. Hij wist dat Fiona nog steeds kwaad en verbitterd was en dat hij moest accepteren dat hij niets kon doen tegen de manier waarop ze Lucy beïnvloedde.

Marcus sloeg bij de volgende straat rechtsaf en begon weer te klimmen. De met kinderhoofdjes geplaveide straat was zo smal dat hij bijna de huizen aan weerskanten gelijktijdig kon aanraken. Hoog boven de hoofdstraat van het stadje, met de winkels en andere hotels toch vlakbij, was Hotel Villa Rosa schitterend gelegen en had je er vrij uitzicht op het meer. Op heldere dagen kon je Cadenabbia en Tremezzo aan de overkant van het meer zien, maar vandaag was het uitzicht beperkt vanwege een paars waas die werd veroorzaakt door de vochtige hitte. Hij duwde de glazen deur open en liep de heerlijke koelte van het met airconditioning uitgeruste hotel in. Antonia, Francesca's oudste nicht, zat aan de telefoon achter de marmeren receptiebalie. Ze wuifde naar Marcus en mimede 'Ciao!'

Hij ging op zoek naar haar moeder, Anna, en vond haar op de eerste verdieping, op het beschaduwde terras dat eruitzag als een tuin, waar ze bezig was de roze rozen, roomwitte hortensia's en spectaculaire vuurrode oleanderstruiken water te geven, die goed gedijden in haar geliefde verzameling terracotta potten en antieke urnen. Het hotel was kleiner dan de meeste andere hotels in Bellagio en had geen zwembad, schoonheidssalon of fitnessruimte, maar toch waren in het zomerseizoen vrijwel alle kamers voortdurend bezet. De clientèle bestond voornamelijk uit Amerikanen en Britten, maar ze hadden ook regelmatig Fransen en Duitsers. Allen kwamen voor de betrouwbare kwaliteit van de service en de uitmuntende keuken. Ook was iedereen erg enthousiast over de prachtige terrastuin die Anna met behulp van Francesca had gecreëerd en waar in de zomermaanden het ontbijt werd geserveerd.

Anna zette de gieter neer toen ze Marcus zag. Ze veegde haar handen af aan haar brede heupen, kwam naar hem toe en kuste hem op beide wangen. '*Ciao! Come stai?*'

'*Sto bene,*' antwoordde hij vol genegenheid. Hij mocht Anna erg graag, maar zij was dan ook zijn enige bondgenoot geweest toen de rest van de familie hem met de nek had aangekeken. Ze was getrouwd met Franco, de oudste van de gebroeders Fontana, en had makkelijk haar invloed kunnen uitoefenen op de familie om een wig te drijven tussen hem en Francesca, maar in plaats daarvan had ze hem en Francesca stilletjes een hart onder de riem gestoken en gezegd dat ze geduldig moesten zijn, dat het slechts een kwestie van tijd was en dat hun liefde uiteindelijk alles zou overwinnen. Hij was maar twee jaar ouder dan Anna en voelde een verwantschap met haar. Zij op haar beurt hield erg veel van Francesca, en sinds Rosa drie jaar geleden was overleden, was ze een soort surrogaatmoeder voor haar geworden.

'Je ziet eruit alsof je wel een biertje lust,' zei Anna.

Hij trok een gezicht. 'Is het zo erg?'

Ze glimlachte. 'Het zal de warmte zijn.'

Terwijl Anna het biertje voor hem gingen halen, nam hij plaats in een van de rieten stoelen aan het einde van het terras. In de schaduw van de met wijnranken begroeide pergola luisterde hij naar de kerkklokken van San Giacomo die drie uur sloegen, en naar een paar hotelgasten die een reisgids en een plattegrond van het meer zaten te bekijken. Het waren Amerikanen, keurig gekleed en naar hun accent te oordelen afkomstig uit Chicago. Ze waren precies het soort mensen dat Marcus op het oog had gehad toen hij twee winters geleden de gebroeders Fontana het advies had gegeven het hotel te laten opknappen. De zaken waren indertijd nogal teruggelopen en voor Marcus was duidelijk geweest waarom: Hotel Villa Rosa begon af te takelen. Zo tactvol mogelijk had hij de familie uitgelegd dat 'Italiaans Sjofel', dat wil zeggen versleten sanitair, verschoten behang, kale tapijten en vlekkerige vergulde lijsten, niet geschikt waren voor de toeristen van de 21e eeuw. Hij had hen aangemoedigd het hotel drastisch te moderniseren en het een elegante, strakke uitstraling te geven. Daarvoor had hij hen in contact gebracht met twee jonge binnenhuisarchitecten uit Milaan, die na één blik op het verouderde decor en de aftandse meubels hun handen vertwijfeld hadden opgeheven. Toen het theatrale gejammer achter de rug was, had het tweetal de gebroeders Fontana ervan weten te overtuigen dat ze een hotel moesten creëren dat in ieder opzicht verschilde van alle andere hotels in Bellagio. Franco en zijn broers hadden overleg gepleegd met de bank en de sprong gewaagd. Het resultaat was dat Hotel Villa Rosa nu de naam had van een boetiekhotel met eenvoudige, stijlvolle kamers en de efficiënte service waar kritische reizigers van middelbare leeftijd prijs op stelden. Sinds de heropening waren er zelfs artikelen over geschreven in een aantal tijdschriften en genoot het gemoderniseerde restaurant een groeiende reputatie.

'Sorry dat het zo lang heeft geduurd,' zei Anna toen ze terugkwam met zijn bier en een espresso voor zichzelf. De Amerikanen hadden hun spullen bij elkaar gepakt en waren vertrokken zodat ze het terras voor zich alleen hadden. 'Ik kreeg net telefoon,' legde ze uit. 'Van Alessio. Ik heb goed nieuws, want hij heeft mijn voorstel aanvaard en komt vanmiddag hierheen.'

'Is het ooit gebeurd dat iemand *niet* heeft ingestemd met jouw verzoeken?'

Anna glimlachte. 'Ik heb enige overredingskracht. Wat dat betreft ben ik net als jij, Marcus.'

Marcus nam een lange, dorstige teug van zijn bier. Alessio was

Anna's neef, de zoon van haar enige zus. Hij was klassiek pianist, lid van het orkest van het Conservatorio di Musica in Milaan en werd beschouwd als het wonderkind van de familie. Hij was bovendien een jongeman die alle meisjes het hoofd op hol bracht. Wat zijn status binnen de familie natuurlijk alleen maar ten goede kwam. Hij was dertig, een bijzonder knappe jongeman met het kwetsbare temperament van een wispelturige volbloed, wat volgens Anna en Francesca een onweerstaanbare combinatie was. Marcus zei het nooit hardop, maar had eerlijk gezegd medelijden met het meisje dat er ooit in zou toestemmen met Alessio te trouwen omdat ze dacht dat zij degene was die hem kon temmen. Al had hij gehoord dat de jongen was veranderd sinds hij de afgelopen lente hersenvliesontsteking had gekregen waaraan hij bijna was bezweken. Er waren vele kaarsen voor hem aangestoken en volgens de artsen was het een wonder dat hij het had gered. Hij was nog steeds herstellende. 'Hoe is het met hem?' vroeg Marcus.

'Nog steeds niet honderd procent. Op het Conservatorio wordt hij erg ontzien en ze hebben gezegd dat hij pas weer fulltime mag gaan spelen wanneer hij zelf voelt dat hij ertoe in staat is.'

'Het zou ook dom zijn als ze dat niet zouden zeggen. Hij heeft veel talent en het zou niet goed zijn als ze wilden dat hij weer aan het werk ging voordat hij helemaal gezond is.' Ongeacht hoe Marcus dacht over Alessio's privéleven, aan zijn talent had hij nooit getwijfeld. 'Dus hij heeft erin toegestemd hier in het restaurant te komen spelen? Vindt hij dat niet een beetje beneden zijn stand?'

Anna schudde haar hoofd. 'Zo ja, dan is dat jammer. Zijn moeder en ik hebben besloten dat verandering van omgeving hem goed zal doen.'

'Het zal in ieder geval klanten trekken. Het restaurant zal iedere avond helemaal vol zitten, vol zwijmelende vrouwen en hun tandenknarsende echtgenoten.'

Anna lachte en deed suiker in haar espresso. 'Vandaag komt er trouwens weer een groep van een tuinclub. Het was een goed idee van Francesca om reclame te maken bij de gespecialiseerde reisverenigingen in Groot-Brittannië en Amerika. Dat heeft veel klandizie opgeleverd.'

'Misschien dat jullie ooit ook nog iets zien in mijn voorstel om mensen van kookclubjes aan te trekken.'

'Nee, dat is meer iets voor Toscane. Ik denk niet dat Bellagio daarvoor geschikt is.'

'Als ik me niet vergis, zei je hetzelfde over de groepen die tuinen komen bezichtigen.'

Dat commentaar wuifde ze opzij. Binnen begon de telefoon weer te rinkelen. Anna hield haar hoofd schuin, alsof ze overwoog op te staan om de telefoon aan te nemen, maar iemand was haar voor. Marcus maakte van de pauze in hun gesprek gebruik om te polsen of Anna wist of Francesca ergens mee tobde.

Twintig minuten later was hij op de terugweg naar Pescallo. Jammer genoeg was hij niets te weten gekomen. Eenmaal thuis liep hij meteen door naar de tuin met het prachtige uitzicht op het meer. De tuin was Francesca's lust en leven en ze had al haar liefde erin gestoken. Het zou erg simplistisch zijn te zeggen dat iedere plant waarmee ze de tuin had gevuld, een substituut was voor een kind, maar toen hij over het water heen naar het dorpje Lierna en het noordelijker gelegen Varenna keek, hoopte Marcus dat het waar was. Want dan bestond er een kleine kans dat de tuin in ieder geval een reden voor haar zou zijn hem niet te verlaten.

37

De bus waarmee ze waren afgehaald van het vliegveld denderde over de drukke snelweg, waar de auto's veel te dicht op elkaar zaten en in een moordend tempo reden. Lucy voelde zich een beetje misselijk.

Niet dat ze last had van wagenziekte. Ze had alleen maar last van het kleffe gedoe van Savannah en Orlando. En ze had aldoor vlinders in haar buik van angst voor wat haar hier allemaal te wachten stond. Zou ze tijdens haar verblijf in Italië haar vader ontmoeten of niet? Kon ze dat aan? Volgens Dan was ze ruimschoots opgewassen tegen die taak. Hugh had ongeveer hetzelfde gezegd en Orlando was degene die de bal aan het rollen had gebracht. Drie mannen die zeiden dat het tijd was om af te rekenen met het verleden. Waren zulke dingen makkelijker voor mannen? Vonden vrouwen het moeilijker anderen te vergeven? Zat dergelijk leed bij vrouwen dieper dan bij mannen? Zo diep vanbinnen dat je er niet bij kon om het te genezen?

Ze hield aldoor denkbeeldige gesprekken met haar vader die allemaal op precies dezelfde wijze eindigden, namelijk dat ze hem precies vertelde hoe ze over hem dacht en dan wegliep, waarna ze hem nooit meer zou zien of spreken. Ze had zich de ontmoeting al zo vaak ingebeeld dat ze het gesprek woord voor woord kende. Al was dat natuurlijk niet wat er van haar werd verwacht, en dat wist ze best. Niemand had het met zoveel woorden gezegd, maar men verwachtte eigenlijk dat ze een of andere wonderbaarlijke metamorfose zou ondergaan. Alsof een paar minuten in het gezelschap van haar vader voldoende zouden zijn om het verleden aan de kant te schuiven, en dat ze zich dan snikkend in zijn armen zou storten.

Voor in de bus stond Philippa Hutton, de vrouw die naar Swanmere was gekomen met het idee voor de reis. Zij zou de komende vijf dagen hun gids zijn. Ze kondigde door de krakerige microfoon aan dat ze over ongeveer een uur in Bellagio zouden aankomen, afhankelijk van het verkeer. Terwijl ze voortdurend ruzie had met de slechte microfoon, vertelde ze hun ook over de rest van het gezelschap, een groep uit Gatwick, die 's ochtends al was aangekomen. 'Zo! Er is dus een groep uit het noorden en een uit het zuiden,' zei Mac, die naast Lucy zat. 'Ik hoop dat we op verschillende etages zitten in het hotel. We wensen geen kruisbestuiving.'

'Je komt zelf uit het zuiden, Mac,' zei Lucy. 'Net als ik.'

'Ja, maar wat territoriaal gehakketak tijdens een vakantie is nooit weg.'

'Als jij het zegt. Ik heb al genoeg aan mijn hoofd.'

Ze staarde uit het raampje van de bus. Wat deed ze hier eigenlijk? Waarom deed ze dit zichzelf aan? Aan de ene kant was ze het vijfde wiel aan de wagen van Savannah en Orlando, en aan de andere kant wist ze nog steeds niet of ze haar vader wel wilde ontmoeten. Ze dacht aan de bijnaam die Dan haar had gegeven: Juffertje Misschien. Dit was beslist een misschien-situatie. Misschien zou ze het doen, misschien ook niet.

Ze sloot een poosje haar ogen en toen ze ze weer opendeed, hadden ze de snelweg verlaten en reden ze door een stad. Ze begon wat meer aandacht te besteden aan de omgeving. Opeens sloegen ze een hoek om en zagen ze water. Het meer.

'We bevinden ons nu in de stad Como,' vertelde Philippa. 'Die is in 196 voor onze jaartelling gesticht door de Romeinen. Het huidige inwonertal is circa vijfenzestigduizend. Als u snel bent, kunt u aan de linkerkant de Duomo –'

'Ik wou dat ze haar mond hield,' zei Mac zachtjes. 'Als dit de hele reis zo blijft, ga ik oordopjes kopen.'

'Dan kun je beter zo'n ding kopen,' zei Lucy. Ze dook in haar tas en haalde haar iPod eruit. 'Ik hoop niet dat je het erg vindt, Mac, maar ik luister de rest van de rit liever naar muziek.'

'Ga gerust je gang.'

Terwijl *Absolution* van Muse haar trommelvliezen belaagde, keek Lucy naar het voorbijglijdende landschap. De smalle weg liep parallel aan het meer en maakte soms scherpe bochten. Alles zag er weelderig groen uit. Hoge, elegante cipressen rezen als spitse kerktorens op naar de lichtblauwe hemel. Roze en paarse hanggeraniums tuimelden uit bloembakken onder de ramen van de huizen, blozende hortensia's pronkten in de zon en oleanderstruiken sierden iedere bocht in de weg. Het was mooier dan ze had gedacht en het meer was een stuk groter. Ze had een reisgidsje meegebracht maar er nog niet in gekeken. Daar had ze vanavond in bed meer dan genoeg tijd voor. Ze hoopte alleen dat haar kamer niet dicht bij die van Orlando of Savannah zou zijn. Als ze naast een van hen tweeën zat en het geluid hoorde van piepende springveren, zou ze niet voor zichzelf instaan. Ze had geen idee of Orlando en Savannah al met elkaar sliepen, ze wist niet wat er allemaal gebeurde wanneer ze op haar werk was, alleen dat Savannah nooit een hele nacht was blijven slapen, maar ze nam aan dat het nu niet lang meer zou duren voordat ze haar thuis iedere ochtend bij het ontbijt zou moeten dulden. In het hotel was voor elk apart een kamer geboekt, maar wie dacht dat ze de nachten in hun eigen bed zouden doorbrengen, was wel erg naïef. Zelfs Savannahs vader zou dat wel doorhebben.

Ze knipperde met haar ogen om haar tranen terug te dringen. O, waarom had ze toch niet eerder beseft wat ze voor Orlando voelde?

Ze schakelde snel over naar wat ze van plan was te gaan doen zodra ze in Bellagio waren aangekomen. Ze had het adres van haar vader en nadat ze haar koffer had uitgepakt, zou ze zien dat ze aan een plattegrond kwam om uit te zoeken waar hij woonde. Ze had geen idee hoe groot Bellagio was en maakte zich een beetje zorgen dat het een kleine stad was waar ze voortdurend het risico liep hem tegen te komen. Ze had absoluut geen haast om hem te gaan opzoeken, maar wilde wel weten hoe groot de kans was dat ze hem tegen het lijf zou lopen zonder dat ze zich daarop geestelijk had voorbereid. Al dacht ze eigenlijk niet dat hij pal in het centrum van de stad woonde.

Het enige waar ze niet over twijfelde, was dat ze hem onmiddellijk zou herkennen. Maar was het omgekeerde ook waar?

'Als ik je man was, zou ik niet aan de bar zitten en jou links laten liggen.'

'Hij laat me niet links liggen.'

'Nee?'

Toen Helen daarop geen antwoord gaf en haar gezicht afwendde en naar de nachtelijke hemel keek boven het meer waarop een veerboot geruisloos voorbijgleed, terwijl de lichten werden weerspiegeld in het inktzwarte water, zei Conrad: 'Neem me niet kwalijk. Dat was een rotopmerking.' Ze stonden in de verste hoek van de terrastuin van Hotel Villa Rosa te wachten tot ze aan tafel zouden gaan. Dit was de eerste keer vandaag dat hij Helen kon spreken zonder dat er anderen bij waren.

'Waarom zei je het dan?'

Conrad haalde zijn schouders op. Sinds de dag waarop hij Hunter in de trein een andere vrouw had zien kussen, brandde hij van verlangen Helen te vertellen met wat voor soort man ze getrouwd was, maar toch had hij besloten er niets over te zeggen. Hij wilde niet dat Helen een verhouding met hem zou beginnen om wraak te nemen op Hunter, en dat zou dan hoogstwaarschijnlijk gebeuren. Het zou niet meer dan menselijk zijn – jij kwetst mij, ik kwets jou. Nee. Hij wilde dat Helen uit eigen beweging zou besluiten dat ze hem wilde. Tijdens zijn reis naar Tokio had hij veel tijd gehad om over haar na te denken. Hij had geprobeerd zichzelf wijs te maken dat hij niet verliefd was op haar, maar dat was niet gelukt. Zijn gevoelens voor haar waren eerder nog sterker geworden.

'Ik heb een theorie,' zei ze terwijl ze zich weer naar hem omdraaide, 'gebaseerd op de jaren dat ik als reisleidster heb gewerkt.'

'En die is?'

'Dat wanneer mensen op vakantie zijn, ze zich anders gedragen dan anders. Ze doen en zeggen dingen die ze zich thuis nooit in hun hoofd zouden halen.'

'Daar heb je gelijk in en nogmaals sorry dat ik zo onaangenaam deed. Wijt het maar aan vermoeidheid. Ik zit nog op een Japans tijdschema.'

'Maar weet je,' ging ze op zachte toon door, alsof hij helemaal niets had gezegd, 'ik weet nog steeds niet of je soms op vakantie juist jezelf bent, of niet. Wat denk jij?'

Hij ging iets dichter bij haar staan, zo dicht dat zijn schouder de hare raakte. 'Ik denk –' Maar verder kwam hij niet.

'Wat staan jullie daar stiekem te fluisteren?' Het was Olivia

Marchwood, gekleed zoals ze blijkbaar dacht dat je je op vakantie behoorde te kleden, in een mouwloze, lichtgroene jurk met een elastieken taille en rond haar schouders een sjaal die de kleur had van mosterd en ontzettend bij de jurk vloekte. Conrad had haar nog nooit zo smakeloos gekleed gezien. Over vreemd vakantiegedrag gesproken!

'We staan gewoon van het uitzicht te genieten,' zei hij in antwoord op haar vraag, ook al keek Helen veel te schuldbewust, alsof Olivia hen had betrapt op het plegen van orale seks, hier op het terras. 'Ben je tevreden over je kamer, Olivia?' vroeg hij, om maar iets te zeggen.

'Om te slapen is hij prima. Ik heb niet meer nodig dan een stevig matras en een warme douche. Ik ben niet zoals sommige mensen die allerlei extraatjes verwachten. Ik hoorde een vrouw daarnet nota bene klagen dat haar badkamer niet groot genoeg is. Hebben jullie al gesproken met de mensen van Gatwick?'

Daarmee was glashelder wie ze bedoelde. 'Nee, nog niet. Ik ben nog maar net beneden en stond met Helen te praten in afwachting van Mac.'

Helen was weer een beetje bij haar positieven gekomen en zei: 'Dit hotel is erg mooi gelegen en het is hier veel rustiger dan ik had verwacht.'

'Ja, Philippa zei al dat we dit hotel wel een goede keus zouden vinden,' antwoordde Olivia. 'Ik heb begrepen dat ze hier altijd komt met haar groepen.' Ze keek op haar horloge. 'Over vijf minuten gaan we aan tafel. Mac mag wel opschieten, anders komt hij te laat. Ik heb Lucy ook nog niet gezien. Ik hoop dat de mensen zich niet wanordelijk gaan gedragen, want ik weet uit ervaring dat zodra men zich niet meer aan het tijdschema houdt, alles in het honderd loopt.'

'Ik neem aan dat Philippa ons wel aankan,' zei Helen.

'Ach, ik vergeet aldoor dat jij dit soort werk vroeger zelf hebt gedaan, nietwaar? Voordat je met mijnheer Tyler bent getrouwd?'

De manier waarop ze het zei, beviel Conrad helemaal niet en hij ging snel op iets anders over. 'Wil je soms een aperitief, Helen? En jij, Olivia, wat kan ik voor je halen?' *Iets wat net zo zuur en scherp is als je tong, misschien?*

Zonder antwoord te geven op zijn vraag zei ze: 'Ah, daar komt Philippa net aan. Neem me niet kwalijk, maar ik moet haar iets vragen over het programma van morgen.'

'Wilde je echt iets te drinken voor me gaan halen?' vroeg Helen toen ze weer alleen waren. 'Zo ja, dan wil ik graag een wodka-tonic. Met extra veel wodka.'

'Wat zit je het meest dwars?' vroeg hij. 'Wat ze zei of het feit dat ze ons hier zag staan?'

'Het laatste natuurlijk. Het kan me niets schelen als ze denkt dat ik met Hunter ben getrouwd om een luxeleventje te kunnen leiden.'

'Is dat zo?'

'Wat denk je?'

Haar stem had een scherpe, kille klank gekregen die hij nog nooit eerder had gehoord. Opeens kon hij haar niet meer in de ogen kijken. 'Ik zal de drankjes gaan halen,' zei hij.

Lucy dacht niet dat ze iets zou kunnen eten, maar toen Mac op haar deur klopte, wist ze dat hij het niet zou accepteren dat ze op haar kamer bleef. 'Heb je je nog niet eens omgekleed?' zei hij.

'Ik denk dat ik het eten maar oversla, Mac. Ik heb geen trek.'

Hij keek haar streng aan. 'Ik geef je vijf minuten.'

'Mac, ik wil echt liever –'

'Vijf minuten en die gaan *nu* in. Ik wacht bij de lift op je.'

Ze zwichtte, verruilde haar spijkerbroek voor een witte linnen broek, de enige geklede broek die ze had meegebracht, trok een wit strapless topje aan en een paar lichtgroene suède teenslippers die ze voor een habbekrats in de uitverkoop had gekocht. Voor de vorm deed ze wat lipgloss op, borstelde haar haar en besloot het tot een staart te binden met een elastiekje dat dezelfde kleur had als de teenslippers. Mooi genoeg, vond ze.

Haar kamer was naast de lift en het trappenhuis en Mac stond inderdaad op haar te wachten. 'Dag schoonheid,' zei hij. 'Je ziet er beeldig uit en zult het ego van een oude man veel goed doen wanneer we zo dadelijk samen de eetzaal betreden.'

'Als je zo doorgaat, voer ik je levend op aan La Marchwood en haar theekransje van ouwe vrijsters.'

Hij lachte en drukte op de knop van de lift. De deuren gleden vrijwel meteen open en ze stapten in het met spiegels beklede hokje. Ze waren nog maar net begonnen aan de afdaling naar de eerste etage, toen Mac opeens zijn evenwicht verloor. Lucy greep hem snel vast. 'Wat is er, Mac?'

Hij slikte en zijn ogen gingen heen en weer, alsof hij ze niet op een punt kon richten. Het duurde even voordat hij iets kon zeggen. 'Een lichte aanval van duizeligheid, daar heb ik al jaren last van. Niets bijzonders, hoor. Het gebeurt me vaak in de lift.'

'Voel je je wel goed? Je ziet erg bleek.'

'Dat komt gewoon door deze lampen. Die halen alle kleur uit je gezicht.'

Lucy was niet overtuigd. De lift stopte en de deuren gingen open. Toen ze uitstapten in de witbetegelde hal, zei ze: 'Zul je je tijdens deze vakantie niet al te veel vermoeien?'

'Begin jij nou ook al? Hou op, zeg. Ik hoor niets anders van Conrad. Vooruit, geef me een arm, dan zullen we op theatrale wijze onze entree maken. Ik wil dat alle ogen op ons gericht worden, begrepen?'

Ze voldeed aan zijn verzoek, maar het lukte haar niet erbij te glimlachen, ook al wist ze dat hij dat graag wilde.

Een deel van het restaurant was gereserveerd voor de groep. Tot haar ontsteltenis zag Lucy dat er twee lange tafels waren met naamkaartjes. Philippa liep met een verhit gezicht en een klembord in haar hand rond om aan iedereen uit te leggen dat ze een vast menu kregen en dat ze alle mensen door elkaar heen had gezet. 'Dan krijgen jullie de kans elkaar te leren kennen,' zei ze, terwijl ze haar schaapjes naar de tafels leidde.

'Ik hoop niet dat we de hele reis gedwongen worden jolig te zijn,' gromde Mac tegen Lucy. 'En dat we niet iedere dag een vaststaand menu krijgen. Ik maak zelf wel uit wat ik eet.'

Toevallig was Lucy naast Mac geplaatst, maar had ze Olivia Marchwood pal tegenover zich. Hun naaste buren waren drie oudere mensen. Gek was dat, ze had Mac nooit beschouwd als een oude man, maar deze mensen, van de groep Gatwick, zagen er deprimerend saai en bejaard uit. Naast Olivia zat een gedrongen man met een bol gezicht die haar deed denken aan een kabouter. Terwijl Olivia iedereen opgewekt aan elkaar voorstelde, keek Lucy de tafel langs en zag dat Orlando tussen twee andere onbekende mensen zat en Vi Abbott en Barbara Slattery tegenover zich had. Vi en Barbara waren twee van Olivia's vriendinnen uit het comité van de Garden Club, respectievelijk de penningmeester en de secretaresse. Orlando's gezicht stond niet vrolijk toen hij naar Savannah staarde, die aan de andere tafel zat met Helen en Hunter, en Pat en Colin Campbell, een stel dat niet alleen van tuinieren hield maar ook enthousiaste vogelwaarnemers waren. Lucy kon de teleurgestelde blik op Orlando's gezicht niet aanzien. 'Zou je me de wijn even willen aangeven?' fluisterde ze tegen Mac. 'Die heb ik volgens mij hard nodig om deze avond door te komen.'

Ze had gelijk. Binnen een paar minuten klikte het tussen Olivia en de anderen en brachten ze het gesprek op het fascinerende onderwerp van hun gezonde eetgewoonten. Voor de avondmaaltijd bleek zelfgemaakte wortelsoep met koriander hun lievelingsgerecht te zijn, met een bakje yoghurt voor toe. Op bijzondere dagen eventueel ook nog een appel. Ze waren zo vol van zichzelf dat Lucy bijna zei dat *zij* iedere avond drie of vier Big Macs at met een handvol extra grote Marsen voor toe. Ze nam een paar flinke teugen van haar wijn en merkte opeens dat ze toch honger had. Haar maag knorde en ze keek nieuwsgierig om zich heen naar de andere tafels om te zien of ze kon ontdekken wat ze te eten zouden krijgen. Ze zag net een bijzonder aanlokkelijke schaal risotto met schaaldieren en een mozzarellasalade langskomen toen een lange, hoekige man de zaal binnenkwam. Hij droeg een zwarte spijkerbroek en een wit overhemd met open kraag en stak de marmeren tegelvloer over naar de piano, die Lucy tot dan toe helemaal niet was opgevallen. Hij ging zitten, zette de klep van het klavier omhoog, draaide aan de pianokruk, ging weer zitten, draaide nog wat aan de kruk, haalde zijn vingers door zijn glanzende, pikzwarte haar, trok de manchetten van zijn overhemd recht en legde zijn lange, slanke vingers op de toetsen. Veel te knap om te zien, dacht Lucy, en dat weet hij. Al dat gedraai en gedoe was alleen maar bedoeld om de aandacht te trekken en daarin was hij geslaagd. Aan de andere tafel waren Savannah en de meeste andere vrouwen gestopt met wat ze aan het doen waren om naar hem te kijken. De belangstelling werd nog groter toen hij begon te spelen. Lucy had geen idee wat hij speelde, maar de sfeer in de eetzaal werd meteen een stuk aangenamer. Het was alsof iemand de lichten had gedimd en kaarsen had aangestoken.

'Gladde jongen, hè?' fluisterde Mac in haar oor. 'Als hij acteur was, zou hij altijd de boef spelen.'

'Precies wat ikzelf ook al dacht,' antwoordde ze.

'Dus jij zou er niet intrappen?'

Lucy lachte hardop, waardoor sommige mensen in haar richting keken, inclusief de pianist. Hij keek naar haar en bleef naar haar kijken tot het einde van het stuk dat hij speelde. Ze wist dit alleen doordat Mac haar op de hoogte hield van wat hij deed, want zodra hij zijn blik op haar had gevestigd, had ze haar ogen verlegen afgewend. 'Hij heeft je in zijn vizier,' zei Mac toen applaus opklonk. 'Let op mijn woorden, hij zal proberen je te versieren.'

'Ja, en ik ruik hem helemaal hiervandaan. Hij riekt naar hoogmoed en eigenwaan. En niet te vergeten naar wellust.'

'Laat eens een mooie glimlach zien, Lucy. Hij kijkt weer naar je.'

Onwillekeurig keek Lucy opzij om te zien of Mac de waarheid sprak. De arrogante kerel glimlachte en gaf haar een knipoogje.

38

Francesca had na terugkeer uit Milaan amper tijd gehad haar koffer uit te pakken toen de telefoon ging. Nu legde ze met trage, bewuste bewegingen de hoorn weer op de haak en dacht na over wat Anna haar had verteld. Zou het echt waar zijn? Ging het na al die jaren dan toch gebeuren? Diep vanbinnen had ze het gevoel dat dit precies het juiste moment was. De timing was zo perfect dat je wel móést denken dat het lot – of God – zich met hun levens bemoeide. Ze sloeg een kruis, zoals ze als kind altijd had gedaan. Het was een gewoonte waaraan ze pas de laatste tijd weer gewend was geraakt. Als volwassene had ze zich afgekeerd van het katholieke geloof, omdat ze het een manier van hersenspoelen vond, bedoeld om mensen onder de duim te houden. Haar familie was daarover net zo verbolgen geweest als over haar relatie met Marcus, en het was dan ook niet meer dan logisch dat ze hem ervoor verantwoordelijk achtten. In hun ogen had hij haar in ieder opzicht van het rechte pad laten afdwalen en gedwongen een zondig leven te leiden. In het begin was ze daar kwaad om geworden, maar omdat ze erg veel van haar ouders hield en wist dat die ook van haar hielden, had ze toch haar uiterste best gedaan niet al te scherp te reageren en steeds in gedachten te houden dat ze echt het beste voor haar wilden.

Nu hoorde ze dat Marcus, terug van zijn diner met Enrico, zijn sleutel in het slot van de deur stak en dacht ze snel na hoe ze hem het nieuws het beste kon vertellen. Hij had hier zo lang op gewacht, maar stel dat Anna het mis had? Stel dat ze een voorbarige conclusie had getrokken, dat zijn hoop opnieuw zou oplaaien en hij weer eens teleurgesteld zou worden? Arme Marcus, dat had hij echt niet verdiend. Vooral niet nu Francesca wist dat ze hem de komende dagen, weken en maanden de ergste vorm van verdriet zou berokkenen.

In recordtijd reed Marcus het korte stukje van Pescallo naar Bellagio, dezelfde weg die hij net had gelopen. Hij parkeerde zijn auto en stak zonder uit te kijken de weg over, waardoor hij bijna werd aangereden door een scooter. Hij hervond zijn evenwicht en liep met een droge mond en bonkend hart de smalle straat in naar Hotel Villa Rosa. Hij wist niet wat hij zou doen wanneer hij daar eenmaal was, maar in zijn achterhoofd speelde vaag de gedachte dat hij Lucy beter eerst discreet kon observeren voordat hij haar aansprak. Hij was als de dood dat hij zich belachelijk zou maken als hij halsoverkop naar haar toeging, en daar was hij in zijn huidige gemoedstoestand heel goed toe in staat.

Hij twijfelde er geen moment aan dat het inderdaad Lucy was die in het hotel logeerde. Anna had hem voorgelezen wat er in haar paspoort stond en alle details klopten – naam, geboortedatum, plaats van geboorte. Het zou wel heel gek zijn als het niet om zijn dochter ging. Bovendien stond er als adres op het incheckformulier van het hotel: Swanmere, Cheshire. Hij zou Anna eeuwig dankbaar blijven dat ze meteen het verband had gelegd toen ze de paspoorten had bekeken van de gasten die vandaag waren gearriveerd. Er waren vast wel meer meisjes die Lucy Gray heetten, maar zoals Anna had gezegd toen ze hem belde: 'De naam viel me uiteraard meteen op.'

Er was niemand in de lobby toen hij de zware glazen deur openduwde. Hij bleef voor een van de grote spiegels staan om op adem te komen en zijn kleren te fatsoeneren. Het zou niet leuk zijn als Lucy hem hier hijgend, verkreukeld en met een verhitte kop zou aantreffen.

Vanaf het moment dat Francesca hem over Anna's telefoontje had verteld, had hij zich maar één ding afgevraagd: wat deed Lucy hier? Was het toeval of was ze naar Bellagio gekomen om hem op te zoeken? Alstublieft, God, dacht hij toen hij op het knopje van de lift drukte, laat haar voor mij gekomen zijn omdat ze eindelijk een verzoening wil.

De liftdeuren gingen open. 'Marcus!'

Het was Franco. Hij kwam de lift uit en zei: 'Het spijt me erg, Marcus, maar ze is verdwenen.'

'Verdwenen? Waar is ze dan?'

Marcus' zwager, een man met vierkante schouders en een vierkante kin, schudde zijn hoofd. 'Ik weet het niet. Het ene moment zat ze in de eetzaal en het volgende moment was ze er niet meer.'

'Zou ze op haar kamer zijn?'

'We denken van niet. Anna heeft op haar deur geklopt, alsof ze een kamermeisje was, maar kreeg geen antwoord. Misschien is ze een eindje gaan wandelen.'

Marcus kon de teleurstelling dat hij zijn dochter niet eens vanuit de verte zou kunnen zien, bijna niet verdragen.

'Laat me haar paspoort even zien,' zei hij. 'Dan weet ik tenminste zeker dat ze het is.' En dan ga ik hier zitten wachten tot ze terugkomt, dacht hij. Hij had Lucy jaren geleden een domme belofte gedaan dat hij nooit onverwachts voor haar neus zou staan, maar dit was iets anders. Dit was, dat wist hij heel zeker, een behoedzame poging van haar kant om weer contact te leggen.

Of was de wens de vader van de gedachte?

Het was bijna één uur 's nachts maar de straten waren nog niet geheel verlaten. Een paar stelletjes wandelden gearmd langs het meer. Afgezien van het geluid van het water dat zachtjes tegen de kade klotste en het gekwaak van een paar nog wakkere eenden, was het stil. Dit was Lucy's eerste wandeling door Bellagio en tot haar verbazing voelde ze zich er nu al een beetje thuis. Ze volgde de bocht in de weg, liep langs de steiger van de veerboot en koos toen voor een grindpad met aan de ene kant sierlijke straatlantaarns en aan de andere kant keurig gesnoeide oleanderstruiken. Langs het pad waren verhoogde borders met felgekleurde bloemen en om de paar meter stond een bankje. Toen ze omkeek naar de weg die ze had afgelegd, bleef ze staan om het schitterende uitzicht te bewonderen. De lichtjes van de hotels en bars langs de lange kade werden in het water weerspiegeld als lange lijnen van vloeibaar rood en goud. Ze besloot eventjes te gaan zitten om na te denken over wat er deze avond allemaal was gebeurd.

Het diner was een buitengewone aangelegenheid geworden. Toen de pianist eenmaal was begonnen met wat hij ook gepland had – alsof ze niet wist wat dat was! – was de sfeer helemaal veranderd. Het diner was niet langer de saaie bedoening geweest die ze had gevreesd. Hij speelde populair klassieke nummers en swingende showtunes en algauw begonnen mensen verzoeknummers in te dienen. Hij genoot net zo van alle aandacht als van het feit dat hij haar keer op keer aan het blozen wist te maken, en als ze heel eerlijk was, kon ze niet zeggen dat ze dat heel erg vervelend had gevonden. Al die glimlachjes en veelbetekenende blikken over de piano heen hadden haar een heel warm gevoel bezorgd. Vergeleken bij hoe ze zich aan het begin van de avond had gevoeld, was het een hele verbetering. En misschien was het erg onaardig van haar, maar het mooiste vond ze nog dat Orlando erbij zat met een gezicht als een oorwurm! Hij keek alsof hij de klep van de piano het liefst wilde laten neerkomen op de handen van de pianist. Ze glimlachte en zat zich af te vragen of Orlando door een beetje ouderwetse jaloezie tot bezinning zou komen, toen ze het geluid van voetstappen op het grind hoorde.

Ze keek zenuwachtig om toen ze opeens besefte dat ze helemaal in haar eentje in een onbekende stad zat, en toen ze zag wie er naar haar toekwam, verdween haar glimlach op slag.

39

Het was alsof hij zomaar opeens uit de schaduw naar voren kwam en hij vulde de ruimte om zich heen volledig met zijn aanwezigheid, net als daarstraks in het hotel. Hoe kreeg hij dat voor elkaar? En wat deed hij hier? Had hij haar gevolgd?

'*Ciao!*' zei de slinkse pianospeler terwijl hij dicht bij haar kwam staan en op haar neerkeek. 'Jij komt uit Engeland, klopt?'

Ze stond op, want als hij haar wilde spreken, kon ze het beter zo formeel mogelijk houden. 'Ja,' antwoordde ze. 'En ik zal je meteen maar vertellen dat ik geen woord Italiaans spreek.'

Hij glimlachte. Een stralende, onbezorgde glimlach. 'Geen woord? Niet eens één woord? Wat jammer. Italiaans is een erg mooie taal.'

Ja, ja, dacht ze, ga maar door, zeg ook maar meteen dat het de taal van de liefde is.

'Ga rustig weer zitten.' Hij wees naar de bank. 'Vind je het goed als ik je gezelschap hou?'

'Eerlijk gezegd wilde ik net gaan.'

'Welnee.' Voordat ze iets kon doen, pakte hij haar arm en trok haar neer op de bank.

'Als je maar weet,' zei ze, 'dat je met zo'n opdringerige manier van doen niets zult bereiken. Ik vond het al niet leuk dat ik tijdens het diner voor gek werd gezet en ik laat me heus niet dwingen hier te blijven zitten als ik daar geen zin in heb.'

Hij keek haar verbluft aan. '*Che?*'

O hemel, zijn Engels is blijkbaar net zo oppervlakkig als hijzelf. 'Ik zei –'

Weer die megawatt grijns. 'Ik heb het wel verstaan,' zei hij. 'Ik spreek heel redelijk Engels, want ik heb een jaar in Londen gewoond. In Wimbledon. Ben je daar bekend? Maar zeg eens, waarom vind je dat ik je voor gek heb gezet? Voor zover ik kon zien, was je juist gevleid door de aandacht die ik aan je schonk. Je gezicht kreeg een heel lieve blos. Die stond je erg goed. Daarom bleef ik naar je glimlachen. Het is in feite je eigen schuld dat je hier nu samen met mij zit. Ik kan je doodgewoon niet weerstaan.'

Lucy deed haar mond open om de arrogante kerel lik op stuk te geven voor de idiote dingen die hij zei, maar er kwam geen enkel woord over haar lippen. Nog nooit van haar leven had ze zo veel onvervalste onzin gehoord. Ze zocht naar een geschikt weerwoord, maar voelde diep vanbinnen iets opborrelen. Voor het eerst in weken moest ze lachen. En toen ze eenmaal was begonnen, kon ze niet ophouden. Ze stond op, leunde tegen de balustrade en probeerde zich op het meer te concentreren, alsof ze de slappe lach zou kunnen bedwingen als ze naar de lichtjes op het water bleef kijken. Die vent was niet goed wijs. Dacht hij werkelijk dat hij iets zou kunnen bereiken met dergelijke malle praatjes?

Hij kwam naast haar staan. 'Heb ik iets grappigs gezegd?' vroeg hij met een vergenoegd gezicht.

Met de rug van haar handen droogde ze haar ogen. 'Neem me niet kwalijk,' zei ze, 'maar wat je zei, klonk zo belachelijk.' Ze herhaalde zijn zoetgevooisde woorden, met zijn eigen, Italiaanse accent: '*Ik kan je doodgewoon niet weerstaan.*'

Hij trok één wenkbrauw op. 'Vind je dat amusant?'

'Om te gillen.'

'Waarom? Het is de waarheid.'

Hij zei het zo plechtig dat ze weer begon te schateren. 'Hoor eens,' zei ze toen ze enigszins was bedaard, 'ik zou je aanraden het iets kalmer aan te doen. De charme ligt er veel te dik bovenop. Bij Engelse meisjes bereik je daar niets mee.'

'Ligt er te dik bovenop? *Che cosa?*'

'Dat wil zeggen dat je overdrijft. Dat je een beetje moet dimmen.'

'Dimmen? Wat is dat nu weer?'

'Laat maar. Ik bedoel dat je normaal moet doen, en niet te charmant moet willen overkomen.'

'Ah! *Ho capito!* En denk je dat ik *dan* succes kan hebben?'

'Eh... zo zou je het kunnen zeggen.'

'Zou je dan alsjeblieft weer willen gaan zitten, zodat ik kan gaan dimmen om succes te hebben?'

Eindelijk begreep ze dat hij haar in de maling nam, maar ze werd er niet boos om. Ze begon weer te lachen.

'Je hebt een leuke lach,' zei hij toen hij haar weer naar de bank had teruggeleid. 'Ik ben blij dat je me zo amusant vindt. Hoe heet je?'

'Lucy.'

'*Tanto piacere!* Ik ben Alessio.' Hij stak zijn hand uit. 'Aangenaam. Hoe lang blijf je in Bellagio?'

'Vijf dagen. Zaterdag vertrek ik.'

'Dat is niet erg lang. Lang niet lang genoeg. Ik zal moeten pogen je over te halen terug te komen.'

Ze hief waarschuwend haar wijsvinger op. 'Stop! Ben je nu al vergeten wat ik heb gezegd over te veel charme?'

Hij hief zelf ook zijn wijsvinger op. 'Dat was geen charme; dat was een feit. Maar vertel eens, wat doe jij met al die oude mensen in Hotel Villa Rosa?'

'Ze zijn niet allemaal oud. Mijn vriend Orlando is van mijn leeftijd.'

'Is hij degene die keek alsof hij me wilde vermoorden?'

Er ontging hem blijkbaar niet veel. Interessant.

'Houdt hij van je?'

Ze schudde haar hoofd. 'Nee.'

'*Davvéro?* Weet je het zeker?'

'Heel zeker. We zijn oude vrienden en hij dacht waarschijnlijk dat je je tegenover mij niet netjes gedroeg.'

'Dus hij is een type dat meisjes wil beschermen?'

'Misschien. Hij is verliefd op een meisje dat Savannah heet. Ik neem aan dat ze je tijdens het diner wel is opgevallen, gezien het feit dat je zo scherpzinnig bent.'

'Is zij het jonge meisje dat te veel oogmake-up draagt en haar lippen te strak op elkaar klemt? Ze zag eruit alsof ze ergens erg boos om was.'

Lucy wist niet hoe het kwam, maar deze zelfverzekerde man had haar volledig ontwapend en ze voelde zelfs een verwantschap met hem. Misschien kwam dat alleen doordat hij kritiek had geleverd op haar grootste vijand. Ze bekeek hem eens goed, probeerde de persoon te zien achter de donkerbruine ogen en de vlotte glimlach. Hij had een mager gezicht met wijd uiteen staande ogen en zwart haar dat vanaf zijn voorhoofd recht achterover was gekamd en tot op zijn kraag hing. Zijn neus was lang en recht en zijn wenkbrauwen waren gebogen waardoor hij eruitzag alsof hij voortdurend ergens schik over had. Ondanks zijn verwaandheid en overdreven charme was hij vermoedelijk leuk in de omgang.

'De sterren zien er vanavond erg mooi uit,' zei hij alsof het oude vrienden van hem waren en ze samen op de bus zaten te wachten. 'Ze lijken helderder dan anders.' Hij hield zijn hoofd achterover en ze volgde automatisch zijn voorbeeld. Wat gek, dacht ze, de sterren zagen er inderdaad erg helder uit. Ze merkte nu pas wat een mooie nacht het was en voelde zich meteen heel anders toen ze dat besefte.

'Zou je morgen met me willen lunchen?' vroeg hij.

Ze ging weer recht zitten. 'Ik kan helaas niet. Ik ga morgen met de groep mee om tuinen te bekijken. Daarom zijn we hier, om tuinen te bezichtigen.'

'Dan zie ik je morgenavond weer.'

'Ga je dan weer pianospelen in de eetzaal?'

'*Sì*. Iedere avond.'

'Je speelt erg goed.'

'Dat weet ik.'

'En je bent veel te bescheiden.'

Hij fronste. 'Ik ben eerlijk. Ik speel heel goed. Dat zegt iedereen.'

'Is dit je werk? In hotels pianospelen?'

'Nee, ik blijf alleen maar tot het einde van het seizoen in Bellagio. Ik woon in Milaan en speel daar voor het Conservatorio.'

'Waarom ben je dan hier?'

'Omdat ik ziek ben geweest en moet aansterken. Ik heb hersenvliesontsteking gehad. Ik ben er bijna aan doodgegaan.'

Hij zei het zo nonchalant dat ze zich afvroeg of hij niet overdreef. 'Meen je dat? En hoe voel je je nu?'

'Hier samen met jou voel ik me geweldig!'

Ze trok een gezicht. 'Je bent onverbeterlijk.'

'*Davvéro!* Ik spreek de waarheid. Toen ik je vanavond in de eetzaal zag, dacht ik meteen dat jij het juiste medicijn voor mij zou zijn.'

'Welnee. Toen je me zag, dacht je: Aha! Een nieuw meisje om mee te flirten.'

'En mag dat niet?'

Waarom eigenlijk niet, dacht ze tien minuten later toen hij haar terugbracht naar het hotel. Toen ze die avond naar bed ging, dacht ze helemaal niet aan Orlando. En ze maakte zich ook geen zorgen over haar vader.

Het had al vier uur geslagen, maar Marcus lag niet in bed. Hij kon niet slapen, en hij had ook niet anders verwacht. Hij zat in zijn werkkamer, in de lichtcirkel van de bureaulamp en voor hem lag zijn kostbaarste bezit: een fotoalbum. Daarin zaten alle foto's die hij van Lucy had. Van de babyfoto's tot en met de laatste tienerfoto's die hij van haar had genomen. De mooiste vond hij de foto die hij van haar had genomen in het Lake District. Tegen de achtergrond van Coniston Water, op het uur dat het licht net begon te vervagen en het water eruitzag als ondoorzichtig glas, keek ze recht in de lens; ze had een wollen muts op die ze tot aan haar wenkbrauwen had neergetrokken terwijl haar haar er naar alle kanten onderuit stak. Lucy vond het zelf een afschuwelijke foto en had hem laten beloven dat hij die nooit zou inlijsten en ergens neerzetten. Alweer een belofte waar hij spijt van had. Hij had altijd geprobeerd rekening te houden met haar gevoelens. Behalve die ene keer, toen hij verliefd was geworden op Francesca.

Hij vergeleek de foto's waarvan hij ieder detail kende, met het fotootje dat hij vanavond in Lucy's paspoort had gezien. Ze was verbazingwekkend weinig veranderd, en hij vond het heerlijk en triest tegelijk dat hij zijn dochter te midden van een grote groep mensen moeiteloos zou herkennen. Samen met Anna en Franco had hij meer dan een uur zitten wachten tot ze terug zou komen, tot hij had moeten accepteren dat het geen zin had. 'Ga naar huis,' had Anna gezegd. 'Ga slapen en kom morgenochtend terug.'

Toen hij thuiskwam, bleek dat Francesca op hem had gewacht, maar ze zag er zo moe uit dat hij had gezegd dat ze maar gauw naar bed moest gaan. 'Ik kom ook zo,' zei hij tegen haar. 'Ik moet eerst wat afkoelen.' Ze voelde zijn stemming altijd heel goed aan en had hem achtergelaten in zijn halfdonkere werkkamer. Het was onverdraaglijk dat Lucy zo dichtbij was. Hij was het liefst weer teruggegaan naar Hotel Villa Rosa om voor de deur van haar kamer te gaan zitten. Wat hem betrof kon het niet snel genoeg dag worden.

40

Helen werd de volgende ochtend al vroeg wakker. Ze glipte uit bed en kleedde zich aan zonder Hunter wakker te maken. Op haar tenen liep ze naar het kleine balkon van hun kamer, deed de deur zachtjes achter zich dicht en keek naar het betoverende uitzicht. Het licht was prachtig diffuus door een ragfijne mist. Aan de overkant van het water waren de bergen omgeven door een blauwig waas. De mist zou natuurlijk snel optrekken zodra de zon aan kracht won en dan zouden de toppen van de bergen tevoorschijn komen. Nu had de hemel de teerblauwe kleur van paarlemoer.

Het deed haar denken aan de talloze reizen naar Italië die ze in het verleden had gemaakt, toen ze als reisleidster iedere ochtend in alle vroegte was opgestaan om van de rust te genieten voordat ze aan de vele eisen van de reizigers moest voldoen. Er was een tijd geweest dat ze had overwogen permanent in Italië te gaan wonen, een aardig flatje te nemen in een vriendelijke stad als Padua. Voor Padua had ze een zwak, want het was de stad waar ze Giovanni had leren kennen. Hij doceerde daar aan de universiteit, een rustige man met perfecte manieren. Ze hadden elkaar op een ochtend ontmoet toen ze in alle vroegte een wandeling maakte. De dag was net aangebroken en op straat waren alleen straatvegers te zien en slaperige studenten die de hele nacht aan het fuiven waren geweest en nu vermoeid hun bed opzochten. Opeens was de hak van haar schoen losgeraakt en ze had zich vreselijk gegeneerd toen hij haar galant te hulp schoot en erop stond dat ze met hem meeging naar zijn appartement om de schoen te repareren. Omdat ze hem helemaal niet kende, sloeg ze zijn aanbod af, en toen zei hij in perfect Engels dat ze dan moest blijven zitten waar ze zat en dat hij binnen een paar minuten zou terugkomen met een tube tweecomponentenlijm. Tien minuten later was hij terug op de Piazza Cavour, niet met lijm, maar met een zak geurige, warme brioches. Vanaf die dag ging ze Giovanni altijd opzoeken wanneer ze met een groep in Padua was. Een jaar later werden ze minnaars, maar toen kreeg Emma gezondheidsproblemen en moest Helen alle mogelijke plannen over een leven in Italië, en ook Giovanni, vergeten.

Die dagen leken nu heel ver weg, maar ze was niet verbitterd. Voor haar grootmoeder had ze alles over.

Zelfs nu ze slechts een paar dagen op reis zou zijn, maakte ze zich zorgen om Emma. Het personeel van het verpleeghuis had haar verzekerd dat ze gerust kon gaan, dat ze goed voor Emma zouden zorgen. Maar stel dat er iets misging? Stel dat Emma iets overkwam en Helen niet op tijd terug kon zijn? Herinneringen aan het vorige verpleeghuis waar Emma had gezeten, drongen zich aan haar op en weer raakte ze in de greep van schuldbewuste boosheid. Ze herinnerde zich de angstige blik op Emma's gezicht, de bevende handen die zich om de hare hadden geklemd, de gefluisterde woorden: 'Laat me hier niet achter. Laat me hier alsjeblieft niet achter.' Maar ze had Emma er wél achtergelaten, en daar zou ze altijd spijt van houden.

Je had geen keus, dacht ze voordat haar schuldgevoelens haar helemaal in hun greep konden krijgen. Je deed wat in jouw ogen het beste was. Laat het verleden voor wat het is. Emma is nu gelukkig en daar gaat het om. Wees daar nu gewoon dankbaar voor.

Ze nam zich voor het verpleeghuis na het ontbijt even te bellen om te vragen hoe het met haar grootmoeder was. Een duif, die met lome bewegingen voorbijvloog, alsof hij de rust van de ochtend niet wilde verstoren, trok haar aandacht. Pal onder haar balkon en rond het hele hotel was een rommelige verzameling rode daken te zien. De televisieantennes en verschillende soorten schoorstenen gaven het geheel nog meer charme. Naast een van de schoorstenen zat nog een duif, een dikkerd die daar op zijn gemak zat en eruitzag als een zacht kussentje. Helen keek naar rechts toen ze het geluid hoorde van luiken die werden geopend. Op een naburig balkon kwam een oudere vrouw in beeld. Ze liep op slippers en had een mandje met wasgoed dat ze aan de lijn begon te hangen: een komische lange onderbroek, een vest en een rij sokken. Thuis zou Helen niet blijven staan kijken naar zo'n intieme bezigheid, maar zoals ze gisteravond tegen Conrad had gezegd, gedroeg iedereen zich op vakantie anders dan thuis, inclusief zijzelf.

Ze had over haar theorie inzake het gedrag van vakantiegangers liggen nadenken toen ze gisteravond in bed had gewacht tot Hunter boven zou komen. Die was in de bar blijven plakken, waar hij in gesprek was geraakt met een van de andere gasten, een Rus die al achttien jaar in Californië woonde. Ze was tot de conclusie gekomen dat je je anders gedroeg omdat je in een vreemde stad was, waar niemand je kende. Anonimiteit bood bescherming.

Toen Hunter gisteravond eindelijk boven was gekomen, had ze net gedaan alsof ze sliep. Ze had hem heen en weer horen lopen toen hij zich uitkleedde. Hij had hardop gevloekt toen hij in de badkamer iets liet vallen. Hij vond het hotel maar niks, veel te klein naar zijn smaak. Toen hij de kamer had gezien, had hij zijn minachting niet onder stoelen of banken gestoken. 'Het is ook geen vijfsterrenhotel,' zei ze verdedigend terwijl ze de kamer bekeek, die ze eenvoudig maar chic vond, en tenminste uitzicht op het meer had. Mooi genoeg voor de paar dagen dat ze hier zouden zijn.

Hij reageerde geïrriteerd. 'Ik dacht dat je nu onderhand wel wist dat ik geen genoegen neem met minder dan vijf sterren, Helen.' En iets vriendelijker: 'Als ik nu morgenochtend eens in het Grand Hotel Villa Serbelloni ga informeren naar een suite. Dat is beter dan dit hok.'

'Ik vind deze kamer prima,' zei ze.

'Ik niet.' Zijn stem had nu de ijzige klank die ze vaak hoorde wanneer hij telefonisch zaken deed. Trillend van verontwaardiging begon ze de koffers uit te pakken. Als ze hem bleef tegenspreken zou het eind zoek zijn.

De vrouw die daarnet haar wasgoed had opgehangen, was nu bezig de begonia's en petunia's in de bloembakken op haar balkon water te geven. Helen keek naar de rode hanggeraniums in de bakken aan de gietijzeren balustrade van haar eigen balkon. Hoewel het de eerste week van september was, bloeiden de bloemen nog volop, in tegenstelling tot veel van de planten thuis, die in dit jaargetijde het verbleekte aanzien hadden van 'moet ik echt nog blijven bloeien?', dat het begin van de herfst inluidde. Hier in Bellagio was het nog hoogzomer en beloofde het een prachtige dag te worden en die zou ze nergens door laten bederven. Als Hunter weer ging zeuren dat hij naar een ander hotel wilde, zou ze voet bij stuk houden.

Links van haar ging nu de deur open op een balkon twee kamers verderop en kwam Conrad te voorschijn. Hij droeg een spijkerbroek en een T-shirt, maar liep op blote voeten. Hij steunde met beide handen op de gietijzeren balustrade en leunde naar voren, alsof hij de dag wilde omhelzen. Ze hield haar adem in, zoals ze vaak deed wanneer ze hem zag, of alleen maar aan hem dácht.

Ze dacht terug aan het eigenaardige gesprek dat ze gisteravond vóór het diner hadden gevoerd. Ze was in een vreemde stemming geweest, nog boos op Hunter vanwege de eersteklastickets, en bezorgd dat haar eigen moraal naar een bedenkelijk laag niveau aan het zakken was, en daardoor had ze zich in de verdediging gedrukt met een geprikkeld gevoel. Vooral toen Olivia Marchwood die neerbuigende opmerking maakte.

Ze dacht terug aan de onthutste blik op Conrads gezicht toen ze onnodig fel had gereageerd op zijn vraag of ze met Hunter was getrouwd om een luxeleventje te kunnen leiden. Zelfs als hij het als grapje had bedoeld, zat het te dicht bij de waarheid. Misschien had ze in zekere zin geprobeerd hem af te schrikken door hem met opzet een reden te geven haar te minachten. Soms verachtte ze zichzelf, dus waarom zou hij dat niet mogen doen?

Twee duiven landden boven op een nabije schoorsteen, rechts van Conrad, en toen Helen zag dat zijn blik naar de vogels werd getrokken, wist ze dat hij ook haar zou zien. 'Je bent al vroeg op,' zei hij toen hij haar zag.

'Jij ook,' zei ze bedeesd. Hij begreep natuurlijk meteen dat ze naar hem had staan kijken.

Hij zei nog iets, maar dat ging verloren in klokgelui. Helen keek op haar horloge. Het was halfacht. Het geklingel hield een tijdje aan en alhoewel Helen het een perfect muzikaal begin vond van zo'n mooie dag als deze, wist ze dat Hunter het niet op prijs zou stellen. Voor dingen die hem uit zijn slaap haalden, had hij geen geduld.

Het ontbijt dat op het terras werd geserveerd, was eenvoudig: croissants, kadetjes, jam, kaas, ham, vruchtensap, koffie en thee. Helen had net een tweede kopje koffie ingeschonken voor Hunter toen zijn mobieltje ging. 'Ik neem mijn koffie even mee naar onze kamer,' zei hij toen hij zag wie hem belde. 'Dit kan wel even duren.' Toen hij haastig wegliep, met de telefoon tegen zijn oor gedrukt, kwamen Mac, Conrad en Lucy net naar buiten. Mac wuifde naar Helen. Ze wuifde terug en zag dat Mac een stoel naar achteren trok voor Lucy. Ze was blij dat hij zo veel aandacht aan haar besteedde. Ze had het de afgelopen weken niet makkelijk gehad. Orlando en Savannah waren nog niet boven water, zag ze toen ze een punt van een croissant trok en in een schaaltje kersenjam doopte. Alle kans dat ze de nacht samen hadden doorgebracht en ontbijt op bed hadden besteld. Hunter kon zichzelf nog zoveel wijsmaken, maar het feit dat hij was meegekomen naar Bellagio zou weinig invloed hebben op wat zijn dochter deed.

Ze keek op van haar bord en zag Conrad naast zich staan. 'We vroegen ons af of je soms bij ons wilt komen zitten,' zei hij, 'gezien het feit dat je hier zo zielig alleen zit.'

Ze had nee kunnen zeggen, en dat ze niet zielig alleen was, dat Hunter ieder ogenblik kon terugkomen, maar dat deed ze niet. Ze pakte haar spullen bij elkaar en liep achter Conrad aan tussen de andere tafels door.

'Hallo, Helen,' zei Lucy, 'heb je zin in ons eerste uitstapje? Ik heb Philippa nog nergens gezien. Ik had eigenlijk gedacht dat ze hier zou zijn om ons vaste plaatsen te geven, net als gisteravond.'

Het viel Helen mee dat Lucy zo opgewekt was. Ze had haar al een hele tijd niet zo vrolijk meegemaakt. 'Misschien eet ze op haar kamer,' zei ze. Ze kende geen enkele reisleidster die zich niet op haar kamer verstopte als het ook maar enigszins mogelijk was. Ze had het zelf ook zo vaak gedaan. Een groep wildvreemde mensen rondleiden was een vermoeiende bezigheid, vooral als een van hen eenzaam was en de beste vriend of vriendin van de reisleidster wilde zijn. Helen had daar ruimschoots ervaring mee. Ze had ooit in Venetië een man in haar groep gehad die geen moment van haar zijde was geweken. Dag en nacht had hij wat te zeuren en hij had voor álles haar hulp nodig – of ze hem kon helpen zoeken naar zijn sleutel, of ze kon gaan vragen of ze ook zoutloze boter bij het ontbijt konden krijgen, of ze hem kon helpen naar Engeland te bellen. Zijn laatste verzoek was of ze hem kon helpen zijn onderbroek te zoeken, die hij de avond ervoor had gewassen en op de balustrade van zijn balkon te drogen had gehangen, en die 's ochtends was verdwenen. Ze had haar lachen nauwelijks kunnen inhouden, vooral niet toen hij uitlegde dat hij alleen maar deze ene onderbroek had meegebracht. Ze was er toen maar een voor hem gaan kopen.

Ze hoopte dat Philippa het makkelijker zou hebben met deze groep.

Zodra Lucy klaar was met eten, excuseerde ze zich tegenover de anderen en stond op. 'Ik wil in mijn eentje wat rondkijken voordat Philippa komt opdagen,' zei ze.

'Ik dacht dat je dat gisteravond al had gedaan,' zei Mac.

'Maar toen was het donker. Heb ik permissie om ook overdag de stad te bekijken, meneer?'

'Vooruit dan maar,' zei Mac. 'Dan zien we je zo dadelijk wel weer in de lobby. Hoe laat moeten we daar ook alweer zijn? Kwart voor tien?'

Nadat ze dat in koor hadden bevestigd, ging Lucy naar haar kamer. Het was haar niet ontgaan dat Orlando en Savannah geen van beiden aan het ontbijt waren verschenen, maar ze had zich erbij neergelegd dat ze niets anders had hoeven te verwachten.

Ze poetste haar tanden, stopte de spullen die ze vandaag nodig zou hebben in een klein leren rugtasje – zonnebril, geld, flesje water, zonnebrandcrème en fototoestel – deed de deur achter zich dicht en liep de trap af naar de lobby. Ze trok net de glazen deur open toen de vrouw achter de receptiebalie haar riep.

'*Signorina Gray*, ik heb hier uw paspoort. Wilt u het zelf hebben of zal ik het voor u bewaren?'

'O, ik neem het wel meteen mee. Dank u wel.' En ze voegde er op het laatste moment aan toe, met Alessio's accent nog in haar oren: '*Grazie*.'

De vrouw glimlachte naar haar. '*Prego*.'

Lucy deed het paspoort in haar rugtas en herinnerde zich opeens dat ze een kaart van de stad nodig had. 'Hebt u misschien een plattegrond van Bellagio?' vroeg ze.

De vrouw haalde een opgevouwen plattegrond achter de balie vandaan en spreidde hem voor Lucy uit. Met een pen wees ze een straat aan en zei: 'Dit is Hotel Villa Rosa. Zoals u ziet, zitten we erg centraal.'

'Dank u wel,' zei Lucy. Ze besloot de plattegrond later nauwkeurig te bestuderen en liep naar buiten, de smalle straat in. Het laatste waar ze op had gerekend, was dat ze haar vader tegen het lijf zou lopen. Maar dat was precies wat er gebeurde.

41

Lucy herkende haar vader meteen. Hij was natuurlijk ouder geworden, maar erg weinig veranderd.

'Je weet dus al dat ik hier ben,' zei ze op een nonchalante toon, al had ze zich nog nooit zo weinig nonchalant gevoeld als op dat moment. Het was alsof haar benen ieder moment op eigen initiatief in beweging konden komen om te gaan rennen, rennen, rennen, helemaal tot aan Swanmere. Maar ze bleef staan waar ze stond, vastbesloten zich zo goed mogelijk te verdedigen tegen deze preventieve aanval van haar vader. Een preventieve aanval waarmee hij haar alle macht over de situatie uit handen had genomen.

'Ja,' zei hij. 'En ook dat je gisteren bent aangekomen.'

'Hoe weet je dat?'

'Omdat... ik de eigenaars van het hotel ken. Ze herkenden je naam en –'

'Hebben je meteen gebeld?'

Hij knikte.

De smalle straat stond opeens vol toeristen die probeerden langs hen heen te komen. 'Kunnen we ergens een kop koffie gaan drinken?' vroeg hij.

'En gezellig een praatje maken?' Ze wist dat ze weerspannig klonk, dat ze niets deed om hen over dit struikelblok heen te helpen. Maar waarom zou ze? *Zij* was de gekwetste partij. *Hij* was degene die moest proberen het leed dat hij had berokkend, goed te maken.

'Zoiets,' zei hij.

'Sorry,' zei ze, 'ik heb geen tijd.' Waarom zou ze het hem makkelijk maken?

'Later dan?'

Opgelucht dat ze het roer weer in handen had, antwoordde ze: 'Geef me je telefoonnummer maar, dan bel ik je wel.'

Hij haalde zijn portefeuille tevoorschijn en gaf haar een visitekaartje. 'Je kunt bellen wanneer je wilt, Lucy. Mijn mobiel staat altijd aan.'

Ze stak het kaartje in haar zak en liep zonder nog iets te zeggen zo onverschillig mogelijk weg door de hobbelige straat. Zo. Net goed. Wat dacht hij wel! Maar ze was nog geen tien stappen ver toen ze tóch omkeek. Hij stond nog op dezelfde plek, maar had zijn handen voor zijn gezicht geslagen.

Ze zei tegen zichzelf dat ze zich weer moest omdraaien en weglopen. Als hij zich belazerd voelde, had hij dat aan zichzelf te danken. Maar verdorie, opeens had ze met hem te doen. Nee! Ze mocht geen medelijden met hem krijgen. Ze dacht terug aan hoe ze zich had gevoeld op die dag in het restaurant, toen hij haar vertelde dat hij wegging om een heel nieuw leven te beginnen. Een leven waar zij niet bij inbegrepen was. Ze kreeg een brok in haar keel. Dáár moet je aan blijven denken, zei ze tegen zichzelf. De hele tijd.

Maar de herinneringen, hoe pijnlijk die ook waren, konden niet op tegen het hier en nu. Toen ze haar vader verslagen tegen de muur van het hotel geleund zag staan, met gebogen hoofd, zich er niet van bewust dat ze het zag en dat voorbijgangers hem met een bevreemde blik bekeken, ging haar vastberadenheid in rook op.

Heel langzaam liep ze terug tot ze vlak bij hem stond. Ze legde haar hand op zijn arm. Hij keek geschrokken op. Zijn ogen waren nat van tranen. 'Eén kopje koffie dan,' zei ze.

Marcus bestelde voor hen beiden. Toen de kelner weg was, balde hij onder de tafel zijn handen tot vuisten, want dat was de enige manier om het trillen tegen te gaan. Hij was volkomen van slag en had de grootste moeite niet op te staan, Lucy in zijn armen te sluiten en haar te vertellen wat een mooie jonge vrouw ze was geworden, en dat hij verschrikkelijk trots op haar was, en dat hij haar zo verschrikkelijk had gemist, dat hij haar meer had gemist dan hij ooit in woorden zou kunnen uitdrukken. Er was zo veel dat hij haar wilde vertellen en vragen dat hij geen idee had waar hij zou moeten beginnen.

Het resultaat was dat ze zich gedroegen als echte Britten, zoals Francesca zou zeggen, die zich verscholen achter neutrale zaken... Ja, wat ze tot nu toe van Bellagio had gezien, beviel haar wel... Hoe vond ze het hotel? Was ze tevreden over haar kamer? Wie waren de mensen met wie ze reisde?... Toch was dit al meer dan hij ooit had durven hopen. Wat hij haar had aangedaan, kon niet ongedaan gemaakt worden met een eenvoudige zoen en een excuus. Hij zou moeten proberen al het verdriet en de aversie die zich jarenlang in haar hadden opgehoopt, af te breken.

De kelner bracht hun koffie, en toen was toch het moment aangebroken waarop hij iets moest zeggen. 'Lucy,' begon hij.

Ze keek hem recht in de ogen. 'Ja?'

De manier waarop ze hem aankeek herinnerde hem meteen aan de dag waarop ze was geboren en hij haar voor het eerst in zijn armen had gehad. Eén blik op haar grijsblauwe, kwetsbare, nog ongerichte ogen en hij was verkocht. Hij voelde zich zo verlegen dat hij van de zenuwen niet kon zeggen wat hij in gedachten had gehad. Hij duwde het schaaltje met suikerzakjes naar haar toe. 'Suiker?'

'Nee, dank je. Ik gebruik geen suiker in mijn koffie.'

Hij kromp ineen. Moest hij dit opvatten als een terechtwijzing? Als je een betere vader was geweest, een vader die zijn gezin niet in de steek had gelaten, had je geweten dat ik mijn koffie zonder suiker drink. Hij keek naar haar toen ze langzaam het schuim van haar cappuccino schepte en het lepeltje aflikte. In tegenstelling tot hem zag ze er volkomen beheerst uit. Hij haalde diep adem en probeerde het opnieuw. 'Waarom ben je naar Bellagio gekomen, Lucy?'

'Ik ben hier met vakantie.'

'Dus het is toeval dat je naar de streek bent gekomen waar ik woon?'

Ze legde het lepeltje neer en keek hem aan met een gezicht waarop weinig viel af te lezen. 'Nee. Niet precies.'

Toen ze er niets aan toevoegde, vroeg hij: 'Was je van plan tijdens je verblijf contact met me op te nemen?'

'Ja, maar in mijn eigen tijd. Wanneer ik er gereed voor zou zijn.'

'Het spijt me dat ik je heb overvallen, maar ik kon niet langer wachten.' Hij vertelde haar over Anna's telefoontje van gisteravond en dat hij naar het hotel was gekomen maar haar daar niet had aangetroffen.

Ze keek verbaasd. 'Ben je meteen gekomen?'

'Natuurlijk. Ik wilde weten of je het echt was.'

'Ik was een eindje gaan wandelen.'

'Zo laat nog? In je eentje?'

Ze trok haar wenkbrauwen op. 'Ga nu niet opeens de bezorgde vader uithangen. Trouwens, Bellagio lijkt me zo gevaarlijk als een peuterschool.'

'Sorry,' zei hij zachtjes. 'Ik ben gewoon zo. Zulke goedbedoelde maar seksistische dingen zeg ik ook altijd tegen Francesca.'

Daarop volgde een ijzige stilte. Stom van hem. Hij had niet nu al over Francesca moeten beginnen.

'Hoe maakt ze het?' vroeg Lucy toen de geladen stilte lang genoeg had geduurd.

'Goed, dank je. Maak je geen zorgen, ik ga heus niet zeggen dat ik graag had dat je haar leerde kennen. Zoiets zou ik je nooit aandoen.'

'Mooi zo.'

Hij probeerde niets van zijn teleurstelling te laten merken. Hij dacht namelijk dat Lucy en Francesca elkaar best zouden mogen, als ze de kans kregen elkaar te leren kennen. Volgens hem zou Francesca Lucy zelfs kunnen helpen het verleden beter te verwerken, als ze betrokken werd bij de verzoening waar hij zo naar verlangde. 'Hoe maakt je moeder het?' vroeg hij. 'Ik heb gehoord dat ze is hertrouwd. Hopelijk heeft ze het nu beter dan toen wij vergeefse pogingen deden om ons huw–'

Ze viel hem in de rede voor hij nog meer kon zeggen. 'Ja,' zei ze. 'Charles maakt mamma volkomen gelukkig.'

Hij dacht, nogal cru, dat 'volkomen gelukkig' een term was die waarschijnlijk nooit op Fiona van toepassing zou zijn, maar begreep dat het bedoeld was als een vorm van verwijt, en niet als accurate beschrijving van Fiona's huidige situatie. 'Daar ben ik blij om,' zei hij. 'Dat iemand is geslaagd waar ik heb gefaald.'

Weer een geladen stilte, terwijl ze hun koffie dronken. Toen werden ze gelukkig afgeleid door een opzienbarend echtpaar dat aan een tafeltje naast hen plaatsnam. Te oordelen naar hun dure kleren en apathische houding gokte Marcus dat ze uit Milaan kwamen, maar het ging niet om de man en de vrouw zelf. Het ging om hun hond, die ze overdreven veel aandacht schonken. En nog meer om de opmerkelijke hondenriem die de vrouw met het gitzwarte haar vasthield. Marcus kon zijn ogen er niet van afhouden. Hij had veel verwende Italiaanse troeteldieren gezien sinds hij in Bellagio was komen wonen, maar nog nooit een met een riem die eruitzag als een streng knakworstjes. Hij ving Lucy's blik op en ze glimlachten allebei. Opeens kon zijn dag niet meer stuk.

Meteen was het speciale moment alweer voorbij. Lucy keek op haar horloge en sprong overeind, waarbij ze bijna het gesteven witte tafelkleed met zich mee trok. Het herinnerde hem aan hoe ze vroeger was geweest, altijd had ze haast, altijd stootte ze dingen om. 'Ik moet terug naar het hotel en de groep,' zei ze. 'We gaan een uitstapje maken.'

Hij wist dat hij niet hoefde te vragen of hun weerzien niet belangrijker was dan dat uitstapje. Hij trok het tafelkleed recht en zei: 'Dan loop ik even met je mee. Als je dat goedvindt.'

Ze haalde haar schouders op.

Hij legde wat euro's op de tafel en bracht haar terug naar Hotel Villa Rosa. Ze hadden het niet over belangrijke zaken gehad, dat kon ook moeilijk in twintig minuten, maar die glimlach van daarnet, die ene glimlach die ze hadden gedeeld, schonk hem hoop. Meer had hij niet nodig.

Het was iedereen duidelijk, toen ze aan boord gingen van de *traghetto* om het meer over te steken naar Villa Carlotta, dat hun gids Philippa beter in bed had kunnen blijven. Ze hield zich groot, maar daar fopte ze niemand mee. Haar ogen waren bloeddoorlopen, ze had een koortsige blos op haar gezicht en haar stem leek zo op die van Rod Stewart dat Lucy voortdurend de neiging had zelf haar keel te schrapen. Iedereen had erg met haar te doen, ook al bleven ze zo ver mogelijk bij haar uit de buurt, maar binnen de groep klonk ook gemor, zoals: 'Wat hebben we aan een gids die haar stem kwijt is?' Een irritante man uit Epsom, die je onmogelijk serieus kon nemen omdat hij sokken in zijn sandalen droeg, en een korte broek met een elastieken band met zijn overhemd erín, was al zo aardig geweest te zeggen dat hij een klacht zou indienen bij *Gardens of Delight* en zijn geld terugvragen als ze geen andere gids kregen. Hij was zo'n type dat eindeloos kon zaniken als niemand hem de mond snoerde. Daarin werd hij gesteund door zijn zuur kijkende vrouw, die een zonnehoed droeg met een kinderlijke strik die ze onder haar kin had vastgeknoopt. Ze zei pinnig: 'We zijn hier om iets te leren; dit is niet alleen maar een vakantie.'

Toen Helen nog werkte als reisleidster was ze altijd beducht geweest voor griep en verkoudheid, en het was haar maar één keer gebeurd dat ze een groep bijna in de steek had moeten laten, maar in alle jaren dat ze in het vak had gezeten, had ze nooit een middel gevonden dat je kon beschermen tegen probleemfiguren als deze onbarmhartige types, die de rest van de groep makkelijk konden beïnvloeden met hun vervelende, opruiende opmerkingen.

'Kap'tein, ik ruik onraad en vrees voor muiterij,' zei Mac. Hij zat rechts van Helen, met Conrad en Lucy aan de andere kant naast hem. Hunter stond achter op de boot in zijn mobiel te praten. Voor zover Helen het had kunnen bijhouden, was dit al het vierde telefoontje van vandaag.

'Laten we de oproerkraaiers overboord zetten,' stelde Conrad voor.

'Goed plan,' antwoordde Helen, 'maar ik vrees dat het gezwollen ego en de opgeblazen verwaandheid van de bendeleider hem moeiteloos drijvende zullen houden.'

Mac lachte. 'Je bent goed op dreef vandaag, Helen.'

'In tegenstelling tot Philippa,' zei Conrad. 'Wat denk je dat er zal gebeuren als ze morgen het bed moet houden?'

'Ik hoop dat niemand het verkeerd opvat,' antwoordde Mac, 'maar ik zou het helemaal niet erg vinden als we die tuinen op eigen gelegenheid kunnen bekijken.'

'Ze zal wel een plaatselijke gids laten komen,' zei Helen. 'Dat zou ik doen, in haar plaats.'

Ze waren nu halverwege het meer. Het wazige licht van de vroege ochtend was nu teer blauw en de bergen waren tevoorschijn gekomen uit de nevelsluiers. Het geheel was adembenemend mooi. Ze vroeg zich af of Conrad dat ook zat te denken en toen ze een blik in zijn richting waagde, keek ze hem plotsklaps recht in de ogen. Hij had blijkbaar al die tijd naar haar zitten kijken.

Er viel een schaduw over haar heen en toen ze opkeek zag ze Hunter. 'Slecht nieuws, Helen,' zei hij. De uitdrukking op zijn gezicht was echter helemaal geen indicatie van slecht nieuws. Integendeel.

'Wat is er, Hunter? Niets ernstigs, hoop ik?'

'Ik moet terug naar Dubai. Er is een probleem met het leasecontract voor het kantoorgebouw dat ik wil kopen. Iemand probeert me een loer te draaien.'

'Kan iemand anders dat niet regelen?'

Dat was precies de vraag die op Helens lippen lag, maar hij werd gesteld door Mac.

'Niet om het een of ander,' ging Mac door, 'maar toen ik voor de bank werkte, zorgde ik er altijd voor dat ik een groep mensen achter me had die ik kon inzetten wanneer het nodig was. De kunst van het delegeren is essentieel voor de zakenman.'

Hunter glimlachte dunnetjes. 'Het is iets anders wanneer het om je eigen maatschappij gaat.'

'Wanneer vertrek je?' vroeg Helen. Ze wist dat ze niet hoefde te proberen Hunter van gedachten te laten veranderen. Hij had zijn besluit genomen. En eigenlijk hoopte ze dat hij zo snel mogelijk zou vertrekken. Wat een opluchting zou dat zijn! Ook al voelde ze zich meteen schuldig om die gedachte.

'Judith is al bezig een vlucht te boeken,' antwoordde hij.

De goede, oude, betrouwbare Judith, dacht Helen schamper. Ze had Hunters moorddadig trouwe secretaresse slechts een paar keer ontmoet, maar wist dat de ouwe vrijster hem slaafs toegewijd was. Ze wist ook dat Judith haar niet mocht omdat ze het lef had gehad Hunters Derde Echtgenote te worden, en ervoor zou zorgen dat haar baas met het eerste het beste beschikbare vliegtuig Italië zou verlaten, al was het maar om hem uit Helens kwaadaardige klauwen te houden.

'Dan mag je dat wel snel aan Savannah gaan vertellen,' zei Helen. 'Die zal wel teleurgesteld zijn dat je moet gaan.'

Hunter snoof. 'Dat denk ik niet. Nu kan ze lekker haar gang gaan met die Orlando van haar.'

Aan het eind van de rij stond Lucy opeens op en liep van hen weg.

De *traghetto* legde aan in Tremezzo en iedereen ging van boord. Philippa stond bij de loopplank neuzen te tellen. Haar stem was niet om aan te horen toen ze zei dat ze voorzichtig de drukke weg moesten oversteken en op haar wachten bij de ingang van Villa Carlotta. Ze waren niet de enigen die op weg gingen naar het beroemde huis met de befaamde tuin. Bijna de helft van de mensen die op de boot hadden gezeten, stak de weg over, waardoor het verkeer noodgedwongen tot stilstand kwam.

'Wat ben je stil,' zei Mac, die naast Lucy liep. Conrad was een beetje achtergebleven. Alsof het nog niet erg genoeg was dat Hunter voortdurend met zijn mobiel aan zijn oor zat, begon Conrad nu ook al. 'Is alles in orde?' vroeg Mac.

'Ja, waarom zou alles niet in orde zijn?'

'Om te beginnen kon die idiote man van Helen wel een beetje meer tact aan de dag leggen.'

Lucy keek met half toegeknepen ogen naar hem. Dit was de eerste keer dat hij liet merken dat hij wist dat er iets niet goed zat tussen haar en Orlando, en dat Savannah de oorzaak van het probleem was. Hij vroeg zich af of hij buiten zijn boekje was gegaan. Toen ze geen antwoord gaf, zei hij: 'Heb je al plannen gemaakt voor een eventuele ontmoeting met je vader?'

'Ik heb hem al ontmoet.'

Aan het hoofd van de groep deed Philippa dappere pogingen hen op de hoogte te brengen van wat er op het programma stond. 'Ik vertel het je straks wel,' fluisterde Lucy.

'Nee! Laat me niet in het ongewisse! Is het goed gegaan? Heeft hij –?'

De man met de sandalen met sokken keek om en siste tegen Mac: 'Ssst!'

'Krijg het heen en weer, vervelende klier!' mimede Mac tegen zijn rug.

'Jammer dat je hem dat niet ronduit durft te zeggen,' gniffelde Lucy toen de groep in beweging kwam.

'Dat komt nog wel,' zei Mac. 'Maar vertel eens. Hoe was het toen je je vader zag?'

Savannah was in een pestbui en wat Orlando ook deed of zei, niks was goed. Ten slotte besloot hij helemaal niks meer te zeggen en, voor zover dat mogelijk was, te genieten van de tuin die ze bezochten, maar ook dat werkte als een rode lap op een stier.

'Je kunt op zijn minst met me praten,' zei Savannah bits toen hij bleef staan om een foto te nemen en de naam te noteren van een tulpenboom die hij nog nooit had gezien.

'Waarom zou ik?' antwoordde hij korzelig. Hij had zijn buik vol van haar chagrijnige gedoe. 'Wanneer ik wat zeg, zit je alleen maar te kiften.'

Ze keek hem woedend aan en liep weg.

Hij stak zijn notitieboekje in zijn achterzak. Hij zou eigenlijk achter haar aan moeten gaan, maar had er geen zin in.

De problemen waren begonnen toen ze gisteravond na het eten naar zijn kamer waren gegaan. Hij was zo dom geweest haar te vragen wat ze van de pianist vond. 'Lekker stuk,' had ze gezegd. 'En hij leek meteen een oogje op Lucy te hebben.'

'Dat is jou dus ook opgevallen?'

Ze lachte. 'Ja, natuurlijk. De hele zaal had dat in de gaten. Waarom vraag je het eigenlijk? Je bent toch niet jaloers?'

'Natuurlijk niet.'

'Mooi zo, want ik zal je iets vertellen: ik wens geen concurrentie van Lucy. Vooruit, kom hier en kus me. Eindelijk kunnen we een hele nacht bij elkaar blijven! Laten we er een perfecte nacht van maken.'

Hij probeerde aan haar wensen te voldoen, maar eigenlijk had hij helemaal geen zin in seks. Hij had een barstende koppijn en wilde het liefst gewoon het licht uitdoen en gaan slapen.

'Ben je mal?' zei ze toen hij haar dat vertelde. 'Ik weet precies hoe ik je daarvan kan genezen.' Ze begon zijn gulp open te maken.

'Nee, ik wil echt niet,' zei hij, en hij duwde haar hand weg, al kon hij zelf nauwelijks geloven dat hij deze gelegenheid voorbij liet gaan.

Nu werd ze vals. 'Wat?!' riep ze uit. 'Nu we eindelijk een hele nacht voor onszelf hebben, heb jij *geen zin*?'

Hij probeerde erom te lachen en zei dat ze morgen maar beter kon oppassen, omdat hij haar dan eens goed te pakken zou nemen.

‘Dat interesseert me geen reet,’ beet ze hem toe terwijl ze van het bed af sprong. ‘Ik wil je nú!’

Een meisje met meer begrip, dacht hij, had misschien aangeboden zijn nek en schouders te masseren. Hij liep naar de badkamer om de paracetamol op te zoeken die hij had meegebracht. Toen hij even later de badkamer weer uitkwam, trok Savannah haar jack aan. ‘Ik ga naar mijn eigen kamer,’ zei ze. ‘Ik weet wanneer ik niet welkom ben. Ik hoop dat je goed zult slapen.’

‘Zal ik op je deur kloppen voor het ontbijt?’ vroeg hij. Hij deed geen poging haar over te halen te blijven. Als ze zo reageerde, kon ze van hem de pot op.

‘Dat moet je zelf weten.’

Hij sliep zo vast dat hij erg laat wakker werd en het ontbijt moest overslaan. Dat was zijn eerste fout van vandaag en daarna was alles alleen nog maar erger geworden.

Gelukkig stelde zijn eerste liefde hem niet teleur. De tuin van Villa Carlotta was de droom van iedere tuinier. Hij hoopte dat Lucy er net zo van genoot als hij.

42

De tuin van Villa Carlotta stond als eerste op hun programma en eerlijk gezegd vond Conrad hem een beetje tegenvallen. Maar hij was geen expert. Geen botanist, geen hovenier, zelfs geen enthousiaste hobbyist. Gelukkig was de rest van de groep wel onder de indruk van de grote verscheidenheid aan planten en bomen in de in Engelse stijl ontworpen tuin op de glooiende westelijke oever van het meer. Onder Philippa's schorre leiding zag hij een levensgrote magnolia grandiflora, een Chinese kamferboom, honderdvijftig jaar oude azalea's, rododendronstruiken (die je eigenlijk in het voorjaar moest zien), een bamboetuin, japonica's, exotische vetplanten, palmbomen, cameliahagen, varens, een prieel te midden van citrusbomen, sequoia's, maagdenpalmen, rozen en talloze andere bomen en struiken. Niets ervan boeide hem erg.

Nu was iedereen op eigen gelegenheid de tuin aan het bekijken, inclusief Mac, die samen met Lucy was verdwenen. Conrad verveelde zich. Hij slenterde over een koel, beschaduwd pad tot hij uitkwam bij een plek waar een gietijzeren prieel stond. Het uitzicht op het meer en Bellagio was fantastisch, en gelukkig zat er helemaal niemand in het met jasmijn begroeide prieel. Het was heerlijk om eventjes van de rest van de groep af te zijn. Net zoals Helen een theorie had over het gedrag van mensen op vakantie, had hij een theorie over liefhebbers van tuinieren. Een paar uitzonderingen daargelaten waren de vrouwen ofwel broodmager, zoals Alice Wykeham was geweest, of hadden ze de vorm van een muskuspompoen. Olivia Marchwood en bijna alle andere vrouwen in hun groep vielen in de categorie muskuspompoenen. En waren net zo interessant.

Hij was blij dat Helen mee was, want met haar kon je tenminste ook over andere dingen dan tuinieren praten.

Sinds dat nogal eigenaardige gesprek gisteravond voor het diner waren ze niet meer samen alleen geweest, maar nu zag het ernaar uit dat daar verandering in ging komen. Wie wist wat er zou gebeuren wanneer Hunter weg was? Conrad zou eigenlijk tevreden in zijn handen kunnen wrijven, maar zo was hij niet. En hij was boos. Boos op Hunter omdat hij zo'n achterbakse schoft was. Omdat hij Helen van alles voorloog en haar bedroog. Conrads eigen morele kompas was weliswaar de laatste tijd ook niet zuiver, maar hij kon het evengoed niet hebben dat Hunter zo onbeschoft misbruik maakte van Helens vertrouwen.

Of Helen had begrepen dat Hunter had gelogen, wist hij niet, maar het was hém meteen duidelijk geweest. Daarom had hij zelf snel zijn mobiel gepakt om te informeren naar vluchten naar Dubai. Als Hunter straks met vluchtinformatie kwam die niet overeenkwam met wat hij te weten was gekomen, zou hij zekerheid hebben. Niet dat hij van plan was iets met die informatie te doen – hij zou het zéker niet aan Helen vertellen – maar het was verstandig om zo veel mogelijk over je vijand te weten te komen. En Hunter was zijn vijand. Conrad kon hem niet luchten of zien. Hunter was een arrogante en bovenmatig zelfverzekerde kerel. Het soort man dat vond dat hij zelf aan de kop van de voedselketen stond en het leuk vond om op alle anderen neer te kijken. Bovendien leek hij een wrede inslag te hebben. Conrad had geen bewijs voor dat vermoeden, maar iedere keer dat hij naar Hunter keek, had hij de indruk dat hij in staat was een ander moedwillig pijn te doen. Iets positiefs in zijn karakter had Conrad niet kunnen ontdekken. Hij snapte dan ook absoluut niet waarom Helen met hem was getrouwd.

'O, hallo Conrad. Eindelijk een verstandig man. Mag ik er even bij komen zitten?'

Kijk eens aan. De duivel in eigen persoon!

Conrad schoof op om ruimte te maken voor Hunter. 'Heb je al nieuws over je vlucht?' vroeg hij.

'Ja, dat is voor elkaar. Vanmiddag om drie uur vertrek ik met een taxi naar het vliegveld van Milaan.'

Vooruit, dacht Conrad, maak mijn dag even helemaal goed. 'Om hoe laat vlieg je?' vroeg hij.

'Vijf over halfzeven. Ik bof dat er nog een plaats beschikbaar was.'

'Is het een rechtstreekse vlucht?'

'Ja.'

Conrad hoefde niet op het papiertje in zijn zak te kijken, waarop hij de vertrektijden van de enige twee rechtstreekse vluchten had genoteerd. Hij wist uit zijn hoofd dat het niet klopte.

'Ik wil wedden dat je best mee zou willen.'

Conrad keek zijdelings naar Hunter. 'Waarom zeg je dat?'

'Ik neem aan dat je hier niet voor je eigen plezier bent. Ik heb me al een tijdje zitten afvragen wat je hier eigenlijk doet.'

Conrad schrok een beetje. Had hij hem onderschat? Had Hunter door dat hij verliefd was op Helen? 'Ik ben meegegaan omdat mijn oom dat graag wilde,' zei hij. 'Zijn gezondheid is niet al te best meer. Hij heeft een paar jaar geleden een hersenbloeding gehad.'

'Je bent dus mee als een soort oppas?'

'Mac zou het niet leuk vinden je dat te horen zeggen.'

'Nee, hè? Hij wil juist de indruk wekken dat hij nog steeds zo sterk is als een beer. Vandaar ook dat ik je ervan verdenk dat je om heel andere redenen bent meegegaan.'

Op neutrale toon vroeg Conrad: 'O ja? En wat mogen die redenen dan wel zijn?'

Hunters gemaakte lach klonk als een salvo uit een mitrailleur. 'De vrouwen natuurlijk. Waar anders zijn zulke schoonheden te vinden? Maar als je geen belangstelling hebt voor al die vormeloze wijven, zou ik het op prijs stellen als je Helen onder je hoede kon nemen tijdens mijn afwezigheid.'

'Tuurlijk. Waar zijn vrienden anders voor?'

'Ja.' Hunter sloeg een blaadje weg dat was neergedwarreld op zijn been. 'Thuis zit mijn vrouw nogal vaak bij jullie, nietwaar?'

Conrad verstijfde onmerkbaar. 'Ik weet uit goede bron dat zij en Mac erg dik zijn met elkaar,' zei hij luchtig.

Weer lachte Hunter in staccato. 'Ja, dat heb ik gemerkt. Als je oom wat jonger was, zou ik me ongerust maken.'

Conrad had de indruk dat ieder woord dat Hunter zei, geladen was met beschuldigingen en bedreigingen. Of lag dat aan hem? Aan zijn kwade geweten? Hij besloot dat de aanval de beste verdediging was. ‘Ik hoop dat je reis naar Dubai vrucht zal afwerpen,’ zei hij. ‘Denk je dat je de problemen snel kunt oplossen en nog voor het einde van ons verblijf hier terug kunt komen? Dat zou voor Helen een fijne verrassing zijn.’

‘Dat zou het zeker, maar helaas lijkt me dat niet erg waarschijnlijk. Nee, ik zie jullie wel weer in Swanmere.’

‘Waar we je zullen vervelen met onze vakantiekiekjes, om je te laten zien wat je gemist hebt.’

‘Dat klinkt als een dreigement.’

Conrad wilde daar net antwoord op geven, toen hij stemmen hoorde. Olivia Marchwood marcheerde op het prieel af, met Pat en Colin Campbell, Vi Abbott en Barbara Slattery in haar kielzog. ‘Mooi zo!’ riep ze uit. ‘Hier zitten er nog twee. Philippa heeft gevraagd of we aan de achterzijde van het huis bijeen kunnen komen, bij de cameliahaag. Ze heeft een gids geboekt voor een rondleiding door het huis.’

‘Als jullie het niet erg vinden,’ zei Hunter, ‘ga ik niet mee.’

Conrad, die geen minuut langer in Hunters gezelschap wilde doorbrengen, kwam overeind. ‘Het huis lijkt me wel de moeite waard.’

Het jonge Italiaanse meisje dat hen rondleidde door de villa was even enthousiast als deskundig en toen Conrad twintig minuten naar haar had geluisterd, kreeg hij het gevoel dat ze aan het einde van de rondleiding tot in de kleinste details op de hoogte zouden zijn van de geschiedenis van Villa Carlotta. Ze begon helemaal bij het begin van die geschiedenis, eind zeventiende eeuw, toen de villa was gebouwd door markies Giorgio Clerici, een rijke koopman uit de streek. Ze vertelde hoe de familie Sommariva in 1795 eigenaar van het huis was geworden, en gaf vervolgens een gedetailleerd verslag over hoe het was verkocht aan de echtgenote van Albert van Pruisen, prinses Marianne van Oranje-Nassau, als huwelijksgeschenk voor haar dochter Charlotte, Carlotta in het Italiaans. Aardig cadeautje!

De jonge Italiaanse stopte even om op adem te komen en leidde de groep naar de volgende zaal, de Grote Ontvangkamer, ook wel de Beeldenkamer genoemd. Ze wees hen allereerst op het gewelfde, rijkelijk versierde plafond met het nepstucwerk in de vorm van sterren, cassettes en rozetten. Vervolgens vestigde ze hun aandacht op het reliëf van Carrara-marmer dat de gehele omtrek van de zaal besloeg en de intocht van Alexander de Grote in Babylonië uitbeeldde. 'Het is het pronkstuk uit de kunstcollectie van de familie Sommariva,' vertelde de gids, 'en bestaat uit drieëndertig panelen.' Inmiddels was Conrads oog op iets anders gevallen. Aan de andere zijde van de zaal stond een marmeren beeld dat hem bekend voorkwam. Hij maakte zich los van de groep en liep ernaartoe om de twee figuren waaruit het beeld bestond, van dichtbij te bekijken. Meteen wist hij waarom hij het zich herinnerde. De vorige keer dat hij het had gezien, was samen met Sam geweest, in de Hermitage in St. Petersburg. 'Heb je ooit zo'n erotisch beeld gezien?' had Sam gezegd, al zou het hem eerlijk gezegd niet zijn opgevallen als ze niet bij hem was geweest en zijn aandacht erop had gevestigd.

'Wie moeten dit voorstellen?' vroeg hij nadat hij had vastgesteld dat ze gelijk had, dat de omhelzing van de twee figuren inderdaad veel erotiek uitstraalde.

'Amor en Psyche,' zei ze. 'Kijk toch eens hoe teder hij haar vasthoudt en hoe welwillend ze zich naar hem opheft.'

'Welk verhaal zit erachter?'

'Het gebruikelijke thema: jaloezie en de macht van de liefde.'

'Vertel eens.'

'Wil je het echt horen, of vraag je het om mij een plezier te doen?'

'Ik wil het echt horen.'

'Psyche was zo verschrikkelijk mooi dat Venus groen en geel zag van afgunst. Van pure jaloezie gaf ze Amor, die door zijn vrienden ook wel Cupido werd genoemd, de opdracht Psyche verliefd te laten worden op de lelijkste man die hij kende. Zoals het in dergelijke verhalen gaat, werd Cupido zelf verliefd op Psyche, maar moest hij zijn ware identiteit voor haar verborgen houden. Toen Psyche, aangespoord door haar zusters, ontdekte met wie ze eigenlijk aan het vrijen was, gooide ze de heleboel in het honderd en moest Cupido snel van het toneel verdwijnen. Venus strafte Psyche met dwangarbeid, waar het arme kind uiteraard aan had moeten bezwijken, maar omdat Cupido nog steeds van haar hield, hielp hij haar stiekem. Aangezien Psyche de heldin van het verhaal is, weet ze uiteindelijk de haat en jaloezie van Venus te overwinnen, wordt onsterfelijk en blijft tot in het eeuwige verenigd met Cupido. Eind goed, al goed, zoals dat heet.'

'En de moraal van het verhaal?'

'O, die is niet moeilijk. Dat je door de hel moet om in de hemel te komen. Wat dat ook mag zijn.'

Conrad slikte. Het was alsof Sam hier was en hem het verhaal opnieuw vertelde.

'Ik zie dat u dit prachtige werkstuk van Adamo Tadolini, Canova's veelgeprezen leerling, staat te bewonderen.'

Conrad draaide zich om en zag dat de gids en de rest van de groep bij hem waren komen staan en het beeld bekeken.

'Dit is een van de beroemdste beelden van Villa Carlotta,' ging de gids door, 'maar het is een kopie. Het origineel staat in de Hermitage in St. Petersburg.'

Conrad schuifelde bij de groep vandaan. Hij had behoefte aan frisse lucht. En ruimte.

Buiten liep hij langzaam naar de rand van het met potten vuurrode hibiscus omzoomde terras. Daar had je zicht op het overwelfde pad dat door de boomgaard liep. De zon stond nu hoog aan de hemel en hij voelde de warmte op zijn gezicht en in zijn nek. Na het koele interieur van het huis en de kilte van het verleden dat hem met zijn spookachtige vingers had geraakt, deed de warmte hem goed. Hij staarde naar het bewegende water van het meer, dat flonkerde in het zonlicht, en probeerde zijn reactie van daarnet te analyseren. Hij was niet zozeer getroffen door de herinnering aan Sam zelf, maar door haar woorden. Woorden waar hij sinds die dag nooit meer aan had gedacht. *Dat je door de hel moet om in de hemel te komen. Wat dat ook mag zijn.*

Hijzelf had ervaren wat de hel was toen Sam was gestorven. Wilde dat zeggen dat hem binnenkort weer iets goeds te beurt zou vallen?

Hij hief zijn hand op om zijn ogen tegen het verblindende licht van de zon te beschermen terwijl hij staarde naar Bellagio aan de overkant van het meer. Opeens hoorde hij een hikkende lach. Het geluid was afkomstig uit de boomgaard onder het terras. Hij bleef staan waar hij stond en even later kwam Hunter het terras op vanuit de tunnel van bomen. Hunter had hem niet in de gaten en Conrad kon duidelijk verstaan wat hij in zijn mobieltje zei: 'Tot straks dan. Vergeet niet de champagne koud te zetten. En je slipje alvast uit te doen!'

Juist! dacht Conrad. Niet dat hij nog meer bewijs nodig had van Hunters ontrouw. Het was verleidelijk om meteen tevoorschijn te komen en de smerige leugenaar te laten weten dat hij had gehoord wat hij zei. Maar wat zou hij ermee opschieten? Zou hij een man als Hunter Tyler kunnen tegenhouden? Dat leek hem niet. En wilde hij hem wel tegenhouden? Had hij er niet veel meer aan als hij Hunter zijn gang liet gaan en hem zelf zijn huwelijk liet kapotmaken?

43

Toen ze terug waren in Bellagio vertelde Philippa met haar schorre stem dat ze de komende twee uur op eigen gelegenheid iets konden gaan doen en ook zelf mochten kiezen waar ze wilden lunchen. 'We komen om halfdrie weer bijeen in de lobby van het hotel,' bracht ze met moeite uit. Mac vond dat ze beter samen met haar griepbacillen naar bed kon gaan. Hij had weinig zin om door haar aangestoken te worden. Sinds zijn hersenbloeding had hij een sterk gevoel van zelfbehoud ontwikkeld. Hij vond ziek zijn het ergste wat er was. Hij kon er niet tegen te zijn overgeleverd aan iemand die beslissingen voor hem nam. Dat vond hij vernederend.

Hij luisterde naar de gesprekken binnen de groep en hoorde dat Helens echtgenoot het roer meteen in handen nam en een deel van hen uitnodigde voor de lunch, omdat hij die middag zou vertrekken. 'Conrad en Mac, jullie gaan zeker wel mee? Savannah, jij en Orlando zijn natuurlijk ook van de partij. Kijk niet zo zuur, Savvie, je krijgt nog tijd genoeg voor je vriendje wanneer ik weg ben. Lucy, jij hoort er uiteraard ook bij. Nee, nee, ik sta erop dat je met ons meegaat.'

'Dit kan leuk worden,' mompelde Mac toen hij samen met Conrad een paar meter achter Hunter aan sjokte. Hij kreeg wat van het overdreven joviale gedoe van de man. 'Waar denk je dat we gaan eten?'

'In het Serbelloni. Waar anders?' antwoordde Conrad. 'Probeer je alsjeblieft in te houden. Al is het maar voor Helen.'

'Maak je geen zorgen, ik zal me voorbeeldig gedragen. Maar ik heb medelijden met Lucy. We weten inmiddels allemaal hoe gevoelig en subtiel die kerel kan zijn.'

'Ze is niet verplicht om mee te gaan.'

'Inderdaad, en we hadden allemáál kunnen zeggen dat hij met zijn lunch de pot op kan, maar daarvoor zijn we te netjes opgevoed.'

Conrad glimlachte. 'Ik wist niet dat je zo'n hekel hebt aan Hunter.'

'Ik had hem tot nu toe nooit echt meegemaakt. Jaren geleden heb ik een man gekend in Hong Kong, die net zo'n type was als hij. Een steenrijke, arrogante kwast, die altijd zijn zin kreeg. De ellende was, dat wat hij ook uitspookte, hij altijd op zijn pootjes terechtkwam.'

'En heeft hij zijn verdiende loon gekregen? Is hij straatarm een eenzame dood gestorven?'

'Integendeel. Hij werd almaar rijker en zijn vrouwen werden almaar jonger en mooier. We noemden hem Teflon Terry.'

'Wat een deprimerend verhaal.'

'Ik probeer je duidelijk te maken, Conrad, dat mannen als Hunter het altijd winnen. Ze zijn niet zoals wij. Ze hebben zo hun eigen methoden.' Hij hield zijn pas in en legde zijn hand op Conrads arm. 'Als Hunter erachter komt dat je verliefd bent op Helen, mag je wel oppassen.'

'Dat zal niet gebeuren.'

Mac nam zijn hand weg en ze liepen weer verder, tussen de vele toeristen door. 'Conrad, ik heb gezien hoe je naar haar kijkt en ik ben vast niet de enige wie het opvalt.'

'Ik kijk alleen. Ik doe verder niks.'

'Nog niet. Maar wat gaat er gebeuren wanneer Hunter straks naar Dubai is vertrokken?'

'Ik begrijp niet wat je bedoelt.'

Mac trok een gezicht, maar liet het daarbij. Ze liepen door de draaideur van het hotel waar Hunter hen op de lunch zou trakteren. Uitslover, dacht Mac toen hij het weelderige interieur zag. Hij had in veel eersteklashotels gelogeerd, de beste van de wereld, maar er nooit mee lopen pronken, zoals Hunter. Hij vond dat getuigen van een gebrek aan goede smaak. Het feit dat Helen zo stil was, was voor hem een bewijs dat zij er net zo over dacht. Het was hem al eerder opgevallen dat ze nauwelijks haar mond opendeed wanneer Hunter erbij was, dat ze dan bijna in het niet verdween.

Ze herinnerde hem aan een andere vrouw, van lang geleden. Zijn mooie Hannah. De enige vrouw van wie hij ooit echt had gehouden. Ze was een levendige, boeiende vrouw wanneer ze samen alleen waren, maar zodra haar man erbij was, werd ze de stille, eerbiedige echtgenote en moeder die hij van haar had gemaakt. Mac had jaren geprobeerd haar over te halen haar man te verlaten en de vrouw te worden die ze kon zijn, maar ze had altijd geweigerd en daarmee zijn hart gebroken.

Hij deed een stapje opzij om Conrad voor te laten gaan en wachtte zelf op Lucy. Ze had nog steeds geen gelegenheid gehad hem iets te vertellen over de ontmoeting met haar vader. Iedere keer dat ze iets had willen zeggen, waren er andere mensen bijgekomen.

'Als ik extra aardig doe, kom je dan naast me zitten?' vroeg hij toen ze binnen waren en Hunter met de hotelmanager stond te praten.

'Doe maar gewoon chagrijnig, Mac. Zo heb ik je het liefst.'

Hij glimlachte. 'Graag zelfs.'

In het Grand Hotel Villa Serbelloni werd de lunch geserveerd op het terras bij het zwembad, waar de gasten uitzicht hadden op het meer. Ze kregen een tafel in de schaduw, onder een grote parasol, en de eerbiedige houding waarmee de kelner hun de menukaarten aanreikte, was een indicatie dat niets hem te veel moeite zou zijn. Lucy luisterde zwijgend toen Hunter champagne bestelde. 'Een glaasje vooraf,' zei hij toen de kelner weg was. 'Tot we hebben besloten welke wijn we zullen nemen.' Hij pakte zijn menukaart. 'Eens kijken wat ze hier allemaal voor lekkers hebben.'

'Ik wil pizza,' zei Savannah zonder de kaart te bekijken, terwijl ze een lok van haar haar rond haar vinger draaide. Ze droeg het vandaag in twee dikke paardenstaarten en had levensgrote oorringen in haar oren, waardoor ze nogal uit de toon viel in de luxueuze omgeving. 'Ik was namelijk van plan vandaag pizza te gaan eten...'

'Ik weet zeker dat ze hier alles voor je kunnen maken wat je wilt, Savvie,' onderbrak Hunter haar gladjes.

'Dat is ze geraden.'

Lucy hield zich met moeite in. Was zij de enige die Savannah het liefst een draai om haar oren zou geven? Ze keek de tafel rond en toen ze Helens gezicht zag, begreep ze dat die er net zo over dacht.

Eén ding moest ze het verwende nest nageven, en dat was dat ze de enige was die genoeg lef had om precies te zeggen wat ze dacht. Dat niemand hier voor zijn lol zat, was wel duidelijk. Lucy had eigenlijk willen weigeren toen Hunter erop aandrong dat ze mee moest gaan, en was alleen maar gezwicht vanwege een masochistische behoefte Orlando en Savannah van dichtbij te kunnen observeren. Ze had in Villa Carlotta gezien dat Orlando het grootste deel van de tijd in zijn eentje had rondgelopen. Ze had ook flarden van een ruzie opgevangen over het feit dat hij Savannah negeerde. Was het erg lelijk van haar dat dit haar plezier deed?

'Wat een deftige bedoening hier,' fluisterde ze tegen Mac.

'Ja,' fluisterde hij terug, 'maar maak je geen zorgen. Ik heb Conrad beloofd dat ik me netjes zal gedragen. En vertel me nu eindelijk eens hoe het met je vader is gegaan.'

'Laten we eerst bestellen.'

Tien minuten later had hun kelner de bestellingen opgenomen. De kok kon geen pizza maken voor Savannah, maar ze had er met een nors gezicht in toegestemd dan maar bruschetta met tomaten te nemen, gevolgd door kipfilet met bacon. Mac hield Lucy aan haar belofte. 'Vertel,' zei hij.

Ze wist niet goed waar ze moest beginnen. Aanvankelijk had ze alle gedachten eraan willen blokkeren, de hele ontmoeting uit haar hoofd willen zetten tot ze een beetje over de schok heen zou zijn en haar reactie zich langzaam kon ontvouwen en vorm aannemen. Maar dat was nog steeds niet gebeurd. De schok was zo groot geweest dat ze nog helemaal beduusd was.

'Nou?' drong Mac aan.

'We zijn ergens koffie gaan drinken,' zei ze. Ze sprak heel zachtjes, opdat de anderen het niet zouden horen. 'We hebben gepraat. Het was… raar.'

'Maar niet naar? Geen onaangename confrontaties?'

'Ik heb hem niet de huid vol gescholden, als je dat bedoelt.'

'Zou het iets hebben uitgemaakt als je dat had gedaan?'

Ze dacht erover na, dacht terug aan de verslagen houding van haar vader toen ze zich voor hun hotel had omgedraaid en was weggelopen. Ja, dacht ze met meer droefenis dan waartoe ze zichzelf in staat had geacht, ja, het zou iets hebben uitgemaakt. Hij had het op dat specifieke moment niet verdiend dat ze zich lelijk gedroeg. Hoewel... het verdriet en de woede die ze al die jaren in zich had meegedragen, waren natuurlijk niet opeens verdwenen. Daaraan zou ze evengoed nog lucht moeten geven. Hoe dan ook. Wanneer dan ook. Ze moest hem duidelijk maken wat hij haar had aangedaan. Haar en haar moeder. Hij moest ervoor boeten. Wie een ander zo diep kwetst, moet voor de gevolgen opdraaien.

'Lucy?'

Ze keek op en zag dat Mac haar vragend aankeek. 'Sorry,' zei ze, 'ik ging helemaal op in mijn gedachten.'

'Dat verbaast me niets. Dit is een heel gewichtige dag voor je.' Hij gaf haar hand een kneepje. 'En ook voor je vader.'

Daarop zei een andere stem: 'Wat hoor ik daar over je vader, Lucy?'

Weer jeukten Lucy's handen om Savannah een klap in haar gezicht te geven. Of om die belachelijke oorringen uit haar oren te rukken. De brutaliteit van die meid om zich zomaar in andermans gesprek te mengen. 'Niks,' zei ze en ze was blij dat er net twee kelners verschenen die zich naast Hunter opstelden, de ene met een ijsemmer en de andere met een fles champagne. Dat leidde de aandacht mooi af.

Ja, dat had ze gedacht.

'Wist je dat Lucy's vader hier woont, pap?' zei Savannah, op nog luidere toon dan anders. 'Hij is er met een of andere Italiaanse troel vandoor gegaan toen Lucy veertien was en sindsdien heeft ze geen woord meer met hem gewisseld. Nou, als jij míj zo zou dumpen, zou ik je vermoorden, samen met dat wijf.'

Lucy bleef als bevroren zitten. Gek genoeg werd ze kwaad op Orlando. Waarom zorgde hij er niet voor dat zijn vriendinnetje haar tater hield? Op Savannah en haar vader na hield iedereen gegeneerd zijn blik op de tafel gericht. Ze wisten dat dit iets was waar Lucy niet in het openbaar over wilde praten. Ze wou dat Orlando het lef had haar aan te kijken. Maar ook hij hield zijn ogen neergeslagen. Ze verachtte hem erom.

Hunter, die net de champagne aan het proeven was, zei: 'Welja, zet mij ook nog even te kijk. Ik geef toe dat ik geen heilige ben, maar ik ben geen type dat zijn kinderen in de steek laat. Maar ja, iedereen is anders. Hij hield vast erg veel van de vrouw met wie hij is vertrokken.' Hij keek Lucy recht in de ogen. 'Ik neem aan dat je dát nog het ergste vindt? Dat je vader meer van iemand anders hield dan van jou?'

'Ik geloof dat Lucy hier liever niet over wil praten.'

Dankbaar keek Lucy naar Conrad.

'Ja,' viel Helen hem bij. 'Savannah, je zou best wat meer tact kunnen tonen. Lucy maakt op het moment een erg moeilijke tijd door.'

Savannah leunde achterover op haar stoel en lachte. 'Niet zo zwaar op de hand, zeg. Je bent er toch allang overheen, Luce? Anders zou je toch niet zijn meegegaan?'

'Savannah –'

'Ja, begin jij nou ook nog even, Orlando! Jemig, wat hebben jullie allemaal? Je zou bijna denken dat Lucy zo'n teer poppetje is dat ze bij één stootje meteen in gruzelementen ligt. Zo breekbaar ben je toch niet, Lucy? Je kan toch wel tegen een stootje? Je zult wel moeten, anders kom je niet ver in het leven.'

Lucy had er genoeg van. Ze kon het gezwets van die domme, egocentrische trut niet langer verdragen. Ze duwde haar stoel achteruit en stond zo woest op dat het serviesgoed op de tafel rinkelde. 'Weet je wat, Savannah? Je hebt volkomen gelijk. Ik kan wel tegen een stootje. En zal ik je nog iets vertellen? Hoe eerder jij uit mijn leven verdwijnt, hoe beter. Je bent niks anders dan een dom rijkeluiskind met een vreselijk grote bek over dingen waar je de ballen van snapt. Ik begrijp niet wat Orlando in je ziet. En nog iets. Luister goed, want ik zeg dit niet nóg een keer. Waag het niet om me ooit nog Luce te noemen!'

De manier waarop ze vertrok was zonder meer dramatisch. Ze stormde het hotel uit en holde de trap af naar de drukke straat. Haar hart hamerde in haar borst en haar hoofd bonkte, maar ze was verdomde trots op zichzelf!

'*Ciao!* Lucy!'

Ze keek naar de overkant van de straat en zag een knappe man naar haar wuiven. Wie was dat nou? Ze kende hier niemand. Pas toen hij zijn zonnebril afnam en boven op zijn hoofd zette, herkende ze hem. Het was de pianist van gisteravond, Alessio. Hij wachtte op een gaatje in het drukke verkeer en stak over. 'Ik wilde net iets gaan drinken. Heb je tijd?'

Waarom niet, dacht ze. 'Goed,' zei ze. 'Waar wil je gaan zitten?'

Hij legde zijn hand losjes in de holte van haar rug en nam haar mee de straat door.

Orlando was woedend. Woedend op Savannah, maar nog meer op zichzelf. Hij had iets moeten doen toen ze Lucy zo zat te jennen, maar hij was als een idioot blijven zitten tot het voorbij zou zijn.

Hij was pas bij zijn positieven gekomen toen Lucy was weggestormd en Hunter zei: 'Nou, nou, dat meisje mag weleens wat manieren leren.'

Vrijwel iedereen op het terras staarde naar hem, tot en met de kelners, toen hij opstond en zei: 'Ik ga even kijken hoe het met haar is.'

'Ja, ga maar,' hoorde hij Savannah tegen hem sissen. 'Ga maar kijken of die frigide trut soms zuurstof nodig heeft daar boven in haar ivoren toren. Maak je vooral niet druk over hoe ík in de pan ben gehakt!'

Nu stond hij voor het hotel en zocht de drukke straat af naar Lucy. Ze kon nog niet erg ver zijn gekomen. Opeens zag hij haar, maar ze was niet alleen. Die pianist van gisteravond was bij haar. Hij had zijn arm om haar middel geslagen en deed naar Orlando's zin veel te intiem. Waar was Lucy in godsnaam mee bezig? Zag ze niet wat voor soort vent dat was?

44

Om iets te doen te hebben, was Francesca in de tuin bezig de verwelkte bloemen te verwijderen van de geurige Alba-rozenstruik die Marcus haar had gegeven toen ze in Pescallo waren komen wonen. Jaren geleden, toen ze samen een reis door Engeland maakten, waren ze in de Sissinghurst Castle Garden in Kent geweest, dat eigendom was van Vita Sackville-West en Harold Nicolson. Ze was zo gecharmeerd geweest van de beroemde White Garden met de formele buxushagen en serene kleuren, dat ze had besloten, zodra zij en Marcus weer thuis zouden zijn, om er in hun eigen tuin een kleinere versie van te maken. Zelfs nu er zo'n donkere wolk boven hun hoofden hing, gaf haar bescheiden hommage aan Sissinghurst haar een voldaan gevoel. De tuin was niet alleen een weldaad op warme dagen, maar in de loop van de jaren was hij ook een toevluchtsoord voor haar geworden. En nu nog meer dan ooit tevoren. Ze hoopte dat hij voor Marcus net zoveel zou gaan betekenen en hem enige troost zou schenken.

Het gerinkel van haar mobieltje verstoorde de stilte van de warme dag. Ze legde de snoeischaar neer en liep snel over het gazon naar de plek waar ze haar telefoon had neergelegd, opdat ze het belangrijke telefoontje waarop ze wachtte, niet zou mislopen. Ze sloeg een kruis, haalde diep adem en klapte het mobieltje open. Toen ze zag dat het niet het telefoontje was waarop ze had gewacht, ontspande ze zich.

Maar niet voor lang.

Het lot was bezig hen in een bepaalde richting te duwen zonder dat ze er iets tegen konden doen, dacht ze een paar minuten later toen ze had opgehangen. Ze had tegen Claudia kunnen zeggen dat ze niet kon; ze hield er over een paar weken toch voorgoed mee op om zich helemaal te wijden aan haar artikelen, zolang ze haar bij het tijdschrift nog wilden hebben. Maar ze had geen nee gezegd. Ze had ja gezegd, omdat ze ergens diep vanbinnen wilde geloven dat er niets ging veranderen.

Het gebeurde wel vaker dat ze inviel voor een gids die ziek was geworden, maar de groep die ze vanmiddag kreeg, was niet zomaar een groep. Het waren de Britse tuinliefhebbers die in Hotel Villa Rosa logeerden, en een van hen was Lucy, Marcus' dochter. Ze wist niet hoe Marcus hierop zou reageren – hij zat in zijn studeerkamer te werken – maar ze was niet van plan hem om toestemming te vragen.

Ze wist best dat Lucy niet zomaar opeens haar vriendin zou willen worden. Ze hoopte alleen dat het meisje eindelijk in staat zou zijn haar vader te vergeven. En misschien ook haar. Vanmiddag zouden ze elkaar voor het eerst ontmoeten. Je had kans dat Lucy boos zou worden als ze doorkreeg wie hun gids was, maar Francesca was bereid dat risico te nemen. Ze zou zich alleen met haar voornaam aan de groep voorstellen, en als Lucy achterdochtig en mogelijk recalcitrant werd, zou ze wel zien hoe ze dat opving. Maar ze verwachtte niet dat dat zou gebeuren. Ze hoopte dat áls Lucy begreep wie ze was, ze van de gelegenheid gebruik zou maken om haar gade te slaan en dan tot de conclusie zou komen dat ze echt geen slecht mens was.

Marcus zou waarschijnlijk zeggen dat ze Lucy te snel tot beslissingen dwong, maar Francesca vond dat ze zich lang genoeg had ingehouden. Dit was het enige waarvoor ze ooit geduld aan de dag had gelegd. Ze was meer iemand van heethoofdige impulsiviteit dan van behoedzame terughoudendheid, zoals haar familie onmiddellijk zou beamen. Was ook haar relatie met Marcus niet het resultaat geweest van een impulsieve reactie?

Nu was het tijd om deze zaak tot een rechtvaardig einde te brengen. Ze was niet bang, wat er ook zou gebeuren.

Lucy zat met Alessio aan de lunch. Hij had haar meegenomen naar een snoezig vissersdorp, dat uit het niets leek te zijn verschenen. In de drukke hoofdstraat van Bellagio had hij gezegd dat het maar een klein stukje lopen was en via zijn mobieltje had hij een tafel voor hen gereserveerd in het enige restaurant dat het dorp bezat. Het was inderdaad maar tien minuten lopen, maar de zon brandde op hen neer en het bochtige pad dat ze moesten afdalen om er te komen, was steil en ongelijk. Toen ze eenmaal beneden waren, op vlakkere grond en in de koele schaduw van een hoge muur langs het pad, zag ze mooie huizen met stucwerk in de kleuren oudroze, terracotta en karamel. Sommige waren begroeid met klimop, andere hadden balkons vol rode geraniums en paarse salvia's, een deel ging schuil achter hoge cipressen, gietijzeren hekken of hoge muren, waarvan de meeste eveneens begroeid waren met klimop.

Toen ze bij het roze gestucte Pergola Ristorante aankwamen, werd Alessio met veel genegenheid verwelkomd door een mooi meisje met een olijfkleurige huid dat hem blijkbaar goed kende. Lucy wachtte geduldig tot ze klaar waren met hun innige begroeting. Ze had allang door dat er in de wijde omtrek waarschijnlijk geen enkel meisje was dat Alessio niet kende, al dan niet intiem.

Ze kregen een tafel op het terras in de schaduw van een oude wingerd die zich over de hele pergola had verspreid. Het terras lag pal boven een kiezelstrand, waarop een rij vissersboten lag, elk met visnetten, emmers en roeispanen in de kuip. Iets uit de kust lagen grote en kleine zeilboten voor anker, hun masten bewogen zachtjes heen en weer door de lichte deining van het water. Het was allemaal heel pittoresk en vredig.

Ze zaten nu aan hun hoofdgerecht, nadat ze eerst elk een bord grote garnalen in olijfolie en knoflook hadden verorberd. Als dit een date was geweest, zou Lucy geen knoflook hebben gegeten, maar dit was geen date: het was een lunch met de plaatselijke Lothario, die van haar nog niet eens een kusje op zijn wang zou krijgen.

Hoewel – maar dit zou ze nooit hardop toegeven – ze had wel minder mooie mannen gekust. Alessio was ontegenzeglijk een spetter, maar ze zou nog liever live op tv een endoscopie moeten ondergaan dan dat ze hem dat vertelde. Niettemin was hij prettig gezelschap en zat hij niet, zoals veel mannen, aldoor over zichzelf te zaniken. Hij luisterde rustig toen ze hem vertelde hoe ze Savannah in het Serbelloni had afgesnauwd, al zei ze er niet bij wat de reden van haar uitbarsting was, en hij vroeg haar naar haar werk in Engeland. Over zichzelf vertelde hij vrijwel niets. Misschien had hij geleerd dat je meisjes sneller verovert door naar hen te luisteren.

'Lucy, waarom staar je naar me?' vroeg hij opeens.

Verdorie! Nu had hij haar toch betrapt! 'Ik staar niet naar je,' loog ze.

'*Sì*. Je zat mijn gezicht heel aandachtig te bekijken. Waar zat je aan te denken?'

Nee, nee, daar trap ik niet in. 'Aan endoscopie,' zei ze.

'Wat?'

Ze lachte. 'Niks. Hoe is je pasta?'

'*Perfetta*. En die van jou?'

'*Perfetta*,' herhaalde ze.

'Ik hoor dat je Italiaans leert. *Brava!* Mag ik je *professore* zijn? Je leraar?'

'Volgens mij heb je daar helemaal geen tijd voor. Je hebt je tijd hard nodig voor alle meisjes die je hier in Bellagio kent.'

'Correctie. We zijn niet in Bellagio, we zijn in Pescallo, waar ik slechts een paar meisjes ken.'

'Waar we ook zijn, je hebt evengoed geen tijd –' Ze stokte. Het was alsof er een alarmbel begon te rinkelen. 'Hoe zei je dat dit dorp heet?'

'Pescallo. Had ik je dat nog niet verteld?'

Ze voelde een blos naar haar wangen stijgen. Pescallo... stond dat niet altijd op haar vaders adres? Ze keek ongerust om zich heen. 'Nee, dat had je niet gezegd,' zei ze. 'Anders had ik het wel onthouden.'

Hij haalde zijn schouders op. 'Nog wat wijn?' Hij pakte de fles.

'Ja, doe maar,' zei ze. 'Dat kan ik goed gebruiken.' Ze zat in een restaurant in het dorp waar haar vader woonde! Weer keek ze angstig om zich heen. Ze verwachtte half hem aan een van de andere tafels te zien zitten. Wat volkomen overdreven was. Ze had de onverwachte ontmoeting van die ochtend heelhuids overleefd en zijn kaartje zat in haar tas. Ze had hem beloofd dat ze hem later op de dag zou bellen. Waarom was ze dan zo bang? Omdat het allemaal veel te snel ging. Jarenlang had ze zich omhuld met een beschermlaag van verwijten en na hun ontmoeting van vanochtend wist ze dat ze zonder die bescherming bijzonder kwetsbaar was.

Alessio keek naar haar en fronste. 'Wat is er? Heb ik je van streek gemaakt?'

'Nee, er is niks.'

'Jawel. Ik zie het aan je ogen. Ben je boos omdat ik je hiernaartoe heb gebracht? Waarom?'

'Ik...' Ach, wat maakte het ook uit! Waarom zou ze het hem niet vertellen? Het kon geen kwaad. Ze nam een grote slok van haar wijn. 'Mijn vader woont hier. In Pescallo.'

'Je vader? Hier? *Davvéro?* Waarom heb je dat niet gezegd?'

'In de eerste plaats wist ik niet waar we naartoe gingen en in de tweede plaats is het nogal ingewikkeld. We zijn...' Ze zocht naar een geschikt woord. 'Mijn vader en ik zijn al jaren van elkaar vervreemd.'

Weer fronste Alessio en ondanks alles vond ze dat hij er daardoor erg sexy uitzag. Lucy! Beheers je! dacht ze.

Hij zette zijn ellebogen op de tafel en leunde naar voren. Zijn knappe gezicht was nog mooier door de ernstige blik in zijn ogen. 'Vertel me eens, Lucy,' zei hij, 'wat is je achternaam?'

'Gray. Hoezo?'

Hij ging met een ruk weer rechtop zitten en sloeg met zijn vlakke hand op de tafel. '*Dio mio! Non ci credo! Non è possibile!*'

'Hé, Italiaans versta ik niet.'

'Lucy, dit is niet te geloven. We zijn bijna familie. Even goed nadenken. *Sì, capisco!* Francesca *è la tua matrigna! Mia zia*, Anna, mijn tante, is getrouwd met Franco, de broer van jouw stiefmoeder.'

'Ik heb geen stiefmoeder.'

'*Sì. Sì.* Francesca Gray is getrouwd met jouw vader. Jouw vader is toch Marcus Gray?

'Ja, maar... ik heb haar nooit beschouwd als mijn stiefmoeder.' Zelfs in haar eigen oren klonk dit opeens onnodig halsstarrig.

Alessio pakte zijn glas en bekeek haar bedachtzaam. 'Ik heb veel over je gehoord en me altijd afgevraagd wat voor iemand je bent.'

Ze hief haar kin op. 'Nu weet je dat dus. Ik ben de dochter die haar vader niet kon vergeven.'

'Voor het feit dat hij verliefd was geworden op een mooie vrouw?'

'Voor het feit dat hij mij in de steek liet.'

'Je had een keuze. Je had naar hem toe kunnen komen wanneer je maar wilde.'

Ze boog haar hoofd. Opeens voelde ze zich alsof ze een steile rotswand beklom en nergens nieuw houvast kon vinden. Houvast om te voorkomen dat ze achterover naar beneden zou vallen, met hulpeloos zwaaiende armen en benen. Want het ondenkbare drong zich meedogenloos aan haar op: de mogelijkheid dat ze al die jaren ongelijk had gehad. 'Voor jou klinkt dat heel redelijk,' zei ze zachtjes, 'maar ik had een moeder die de situatie niet aankon. Die me nodig had.'

Hij zuchtte. 'Ik weet niets over je moeder, maar ik weet wel dat je vader je óók nodig had.'

'Daar had hij aan moeten denken voordat hij de benen nam.' Zo! Dat was beter! Ze was weer op bekend terrein. Hier kon niemand iets tegen inbrengen.

'De benen nam? *Che cosa?* Dat begrijp ik niet.'

Het was duidelijk dat Alessio een erg eenzijdige mening over de situatie had en het leek Lucy weinig zin hebben erover door te gaan. 'Het maakt niet uit,' zei ze geprikkeld, terwijl ze met haar wijsvinger vinnig wat broodkruimels van de tafel prikte.

'Jawel!' zei Alessio met klem. 'Ik zie heel goed dat het voor jou erg belangrijk is. Praat met me, Lucy. Vertel me hoe jij je al die jaren hebt gevoeld.' Hij had zijn stem verheven en een paar mensen keken naar hen.

'Niet hier,' zei ze.

'Straks dan. Na de lunch gaan we een eindje wandelen, en dan ga jij praten en ik luisteren.' Hij leunde naar voren en legde zijn hand op de hare. 'Goed?'

Ze keek hem in de ogen, in zijn donkere, ernstige ogen, en kon opeens helemaal niets meer zeggen. Onthutst sloeg ze haar ogen neer. Laat hem niet merken hoe kwetsbaar je op dit moment bent, waarschuwde ze zichzelf. Maak het hem niet makkelijk.

Soms vroeg Helen zich af of Hunter haar met opzet redenen gaf om ruzie uit te lokken.

Savannahs gedrag tijdens de lunch was beneden alle peil geweest. Waar Mac en Conrad de kracht vandaan hadden gehaald om tot het einde van de maaltijd te blijven zitten, snapte ze nog steeds niet. Ze zou het hun niet kwalijk hebben genomen als ze zich hadden geëxcuseerd en waren vertrokken. Wat een gênante vertoning! Meteen nadat Orlando was verdwenen, was Savannah in tranen uitgebarsten. Ze jammerde dat ze zich naar voelde en dat het Lucy's schuld was, omdat ze zo overdreven had gereageerd op wat ze had gezegd, en dat het zo vernederend voor haar was dat Orlando Lucy's kant had gekozen. Hunter troostte haar en zei dat ze zich geen zorgen hoefde te maken. 'Het komt allemaal best goed, Savvie. Eet nu maar eerst iets, dan voel je je vast al een stuk beter.'

'Maar hij had achter me moeten staan, pap!'

'Dat ben ik met je eens, maar vergeet niet dat Lucy degene is die hem een dak boven zijn hoofd geeft. Hij moet natuurlijk oppassen niet zijn eigen glazen in te gooien. Denk je ook niet, Helen?'

Helen staarde stomverbaasd naar hem. Waarom kon hij Savannah nooit eens een standje geven? Ze had zich tegenover Lucy abominabel gedragen. Waarom praatte hij haar altijd naar de mond? Ze besloot heel rustig te reageren, om niet nog meer aandacht te trekken, want de andere mensen op het terras wierpen nu al tersluikse blikken op hen. 'Zo calculerend is Orlando volgens mij niet,' zei ze.

'Je moet me niet verkeerd begrijpen,' zei Hunter en hij begon hartelijk te lachen. 'Ik zeg niet dat hij een linke jongen is, maar iedereen weet dat je een gegeven paard niet in de bek moet kijken. Wat vind jij, Conrad?'

'Ik vind dat het mij niets aangaat,' zei Conrad op effen toon.

'Maar je hebt er toch wel een mening over?'

'Jawel, maar die hou ik liever voor me.'

Op dat moment kwamen de kelners met veel poespas hun eten opdienen, maar de rest van de maaltijd verliep in een zeer gespannen sfeer.

Nu, terug in het hotel, terwijl Helen zich aan het opfrissen was voor de rondleiding van die middag en Hunter zijn koffer inpakte om naar Dubai te gaan, besloot ze er iets van te zeggen. 'Heb jij Savannah ooit een standje gegeven?' vroeg ze.

Hij legde het laatste opgevouwen overhemd behoedzaam in de koffer. 'Jij hebt geen kinderen, Helen, dus verzoek ik je vriendelijk geen kritiek te leveren op de manier waarop ik de mijne heb opgevoed.'

'Wil je daarmee zeggen dat dit iets is waar we niet over kunnen praten?'

'Niet als je alleen maar kritiek wilt leveren op de manier waarop ik met Savannah omga.' Zijn stem had een kille klank gekregen. 'Maar nu je erover bent begonnen, kan ik je wel vertellen dat ik vind dat je Savannah had moeten steunen toen Lucy haar nagels in haar zette. Ik zou bijna gaan denken dat je meer om Lucy geeft dan om mijn Savvie.'

Helen negeerde dat verwijt. 'Is het helemaal niet in je opgekomen dat Savannah Lucy met opzet uit haar tent lokte, om te proberen haar in het openbaar voor gek te zetten, haar af te schilderen als een bekrompen persoon?'

'Daar heeft Lucy echt geen hulp bij nodig. En als je het mij vraagt, moeten mensen die zo lang een wrok koesteren, hun karakter eens goed onder de loep nemen.'

'Dat is veel te simplistisch gesteld. Zeker omdat je Lucy helemaal niet kent.'

Ze zag zijn kaakspieren bewegen.

'Ik heb geen tijd en geen zin om hiernaar te luisteren. Ik ben trots op Savannah. Ik vind het bewonderenswaardig dat ze het beestje altijd bij de naam durft te noemen. Een beetje openheid kan nooit kwaad. Misschien is dat juist het probleem met Lucy. Misschien zou ze er niet zo beroerd aan toe zijn als iemand haar lang geleden eens flink de waarheid had verteld.'

En haar ook eventjes goed door elkaar had gerammeld? dacht Helen toen ze in de badkamer met venijnige bewegingen haar haar borstelde.

Ik hou dit niet vol, dacht ze terwijl ze in de spiegel keek en de boze frustratie op haar gezicht zag. Als ik nog langer mijn kiezen op elkaar moet klemmen, bijt ik ze kapot. Ik kan me niet naar hem blijven schikken.

Tranen van spijt welden op in haar ogen. Nee! zei ze tegen zichzelf. Geen tranen. Geen medelijden met jezelf. Je wist dat het niet makkelijk zou zijn. 'Maar ik had niet gedacht dat ik mezelf zo zou gaan haten,' fluisterde ze verbitterd.

Ze bleef naar zichzelf staren toen ze terugdacht aan wat Hunter over Orlando had gezegd. Dat die er natuurlijk voor zou zorgen niet zijn eigen glazen in te gooien. Een huivering trok door haar heen. Had hij haar met die woorden ook aan haar eigen situatie willen herinneren?

45

Savannah trommelde ongeduldig met haar vingers op de balustrade van haar balkon. Ze had er opeens genoeg van om te zitten mokken. Voor het eerst van haar leven had ze het gevoel dat ze daarmee niet zou krijgen wat ze wilde. En aangezien ze Orlando wilde, zou er niets anders op zitten dan een resolute ommezwaai te maken om alles weer bij het oude te krijgen. Ze mocht de zaken niet op hun beloop laten, want dan zou Lucy misschien stiekem haar slag slaan en Orlando van haar afpikken.

Ze keek naar een vleugelboot die het meer overstak en een schuimstreep achterliet in het water, en dacht aan het moment waarop alles mis was gegaan, gisteravond tijdens het diner, toen die pianist naar Lucy had zitten kijken. Typisch Italiaans, openlijk staren zonder enig raffinement.

Orlando's reactie was ook niet erg geraffineerd geweest. Je kon aan zijn gezicht zien hoe kwaad hij was. En daar had zíj weer de pest over in gekregen. En alsof dat allemaal nog niet erg genoeg was, was hij later, toen ze in zijn kamer waren, met dat domme smoesje aangekomen dat hij hoofdpijn had. Als hij niet met haar naar bed wilde, moest hij het gewoon zeggen!

De volgende ochtend had ze zich vertwijfeld afgevraagd waarom ze eigenlijk was meegegaan. Wat deed ze hier met al die ouwe taarten? Ze had nu op Ibiza kunnen zitten om lekker uit haar dak te gaan! Maar dan zou ze niet samen zijn met Orlando.

Ze wist niet precies waar het hem in zat, maar in Swanmere voelde ze zich altijd een beter mens wanneer ze bij hem was. Hij genoot zo van het leven, was tevreden met wat hij had. Hij hield van zijn werk en had zelden kritiek op mensen of dingen. Het klonk duf, maar ze wilde net zo zijn als hij.

Ze had geprobeerd zichzelf wijs te maken dat hij tijdens de lunch alleen maar achter Lucy was aangegaan omdat hij nu eenmaal iemand was die zich om anderen bekommerde, en Lucy en hij oude vrienden waren. Maar omdat de hele ochtend ook al zo'n puinhoop was geweest, kon ze zich daar niet van overtuigen. Wat nu? Wat moest ze doen? Dat was de grote vraag.

Achteraf gezien was het niet erg slim van haar geweest om Lucy op stang te jagen, maar ze had het niet kunnen uitstaan dat die trut bij hen aan tafel zat. Zoals ze de hele tijd met Mac had zitten fluisteren! Op dat moment had Savannah haar echt gehaat. En toen ze eenmaal was begonnen haar uit te lokken, kon ze niet meer ophouden. Ze wíst dat ze fout zat, maar in plaats van haar mond te houden, was ze blijven kakelen en had ze geprobeerd er luchtig over te doen.

Maar het was geen luchtig onderwerp en de scène had haar herinnerd aan een dag waar ze nog steeds liever niet aan terugdacht. De dag waarop mamma en pappa haar hadden verteld dat ze gingen scheiden. Ze hadden het haar verteld toen ze samen met vakantie waren op de Maldiven. Het ene ogenblik bestelden ze iets bij de kelner en het volgende ogenblik zei pappa: 'We moeten je iets vertellen, Savvie.' Blijkbaar hadden ze er met opzet voor gekozen het haar tijdens de vakantie te vertellen; misschien dachten ze dat het dan niet zo hard zou aankomen, en dat ze het zich niet al te erg zou aantrekken. Het nieuws op zich was niet echt een verrassing, want ze had hen vaak horen ruziën, maar toch was het een schok. Aan echtscheidingen was ze wel gewend, ze had vriendinnen genoeg met gescheiden ouders, maar toch had ze nooit gedacht dat het haar eigen ouders zou gebeuren. Ze was zo dom geweest te denken dat ze vanwege haar bij elkaar zouden blijven. Zei pappa niet altijd dat hij voor haar alles over had? Alle hagelwitte zandstranden met wuivende palmbomen ter wereld konden de pijn van hun egoïsme niet verzachten. Ze had zwijgend geluisterd toen ze uitlegden dat er voor haar weinig zou veranderen, dat ze samen met mamma in het huis in Crantsford zou blijven wonen, maar dat pappa zou vertrekken. Maar, en dit was heel belangrijk, waar pappa ook ging wonen, zijn huis was ook haar huis. Ze mocht hem zelfs helpen naar een geschikte woning te zoeken. Laat me niet lachen, had ze gedacht. Wanneer had zij ooit iets te zeggen gehad over wat er gebeurde? Ze was in tranen uitgebarsten en had twee dagen geweigerd met hen te praten. Ze had zich in haar kamer opgesloten en was tot de conclusie gekomen dat volwassenen grote egoïsten waren. Dat het hun niks kon schelen wat ze hun kinderen aandeden zolang ze konden doen wat ze zelf wilden. Ze zou hun een lesje leren, ze zou hun eens goed laten voelen wat ze haar aandeden! Maar dat was het probleem: wat ze ook deed, ze trokken zich er nooit iets van aan. Het grootste deel van de tijd was het alsof ze zich amper herinnerden dat ze bestond. Daarom was ze, toen ze weer thuis waren, avond aan avond naar Manchester gegaan om zich te bezuipen. Alles was beter dan in haar eentje thuis te zitten. Mam was altijd met een of andere kerel op stap, en pappa deed wat hij altijd deed, ergens een of andere deal sluiten.

Daarom had ze, toen Lucy zo zielig aan tafel zat en iedereen haar zo nodig in bescherming moest nemen, willen zeggen: 'Hou toch op met je gezeur. Je bent heus niet de enige die zoiets doormaakt. Het gebeurt zo veel mensen en iedereen komt er overheen. Je bent echt niets bijzonders, hoor.'

Ze snapte trouwens nog steeds niet waarom pappa die trut eigenlijk voor de lunch had uitgenodigd. Misschien omdat hij gewoon zo was: altijd even gul, maar blind voor andermans gevoelens.

Nu was hij weer naar Dubai vertrokken, maar ze had hem in ieder geval snel nog wat geld weten af te troggelen. Hij had haar een bundeltje euro's gegeven en gezegd: 'Koop wat leuks voor jezelf, zodat je weer kunt lachen.'

Maar er viel voor haar niets te lachen tot haar relatie met Orlando was hersteld. En waarschijnlijk zou ze dat alleen voor elkaar kunnen krijgen als ze hem haar excuses aanbood. Ze had liever gehad dat hij als eerste over de brug kwam, dat hij zou zeggen dat hij er spijt van had dat hij Lucy's kant had gekozen, maar ze wist bijna zeker dat ze met een verontschuldiging van haar kant in ieder geval haar doel zou bereiken.

Ze moesten over tien minuten in de lobby zijn, volgens Philippa's programma, dus moest ze snel zijn. Ze liep naar zijn kamer en klopte op de deur.

Hij keek niet erg blij toen hij haar zag, maar ze twijfelde er niet aan dat ze zijn hart opnieuw kon veroveren. Ze had genoeg ervaring met dit soort dingen. Wond ze niet al jaren haar vader om haar pink? Jammer dat Lucy dat nooit had geleerd. Ze zou vast niet zo onuitstaanbaar zijn als ze had geleerd hoe makkelijk je mensen een schuldgevoel kon bezorgen en hoe je je ouders tegen elkaar moest uitspelen om te krijgen wat je wilde.

Conrad maakte zich zorgen over Mac. Tijdens de rondleiding door het park van Villa Serbelloni – niet het hotel, maar een congres- en studiecentrum van de Rockefeller Foundation – moesten ze nogal veel klimmen. De zon was nog warmer dan vanochtend en Mac had vergeten een hoed mee te nemen. Een narrige Mac kon Conrad wel aan, maar een uitgedroogde, uitgeputte Mac met een zonnesteek was een heel ander verhaal. Iedere keer dat hun nieuwe gids, een aantrekkelijke Italiaanse genaamd Francesca, stopte om hen iets te vertellen over het park en de naaste omgeving, probeerde Conrad zijn oom ongemerkt naar een plekje in de schaduw te krijgen. 'Zit me toch niet zo te bemoederen,' gromde Mac dan, hijgend en met een rood aangelopen gezicht. Conrad had hem natuurlijk aan zijn lot kunnen overlaten, maar wist dat hij zichzelf dat nooit zou vergeven. Als een oud getrouwd stel zaten ze aan elkaar vast, of ze het leuk vonden of niet. Hij zou gewoon een oogje in het zeil moeten houden en er verder het beste van hopen.

Hij hield ook een discreet oogje op Helen en had gemerkt dat ze, vanaf het moment dat ze met hun nieuwe gids vanuit het hotel vertrokken waren, bij hem uit de buurt was gebleven. Jammer genoeg voor haar had de Heilige Drie-eenheid van Swanmere – Olivia, Vi en Barbara – besloten haar in hun groepje op te nemen. 'We laten je echt niet aan je lot over, hoor,' had Conrad Vi horen zeggen.

Toen ze aan alweer een steile klim begonnen, hield Conrad zijn pas in zodat Mac niet zou achterblijven. 'Denk maar niet dat ik het niet door heb,' zei Mac. 'Ik weet precies wat je doet.'

'Mooi zo. Laat me dan maar rustig mijn gang gaan.'

'Ik wou dat Lucy erbij was. Die is nooit zo bedillerig. Waar zou ze zitten, denk je?'

'Misschien is ze naar haar vader.'

'Dan had ze me dat voor de lunch wel verteld.'

'Misschien had ze vanwege Savannahs gedoe geen zin om mee te gaan.'

'Dat zou kunnen.' Mac bleef staan en droogde zijn voorhoofd met zijn zakdoek. 'Alles bij elkaar was het me het etentje wel, zeg.'

'Ik ergerde me dood. Waarom gedragen we ons eigenlijk altijd zo verdomd beleefd? We hadden net zo goed weg kunnen gaan.'

'Welnee. Jij was net zo nieuwsgierig als ik hoe het zou aflopen. Ik zou het voor geen goud hebben willen missen.'

'Sadist!'

Ze begonnen allebei te lachen, voor de verandering waren ze het volkomen met elkaar eens. Maar even later zonk Conrad weer weg in zijn sombere gedachten.

Hunter.

Helen.

Hij leek wel gek dat hij zich met hen inliet. Stel dat hij zich de woede van Hunter op de hals haalde. Was het dat echt waard? En was het niet al te laat? Had Hunter hem soms al door? Te oordelen naar de opmerkingen die Hunter vandaag had gemaakt, was dat niet onwaarschijnlijk. Waarom had hij hem anders tijdens de lunch zo onder druk gezet? En waarom had hij die opmerkingen gemaakt over dat je een gegeven paard niet in de bek mocht kijken en je eigen glazen niet moest ingooien? Dat waren waarschuwingsschoten geweest, niet voor hem, maar voor Helen. Dat wist hij heel zeker.

Toen Mac samen met de anderen bleef staan op een plek die bij uitstek geschikt was om foto's te nemen, kreeg Conrad weer oog voor zijn omgeving. Het uitzicht was inderdaad prachtig: de steile kust was begroeid met weelderige vegetatie en cipressen en rees op boven het diepblauwe water van het meer. In de verte was een klein, afgelegen vissersdorp te zien. Hij had niet meteen door naar welke kant ze nu eigenlijk keken en zag dat hij niet de enige was. Weifelende stemmen klonken op toen leden van de groep plattegronden en kaarten tevoorschijn haalden, om en om draaiden, en elkaar dingen aanwezen. Conrad zag hun gids glimlachen.

'Het dorp dat u daar ziet, is Pescallo,' zei ze. 'Het is een allerliefst vissersdorp en ik kan u van harte aanbevelen er een kijkje te gaan nemen. Er is ook een heel goed restaurant.'

'Kun je er gemakkelijk komen?' vroeg de vervelende man met de sokken en de sandalen.

'Het is niet ver, maar zoals overal in deze omgeving is het pad ernaartoe hier en daar nogal steil. Bent u klaar met foto's nemen? Dan kunnen we verder.'

'Eéntje nog.'

Dat was Savannah, die tegen Orlando zei dat hij moest lachen, ook al zag Orlando eruit alsof hij daar absoluut geen zin in had. Hij keek erg opgelaten, vooral nu ieders aandacht op hem was gericht.

Mac kwam dicht bij Conrad staan. 'Wat vond jij van de manier waarop Savannah daarstraks zo liefjes haar excuses kwam aanbieden?'

'Ik werd er misselijk van.'

'Ik ook. Wat een komediant, hè? Ze zou Oscars kunnen winnen.'

'Dus jij denkt ook dat ze het niet meende?'

'Het zou me niet verbazen als Helen had gezegd dat ze het moest doen, om haar wat goede manieren te leren. Net zoals toen het domme wicht Fritz bijna had aangereden.'

'Nee, dat is niet zo.'

Ze keken allebei om en zagen Helen achter hen staan. Ze keek zo fel dat Conrad ervan schrok.

'Ik heb niet gezegd dat ze haar excuses moest aanbieden,' zei ze. 'Misschien moest ze het van Orlando.'

'O. Nou, dan is het goed dat we dat weten,' zei Conrad nerveus. De woede die van Helen af straalde was zo heet als de zon. 'Wat vind je van de tuin?' *Goed zo! Bij twijfel altijd terugvallen op neutrale opmerkingen!*

'De uitzichten zijn mooi,' zei ze lusteloos, 'maar de tuin zelf vind ik teleurstellend.'

'Dat ben ik met je eens,' zei Mac. 'Het is meer een stadspark.'

'Precies.'

'En ik dacht nog wel dat ik het niet had begrepen,' zei Conrad. 'Nu voel ik me niet meer zo'n onbenul. Maar kom, de groep is al doorgelopen.'

Met Mac als buffer in het midden liepen ze gedrieën verder. Zwijgend volgden ze het grindpad tot Helen zei: 'Sorry van die toestanden bij de lunch. Het was erg gênant en het spijt me heel erg.'

'Het was inderdaad niet leuk,' zei Mac, 'maar dat rekenen we jou niet aan, hoor. Het gesprek had aangenamer kunnen zijn, maar het eten was in ieder geval heerlijk.'

'Ik had Savannah met alle liefde gewurgd. En haar vader ook.'

'Ik neem aan dat hij op tijd is vertrokken?' vroeg Conrad, die het helemaal niet erg vond om Helen ongemerkt te helpen haar man te kleineren.

'Daar ga ik vanuit. Toen ik vertrok zat hij te wachten op de taxi naar het vliegveld. Kan hij leuk weer de tycoon gaan uithangen.'

'Ik wil niet zeuren, Helen, maar hij ís een tycoon.'

'Dat weet ik, Mac, maar ik zou het prettig vinden als ik kon denken dat ik met een normale man was getrouwd.'

'Die bestaan niet, beste meid. Wij mannen zijn zonder uitzondering oppervlakkige, egoïstische beesten.'

'Spreek voor jezelf,' zei Conrad.

Helen glimlachte en Conrad had het idee dat haar woede wat begon te zakken. Het viel hem op dat ze hem nog niet één keer recht in de ogen had gekeken.

Aan de kop van de groep zei hun gids dat ze van nu af aan alleen nog maar heuvelafwaarts gingen, maar dat ze goed moesten oppassen op de ongelijke delen van het pad, waar hier en daar losse stenen lagen.

'Onze nieuwe gids is niet slecht, hè?' zei Mac. 'En ze ziet er goed uit. Philippa deed het ook heel aardig, maar ja, het oog wil ook wat. Deze is een hele vooruitgang.'

Helen gaf hem speels een tik. 'Lelijke macho! Ik ben blij dat ik jou nooit in mijn groep heb gehad.'

'O ja? Ik denk dat je het juist leuk had gevonden. Misschien zou ik je zelfs het hof hebben gemaakt.'

'Ja, vast!'

Het pad maakte een bocht en toen kwamen ze uit in een heerlijk koele tunnel van bomen en rododendrons. 'Hè, da's een stuk beter,' zei Mac met een zucht. 'Ik had geen idee dat het zo warm zou zijn.'

'Je had een hoed mee moeten nemen,' zei Helen.

'Ja, ja, ik weet het. Daarover heeft Conrad me al de les gelezen. Hé, kijk eens...' Hij bukte zich om tussen de struiken langs de rand van het pad te gluren. 'Cyclamen. Het is me nog nooit gelukt die te kweken. Ik geloof dat Fritz de bollen ruikt, opgraaft en opeet.'

Helen lachte. 'Heb je Evie vandaag nog gesproken?'

'Ja, ik heb vanochtend naar huis gebeld. Ze zegt dat Fritz net zo lastig is als zijn baasje. De brutaliteit. Hoe ik ooit heb kunnen denken dat zij een goede oppas voor mijn hond zou zijn!'

'Onzin! Jullie zijn dol op elkaar.'

Mac lachte. 'Da's een goeie! En jij dan? Heb je nog naar het tehuis gebeld om te vragen hoe het met je grootmoeder is?'

'Ja, vanochtend na het ontbijt. Ze zeiden dat alles in orde is.'

'Dat is fijn.'

Zoals meestal wanneer Mac de toonaangevende figuur was in gesprekken met Helen, liet Conrad hem zijn gang gaan. Mac wist altijd precies wat hij moest zeggen om haar op te vrolijken. Conrad begon steeds beter te begrijpen dat Macs aantrekkingskracht in zijn jongere jaren indrukwekkend moest zijn geweest. Het was jammer dat hij zelf niet zo'n kalmerende uitwerking op Helen had.

'Weet jij trouwens waar Lucy is?' hoorde hij Helen aan Mac vragen.

'Nee, daar hadden we het net nog over. Conrad denkt dat ze misschien bij haar vader op bezoek is.'

Helen keek in Conrads richting, maar haar blik ging heen en weer als een onrustige vlinder voordat ze hem eindelijk aankeek.

'Ik raad er ook maar naar, hoor,' zei hij met een flauwe glimlach. 'Ze kan net zo goed ergens met een glas wijn in haar hand heerlijk in de zon zitten. Wat ik zelf eerlijk gezegd ook wel zou willen.'

'Ik ook,' zei Helen zachtjes. Haar gezicht, waarop daarstraks zo'n felle uitdrukking had gelegen, alsof ze iemand te lijf wilde gaan, was nu weer zacht en bekoorlijk.

Hij slikte. 'Laten we dat dan doen zodra we hier klaar zijn.'

Mac schraapte luidruchtig zijn keel, vermoedelijk als waarschuwing.

Maar daarvoor was het al te laat, dacht Conrad. Veel te laat.

46

Met haar hoofd achterover en haar ogen gesloten lag Lucy te zonnebaden op het kiezelstrand van Pescallo. Het was lang geleden dat ze zich zo lekker had gevoeld, zo heerlijk loom. Misschien kwam dat gedeeltelijk door de hoeveelheid wijn die Alessio en zij bij de lunch hadden gedronken, maar ach, ze was op vakantie en ze mocht doen wat ze wilde. Ook slechte dingen.

Dat ze het drukke dagprogramma van de groep had gelaten voor wat het was, kon worden beschouwd als haar eerste rebelse daad. Het kon haar niets schelen. Het kon haar ook niets schelen dat het huis van haar vader hier maar vijf minuten vandaan was. Alessio had aangeboden het haar aan te wijzen, maar ze had gezegd dat ze geen haast had. Voorlopig wilde ze alleen maar hier blijven zitten met de zon op haar gezicht, en een poosje niet aan haar problemen denken.

Het was gek, ze kende Alessio nog geen vierentwintig uur, maar voelde zich nu al erg met hem verbonden. Ze had hem alles verteld wat belangrijk was in haar leven. Ze had hem dingen toevertrouwd die ze zelfs nooit aan Orlando had verteld. Bijvoorbeeld hoe ze haar moeder had geholpen alles te vernietigen wat haar aan Marcus Gray herinnerde, in de tijd toen Fiona het nog zo verschrikkelijk moeilijk had. Samen hadden ze alles wat hij had achtergelaten kapot gegooid, verscheurd en verbrand. Ze hadden systematisch de fotoalbums doorgenomen en foto's van hem verwijderd of doorgeknipt, tot ieder spoor van hem uit hun leven was verwijderd. 'Hij komt nooit meer terug, Lucy,' zei haar moeder toen ze in de tuin bij het vuur stonden en zagen hoe de vlammen aan zijn gehate gezicht likten, 'dus heeft het geen zin dingen van hem te bewaren.' Die avond kwam haar moeder naar boven toen ze haar in bed hoorde huilen en zag dat Lucy één laatste foto van haar vader in haar hand hield geklemd. Ze griste de foto weg, scheurde die aan stukjes en liet die op de grond vallen. De volgende ochtend spoelde Lucy de snippers door de wc. Eén stukje bleef hardnekkig drijven en ze moest vier keer doortrekken voordat het was verdwenen.

Alessio liet nergens aan merken of de dingen die ze hem vertelde, hem shockeerden. Hij luisterde stil en verbrak geen moment het oogcontact. Hij was heel intens. In het begin was ze daar nerveus van geworden, maar geleidelijk aan raakte ze eraan gewend. Op zijn beurt had hij haar verteld over zijn familie, de familie waartoe haar vader nu behoorde. Dat hij een heerlijke, zorgeloze jeugd had gehad, dat zijn ouders en de rest van de familie hem altijd het gevoel hadden gegeven dat hij heel bijzonder was, en hem hadden aangespoord zijn liefde voor muziek te ontplooien. 'Als ik het goed begrijp, was je dus een verwend ventje,' zei ze plagend.

'Dat geloof ik ook,' antwoordde hij glimlachend.

En toen zei hij iets wat haar verraste: dat zijn familie ook haar familie was. Wat een vreemd idee. Daardoor werd ze zich ervan bewust dat er een heleboel mensen waren die van haar bestaan wisten, terwijl zij over hen helemaal niets wist. Het zette haar aan het denken.

Ze dacht ook na over hoe ze op Alessio reageerde. Wanneer ze praatten, voelde ze zich bij hem volkomen op haar gemak, maar wanneer ze zwegen, werd ze zich ervan bewust dat ze zich tot hem aangetrokken voelde. Een nogal onrustbarend gevoel.

Opeens besefte ze dat ze al die tijd helemaal niet aan Orlando had gedacht. Dat leek haar een goed teken. Ze voelde zich op dit moment prettiger en rustiger dan in maanden.

Vlak bij hen was een groep kinderen, Italiaanse kinderen, aan de rand van het water aan het spelen. Twee waren aan het vissen met zelfgemaakte hengels, een stok met een touwtje, en een ander jochie, de kleinste, die prachtige donkere krullen had, tuurde in een plastic emmertje. Zijn blauwe short en gestreepte T-shirt waren hem veel te groot en met zijn grote donkere ogen en lange wimpers zag hij er snoezig uit. Lucy vroeg zich af of Alessio op die leeftijd net zo schattig was geweest. Vast wel. Een hartenbreker, net als nu.

Ze zou het liefst haar hoofd omdraaien om hem te bekijken, maar durfde niet. Ze zou graag die prachtig gevormde mond van hem willen bestuderen, en de manier waarop zijn wenkbrauwen omhoog gingen wanneer ze iets zei wat hij niet begreep. Ze hield van de manier waarop zijn ogen vrolijk flonkerden, zoals daarstraks, toen hij had gezegd dat hij haar van nu af aan Lucia zou noemen, wat Italiaans was voor Lucy. Maar voor alle zekerheid hield ze haar blik gericht op zijn handen. Hij had niet de ruwe handen van een tuinier, zoals zijzelf. En Orlando. Zijn handen waren glad, en hij had lange vingers. Ze waren sensueel, maar maakten evengoed de indruk dat ze erg veel kracht hadden. Ze bleef ernaar kijken toen hij een steen oppakte en die overgooide van zijn ene in zijn andere handpalm. Ze vroeg zich af hoe het zou zijn om door die handen aangeraakt te worden.

'Lucia?'

Ze draaide haar gezicht naar hem toe en raakte meteen in de ban van zijn wonderbaarlijke ogen. Haar maag draaide om, alsof ze van een rots stortte. *Hoe krijgt hij dat toch steeds voor elkaar?* 'Ja?' zei ze.

'Ik ben blij dat je de dochter van Marcus bent; want dat betekent dat je terug zult moeten komen.' Hij glimlachte. 'En dan kan ik je weer zien.'

'Dat hangt af van hoe het verder verloopt met mijn vader,' zei ze.

Hij pakte haar hand, net zoals hij tijdens de lunch in het restaurant had gedaan. 'Volgens mij hangt dat van jou af, Lucia. Je vader houdt van je. Het enige wat je hoeft te doen, is hem vergeven.'

Daar gaan we weer, dacht ze. Waarom ging iedereen er zonder meer van uit dat haar vader van haar hield? Wat was het bewijs daarvoor? Maar hoe kon ze van Alessio verwachten dat te begrijpen als ze haar gevoelens zelf niet eens behoorlijk onder woorden kon brengen? Ze probeerde haar hand terug te trekken, maar hij hield hem stevig vast. Ze zei: 'Je kunt pas weten hoe ingewikkeld het is, wanneer je zelf in mijn positie hebt gezeten.'

'Daar heb je gelijk in, maar misschien is het beter als je probeert de situatie te vereenvoudigen. Dat doe ik ook.'

Ja, dat zal best, dacht ze.

Hij ging door: 'Ik heb een Italiaanse ziel. Ik ben romantisch van aard, maar ook pragmatisch. Op die manier maak ik ingewikkelde dingen eenvoudig. De mensen zeggen vaak dat ik te makkelijk liefheb.'

'En is dat zo?'

'Ik ben er inmiddels van overtuigd dat liefde een zoektocht is. Je blijft zoeken tot je het hebt gevonden. En jij, Lucia? Heb jij makkelijk lief?'

Ze dacht daar even over na. 'Nee,' zei ze toen. 'Ik geloof van niet.'

Hij streelde haar hand. 'Dat dacht ik al. Je hebt niet voldoende lief. Dat is jammer. *Allora.* Zullen we een spel doen?'

'Wat voor spel?' vroeg ze behoedzaam. Ze dacht nog na over wat hij had gezegd en vond de manier waarop hij haar had afgeschilderd helemaal niet zo leuk.

Hij trok haar overeind. '*Andiamo!*' Hij nam haar mee naar de rand van het water.

'Je gaat me er toch niet in duwen, hè?'

'Zou je dat willen?'

'Waag het niet!'

Hij bukte zich, raapte een steen op en gaf die aan haar. Het was een platte steen, warm van de zon. 'Ik neem aan dat je dit weleens hebt gespeeld,' zei hij terwijl hij zelf ook een steen koos.

'O ja. Zo vaak,' antwoordde ze.

'Maar wij gaan het iets anders spelen. Als ik win, krijg ik als beloning een kus van je. Goed?'

'En als ik win?'

Weer zo'n megawattglimlach. 'Ik denk niet dat je zult winnen. Ik ben hier erg goed in.'

Meer was niet nodig om de competitiegeest in haar wakker te maken en hem eens even te laten zien wat ze kon.

'Kijk goed. Dan kun je leren hoe het moet,' zei ze terwijl ze een werphouding aannam en haar arm een paar keer strekte en boog.

47

Eindelijk waren ze alleen. Voor zover je van alleen kon spreken in café San Remo, want de open bar op het terras zat stampvol toeristen. Conrad hoorde gesprekken in allerlei talen: Duits, Zweeds, Nederlands, Amerikaans, Russisch, zelfs Italiaans.

Daarentegen hadden hij en Helen nauwelijks een woord gezegd en was de spanning tussen hen zo duidelijk voelbaar dat hij haar het liefst in zijn armen had genomen om haar ervan te overtuigen dat alles goed kwam. Hoe alles goed zou moeten komen, wist hij niet, maar hij had er alles voor over als hij voor elkaar kon krijgen dat ze niet meer zo bedrukt zou kijken en zich een beetje kon ontspannen. Hij had haar nog nooit zo ongelukkig gezien. En hij vond het vreselijk dat het misschien door hem kwam. Om zijn schuldgevoel te sussen, hield hij zichzelf voor dat niet hij de oorzaak van haar problemen was, maar die afgrijselijke man van haar.

Er stond een lichte bries die het water van het meer deed rimpelen en glinsteren in het zonlicht van de late namiddag. In Tremezzo, waar ze die ochtend waren geweest, was de witte façade van Villa Carlotta duidelijk te herkennen, evenals de oranjerode luifels van Hotel Tremezzo. Aan deze kant van het water legde een kleine boot vol toeristen aan bij een drijvende steiger. De boot leek amper groot genoeg voor het aantal passagiers dat uitstapte, een grote groep mensen van middelbare leeftijd die te uitbundig lachten en opgewonden gilletjes slaakten. Engelsen, dat kon hij helemaal hiervandaan horen. 'De beste ambassadeurs van ons land,' mompelde hij.

'Nu klink je net als Mac.'

Conrad kreunde. 'Ik kan iedere vorm van kritiek van je verdragen, behalve dat je me vergelijkt met Mac.'

'Dat meen je niet echt.'

'Nee?'

'Ik geloof dat je veel meer op Mac gesteld bent dan je wilt toegeven.'

'Waarom zou ik dat niet willen toegeven?'

'Omdat hij je zo goed kent. Hij heeft je meegemaakt in je beste en je slechtste tijden. En je hebt het vast niet altijd makkelijk gehad.'

Dit was niet het gesprek dat hij in gedachten had gehad. Hij ging onrustig verzitten nu het spotlicht opeens op hem was gericht. 'Je hebt hierover nagedacht.'

Ze nam een slokje wijn. 'Jij niet?'

'Wanneer je iets meemaakt waardoor je leven radicaal verandert, leer je alles te accepteren zoals het is. Je gaat het niet allemaal eindeloos beredeneren.'

'Ik geloof je niet. Volgens mij ben jij iemand die niets doet zonder er eerst goed over na te denken. Is dat niet de reden waarom we nu hier zitten?'

'Bedoel je dat ik je manipuleer? Dat ik je onder dwang of met een voorwendsel tegen je zin hier heb gebracht?'

Haar gezicht verzachtte toen ze glimlachte. 'Nee, je hebt gewoon veel overredingskracht.'

'Dat komt omdat –' Hij stopte abrupt en ging weer verzitten.

'Omdat wat?'

'Ik stond op het punt iets te zeggen wat misschien ongemanierd zal klinken. Iets in de trant van dat het komt omdat je er zo verdraaid verleidelijk uitziet.'

Ze kreeg een kleur. 'Dan ben ik blij dat je het niet hebt gezegd. Het zou me maar in verlegenheid brengen.'

'Mij ook. Hoe smaakt de wijn?'

'Goed. En jouw bier?'

'Prima.'

'Mooi.

Hij waagde een glimlach. 'Dat waren dan de koetjes en kalfjes.'

'Hadden we het daar over?'

'Daar hebben we het altijd over, om te voorkomen dat we dingen zeggen waar we later spijt van krijgen.'

'Verstandig van ons.'

'Behalve dat we daarmee het risico lopen in steeds kleinere kringetjes rond te draaien.'

'Wat zou inhouden dat we uiteindelijk –' Ze stopte midden in haar zin.

'Ja,' zei hij. 'Dat we op den duur ergens in het midden tegenover elkaar komen te staan.'

Ze keek van hem weg, afgeleid door de toeristen die luidruchtig over de pier naar de bar waren gekomen en naar een plek zochten waar ze met hun allen konden zitten. Een van hen zei wat de rest van de aanwezigen allang duidelijk was, namelijk dat er in deze bar niet voldoende plek voor hen was, waarop ze naar het volgende café vertrokken.

'We zullen het er ooit over moeten hebben, Helen. Dus kunnen we het net zo goed nu doen.' Hij zag haar een streep trekken in de condens die zich op haar glas had gevormd.

'Je weet dat ik niets zal doen waardoor mijn huwelijk in gevaar kan komen.'

Hij had dat al eerder van haar gehoord, maar vond het ditmaal minder overtuigd klinken. 'Ben je gelukkig?' vroeg hij.

'Ben jij gelukkig?'

'Op dit moment wel. Hier met jou. En ik geloof dat jij ook gelukkig zou kunnen worden als je het jezelf zou toestaan.'

Ze slikte nerveus en beet op haar onderlip. 'Je begrijpt het niet,' zei ze zachtjes, 'er staat zo veel op het spel.'

Hij hield haar nauwlettend in de gaten, want hij voelde aan dat ze een kritiek punt naderden. Nog één duwtje en het onderliggende probleem dat haar ervan weerhield eerlijk te zijn tegenover hem, zou geopenbaard worden. Hij merkte dat ze de ring met de levensgrote smaragd om en om draaide aan haar vinger. 'Zeg het maar,' drong hij zachtjes aan. 'Vertel me wat er op het spel staat. En vertel me ook wat er belangrijker is dan jouw geluk. Ik heb je in gezelschap van je man namelijk nog nooit gelukkig zien kijken.'

Ze hief haar hoofd op en keek hem recht in de ogen. Meteen wist hij dat hij het zou betreuren dat hij op de waarheid had aangedrongen. 'Goed,' zei ze, met een stem die even standvastig was als haar blik. 'Ik zal je vertellen wat belangrijker is dan mijn geluk. Het geluk van mijn grootmoeder. Dat gaat voor mij boven alles. Dat mijn grootmoeder het goed heeft.'

Hij begreep er niets van. 'Je grootmoeder? Wat heeft zij ermee te maken?'

'Hoe denk je dat ik me dat dure verpleeghuis kan veroorloven? Ik heb mezelf verkocht, Conrad. Ik heb mezelf verkocht aan Hunter om Emma uit handen te houden van sadistische verzorgers die haar halfdood laten vriezen in een bad met koud water. Ik ben met hem getrouwd om Emma weg te houden bij geniepige figuren die vinden dat ze oude mensen best een beetje mogen slaan, die zeggen dat Emma blauwe plekken heeft omdat ze uit bed is gevallen.'

Conrad luisterde met afgrijzen. Opeens stortte Helen in en begon te huilen. 'Het spijt me,' zei hij. 'Ik had geen idee.' Hij wilde zijn arm om haar schouders leggen, maar ze hief haar hand op om hem daarvan te weerhouden.

'Zeg maar niks! Er valt niets te zeggen.' Ze begon in haar tas te rommelen en omdat hij dacht dat ze een zakdoek zocht, haalde hij er een uit zijn broekzak en bood haar die aan. Opnieuw weigerde ze zijn hulp en gooide wat euro's op de tafel. 'Alsjeblieft. Niemand zal ooit kunnen beweren dat ik heb geprobeerd ook van jou te profiteren.' Toen stond ze abrupt op en liep weg, tussen de dicht op elkaar staande tafeltjes door.

Hij ging achter haar aan. 'Helen, wacht! Het kan me niet schelen waarom je met Hunter bent getrouwd. Ik hou van je.' Hij probeerde haar vast te grijpen, maar ze rukte zich los.

'Nee! Na wat ik heb gedaan, verdien ik het niet dat er nog iemand van me houdt. Zeker niet iemand die zo goed en oprecht is als jij.'

'Zeg zulke dingen niet! Ieder ander zou precies hetzelfde hebben gedaan.'

'Zou jij het hebben gedaan?'

'Ja. Ik zou tot alles bereid zijn voor de mensen van wie ik hou. Tot *alles*.'

Nieuwe tranen stroomden over haar wangen en nu nam hij haar toch in zijn armen. 'Kom,' zei hij, boven het geraas van het verkeer uit, 'laten we een rustiger plekje opzoeken.'

Pas helemaal aan het einde van de met bloembedden omzoomde boulevard vonden ze een onbezet bankje. Ze gingen zitten en Conrad liet zijn arm rond haar schouders liggen, zoals hij de hele weg had gedaan. Het voelde goed aan. Net als hun zwijgen. Maar Helen wist dat ze hem nu alles moest vertellen. Ze wist alleen niet of ze dat kon. Het was al zo moeilijk geweest om hardop te bekennen dat ze zichzelf had verkocht ten bate van haar grootmoeder. Het viel niet mee om de waarheid te onderkennen, maar het was nog moeilijker om ermee te moeten leven.

'Het spijt me dat ik je dit aandoe,' zei Conrad.

'Dat hoef je niet aldoor te zeggen,' antwoordde ze. 'Het is allemaal mijn eigen schuld.'

Hij nam zijn arm weg van haar schouder en draaide zich naar haar toe. 'Waar ben je precies schuldig aan?'

'Dat ik tegenover jou niet eerlijk ben geweest. Dat ik je de indruk heb gegeven dat de mogelijkheid bestond dat er tussen ons ooit iets kon zijn.'

Hij fronste. 'Die indruk heb je helemaal niet gegeven, Helen. Integendeel. Er begon tussen ons al iets te groeien op het moment dat we elkaar voor het eerst zagen. Toen ik in je ogen keek, wist ik dat je altijd deel zou uitmaken van mijn toekomst.'

'Het is nooit mijn bedoeling geweest dat er zoiets zou gebeuren.'

'Zo gaat dat wanneer twee mensen verliefd op elkaar worden. Dat heb je niet in de hand.' Hij pakte haar handen en hield ze stevig vast. 'Je verdient een tweede kans, Helen. Je kunt je leven veranderen. Het is nog niet te laat.'

'Nee, je begrijpt het niet. Ik geef echt wel om Hunter. Je kent hem niet zoals ik hem ken. Bovendien ben ik... heb ik verplichtingen. Ik moet een goede echtgenote voor hem zijn.'

'Verplichtingen. Hoor je zelf wat je zegt, Helen? Dit zijn geen woorden voor een intelligente vrouw in de eenentwintigste eeuw. Wat heeft die man met je gedaan?'

Ze trok haar handen los. 'Ik heb het mezelf aangedaan.'

'Onzin! Hij heeft macht over je, Helen. Hij weet precies wat er in je hoofd omgaat en draait af en toe de schroeven iets strakker om je in het gareel te houden. Toen hij zei dat Orlando zijn eigen glazen niet wilde ingooien, had hij het tegen jou; het was een boodschap voor jou. Hij voedt dat gigantische ego van hem door anderen van hem afhankelijk te maken. Hij is een sluwe, intelligente man, Helen, maar ooit zal hij een fout maken. Dat garandeer ik je.'

Helen antwoordde, verbaasd over Conrads felle toon: 'Wie jou hoort, zou denken dat hij een soort monster is.'

Conrad keek verbeten. 'In mijn ogen is hij dat ook.'

'Maar vergeet niet wat hij voor Emma doet.'

'Ja, dat is een mooie troefkaart. En dat weet hij donders goed. Gaat hij ooit bij haar op bezoek? Zegt hij ooit dat ze eens bij jullie moet komen logeren? Biedt hij ooit aan haar op te halen voor een uitstapje?'

'Hij heeft het druk. Hij is –'

'Je houdt hem de hand boven het hoofd. Ik heb het ook druk, maar ik zou altijd tijd maken voor jou en je geliefde grootmoeder.'

Helen herinnerde zich hun uitstapje naar Wollerton Old Hall Garden, en hoeveel geduld Conrad had gehad voor haar grootmoeder. Dat was de dag waarop alles was veranderd, de dag waarop ze ten volle had beseft wat ze had gedaan en dat er geen weg terug was. Ze knipperde verwoed met haar ogen om nieuwe tranen tegen te houden. 'Je kunt zeggen wat je wilt, maar daarmee zal er niets veranderen, Conrad,' zei ze. 'Ik ben getrouwd met de man die de rekeningen betaalt voor Emma, en daarmee uit.'

'Maar dat hoeft niet zo te blijven. Je hebt een keuze. Er zijn nog wel meer verpleeghuizen, minder dure, waar Emma terecht kan. Ze zijn vast niet allemaal zo erg als die ene waar ze heeft gezeten.'

'Er is al zo veel met haar gesold de laatste tijd. Ze is nu gelukkig. En ik wil het risico niet nemen. Ik hou veel te veel van haar. Zou jij Mac in een soortgelijke situatie blootstellen aan onnodige veranderingen?'

'Mac zou nooit willen dat ik alles voor hem opgeef.'

'Emma weet niet wat ik voor haar heb gedaan, daar heeft ze geen benul meer van, maar ze heeft het daar fijn en er wordt goed voor haar gezorgd. Dat geeft me veel gemoedsrust. Je moest eens weten hoe schuldig ik me nog steeds voel dat ik haar naar dat andere tehuis heb gebracht, dat ik haar daar heb achtergelaten. Ik geloofde haar niet toen ze zei dat ze bang was. Ik dacht dat ze wartaal praatte. Dat ze zich gedroeg als een klein kind.'

'Je kon het ook niet weten.'

Ze boog haar hoofd, liet haar haren naar voren vallen opdat hij haar gezicht niet kon zien. 'Dat is nog het ergste,' zei ze zachtjes. 'Ik wist het wel. Althans, ik vermoedde dat er iets mis was, maar ik wist niet wat ik eraan moest doen.'

'Heb je het personeel er niet over aangesproken?'

'Dat heb ik geprobeerd, maar ze hielden elkaar de hand boven het hoofd. Conrad, je hebt er geen idee van hoeveel oude mensen worden mishandeld. Iedereen heeft het altijd over kindermishandeling, maar de beschamende verwaarlozing en het sadisme waaraan weerloze oude mannen en vrouwen worden blootgesteld, wordt in bepaalde kringen maar liever genegeerd.'

In de trieste stilte die op haar woorden volgde, voelde ze zijn hand zachtjes haar wang strelen. Ze hief haar hoofd op en liet toe dat Conrad haar haren naar achteren streek. Ze kon de liefdevolle blik in zijn ogen niet verdragen en probeerde haar gezicht weer te verbergen, maar dat liet hij niet toe.

'Je zou van hem moeten scheiden, Helen,' zei hij. 'Dan heb je recht op alimentatie en dat geld kun je dan voor Emma gebruiken.'

'Hoe zou ik met mezelf kunnen leven als ik dat óók nog deed?'

'Laat mij dan voor je zorgen.'

48

Het was een lange dag geweest voor Marcus. Hij had geprobeerd zich op zijn werk te concentreren, maar dat was niet gelukt. Iedere keer dat zijn mobieltje ging, sloeg zijn hart een slag over en stokte zijn adem in zijn keel. Maar iedere keer had hij een teleurstelling te verwerken gekregen. Steeds was het niet Lucy, maar iemand anders en had hij het gesprek bijna onbeleefd snel afgerond om vooral niet in gesprek te zijn als ze belde. Misschien had ze het al een paar keer geprobeerd en had ze het nu opgegeven.

Hij draaide zijn stoel en keek naar de tuin en het meer, het uitzicht waar hij nog steeds iedere dag van genoot. Wanneer het niet wilde vlotten met zijn werk, wanneer hij worstelde met een of ander probleem, ging hij vaak het water op in de roeiboot die Francesca voor hem had gekocht. Dan roeide hij net zo lang tot alles wat hem had dwars gezeten, was verdwenen. Hij betwijfelde of het vandaag ook zou lukken, maar hij kon het allicht proberen. Hij stak zijn mobieltje in zijn zak en wilde Francesca opzoeken om te zeggen dat hij even ging varen, toen hij zich herinnerde dat het agentschap haar had verzocht vanmiddag een groep rond te leiden.

Dat was tenminste wat ze had gezegd.

Hij kreunde. Hij kwam maar niet van die achterdocht af. Daar moest hij zo snel mogelijk een einde aan maken. Hij moest met Francesca praten. Zodra hij wist waar hij met Lucy aan toe was, zou hij uitzoeken waar hij met zijn vrouw aan toe was.

Hij liep de tuin door en maakte de grote deur open van het botenhuis dat hij samen met zijn zwagers had gebouwd. Hij trok de boot over het kiezelstrand naar de rand van het water, deed zijn schoenen en sokken uit, rolde de pijpen van zijn spijkerbroek op en duwde de boot het water in. Hij trok een gezicht toen het koude water rond zijn kuiten spoelde, en stapte snel in de houten boot. Met krachtige, gelijkmatige slagen roeide hij weg van de kust. Omdat hier zo weinig andere boten kwamen, in tegenstelling tot de kust voor Bellagio, kon hij rustig roeien zonder voortdurend over zijn schouder te hoeven kijken. Hij passeerde de steiger die hun huis scheidde van dat van de buren, een Zwitsers echtpaar dat een restaurantketen had, 's zomers hier woonde en 's winters in St. Moritz.

De zon stond vrij laag en dwong hem zijn ogen half toe te knijpen. Hij had het warm en transpireerde van de inspanning van het roeien. Maar hij dééd tenminste iets, wat beter was dan in zijn werkkamer zitten wachten of Lucy zou bellen. De hele dag had hij zich afgevraagd waar ze was en wat ze aan het doen was. Dacht ze aan hem? En zo ja, wat dacht ze dan? Hij had zich nog nooit zo kwetsbaar gevoeld. Hoe langer de stilte had aangehouden, hoe meer hij ervan overtuigd was geraakt dat hij werd beoordeeld. Wilde ze hem nogmaals zien of niet? Hij kon helemaal niets doen, behalve wachten tot, zo voelde het inmiddels, het spreekwoordelijke zwaard van Damocles zou vallen.

Hij trok aan de riemen, harder, sneller, en toen hij ver genoeg naar zijn zin uit de kust was, stopte hij. Om op adem te komen trok hij de riemen naar binnen, liet zich een poosje drijven en roeide toen weer terug. Pas toen hij in de buurt van het Pergola Ristorante kwam, waar altijd wel andere boten op het water waren, keek hij over zijn schouder om te zien of zijn vaarwater vrij was. Afgezien van een oude man die zat te vissen, was er gelukkig niemand. Even later hoorde hij gelach opklinken, gevolgd door een hoge gil, en keek hij weer om. In de verte, aan de rand van het water, zag hij een jong stel dollen op het strand. De man had het meisje over zijn schouder genomen en dreigde haar in het water te gooien. Ze lachte en sloeg met haar vuisten op zijn rug. Marcus hield op met roeien en glimlachte om hun vrolijke gedoe. Het was goed om na deze sombere dag mensen te zien die pret hadden. Op hetzelfde moment drong tot hem door dat het al een tijd geleden was dat hij en Francesca samen hadden gelachen. Hij probeerde na te gaan hoe lang er nu al zo'n eigenaardige stilte in hun relatie was gekomen, maar kon het niet met zekerheid zeggen, alleen dat het geen kwestie van maanden was, hooguit van een paar weken.

Hij keek weer naar het jonge stel toen het meisje weer gilde. De man had zijn dreigement uitgevoerd en het meisje stond tot haar middel in het water. Drie kinderen keken toe. Het meisje reageerde met nogal pittige verwensingen. In het Engels, besefte Marcus met een enigszins vertraagde reactie. 'Alessio! Wacht maar tot ik je te pakken krijg!' schreeuwde ze. Over het stille water heen bereikten haar woorden hem heel duidelijk. Ze ging achter de man aan toen hij hard wegholde.

Marcus kon nauwelijks bevatten wat hij zag, want er was geen twijfel mogelijk naar wie hij zat te kijken. Hij had veel zin om naar de kust te roeien, uit de boot te springen, zijn handen om Alessio's keel te klemmen en hem te vragen wat hij verdomme met Lucy aan het uitspoken was. Ze was hier nog geen vierentwintig uur, maar de schoft had haar nu al ingepalmd! Geen wonder dat hij de hele dag niets van haar had gehoord!

Maar als hij dat deed, zou hij de weinige geloofwaardigheid die hij hoopte in de ogen van zijn dochter nog te bezitten, subiet verliezen. Bovendien zouden ze natuurlijk allang weg zijn tegen de tijd dat hij de kust bereikte. Dus stak hij in plaats daarvan een van de roeiriemen in het water om de boot te laten draaien, zodat hij niet over zijn schouder hoefde te kijken om te zien wat Alessio nog meer met Lucy deed. Maar toen, terwijl het water zachtjes tegen de kiel klotste en hij zijn hand boven zijn ogen hield om ze te beschermen tegen de zon, wou hij liever dat hij ergens anders was. Want Alessio had zijn armen om Lucy heen geslagen en kuste haar.

Marcus kneep zo hard in de riemen dat zijn schouders trilden. Vrijwel iedere man in Francesca's familie vond Alessio de personificatie van de viriele Italiaanse man. Ze waren trots op zijn beruchte reputatie dat hij meer meisjes in zijn bed had gekregen dan zij allen bij elkaar. Zijn legendarische vrijerijen waren voor hen een bewijs van een verhoogde viriliteit, en daar leken ze allemaal indirect van te profiteren. Ook de vrouwen waren dol op Alessio, vonden het heerlijk wanneer hij aandacht aan hen besteedde, wilden hem altijd verwennen. Francesca zei dat dit al zo was geweest toen hij heel klein was. Als kind kon hij bij niemand kwaad doen, omdat hij zo'n knap jochie was en op zijn zesde al zo'n talent aan de dag legde voor de piano.

Maar hoe zouden ze zich voelen als het hun dochter was die op het punt stond toegevoegd te worden aan Alessio's lijst van veroveringen, en achteloos achtergelaten zou worden wanneer hij genoeg van haar had?

Tegen de tijd dat hij weer thuis was en de boot over de kiezels naar het botenhuis had getrokken, was hij zo kwaad dat hij niet meer normaal kon denken. Nog nooit van zijn leven was hij zo verschrikkelijk boos geweest.

Francesca was terug van waar ze ook had uitgehangen en was in de tuin wat tomaten aan het plukken voor het avondeten. Toen ze hem zag, vroeg ze meteen: 'Wat is er met jou? Wat zie je eruit!'

'Ik vertel het je zo dadelijk wel. Ik moet eerst een borrel.'

Ze liep achter hem aan het huis in, naar het drankenkastje in de eetkamer, waar hij een dubbele whisky inschonk. 'Gaat het om Lucy?' vroeg ze. 'Hebben jullie onenigheid gekregen? Heeft ze –'

'Nee, het gaat niet om Lucy,' beet hij haar toe. 'Het gaat om jullie lievelingetje Alessio! Wacht maar tot ik hem te pakken krijg. Ik zal ieder bot in zijn lichaam breken!' Hij gooide de helft van de whisky in één keer achterover en vulde zijn glas bij.

'Alessio? Waarom ben je zo kwaad op Alessio?'

Marcus had nu een aangenaam branderig gevoel in zijn keel. En in zijn hele lichaam. 'Ik heb hem en Lucy daarnet gezien. Samen. Hij... hij deed wat hij altijd doet. Haar inpalmen. Ik word er niet goed van!'

Francesca keek stomverbaasd. 'Maar hij kent Lucy niet eens!' zei ze. 'Hij heeft haar nog nooit ontmoet.'

'Blijkbaar wel. Joost mag weten hoe en wanneer, maar ik heb met mijn eigen ogen gezien dat hij haar kuste!'

'Waar?'

'Op haar mond natuurlijk!'

Ze fronste. 'Dat bedoel ik niet. Waar heb je hen gezien?'

'Ik kon mijn hoofd niet bij mijn werk houden, dus ben ik een eindje gaan roeien.' Nijdig nam hij een grote slok van de whisky. 'Ik heb hen op het strand gezien, hier in Pescallo. Eerst waren ze gewoon wat aan het dollen, maar toen kuste hij haar. En zeg alsjeblieft niet dat ik het misschien niet goed heb begrepen.'

'Zag Lucy eruit alsof ze tegenspartelde?'

'Wat is dat nou voor vraag? Hoe moet ik dat nou weten?' Hij dronk zijn glas leeg en zette het met een klap op het dressoir.

Francesca kwam naar hem toe. 'Marcus, ze is een volwassen vrouw. Als ze niet gekust wil worden door Alessio of welke man dan ook, zal ze het niet toelaten. Misschien –'

Hij hief zijn hand op om haar het zwijgen op te leggen. 'Zeg alsjeblieft niet dat het ook van haar kan zijn uitgegaan. Je weet net zo goed als ik wat een rokkenjager Alessio is. Hij denkt maar aan één ding.'

Francesca bleef naar hem kijken. 'Wat zit je nu eigenlijk het meest dwars, Marcus? Dat Alessio je dochter kuste, of dat ze samen met hém was en niet met jou?'

'Het lijkt me nogal duidelijk waar ik me zorgen over maak. Dat hij Lucy verdriet zal doen.'

Francesca blies langzaam haar adem uit. 'Het lijkt me weinig zin hebben hier verder over te praten. Zodra je een beetje bent gekalmeerd, hebben we het er nog wel over. Maar ik vind dat je nogal overdreven reageert.'

Ze liet hem in zijn eentje achter, met alleen zijn nutteloze woede als gezelschap. Hij vond helemaal niet dat hij overdreven reageerde. Hij probeerde zijn dochter te beschermen. Mocht dat soms niet? Maar hij had kunnen weten dat een lid van de familie Fontana geen kritiek zou hebben op Alessio.

Hij draaide net de dop weer op de fles whisky toen zijn mobieltje ging. Hij hoopte vurig dat het geen klant was, want dat kon hij nu echt niet hebben.

Het was geen klant; het was Lucy.

Aangespoord door Alessio en misschien ook vanwege de grote hoeveelheid alcohol die nog in haar bloedsomloop zat, had Lucy besloten dat het tijd was dat ze met haar vader ging praten. Alessio had haar ervan overtuigd dat ze het lang genoeg had uitgesteld. 'Je lijkt me geen lafaard, Lucia, dus waarom wil je niet met hem praten?'

'Waag het niet me een lafaard te noemen,' zei ze vinnig.

'Gedraag je dan ook niet laf.'

Toen hij dat zei, probeerde ze onmiddellijk hem in het meer te duwen, maar hij greep haar vast en voordat ze wist wat er gebeurde, lag ze over zijn schouder en hield hij haar boven het water. 'Je doet dit alleen omdat ik gewonnen heb met steentjes keilen!' riep ze plagend.

'Ik doe dit omdat iemand je op je plaats moet zetten. En dat is hier… in het meer!'

'Nee! Alessio, niet doen!'

De schok van het koude water was groot, maar het was niets vergeleken bij het gevoel dat ze kreeg op het moment dat zijn lippen zich op de hare drukten. Ze had geweten dat hij het voor het einde van de dag zou proberen, maar toen het gebeurde, toen hij zijn handen rond haar middel legde en haar dicht tegen zich aan trok, was ze niet voorbereid op het gevoel dat ze ervan zou krijgen. Toen zijn hagelwitte overhemd en zwarte jeans haar raakten, dacht ze eerst nog: mooi, nu wordt hij ook nat. Maar toen werden alle gedachten weggevaagd en was er alleen nog zijn mond op die van haar. De warmte en lichte druk van zijn lippen reflecteerden wat haar lichaam ervoer. Ze zweefde, los van de aarde, als een ballon die wegdreef op een warme luchtstroom. Ze voelde zijn warmte tegen haar koude, natte lichaam, kreeg kippenvel en werd duizelig.

Met enorme wilskracht maakte ze zich van hem los en zei: 'Nu je dat eindelijk voor elkaar hebt gekregen, zul je je hopelijk iets beter gedragen. Zei je trouwens niet dat we bijna familie van elkaar zijn?'

Die opmerking beantwoordde hij niet met zijn gebruikelijke oogverblindende glimlach. In plaats daarvan zei hij: 'We zijn geen bloedverwanten. Ga je vanavond na mijn werk iets met me drinken?'

'Ik geloof dat ik al genoeg heb gedronken voor vandaag.'

'Doe je altijd zo moeilijk wanneer iemand je het hof maakt?'

'O sorry, is dát wat je aan het doen bent?'

Hij legde zijn hand rond haar nek en kuste haar stevig op haar mond. 'Wacht vanavond alsjeblieft op me.'

'Ik ga niet met je naar bed, als je dat maar weet. Dat doe ik nooit bij de eerste date.'

'Helemaal mee eens. Je kunt beter wachten tot de tweede date, dan ken je elkaar zoveel beter.'

Ze lachte en zei: 'Ik wil nu graag teruggaan naar het hotel. Ik ben toe aan een warme douche en droge kleren.'

Ze waren bijna bij het Hotel Villa Rosa toen Alessio haar hand pakte en zei: 'Ik heb genoten van deze dag, Lucia. Je bent een heel bijzonder meisje. Je vader zal de gelukkigste man van heel Bellagio zijn wanneer je je eenmaal met hem hebt verzoend.'

Ondanks alles bloosde ze om het compliment. 'Je bent heel zeker van mijn vader, hè?'

'Een paar jaar geleden was ik bij hem thuis op een feestje. Er stond een ingelijste foto van jou, van toen je ongeveer dertien was. Ik heb de foto gepakt om je nader te bekijken, want ik was toen al nieuwsgierig naar degene die in het leven van je vader ontbrak. Je vader kwam bij me staan om te zien wat ik deed en nam me de foto uit handen. Hij drukte hem eventjes tegen zich aan en zette hem toen weer op de tafel. Ik ben de blik in zijn ogen nooit vergeten. De arme man zag eruit alsof hij in de rouw was. Ik vind echt dat je hem de kans moet geven je te vertellen hoeveel spijt hij heeft.'

Met trillende handen bracht Lucy de telefoon naar haar oor. Toen ze de onbekende kiestoon hoorde, haalde ze diep adem. Nu hoorde ze haar vaders stem. Ze slikte. Hij klonk net zoals in het andere leven dat ze ooit hadden gehad.

'Ik ben het,' zei ze. 'Lucy. Ik weet niet of je vanavond beschikbaar bent, maar zo ja, kunnen we dan samen ergens gaan eten?'

49

De sfeer in de eetzaal van Hotel Villa Rosa was die avond heel anders. Mac was blij toen bleek dat de leden van de *Gardens of Delight*-groep niet weer gedwongen waren aan twee lange tafels plaats te nemen. Philippa was nergens te bekennen. Hij had gehoord dat ze een klierontsteking had en op last van de dokter het bed moest houden. Nu de kat van huis was, dansten de muizen niet op tafel, maar hadden ze het hotelpersoneel wel verzocht de tafels op hun normale plek te laten staan en gezegd dat ze allemaal zelf wel een plekje zouden zoeken. Nu ze de hele dag met elkaar waren opgetrokken, waren er vriendschappen gesloten en zag je overal in de eetzaal spontaan viertallen aan de tafels plaatsnemen en algauw vulde de zaal zich met een gezellig geroezemoes van geanimeerde gesprekken.

Philippa was niet de enige die ontbrak. Orlando en Savannah hadden besloten elders te gaan eten. Savannah wilde vast naar een restaurant waar de gemiddelde leeftijd dichter bij haar eigen onvolwassen niveau lag. Lucy was er ook niet, omdat ze uit was met haar vader.

Mac had vóór het eten op zijn kamer een drankje genomen en lag wat te rusten toen Lucy op de deur van zijn kamer klopte. ‘Drie keer raden,’ zei ze toen hij haar binnenliet.

‘Je bent ontvoerd door marsmannetjes. Daarom hebben we je de hele middag niet gezien.’

Ze lachte. ‘Bijna. Geen marsmannetje, maar een Italiaans mannetje!’

Hij trok vragend zijn wenkbrauwen op en bood haar een drankje aan uit de minibar. ‘Een drupje om de informatie sneller van je los te krijgen? Hoewel ik niet de indruk heb dat je dergelijke hulp nodig hebt. In tegenstelling tot vanochtend zie je er stralend uit.’

Weer lachte ze, en nu twijfelde Mac er niet meer aan dat ze haar middag op een veel prettiger manier had besteed dan wanneer ze zich aan het dagprogramma van de groep had gehouden. 'Heb je wodka?' vroeg ze.

'Kijk zelf maar even, dan haal ik een glas voor je uit de badkamer. En dan gaan we op het balkon zitten en kun je me alles vertellen.'

Aan de overkant van het meer verdwenen de bergen langzaam in het paarse licht van de schemering. Het was een heerlijk zwoele avond. Vanuit een nabijgelegen appartement bereikte hen de verleidelijke geur van gebakken ui en knoflook. 'Zo,' zei Mac toen ze zaten. 'Vertel.'

'Waar zal ik beginnen?'

'Bij het begin, zou ik zeggen. Waar ben je na die onverkwikkelijke scène in het Serbelloni naartoe gegaan? Tussen haakjes, ik vind dat je je uitstekend hebt geweerd. En de manier waarop je het hotel uit stormde. Kostelijk! Ik ben erg trots op je.'

'Ik ook wel een beetje op mezelf,' zei ze met een glimlach. 'Maar ik neem aan dat mijn naam nu door bepaalde mensen helemaal door het slijk zal worden gehaald.'

'Verkwist vooral geen tijd aan zorgen over wat Hunter en zijn domme dochter over je denken. Weet je dat Orlando achter je aan is gegaan?'

'Meen je dat?'

'Ja. Hij vertelde ons later dat hij je niet had gevonden. En het was duidelijk dat hij zich ergerde aan Savannah, al zei hij niets.'

'Meen je dat?'

'Je valt in herhalingen, lieve kind, en je kijkt veel te verheugd om dit bericht.'

Ze trok een onschuldig gezicht.

'Nee, daar trap ik niet in. Het straalt gewoon van je af dat je het heerlijk zou vinden als Orlando tot bezinning kwam en inzag dat Savannah alleen maar een hapje vooraf is, en niet de hoofdmaaltijd. Want dat ben jij.'

Ze bloosde, maar gaf geen antwoord. Er stak een briesje op. Ze nam een lange teug van haar wodka en vroeg: 'Hebben Orlando en Savannah er ruzie om gehad?'

'Dat weet ik niet, maar tussen hen was de sfeer te snijden. Volgens mij is het slechts een kwestie van tijd voordat hij door krijgt dat hij zich vergist heeft. Ik zou je dan ook adviseren geduld te betrachten.'

Lucy haalde haar schouders op, maar gaf ook hierop geen antwoord.

'Genoeg over Orlando en Savannah. Vertel eens wat je hebt uitgespookt gedurende de tijd dat wij door het Serbelloni Park werden rondgeleid door een alleraardigste Italiaanse gids, over wie we het straks nog wel hebben.'

Lucy vertelde hem over haar middag met Alessio en hoe hij haar had aangemoedigd haar vader op te bellen. 'En welbestede middag, moet ik zeggen,' zei Mac toen ze was uitgesproken. 'Die Alessio klinkt indrukwekkend. Je houdt niets voor me achter over deze jongeman? Is er niets anders dat ik over hem moet weten?'

De grijns op haar lieftallige gezicht vertelde hem dat ze een heleboel achterhield, maar hij drong niet aan. Ze had recht op wat plezier. Daar had het haar de laatste tijd erg aan ontbroken. 'Je past toch wel op, hè? Italiaanse mannen hebben een bepaalde reputatie hoog te houden. Voor schavuit spelen beschouwen ze als een erezaak.'

'Hoe vaak moet ik nog zeggen dat je je over mij geen zorgen hoeft te maken, Mac? Ik kan Alessio heus wel aan.'

'In dat geval zal ik niets meer zeggen. Om hoe laat heb je met je vader afgesproken? En waar gaan jullie eten?'

'Hij komt me om halfnegen hier afhalen, maar ik weet niet waar we gaan eten. Niet hier in ieder geval.'

'Heel goed. Het zou niet prettig zijn als de hele groep naar jullie zit te staren terwijl jullie bezig zijn je relatie op te lappen.' Hij hief zijn glas. 'Op vanavond. Ik hoop dat alles naar wens zal gaan. En als je daarna iemand zoekt om mee te praten, klop je maar op mijn deur.'

Ze tikte haar glas tegen het zijne. 'Je bent een schat, Mac. Je zou een goede vader zijn geweest, weet je dat? Waarom ben je eigenlijk nooit getrouwd en heb je geen kinderen?'

'Omdat ik een ambitieuze, doelbewuste wijsneus was die later veranderde in een zelfzuchtige domoor die zich door niemand wilde laten binden. Vraag maar aan Conrad.'

Mac dacht hierover na terwijl hij zat te wachten tot hun eten zou worden opgediend en onderhand getuige was van de trieste interactie tussen Conrad en Helen. Ze gedroegen zich alsof ze vreemden voor elkaar waren en wisselden vrijwel geen woord.

Hoewel het waar was dat hij als jongeman ambitieus en doelbewust was geweest toen hij carrière wilde maken en opklimmen in de wereld, was hij nooit bang geweest zich te binden. Hij zou alles zonder aarzelen hebben opgegeven voor Hannah. Hij zou al zijn ambities overboord hebben gegooid om haar te horen zeggen: 'Ik ga voor jou van mijn man scheiden.'

Hij werd uit zijn gepeins gehaald toen Helen hem vroeg of alles in orde was. 'Je bent zo stil, Mac,' zei ze. 'Is er iets?'

'Nee, hoor,' zei hij, 'ik heb alleen honger. We hebben zo veel gelopen vandaag. Heb je al iets van Hunter gehoord? Is hij veilig aangekomen?'

Helen keek op haar horloge. 'Hij zit nog in de lucht, en hij zal wel de pest in hebben, want toen ik daarstraks terugkwam op onze kamer, zag ik zijn mobieltje op het nachtkastje liggen. En hij kan bijna niet zonder.'

Eindelijk werd hun eten geserveerd en nadat ook de zwarte peper en Parmezaanse kaas op tafel waren gezet, zoals hier gebruikelijk was, zei Mac: 'Waar zijn jullie iets gaan drinken?'

'In een bar aan het meer. Het San Remo,' zei Conrad. 'Jammer dat je niet mee bent gegaan.'

Mac strooide zo kwistig zout in zijn artisjoksoep, dat Conrad zich moest inhouden om er niets van te zeggen. 'Ik denk dat het voor jullie veel gezelliger was zonder mij op sleeptouw.' Hij twijfelde daar geen moment aan. Ze hadden uit beleefdheid gevraagd of hij meeging, maar hij had het aanbod vriendelijk afgeslagen opdat ze in alle rust elkaars harten konden gaan breken. Hij kon hen niet langer beschermen. Als ze hun leven per se ondraaglijk wilden maken, moesten ze dat zelf weten. Hij had zijn portie al gehad.

'Ik ben benieuwd hoe het met Lucy gaat,' zei hij om over iets anders te beginnen. Hij had van Lucy toestemming gekregen aan Conrad en Helen te vertellen waar ze die middag had uitgehangen, omdat het logisch was dat ze daarnaar zouden vragen, maar hij had hen een licht gecensureerde versie gegeven, namelijk dat ze tijd had gewild om na te denken en de omgeving in haar eentje te bekijken.

Voordat Helen of Conrad tijd had om te reageren op zijn opmerking, steeg er een gemompel op in de zaal en keek iedereen om. Aha! dacht Mac met een wrange glimlach: de pianist maakt opnieuw zijn entree.

De sfeer werd steeds uitbundiger naarmate de avond vorderde en ze werden getrakteerd op een keur aan populaire klassiekers, van Cole Porter, Gershwin, de Beatles, Lloyd Webber, Burt Bacharach, Henry Mancini en songs die beroemd waren gemaakt door Frank Sinatra, Judy Garland, Elvis, Aretha Franklin, Tony Bennett, Dean Martin en Ella Fitzgerald. In het midden van de zaal was ruimte om te dansen en een paar stellen zwierden vaardig in het rond. Sommige mensen benaderden Alessio met verzoeknummers, soms met discreet gevouwen eurobiljetten, en hij glimlachte en speelde aan één stuk door, en niet eens van bladmuziek. Mac had onwillekeurig respect voor hem. Maar, dacht hij, als je Lucy ongelukkig maakt, krijg je het met mij aan de stok.

En waarschijnlijk ook met haar vader, dacht hij.

Marcus had hem nog nooit van zijn leven zo geknepen. Toen hij Lucy ging afhalen in de lobby van Hotel Villa Rosa, zat zijn hoofd vol verwarde gedachten, woorden die hij wilde zeggen, herinneringen die hij wilde delen, en andere herinneringen die hij het liefst zou vergeten. De laatste keer dat Lucy en hij in een restaurant hadden gegeten, was in Fulham geweest, op de dag dat hij haar over Francesca had verteld. Hij was als de dood dat deze avond op dezelfde manier zou eindigen, dat Lucy weer bij hem zou weglopen.

'Ik heb een tafel gereserveerd in het Serbelloni,' zei hij toen ze de trap afliepen naar de hoofdstraat. Toen ze een wat eigenaardige uitdrukking op haar gezicht kreeg, vroeg hij snel: 'Vind je dat goed? Of ga je liever ergens anders naartoe, naar een minder formeel restaurant?'

'Ik ken geen andere restaurants in Bellagio. Wat mij betreft is het Serbelloni prima.'

Ze klonk echter allesbehalve zeker van zichzelf. Ze liepen over de Piazza Mazzini, langs de bars, winkels en restaurants van de populaire wandelpromenade. Toen de gerant hen naar hun tafeltje bracht, vroeg Marcus zich af of ze hem verachtte om deze keuze, of ze dacht dat hij indruk op haar wilde maken met zo'n chic restaurant. Zijn twijfels werden bevestigd toen ze vroeg of hij hier vaak at. 'Eens per maand, met een vriend,' zei hij. 'Francesca en ik –' Hij zweeg abrupt. Hij had niet zo snel over Francesca moeten beginnen. 'We eten vaak in het Hotel Villa Rosa en in het restaurant van het dorp waar we wonen, de Pergola in Pescallo,' zei hij. Hij keek naar haar, benieuwd of ze zou zeggen dat ze die middag in Pescallo was geweest.

Wat ze zei, was: 'Maak je geen zorgen. Ik zal niet gaan krijsen wanneer je Francesca's naam noemt.'

Dat was het keerpunt. Daarna begon hij zich langzaam te ontspannen en nam zijn angst in zoverre af dat hij begon te denken dat er misschien toch een kans bestond dat alles goed zou komen.

Nu wachtten ze op het hoofdgerecht. De kelners, die hem goed kenden en een tafel voor hem hadden vrijgehouden op het terras, waar je uitzicht op het meer had, wierpen steeds nieuwsgierige blikken op Lucy. Hij kon het hen niet kwalijk nemen. Ze zag er vanavond beeldschoon uit. Haar lange, golvende blonde haar glansde in het kaarslicht en haar gezicht, dat ze slechts heel licht had opgemaakt, had een gezonde uitstraling waar de te zwaar opgemaakte vrouwen aan de andere tafels jaloers op konden zijn. Hij vroeg zich af of de kelners tot verkeerde conclusies zouden komen. Het zou hem niets verbazen als het morgen bij het ontbijt in Bellagio gonsde van de geruchten dat Marcus Gray zijn vrouw bedroog met een schone jongedame die zo jong was dat ze zijn dochter kon zijn!

'Je glimlacht, pappa. Zit je aan iets leuks te denken?'

Hij was zich er niet van bewust dat hij zat te glimlachen en stond op het punt haar te vertellen waarom, toen het ten volle tot hem doordrong. 'Je zei pappa.'

'Inderdaad.'

Ze staarden elkaar beduusd aan. 'Ik had niks moeten zeggen,' zei hij toen. 'Dom van me. Maar het klonk zo vreemd, na al die tijd.'

'Eng raar?' vroeg ze.

'Nee. Juist fijn. Ik ben erg blij dat je me hebt gebeld. Ik begon al te denken dat je het niet zou doen.'

Ze draaide haar wijnglas met de voet tussen duim en wijsvinger om en om. 'Ik was het beslist van plan, alleen wist ik niet wanneer ik het zou doen. Het was een rare dag. Ik heb de hele middag doorgebracht in het gezelschap van iemand die je kent. Hij is familie van Francesca.'

Marcus liet niet merken dat hij het al wist. 'O ja? Wie dan?'

'Alessio Trentini. Hij werkt als pianist in Hotel Villa Rosa.'

'Ja, ik heb gehoord dat hij daar tot het einde van het seizoen zou spelen.'

'Hij heeft me verteld dat hij herstellende is van een hersenvliesontsteking, waaraan hij bijna was gestorven.'

Heeft hij je ook verteld dat harten breken zijn hobby is? lag op het puntje van Marcus' tong. 'Ja, dat was een angstige tijd,' zei hij kalm. 'De hele familie maakte zich grote zorgen toen hij ziek was. Maar waar ken jij hem van? Je bent hier nog maar net.'

'Hij heeft zich gisteravond aan me voorgesteld en vandaag kwam ik hem toevallig tegen. We zijn in Pescallo gaan lunchen.' Ze lachte. 'Hij is wel een type, hè?'

'Zeg dat wel,' zei Marcus luchtig. 'Heb je gezien waar ik woon?'

'Alleen het dorp. Alessio wilde me je huis aanwijzen, maar... daar was ik nog niet aan toe.'

'Zou je het morgen soms willen zien?'

'Is Francesca er dan?'

'Had je liever van niet?'

'Ik vind dat het tijd is dat we ophouden elkaar met zijden handschoentjes aan te pakken.'

Op dat moment werden hun hoofdgerechten opgediend. De kelners zetten borden voor hen neer, tilden met perfect gesynchroniseerde bewegingen de zilveren stolpen van de schalen en trokken zich discreet terug.

'Weet je zeker dat je het aankunt, Lucy?'

'O, ik krijg dit makkelijk op, hoor. Ik val om van de honger.'

Hij glimlachte. 'Ik bedoelde of je het aankunt te zien waar ik woon, en Francesca te ontmoeten.'

Ze lachte gegeneerd. 'Ben je bang dat ik Francesca te lijf zal gaan?' vroeg ze een paar minuten later.

'Zit die kans erin?'

'Lijkt me niet. Tenzij ze zelf begint.'

'Dat zal niet gebeuren. Ze heeft er juist altijd op aangedrongen je niet op te geven.' Te laat besefte hij dat hij een fout had gemaakt.

'Was je dan van plan me op te geven?'

Hij besloot het haar eerlijk te vertellen. 'Ja. Soms kon ik het niet verdragen dat jij in Engeland zat en me zo haatte dat je niet eens mijn brieven beantwoordde. Dat deed me zo verschrikkelijk veel verdriet.'

'En het verdriet dat je hebt veroorzaakt toen je mamma en mij in de steek liet? Hoe zit het daarmee?'

Daarmee waren ze bij de kern van de zaak gekomen. Ze konden zich niet langer verschuilen achter neutraal gebabbel of met honing overgoten retoriek. 'Ik wilde niemand verdriet doen,' zei hij. 'Jou zéker niet. Toch heb ik dat gedaan, en dat heb ik nooit ontkend. Toen ik verliefd werd op Francesca, is mijn leven voorgoed veranderd en moest ik de consequenties accepteren. Misschien zul jij, wanneer je ooit verliefd wordt...' Hij stopte. Hij begon bombastisch te klinken, alsof hij Lucy aan het opvoeden was. 'Sorry,' zei hij. 'Het spijt me. Het spijt me dat ik je verdriet heb gedaan. Ik kan de tijd niet terugdraaien, maar als we nu het contact kunnen herstellen, kan ik hopelijk iets goedmaken...'

Ze hief haar hand op om hem te onderbreken. 'Ik wil antwoord op maar één vraag. Als je alles opnieuw kon doen, zou je het dan anders doen?'

'Je bedoelt of ik mijn gezin voorop zou stellen, in plaats van alles op te geven voor mijn grote liefde?'

'Ja.'

Hij schudde vermoeid zijn hoofd. 'Daar kan ik geen antwoord op geven.'

'Dat heb je hiermee al gedaan.'

Dat was het dan. Nu was alles verloren. Eén leugentje zou voldoende zijn geweest. Waarom had hij dat leugentje niet kunnen uitspreken?

Omdat het de grootste leugen en het grootste verraad zou zijn.

50

Opnieuw had Lucy te horen gekregen dat ze niet goed genoeg was. Niks nieuws onder de zon dus. Het had geen zin te protesteren tegen het lot dat ze had getrokken. 'Sorry, juffrouw Gray,' zou de ambtenaar die ergens boven in de hemel deze dingen regelde, zeggen. 'Volgens onze boeken bent u de eeuwige verliezer. Al op de dag van uw geboorte was duidelijk dat het met u nooit iets zou worden, en voor zover we kunnen zien, zult u nooit als eerste over de eindstreep komen. Maar wees niet bedroefd. Troost u met het feit dat u in ieder geval altijd een goede tweede bent!'

De wetenschap dat ze nooit goed genoeg zou zijn in de ogen van de mensen die het meest voor haar betekenden, was moeilijk te verteren. Maar waarom had ze die valse hoop eigenlijk gekoesterd? Ze had al geweten dat haar vader meer van Francesca hield dan van haar. En ze hoefde ook niet te denken dat Orlando méér in haar zag dan een goede vriendin zolang Savannah aan zijn firmament schitterde.

Goed, niks aan te doen. Het was nu eenmaal niet anders. En ze kon het best aan. Ze was sterker dan zij allemaal. Had ze dat niet bewezen door hierheen te komen?

Dit was wat er in haar hoofd omging toen haar vader haar plichtsgetrouw terugbracht naar haar hotel. 'Je hoeft echt niet mee te lopen,' had ze gezegd toen ze het Serbelloni verlieten en de kelners hun goedenavond wensten. 'Ik weet de weg.'

'Maar ik wil het graag.'

Ze liepen zwijgend door de hoofdstraat waar het in de winkels, bars en restaurants nog gezellig druk was. Sommige mensen begroetten haar vader, onder anderen een ouder echtpaar dat op een terras een espresso met grappa zat te drinken. Het was vreemd om hem in het Italiaans te horen antwoorden. Hij werd daardoor iemand die ze nog minder kende.

Ze wist niet precies waarom ze hem tijdens het diner voor het blok had gezet. Tot op dat moment was alles vrij goed gegaan. Het was zelfs bijna een genoeglijke avond aan het worden. Misschien had ze het daarom gedaan. Om hem duidelijk te maken dat hij er niet zo gemakkelijk vanaf kwam. Dat ze hem niet zo makkelijk zou vergeven, want als ze dat deed, zou al het andere tenietgedaan worden. Alles wat ze met haar moeder te stellen had gehad. En met zichzelf. Dat alles zou ze nooit ofte nimmer lacherig kunnen afdoen als iets onbeduidends.

Wat haar nog het meest stak, was dat hij niet eens had geprobeerd zijn woorden terug te nemen. Hij had alleen maar erg ongelukkig gekeken. Daarna was het gesprek niet meer echt op gang gekomen en om de stilte op te vullen, had hij geprobeerd haar voor Alessio te waarschuwen door te zeggen dat die de reputatie van rokkenjager had. Alsof ze dat niet allang wist! Nee, hij had zijn woorden niet teruggenomen en daarmee in feite toegegeven dat als hij het nog eens mocht overdoen, hij precies hetzelfde zou doen. Dat ze voor hem een wegwerpartikel was, waar hij aandacht aan kon besteden of niet, net zoals het hem uitkwam.

Nou, mooi dat ze hem niet zou laten merken hoe erg ze het vond. Ze zou hem laten denken dat het haar siberisch liet. Dat hij niets voor haar betekende. Net zoals omgekeerd het geval was. Alessio had het mis. Totaal mis. Hij bekeek de situatie door zijn onvoorstelbaar sexy, maar niettemin Italiaanse ogen, die sommige dingen gewoon negeerden. Alessio dacht dat alle families net zo saamhorig en liefhebbend waren als de Waltons in de fantasiewereld van de televisie.

Toen ze bij Hotel Villa Rosa aankwamen, was een groep Amerikanen bezig in te checken en moesten Lucy en haar vader over de berg bagage heen stappen die een groot deel van de ruimte in de lobby in beslag nam. Toen ze de chaos waren gepasseerd, hoorde Lucy pianomuziek in de eetzaal boven.

Alessio.

Precies wat ze nodig had. Ze hoopte dat haar vader niet verwachtte dat ze zou vragen of hij mee wilde gaan om nog iets te drinken en kennis te maken met haar vrienden uit Engeland. 'Ik neem aan dat je snel terug wilt naar Francesca?' zei ze.

'Nou, zo'n haast heb ik niet,' antwoordde hij.

Hij verwachtte dus wél dat ze de avond nog een poosje zouden rekken. Applaus in de eetzaal gaf de doorslag. Ze was absoluut niet in de stemming om haar vader aan de anderen voor te stellen. Ze wilde iets te drinken nemen en in haar eentje gaan zitten luisteren hoe Alessio de toetsen beroerde. 'Ik denk dat ik maar naar bed ga,' zei ze. 'Het is een lange dag geweest.' Ze deed alsof ze een geeuw onderdrukte.

Haar vader begreep de hint. 'Je hebt gelijk. Sorry, dat ik je zo lang heb opgehouden.'

'Ik bel je morgen,' zei ze.

'Wil je echt komen kennismaken met Francesca?'

'Ja. Dat zei ik toch?'

Hij keek benepen. Net goed! 'Ik was bang dat je van gedachten was veranderd,' zei hij.

Het liefst zou ze zeggen: nee, ik ben niet zoals jij, pap, maar omdat ze zich had voorgenomen hem te laten zien dat ze niet kleingeestig was, zei ze: 'Ik bel je morgen om een tijdstip af te spreken. Dank je voor het etentje.' Ze kon zichzelf er echter niet toe brengen hem een dochterlijke kus op zijn wang te geven. Dat vergde te veel van haar beperkte acteertalent. En ditmaal keek ze niet om toen ze wegliep. Die fout zou ze niet nóg een keer maken.

Ze liep de eetzaal in, waar een stelletje aan het dansen was, en keek bewust niet in Alessio's richting. Blik recht vooruit. Niet naar links afdwalen. Rechtdoor lopen naar de bar. De ene voet voor de andere. Rustig. Nonchalant. 'Een Jack Daniels, alstublieft,' zei ze nadat ze op een barkruk had plaatsgenomen. Pas toen ze het glas in haar hand had, draaide ze zich kalmpjes om naar de plek waar Alessio zat te spelen. Ze keek hem aan met een blik alsof ze zei: 'O, jij ook hier?'

Hij keek naar haar en zijn lach werd nog breder. Hij knipoogde en mimede: '*Ciao*.' Haar maag, die altijd al haar emoties verried, reageerde erop met een kleine salto. Sommige mensen keken om, om te zien voor wie de knipoog bedoeld was. Ze spiedde heimelijk de zaal af of iemand van thuis het zag. De enige mensen die ze herkende, was een viertal van de Gatwick-groep dat aan een van de tafels zat te kaarten. Ze vroeg zich af waar alle anderen waren. Misschien buiten? Ze leunde opzij en rekte haar nek of ze Mac en de anderen in de met kaarsen verlichte tuin zag, maar daar waren ze óók niet. Ze leunde zo ver door dat ze bijna van haar kruk viel. Noem je dat nonchalant, Lucy?! Toen ze weer recht zat, zag ze dat Alessio nog steeds naar haar keek en maakte haar maag nóg een salto.

Ze draaide zich op haar kruk weer om naar de bar. Nu moest het niet gekker worden. De ijsblokjes tinkelden zachtjes toen ze de whisky liet ronddraaien in haar glas. Ze nam een flinke teug, zette het glas neer en zag zichzelf in de spiegel achter de bar. Ze zag er anders uit dan anders. Ze draaide haar hoofd naar links en naar rechts. Ja, anders dan anders. Alsof ze straalde. Dat kwam zeker door de zon op het strand van Pescallo.

Ze nam nog een slok. Achter haar klonk *Lady in Red* op. Ze glimlachte. Waar je ook was, overal werd je achtervolgd door *Lady in Red*. Even later ging Alessio over op een andere gouwe ouwe: *Yesterday*. Hij speelde echt geweldig. En alles uit zijn hoofd. Ze snapte niet hoe hij dat kon, maar het hoogtepunt van haar eigen muzikale carrière was dan ook toen ze eens bij een kerstuitvoering op de lagere school op de triangel een virtuoze vertolking had gegeven van *Jingle Bells*. Tot haar grote schrik had ze het stokje laten vallen en toen ze over de grond kroop om het te zoeken, was haar van glitterslingers gemaakte aureooltje ook nog van haar hoofd gegleden. Maar na de voorstelling had haar vader haar opgetild en gezegd dat ze het geweldig had gedaan.

Nee! Ze wilde niet aan haar vader denken. *Yesterday* was afgelopen – heel toepasselijk! – en Alessio begon aan een ander nummer. Ze spitste haar oren. Hoorde ze het goed? Nee, dat bestond gewoon niet. Ze draaide zich zo abrupt om dat ze whisky op haar jurk morste. Hij speelde *Cowboys and Angels* van George Michael. Haar lievelingsnummer! Dat ze een fan was van George Michael, was een zondig geheim. Op school had ze gezworen dat ze nooit naar sentimentele smartlappen zou luisteren. Alles wat geen Guns N' Roses, U2, The Smiths, Joy Division, of New Order was, was rotzooi. Zoetsappige nummers waren niks voor haar! Maar een paar jaar later, tijdens een zomerliefde, was George stiekem haar wereld binnengedrongen en was ze aan hem verslaafd geraakt. Tot op de dag van vandaag.

En nu speelde Alessio het nummer dat ze die zomer urenlang achter elkaar had gedraaid. Het was niet hetzelfde zonder George, de violen en de saxofoon, maar Alessio's vertolking had een heel eigen stijl. Ze sloot haar ogen en liet zich door de meeslepende, sensuele melodie meenemen naar een dagdroom waarin ze… een innige slow danste met Alessio. Toen ze haar ogen opendeed, zag ze dat hij weer naar haar keek. Nu glimlachte hij niet. Hij speelde niet voor de andere mensen. Hij keek naar haar met een heel intense blik. Ze probeerde die blik te ontwijken, maar dat lukte haar niet, en toen ze hem in de ogen keek, sloeg haar hart een slag over en werd ze helemaal duizelig. Ik heb te veel op, dacht ze, al had ze amper iets gedronken. Ze wist dat ze iets meemaakte wat ze nog nooit eerder had meegemaakt. Om onverklaarbare redenen kreeg ze opeens zin om te gaan huilen.

Alessio keek nu niet meer naar haar, maar boog zijn hoofd over het klavier van de piano. Zijn haar viel daarbij langs zijn gezicht en zijn schouders bogen iets naar voren. Wat is hij mooi, dacht ze met een wee gevoel. Het is niet eerlijk dat hij zo verschrikkelijk mooi is. De aandrang om te gaan huilen werd nog sterker. Ze moest hier weg. En snel. Maar proberen in haar huidige gemoedstoestand de eetzaal te doorkruisen, was te vergelijken met op hoge hakken over het slappe koord lopen. De tuin. Ja, goed idee. Daar was niemand. Daar was ze veilig.

Ze gleed van haar kruk en wist de tuindeur te bereiken. Ze liep tot aan het einde van de tuin en bleef daar staan. Ze kon niet normaal ademhalen. Wat had ze toch? Waarom voelde ze zich alsof iemand een stomp tegen haar borst had gegeven?

Ze hoopte dat het niet was wat ze dacht dat het was. Dat zou krankzinnig zijn. Maar het was zo duidelijk, dat ze het onmogelijk kon ontkennen, en in haar binnenste kriebelde het weer toen ze aan Alessio dacht. Hoe had dit nu kunnen gebeuren? Een traan rolde over haar wang. Ze veegde hem weg met haar vingers. Doe niet zo dwaas! Je bent negenentwintig. Geen tiener die verliefd is op de dj van de disco!

'Lucia?'

O, god, daar had je hem! 'Dag Alessio. Moet je niet spelen?'

Hij tikte op zijn horloge. 'Het is middernacht. Ik ben klaar voor vandaag.' Hij kwam naar haar toe en bleef toen abrupt staan. 'Lucia, je huilt. Wat is er? Is de avond met je vader niet goed verlopen?'

'Jawel,' zei ze. Ze deed een stap achteruit om wat ruimte tussen hen te houden.

Hij kwam naar voren. 'Hebben jullie alles in orde gemaakt?'

'Nog niet.'

'Ben je daar zo verdrietig om?'

'Ik ben niet verdrietig.'

Hij stond nu heel dicht bij haar, slechts een paar centimeter bij haar vandaan. Hij hief zijn hand op en legde hem zachtjes tegen haar wang. Ze huiverde bij de aanraking. Hij bekeek zijn vingers. 'Je huilt echt, Lucia. Kijk maar. Tranen.'

Ze zei niets. Ze staarde naar hem terwijl hij haar aandachtig opnam. Toen was ze zo dom haar blik te laten afdalen naar zijn hals. Toen ze het kleine stukje huid in de open boord van zijn overhemd zag, was ze verloren. Roekeloos deed ze een stap naar voren en kuste hem. Het voelde precies zo aan als die middag: verrukkelijk en volmaakt. Terwijl hun monden een harmonieus ritme vonden en ze hun armen om elkaar heen sloegen, begreep Lucy niets van de verbondenheid die ze voelde. Een verbondenheid die tegen alle logica indruiste.

En toen maakte Alessio zijn mond los van de hare en begon hij haar hals en keel te kussen, haar naam te fluisteren terwijl ze haar hoofd achterover boog. *'Lucia mia, ti voglio. Ti voglio. Non voglio perderti.'*

Ze wist niet wat dat betekende en dat kon haar ook niets schelen. Zolang hij haar bleef kussen, mocht hij zeggen wat hij wilde. Ze wilde wegsmelten in zijn armen. Maar toen zei hij iets wat ze wél verstond: 'Kom mee naar mijn kamer.'

'De mensen zullen er wat van zeggen.'

'Nou en? Het kan me niets schelen als iemand ziet dat wij hier hand in hand zitten, Helen. De regels van het spel zijn veranderd. Ik dacht dat we het daar vanmiddag over eens waren geworden.'

Helen wilde Conrad dolgraag geloven. Ze wilde geloven dat ze samen met deze lieve man hier kon blijven zitten, op dit bankje aan het meer, en dat alles altijd perfect zou zijn. Dat het altijd middernacht zou zijn, dat de maan en de sterren in de zwartfluwelen hemel op haar zouden neerkijken en ze nooit meer de druk van schaamte en desillusies hoefde te voelen die haar in zijn greep had.

Dat ze zo graag het leven op dit perfecte moment wilde laten stilstaan, liet duidelijk zien hoe laf ze was. Ze had doodgewoon de moed niet om te doen wat Conrad wilde, om die stap te nemen. Ze kon het niet, en ze moest een manier vinden om hem dat duidelijk te maken. Dat was de reden waarom ze erin had toegestemd na het eten een eindje te gaan wandelen. Ze mocht hem geen valse hoop laten koesteren. Zijn liefdesverklaring van vanmiddag, gevolgd door zijn wonderbaarlijke aanbod om voor haar te zorgen, was het bewijs dat alles al veel te ver was gegaan. Ze wist nu al dat ze het niet zou kunnen verdragen dat hij hierna zelfs niet meer samen met haar in één vertrek zou willen zijn, laat staan dat hij zou denken dat hij van haar hield, maar er was geen alternatief.

Ze was tot deze conclusie gekomen tijdens het diner, gedurende die hartverscheurende paar uur dat ze tegenover hem aan tafel had gezeten en alleen maar had kunnen denken aan hoe het had kunnen zijn. Ze had zich hen samen in bed voorgesteld en geweten dat ze een intimiteit zouden kennen die precies het tegenovergestelde zou zijn van wat ze met Hunter had. Ze had eraan gedacht hoezeer ze hem respecteerde, ze dacht aan de verfrissende eerlijkheid die de basis zou vormen van hun relatie. Waarom had het lot haar dit aangedaan? Waarom had ze Conrad niet ontmoet voordat ze Hunter had leren kennen?

Maar het was nu eenmaal niet anders.

Ze trok haar hand langzaam los uit de zijne. 'Conrad,' zei ze, 'de regels van het spel, zoals jij die noemt, zijn niet veranderd. Jouw voorstelling van wat we hebben, of kunnen hebben, kan nooit werkelijkheid worden. En de reden daarvoor is, dat ik zwanger ben.'

Ze zag de geschokte blik op zijn gezicht en wist dat ze zichzelf altijd zou haten om wat ze hem aandeed. Ze dwong haar stem haar niet te verraden toen ze eraan toevoegde: 'Ik denk dat zelfs jij zult moeten toegeven, dat dit alles in een heel ander licht zet.'

51

'Dat bestaat niet!'

'Sorry, maar het is echt zo. Ondanks dat ik, zoals deskundigen dat noemen, een oudere moeder ben.'

'Maar hoe? Ik bedoel...' Conrad kwam niet uit zijn woorden. Hij begreep er niets van. Het was alsof iemand hem op wrede wijze in de maling nam. Hoe was het mogelijk dat ze zoiets belangrijks voor hem had verzwegen? 'Hoe lang weet je het al?' vroeg hij.

'Een week.'

Een week! Hij voelde zich verraden. 'Was het gepland?'

'Nee.'

'Weet Hunter het?'

Ze schudde haar hoofd. 'Het zal voor hem net zo'n verrassing zijn als voor mij.'

'En je vond het niet nodig het me te vertellen?'

'Ik wilde het juiste moment afwachten.'

'En dit vind je het juiste moment? Na alles waar we het vanmiddag over gehad hebben en nadat je me het idee had gegeven dat –'

'Ik heb je helemaal geen ideeën gegeven, Conrad,' zei ze zachtjes. 'Je zei zelf dat ik je alleen vriendschap heb geboden.'

'Nee,' zei hij op scherpe toon. 'Je hebt me hoop gegeven dat er tussen ons iets zou kunnen groeien. Je was vanmiddag zo openhartig. Waarom heb je dat dan gedaan? Ik vatte het op als een teken dat er hoop voor ons was.'

Ze hief haar lijkbleke gezicht naar hem op. 'Ik had je al die dingen niet moeten vertellen.'

'Maar dat heb je wel gedaan. En daar had je een reden voor.'

'Ik... was verdrietig en je drong zo aan. Je bleef maar doorvragen, tot ik ben bezweken.'

Hij stond op, liep naar de balustrade en keek neer op het meer. Af en toe flitste er iets zilverigs in het maanlicht, een vis die naar de donkere, traag deinende oppervlakte van het water kwam en met een slag van zijn staart weer verdween. Conrad omklemde met beide handen de metalen reling. De wetenschap dat Helen hem had misleid, vond hij bijna even erg als de gedachte dat ze met Hunter de liefde had bedreven en nu zwanger was van zijn kind.

'En is dit wat je wilt?' vroeg hij, nadat hij zich weer naar haar had omgedraaid. 'Bij Hunter blijven en zijn kind baren?'

Ze kromp niet ineen. 'Een baby zal ons nader tot elkaar brengen.'

'Ja, vast, als een soort wonderlijm,' zei hij fel. Ongeloof was omgeslagen in woede. Woede om het feit dat ze hem voor de gek had gehouden. Woede om het feit dat Mac alweer gelijk had, dat Helen nooit van plan was geweest Hunter te verlaten. Als een verliefde schooljongen had hij zich laten leiden door diepliggende verlangens, en net zo zeker als twee maal twee vier was, was zijn overtuiging geweest dat ze op een goede dag zou beseffen dat ze samen met hem een veel beter leven zou hebben. Misschien was hij wel net zo arrogant en egocentrisch als Hunter.

En Hunters ontrouw? Stel dat hij dat nu verklapte, dat hij Helen vertelde wat hij wist? Zou ze zich dan realiseren dat ze ongelijk had als ze dacht dat de man met wie ze was getrouwd, zou veranderen vanwege een baby? Maar wat zou hij daarmee opschieten? Ze was evengoed zwanger van Hunters kind. En hijzelf zou evengoed met het gevoel blijven zitten dat ze hem had misleid. 'Een zware taak voor het arme kind,' zei hij hatelijk. 'Ik hoop dat hij of zij ertegen opgewassen is jullie huwelijk te moeten redden.'

Hij zag aan haar gezicht dat zijn scherpe woorden doel troffen. Haar verdiende loon! Ze had hem diep gekwetst. Hij wachtte tot ze iets zou zeggen, zodat hij met nog meer wrede woorden zou kunnen reageren, maar ze zei niets. Ze staarde zwijgend naar haar handen, die op haar schoot lagen. Misschien dacht ze aan de baby die in haar groeide. De baby die hij als wapen had gebruikt om haar te kwetsen. Opeens werd hij overweldigd door schaamte. Wat voor soort man deed zoiets? Hij dacht aan het kind dat hij en Sam zouden hebben gehad. Hij herinnerde zich de namen die ze samen hadden gekozen:

Noah voor een jongetje, Louisa voor een meisje. Hij dacht aan de babykamer die ze hadden ingericht, aan de blauw met gele sierrand van zeilbootjes, de witte meubels die ze na uren delibereren bij Ikea hadden gekozen en thuis in elkaar gezet. Hij dacht aan de gordijnen die Sam per se zelf had willen maken, ook al had ze sinds haar schooltijd geen naald en draad meer aangeraakt. De gordijnen waren perfect geworden, net zoals alles wat Sam deed wanneer ze zich ergens op toelegde. Ze had alles perfect willen hebben voor hun eerste kind. Er was maar één ding verkeerd geweest. Die verdomde ochtendjas.

Conrad keek weer naar Helen. 'Neem me niet kwalijk,' zei hij met veel moeite. 'Ik hoop dat je gelijk hebt en dat dit kind het leven voor jou en Hunter zal veranderen. Je verdient het om gelukkig te zijn.'

'Jij ook,' antwoordde ze zachtjes.

Hij stak zijn handen in zijn zakken. 'Daar lijkt het anders niet op.'

52

Wat was het vroege ochtendlicht hier toch bijzonder. Het maakte de wereld een beetje wazig, gaf alles zachte contouren. Jammer dat het leven niet altijd zo heerlijk kon zijn als op deze momenten.

Lucy rekte zich loom uit, wendde haar gezicht af van het uitzicht op de daken en schoorstenen en draaide zich op haar zij. Naast haar lag Alessio nog vredig te slapen. Ze vond dat hij er slapend nóg knapper uitzag. In tegenstelling tot mij, dacht ze schamper en ze probeerde haar verwarde haar glad te strijken.

Het besluit om met Alessio naar bed te gaan, was niet moeilijk geweest. Normaal gesproken deed ze dat niet met mannen die ze nauwelijks kende, ook niet op vakantie, maar voor Alessio had ze haar regels overboord gegooid. Toen ze hem had meegenomen naar haar kamer – niet naar de zijne, zoals hij had voorgesteld – had ze zich nog héél even afgevraagd hoe ze zich de volgende ochtend zou voelen. Zou ze spijt krijgen van haar overhaaste beslissing? Nu kon ze dat beantwoorden met een volmondig 'nee'. Hoe kon ze spijt hebben van iets wat zo volkomen juist leek? Ze voelde geen enkele behoefte iets goed te praten, want één blik op hem maakte haar helemaal warm vanbinnen. Het enige wat haar verbaasde, was hoe intens haar gevoelens waren. Ze had dit nog nooit eerder meegemaakt en durfde nauwelijks te denken aan wat het kon betekenen. Toen Alessio haar gisteravond langzaam van haar kleding had ontdaan, had hij gezegd dat hij die momenten nooit zou vergeten. Ze had geen idee of hij dat meende, maar zíj zou het in ieder geval nooit vergeten. Hij was een zelfverzekerde, attente minnaar, wat haar allerminst verbaasde. Wat haar wél had verrast, was hoe enorm stimulerend het vrijen met hem was. Hij streelde en liefkoosde ieder deel van haar lichaam, fluisterde hoe mooi hij haar bleke huid vond, en haar volle borsten en de ronding van haar heupen. Ze was verrukt van de manier waarop hij zich uitdrukte, een manier die Engelse mannen nooit meester zouden worden. Ze had nog nooit iemand gekend die haar lichaam zo spontaan en openhartig bewonderde. Of misschien was dat gewoon iets Italiaans.

Ze maakte aanstalten om uit bed te glippen en naar de badkamer te gaan, toen een hand haar pols pakte. Ze schrok er bijna van. 'Hier blijven!'

Lachend probeerde ze zich uit zijn greep los te trekken. 'Alessio, ik moet gaan douchen.'

Hij negeerde dat, trok haar naakte lichaam met een vloeiende beweging boven op zich en legde zijn handen om haar gezicht. 'We gaan zo dadelijk wel onder de douche. Samen.'

'Je deed maar alsof je sliep, hè?'

'Ja. Ik keek naar je toen je uit het raam staarde. Waar dacht je aan?'

'Dat hoef je niet te weten.'

'Dacht je aan je vader?'

'Aan mijn vader? Ben je mal!'

'Je hebt niets over hem gezegd.'

'Omdat ik veel leukere dingen heb om aan te denken. Jou, bijvoorbeeld.'

Hij glimlachte, streelde haar haar, pakte het bij elkaar en hield het bijeen in haar nek. 'Ik wil graag horen hoe je avond met Marcus is verlopen. Hebben jullie openhartig gepraat?' Hij sprak op zachte toon. Bezorgd.

'Eerlijk gezegd hebben we iets té openhartig gepraat.' Ze liet zich van hem af glijden, ging op haar zij liggen met haar hoofd op zijn schouder en vertelde hem wat ze haar vader had gevraagd en wat hij had geantwoord. Toen ze was uitgesproken, zei Alessio niets, maar liet hij alleen zijn vingers over haar rug naar beneden wandelen alsof hij een arpeggio speelde. In een langzamer tempo wandelden zijn sterke vingers weer naar boven, tot aan haar nek. Ze huiverde van begeerte en was haar vader op slag weer vergeten. Alessio draaide zich naar haar toe en kuste haar langdurig.

'Heb je er wel kracht voor?' plaagde ze toen duidelijk werd wat zijn plannen waren. 'Je bent herstellende, weet je nog wel?'

'Ik kan op mijn rug gaan liggen en jou al het werk laten doen.'

Ze lachte. 'Dat zou ik best willen, maar ik heb geen tijd. Ben je vergeten dat ik hier met een groep ben? Ik moet vanochtend Villa Balbi-huppelepup gaan bekijken.'

'Villa del Balbianello kan wachten. Ik niet. *Ti voglio.*'

Ze fronste. 'Dat zei je gisteravond ook. Wat betekent het?'

'Het betekent: ik wil je.' Opeens gooide hij het laken van zich af en begon haar hals en borsten te bedekken met sensuele kussen. Hij gleed steeds verder naar beneden en zijn lippen bezorgden haar heerlijke rillingen. Toen hij haar benen uiteen deed, sloot ze haar ogen en zakte de wereld weg uit haar bewustzijn.

Orlando werd vroeg wakker. Hij voelde zich beroerd, en dat kwam niet alleen omdat zijn hoofd bonkte op het ritme van een van de ergste katers die hij ooit had gehad.

Savannah en hij hadden gisteravond weer ruzie gehad. De ergste ruzie tot nu toe, hoewel hij er niet aan twijfelde dat ze haar gedrag van gisteravond makkelijk nog kon overtreffen. Hij had nog nooit iemand meegemaakt die van het ene moment op het andere kon omslaan als een blad aan een boom. Het ene moment was ze vrolijk, het volgende ogenblik zat ze erbij met een gezicht als een donderwolk. Als hij dit had geweten, was hij nooit aan een relatie met haar begonnen.

Hij vouwde zijn handen achter zijn hoofd, staarde naar het plafond en probeerde zich te herinneren waarom hij zich ook alweer tot haar aangetrokken had gevoeld. Wat dat ook was geweest, er was nu niets meer van over. Het meisje op wie hij verliefd dacht te zijn, was niets anders dan een verwend nest dat altijd haar zin wilde doordrijven.

Of oordeelde hij nu te streng? Savannah was per slot van rekening pas twintig, en als je in aanmerking nam wat voor opvoeding ze had gehad, vooral van die vader van haar, dan was het niet verwonderlijk dat ze in een oogwenk kon veranderen in een boze, egoïstische heks. Maar ook al was dat allemaal waar, hij had evengoed geen zin in dit soort problemen. Waarmee hij zichzelf indeelde in de categorie 'Mannen zijn egoïstische klootzakken'.

De ruzie van gisteren was begonnen toen Savannah op een irritant vleierige manier was blijven zeuren dat hij bij de lunch achter haar had moeten staan. Ze had toen al iets te veel op, en hij ook, maar hij was niet in de stemming voor een compromis. Hij had zich naar haar geschikt toen ze 's middags was komen zeggen dat het haar speet. Hij had het geslikt om de lieve vrede te bewaren, al had hij wel gezegd dat ze dan ook haar verontschuldigingen moest aanbieden aan Helen, Conrad en Mac, maar toen ze er 's avonds wéér over begon, wierp ze de lont in het kruitvat. 'Weet je eigenlijk wel hoe erg ik het vond toen je achter Lucy aan ging?' had ze gevraagd.

'Weet jij eigenlijk wel hoe erg je Lucy van streek maakte met je opmerkingen over haar vader?'

'Daar gaan we weer. Lucy, Lucy en nog eens Lucy. Ik krijg wat van die trut! Waarom neem je het altijd voor haar op?'

'Je weet heel goed dat we al jaren vrienden zijn en vrienden komen elkaar te hulp. Trouwens, je begon zelf over haar, niet ik.'

Ze dronk in één teug haar glas grappa leeg en hield haar beschuldigende wijsvinger op een paar centimeter afstand van zijn gezicht. 'Dat is waar, en daarom ga ik je nu iets vragen. Waarom help je haar niet uit haar lijden door gewoon een keertje met haar naar bed te gaan? Je weet dat ze ernaar snakt en dan heb je het maar gehad.'

'Wat zit je nou weer voor onzin uit te kramen?'

'Doe niet zo onschuldig. Je weet best dat het waar is. Weet je wat ik denk?'

'Geen flauw idee.'

'Dat je haar expres aan het lijntje houdt. Ja, nu ik er nog eens goed over nadenk, geloof ik dat je er een reuze kick van krijgt dat ze tot alles bereid is om je in bed te krijgen. Dat doet je ego zeker wel goed, hè?' Ze gaf hem een tik op het puntje van zijn neus. 'Je zit haar gewoon op te geilen, Orlando. Als ze niet zo'n stomme trut was, zou ik bijna medelijden met haar krijgen. Al moet ik zeggen dat ze geen tijd heeft verkwist sinds we hier zijn. En haar smaak valt me reuze mee. Ik zou zelf ook geen nee tegen hem zeggen.'

Orlando keek haar verbijsterd aan en wist alleen maar uit te brengen: 'Je moet niet zo veel drinken.'

'O, ben je nu opeens mijn vader of zo?' riep Savannah op zo luide toon dat mensen in hun richting keken.

'Ik weet dat je het heerlijk vindt om in het middelpunt van de belangstelling te staan,' zei hij op gedempte toon, 'maar draai het geluid wat zachter, oké? Iedereen kijkt naar ons.'

'Man, lazer op!' schreeuwde ze. 'Je begon me al te vervelen, maar nu word ik ook nog bang van je. Je klinkt net als al die andere ouwe knarren in de groep. Jezus, waarom ben ik eigenlijk meegegaan? Zo'n saaie boel heb ik nog nooit meegemaakt! Ik zou nog meer lol hebben als ik thuis was en mijn bikinilijn liet harsen!'

'Ga dan naar huis. Niemand hier zal erom rouwen!'

'Denk niet dat ik het niet zal doen!'

Hij keek haar na toen ze wankelend de bar verliet en vervloekte de dag waarop hij haar had leren kennen. Hij had eigenlijk achter haar aan moeten gaan om te zien of ze, dronken als ze was, wel veilig en wel in het hotel zou arriveren, maar hij deed het niet. Hij bestelde nog een biertje en zette haar resoluut uit zijn hoofd.

Nu, uit bed en onder de douche, dacht hij aan de dag waarop hij Savannah voor het eerst had ontmoet, in de tuin van de Old Rectory, en hoe ze later doorweekt bij hem op de stoep had gestaan. Hij dacht terug aan de middag dat ze naakt in zijn bed had gelegen, en kreeg het gevoel dat ze al die dingen heel slim geënsceneerd had. Hij hief zijn gezicht op naar de douchekop en liet de harde stralen op zijn huid neerkomen. Hoe had hij zo stom kunnen zijn?

En had Lucy hem niet gewaarschuwd? Had ze niet gezegd dat Savannah hem in de problemen zou brengen?

Hij dacht aan wat Savannah allemaal over Lucy had gezegd, in het bijzonder dat Lucy met hem naar bed wilde. Hij begreep niet hoe ze op dat idee kwam, maar het was in ieder geval niet waar. Lucy had nooit laten merken dat ze iets anders van hem verwachtte dan dat ze vrienden zouden zijn. Al was dat lang geleden wel een tijdje een probleem voor hem geweest. Sinds het feestje voor zijn eenentwintigste verjaardag. Lucy droeg op dat feestje een superstrakke witte spijkerbroek met een strapless zwart topje. Ze had er geen bh onder aan en toen hij met haar danste, voelde hij haar borsten bewegen tegen zijn lichaam. Hij was gedwongen geweest een beetje ruimte tussen hen te creëren, want als ze zou merken dat hij een stijve had, zou ze hem er ongenadig mee plagen. Toen had ze alles nog erger gemaakt door in zijn oor te fluisteren dat ze ook geen slipje aan had. 'Deze broek zit zo strak, dat er geen ruimte voor over was,' zei ze lachend. Daarna had hij wekenlang 's nachts in bed over haar liggen fantaseren. Uiteindelijk had hij al zijn moed bij elkaar geraapt en besloten er met haar over te praten, haar te vertellen dat het mogelijk was dat hij méér voor haar voelde dan alleen maar vriendschap, maar voordat hij eraan toe kwam, belde ze hem op om te zeggen dat ze een hartstikke leuke jongen had ontmoet, ene Steve. Haar verkering met Steve duurde precies zo lang als Orlando ervoor nodig had om zich neer te leggen bij het feit dat Lucy voor hem nooit zulke gevoelens zou hebben. Dat hij altijd alleen maar haar beste vriend zou zijn. Soms had hij er spijt van dat het niet anders was gelopen, maar hij had het geaccepteerd.

Wat Savannah had gezegd over dat hij Lucy aan het lijntje hield, was dan ook volslagen onzin. Ze had paranoïde nonsens uitgekraamd omdat ze kinderlijk jaloers was op zijn vriendschap met Lucy.

Maar hoe langer hij nadacht over de situatie, hoe meer hij zich begon af te vragen of Savannah het wel op alle punten mis had. Was het mogelijk dat Lucy zo'n hekel aan Savannah had omdat ze jaloers op haar was? Zo ja, waarom had hij dat dan niet doorgehad? Maar als Lucy méér in hem zag, zou hij dat toch wel geweten hebben?

Hij draaide de kraan dicht en droogde zich af. Opeens schoot hem nog iets anders te binnen wat Savannah gisteravond had gezegd. Dat Lucy geen tijd had verkwist sinds ze hier waren. Het was een smerige insinuatie, maar misschien zat er toch wel iets in. Het idee dat Lucy iets zou hebben met die Italiaanse gladjakker wekte in Orlando dezelfde gevoelens op als jaren geleden, toen Steve op het toneel was verschenen: als *híj* Lucy niet kon krijgen, mocht niemand anders haar hebben. Hij veegde met de handdoek de wasem van de spiegel en staarde naar zijn gezicht. Ben ik veranderd? vroeg hij zich af.

Hij dacht diep na en wist dat er op die vraag maar één antwoord bestond. Hij was niet veranderd. Hij was niet eens verbaasd. Het was alsof hij diep in zijn hart altijd had geweten dat Lucy en hij voor elkaar bestemd waren.

'Dan is het hoog tijd daar iets aan te doen,' zei hij hardop.

Maar eerst moest hij zorgen dat hij van Savannah afkwam. Tijdens het scheren repeteerde hij wat hij zou zeggen als hij haar bij het ontbijt zou zien. Als ze liet merken dat ze het weer wilde goedmaken, zou hij haar duidelijk maken dat het echt beter was een punt achter hun relatie te zetten. Al betwijfelde hij dat ze hem nu nog wilde.

Bij het ontbijt was Savannah echter nergens te bekennen. Lucy was er trouwens ook niet, en Helen ook niet. Hij ging bij Mac en Conrad zitten en veinsde geïnteresseerd te zijn in wat Mac uit de reisgids voorlas over de villa die ze die ochtend zouden gaan bekijken.

'Villa Balbianello staat op de rotsige punt van een klip, dus is er geen grote tuin bij,' vertelde Mac aan zijn twee somber kijkende tafelgenoten. 'Dan vraag je je af waarom het op ons programma staat.'

Toen geen van tweeën antwoord gaf, sloeg Mac zijn ogen op naar de hemel en schonk nog maar wat koffie voor zichzelf in. Dit begon een erg gezellige vakantie te worden!

Pas na het ontbijt, toen ze de terrastuin verlieten en Orlando vooruit was gelopen, besloot Mac iets te zeggen. Hij maakte zich zorgen over Conrad. Hij had hem al heel lang niet zo somber meegemaakt. 'Heeft je stemming iets te maken met het feit dat Helen niet voor het ontbijt is komen opdagen?' vroeg hij.

'Helemaal niet.'

'Wat is er dan?'

'Dat gaat je niets aan.'

Ze stonden op de lift te wachten. Er was verder niemand in de buurt. Mac drukte nogmaals op het knopje. 'Als je niet oppast, Conrad, zul je net zo worden als ik.' De lift scheen op de bovenste etage vast te zitten. Mac drukte nog een keer op de knop. 'Wat is er aan de hand?'

'Heeft het zin je te verzoeken daar niet naar te vragen?'

'Nee. Ik geef te veel om je om lijdzaam toe te kijken terwijl jij jezelf dit aandoet.'

Conrad frunnikte aan zijn manchetknopen, maakte ze los en rolde de mouwen op tot aan zijn ellebogen. 'Wat doe ik mezelf precies aan?'

'Ik verwaardig me niet daarop antwoord te geven.'

De lift kwam en ze stapten erin. Toen de deuren dichtgingen, zei Conrad: 'Je had gelijk wat Helen betreft. Ze zal Hunter nooit verlaten.'

Mac bekeek Conrads sombere gezicht in de spiegel. Dat leek veiliger dan hem rechtstreeks in de ogen te kijken. 'Hoe ben je tot die conclusie gekomen?'

'Ze is zwanger.'

'Lieve hemel!'

'Zeg dat wel.'

'Het kind is toch niet van jou?'

'Je hebt blijkbaar helemaal niet geluisterd naar wat ik je allemaal heb verteld. Het kind is van Hunter.'

De lift stopte. Ze waren op hun etage. 'Zullen we even naar mijn kamer gaan om hier verder over te praten, of zullen we de hele dag om het onderwerp heen draaien?'

Conrad keek op zijn horloge. 'We moeten over twintig minuten in de lobby zijn.'

'Tijd zat.'

Conrad maakte de deur van zijn kamer open. Het kamermeisje was blijkbaar al geweest, want alles zag er keurig netjes uit. Hij nodigde Conrad met een gebaar uit te gaan zitten, maar Conrad schudde zijn hoofd en bleef staan. Hij keek uit over het meer en zei: 'Ze weet het al een week. Een hele week, en ze heeft niets gezegd.'

'Daar zal ze een goede reden voor hebben.'

Conrad draaide zich met een ruk om. 'Wat voor reden dan? Dat ze een mes in mijn hart wilde steken?'

'Zo is Helen niet. Ze heeft geen greintje kwaad in zich.'

'Dat dacht ik ook, maar nu weet ik niet meer wat ik van haar moet denken.'

'Gek dat Hunter gisteren bij de lunch niet zat op te scheppen over het feit dat hij weer vader gaat worden. Dat vind ik echt iets voor hem.'

'Helen zegt dat ze het hem nog niet heeft verteld.'

Mac fronste. 'Ik vraag me af waarom niet.'

Conrad leek hem niet te horen. Hij zei: 'Het ergste vind ik nog dat Helen probeert zichzelf ervan te overtuigen dat deze baby een wondermiddel zal zijn om haar huwelijk te redden. Ze houdt niet van Hunter. Dat weet ik. Ze heeft me gisteren verteld dat ze alleen maar met hem is getrouwd opdat haar grootmoeder in een beter tehuis kon.'

'Heeft ze dat gezegd?'

'Min of meer. Als ik haar mag geloven, is haar grootmoeder mishandeld in het tehuis waar ze eerst zat, en verscheen Hunter met zijn poen precies op het juiste moment op het toneel.'

Deze schokkende informatie verbaasde Mac eigenlijk niet. Niet het feit dat de oude vrouw mishandeld was, maar dat Helen de geboden kans had aangegrepen. Sommige mensen zouden dat ongetwijfeld achterbaks en slinks vinden, maar na al zijn ervaringen zag hij het anders. Soms moesten er grote offers gebracht worden en compromissen gesloten voor degenen van wie je hield, en een ander kon en mocht daar niet over oordelen. Maar de baby was een heel andere zaak. Helen had gezegd dat ze al een week wist dat ze zwanger was. Ze wist wat Conrad voor haar voelde. Waarom had ze het dan niet meteen gezegd? Mac begon zich nu kwaad te maken dat Helen Conrad had misleid, maar wist dat hij zich daarover beter niet kon opwinden, want dan zou Conrad zich alleen maar nog ellendiger voelen.

'Conrad,' zei hij op een sussende toon, 'omwille van de baby moet Helen nu proberen iets van haar huwelijk te maken. En jij zult haar uit je hoofd moeten zetten.'

'Makkelijker gezegd dan gedaan. Vooral in het licht van wat ik nog meer weet.'

'En dat is?'

'Dat Hunter haar bedriegt. Hij is niet in Dubai, hij is ergens bij een vrouw. Ik heb hem gisterochtend met haar horen praten, toen we in Villa Carlotta waren.'

Mac slaakte een diepe zucht en ging met vermoeide bewegingen op de rand van het bed zitten. Hij begon er spijt van te krijgen dat hij aan dit gesprek was begonnen. 'Denk je dat Helen het weet?'

'Geen idee. Helen laat nooit veel los, maar als ze het weet, daalt ze nog meer in mijn achting. Heeft ze helemaal geen zelfrespect?'

Mac snoof. 'Dat vind ik wel een beetje hardvochtig. En een tikje hypocriet, als je bedenkt dat jij, als ze niet het soort vrouw was dat ze is, haar allang zou hebben overgehaald overspelig te zijn met jou!'

'Dat is niet hetzelfde. Ik hield van Helen. Hunter is een ordinaire rokkenjager.'

'Misschien heb je gelijk, maar het is in ieder geval duidelijk dat je

Helen nu met rust zult moeten laten. Heb je liever dat we van de rest van deze vakantie afzien en naar huis gaan?'

Een zweem van een glimlach vormde zich rond Conrads mondhoeken. 'En jou je tuinen ontnemen? Dat zou je me nooit vergeven.'

Mac glimlachte. 'In dat geval moeten we opschieten. We worden beneden verwacht. Ik vraag me af of dat mooie Italiaanse vrouwtje vandaag ook weer onze gids is. Ik hoop het.'

53

Met trillende hand zette Francesca haar mobieltje af. Ze had zojuist het bericht ontvangen dat bevestigde wat ze al had geweten sinds ze de angstaanjagende knobbel had gevoeld. Ze was stervende. Ze ging dood aan dezelfde ziekte als haar moeder. Lymfklierkanker.

Op de een of andere manier had ze de kracht gevonden kalm te blijven en normaal te antwoorden toen de dokter haar het nieuws vertelde en had verzocht een nieuwe afspraak te maken om nog wat onderzoeken te laten doen. Nu dreigden de angst en paniek die ze op een afstand had weten te houden, in alle hevigheid los te barsten en haar te overmeesteren. Ze vocht ertegen, dacht bewust aan de dag die voor haar lag, aan de groep met wie ze naar Villa Balbianello moest, maar ze verloor de strijd. Toen ze voelde dat ze onpasselijk werd, deed ze snel de deur open en liep naar buiten. In de tuin, neerkijkend op het zacht glooiende gazon, begon ze te huilen. Ze wilde niet dood. Ze wilde Marcus niet achterlaten. En haar familie ook niet. Met ogen vol tranen keek ze op naar de hemel en de God die haar strafte. Eerst had hij haar de kinderen ontzegd waar ze zo naar had verlangd, en nu dit. En alleen maar omdat ze zo dom was geweest verliefd te worden op Marcus en hem bij zijn gezin weg te halen. Waarom geloofden de mensen in een God die zo wraakzuchtig was?

Ze sloeg haar armen om haar lichaam om het beven te laten ophouden. Slap van de schok dwong ze haar benen in beweging te komen en wist ze het einde van de tuin te bereiken. Daar, op de houten bank waar Marcus en zij zo vaak zaten, uitkijkend over het meer met een glas wijn in hun hand, om elkaar te vertellen hoe hun dag was geweest, huilde ze tot ze volkomen leeg was. Hier had ze niet op gerekend, dat de bevestiging van haar angstige vermoedens haar nog zo zou aangrijpen. Alsof ze het gevecht om haar leven al had verloren.

Dood. Het wrede woord weerklonk hol in haar hoofd. Het was niet meer 'misschien'; het ging echt gebeuren en ze kon er niets tegen doen. Er waren momenten van hoop geweest, vertwijfelde momenten waarop ze had geloofd dat dit haar niet echt overkwam. Het was niet moeilijk om in je eigen onoverwinnelijkheid te geloven. Ze had hard gebeden om een wonder, niet eens zozeer voor zichzelf, maar voor Marcus.

Haar geliefde Marcus. Hoe moest ze hem dit vertellen? Ze dacht aan alle onbeduidende ruzietjes die ze de laatste tijd hadden gehad, zijn woede om Lucy en Alessio, zijn reactie gisteravond toen hij na zijn etentje met Lucy was thuisgekomen en ze hem had verteld dat ze die middag de Engelse groep had gegidst. 'Waarom heb je me dat niet van tevoren verteld?' had hij bars gevraagd.

'Ik dacht dat je zou proberen me tegen te houden. Ik weet dat je me op de achtergrond wilde houden.'

'Daar gaat het niet om. Ik wil gewoon niet dat we te hard van stapel lopen.'

Dat zal misschien wel moeten, had ze willen zeggen. 'Er zat trouwens niemand van Lucy's leeftijd in de groep,' zei ze. 'Dus neem ik aan dat ze er niet bij was.'

'Dat klopt,' zei hij grimmig. 'Daar heeft Alessio voor gezorgd. Ze hebben de middag samen doorgebracht.'

Nu ze terugdacht aan de getergde manier waarop hij had gesproken en aan hoe teleurgesteld hij was dat ze iets achter zijn rug om had gedaan, trok ze haar knieën op naar haar borst en begon ze opnieuw te huilen. Ik moet het hem vertellen, dacht ze. We mogen geen geheimen voor elkaar hebben. Ze zou zich op de een of andere manier door deze dag heen slaan en dan zou ze het hem vanavond vertellen. Ze zouden bij zonsondergang hier gaan zitten en dan zou ze hem duidelijk maken dat ze de tijd die hun restte, zo goed mogelijk moesten besteden. Tien maanden op zijn hoogst, had de dokter gezegd. Waarschijnlijk minder.

Marcus keek vanachter het raam van hun slaapkamer naar zijn vrouw die op het bankje aan het einde van de tuin zat en was er absoluut zeker van dat hun huwelijk ten einde was. Uit de manier waarop ze daar zat, met haar rug naar hem toe, haar schouders gekromd, haar benen opgetrokken met haar armen eromheen geslagen, begreep hij dat ze met zichzelf zat te debatteren wat de beste manier was om hem te vertellen dat ze hem ging verlaten.

Alles wees in deze richting: dat ze de laatste tijd zo vaak van huis was, de lange stiltes, haar afwezige gedrag, hoe ze schrok wanneer de telefoon ging en vooral hoe ze zich de laatste tijd van hem afkeerde in bed wanneer hij de liefde met haar wilde bedrijven.

Hij was daarstraks in de badkamer toen haar mobieltje ging. Hij had gehoord dat ze snel naar beneden was gegaan voordat ze opnam. Blijkbaar had ze alleen willen zijn, niet het risico willen lopen dat hij iets zou horen. Hij drukte zijn voorhoofd tegen het glas en staarde naar het eenzame figuurtje in de verte. Hij wist niet wat Francesca en haar minnaar zojuist tegen elkaar hadden gezegd, maar voelde aan dat ze op een punt waren gekomen waarop terugkeer niet meer mogelijk was. Dat ze nu open kaart moesten spelen.

Hij hield zo veel van haar dat hij het niet kon aanzien haar zo te zien lijden, hoe vreemd dat ook mocht klinken. Hij was het liefst naar haar toe gegaan om haar te helpen het besluit te nemen. Hij had liever dat ze gelukkig was met een ander, dan ongelukkig met hem. De grootste test wanneer je van iemand hield, was of je die persoon kon loslaten als die dat zelf wilde.

Voor Lucy had hij precies hetzelfde gedaan.

Gisteravond, nadat hij Lucy had teruggebracht naar Hotel Villa Rosa en het korte stukje naar huis was gereden, had hij gehoopt dat ze had begrepen dat hij, door volkomen eerlijk te zijn over zijn liefde voor Francesca, had willen aantonen dat zijn buitenechtelijke affaire geen triviale zaak was geweest. Hij wilde aantonen dat alleen iets wat zó belangrijk voor hem was, hem had kunnen nopen zulke ingrijpende stappen te ondernemen. Tot het moment waarop het gesprek volkomen spaak was gelopen, had Lucy bereid geleken naar Pescallo te komen en kennis te maken met Francesca. Wat was hij daar blij om geweest! Nu zag het ernaar uit dat het er niet van zou komen.

Misschien kwam Francesca vanavond al niet eens meer thuis. Misschien had ze al een koffer gepakt en ergens stiekem klaargezet voor haar vertrek.

Van die gedachte werd hij zo bedroefd dat hij nauwelijks op zijn benen kon blijven staan. Toen hij weer een beetje tot zichzelf kwam, besloot hij naar zijn kantoor in Milaan te gaan. Hij was van plan geweest vandaag thuis te werken, in de hoop dat Lucy zou besluiten te komen, maar nu kon hij hier niet blijven. Hij moest zorgen dat hij zich vandaag voortdurend met andere dingen kon bezighouden. En niets was daarvoor geschikter dan zijn werk.

De gids van gisteren ging de groep voor naar de aanlegsteiger en Mac bleef met opzet wat achter zodat hij de groep kon bekijken. Olivia en haar nieuwe vriend, een weduwnaar van drieënzeventig uit Cirencester, die al zijn vijfde reis met de *Gardens of Delight*-tour maakte en dus een veteraan genoemd kon worden, liepen vlak achter de gids. Vi en Barbara waren afgedankt als een wollen trui op een hete zomerdag. Conrad was in gesprek met Colin Campbell en veinsde belangstelling voor diens nieuwe digitale fototoestel. Helen, die eruitzag alsof ze de hele nacht geen oog had dichtgedaan, praatte met Orlando. Savannah was nergens te bekennen. En Lucy? Die liep rond met een glimlach van oor tot oor. Geen wonder ook. De hele groep had daarnet gezien hoe ze werd gekust door haar knappe aanbidder Alessio. Het tweetal had in de lift gestaan en was zo opgegaan in wat ze aan het doen waren, waarbij Lucy door Alessio tegen de wand van de lift was gedrukt, dat ze niet hadden gemerkt dat de liftdeuren opengingen en iedereen in de lobby een plaats op de eerste rij had. Het was een echte, onvervalste filmsterrenkus, die spontaan applaus had uitgelokt. Maar Mac had medelijden met Orlando toen hij de blik op zijn gezicht zag. Arme jongen, dacht hij. Hij begint eindelijk door te krijgen dat hij ernaast grijpt. Welkom bij de club, jochie!

Weer staken ze het rimpelloze meer over, ditmaal op weg naar Lenno, en toen de *traghetto* in Tremezzo aanlegde bij de pier waar de bezoekers aan Villa Carlotta moesten uitstappen, zocht Mac Helen op. Ze zat wat afgezonderd, met gesloten ogen, een zacht fladderend, roomkleurig sjaaltje om haar hals. 'Geen belangstelling voor het uitzicht?' vroeg hij terwijl hij naast haar op het bankje ging zitten.

Ze schrok op. 'Mac! Ik zat heel ergens anders met mijn gedachten.'

'Dat geloof ik graag. Je zat zeker te denken aan babykleertjes.' Zijn stem trilde van ingehouden woede en hij voelde zijn hartslag versnellen. Hij had opeens grote behoefte lucht te geven aan zijn gevoelens. Tot nu toe, om Conrads teleurstelling niet nog eens extra te onderstrepen, had hij zijn mond gehouden, maar nu de boel een tijdje bij hem had gesudderd, stond hij op ontploffen. Hij moest Helen duidelijk maken hoeveel ravage ze aanrichtte. Hij zag een blos opstijgen naar haar wangen.

'Conrad heeft het je dus verteld?' vroeg ze zachtjes.

'Ja. Waarom heb je niet eerder iets gezegd? Waarom doe je hem dit aan? Je speelt vals, Helen, en dat zal ik je nooit kunnen vergeven.'

'Het is nooit mijn bedoeling geweest dat het hierop zou uitlopen.'

'Dat kan best zijn, maar nu is Conrad doodongelukkig, de arme jongen. Jij bent de eerste vrouw voor wie hij iets voelde sinds Sam.'

'Hou alsjeblieft op, Mac. Denk je dat ik dat niet weet? Zo ongevoelig ben ik heus niet.'

Maar Mac was nu niet te houden. Dit was voor het eerst sinds Sams dood dat hij zo'n sterke behoefte voelde om Conrad te beschermen. 'En wat ga je eraan doen?'

'Wat *kan* ik eraan doen?'

'Als jij en die onaangename man van je Swanmere zo snel mogelijk zouden verlaten, zou dat een grote stap in de goede richting zijn.'

Ze keek hem onthutst aan en hief haar hand op naar haar mond. 'Haat je me, Mac?'

'Op dit moment wel.'

Francesca kon deze rondleidingen dromen, en dat was maar goed ook. Toen ze in Lenno arriveerden, schakelde ze over op de automatische piloot om aan de groep uit te leggen dat ze door de hoofdstraat van het mooie stadje moesten lopen en voorzichtig moesten zijn wanneer ze in de kleine boot stapten die hen zou overvaren naar Punta Balbianello. Ze telde de neuzen toen ze aan boord gingen en nadat de schipper, Roberto, die nog bij haar broers op school had gezeten, de boot van de steiger had afgeduwd, nam ze plaats op de enige vrije plek die nog over was, naast een aantrekkelijke vrouw met kastanjebruin haar, die erg bedrukt keek voor iemand die op vakantie was. De mensen met wie Francesca bij haar werk te maken had, waren over het algemeen ontspannen en zorgeloos, blij er even uit te zijn, weg van de stress en spanningen van hun werk en de dagelijkse beslommeringen. Maar wie weet met welke problemen deze vrouw kampte? Net zo goed als niemand wist dat Francesca anderhalf uur geleden haar doodvonnis had gekregen.

Francesca had trouwens verder geen belangstelling voor de vrouw die naast haar zat. Ze had Lucy er meteen uitgepikt. Dat was niet zo moeilijk geweest. Samen met alle anderen in de lobby van het hotel had ze Alessio en Lucy in de lift gezien. Alessio veranderde ook nooit, had ze met geamuseerde genegenheid gedacht, terwijl ze snel achter een pilaar was gedoken opdat hij haar niet zou zien. Ze wilde niet dat hij meteen aan Lucy zou verklappen wie ze was.

Nu kon ze vanachter haar zonnebril Marcus' dochter op haar gemak bekijken. Lucy was erg leuk om te zien, maar Francesca was nieuwsgierig wat haar in de ogen van Alessio zo aantrekkelijk maakte. Als je de lijst van vriendinnetjes van de afgelopen vijf jaar bekeek, zag je dat hij een voorkeur had voor de modebewuste rijke meisjes uit Milaan en Rome. Zijn laatste vriendinnetje, voordat hij bijna aan hersenvliesontsteking was bezweken, was de dochter van een rijke zakenman uit Piemonte. Vergeleken bij al die meisjes was Lucy zo natuurlijk als de bries die haar lange, golvende haar deed opwaaien. Met haar onopgemaakte gezicht en eenvoudige kleren – een perzikkleurige linnen rok, een wit topje en teenslippers – had ze iets fris over zich dat net zo Engels was als *tea*, *scones* en *cricket*. Misschien voelde Alessio zich dáár zo door aangetrokken?

Ze zette de vragen over Alessio's smaak van zich af en bleef de dochter van haar man bekijken. *Haar stiefdochter*. Ze zag er niet uit als een meisje dat zo lang een wrok kon koesteren. Integendeel. Ze zat naast een oudere heer, praatte heel geanimeerd met hem en gaf de indruk een openhartige jonge vrouw te zijn met een gezonde levenslust. Nu ze Lucy in levenden lijve zag, nadat ze er meer dan tien jaar alleen naar had kunnen raden hoe ze was, deed het Francesca nog meer verdriet dat Marcus het genot was ontzegd haar in zijn leven te hebben.

Maar niet alleen Marcus was de dupe; Lucy ook. Zij had haar vader moeten missen, terwijl die altijd van haar was blijven houden.

Wat jammer toch allemaal. En het zou nooit zijn gebeurd als Francesca niet in Londen was gaan studeren en als Marcus haar niet had aangereden. Ze was altijd al van mening geweest dat hij een onbillijk hoge prijs had moeten betalen voor haar, en dat gevoel werd nog sterker nu zijn geliefde dochter een paar meter bij haar vandaan zat. Francesca wist dat ze de schade die ze deze twee mensen had berokkend, zou moeten goedmaken, al was het het laatste wat ze deed. Bovendien wilde ze zelf vrede sluiten met Lucy Gray.

Ze besloot straks, tijdens het bezoek aan Villa Balbianello, een geschikt moment te zoeken om haar te vertellen wie ze was. Omdat ze zich gisteren al aan de groep had voorgesteld, had ze vanochtend haar naam niet meer hoeven noemen, dus was het heel goed mogelijk dat Lucy nog niet wist hoe ze heette. Haar gedrag wees er in ieder geval niet op dat ze twee en twee bij elkaar had opgeteld en haar nu zat te bespieden.

Toen ze Roberto hielp iedereen van boord te krijgen, dacht ze erover na hoe surreëel het was dat haar geest zich zo makkelijk liet afleiden. Maar ze had ook al verbaasd over zichzelf gestaan toen ze er thuis kalm bij had gestaan toen Marcus het huis verliet om naar Milaan te gaan. Hij was blijkbaar zo van slag van Lucy's aanwezigheid in Bellagio dat hem niet eens was opgevallen dat ze had gehuild. Ze had er dankbaar gebruik van gemaakt door niets te zeggen over wat ze die dag ging doen, dat ze opnieuw de gids was voor de groep van de *Gardens of Delight*-tour. Ze was blij dat ze haar werk had. Als ze de hele dag thuis had gezeten, zou ze alleen maar medelijden met zichzelf hebben. Zolang ze er de kracht voor had, moest ze bezig blijven. Dat had haar moeder ook gedaan. Een aantal maanden was dat gelukt. Ze had zich beziggehouden met de kleinkinderen, Francesca's broers standjes gegeven dat ze te hard werkten, haar schoondochters geprezen om het feit dat ze zo veel geduld hadden met de mannen met wie ze getrouwd waren... Maar op een ochtend was het alsof haar energie plotseling op was. En toen ze eenmaal in het ziekenhuis was opgenomen, was het einde snel gekomen. Te snel. Ze waren er geen van allen op voorbereid geweest, ook al hadden ze geweten dat ze dood zou gaan. Francesca had het nog het moeilijkst gehad en gedurende de hartverscheurende rouwperiode was Marcus haar grote steun.

Ze slikte, klemde haar lippen op elkaar en vroeg zich af aan wie Marcus steun zou hebben wanneer zij er niet meer zou zijn.

Lucy. Hij moest zich tot Lucy kunnen wenden.

54

Lucy wees de hulp van de schipper en de gids af en sprong soepel op de steiger. Ze had zich nog nooit van haar leven zo heerlijk gevoeld.

Vanmorgen onder de douche, toen Alessio haar rug inzeepte, had hij gevraagd of ze vanavond weer op hem zou wachten tot hij klaar was met zijn werk. Ze had plagend geantwoord dat ze eigenlijk eens vroeg naar bed moest, en dat hij vast nog wel andere meisjes had om mee uit te gaan. Hij had haar naar zich toe gedraaid. 'Waarom zeg je dat? Waarom zou ik met een ander meisje uit willen?'

'Omdat je een Italiaanse seksgod bent en omdat seksgoden dat doen,' zei ze luchtig. En deze droomweek zal snel genoeg voorbij zijn, voegde ze er voor zichzelf aan toe.

Hij haalde zijn hand over zijn gezicht en wreef het water uit zijn ogen. 'Lucy, steek niet de draak met me. *Ti prego*. Vanaf het eerste moment dat ik je zag, wist ik dat ik alleen jou wilde. Niemand anders.' Hij hief haar gezicht op naar het zijne, liet het water eroverheen stromen en drukte zijn lippen op de hare. Het was een bijzonder erotische kus en nu Lucy eraan terugdacht, en aan wat hij had gezegd, voelde ze weer zijn enorme aantrekkingskracht.

Dit had ze met geen enkele andere man ooit ervaren. Wanneer ze alleen maar aan Alessio's gespierde lichaam dacht, voelde ze al begeerte opkomen. Nu wist ze waar de uitdrukking 'helemaal ondersteboven zijn' vandaan kwam.

Ze treuzelde wat toen de groep de gids vanaf de steiger volgde over een steil, kronkelend pad langs strak gesnoeide plataanbomen. Ze wist best dat iedereen dacht dat ze, zoals talloze meisjes vóór haar, was bezweken voor de romantische charme van een zoetgevooisde vreemdeling. En wat dan nog? Dat was geen misdaad. Het leven was te kort om niet een beetje plezier te hebben.

Ze merkte dat de groep tot stilstand was gekomen en iedereen fototoestellen tevoorschijn haalde. Toen Lucy het uitzicht zag, pakte ook zij haar fototoestel. Het meer lag in al zijn sprankelende pracht voor hen, met Bellagio wazig afgetekend in de verte. Ze werd diep getroffen door de serene schoonheid en benijdde de mensen die hier woonden. Gisteren had Alessio haar verteld wat een heerlijke herinneringen hij had aan alle keren dat hij als klein jongetje naar Bellagio was gekomen, vooral in de winter wanneer de besneeuwde bergen mysterieus oprezen uit de spookachtige mist die boven het meer hing. 'Toen ik nog klein was, was ik bang voor de monsters die op de bodem van het meer leven,' had hij haar verteld. 'Ik was ervan overtuigd dat ze 's nachts naar de oppervlakte kwamen en naar de kust zwommen om naar stoute kinderen te zoeken, die ze dan opaten. En mijn ouders spraken dat uiteraard nooit tegen, want dit was een goede manier om zo'n ondeugend jongetje als ik een beetje onder de duim te houden.' Ze had erom gelachen en zich afgevraagd hoe ondeugend hij wel niet was geweest.

De zon stond al hoog aan de wolkeloze, diepblauwe hemel. Lucy ging in de schaduw staan om het uitzicht op haar gemak te bekijken. Wat was het leven van haar vader ingrijpend veranderd toen hij vanuit Engeland hierheen was gekomen. Ze kreeg een beetje spijt dat ze de situatie gisteravond onafgerond had gelaten. Ze had gedacht dat het haar goed zou doen als ze hem steeds herinnerde aan wat hij had gedaan, maar eerlijk gezegd was dat niet zo.

'Hoe bevalt de vakantie tot nu toe?'

Tot haar verbazing was het Orlando die het vroeg. Dit waren de eerste woorden die hij tegen haar had gezegd sinds... ze kon zich niet eens herinneren sinds wanneer. Wanneer hadden ze voor het laatst met elkaar gepraat sinds ze in Italië waren aangekomen? Wanneer had ze voor het laatst aan hem gedacht? 'Ja, ik geniet met volle teugen,' zei ze, waarbij ze aan Alessio dacht. Ze zou Orlando met plezier alles over hem verteld hebben, net als vroeger, als hij niet zo serieus had gekeken. Zo strak. Geen greintje vreugde op zijn gezicht, dat een masker van koele onverschilligheid was. Hoe was het mogelijk dat hij niet onder de indruk was van al het moois om hen heen? Als Alessio hier was, zou hij waarschijnlijk zijn armen spreiden en uit volle borst beginnen te zingen. Ze vond zijn hartstochtelijke, ongeremde aard verfrissend. Hij mocht dan wel een wat onrealistische filosofie van 'Leef nu!' aanhangen, maar ze had gemerkt dat zijn aanstekelijke levenslust invloed op haar had.

De groep schaarde zich rond de gids om te horen wat ze vertelde, iets over de laatste eigenaar van de villa, een graaf genaamd Guido Monzino die de leider was geweest van expedities naar de Everest en de Noordpool, maar Lucy bleef staan. Hoe interessant en enthousiast de Italiaanse gids ook was, ze bleef liever nog een poosje genieten van het adembenemende uitzicht. Toen ook Orlando niet doorliep, vroeg ze: 'En jij dan?'

'Moet je dat echt vragen?'

Ze knipperde met haar ogen. 'Sorry. Heb ik iets gemist?'

'Nou, Savannah en ik... je hebt het misschien al geraden; het wordt niks.'

Och, wat jammer nou! wilde Lucy jubelen, maar ze hield zich in. 'Waar is ze eigenlijk?' vroeg ze.

'Geen idee. Ik heb haar gisteravond voor het laatst gezien. We hebben ruzie gekregen.' Hij zuchtte. 'Voor de zoveelste keer. Wat ik ook tegen haar zeg, het valt allemaal verkeerd.'

'Dat gaat vast wel over.'

Hij keek Lucy recht in de ogen. 'Voor mij hoeft het niet meer. Ik ga het uitmaken.'

Twee dagen geleden had Lucy niets liever willen horen dan deze woorden. Nu luisterde ze naar hem met een onverschilligheid waartoe ze zichzelf nooit in staat had geacht. 'Jammer. Je was zo gelukkig met haar.'

Hij keek gegeneerd. 'Ik heb me een beetje laten meeslepen.' Hij aarzelde. Een nerveuze glimlach verscheen op zijn gezicht. 'Net zoals jij en je nieuwe vriend, de pianist, neem ik aan.'

Lucy begreep heel goed wat hij met die opmerking bedoelde en zette haar stekels op. Ze glimlachte strak. 'Ik zie dat de anderen doorlopen voor het volgende deel van de rondleiding. We kunnen ons beter bij hen aansluiten.'

Orlando bleef staan. 'Hij is helemaal je type niet, Luce.'

'Heb ik dan een type?'

'Je weet best wat ik bedoel. En je lijkt nogal hard van stapel te lopen.'

'Het bevalt me anders prima.' Ze deed een beetje uit de hoogte, maar wat moest ze anders? Wat dacht Orlando wel? Ze snapte nu niet hoe ze ooit had kunnen denken dat ze verliefd op hem was. Het idee!

'Je bent met hem naar bed geweest, hè?'

'En als dat zo is? Niet dat het je iets aangaat.'

'Je kent hem amper.'

'Dan is het juist goed dat ik met hem naar bed ga. Geen betere manier om iemand te leren kennen!'

'Vind je het niet erg dat je voor hem waarschijnlijk alleen maar een eendagsvlieg bent? Dat hij, zodra je weer naar huis bent, zijn charmes zal loslaten op een ander hulpeloos slachtoffer?'

Dat gaf de doorslag! Haar geduld was op. 'Ik ben geen hulpeloos slachtoffer,' zei ze met veel zelfbeheersing. 'Ik weet precies wat ik doe. Ik geniet van het leven, in tegenstelling tot jou. En als je het niet erg vindt, ga ik nu de groep inhalen en de tuin bekijken.'

Orlando keek Lucy na en had meteen al spijt van ieder woord dat zojuist uit zijn mond was gekomen. Waarom had hij al die dingen gezegd? Nu had hij Lucy boos gemaakt, terwijl hij haar juist had willen vertellen hoeveel hij om haar gaf. Hij was zelfs vergeten haar naar haar vader te vragen. Wat een kluns!

Hij was jaloers. Daar kwam het door. Hij kon het niet uitstaan dat Lucy iets had met die Italiaan. Dat ze door hem was ingepalmd en straks verdriet zou hebben. Zijn enige troost was dat hij er voor haar zou zijn wanneer het zover was.

Het ergste was nog dat het allemaal zijn eigen schuld was. Hij had er zelf op aangedrongen dat ze meeging naar Italië. Had hij zich maar met zijn eigen zaken bemoeid!

Hij staarde naar het meer. Zouden er nog meer mensen zijn die net zo van deze vakantie baalden als hij?

'Wat is dít een waardeloze vakantie!'

De knappe man tegenover Savannah fronste. 'Hoe komt dat? Bellagio is zo'n prachtig stadje.'

'Misschien voor mensen van boven de vijftig, maar voor zover ik het kan beoordelen, is er voor mensen van mijn leeftijd niks te doen.' Ze lachte. 'Daarom heb jij het zeker met Lucy aangelegd?'

Hij sloeg zijn ogen neer en deed een suikerklontje in zijn belachelijk kleine kopje zwarte koffie. Savannah nam een slokje van haar cappuccino en probeerde op Alessio's gezicht af te lezen wat hij zou zeggen. Helaas bleef het volkomen uitdrukkingsloos.

Toen ze naar beneden was gekomen om te ontbijten, met een knots van een kater, had ze Alessio in de eetzaal achter de piano aangetroffen. Hij speelde niet het soort muziek dat ze tot nu toe van hem had gehoord, maar zwaar klassiek. Hij zat er uiterst geconcentreerd bij. Zijn handen vlogen over het klavier en hij bewoog zijn hoofd zo heftig heen en weer dat zijn zwarte haar fladderde als een gordijn in de wind. Ze trok een gezicht om het afgrijselijke lawaai en was blij toen hij haar zag en stopte. 'Kan ik je ergens mee van dienst zijn?' vroeg hij.

'Je kunt me vertellen waar ik kan ontbijten,' zei ze.

'Ik vrees dat je te laat bent.' Hij keek de verlaten eetzaal rond, waar twee kelners bezig waren schone tafellakens op de tafels te leggen. 'Een uur te laat.'

Ze vond hem om op te vreten met zijn sexy accent en knappe smoel. Lucy had smaak, dat moest ze eerlijk toegeven: eerst Orlando en nu deze spetter. En dat bracht haar op een idee. Een idee hoe ze haar tijd op een interessante manier kon zoekbrengen tot Orlando op zijn knieën bij haar terug zou komen. 'O, wat jammer,' zei ze. 'Maar als ik het heel lief vraag, kan ik misschien wel een kop koffie krijgen?'

'Ja, dat zal wel lukken.'

'En vind je het goed als ik mijn koffie hier opdrink en naar je luister? Je speelt erg goed. Of vind je dat vervelend?'

Hij leek lange tijd over haar verzoek na te denken en deed toen de klep van de piano zachtjes dicht. 'Ik heb voor vanochtend genoeg gespeeld,' zei hij.

Nog beter! Nu hoefde ze dat oorverdovende lawaai tenminste niet aan te horen. 'In dat geval wil je misschien samen met mij een kopje koffie drinken?'

Hij glimlachte. '*Grazie*, maar ik moet nu gaan rusten.'

Ze glimlachte terug. 'Naar wat ik van Lucy hoor, verbaast dat me niets.' Zijn perfect gebogen wenkbrauwen schoten omhoog. *Yes!* Zoals ze al had gedacht, keek hij daar van op. Nu kon de pret beginnen.

Hij kwam naar haar toe. 'Heeft Lucy het met jou over mij gehad?'

'Jazeker. Lucy en ik zijn heel goede vriendinnen. We vertellen elkaar alles. Ze ziet je helemaal zitten, en ik begrijp best waarom.' Ze gaf met haar ogen aan waarom, door haar blik langzaam over zijn lichaam te laten gaan.

'Helemaal zitten? Wat wil dat zeggen?'

Jeetje, dacht ze, wat is het gebrekkige Engels van eenvoudige buitenlanders toch geinig. 'Laten we een kopje koffie gaan drinken, dan zal ik het je uitleggen,' zei ze. 'Tussen haakjes, ik heet Savannah.'

Hij nam haar mee naar een café dicht bij het hotel, in de galerij met winkels en restaurants, waar ze volgens hem de beste croissants in heel Bellagio hadden.

'Zo,' zei Savannah nadat ze twee met perzik gevulde croissants had verorberd en haar kater bijna was verdwenen. 'Wat wil je weten over Lucy?'

Hij dronk zijn koffie in één teug op. Nadat hij het kopje weer op het schoteltje had gezet, strekte hij zijn benen langs de tafel en richtte zijn prachtige ogen op haar. 'Niets,' zei hij zachtjes. 'Ik heb meer interesse voor jou. Vertel me alles over jezelf.'

Yesss! Precies zoals ze had gedacht. Een hitsige Italiaan die geen meisje afsloeg. Wacht maar tot ze Lucy vertelde dat hij iets met haar had geprobeerd! Dan zou die tevreden grijns snel verdwijnen!

Dit beloofde een prima dag te worden.

55

Helen voelde zich beroerd. Ze wist dat ze vanochtend iets had moeten eten, maar had niets naar binnen kunnen krijgen, op een kop koffie na, die ze op haar kamer had opgedronken. Ze was een beetje apart van de anderen gaan zitten op de terugweg naar Bellagio en probeerde niet te denken aan hoe misselijk ze was, maar dat lukte niet. Net zomin als ze het afschuwelijke gesprek met Mac van daarstraks kon vergeten.

Tijdens de rondleiding door Villa del Balbianello had ze een paar keer gezien dat hij naar haar keek en iedere keer had ze door de grond willen zinken. Het absolute dieptepunt was gekomen toen ze in de schaduw van de loggia stonden, met Tremezzina achter hen en Isola Comacina aan de overkant van het kalme water, en hun gids vertelde dat kardinaal Durini, de oorspronkelijke eigenaar van het huis, de loggia had laten bouwen met twee aparte kamers, een leeskamer en een muziekkamer. 'In deze twee vertrekken,' legde de gids uit, 'bracht kardinaal Durini het grootste deel van zijn tijd door, samen met zijn beste vrienden, onder wie zich de bekendste intellectuelen van die tijd bevonden.'

Bij het woord 'vrienden' keek Mac met een blik vol vernietigende minachting naar Helen. Het voelde aan alsof er in die blik een heel leven aan verbittering lag opgeslagen. Ze wankelde alsof hij haar had geslagen. Het liefst had ze zich aan zijn voeten geworpen en hem om vergiffenis gesmeekt. Maar dat was niet mogelijk. De twee mensen die zo veel voor haar waren gaan betekenen sinds ze in Swanmere was komen wonen, Mac en Conrad, haatten haar en ze kon het hun niet kwalijk nemen. Ze had het zelf in de hand gewerkt en nu zou ze hun goedheid voorgoed moeten ontberen. De vriendschap was kapot en daar zou ze altijd spijt van hebben.

Ze voelde zich hoe langer hoe beroerder. Om iets te doen te hebben, zocht ze in haar tas naar Hunters mobieltje om het verpleeghuis op te bellen en te vragen hoe Emma het maakte. Ze had Hunters telefoon meegenomen omdat ze gisteren had vergeten haar eigen mobieltje op te laden. Hunters mobiel was veel duurder en ingewikkelder in gebruik dan het eenvoudige, oude model dat ze zelf had, en het duurde even voordat ze doorhad hoe het werkte. Toen scrolde ze door het menu, op zoek naar Hunters adresboek, in de hoop dat het nummer van het verpleeghuis erbij zat. Het adresboek bevatte erg veel nummers, zoals ze al had gevreesd. De meeste namen zeiden haar niets, maar er was er één bij die ze herkende. Ze staarde ernaar. Waarom had Hunter deze naam en dit nummer opgeslagen in zijn mobiel? Ze bleef naar het schermpje staren en gooide toen in gedachten een muntje op.

Kop: het had niets te betekenen; ze was gewoon paranoïde.

Munt: er zat iets achter en ze moest uitzoeken wat het was.

Ze besloot uit te zoeken wat erachter zat.

Even later had ze Hunters tekstberichten gevonden en algauw werd haar achterdocht bevestigd. Het verscheen allemaal op het scherm, in de kinderlijke taal vol afkortingen en foute spelling waarvan ze naïef genoeg had gedacht dat alleen tieners er gebruik van maakten. Hunter had een minnares. En niet zomaar iemand, maar de vrouw die ze beschouwde als haar beste vriendin. Annabel.

Toen de *traghetto* aanlegde bij de steiger in Bellagio, wist Helen niet hoe snel ze van de boot af moest komen. Het gebabbel van de anderen en de stank van de dieselolie kwamen op haar af en wekten braakneigingen op. Ze was bang dat ze het hotel niet op tijd zou bereiken. Met haar hand voor haar mond geslagen, duizelig en met snel kloppend hart, liep ze zo snel als ze kon, mensen ruw opzij duwend. Hoe kon Annabel haar zoiets aandoen? Van Hunter kon ze het bijna begrijpen. Maar Annabel? Annabel was haar vriendin, degene die haar helemaal in het begin juist had overgehaald op Hunters avances in te gaan. 'Laat hem niet door je vingers glippen,' had ze gezegd.

Ze stak de Piazza Mazzini over, maar vlak bij Hotel du Lac leek haar lichaam de strijd op te geven. Ze zakte door haar benen en de wereld draaide om haar heen. Toen werd alles zwart. Het laatste waarvan ze zich bewust was, was het geluid van piepende remmen en stemmen die geschrokken kreten slaakten.

Conrad was als eerste bij Helen. Het was allemaal zo snel gegaan. Het ene moment zag hij hoe ze haastig van de boot stapte en het volgende moment lag ze roerloos op de grond, het voorwiel van een auto op een paar centimeter afstand van haar lichaam.

Hij knielde naast haar en zei zachtjes, angstig, haar naam. 'Helen. Hoor je me? Helen?' Toen ze niet reageerde, duwde hij haar sjaaltje omlaag en legde zijn vingers in haar hals. Rond hen begon zich een kleine menigte te vormen.

'Dottore!' riep iemand.

'Ambulanza!'

'Polizia!'

'Infarto!'

Voor zover Conrad wist, was *infarto* Italiaans voor hartaanval, maar hij was er zeker van dat Helen geen hartaanval had. Boven het tumult uit hoorde hij Mac roepen dat iedereen achteruit moest gaan. Eén man negeerde hem: de bestuurder van de auto, die wild in het rond keek, geagiteerd praatte en heftige gebaren maakte. *'Non ha guardato!'* riep hij, waarbij hij naar Helen wees. *'Non ho avuto tempo di fermarmi! Dio mio!'*

'Oké, oké!' riep Conrad naar de man. 'Ze heeft niet uitgekeken en u kon nog maar net op tijd stoppen. Hou op met schreeuwen!' Meteen was het stil en terwijl Francesca de bestuurder even apart nam, legde Conrad nogmaals zijn vingers in Helens hals. Hij probeerde niet te denken aan die andere situatie, die hier zo op leek. Hij sloot zijn ogen. *Vooruit, Helen,* dacht hij fel, alsof hij haar zo kon bereiken. *Doe me dit niet aan. Niet weer. Niet jij.* Hij had moeite zijn hoofd erbij te houden, het bonken van zijn hart te negeren. Zweet stond tussen zijn schouderbladen en een verlammende angst dreigde bezit van hem te nemen.

Toen voelde hij het. Zwak, maar het wás een hartslag. Hij deed zijn ogen open. Ze leefde nog! Godzijdank!

'Hoe is het met haar?'

Hij keek op en zag dat Mac naast hem hurkte. Orlando en Lucy stonden achter hem. 'Ze leeft nog. Meer weet ik niet. Heeft iemand om een ambulance gebeld?'

Een jonge kelner zei: '*Sì*, er is er een onderweg.'

'Denk je dat we haar mogen verplaatsen?' vroeg Mac schor.

Conrad schudde zijn hoofd. 'Beter van niet. We weten niet wat haar mankeert. Weet iemand of de auto haar heeft geraakt?'

'Volgens mij niet.'

Dat was Orlando.

'Heb je het zien gebeuren?' vroeg Conrad.

'Niet precies. Maar het lijkt me van niet. Gezien het feit dat ze zo dicht bij de auto ligt, betwijfel ik of die haar heeft geraakt. In dat geval zou ze een eind verderop terecht zijn gekomen. Bovendien zit er geen deuk in de motorkap van de auto, en ook niet in de bumper.'

Conrad kromp ineen. 'Kunnen we dat aan de bestuurder vragen?' Hij keek naar Francesca, maar voordat Francesca de kans kreeg iets te zeggen, bewoog de kring omstanders om iemand door te laten. Het was Savannah. Alessio, de pianist uit het hotel, was bij haar.

'Jezus!' riep Savannah. 'Dat is Helen! Ze is toch niet dood?'

Mac stond op en hield haar tegen. 'Er is een ambulance onderweg. Die zal zo wel komen.'

Francesca hurkte naast Conrad. 'De bestuurder zegt dat het zo snel gebeurde dat hij niet zeker weet of hij haar heeft geraakt of niet.'

Bij het geluid van een sirene keek iedereen om naar de drukke straat. Conrad slaakte een zucht van verlichting, maar die was niet van lange duur, want het was niet de ziekenauto, maar de *polizia*. Twee agenten stapten uit de Alfa Romeo en begonnen de omstanders weg te jagen, maar daarmee maakten ze de consternatie alleen maar groter.

'Zal ik dit even regelen?' vroeg Francesca toen de agenten begonnen mensen te ondervragen, onder wie de bestuurder van de auto die, tegenover deze officiële personen, weer wild begon te praten en gebaren, waarbij hij theatraal zijn ogen wijd opensperde.

Conrad knikte. Hij zou blij zijn als hun gids de leiding nam. De enige die voor hem belangrijk was, was Helen. Ze bewoog zich nog steeds niet. Hij voelde zich zo machteloos. De gedachte dat ze misschien nooit meer zou bijkomen, vervulde hem met zo veel verdriet dat hij amper kon ademhalen. Hoe zou hij met zichzelf kunnen leven in de wetenschap dat hun laatste gesprek zo haatdragend was geweest? 'O, Helen,' fluisterde hij, zo dicht over haar heen gebogen dat zijn mond haar oor bijna raakte. 'Vergeef me alsjeblieft. Ik meende er de helft niet van.' Hij schoot met een ruk weer rechtop. Had ze zich bewogen, of had hij het zich maar verbeeld? 'Helen?'

Haar ogen gingen open. En weer dicht. En weer open. 'Conrad?'

Opluchting stroomde door hem heen! 'Ja,' zei hij zachtjes. 'Ik ben het.'

Ze kneep haar ogen halfdicht tegen het felle zonlicht. 'Wat is er gebeurd? Waarom staan al die mensen naar me te kijken?'

'Dat weten we nog niet precies, maar je bent op dit moment de grootste attractie van Bellagio. Hoe voel je je?'

'Afgrijselijk. Ik heb zo'n pijn in mijn hoofd.'

'Je zult wel een hersenschudding hebben. Je kunt maar beter niet –'

Te laat. Ze hief haar hoofd op en toen zag hij het bloed op het asfalt. 'Moment,' zei hij. Heel voorzichtig knoopte hij het zijden sjaaltje los en legde het onder haar hoofd. 'Ik hoop dat het geen duur sjaaltje was,' zei hij. 'Ik koop wel een nieuwe voor je.'

Ze glimlachte flauwtjes. 'Het spijt me zo, Conrad. Alles wat ik heb gezegd en gedaan. Ik had niet tegen je moeten liegen. Kun je me alsjeblieft vergeven?' Haar glimlach verdween en een traan blonk in haar oog en rolde over haar wang.

Hij veegde hem weg. 'Er is niets te vergeven,' zei hij zachtjes. En hij meende het. 'Alles komt goed.'

Ze deed haar ogen dicht en haar gezicht verslapte. 'Zeg je ook tegen Mac dat het me spijt? Ik vind het zo erg dat hij me nu niet meer kan uitstaan.'

'Dat kun je hem zelf vertellen. Hij is hier. Helen? *Helen*, hoor je me?'

Hij wist al wat het antwoord was. Ze hoorde niets meer. Ze was weer bewusteloos. Hij pakte haar hand en sloot zijn vingers eromheen.

Een paar seconden later klonk er weer een sirene. Ditmaal was het de ziekenauto.

56

Iedereen ging ervan uit dat Conrad Helens echtgenoot was, dus verzocht men hem in de ambulance mee te rijden naar het ziekenhuis. Francesca zei dat het ziekenhuis in Lecco was, ongeveer 25 minuten bij Bellagio vandaan. 'Ik rij achter jullie aan, zodat ik straks kan helpen met mogelijke taalproblemen,' zei ze tegen Conrad. Mac vroeg snel aan Francesca of hij mee mocht rijden. Hij zou het zichzelf nooit vergeven als Helen overleed zonder dat hij haar had verteld wat een spijt hij had.

Intussen probeerde Savannah, in Hotel Villa Rosa waar ze samen met Orlando, Lucy en Alessio in de terrastuin zat, haar vader te bereiken. Aangezien hij zijn mobiel niet bij zich had en ze dus niet rechtstreeks contact met hem kon opnemen, belde ze Clancy.

'Hoi, Sav,' zei hij. 'Hoe gaat het? Ik hoop dat het weer daar bij jullie beter is dan hier.'

Ze vertelde hem snel wat er was gebeurd en dat ze niet wist waar ze hun vader in Dubai kon bereiken.

'In Dubai?' vroeg hij. 'Waarom is hij naar Dubai?'

'Dat weet ik niet. Wist jij dan niet dat hij zou gaan? Hij heeft gisteren een telefoontje gekregen en is 's middags meteen vertrokken.'

'Ik weet nergens van, maar ik bel Judith wel even. Die weet altijd waar hij zit. Maar hoe is het met Helen? Dat heb je nog helemaal niet verteld.'

'Ik weet het niet. Ze was bewusteloos toen ze haar meenamen in de ambulance.'

'Ben je in het ziekenhuis? Ben je bij haar?'

'Nee.'

'Is ze daar dan alleen?'

Savannah hoorde de verbaasde klank in de stem van haar halfbroer. Het verwijt. Clancy mocht Helen graag. 'Natuurlijk niet,' zei ze verdedigend. 'Vrienden van haar zijn bij haar.'

'O, gelukkig. Nou, hang maar op, dan bel ik je zo dadelijk terug.'

Even later ging Savannahs telefoon. Clancy klonk aarzelend. 'Judith weet niets over Dubai,' zei hij. 'Ze dacht dat pa gewoon bij jullie in Italië was.'

'Dat bestaat niet. Je kent het grapje van pa toch wel, dat Judith hem altijd weet te vinden, ook al zou hij zijn sporen bedekken met twaalf lagen verf?'

'Het klinkt inderdaad een beetje vreemd. Maar Judith weet in ieder geval in welke hotels hij gewoonlijk logeert en ze gaat die nu bellen. Ik neem aan dat we binnen een uur wel iets van hem zullen horen. Zal ik naar jullie toekomen?'

'Nee, blijf maar liever thuis. Zodra ik nieuws heb over Helen, bel ik je.'

Lucy luisterde naar Savannahs verhaal dat Hunters secretaresse probeerde uit te zoeken waar haar vader zat, en wist meteen dat er iets niet klopte. Ze herinnerde zich heel duidelijk dat Hunter gisteren op de boot had gezegd dat zijn secretaresse zou nakijken welke vlucht naar Dubai hij kon nemen. Het zat haar helemaal niet lekker.

Wat haar ook niet lekker zat, was dat ze vlak voor het ongeluk Savannah en Alessio samen aan een tafeltje had zien zitten onder de luifel van een van de cafés aan het plein. Nu moest ze aldoor denken aan wat Orlando had gezegd toen ze bij Villa del Balbianello waren: *Vind je het niet erg dat je voor hem waarschijnlijk alleen maar een eendagsvlieg bent?* Hoe had ze zo dom kunnen zijn? Hoe had ze kunnen denken dat wat zij en Alessio hadden, niet zomaar een vakantieromance was? En dat die schoft niet eens het fatsoen had kunnen opbrengen te wachten tot ze weer naar huis was, voordat hij het volgende meisje versierde!

En waarom moest dat meisje per se Savannah zijn?

Ze stond op en liep tot aan het einde van het terras waar ze een vrouw op een naburig balkon haar planten water zag geven. Opeens wilde ze dat ze in Swanmere was, in haar eigen tuintje.

In het ziekenhuis zat Conrad gespannen te wachten. Het duurde allemaal veel te lang. Hij was blij dat Mac bij hem was. En Francesca. Aan haar had hij ontzettend veel. Ze had de formulieren ingevuld en hielp met tolken wanneer het nodig was. Ze was nu even naar buiten gegaan om haar man te bellen die, zo was gebleken, niemand minder was dan Lucy's vader, al had Francesca er snel bij gezegd dat Lucy nog niet wist wie ze was.

'Ga toch even zitten,' zei Conrad tegen Mac, die nu al tien minuten liep te ijsberen. 'Je maakt jezelf onnodig moe.'

'Dat maakt niet uit. Ik heb veel grotere problemen,' zei Mac. Opeens bleef hij voor Conrad staan. 'Zie je, vanochtend heb ik iets gedaan waar ik mijn hele leven spijt van zal hebben.'

Conrad keek vragend naar hem op.

'Ik... heb tegen Helen gezegd dat zij en Hunter het beste zo snel mogelijk uit Swanmere konden vertrekken.'

Conrad fronste, maar zei niets.

'Maar dat is nog niet het ergste. Ik heb ook gezegd dat ik haar haat.'

Nu keek Conrad verbluft. 'Wat? Hoe heb je zoiets tegen Helen kunnen zeggen? Je bent juist zo dol op haar.'

Mac liet zijn hoofd hangen. Hij maakte een verslagen indruk. 'Ik was boos. Om wat ze jou aandeed.'

'Je had je er niet mee moeten bemoeien. Ik ben oud genoeg om mijn eigen boontjes te doppen.'

'Dat weet ik. Noem het beschermende liefde.' Hij haalde diep adem. 'Zie je, Conrad, je betekent heel veel voor me. Ik weet dat dit niet het juiste moment is om het je te vertellen, maar –'

Verder kwam hij niet. Een ernstig kijkende vrouw in een witte jas kwam de wachtkamer in. '*Signor Madison-Tyler*?'

Conrad sprong overeind. '*Sono il Signor Truman. Un amico.*'

Een frons verscheen op het voorhoofd van de arts, waardoor ze een nog ernstiger aanzien kreeg. '*Dov'e il marito*?'

Goede vraag, dacht Conrad. Waar was Hunter? '*Non lo so*,' antwoordde hij. Met zijn beperkte kennis van het Italiaans zou hij niet ver komen. Kwam Francesca maar terug.

Mac besloot op een typische Britse manier het roer over te nemen, door heel langzaam te praten en zijn woorden uit te spreken als een nieuwslezer van de BBC: 'Wat... kunt... u... ons... vertellen... over... Helen?'

Nu glimlachte de arts, wat Conrad een sprankje hoop gaf. '*La Signora* Madison-Tyler is weer bij bewustzijn. Ze heeft een hersenschudding, maar verder mankeert ze niets.'

'Godzijdank!' zei Conrad. Hij keek opgelucht naar Mac en zag hoe die opeens door zijn benen zakte.

57

Versuft van de schrik en de pijn lag Helen na te denken over hoe vreemd het was dat het wrakhout van je jeugd op de meest ongelegen momenten kwam bovendrijven. Ze herinnerde zich dat ze negen jaar was en een dode vogel had gevonden in de tuin.

Het was herfst en gedurende twee dagen van hevige storm hadden wind en regen alle blaadjes van de bomen gerukt, waardoor het gazon en de bloembedden bedekt waren met een dikke, kleurige deken. Helen was haar grootvader aan het helpen de bladeren tot nattige bergjes bijeen te harken toen ze de overblijfselen van een vogel vond, een skelet en een kapotte schedel. Ze was er niet bang voor. Zoals de meeste jonge kinderen was haar morbide belangstelling groter dan haar angst. Ze ging op haar knieën in het natte gras zitten om het skelet nader te bekijken en riep haar opa erbij. 'Denk je dat hij tegen een boom is gevlogen en dat er daarom een gat in zijn schedel zit?' vroeg ze hem. Afgelopen zomer was een merel tegen het keukenraam gevlogen nadat de glazenwasser was geweest en had het beestje heel lang op de grond gelegen voordat het weer genoeg bij zijn positieven was om overeind te komen en weg te vliegen. 'Dan moet hij wel erg hard hebben gevlogen.'

'Ik denk eerder dat zijn kopje is ingedeukt nadat hij al dood was,' zei opa.

'Omdat iemand erop heeft getrapt?' vroeg ze. Dat leek haar wel erg zielig voor dat arme vogeltje.

'Zulke dingen gebeuren nu eenmaal,' zei opa en hij legde het skelet op een van de bergjes bladeren.

Daarna keek Helen wekenlang goed uit waar ze liep wanneer ze in de tuin was.

Was ze vandaag maar net zo voorzichtig geweest, dacht ze. Als ze niet zo van streek was geweest, als ze niet van pure ellende overhaast had willen terugkeren naar het hotel, zou ze zich nu niet voelen alsof iemand een zware schoen op háár schedel had gezet.

Zolang ze zich niet bewoog, viel de pijn wel mee, maar de minste of geringste beweging veroorzaakte explosies in haar hoofd. Als ze de arts goed had begrepen, was ze flauwgevallen en met haar hoofd tegen de grond geslagen. Ze moest hier vannacht ter observatie blijven, en als ze verder niets mankeerde, werd ze morgen uit het ziekenhuis ontslagen. Wat er daarna zou gebeuren, was een groot vraagteken.

Ze hoorde een zacht klopje op de deur. 'Mag ik binnenkomen?'

Instinctief draaide ze haar hoofd naar de deur, wat natuurlijk fout was. Beng! Ze sloot haar ogen tegen de pijn. Toen die een beetje wegtrok, deed ze haar ogen weer open en zag ze Conrad aarzelend in de deuropening staan. Ze wenkte dat hij mocht binnenkomen.

Hij kwam naar voren en bleef bij haar bed staan. 'Hoe gaat het?'

'Het kan beter.'

'Je hebt ons nogal aan het schrikken gemaakt.'

'Ik mezelf ook. Ga zitten.'

Hij trok een stoel bij en leunde naar voren met één elleboog op het bed. Ze werd zo ontroerd door de bezorgdheid op zijn gezicht dat ze haar hand naar hem uitstak. Hij pakte hem en hield hem teder was. Ze wilde hem zo veel vertellen. Er was zo veel dat ze moest rechtzetten. Toen ze zag hoe bleek hij was en hoe gespannen hij keek, vroeg ze: 'Conrad, voel je je wel goed?'

'Wat een vraag. Ik zit hier rustig op een stoel, terwijl jij in bed ligt met je hoofd in verband.'

Ze had het gevoel dat hij een direct antwoord ontweek, maar was te duf om uit te zoeken waarom. Bovendien moest ze hem iets vertellen, iets heel belangrijks. 'Conrad,' begon ze, 'wat ik tegen je heb gezegd –'

'Stil maar,' onderbrak hij haar. 'Ik vind het niet erg meer dat je me niet had verteld dat je zwanger bent.'

'Conrad, laat me even uitspreken.'

'Helen, het maakt me niet uit, echt niet. Ik wil alleen maar dat je gelukkig bent.'

'Maar ik heb gelogen toen ik zei dat ik zwanger was.'

Ze zag de verwarring in zijn ogen. 'Wat? Waarom? Waarom heb je dat gedaan?'

'Om een einde te maken aan... aan ons. Ik was ten einde raad. Ik zocht naar iets waardoor je me zou gaan haten. Maar ik had er meteen al zo'n spijt van.'

'O, Helen, ik zou je nooit kunnen haten.'

'Ik wil je nog iets vertellen. Ik ga bij Hunter weg.'

'Echt waar?'

'Hij heeft een ander. Ik weet dat ik zelf ook geen heilige ben, maar dit gaat me te ver. Ik wil voor Emma echt het beste, maar ik kan zo niet doorgaan.'

'Sinds wanneer weet je dat hij een ander heeft?'

'Ik ben er vanochtend achtergekomen, toen we op de boot terugkeerden naar Bellagio. Ik wilde via Hunters mobieltje het verpleeghuis bellen en zag toen een reeks sms'jes tussen hem en... een vriendin van me. Daarom keek ik niet uit toen ik de weg overstak. Ik was verschrikkelijk van streek, omdat mijn beste vriendin in staat is achter mijn rug om zoiets te doen.'

Hij kneep zachtjes in haar hand. 'Weet je dat Hunter op dit moment bij haar is?'

Daar werd ze eventjes stil van. 'Weet jij dat dan?'

Hij knikte.

'Hoe weet je dat?'

'Ik vertrouwde het niet toen hij zo plotseling naar Dubai moest, dus ben ik nagegaan welke vluchten er waren. Er was geen vlucht naar Dubai op het tijdstip dat hij zei. En in Villa Carlotta hoorde ik hem telefoneren met die vrouw.'

'Je had het me moeten vertellen.'

'Dat kon ik niet.'

'Waarom niet?'

'Ik wilde niet dat je naar mij zou komen om wraak te nemen op je man. Het moest uit jezelf komen.'

'Maar het kwam ook uit mezelf, Conrad. Dat is nu juist het probleem. Van het begin af aan was dat zo.' Van pure uitputting moest ze haar ogen sluiten. Toen ze ze weer opendeed, boog Conrad zich over haar heen. Hij zag eruit alsof hij op het punt stond haar te kussen, maar op dat moment werd er op de deur geklopt. Hij keek over zijn schouder.

Conrad probeerde op Francesca's gezicht af te lezen wat er aan de hand was toen ze om het hoekje van de deur keek, maar kon niet beoordelen of het goed of slecht nieuws was.

'Het spijt me dat ik stoor,' zei ze zachtjes, 'maar de dokter zegt dat uw oom naar u vraagt.'

Hij zei tegen Helen dat hij zo terugkwam en toen hij de schrik op haar gezicht zag, voegde hij eraan toe: 'Ik leg het straks wel uit.' Toen was hij de kamer al uit en liep hij zo snel mogelijk de gang door. Hij hoopte dat Mac niet weer een beroerte had gekregen. Het risico daarop was groot, maar als er enige gerechtigheid bestond op de wereld, zou het hem bespaard blijven. Zeker een beroerte die hem half verlamd zou maken. Daarstraks, toen ze zijn oom op het bed hadden getild, had hij zijn best gedaan het medische personeel zo veel mogelijk informatie te verstrekken over Macs medische achtergrond, maar algauw hadden ze hem duidelijk gemaakt dat zijn aanwezigheid niet langer vereist was.

Hij had met opzet niet aan Helen verteld dat Mac was ingestort, omdat hij wist hoeveel zorgen ze zich zou maken. Bovendien vreesde hij dat hij de kracht niet had om te veinzen dat hij niet doodsbang was dat Mac dit niet zou overleven.

'Hij ligt hier,' zei Francesca, die bij een gesloten deur stopte. 'Ik ga wel even informeren of Helen iets nodig heeft.'

'Dank u. Maar één ding. Probeert u Helen alstublieft gerust te stellen wat Mac betreft. Laat haar niet denken dat hem iets ernstigs is overkomen. Ze heeft al genoeg aan zichzelf op het moment.'

Hij keek Francesca even na, toen ze dezelfde weg terugliep als ze gekomen waren, haalde toen diep adem, klopte op de deur en duwde die open. Mac zat half rechtop in bed. Zijn gezicht was asgrauw. Zijn borst was ontbloot en bedekt met sensorplakkertjes van de hartmonitor die op een verrijdbaar tafeltje naast het bed stond. Hij zag er verdwaasd en zwak uit, alsof hij in één keer tien jaar ouder was geworden. Zijn lippen bewogen, alsof hij praatte in zijn slaap. Conrad was blij dat hij zijn ogen dicht had en niet kon zien hoe hij van hem schrok. Een verpleegkundige was bezig met de monitor en nadat ze nog wat dingen had ingesteld, keek ze Conrad glimlachend aan. Toen legde ze zachtjes haar hand op Macs onderarm. 'Signor Truman, uw zoon is er. Ik zei toch dat hij zou komen?'

Conrad liep behoedzaam naar het bed, zijn blik gericht op Mac, die nu langzaam zijn ogen opendeed.

'Tien minuten,' zei de verpleegkundige. 'Uw vader heeft veel rust nodig.'

'Hij is niet mijn vader,' corrigeerde hij haar afwezig. 'Hij is mijn –' Hij zweeg abrupt. Terwijl zijn onafgemaakte zin in de lucht bleef hangen, haalde de verpleegkundige haar schouders op en verliet de kamer. Lange tijd bleef hij naar de deur staan kijken die met een zacht ruisend geluid was dichtgegaan.

Zou het waar zijn? Op het moment dat hij zichzelf de vraag stelde, wist hij wat het antwoord was. Misschien had hij het altijd geweten. Talloze beelden uit zijn prille jeugd draaiden voor zijn ogen, en tezamen vormden ze een heel ander beeld dan dat waaraan hij gewend was. Binnen een paar seconden onderging het verleden een reïncarnatie. Hij was niet eens onthutst over zijn ontdekking; het was allemaal heel logisch.

Hij liep naar het bed, trok net als daarstraks een stoel bij en stelde dezelfde vraag: 'Hoe gaat het?'

'Weet ik veel,' zei Mac zwakjes en met een wat benauwde stem. 'Mij wordt niks verteld.'

Hij is in ieder geval helder, dacht Conrad. 'Hebben ze niets gezegd over een beroerte?'

'Volgens mij niet. Maar ik weet niet wat ze in het Italiaans allemaal smoezen.'

Conrad glimlachte. Mac was geen spat veranderd.

En toch was hij wél veranderd. Alles was veranderd. En dat allemaal vanwege een volkomen begrijpelijk misverstand. *Signor Truman, uw zoon is er… Uw vader moet veel rusten.* In zichzelf herhaalde hij de woorden keer op keer. Ja, het was volkomen logisch. Opeens vond hij het vreemd dat hij er nu pas achter was. 'Heb je voldoende kracht om te praten?' vroeg hij aan Mac.

Mac knikte. 'Hoe is het met Helen?'

'Ze maakt het goed.'

'Echt waar?'

'Ja.'

'En de baby? Zal de baby er niets aan overhouden?'

'Er is geen baby.' Conrad gaf Mac een verkorte versie van wat Helen hem had verteld.

'Het was dus een list om je op een verkeerd spoor te brengen. En dat is bijna gelukt.'

'Niet toen ik dacht dat ze dood zou gaan,' zei Conrad. 'Op dat moment wist ik dat ik haar alles kon vergeven.'

Als een deken daalde een loodzware stilte op hen neer. Geluiden van buiten de kamer – schrille, jachtige stemmen, het gerinkel van een telefoon, een huilend kind – filterden door de deur heen en leken de doodse stilte nog te verdiepen. Er verscheen een frons op Macs voorhoofd. Hij keek opzij en toen weer naar Conrad. 'Geldt die regel ook voor mij? Zou je me alles kunnen vergeven?'

'Altijd.'

Macs handen trilden en de frons werd dieper. 'Zelfs als je te horen kreeg dat je je hele leven iets is voorgelogen?'

'Heeft dit te maken met wat je me straks in de wachtkamer begon te vertellen?'

'Ja.'

'Wilde je me vertellen dat je mijn vader bent? Dat Edwin Truman me heeft opgevoed, maar dat jij mijn biologische vader bent?'

Tranen blonken in Macs bloeddoorlopen ogen. 'Ik heb je moeder een belofte gedaan en me daar al die jaren aan gehouden.'

'Tot vandaag. Waarom?'

'Vanwege die toestand met Helen vond ik opeens dat je te veel leugens te verwerken had gekregen. Opeens kon ik er alleen nog maar aan denken dat ik misschien dood zou gaan zonder dat je de waarheid te horen zou krijgen. Ik wilde erg graag dat je die zou weten, ook al moest ik daarvoor mijn belofte aan je moeder verbreken.'

'Waarom heb je het me niet verteld nadat je je beroerte had gehad? Had je dat gevoel toen dan niet?'

'Ik weet het niet. Misschien was ik toen anders gestemd. Minder verslagen. Ik weet nu alleen dat ik het geheim niet met me wil meenemen in mijn graf. En ik vrees dat die dag eerder zal komen dan me lief is. Ik heb de laatste tijd veel last van duizelingen.'

'Waarom heb je me dat niet verteld?'

'Ik wilde niet dat je je er druk over zou maken. Je hebt de neiging met die dingen een beetje te overdrijven.'

Conrad streek met zijn hand over zijn gezicht. Hij was opeens doodmoe. 'Dit is niet het juiste moment, maar zodra je je iets beter voelt, wil ik graag het hele verhaal horen. Over jou en mijn moeder.'

'Nee! Dat doen we nu. Misschien krijg ik later geen kans meer.'

'Doe niet zo raar. Je bent verder gezond, Mac.'

'Doe niet zo minzaam! Als ik érgens een hekel aan heb!'

Conrad was zo bang dat Mac een nieuwe beroerte zou krijgen als hij zich tegen zijn wensen verzette, dat hij maar toegaf. 'Goed,' zei hij. 'Als het niet te vermoeiend voor je is. De verpleegkundige zei dat je veel moet rusten.'

Mac fronste en nadat hij even de tijd had genomen om zijn gedachten op een rijtje te zetten, begon hij aan zijn verhaal.

'Je vader was nooit erg sterk, lichamelijk noch geestelijk, maar de oorlog heeft hem de das omgedaan. Hij had nooit bij de RAF moeten gaan als piloot van een bommenwerper. Hij had een veilig kantoorbaantje moeten krijgen. Als het lot het zo had beschikt dat ík de oudste broer was geweest in plaats van Edwin, zou ík te maken hebben gekregen met wat hij moest doorstaan. Maar ik kwam nu eenmaal te laat op de wereld en Edwin te vroeg. Hij was niet in staat de verschrikkingen van zich af te zetten en later ging hij in dienst van de kerk als een soort verzoening. Alleen hielp dat niet. In zijn ogen kon het hem nooit worden vergeven dat hij bommen had laten vallen op onschuldige mensen. Hij was niet in staat het te beschouwen als een middel dat een gerechtvaardigd doel diende. Soms was het alsof hij al die onbekende mensen die hij had gedood, namen en gezichten wilde geven. Dagelijks werd hij verteerd door schuldgevoelens. Tegenwoordig wordt zoiets posttraumatische depressie genoemd, geloof ik. Hij wist zijn gevoelens in bedwang te houden. Maar met heel veel moeite.'

'En toen hij met mijn moeder trouwde? Ging het toen niet beter?'

'Een poosje wel. Maar toen ze na een aantal jaren nog steeds geen kinderen hadden gekregen, werd hij opnieuw depressief. Hij begon te denken dat het een straf van God was, om wat hij in de oorlog had gedaan. En toen had je moeder iemand nodig op wie ze kon steunen.'

'En dat was jij?'

'Het was helemaal niet de bedoeling dat het zo zou gaan, maar we werden verliefd op elkaar. Je moet het niet zien als een vuige affaire. Het was liefde. Ik was bereid alles voor haar te doen. En ik heb ook alles voor haar gedaan. Ik heb haar een kind gegeven. En dat kind ben jij.'

'Was ik dan gepland?'

'Jazeker. Hannah wilde net zo graag kinderen als Edwin, dus gaf ik haar wat ze van hem niet kon krijgen. Onder voorwaarde dat ik het nooit aan iemand zou vertellen. Ik zou geen enkel recht op je hebben. Ik zou altijd alleen je oom zijn. Dat moest ik Hannah plechtig beloven.'

'Een erg groot offer.'

'Het alternatief was nog veel erger, namelijk te moeten aanzien dat Hannah ongelukkig was. Op deze manier kon de vrouw van wie ik hield in ieder geval mijn kind grootbrengen. Er was geen enkele andere vrouw ter wereld met wie ik een gezin had willen stichten.'

'Hoe reageerde mijn vader... Edwin, op het nieuws dat mijn moeder zwanger was?'

'Hij was in de zevende hemel.'

'En Susan? Ben je ook háár vader?'

Mac schudde langzaam zijn hoofd. 'Nee. De natuur heeft ingegrepen. Hannah had altijd al gezegd dat zodra Edwin zelf geloofde dat hij in staat was een kind te verwekken, het vanzelf zou gebeuren. En ze had gelijk.' Mac hief nu eindelijk zijn hoofd op en keek Conrad aan. 'Je mag niet slecht oordelen over je moeder. Ze was een goed mens. Een heel goed mens. Ze wilde je vader niet kwetsen. Ze hield van hem. En je herinnert je vast nog wel dat hij niet de makkelijkste was. Om van te houden en om mee te leven.'

'Ik oordeel niet, Mac. Niet over jou en ook niet over mijn moeder. Dat zou ik nooit doen.'

Mac zuchtte. 'Ze was erg eenzaam. En ze werd er zo moe van om in armoede te leven. Bijna al het geld dat je vader verdiende, gaf hij weg. Soms had ik moeite niet met hem op de vuist te gaan wanneer ik zag hoe moeilijk het leven voor Hannah was. Wanneer ze echt niets meer had, gaf ik haar geld. Dat heeft je vader nooit geweten. Hij was zo met zichzelf bezig, dat hij nauwelijks leek te merken wat er in zijn eigen huis allemaal gebeurde.'

'Denk je echt dat hij de waarheid niet heeft geweten?'

'Dat weet ik zeker. We waren altijd erg voorzichtig. Ik moest Hannah beloven dat ik nooit iets zou doen waardoor je vaders geluk in gevaar zou komen. Hij had al zo weinig geluk gekend, zei ze altijd.'

'Maar waarom is ze niet gewoon van hem gescheiden, zodat ze allebei opnieuw konden beginnen?'

'Ik heb het haar gesmeekt, maar ze weigerde. En daarmee brak ze mijn hart. Ik zou er alles voor over hebben gehad om haar voor mezelf te hebben, maar ze weigerde Edwin te verlaten. "Hij is niet zo sterk als jij, Mac," heeft ze ooit gezegd. "Niet zo veerkrachtig."'

Mac haalde diep adem en zakte wat dieper weg in het kussen. 'Snap je het nu, Conrad?' zei hij vermoeid, terwijl zijn oogleden dicht zakten. 'Toen ik zei dat je Helen beter kon vergeten, wist ik precies waar ik het over had. Ik heb mijn leven lang een droom nagejaagd die nooit is uitgekomen.'

'Maar je hebt de droom nooit losgelaten.'

'Ik had geen keuze. Dat heb je met de liefde, met ware liefde. Maar als je het niet erg vindt, wil ik nu een poosje uitrusten.'

Langzaam dommelde hij weg, en zoals zo vaak zag hij daarbij Hannahs lieve gezicht voor zich.

58

Francesca had Conrad Truman het nummer van haar mobiele telefoon gegeven en gezegd dat hij gerust mocht bellen als hij iets nodig had. Ze had aangeboden te blijven, maar hij had haar verzekerd dat hij het nu verder wel zou redden.

Daar was ze blij om, want ze wilde nu eigenlijk wel erg graag naar huis. Het was een lange, enerverende dag geweest. Maar voordat ze naar huis kon gaan om zich voor te bereiden op een moeilijke avond met Marcus, moest ze nog even terug naar Hotel Villa Rosa. Ze hoopte dat de leden van de *Gardens of Delight*-groep niet al te teleurgesteld zouden zijn dat ze hen die middag niet vergezelde bij hun bezoek aan Villa d'Este in Cernobbio. Ze wist dat het hotel en de schitterende, in Italiaanse stijl ontworpen tuin voor de meeste Britse en Amerikaanse toeristen het hoogtepunt van hun bezoek aan deze streek was. Voordat ze het ziekenhuis had verlaten, had ze het reisbureau gebeld om te vertellen wat er was gebeurd. De Engelse gids was nog te ziek om haar werk weer te kunnen hervatten, en aangezien er niemand anders beschikbaar was, had Francesca geen andere keuze dan de leden van de groep, die nog rond de Piazza Mazzini rondhingen, te vertellen dat als ze de tuinen van Villa d'Este wilden bezoeken, ze dat op eigen gelegenheid moesten doen. Binnen de groep waren wat teleurgestelde geluiden opgeklonken, maar al met al had men het nieuws zonder klagen aanvaard. Gezien de omstandigheden zou het ook wel erg gevoelloos van hen zijn geweest als ze anders hadden gereageerd.

Francesca vond echter dat ze in gebreke zou blijven als ze niet nog even naar Hotel Villa Rosa ging om te informeren of iemand advies nodig had. Ze wist hoe hulpeloos toeristen konden zijn zonder gids.

Bovendien hoopte ze met hulp van Alessio Lucy in het hotel te vinden. Het was tijd.

Ze parkeerde haar auto op de eerste de beste beschikbare plek die ze zag in Via Garibaldi en liep de trap af naar het hotel. Ze was niet nerveus. Nu ze haar doodvonnis had gekregen, had ze een scherp gevoel voor perspectief ontwikkeld. Wat had ze te verliezen als ze aan Lucy bekendmaakte wie ze was? Wat maakte het uit als het meisje bot reageerde en zei dat ze niets van haar wilde weten? Wat maakte het uit als Marcus het haar kwalijk nam dat ze zich ermee bemoeide? Wat maakte het allemaal nog uit?

Lucy had besloten niet met de draagvleugelboot naar Villa d'Este te gaan. In plaats daarvan was ze in haar eentje in Bellagio gaan winkelen om cadeautjes te kopen voor de mensen thuis.

Nu zat ze, tegen beter weten in, met Alessio in de tuin van Hotel Villa Rosa. Ze had een koud biertje voor zich staan en was vastbesloten zich niet te laten kennen, Alessio niet te laten merken dat ze van streek was om wat hij had gedaan. Als hij achter haar rug om Savannah wilde versieren, moest hij dat zelf weten. Het ging haar niets aan. Maar toen hij naar haar bleef kijken met die donkere, indringende ogen van hem, had ze moeite niet te gaan krijsen van woede en afgunst. Waarom? En waarom juist dat kreng van een Savannah Tyler?

Nadat ze eerder op de dag woedend tegen hem was uitgevallen en hem had toegebeten dat hij nooit meer iets tegen haar hoefde te zeggen, was ze naar haar kamer gegaan. Hij was niet achter haar aan gekomen en had niet op haar zitten wachten toen ze een uur later weer beneden was gekomen. Opgelucht dat hij had besloten haar niet lastig te vallen, was ze naar een cafeetje aan het meer gegaan voor een late lunch. Toen ze met haar souvenirs terugkeerde naar het hotel stond hij nonchalant tegen de marmeren balie geleund te praten met een knappe receptioniste. 'Lucia!' riep hij op luide toon en hij pakte haar meteen bij haar arm. 'Kom, dan gaan we iets drinken. *Ciao!*' zei hij tegen de receptioniste, die naar hem lachte. Lucy probeerde zich los te rukken uit zijn greep, maar daardoor hield hij haar juist nog steviger vast. Pas toen hij haar had meegesleept naar de daktuin en haar daar op een stoel had laten plaatsnemen, liet hij haar los.

'Lucia,' zei hij nu, 'we zitten hier al vijf minuten en je hebt geen woord gezegd. Wat is er aan de hand?'

'Ik maak me zorgen om Helen,' zei ze, wat waar was. 'Dat lijkt me nogal duidelijk.'

'Ja,' zei hij, 'natuurlijk.' Hij nam een slok van zijn bier. 'Maar daarstraks, toen ik je aansprak waar Savannah en Orlando bij waren, was je erg boos op me. Waarom?'

'Ik was helemaal niet boos,' loog ze.

'*Sì*. Je sprak me heel bits toe. En daarna ben je ervandoor gegaan.'

'Zou ik hier met je zitten als ik boos op je was?'

Hij schoof zijn stoel wat naar achteren, sloeg zijn benen over elkaar en trommelde met de lange, elegante vingers van zijn rechterhand op zijn knie. 'Volgens mij zat je hier liever niet. Volgens mij zou je liever ergens anders zijn. Heb ik gelijk?'

Ze maakte met moeite haar blik los van zijn vingers, die ritmisch bleven bewegen. Ze dacht eraan hoe die vingers haar die ochtend tot een waanzinnige climax hadden gebracht. Ze slikte moeizaam. 'Heb je me reden gegeven om boos op je te zijn?' vroeg ze. Goede vraag. Ze feliciteerde zichzelf trots. Eens kijken hoe hij zich hier uit zou wurmen!

'Ja, dat is mogelijk.'

IJskoud! 'O ja?' vroeg ze, zo kalm mogelijk. 'Wat heb je dan gedaan?'

'Ik ben met Savannah een kop koffie gaan drinken.'

'Is dat alles?' vroeg ze, naar ze hoopte met precies genoeg ongelovige verbazing. 'En denk je dat ik daar boos om ben?'

Ze sloeg blijkbaar niet de juiste toon aan, want opeens schoot hij naar voren op zijn stoel. '*Lucia! Ti prego!* Wees eerlijk. Speel geen spelletjes. Ik weet dat je me samen met Savannah hebt gezien. En ik weet ook wat je sindsdien denkt. Maar je hebt het mis. Volkomen mis. *Credi mi. Ti prego!*'

'Ga nu alsjeblieft niet opeens de Italiaan uithangen!'

Hij keek haar met wijd opengesperde ogen aan. 'Neem me niet kwalijk, maar ik *ben* Italiaan!'

'Ik bedoel dat je niet Italiaans moet gaan spreken. Je weet best dat ik dat niet versta.'

'Het probleem is niet dat je me niet verstaat, maar dat je me niet begrijpt.'

'Ik begrijp je heel goed. Je versiert me, gaat met me naar bed, en begint al een ander meisje te versieren voordat ik goed en wel weg ben. Waar ik vandaan kom, noemen we dat slechte manieren!'

'*Merda!* Ik dacht al dat je dat dacht!' Hij leunde naar voren, stak een van zijn mooie handen uit en pakte de hare. 'Luister naar me, Lucia. Wat je hebt gezien, is niet wat je dacht.'

Ze rukte haar hand los. 'Denk je soms dat ik achterlijk ben?'

'Dat denk ik helemaal niet. En voor het geval je het wilt weten, de receptioniste met wie ik daarnet stond te praten, is mijn nichtje Antonia.'

Wat een arrogante kwast! Wat dacht hij wel! 'Nou, vooruit, zeg maar wat je te zeggen hebt. Niet dat ik er enige belangstelling voor heb. Vooral niet als je het over Savannah wilt hebben.'

'Je bent het met me eens dat ze een bijzonder sluw meisje is?'

'Zonder meer.'

'Mooi. Daar ben ik blij om. *Allora.* Vanochtend, toen ik op de piano aan het oefenen was, vroeg ze of ik een kopje koffie met haar wilde gaan drinken. Ze was niet subtiel. Ze maakte meteen duidelijk wat de bedoeling was.'

'Ons kent ons,' mompelde Lucy.

Hij negeerde dat en ging door. 'Ik besloot uit te zoeken wat ze in haar schild voerde. Ze zei namelijk dat jullie tweeën dikke vriendinnen waren en dat je haar alles vertelde.'

'Wat een leugenaarster!' riep Lucy. 'Ik vertel haar nooit iets.'

Hij knikte. 'Dat wist ik. Ik herinnerde me wat je over haar had gezegd. Dat je geen goed woord voor haar overhad. Toen begreep ik welk spelletje ze speelde en besloot ik mee te doen, om te zien hoe ver ze bereid was te gaan. *Dio mio!* Lucia, ik zweer je dat ze een duivelin is! Maar ze zei iets wat ik niet leuk vond. Ze zei dat je alleen in mij geïnteresseerd bent om Orlando jaloers te maken. Ze zei –'

Lucy viel hem in de rede. 'Hou maar op. Ik heb al meer dan genoeg gehoord over wat die meid allemaal zegt.'

'Maar geloof je me? Geloof je dat ik de waarheid vertel?'

Ondanks alles geloofde Lucy hem inderdaad. Wat Alessio haar had verteld, klonk zo oprecht dat ze er geen enkele moeite mee had zich in te beelden hoe Savannah zich had gedragen. Dat kreng wist gewoon niet van ophouden.

'Lucia?' zei hij. 'Je hebt me geen antwoord gegeven.'

'Sorry,' zei ze. 'Ja, ik geloof je.'

'Echt waar?'

'Al maakt het verder niet veel uit.'

'Het maakt mij juist heel veel uit.'

Ze haalde haar schouders op. 'Ik vertrek overmorgen. Ik denk niet dat we elkaar ooit nog zullen zien.'

Hij fronste. 'Wil je dat? Me nooit meer zien?'

'Ik ben alleen maar realistisch.'

'Ik heb de indruk dat Savannah gelijk had. Dat je me hebt misbruikt. Ik was voor jou een vakantiepretje, een manier om een overwinning te behalen op de man van wie je houdt, die van een ander houdt.'

Ze keek hem stomverbaasd aan. 'Helemaal niet! Als dat waar was, waarom zou ik dan zo verdrietig zijn om het idee dat jij iets met Savannah wilde beginnen?' Meteen had ze spijt van haar woorden. Ze had haar gevoelens blootgelegd, zichzelf kwetsbaar gemaakt. En waarvoor?

'Hou je van Orlando?' vroeg hij. Zijn gezicht stond nu volkomen ernstig.

Nu hij de vraag zo openlijk stelde, dacht ze goed na over haar antwoord. 'Ja,' zei ze toen. 'Ik hou van hem. Ik hou al heel lang van hem.' Misschien vergiste ze zich, maar ze meende teleurstelling op Alessio's gezicht te zien. 'Laat me even uitleggen wat ik bedoel,' zei ze. 'Ik hou van Orlando als van een broer. We zijn al jaren onafscheidelijk. Ik zou me ons niet anders kunnen voorstellen.'

'Weet je wat jullie zouden moeten doen?'

Ze gingen zo op in hun gesprek dat Lucy vergeten was waar ze zaten. Nu keken zij en Alessio gelijktijdig om bij het horen van de wat ruige, hese stem met het Amerikaanse accent. Achter hen stond een grote vrouw in een poederblauw joggingpak, wat geen goede kledingkeuze was, omdat het veel weg had van een kruippakje zodat ze er een beetje uitzag als een levensgrote baby. Ze had heel licht haar dat kunstig gekapt was. 'Mijn vriendin en ik...' Ze wees naar een kleine, tengere vrouw aan een van de andere tafeltjes, 'hoorden toevallig wat jullie zeiden, sorry, maar we konden het niet helpen, en we vinden dat jullie elkaar gewoon een zoen moeten geven en alles bijleggen. Jullie lijken ons een geweldig stel.'

Lucy was zo verbluft dat ze geen woord kon uitbrengen, maar Alessio zei: '*Grazie signora. Tante grazie.*'

'Geen dank. Mijn moeder zei altijd dat goede raad geen geld kost. Pas wanneer je het naast je neerlegt, krijg je de rekening.'

Ze keken haar na toen ze terugwaggelde naar haar vriendin. Toen ze haar poederblauwe achterste weer op haar stoel had laten zakken, fluisterde Alessio: 'Zullen we?'

'Wat bedoel je?'

'Hun advies opvolgen en elkaar een zoen geven?'

'Denk je dat het zo eenvoudig is?'

'*Mia* Lucia, dat weten we pas als we het proberen.'

Ze keek hem in zijn zachte, donkere ogen en was verloren.

Midden in hun verrukkelijke kus werden ze opnieuw gestoord, ditmaal door een aantrekkelijke vrouw die haar keel schraapte. Lucy voelde een blos opkomen toen ze zag dat het hun gids van die ochtend was. Alessio stond op en begroette de vrouw tot Lucy's grote verbazing met veel genegenheid. '*Ciao. Come sta?*' Nadat ze elkaar op beide wangen hadden gekust en eventjes in rad Italiaans hadden gepraat, trok hij een stoel voor haar naar achteren. Hij ging zelf ook weer zitten en zei tegen Lucy: 'Lucia, ik wil je graag voorstellen aan je stiefmoeder, Francesca Gray.'

59

Francesca was niet wat Lucy had verwacht. Ze leek geheel niet op de vrouw die ze sinds haar veertiende had gehaat. Die ochtend, tijdens de rondleiding in Villa del Balbianello, had ze juist nog gedacht wat een aardige, vriendelijke vrouw hun gids was. Ze was ook onder de indruk geweest van de manier waarop ze vanmiddag van alles had geregeld. En nu ze terugdacht aan Francesca's geruststellende optreden, aan hoe snel ze de leiding nam, met de politie en het ambulancepersoneel sprak en de groep op de hoogte hield van de stand van zaken, herinnerde ze zich ook dat Alessio haar toen even apart had genomen. Ze had er op het moment niet bij stilgestaan, maar vroeg zich nu af of ze deze ontmoeting soms samen hadden gepland.

'Waarom hebt u zich vanochtend niet aan me voorgesteld?' vroeg ze.

'Zeg maar gewoon Francesca, goed? Ik wilde het wel, maar het leek me niet het beste tijdstip. Ik had me voorgenomen iets te zeggen wanneer we terug waren in Bellagio. Ik had je willen vragen ergens iets met me te gaan drinken, maar toen gebeurde er van alles en moest ik met mevrouw Madison-Tyler mee naar Lecco.'

Bezorgdheid om Helen schoof al het andere meteen opzij. 'Hemel, ja! Hoe is het met Helen?'

'Ondanks dat ze nogal hard op haar hoofd terecht is gekomen, was ze er redelijk goed aan toe toen ik haar voor het laatst zag. De dokter zei dat ze morgen uit het ziekenhuis wordt ontslagen. Meneer Truman zal er vanavond blijven.'

'Met zijn oom?'

'O... dat weet je misschien nog niet. Meneer Trumans oom is in het ziekenhuis onwel geworden.'

Lucy schoot rechtop en gooide daarbij bijna haar glas om. 'Mac?

Wat is er dan met hem?' In een flits herinnerde ze zich hun eerste avond hier, toen Mac in de lift bijna zijn evenwicht had verloren. Hij had gezegd dat hij al een tijdje last had van duizeligheid.

'Voor zover ik weet maakt ook hij het redelijk goed, al willen de artsen wat onderzoeken doen. Ik heb begrepen dat hij een paar jaar geleden een beroerte heeft gehad. Zijn neef is vooral bang voor een tweede beroerte.'

'Arme Mac. Misschien kan ik beter naar het ziekenhuis gaan en Conrad gezelschap houden.'

'Goed idee. Ik zou je graag brengen, maar ik moet –'

'Ik breng haar wel, Francesca,' zei Alessio.

Lucy was hem daar erg dankbaar om, maar vroeg: 'Moet je vanavond dan niet werken?'

'Ik kan je makkelijk naar Lecco brengen en evengoed voor achten terug zijn.' Hij stond op, zei in het Italiaans iets tegen Francesca, en toen tegen Lucy: 'Ik zal jullie nu een poosje alleen laten.' Met een snelle blik op zijn horloge voegde hij eraan toe: '*Allora*, zullen we over een uur in de lobby afspreken?'

Lucy knikte hem dankbaar toe.

Toen ze alleen waren, zei Francesca: 'Ik ben blij dat je een kans hebt gehad Alessio te leren kennen. Hij is een innemende jongeman.'

'Ik ben op de hoogte van zijn reputatie, als je dat bedoelt. Mijn vader heeft me al gewaarschuwd.'

Francesca leek haar woorden met zorg te kiezen: 'Marcus is niet altijd Alessio's grootste fan geweest. Hij vindt het maar niks dat Alessio zo...' ze aarzelde, '...verliefd is op de liefde.'

'Dat moet mijn vader nodig zeggen.'

Francesca staarde Lucy aan met een standvastige, ernstige blik.

'Ik neem het niet terug,' zei Lucy uitdagend.

'Dat verwacht ik ook niet van je. Je moet zeggen wat je op je hart hebt. Ik had graag dat je volkomen eerlijk bent, want ik wil ook eerlijk zijn tegenover jou.'

Lucy had gedacht dat ze na zo veel jaren van bittere verwijten en verdriet blij zou zijn dat ze de koe bij de hoorns zou kunnen vatten, maar merkte nu dat ze geen zin had in een confrontatie. Na alle emoties die ze vandaag al had ervaren – de vernedering van haar jaloerse woede op Alessio, haar bezorgdheid om Helen en nu ook om Mac – had ze geen fut voor een gevecht. Ze slaakte een zucht. 'Ik heb geen zin om met je in de clinch te gaan. Goed beschouwd ken ik je helemaal niet. Het enige wat ik over je weet, is dat je met mijn vader bent getrouwd. Ik kan niet zeggen dat ik dolgelukkig ben dat ik je nu heb ontmoet, maar ik zit ook niet vol haat.'

'Dat is meer dan ik had durven hopen.'

'Ik snap alleen niet wat je denkt hiermee te kunnen bereiken.'

'Ik hoop vooral te bereiken, Lucy, dat je je mening over je vader zult wijzigen. Ik wil graag dat je Marcus vergeeft.'

Lucy snoof. 'Is dat alles?'

Ze dacht terug aan gisteravond, toen ze samen met haar vader in het Serbelloni had gezeten en opnieuw het bittere verdriet had gevoeld door hem op het tweede plan te zijn geschoven. 'Gisteravond was ik er bijna aan toe hem te vergeven,' bekende ze.

'En?'

'Toen heb ik hem gevraagd of hij het anders zou doen als hij nog eens opnieuw mocht beginnen. Uit zijn antwoord bleek heel duidelijk dat hij dan opnieuw voor jou zou kiezen.'

Francesca keek geschokt. 'Heeft hij dat gezegd?'

'Min of meer.'

'*Che pazzo!* Wat een stommeling!'

'Je zou je gevleid moeten voelen. Hij houdt blijkbaar erg veel van je.'

'Ik neem aan dat hij probeerde je duidelijk te maken dat het voor hem een heel serieuze zaak was en is, maar hij had evengoed wel iets meer tact kunnen tonen. Wat naar voor je. Het spijt me. Ik kan me niet eens voorstellen hoe je je moet hebben gevoeld. Het was heel onnadenkend van hem. Je had je glas wijn in zijn gezicht moeten gooien. Dat zou ik hebben gedaan. En dan zou ik verontwaardigd zijn weggelopen, zodat iedereen in de eetzaal zich zou afvragen wat voor ellendeling die man was. Geloof me, ik zou een scène hebben gemaakt die hij niet snel zou vergeten!'

Lucy glimlachte. Ondanks alles mocht ze deze vrouw wel. Ze hadden iets gemeen: een opvliegend karakter. 'Hoe oud ben je?' vroeg ze.

'Tweeënveertig. Ik scheel vijftien jaar met je vader.'

'En dertien jaar met mij. Je ziet er niet uit als tweeënveertig.'

'Geloof me, ik voel me wel zo. Zelfs ouder.'

Lucy nam een teug van haar bier en dacht na over het gesprek tot nu toe. Toen nam ze een besluit. 'Ik weet niet hoe laat ik vanavond terug zal zijn uit het ziekenhuis, maar als het niet al te laat is, mag ik dan even bij jullie langskomen?'

Francesca schudde haar hoofd. 'Ik vrees dat vanavond niet geschikt is.'

'O.' Alweer een teleurstelling.

'Ik zal je uitleggen waarom. Ik moet vanavond met je vader praten. Ik moet hem iets vertellen, iets heel belangrijks. Kun je een geheim bewaren, Lucy?'

'Eh... jawel.'

'Ik heb vanochtend gehoord dat ik lymfklierkanker heb. Marcus weet het nog niet.' Ze haalde diep adem. 'Ik moet je vader vanavond gaan vertellen dat ik niet lang meer te leven heb, Lucy.'

'Wat? Weet je het zeker?' Ze besefte meteen hoe cru dat klonk en vroeg: 'Kun je er niet voor behandeld worden?' Lucy kon niet echt geloven dat de levenslustige vrouw die tegenover haar zat, ten dode was opgeschreven. Nog moeilijker te geloven was hoe ze daaronder zo kalm kon blijven.

'Helaas niet. Mijn moeder is drie jaar geleden aan dezelfde ziekte overleden.'

'Hoe lang heb je nog?'

Francesca glimlachte triest. 'Niet lang genoeg. De komende kerst zal mijn laatste zijn.'

'Maar hoe moet het dan met pappa?'

'Daar heb ik jou juist voor nodig, Lucy. Wanneer ik er niet meer ben, zal Marcus van jou veel steun nodig hebben.'

'Wat is dat nou voor gelul?!' riep Savannah, die hoe langer hoe gefrustreerder werd en zich er niets van aantrok wie daar getuige van was. Ze zat in een bar aan het meer en had Clancy aan de lijn.

'Het is alsof hij in lucht is opgegaan,' zei Clancy. 'Judith begrijpt er helemaal niets van. We hebben niet eens de taxichauffeur kunnen vinden die hem naar het vliegveld heeft gebracht.'

'Judith is niet de enige die er niets van begrijpt. Waar is pa in godsnaam mee bezig? Waarom heeft hij tegen me gelogen? Waarom zei hij dat hij naar Dubai ging, als dat helemaal niet zo is?'

'Ik heb geen idee. Ik heb iedereen gebeld die ik in Dubai ken, maar niemand heeft iets van hem gehoord.'

'Stel dat hij een ongeluk heeft gehad, net als Helen. Vind je dat we de politie moeten inschakelen?'

'Nee, dat wil hij vast niet. Een ongeluk lijkt me trouwens wat overdreven. Hij is gistermiddag pas uit Bellagio vertrokken. Misschien belt hij vanavond. Wil je echt niet dat ik naar je toe kom?'

'Nee, blijf jij nou maar waar je bent.'

'Vergeet je niet Helen de groeten van me te doen?'

'Ja, ja.'

Savannah verbrak de verbinding en gooide het mobieltje op de tafel. Wat nu? Jezus, wat een pestvakantie!

Orlando, die even naar de wc was gegaan, kwam weer naast Savannah zitten. 'Weet je al iets?' vroeg hij.

'Nee. Clancy heeft niks kunnen ontdekken. Wat een stom gedoe. Zo moeilijk kan het toch niet zijn om mijn vader te vinden? Je zou bijna denken dat hij niet gevonden wil worden.'

'Misschien is dat ook zo.'

'Waarom?'

'Ik weet het niet. Misschien is hij bezig met een geheime transactie of zo.'

'Hij is een gewone zakenman, hoor, geen geheim agent! O, daar heb je Lucy's loverboy. Misschien wil hij bij ons komen zitten. Alessio!'

Hè ja, daar had Orlando nou echt zin in. Niet alleen had hij vanwege alle onverwachte gebeurtenissen nog steeds geen gelegenheid gehad Savannah te vertellen dat het uit was tussen hen, nu moest hij ook nog het gezelschap dulden van Lucy's vakantievriendje. Zijn enige troost was dat Alessio niet blij keek toen hij zag wie hem riep. Maar hij kwam evengoed naar hen toe. '*Ciao*,' zei hij met een strak gezicht.

'Kom je er even bij zitten?' vroeg Savannah. 'Ik heb iemand nodig die me een beetje kan opvrolijken.' Ze keek daarbij veelbetekenend naar Orlando.

'Dank je, maar ik heb geen tijd. Ik moet even terug naar het hotel en zo dadelijk breng ik Lucy naar het ziekenhuis.'

'Waarom?' vroeg Savannah.

Alessio fronste. 'Ze maakt zich zorgen om de zieke.'

'Ja, hoor eens, we maken ons allemaal zorgen om Helen, maar het heeft weinig zin dat we met ons allen naar het ziekenhuis gaan. Mijn stiefmoeder heeft juist rust nodig.'

'Nee. Het gaat om de oude meneer Truman.'

'Mac? Wat is er dan met hem?' vroeg Orlando.

'Hij is in het ziekenhuis onwel geworden.'

'Is het iets ernstigs?'

'Het spijt me, maar dat weet ik niet. Zal ik Lucy vragen je te bellen om je op de hoogte te houden?'

Orlando overwon zijn weerzin en zei: 'Ja, graag. Bedankt.'

'Of wil je misschien met ons mee?'

Orlando stond op het punt het voorstel af te slaan, toen Savannah zei: 'Misschien kunnen we dat beter doen, Orlando. Misschien heb ik ongelijk wat Helen betreft en zal ze juist blij zijn met gezelschap.'

Bij Savannah was het zo, had Orlando begrepen toen de schellen hem eindelijk van de ogen waren gevallen, dat ze nooit iets deed tenzij ze er zelf beter van kon worden. Hij vermoedde dat ze nu niet voor Lucy onder wilde doen, en haar uiterste best zou doen om alsnog zo gunstig mogelijk voor de dag te komen. Want wat zouden de mensen wel niet denken als iedereen behalve Savannah naar het ziekenhuis ging om te zien hoe Helen het maakte?

Soms gebeurden dingen in de verkeerde volgorde. Mensen werden op verkeerde tijdstippen verliefd op de verkeerde mensen. En dit zou zo blijven zolang de wereld bestond.

Tot die conclusie kwam Conrad terwijl hij zat te kijken naar zijn slapende oom. Hij verbeterde zichzelf: naar zijn slapende *vader*. Het leek nu zo duidelijk dat zijn moeder en Mac een verhouding hadden gehad. Al die keren dat Mac was komen logeren en de sfeer in huis onmiddellijk veranderde. Dan was het alsof iemand de lichtschakelaar had gevonden waarmee de duisternis die Edwin Truman heette, werd verjaagd. Mac had moeiteloos vreugde gebracht in hun saaie bestaan. Hij was altijd leuk gezelschap en Conrad kon zonder overdrijven zeggen dat hij idolaat van hem was geweest. Toen ze nog klein waren, hingen Conrad en zijn zusje altijd in de hal rond wanneer ze wisten dat hun oom zou komen. Dan gingen ze op de onderste tree van de trap zitten en probeerden ze te raden welk nieuw spel hij voor hen had bedacht, en welke cadeautjes hij uit zijn grote, halfversleten koffer zou halen. Eén keer had Mac hen, na een bezoek aan Noord-Afrika, elk een vuurrode fez gegeven. Ze hadden die de hele dag opgehouden, zelfs toen ze gingen eten. Pas toen ze door hun vader waren berispt dat ze probeerden Tommy Cooper na te doen terwijl hij het gebed voor het avondeten wilde zeggen, hadden ze met veel tegenzin de gekke hoedjes afgezet.

Het leed geen enkele twijfel dat Edwin altijd in Macs imponerende schaduw had geleefd, ook al was dat vrij ongewoon voor een oudere broer. Als je daar de nasleep van zijn oorlogservaringen bij voegde, was het hoogst onwaarschijnlijk, dacht Conrad, dat zijn vader ooit gelukkig was geweest of veel gemoedsrust had gekend. Niettegenstaande wat Mac had gezegd, had Conrad het gevoel dat zijn vader – de man die hem had grootgebracht – mogelijk wél had geweten dat zijn vrouw en broer een verhouding hadden, en het stoïcijns door de vingers had gezien, om niet het risico te lopen dat hij zijn vrouw helemáál zou verliezen.

Conrad zou nooit weten of dat zo was, maar één ding wist hij wel: net als Mac had hij alles over voor de vrouw van wie hij hield.

Marcus' handen trilden toen Francesca ze vastpakte. 'Het spijt me verschrikkelijk, *caro mio*,' fluisterde ze. Ze leunde tegen hem aan en beroerde zijn wang met haar lippen.

'We gaan naar een andere arts, voor een second opinion. Ja, dat doen we. Artsen kunnen zich vergissen. Ze zijn niet alwetend.'

Ze maakte zich van hem los en schudde bedroefd haar hoofd. 'Dat zal niets aan de feiten veranderen. De diagnose zal hetzelfde zijn.'

'Dat weet je niet.'

'Marcus, maak het alsjeblieft niet nog moeilijker dan het is. We moeten het accepteren, niet ontkennen. We kunnen niet doen alsof het niet waar is.'

Er ontsnapte hem een half onderdrukte kreun. Hij staarde in de vallende duisternis naar het meer. Ze zag dat hij zijn best deed om zijn zelfbeheersing te bewaren, maar zijn bevende lippen verraadden hem. 'Ik wist dat er iets was,' mompelde hij. 'Maar dit... dit had ik nooit verwacht. Ik dacht dat je van plan was er met een andere man vandoor te gaan.' Hij slikte hoorbaar en keek naar haar. 'Ik was zelfs bereid je te laten gaan. Ik dacht dat als je ongelukkig was met mij, je beter gelukkig kon worden met een ander.' Er sprongen tranen in zijn ogen. Hij probeerde ze weg te knipperen, maar ze rolden onverbiddelijk over zijn wangen. 'O, god, Francesca, wat kan ik doen om te verhoeden dat dit gebeurt?'

Tranen rolden nu ook over haar eigen wangen. 'Dat kun je niet verhoeden, lieve schat, maar je kunt sterk zijn voor mij. Ik zal je nu meer nodig hebben dan ooit.'

60

Helen werd wakker van een piepend geluid. Nadat ze er even naar had geluisterd, begreep ze dat het het geluid was van schoenen met rubberzolen van iemand die over de zaal liep. Ze was gisteravond naar een gewone zaal gebracht en had zowaar geslapen, ondanks dat het er geen moment echt stil was en er voortdurend mensen rondliepen.

Ze bleef doodstil liggen, bang voor nieuwe explosies in haar hoofd als ze zich bewoog. Ze deed een paar keer haar ogen open en dicht om te zien of dat pijn veroorzaakte.

Nee, geen pijn. Mooi. Dat was alvast meegenomen.

Ze hief haar hand op naar haar hoofd en betastte het verband. Alles zat nog op zijn plek, voor zover haar medische kennis reikte. Ze zou zo dadelijk weleens proberen of ze zich kon bewegen. Voorlopig vond ze het niet erg om rustig te blijven liggen tot iemand kwam vertellen wanneer ze naar huis mocht. Dat hing echter niet alleen af van haar eigen toestand, maar ook van hoe het met Mac was. Nadat Conrad haar had verteld wat er met zijn oom was gebeurd, had ze beloofd bij hem te blijven tot ze wisten wat Mac mankeerde.

Conrad had haar gisteravond gezelschap gehouden toen Mac sliep en dat was goed van pas gekomen toen Lucy, Orlando en Savannah plotsklaps waren komen opdagen. 'Ik heb op het moment echt geen geduld voor Savannah,' had ze tegen Conrad gezegd.

'Ik zal zeggen dat je nog niet in staat bent bezoek te ontvangen. Dat je daarvoor nog te versuft bent.'

Even later kwam hij terug met een bos bloemen.

'Die zijn vast niet van Savannah,' zei Helen toen hij ze op het kastje naast haar bed legde.

'Nee, van Lucy,' antwoordde hij. 'Ze heeft ook voor Mac een bos meegebracht.'

'Wat lief van haar.'

'Ja, hè? Ik had medelijden met haar; ze was zo ongerust over jou en Mac. Ik heb haar even in zijn kamer binnengelaten, zodat ze zelf kon zien dat hij nog leeft.'

'Zijn ze nu terug naar Bellagio?'

'Ja.'

'Heeft Savannah nog iets gezegd?'

'Een heleboel. Ze wil weten wanneer de baby is uitgerekend.'

'Wat heb je daarop geantwoord?'

'Dat ik geen flauw idee heb. Dat probleem zul je echt zelf moeten oplossen.'

'Heeft ze iets over Hunter gezegd?'

'Ja. Haar halfbroer heeft geprobeerd hem op te sporen, maar Hunter is nergens te vinden. Savannah is daar nogal verontwaardigd over.'

'Ze wordt niet graag genegeerd. Ze vat zijn verdwijning vast persoonlijk op.'

'Wat ga je met Hunter doen? Ik bedoel niet op lange termijn, maar nu. Jij bent de enige die weet waar hij is. Je kunt die vrouw bellen en Hunter de duimschroeven aanleggen.'

Helen was er nog helemaal niet aan toe om contact op te nemen met Hunter. En ze wist niet zeker of ze hem wel de duimschroeven wilde aanleggen. Wat zou ze daarmee opschieten?

Haar gedachtegang werd onderbroken toen ze weer die piepende schoenzolen hoorde. Een jonge verpleegkundige verscheen aan haar bed. '*Buongiorno, signora*. U hebt bezoek. Iemand die u volgens mij erg graag wilt zien.' Helen bleef afwachtend liggen toen de verpleegkundige het gordijn rond haar bed opzij schoof. Ze vroeg zich af of ze soms een grapje maakte en haar bezoeker een dikke matrone zou blijken te zijn met een natte, lauwe spons om haar te wassen. Ze was benieuwd wie ze te zien zou krijgen.

'Mac!' Ze kromp ineen van haar eigen stem.

'Rustig aan, meisje,' zei hij, en hij gaf haar een kus op haar wang. Hij droeg een weinig flatteus ziekenhuishemd dat hem wat te krap zat. 'Sorry dat ik er zo uitzie,' zei hij, terwijl hij de stoel naast haar bed bijtrok en ging zitten, 'maar onder de omstandigheden kan ik er niet meer van maken. Hoe is het ermee?'

'Een stuk beter, nu ik jou zie. En hoe is het met jou?'

'Goed. Er is gebleken dat ik de verkeerde medicijnen heb geslikt waardoor mijn bloeddruk lager was dan die behoort te zijn. Het is toch wat, wanneer een buitenlandse kwakzalver de vergissing van je eigen huisarts moet herstellen! Al moet ik eerlijk zeggen dat het de piepjonge plaatsvervanger is geweest die de fout heeft gemaakt. Als de gezondheidszorg thuis niet zo'n puinhoop was, zou ik hen aanklagen. Nu vrees ik dat ik al onder de zoden zal liggen voordat mijn zaak zal voorkomen.'

Helen glimlachte. 'Dan zul je er genoegen mee moeten nemen dat je nog leeft.'

Hij glimlachte terug. 'Je bent weer helemaal de oude, hoor ik. Je weet me zoals altijd beleefd op de vingers te tikken. Maar even serieus, je ziet er een stuk beter uit dan gisteren en daar ben ik erg blij om. Gisteren dacht ik eventjes dat... nou ja, dat maakt nu niet meer uit. Het is een hele opluchting voor me dat ik nu de gelegenheid heb te vragen of je me kunt vergeven.'

'Wat moet ik je vergeven?'

'Wat ik gisteren op de boot tegen je heb gezegd. Ik heb me niet bepaald als een heer gedragen.'

'Dat zit wel goed, Mac. Ik weet waarom je het zei. Je was boos om wat ik Conrad aandeed.'

'Maar ik ben te ver gegaan.'

'Nee, *ík* ben te ver gegaan. Heeft Conrad je verteld dat ik helemaal niet zwanger ben?'

'Ja. Zeg, ik wil echt niet mijn neus in andermans zaken steken, maar hoe lang had je gedacht dat te kunnen volhouden? Hoe lang had je gedacht hem en alle anderen zoiets te kunnen voorliegen?'

'Daar had ik helemaal niet over nagedacht. Ik wilde alleen maar dat Conrad me zou gaan haten en verachten. Dat klinkt nu een beetje dwaas, ik weet het. Ik heb me niet erg intelligent gedragen. Misschien had ik deze klap op mijn hoofd nodig om weer normaal te worden.'

'Wees niet zo streng voor jezelf. Trouwens, volgens mij zal Conrad je nooit kunnen haten. Hij heeft me ook verteld dat Hunter een verhouding heeft met een andere vrouw en dat je van plan bent hem te verlaten.'

'Dat klopt, maar zijn overspel is niet de enige reden.'

'Het maakt niet uit wat je redenen zijn, zolang je maar zeker weet dat je gelukkig zult worden. En op het gevaar af dat je me brutaal zult vinden...'

Ze hief afwerend haar hand op. 'Vraag me alsjeblieft niets wat met Conrad te maken heeft.'

Mac keek gepikeerd. 'Dat was ik ook niet van plan. Ik wilde vragen hoe het met je moet wanneer je Hunter verlaat. Waar ga je dan wonen?'

'Ik heb mijn huis in Crantsford nog. Het enige probleem is, dat ik het heb verhuurd en dat het contract over drie maanden pas afloopt. Waarschijnlijk zal ik het moeten verkopen om een behoorlijk verpleeghuis voor mijn grootmoeder te kunnen bekostigen. Ik had liever niet dat ze weer moet verhuizen, maar ik heb geen keus.'

'Maar intussen moet je zelf wel ergens onderdak hebben natuurlijk. Ik zou je willen voorstellen zolang bij ons in te trekken.'

'Nee, geen sprake van.'

'Het kan een oplossing zijn, tot je al je zaken hebt geregeld.'

'Nee, nee, daar komt niets van in. Ik heb al veel te veel misbruik gemaakt van Conrad. Waar is hij trouwens?'

'Hij slaapt. Hij is doodop. Ik heb gehoord dat hij vrijwel de hele nacht aan mijn bed heeft gezeten, voor het geval ik het zou wagen de geest te geven en naar hogere sferen te vertrekken.'

'Daar mag je geen grapjes over maken, Mac. Conrad is de beste neef die je je zou kunnen wensen. Je mag best wat aardiger tegen hem zijn. Bij tijd en wijle.'

Mac keek opeens heel vreemd. Een paar seconden verstreken, toen schraapte hij zijn keel. 'Wat mijn neef betreft, is er nog iets wat ik je moet vertellen.'

Marcus zat ineengedoken aan de keukentafel met een onaangeroerde kop koffie voor zich en wist heel zeker dat hij nooit over het schrijnende verdriet zou heen komen dat hem de hele nacht uit zijn slaap had gehouden.

Nieuwe tranen vulden zijn ogen toen hij dacht aan Francesca, die boven lag te slapen. Hoe had ze het vermoeden over wat er met haar aan de hand was, in haar eentje weten te dragen? Hoe had ze gisteren gewoon haar werk kunnen doen, terwijl ze het al wist? Ze was veel moediger dan hij. Hij had haar moeten beloven het nog aan niemand te vertellen, omdat ze eerst haar familie op de hoogte wilde brengen. Dat zou ze over een paar dagen doen. 'Ik moet er eerst zelf aan gewend raken, voordat ik het de anderen kan vertellen,' had ze in de kleine uurtjes van de nacht gezegd. 'Ik wil het gevoel hebben dat ik er zo lang mogelijk zelf nog iets over te zeggen heb,' had ze eraan toegevoegd.

Hij wist dat ze opzag tegen de reactie van haar familie; tot op de dag van vandaag probeerden haar broers haar in bescherming te nemen. Hij zou haar in alle opzichten helpen en steunen, al wist hij op dit moment echt niet hoe hij dat moest klaarspelen. Door zich op haar behoeften te concentreren, kon hij zichzelf misschien overeind houden. Maar wat moest hij wanneer ze er niet meer was? Ze was zijn hele leven. Zonder haar was hij niets.

'Egoïstische ellendeling!' riep hij uit. 'Kun je alleen maar aan jezelf denken?' Wild haalde hij zijn vingers door zijn haar. Dit ging niet om hem. Het ging om Francesca. Opeens werd hij letterlijk doodmisselijk. Hij vloog overeind en wist net op tijd de gootsteen te bereiken. Met schokkende schouders gaf hij over, half verblind door tranen. Toen hoorde hij dat er iemand op de deur klopte. Zo goed en zo kwaad als het ging, spoelde hij de stinkende troep weg, waste zijn gezicht met koud water, greep een handdoek en ging kijken wie het was.

Het was de laatste persoon die hij had verwacht.

Eén blik op haar vader was genoeg. Lucy wist meteen dat Francesca het hem had verteld. Het enige wat ze wist te zeggen, was: 'Pap, gaat het een beetje?'

'Ja. Nee.' Hij wreef met zijn handen over zijn ongeschoren gezicht en snufte. 'Nee, het gaat helemaal niet. We hebben slecht nieuws ontvangen. Misschien... misschien is het beter dat je nu niet binnenkomt.'

Hij bleef in de deuropening staan en keek met zijn bloeddoorlopen ogen over haar hoofd heen. Hij zag er afgrijselijk uit. Verdriet hing bijna tastbaar om hem heen. 'Pap,' zei ze, 'sluit me niet buiten.' Ze zei bijna 'niet weer', maar hield zich in. Ze had al haar moed bijeen moeten rapen om zich te houden aan de belofte die ze Francesca gisteren had gedaan, en om vanochtend hierheen te komen. Ze had de hele nacht bijna geen oog dichtgedaan. In het donker, naast Alessio, had ze erover liggen nadenken hoe kwetsbaar het leven was. Helen had makkelijk doodgereden kunnen worden als die auto niet op tijd was gestopt, en niettegenstaande het feit dat Conrad had gezegd dat het goed ging met Mac, had die vannacht net zo goed kunnen sterven. En nu moest haar vader het feit zien te verwerken dat zijn vrouw er binnenkort niet meer zou zijn. Ze was niet van plan geweest Alessio in vertrouwen te nemen, maar naarmate de uren verstreken en ze maar lag te draaien, had hij de lamp op het nachtkastje aangedaan en gezegd: 'Ik weet dat je iets dwars zit, *cara*. Maak je je zorgen om je vrienden Helen en Mac?'

Ze liet hem zweren dat hij tegen niemand iets zou zeggen en vertelde hem toen over Francesca. Hij nam haar in zijn armen en drukte haar dicht tegen zich aan, en toen hij haar weer losliet, stonden er tranen in zijn ogen. 'Wat zal de familie dit vreselijk vinden,' zei hij. 'We houden allemaal zo veel van Francesca.' En meteen had hij ook bezorgdheid getoond om Lucy's vader. '*O Dio*, je arme vader, dit overleeft hij nooit. Hij is gek op haar. Zijn hart zal breken.' Vervolgens had hij haar verrast door te zeggen: 'Lucia, Marcus zal je nodig hebben. Hij zal je liefde nodig hebben. Je moet morgenochtend naar hem toe gaan, zoals Francesca je heeft verzocht. Je moet het verleden van je afzetten en nu zijn dochter zijn.'

'Misschien wil hij me helemaal niet,' zei ze weifelend. 'Misschien ben ik niet wat hij nodig heeft.'

Alessio had zachtjes met zijn tong geklakt en zijn vinger op haar lippen gelegd. '*Mia Lucia*, jij bent precies wat hij nodig heeft. Je bent *famiglia*.'

'Ga je met me mee? Ik weet niet eens waar hij woont.'

'Ik teken wel een plattegrondje, en wanneer jij bij hem bent, zal ik in *San Giaccomo* een kaars aansteken voor Francesca. Kijk niet zo verbaasd. Ik gedraag me weliswaar niet als een koorknaap, maar zoals de meeste Italianen ben ik wel gelovig.'

'Ga je dan ook biechten?'

'Soms. Waarom vraag je dat? Vind je soms dat ik te veel te biechten heb?'

'Nou...'

'En heb jij niets te biechten? Nooit? Ben jij *perfetta*?'

'Allerminst, maar biechten lijkt me zo oppervlakkig en weinig effectief.'

'Voor mij is het vaak een goede manier om spijt te betuigen.'

'Zelfs als je daarna dezelfde zonden blijft begaan?'

'Zo is de mens, Lucia. God kent onze sterke en zwakke punten.' Zijn woorden lieten een aspect van zijn karakter zien waarvan ze het bestaan niet had vermoed.

Maar nu haar vader bleef staan en haar weigerde binnen te laten, begon Lucy te twijfelen of Alessio en Francesca het mis hadden en ze haar vader helemaal niet zou kunnen helpen. Ze had zich nog nooit machteloos gevoeld. Waar moest ze de kracht vandaan halen voor omstandigheden als deze?

'Marcus, waarom laat je Lucy niet binnen? Waarom laat je haar op de stoep staan?'

Francesca was achter Marcus verschenen. Het was ironisch, dacht Lucy, dat Francesca er beter uitzag dan hij. De blik van haar vader ging tussen hen heen en weer.

'Ik heb haar verzocht te komen, Marcus,' zei Francesca.

Hij liet zijn hand van de deurknop zakken. 'O ja?'

Francesca knikte. '*Sì*. Ze weet het... van mijn ziekte. Ik heb het haar gisteren verteld.'

'Dus zij wist het eerder dan ik?'

Voordat Francesca daarop kon antwoorden, zei Lucy: 'Maakt dat nu echt iets uit, pap?'

Hij staarde een eeuwigheid naar haar, en toen zijn ogen zich weer vulden met tranen en hij zijn trillende hand voor zijn mond sloeg, deden Lucy en Francesca gelijktijdig een stap naar voren en sloegen hun armen om hem heen.

61

Om even na vieren zette de taxi hen af op de Piazza Mazzini. Met Conrad en Mac aan weerskanten naast zich – Mac hield zijn hand onder haar elleboog en Conrad had één hand in de holte van haar rug gelegd – liepen ze langzaam door de smalle straat omhoog naar Hotel Villa Rosa. 'Jullie hoeven me niet te helpen,' zei Helen toen ze zag dat voorbijgangers naar hen keken. 'Ik kan het best alleen.'

'Stil, vrouw!' bromde Mac. 'Aanvaard onze hulp of draai voor de gevolgen op.'

In werkelijkheid genoot Helen van hun attenties. Ze voelde zich veilig en beschermd door hun zorgzaamheid. Niettemin zei ze: 'Maar jullie doen het erger lijken dan het is. Ik heb alleen maar een bult op mijn hoofd. Ik kan nog gewoon lopen, hoor.'

'Als je zo doorgaat, haal ik dat verband van je hoofd en prop ik het in je mond.'

'Wat zijn we weer charmant,' zei Conrad. Ze waren aangekomen bij de glazen deuren van het hotel en hij duwde ze open. De man achter de balie – een van de eigenaren van het hotel, wist Helen – kwam meteen naar voren om te zien of hij iets voor hen kon doen.

'Wat een pech, midden in uw vakantie!' riep hij uit. 'Alessio heeft ons op de hoogte gehouden, maar we waren erg ongerust. Zal ik een kopje koffie naar uw kamers laten brengen? Of hebt u liever thee?'

'Ik heb liever iets sterkers,' zei Mac. 'Een dubbele whisky zou niet gek zijn.'

'Niet met de nieuwe medicijnen die je nu moet slikken,' zei Conrad. Hij klonk streng, maar zijn gezicht stond vriendelijk.

'Ik wil wel graag een kopje thee,' zei Helen. 'Maar niet op mijn kamer. Ik heb al veel te lang binnen gezeten. Kan ik de thee in de tuin krijgen?'

‘Driemaal thee dan,’ zei Conrad.

‘*Piacere*. Gaat u maar lekker zitten, dan zal ik zorgen dat de thee wordt gebracht.’

Helen zag dat er gelukkig niemand anders in de tuin was. Ze had erg opgezien tegen een stortvloed van vragen en medeleven bij haar terugkeer. Ze zat ook nog met Savannah, en de leugens over de zwangerschap die ze uit de weg moest ruimen.

Het was een heerlijk zwoele middag en ondanks de doffe pijn in haar hoofd – het voelde aan alsof haar schedel was gekrompen en op haar hersenen drukte – en alles wat ze de afgelopen vierentwintig uur te verwerken had gekregen, was ze onwaarschijnlijk kalm. Hier in het namiddagzonnetje, terwijl ze over de daken heen naar het meer keek, kreeg ze een heel prettig gevoel over zich. Haar toekomst was nog nooit zo onzeker geweest, maar dat maakte niet uit. Misschien kwam het door het besef dat ze nu dood had kunnen zijn, als die auto haar had geraakt, dat ze deze nieuwe kijk op het leven had. Of misschien kwam het gewoon door de pijnstillers die ze slikte.

De thee werd geserveerd. Toen ze weer alleen waren, schonk Conrad in en pakte Helen een kopje van hem aan. ‘Ik heb een besluit genomen,’ zei ze. ‘Ik ga Hunter bellen.’

‘En wat ga je tegen hem zeggen?’

‘Mac, dat gaat ons niets aan,’ zei Conrad.

‘Dat vind jij misschien, maar ik niet. Ik wil niet dat die rotzak Helen van streek maakt.’

‘Dat zal niet gebeuren,’ zei Helen resoluut.

Toen ze vond dat het tijd was om te bellen, ging Helen naar haar kamer. De batterij van haar eigen mobieltje was nog steeds leeg, dus pakte ze die van Hunter uit haar tas en ging op de rand van het bed zitten. Ze scrolde door het adresboek tot ze Annabels nummer had gevonden. Ze stond op het punt verbinding te maken, toen ze van gedachten veranderde. Hier was een verrassingselement vereist. Als ze via Hunters telefoon belde, zou Annabel gewaarschuwd zijn. Ze liep naar de telefoon op de kaptafel, toetste het nummer in en wachtte. Ze vroeg zich af waar ze waren. Ergens op een zonnig strand? Dat zou Annabel wel willen. Maar Hunter niet. Hij gaf zijn vakanties liever een doel, zoals iemand ten huwelijk vragen in een luchtballon, of een potentiële investering bekijken. Het was Helen daarom ook nog steeds niet duidelijk waarom hij was meegegaan naar Italië. Hij had gezegd dat Marcia wilde dat hij een oogje op Savannah hield, maar dat klonk niet erg geloofwaardig. Opeens wist ze het: Hunter was waarschijnlijk met Annabel hier in Italië.

Terwijl ze wachtte tot Annabel zou opnemen, herinnerde ze zich het lange weekend met 'vriendinnen' en hoe moe ze eruit had gezien toen ze weer terug was op kantoor. Alweer een stukje van de puzzel opgelost. Precies in die tijd had Hunter in Dubai gezeten. Het weekend met de vriendinnen was gelogen en Annabel was met Hunter naar Dubai geweest. Wat hadden ze haar nog meer voorgelogen?

Een stem in haar oor maakte haar los uit haar gedachten. 'Hallo?'

'Met Helen, Annabel. Zou je me mijn man even willen geven?'

Een verbijsterde stilte, gevolgd door: 'De verbinding is erg slecht, Helen. Wat zei je?'

'Ik vroeg of je me mijn man even wilde geven.'

'Is dit een grap?'

'Hoor je me lachen?'

'Nee... maar... hij is toch bij jou in Italië?'

'Maak het niet nog belachelijker dan het al is, Annabel. Zeg nu maar gewoon tegen Hunter dat ik hem wil spreken.'

Weer een stilte, maar Helen hoorde gedempte stemmen, het ritselen van een krant en toen: 'Hoe heb je me gevonden?'

Echt iets voor Hunter. Geen poging het te ontkennen of zich met bluf uit de situatie te redden. 'Je mobiel; ik wilde hem gisteren gebruiken.'

'Je klinkt niet erg boos.'

'Dat ben ik ook niet.' Ze had het idee dat een kalm antwoord zijn ego dieper zou doorboren dan woedende verwijten. 'Ik bel alleen maar om je te vertellen dat ik gisteren ben flauwgevallen en een nacht in het ziekenhuis heb moeten doorbrengen. Savannah en Clancy hebben geprobeerd je op te sporen. Je kunt hen beter bellen om uit te leggen waar je bent, al was het maar om hen gerust te stellen.'

Ze liet dit bezinken voordat ze doorging: 'Waar ben je eigenlijk? Ik weet dat je niet in Dubai zit.'

'Ik ben nog steeds hier aan het Comomeer. In Villa d'Este.'

Ze floot. 'Annabel boft. Maar wel een beetje riskant, gezien het feit dat de tuin van dat hotel op het programma staat van de *Gardens of Delight*-tour.' Toen hij daarop geen antwoord gaf, zei ze: 'Ik had het kunnen weten. De man die nergens bang voor is. Een dag waarop je geen risico's neemt, is voor jou een verloren dag.'

'Kunnen we dit verder bespreken wanneer we weer in Engeland zijn?'

Ze hoorde ergernis in zijn stem. 'Natuurlijk. Sorry. Dit moet een beetje vervelend voor je zijn, nu Annabel pal naast je zit.'

'Doe alsjeblieft niet sarcastisch, Helen.'

'Dat doe ik niet.' Ze zuchtte, opeens doodmoe. Moe van de hele zaak. 'Ik vlieg morgen terug naar Engeland,' zei ze, 'met de groep.'

'Wat wil je dat ik doe?'

'Ik wil wat tijd voor mezelf om dingen uit te zoeken.'

'Welke dingen?'

'Onder andere hoe snel ik me van je kan laten scheiden, Hunter.'

'Overhaaste beslissingen zijn nergens voor nodig. Als ik nu even naar Bellagio kom, dan kunnen we het rustig bespreken.'

'Dat zou sneu zijn voor Annabel. En zoals ik zei, wil ik wat tijd voor mezelf. Bel me dus alsjeblieft niet.'

Ze verbrak de verbinding en liep het kleine balkon op. Haar knieën knikten een beetje en haar hart klopte snel, maar afgezien daarvan voelde ze zich goed.

Ze keek naar het meer, waar de draagvleugelboot een wit spoor in het water trok, en maakte de balans op. In haar hart had ze altijd geweten wat voor soort man Hunter was, maar ze had zichzelf wijsgemaakt dat het niets uitmaakte, dat ze zich zou aanpassen en er het beste van zou weten te maken.

Dat had ze helemaal mis gehad.

Net zo goed als de redenen waarom ze met Hunter was getrouwd helemaal fout waren geweest.

Met een gevoel van enorme opluchting deed ze haar trouwring en verlovingsring af. Nu was er geen weg terug meer.

Savannah kon haar oren niet geloven. Hoe waagde haar vader het te zeggen dat ze zich met haar eigen zaken moest bemoeien! 'Nu moet je even goed luisteren, pap, Clancy en ik waren dodelijk ongerust. We hadden geen flauw idee waar je was. Ik begon al te denken dat je iets was overkomen. Waar ben je?'

'Dat maakt niet uit. Waar het om gaat is –'

Ze viel hem in de rede. 'Ik snap er niks van. Waarom doe je zo geheimzinnig? Wat is er aan de hand?'

'Ik hoef je niet alles te vertellen. En zoals ik al wilde zeggen, ga ik –'

'Laat maar! Het interesseert me niks waar je bent. Maar ik heb een vraag: weet je dat Helen zwanger is?' Ze hoorde zijn adem stokken en ze glimlachte. 'Dat dacht ik al. Enne... misschien heb ik het mis, pap, maar ik ben er niet zeker van dat het kind van jou is.'

Voordat hij daarop kon reageren, verbrak Savannah de verbinding en zette haar mobieltje af. 'Zo, nu weet je hoe het voelt,' mompelde ze.

SWANMERE

62

Het regende pijpenstelen in Swanmere.

De bui was rond vier uur 's nachts losgebarsten, maar Lucy was er niet wakker van geworden, want ze had zo slecht geslapen dat ze toen al een uur wakker was. Nu stond ze in haar ochtendjas uit haar slaapkamerraam te staren naar de regen die tegen de ruiten sloeg en het uitzicht op de tuin vertekende. Een mistroostige dag die goed bij haar mistroostige stemming paste.

Ze was al anderhalve dag thuis en had nog niets van Alessio gehoord. Hij had gezegd dat hij haar zou bellen, maar dat had hij niet gedaan. Ze wist dat ze daar niet verbaasd over zou moeten zijn, maar dat deed niets af aan de teleurstelling. Toen hij had gezegd dat hij zou bellen zodra ze thuis was, had ze hem zo graag willen geloven. Nu wist ze dat ze sterk moest zijn en hem opbergen in een donker hoekje, bij alle andere dingen die voorbij waren en niet meer zouden terugkomen. Ze veegde een traan weg en wou dat ze kwaad kon worden. Niet alleen op Alessio maar ook op zichzelf, dat ze zo goedgelovig was, dat ze *te* graag had willen geloven dat hij had gemeend wat hij zei. Maar het was nog te vroeg voor boosheid. Die zou ongetwijfeld komen, maar nu nog niet. Nu wilde ze nog eventjes blijven geloven in zijn magie. In de droom.

Ze sloot haar ogen, om zich hem beter voor de geest te kunnen halen. Ze liet de herinneringen samensmelten tot een naadloze ervaring van bitterzoet genot en voelde zich wee worden van verlangen. Wat zou ze er niet voor overhebben om zijn stem te horen, hem te horen zeggen hoezeer hij haar begeerde. Ze was nog nooit eerder zo intens aanbeden. En dat was juist het probleem. Ze had hem van het begin af aan serieus genomen en zich willens en wetens gekoesterd in zijn bewondering.

Op de laatste ochtend van haar verblijf in Italië had hij voor haar pianogespeeld. Hij had gevraagd of ze bij hem kwam zitten terwijl hij oefende. Hem te zien spelen was een van de meest erotische en fascinerende ervaringen van haar hele leven geweest. Er gleed een rilling over haar rug toen ze terugdacht aan de geconcentreerde manier waarop hij de toetsen had bespeeld.

Ze deed haar ogen open. Binnenkort zou ze moeten ophouden zichzelf te kwellen met deze herinneringen, maar voorlopig wilde ze zich er nog aan vastklampen, geloven dat haar mobieltje zou gaan en ze Alessio zou horen zeggen: *'Ciao, Lucia!'*

De enigen die haar hadden gebeld sinds ze weer thuis was, waren haar moeder en haar vader. Het gesprek met haar moeder was een mijnenveld vol explosieve pauzes geweest. Ze had Fiona niet eens verteld dat ze naar Italië ging, en moest nu opbiechten dat ze niet alleen haar vader had gezien, maar zich ook met hem had verzoend. Fiona had in een ijzig zwijgen geluisterd, maar de kille verwijten waren onmiskenbaar geweest. Al die jaren waren ze bondgenoten geweest in hun minachting voor de verachtelijke Marcus Gray, en dat was nu in één klap veranderd. Voor Fiona zou het moeilijk, zo niet onmogelijk zijn zich bij dat verraad neer te leggen. Het was niet zo dat Lucy haar vader nu opeens op een voetstuk zette, maar ze was gaan inzien dat hij niet de enige was wie blaam trof. Ze wist hoe moeilijk Fiona was; dat was ook gedeeltelijk de oorzaak van het probleem geweest. Lucy had haar vader al die jaren verantwoordelijk geacht voor de ellende die hij had achtergelaten, voor het feit dat zij was blijven zitten met een neurotische moeder die de situatie niet aankon. Alles wat er mis was met hun leven, was zijn schuld. Want wie kon ze er anders op aankijken?

Gedurende het moeizame gesprek repte Lucy met geen woord over Francesca's ziekte. Ze wist hoe wraakzuchtig haar moeder was en vreesde dat ze er niet normaal op zou kunnen reageren.

Het gesprek met haar vader was al even gespannen geweest, om de eenvoudige reden dat ze niet had gedacht zijn stem ooit te horen terwijl ze thuis in haar eigen keuken stond. Toen ze ophing, had ze tranen in haar ogen.

Het afscheid in Pescallo was ook al zo emotioneel geweest. Hij had haar op beide wangen gekust en ze had moeten beloven dat ze zo spoedig mogelijk terug zou komen. 'Mag ik je vanavond bellen?' vroeg hij. 'Om te horen dat je veilig en wel bent aangekomen?'

'Pap,' zei ze, 'daar hoef je geen toestemming voor te vragen. Waarom heb ik je anders mijn telefoonnummer gegeven?'

Ze omhelsden elkaar nogmaals en toen kwam Francesca naar voren. Lucy sloeg aarzelend haar armen om haar heen en Francesca zei: 'Is alles tussen ons nu goed, Lucy?'

'Ja, natuurlijk.'

'Kom gauw terug,' zei Francesca zachtjes. Toen had ze Lucy in de ogen gekeken alsof ze wilde zeggen: wacht niet te lang.

Stijf van het lange staan keerde Lucy zich af van het raam. Het was tijd om naar haar werk te gaan. Vandaag was haar eerste dag na de vakantie.

In de keuken zat Orlando aangekleed en wel aan tafel een sneetje toast te eten en in zijn koffie te roeren. Toen hij haar zag, bood hij meteen aan een kop koffie voor haar in te schenken.

'Dank je, ik doe het zelf wel,' zei ze. Arme Orlando, hij was zo lief voor haar. Hij wist dat ze verdrietig was vanwege Alessio en probeerde haar op alle mogelijke manieren op te vrolijken. De woorden 'Heb ik het niet gezegd?' waren niet over zijn lippen gekomen, maar ze zag aan zijn gezicht wat hij dacht, en het bleek ook uit alles wat hij deed. Gisteravond had hij een van haar lievelingsmaaltjes voor haar klaargemaakt: patat met saucijsjes en gebakken eieren. 'Troostvoedsel,' zei hij. 'Daar ben je echt aan toe.' Later had hij het bad voor haar laten vollopen en zelfs kaarsen aangestoken in de badkamer.

'Dan maak ik toast voor je,' zei hij nu, en hij deed wat sneetjes brood in de broodrooster.

'Ik zou dat voor jou moeten doen,' zei ze. 'Jij bent degene die officieel zijn verkering heeft verbroken.'

'Zie ik er bedroefd uit?'

'Nee, maar het zal niet makkelijk zijn geweest.'

'Het klinkt misschien harteloos, maar het was helemaal niet moeilijk om een einde te maken aan mijn relatie met Savannah.'

'Denk je dat Alessio er net zo over denkt, wat mij betreft?'

Hij drukte de hendel van de broodrooster naar beneden. 'Ik heb geen idee, Luce.'

Ze glimlachte. 'Bedankt.'

'Waarvoor?'

'Dat je eerlijk bent. Jij denkt dus ook dat hij niet zal bellen?'

'Je kunt hém bellen.'

'En hem laten denken dat ik niet weet hoe het spel wordt gespeeld? Het was een vakantieromance die ik iets te serieus heb opgevat. Ik zag er meer in dan het was en nu kan ik er geen punt achter zetten. Nee, ik heb het helemaal aan mezelf te danken. En voor je het weet, ben ik hem vergeten.'

Waarom voelt het dan aan alsof mijn hart in tweeën breekt? dacht ze bij zichzelf.

Orlando vond het vreselijk Lucy zo verdrietig te zien. Hij zou er alles voor overhebben om haar weer gelukkig te maken. Hij was zelfs bereid naar het hotel in Bellagio te bellen en te vragen of hij Alessio kon spreken. Dan zou hij tegen hem zeggen dat hij Lucy niet zo in het ongewisse moest laten, dat hij haar moest opbellen om te zeggen dat het voorbij was, omdat deze manier van doen wel érg hardvochtig was.

Niemand had Orlando er ooit van beschuldigd hardvochtig te zijn, tot Savannah hem dat voor de voeten had geworpen. Het was een van de vele verwijten die ze hem had gemaakt toen hij het had uitgemaakt. Hij had daarmee willen wachten tot ze weer thuis waren, maar toen ze op hun laatste avond in Bellagio iets waren gaan drinken in een van de cafés aan het meer, had ze zijn geduld zodanig op de proef gesteld dat hij zich niet meer had kunnen inhouden. Het was begonnen met een venijnige opmerking over Helen. 'Wat vind jij nou van Helen?' vroeg ze. 'Het ene moment is ze zwanger en het volgende moment niet.'

'Dat is iets wat alleen haar en haar man aangaat,' had hij behoedzaam gezegd.

'Ben je vergeten wie haar man is? Ik ben zijn dochter, ik heb er recht op te weten wat er aan de hand is. Als je het mij vraagt is Helen de Heks veel te dik met die Conrad Truman. Heb je gezien hoe hij naar haar kijkt?'

Orlando had daar inderdaad wel iets van gemerkt, maar was niet van plan erop in te gaan.

'Het zou me niks verbazen als ze iets met elkaar hadden,' ging Savannah door. 'En dat heb ik ook tegen mijn vader gezegd daarstraks, toen ik hem aan de lijn had.'

'Wat?'

'Kijk niet zo geschrokken. Ik meende het niet. Ik zei het alleen om hem een beetje te treiteren, omdat hij zich zo walgelijk gedraagt.'

'Hij is anders niet de enige.'

'Wat wil je daarmee zeggen?'

'Dat je er allerlei onzinnige dingen uitflapt. Heb je nooit geleerd om na te denken voordat je je mond opendoet?'

Vanaf dat moment was het oorlog. Ze schold hem uit voor alles wat mooi en lelijk was, tot groot vermaak van de mensen aan de naburige tafeltjes. Toen ze eindelijk even stopte om adem te halen, beet hij haar toe: 'Na al dit moois kunnen we wel zeggen dat het uit is tussen ons. En voor alle duidelijkheid: je bent hierbij ontslagen van alle contractuele verplichtingen die er tussen ons bestonden inzake je werk. Je hoeft niet meer terug te komen!' Hij duwde snel zijn stoel naar achteren, voordat ze op het idee kon komen haar drankje in zijn gezicht te gooien. Een echtpaar van middelbare leeftijd aan het tafeltje naast hen applaudisseerde toen hij wegliep, maar hij voelde zich allesbehalve trots. Als hij verstandiger was geweest, was hij nooit aan een relatie begonnen die van het begin af aan gedoemd was te mislukken.

In de korte tijd sinds ze waren teruggekeerd uit Italië, had hij van Helen gehoord dat Savannah haar koffers had gepakt en uit Swanmere was vertrokken. Ze was teruggegaan naar haar moeder in Crantsford. Hij dacht niet dat hun paden elkaar ooit nog zouden kruisen.

Toen Lucy op haar werk aankwam, waren Angie en Hugh benieuwd naar haar verhalen over de vakantie. 'Heeft Orlando jullie dan nog niets verteld?' vroeg Lucy, terwijl ze hun de cadeautjes gaf die ze uit Bellagio had meegebracht – een fles rode wijn voor Hugh en een met de hand vervaardigd albasten fotolijstje voor Angie. Ze wist dat Orlando zijn ouders gisteren had opgebeld; daarom dacht ze dat Hugh al helemaal op de hoogte zou zijn.

Hugh schudde zijn hoofd. 'Ik heb het hem gevraagd, maar hij zei dat het niet zijn taak was me iets te vertellen. Hij kan irritant discreet zijn wanneer hij wil. Dat heeft hij van zijn moeder.'

'Niet van jou, Hugh?' vroeg Angie meesmuilend. 'Je verbaast me.'

Hij schudde zijn hoofd. 'Ik heb wat met haar te stellen gehad, Lucy.'

Het was fijn om weer thuis te zijn, bij alles wat haar bekend was. Daar moest ze gewoon aan blijven denken. Ze vertelde hun alles wat ze wilden weten over het Comomeer, waarbij ze het nodige censureerde. In het bijzonder alles wat met Alessio te maken had.

Veel later die ochtend, toen het eindelijk was opgehouden met regenen en Lucy bezig was planten recht te zetten die door de zondvloed waren omgevallen, was ze Orlando erg dankbaar dat hij tegen zijn vader niets over Alessio had gezegd. Hoe minder mensen het wisten, hoe beter, ook al kon ze er natuurlijk allerminst van op aan dat ook Olivia Marchwood en haar vriendinnen hun mond erover dicht zouden houden. Misschien kon ze beter een briefje op het prikbord bij de kerk ophangen, dan was ze ervan af.

Hugh kwam bij haar kijken toen ze net klaar was met het ordenen van de planten. 'Ik ben blij dat het goed is gegaan met je vader, Lucy,' zei hij.

'Dank je. Het voelt een beetje raar, maar het is alsof ik opeens heb ontdekt dat ik nog een extra leven heb om me in de verdiepen. Al die jaren had ik alleen mijn moeder; nu heb ik een hele familie erbij.'

'Fijn dat je het zo ziet. Ik heb zitten denken over je vader en wat hij allemaal moet doorstaan, en als je soms vrij wilt om een poosje naar hem toe te gaan, moet je het maar zeggen.' En vlak voordat hij weer wegliep, zei hij nog: 'Orlando zegt dat het uit is tussen hem en Savannah. Ik hoor dat ze uit Swanmere is vertrokken.'

'Dat klopt.'

'Ik neem aan dat jullie niet –'

'Nee, Hugh. Orlando en ik zijn voorbestemd om altijd alleen maar goede vrienden te zijn.'

'Dat weet je niet zeker.'

Jawel, dacht Lucy. En we hebben net allebei een romance gehad. Als ze nu ergens aan begonnen, zou dat een ramp worden.

De advocaat schoof de brief over het bureau naar haar toe. Helen las hem in stilte, ondanks dat de advocaat hem haar al had voorgelezen. Maar het was ook zo wonderbaarlijk.

'Ik weet niet wat ik moet zeggen,' zei ze. 'Ik weet alleen dat ik dit helemaal niet verdien. En als de mensen gaan denken dat ik haar onder druk heb gezet, kan het een heel onverkwikkelijke zaak worden. Misschien is het beter als ik het niet accepteer.' Ze legde de brief weer op het bureau en vroeg zich af of de advocaat zelf soms dacht dat ze de arme mevrouw Jenkins onder druk had gezet. Of dat ze haar had vermoord! Ze mocht van geluk spreken dat ze in Italië was toen mevrouw Jenkins in haar slaap was overleden!

'Mevrouw Jenkins laat daarover geen enkele twijfel bestaan,' zei hij, haar paniekerige gedachten onderbrekend. 'Ze heeft me vorige maand een brief gestuurd, waarin ze duidelijk maakt dat u niets van haar plannen afweet.'

'Er zal heus wel iemand protest tegen aantekenen.'

'Ze had niemand. Mevrouw Jenkins stond helemaal alleen op de wereld. In haar brief schreef ze in ontroerende bewoordingen hoezeer ze op u gesteld was en hoeveel u voor haar deed.'

'Ik heb niets bijzonders gedaan. Niet meer dan ieder ander zou doen.'

'Dat kan best zijn, maar ze heeft evengoed al haar bezittingen aan u nagelaten. Haar huis en een niet onaanzienlijke som geld. Wilt u weten hoeveel?'

Helen verwachtte dat het een paar duizend pond zou zijn; toen de advocaat het bedrag noemde, verzocht ze hem het te herhalen.

'Ik zei toch dat het een niet onaanzienlijke som is?'

'Maar ze leefde zo zuinig! Ik heb nergens aan kunnen merken dat ze zo veel geld had.'

'Dat gebeurt wel vaker. Het leven is vol verrassingen, mevrouw Madison-Tyler, en ik kan u vertellen dat ik hier op kantoor al heel vaak mensen ongelovig heb zien kijken. Vaak is dat ongeloof omdat ze juist minder krijgen dan ze gehoopt hadden, maar in uw geval ben ik heel blij over de gang van zaken. Het moet nog gerechtelijk bekrachtigd worden, maar dat zal geen problemen opleveren.' Hij legde een stapeltje paperassen recht. 'U zei daarnet dat u toevallig juist een advocaat zoekt voor een heel andere zaak. Kan ik u soms van dienst zijn?'

'Ja, ik heb iemand nodig die mijn echtscheiding kan regelen.'

Een uur later, toen Helen op weg was naar haar grootmoeder, kwam de zon tussen de wolken door kijken en daalden brede banen van licht neer op de aarde. Het was haar tweede bezoek sinds ze terug was uit Italië en vandaag kon ze zelf weer rijden. Gisteren had Conrad erop gestaan haar te chaufferen. Hij zei dat hij in de auto zou wachten, maar ze had zich herinnerd hoe lief hij in Wollerton voor Emma was geweest en had hem verzocht mee naar binnen te gaan. Emma kon zich hem niet herinneren en dacht dat hij een arts was. Ze zei aldoor tegen Helen dat ze even buiten moest wachten zodat de dokter haar kon onderzoeken. Pas nadat ze er al een tijdje waren, viel haar het verband op dat Helen nog om haar hoofd had, en toen raakte ze daardoor geobsedeerd en wilde ze weten of dat de reden was waarom de dokter er was.

Helen parkeerde de auto en keek op naar het met klimop begroeide gebouw, nog vol van het onverwachte, gulle gebaar van Isobel Jenkins. Ze had het met Isobel vaak over haar grootmoeder gehad en haar verteld hoe hecht hun relatie was; ze was zelfs van plan geweest Isobel een keertje mee te nemen om haar te laten kennismaken met Emma. Ze zou haar missen en haar eeuwig dankbaar zijn voor haar gulheid. Iets dergelijks had ze absoluut niet voorzien, maar ze was de hemel te rijk dat Emma's toekomst nu verzekerd was.

Emma dommelde steeds in tijdens Helens bezoek en toen ze eenmaal echt in slaap viel, gaf Helen haar een kus en reed terug naar Swanmere. Ze had officieel geen adres meer, omdat ze gisteren, niet lang nadat Savannah was vertrokken, de Old Rectory had verlaten, maar ze was niet dakloos. Ze had Macs aanbod om bij hen te komen te logeren, aangenomen tot het huurcontract van haar huis in Crantsford afliep en de huurders zouden vertrekken, al had het heel wat voeten in de aarde gehad voordat ze erin had toegestemd. 'Wat kan het je schelen wat de mensen ervan denken?' had Mac gezegd. 'Je bent een vriendin van ons en we hebben je uitgenodigd te komen logeren. Of ben je soms bang voor Hunter?'

'Ik ben bang voor wat hij van Conrad denkt,' gaf ze toe.

'Denk je dat Conrad zich daar iets van aantrekt?'

'Nee, en daarom moet ík me er iets van aantrekken. Ik wil niet dat hij erbij betrokken raakt.'

'Daar is het te laat voor, Helen. Hij is er al bij betrokken.'

Dus had ze haar intrek genomen in hun logeerkamer. Ze twijfelde er niet aan dat het hele dorp daarvan binnen de kortste keren op de hoogte zou zijn, omdat Evie degene was die de kamer voor haar had klaargemaakt.

Ze parkeerde haar auto naast Conrads Saab en zette net de motor af toen een auto achter haar stopte. Ze kon zich onmogelijk vergissen in de Mercedes en de bestuurder. Het was Hunter.

Ondanks dat Helen hem had verzocht haar met rust te laten, had hij haar gebeld zodra ze terug was op de Old Rectory. Hij had gedreigd meteen naar huis te komen tenzij ze met hem praatte, dus had ze ermee ingestemd en zijn vragen zo eerlijk mogelijk beantwoord. Zijn eerste vraag betrof haar zwangerschap. 'Daarover ben je onjuist geïnformeerd,' zei ze. 'Ik neem aan dat Savannah je dit heeft verteld?'

'Het maakt niet uit wie het me heeft verteld. Waar het om gaat, is dat je het voor me hebt achtergehouden. Ben je zwanger, ja of nee? En ben ik de vader?'

'Ik ben niet zwanger. Nooit geweest ook.'

'Waarom zei Savannah dat dan? En wat nog veel belangrijker is: waarom zei ze dat je me voor gek zet?'

'Dat moet je haar maar vragen. Misschien kun je ook de mogelijkheid overwegen dat je dochter een leugenachtige intrigante is, die misschien een veel aangenamere jonge vrouw zou zijn geworden als je strenger voor haar was geweest en oprechte belangstelling voor haar had gehad. Bovendien zou ik eerder zeggen dat je míj voor gek zet. Hoe maakt Annabel het?'

'Annabel is alleen maar een avontuurtje, Helen. Ze betekent niets voor me. Het gaat me alleen om de seks.'

Dat hij niet eens reageerde op haar kritiek op Savannah! Ze zei: 'Ik hoop dat Annabel je niet kan horen.'

'Ze is hier niet.'

'Waar ben je dan?'

'Bij Clancy. Ik wil je zien, Helen. Ik wil me ervan verzekeren dat je geen overhaaste beslissingen zult nemen. Je hebt me nodig en dat weet je heel goed.'

Toen hij dat zei, hing ze op en trok de stekker van de telefoon uit het stopcontact.

'Hoe wist je waar je me kon vinden?' vroeg ze nu, toen Hunter uit zijn auto was gestapt en naar haar toe kwam.

'Dat was geen probleem. Waar zou je anders moeten zijn? Bij Olivia Marchwood? Je dacht toch niet dat ik zo dom was dat ik niet wist dat je iets met Conrad hebt? Je schijnheilige gedoe zal geen zoden aan de dijk zetten.'

'Alles in orde, Helen?'

Mac en Conrad kwamen om het huis heen. Blijkbaar waren ze in de tuin geweest en hadden ze stemmen gehoord. Fritz was bij hen. Toen de hond Hunter zag, begon hij te grommen.

'Ja, alles is in orde, Conrad.' Ze draaide zich weer om naar Hunter. 'Zullen we ergens iets gaan drinken om erover te praten?'

Hunter wierp een nijdige blik op Conrad. 'Ik wil er ook wel hier over praten.'

'Nee,' zei Helen. 'Ik wil er niemand bij betrekken.'

'Dat heb je anders al gedaan.' Nog steeds naar Conrad kijkend, sneerde hij: 'Ik hoop dat je rijk genoeg bent voor haar. Ze heeft een dure smaak.'

Conrad deed een stap naar voren, maar Helen hief haar hand op om hem tegen te houden. 'Hunter,' zei ze, 'waarom ben je eigenlijk met me getrouwd? Ik ben niet bepaald een opzienbarende verovering. Ik ben weliswaar jonger dan jij, maar je had kunnen krijgen wie je wilt. Waarom wilde je juist mij?'

Het gebeurde niet vaak dat Hunter op het verkeerde been werd gezet, maar deze vraag leek hem te ontwapenen. Hij keek verward. Helen kreeg bijna medelijden met hem. 'Ik dacht... dat je anders was,' zei hij. 'Ik dacht dat je me echt nodig had. Maar je bent net als de rest. Zodra je eenmaal hebt gekregen wat je wilt, begin je aan de touwtjes te trekken.'

Helen wist niet wat ze hoorde. 'Geloof je dat serieus?'

'Ik heb nog nooit een vrouw ontmoet voor wie dat niet geldt. Jullie zijn allemaal hetzelfde. Toen je erin toestemde met me te trouwen, wist ik precies welk spel je speelde en ik vond het niet erg om eraan mee te doen. Dat leek me gewoon fair. Maar na een poosje begon je vals te spelen. Je begon aan me te twijfelen.' Hunters stem had een ijzige klank gekregen. Vanuit haar ooghoek zag Helen dat Mac en Conrad naar voren kwamen. Later zou ze zich gaan afvragen of ze hadden voelen aankomen wat er ging gebeuren, maar zelf had ze er geen idee van. Opeens hief Hunter zijn hand op en sloeg haar hard in haar gezicht terwijl hij haar uitschold voor harteloos kreng. De klap kwam zo hard aan dat ze tegen de auto viel. Naar haar gevoel een eeuwigheid was ze helemaal duizelig en kon ze niets zien. Ze was zich vaag bewust van het pandemonium dat losbarstte: Conrad stortte zich op Hunter, Fritz blafte en Mac vroeg haar of ze kon staan. 'Ja, ja, maak je niet ongerust. Niets aan de hand.' Maar dat was niet zo. Ze was weer in Italië, ze lag weer in de goot.

63

Na haar eerste werkdag fietste Lucy extra snel naar huis. Ze trok een oude spijkerbroek en een T-shirt aan, greep het rugtasje dat ze die ochtend aan de haak aan de keukendeur had gehangen en vertrok. Er was iemand die ze dolgraag wilde zien.

Ze had sinds haar terugkeer uit Italië nog geen gelegenheid gehad Dan te bedanken dat hij voor haar tuintje had gezorgd tijdens haar afwezigheid. Toen ze het geluid van een claxon hoorde, keek ze naar de overkant van de weg. Orlando stopte en draaide het raampje van zijn bestelauto open. Ze stak de weg over. 'Ik ga naar mijn tuin,' zei ze. 'Jij dan? Ben je klaar voor vandaag?'

'Nee. Ik ga thuis even snel een broodje eten, maar dan moet ik nog naar een klant, een vrouw die haar hele tuin wil laten opknappen. Ik heb geen idee hoe lang ik daar bezig zal zijn. Hoe was het op je werk?'

'Goed. En nee, hij heeft niet gebeld. Ik geef je hierbij officieel toestemming te zeggen dat je het voorspeld had.'

'Dat zou ik je nooit aandoen, Luce. Zeg, ik heb een beetje haast. We praten straks wel verder. Zal ik op weg naar huis iets afhalen bij de *takeaway*?'

'Graag.'

'Doe Dan en de Ouwe Jongens de groeten van me.'

Dan, Bill en Joe begroetten Lucy alsof ze terug was van een soloreis om de wereld in een veredelde badkuip. 'Heb je cadeautjes voor ons meegebracht?' vroeg Joe met een nieuwsgierige blik op de tas die ze bij zich had. 'Tegen Sophia Loren zal ik geen nee zeggen!'

'Jullie zullen genoegen moeten nemen met grappa,' zei ze, en ze gaf hen elk een fles. Voor Dan, die nooit dronk, had ze een in cadeaupapier verpakt doosje.

'Waarom krijgt hij altijd iets bijzonders?' vroeg Joe.

'Omdat hij het verdient.'

Met zijn arm om Lucy's schouders liep Dan met haar weg over het pad. 'Wil je je tuintje even gaan bekijken? Dan zet ik onderhand een keteltje water op.'

'Nee, dat doe ik straks wel. Als ik nu eens voor de thee zorg, dan kun jij je cadeautje openmaken.'

'Je had echt niet iets voor me hoeven meebrengen,' zei hij toen ze in zijn schuurtje een lucifer afstreek om het gas aan te doen.

'Dat weet ik, maar ik wilde het graag. Vooruit, maak het maar open.'

Dat deed hij. Even later bewonderde hij de aardewerken mok met een afbeelding van Bellagio en het meer erop. 'Mooie plek, waar je bent geweest,' zei hij nadat hij haar had bedankt en ze meteen thee in de nieuwe mok had geschonken. 'Heb je het leuk gehad?'

Ze ging naast hem zitten, haalde diep adem en vertelde hem over haar vader en toen over Francesca.

'Dus als het erop aankomt mag je haar wel?' zei hij.

'Ja. Ze is erg aardig, en ze was zo lief voor mij. En dat terwijl ik haar al die jaren heb gehaat. In mijn ogen was ze een monster.'

'Maar dat is nu allemaal verleden tijd. Het heeft geen zin te treuren om dingen die je toch niet kunt veranderen. Je moet vooruitkijken.'

Lucy nam bedachtzaam een lange teug van haar thee. 'Dat zei Alessio ook.'

'O ja? En wie mag Alessio wel zijn?'

'Iemand die ik daar heb ontmoet. Hij is net zo oud als ik en hij is musicus. Klassiek pianist.'

'En?'

'We zijn nogal veel met elkaar opgetrokken. Het klikte tussen ons, als je voelt wat ik bedoel.'

Dan glimlachte. 'Kijk eens aan. Zoiets had ik niet verwacht! Wanneer denk je hem weer te zien?'

'Nooit.'

'Je lijkt erg zeker van je zaak. Hoe komt dat?'

Nu vertelde ze hem alles: dat ze op slag verliefd was geworden en dat Orlando haar had gewaarschuwd voorzichtig te zijn. 'Maar ik ben niet voorzichtig geweest, Dan. Ik heb alle voorzichtigheid in de wind geslagen. En nu ben ik zo in de war. Zie je, voordat ik naar Italië vertrok, dacht ik... had ik mezelf ervan overtuigd dat ik van Orlando hield. Dat was de reden waarom ik die avond zo zat te janken, weet je nog wel, toen jij zo lief voor me was?'

Hij knikte. 'Ik had gehoord dat hij verkering had met een ander meisje. Dat jonge ding dat op de Old Rectory was komen wonen.'

'Dat was ook zo. Maar het is alweer uit.'

'Dat was snel. En nu vraag je je af of jullie tweeën –'

'Nee!' zei ze snel. 'Nee, ik geloof dat ik alleen maar dacht dat ik verliefd op hem was omdat ik jaloers was, omdat hij uitging met een meisje dat ik niet kon uitstaan. Ik snapte niet wat hij in haar zag. Het was zo duidelijk waar ze op uit was.'

'Voor een intelligente meid als jij misschien. Maar mannen zijn simpele wezens. Wat vrouwen betreft zien we alleen wat we willen zien. Maar vertel eens iets meer over Alessio.'

'Ach, Dan, wat zal ik je vertellen. Hij heeft iets magisch over zich. Ik had nog nooit eerder zoiets meegemaakt.'

'Zo te horen heeft hij je het hoofd op hol gebracht.'

'En mijn hart gestolen.'

'Dan bof ik dat er nog wat van je over is,' grapte Dan. 'Maar in ieder geval hebben jullie samen een fijne tijd gehad, en dat kan niemand je afnemen.'

'Ook al heb ik nu het gevoel dat hij me heeft misbruikt?'

'Vond je dat ook toen je bij hem was?'

Ze dacht daarover na. 'Nee,' zei ze.

'Dan raad ik je aan alleen maar te denken aan de fijne tijd die jullie hebben gehad.'

'Ik wou alleen dat hij zou bellen, al is het maar om te zeggen dat het voorbij is.'

'Zei hij dat hij zou bellen?'

'Ja.'

Daar dacht Dan over na, terwijl hij luidruchtig zijn thee slurpte. 'Er kan een heel goede reden zijn waarom hij niet heeft gebeld. Lekkere thee trouwens. Dat ben je nog niet verleerd.'

Lucy sloot haar ogen. Wat was het fijn om hier samen met Dan te zitten. Hij had altijd zo'n positieve instelling. Ze was zo druk met zichzelf te veroordelen om haar roekeloosheid, dat ze iets heel belangrijks uit het oog was verloren. Waarom zou ze de herinnering aan die fijne dagen in Bellagio bederven door Alessio zwart te maken? Had ze dan niets geleerd van alle jaren dat ze misplaatste woede had gekoesterd ten opzichte van haar vader en Francesca?

Ze schrok toen haar mobieltje in haar broekzak begon te rinkelen. Het zou Orlando wel zijn, om te zeggen dat de plannen waren veranderd.

'*Ciao, Lucia!* Met Alessio.'

Een blos steeg naar haar gezicht. Haar hoop, die bijna was gestorven, bloeide onmiddellijk op. Haar hart sloeg op hol. Ze zette haar mok neer en liep, na een korte blik op Dan, een eindje weg over het pad. 'Alessio. Hoe is het met je?'

'O, Lucia, vergeef me dat ik je niet eerder heb gebeld. Ik ben zo boos op mezelf. Ik was je nummer kwijtgeraakt. Ik had het opgeschreven, maar kon het nergens meer vinden. En toen vond ik het tussen de pagina's van een muziekstuk. *Sono stupido!*'

Haar hart zwol. Maar ze hield zich snel in. Misschien loog hij. 'Waarom ben je dan niet naar mijn vader gegaan?' vroeg ze. 'Die had je mijn nummer kunnen geven.'

'Je weet hoe hij over me denkt. Bovendien hebben Francesca en hij het nu zo moeilijk. Ze moest gisteren naar het ziekenhuis voor nog meer onderzoeken. Ik wilde hen niet storen. Maar Lucia, waarom heb je *mij* niet gebeld?'

'Omdat...' Haar stem zakte weg.

'Lucia?'

'Ik wist niet zeker... ik dacht dat het voorbij was. Dat het alleen maar een vakantieromance was.'

'Hoe kan ik bewijzen dat het dat niet is?'

Voordat ze de kans kreeg te antwoorden, werd de verbinding verbroken. Ze gromde gefrustreerd. De ontvangst was hier altijd slecht. Dat had schijnbaar iets te maken met de vele bomen. Ze belde hem niet meteen terug, maar wachtte af of hij opnieuw zou bellen, anders zouden ze alleen maar allebei een ingesprektoon krijgen.

'*Cara mia*, is dit voldoende bewijs?'

Ze draaide zich met een ruk om en kreeg de verrassing van haar leven. Daar, nog altijd even knap, even waanzinnig aantrekkelijk als altijd, stond Alessio. Gekleed in een mooi zwart pak met een blauw-met-wit gestreept overhemd, waardoor hij hier volslagen uit de toon viel. 'Alessio! Wat... wat doe je hier?'

Hij nam zijn zonnebril af en liet die in de zak van zijn colbertje glijden. 'Ik kom voor jou. Wat dacht je dan?'

'Maar hoe wist je dat ik hier was?'

'Al die vragen kunnen wachten. Eerst wil ik graag mijn beloning voor het feit dat ik helemaal hierheen ben gekomen.'

Ze glimlachte. 'En wat moet die beloning zijn?'

Hij kwam heel dicht bij haar staan. '*Questo.*' Hij nam haar in zijn armen en kuste haar zo lang dat ze half verwachtte dat de zon was ondergegaan en de maan al aan de hemel stond toen ze elkaar eindelijk loslieten. Ze keek hem sprakeloos aan. Haar hart voelde alsof het overstroomde van liefde voor hem. Ook hij leek geen woorden te kunnen vinden en toen ze in zijn ogen keek, en de liefde en tederheid zag die daarin opgesloten lagen, moest ze zich aan hem vastgrijpen om haar evenwicht niet te verliezen. Net zoals ze al eerder had gedacht, bestond er ontegenzeglijk een band tussen hen. Het was alsof ze nooit vreemden voor elkaar waren geweest.

Ze keken allebei om toen er een schel gefluit opklonk. Alweer hadden ze met zo'n kus de aandacht getrokken. Ze zag dat Dan zijn mok naar haar ophief, terwijl Bill en Joe hun gefluit vergezeld lieten gaan van obscene gebaren. Naast hen stond Orlando. Hij glimlachte bijna. Maar niet helemaal.

BELLAGIO

64

Een maand was verstreken sinds Hunter Conrads verdenking had bevestigd dat hij een gewetenloze, meedogenloze man met een gewelddadige inslag was. Met andere woorden: een vuile, tirannieke smeerlap.

Ondanks deze vermoedens was Conrad toch erg geschrokken toen Hunter zijn zelfbeheersing had verloren. In ieder geval was de smeerlap niet ongedeerd vertrokken. Dankzij de twee goed gerichte vuistslagen die Conrad op hem had losgelaten, moest hij met een bloedende lip en een flink blauw oog de aftocht blazen. Conrad had Helen naar het ziekenhuis willen brengen vanwege de hersenschudding waar ze nog maar net van was hersteld, maar daar wilde ze niets van horen. Ze zei dat ze niet gewond was, alleen maar geschrokken. Toen had Mac drie glazen whisky als medicijn ingeschonken, en had Helen haar glas opgeheven en hun verrast met de toast: 'Op mijn aanstaande echtscheiding, en op mijn nieuwe leven.' Waarop ze hun had verteld over haar bezoek aan de advocaat in Crantsford. Conrad hoorde de naam Jenkins voor het eerst, maar kon zich goed voorstellen hoe verbaasd Helen was geweest toen ze het nieuws had gehoord. Nu hoefde Helen zich geen zorgen meer te maken over haar grootmoeder. Ze was een vrij mens. Ze kon weer helemaal zichzelf zijn. Conrad kon zich geen mooier cadeau voorstellen. Helen liet daarna weliswaar nog een of twee keer doorschemeren dat het misschien beter was als ze de erfenis niet aanvaardde, maar Conrad hoorde dat Mac haar op dat punt ferm had toegesproken. Dat hij had gezegd dat mevrouw Jenkins klaarblijkelijk veel prijs had gesteld op hun relatie, ondanks het feit dat het in principe een zakelijke relatie was geweest, en dat ze Helen daar op deze manier voor wilde bedanken.

De volgende middag, toen Helen terug was van haar eerste werkdag, had ze op de deur van zijn kantoor geklopt en gevraagd of ze hem even kon spreken. Dit was de eerste keer dat ze op zijn kantoor was en hij vond het prettig haar daar te zien. Toen ze op de vensterbank ging zitten van het raam dat uitzicht bood op de tuin, kreeg haar haar de kleur van doorzichtig barnsteen vanwege de zon die achter haar stond. Ze zei: 'Annabel is vandaag niet op haar werk gekomen. In plaats daarvan heeft ze een brief gestuurd. Ze zegt dat ze het gezien de omstandigheden beter vindt dat we niet meer met elkaar werken.'

'Dat klinkt redelijk,' zei Conrad afwezig, want hij kon er alleen maar aan denken dat Helen nog nooit zo mooi was geweest als op dit moment. Haar gezicht stond kalm en ze straalde weer zelfvertrouwen uit. Dat kwam natuurlijk door haar innerlijke rust.

'Minder prettig is,' zei ze, 'dat dertig procent van de financiering afkomstig is van Hunter en ik het bedrijf daarom moet sluiten.'

'Dat is jammer.'

'Tenzij ik het aanbod aanneem dat Mac me gisteravond heeft gedaan. Daar wil ik het graag met je over hebben. Hij wil helpen. Hij zegt dat het voor hem, met zijn ruime ervaring in het bankwezen, kinderspel is om financiering te krijgen. En dat hij bovendien erg goed is in mensen onder druk zetten.'

'Als in "de duimschroeven aanleggen".'

Ze glimlachte. 'Wat vind jij?'

Hij stond op – hoe kon hij weerstand bieden aan die glimlach? – ging bij haar in de vensterbank zitten en keek naar beneden, waar Mac in een tuinstoel de kruiswoordpuzzel uit *The Times* zat op te lossen, met Fritz aan zijn voeten. 'Mijn vader heeft altijd een hoofd voor zaken gehad. Ik zou zijn aanbod aannemen, Helen. Bovendien heeft hij dan meteen iets omhanden.'

'Ik dacht al dat je dat zou zeggen, maar toch moeten we hier eerst goed over nadenken. Ik kan Companion Care alleen laten voortbestaan als ik er zelf een behoorlijk salaris aan kan verdienen. Misschien is uitbreiding het antwoord. Is het trouwens vreemd om Mac niet meer je oom te noemen, maar je vader?'

Het ontging hem niet dat ze opeens op een ander onderwerp overging en omdat hij wist dat haar onafhankelijkheid een teer onderwerp was, leverde hij er geen commentaar op. 'Soms wel,' zei hij. 'Maar soms lijkt het me juist een wonder dat ik het me niet eerder heb laten ontvallen.'

Ze keek weer uit het raam en zag dat Mac een bal weggooide voor Fritz. Zonder erbij na te denken legde Conrad zijn hand tegen Helens wang en streelde met zijn vingers haar gladde, bleke huid. Ze draaide zich naar hem toe en terwijl ze hem bleef aankijken, kuste ze zijn handpalm. Hij boog zijn hoofd en kuste zacht haar lippen. Heel langzaam. Heel voorzichtig. Het was bijna niet te geloven dat dit hun eerste kus was.

'Dat was prettig,' zei ze. Ze boog haar hoofd achterover en hield zijn blik vast.

'Ja, hè? Zal ik het nog een keer doen?'

'Ik wil je niet van je werk houden.'

'Dat doe je evengoed al.' Hij kuste haar nogmaals. En nogmaals.

'Heb jij ook weleens het gevoel dat alles in onze levens tot nu toe alleen is gebeurd om ons naar dit moment te brengen?'

Ze zaten op de stenen trap van wat ooit de steiger van Hotel Villa Cipressi was geweest. Conrad lag met zijn hoofd op Helens schoot, deed voorzichtig zijn ogen open en liet de aangename herinnering aan die eerste kus gaan voor de aanblik van het lieve gezicht boven hem. 'Kun je iets specifieker zijn?' vroeg hij, al wist hij precies wat ze bedoelde. Het was een van de vele dingen die hij zo leuk vond in hun relatie: dat ze volkomen op elkaar afgestemd waren. Ze wist meestal waar hij aan dacht. Toch slaagde hij er soms evengoed in haar te verrassen. Zoals met de terugkeer naar het Comomeer. Hij was vorige week tot de conclusie gekomen dat ze er even uit moesten, en omdat hij wist hoe teleurgesteld Helen was dat ze in september de tuinen van Varenna niet had kunnen zien, had hij een vakantie voor hen geboekt in Hotel Villa Cipressi. De enige wijziging in de plannen waar ze om had verzocht toen ze hoorde wat hij had gedaan, was dat Mac ook mee zou gaan. En daarom hield hij zo mogelijk nog meer van haar.

Ze streelde zijn voorhoofd en keek op hem neer. 'Als liefde blind is, hoe komt het dan dat ik dankzij jou het gevoel heb dat ik mijn leven voor het eerst heel duidelijk zie?'

'Je laat het klinken alsof ik opticien ben.'

'Ik meen het. Mijn leven lijkt opeens zo ongecompliceerd. Het constante gevoel van vrees is verdwenen. Wanneer ik 's ochtends wakker word, ben ik gelukkig. Ik heb niet meer het gevoel dat ik tegen de stroom moet opboksen.'

Hij dacht terug aan die dag in Villa Carlotta, toen hij het standbeeld van Amor en Psyche uit de Hermitage had herkend, en hoe in het verhaal dat Sam hem had verteld de liefde uiteindelijk het onderspit had moeten delven. Hij had het heel lang heel moeilijk gehad, maar vanaf het moment dat Helen op Chapel House bij hem was ingetrokken, was de toekomst glashelder geworden.

'Laten we even gaan zwemmen,' zei hij.

Ze liepen het koele water in. Het was oktober, maar het was nog heerlijk weer. Vanochtend bij het ontbijt had de serveerster gezegd dat het vierentwintig graden zou worden. Helen vond de ochtenden nu nog mooier dan toen ze hier in september waren. Alles zag er zo bekoorlijk uit in het zachte licht. Of kwam het omdat ze hier nu samen met Conrad was?

Ze keek naar hem toen hij een eindje bij de kust vandaan zwom. Wat heb ik geboft, dacht ze. Het was alleen jammer dat ze hem niet had ontmoet toen ze jonger was, want dan had ze veel meer jaren van deze bijzondere man kunnen houden.

Uit de vele gesprekken die ze met Mac had gevoerd, had ze begrepen dat ze van hem nog veel kon leren over de liefde. Zijn relatie met Conrads moeder was voor hem het bewijs dat liefde volkomen onberekenbaar was. 'Je kunt er overal door worden getroffen,' had Mac gezegd. 'Soms lijkt het helemaal niet goed uit te komen. Soms lijkt het zelfs helemaal verkeerd te zijn. Maar je kunt er niks tegen doen. Pas toen ik me daarbij had neergelegd, was ik in staat mijn schuldgevoelens ten opzichte van mijn broer te verwerken.'

Helen had geen schuldgevoelens meer ten opzichte van Hunter. Ze was alleen maar opgelucht dat ze er op tijd een punt achter had gezet. Ze had geen idee of ze de eerste vrouw was die hij had geslagen, maar ze had geen antwoord op die vraag nodig. Wat haar betrof, was het de eerste en laatste keer. Ze wenste geen alimentatie, ook al was haar advocaat het daarmee niet eens. Ze wilde geen cent van Hunters geld. Daarvoor voelde ze zich veel te bezoedeld. Wanneer ze eraan terugdacht hoe ze zich door hem had laten misbruiken, toen hij alleen seksueel bevredigd kon worden door vertoon van dominantie en brute kracht, liepen de rillingen over haar rug. Ze zou het nooit helemaal zeker weten, maar het was mogelijk, gezien wat hij had gezegd op de dag dat hij haar had geslagen, dat alles fout was gegaan vanaf het moment dat hij zich bewust was geworden van de subtiele machtsverandering in hun relatie. Hij had gezegd dat ze aan hem was gaan twijfelen. Het was erg triest dat zoiets onbeduidends zo'n invloed op hem had. Het zei veel over zijn ego. En het zei veel over haar eigen karakter, dat ze nog excuses voor hem had bedacht toen hij haar in bed helemaal niet meer aanraakte. Vermoeid en overwerkt, had ze gedacht, terwijl hij doodgewoon een ander had: Annabel, die ongetwijfeld zijn ego streelde in plaats van hem tegen de haren in te strijken, zoals zij was gaan doen. Hunter had Helen alleen gewild omdat hij haar beschouwde als iemand die eeuwig bij hem in het krijt zou staan, en hem daarom altijd respect en eerbied zou tonen.

Maar dat maakte nu allemaal niet meer uit. Nu had ze een man gevonden die ze volkomen kon vertrouwen. Conrad zou haar nooit kwetsen. Hij zou haar nooit bedriegen. Haar nooit manipuleren. Hij had geen greintje kwaad in zich.

Ze hadden geen vastomlijnde plannen voor de toekomst, ze wisten alleen dat ze bij elkaar wilden zijn. De details, zoals Conrad zei, kwamen later wel. Ze hadden geen haast. Ze hadden gemerkt dat het leven vanzelf de juiste vorm aanneemt.

Langzaam, stap voor stap, begon Lucy vertrouwen te krijgen in haar gevoelens voor Alessio. En in zijn gevoelens voor haar. Hun weg was niet gemakkelijk. Soms maakten ze ruzie, gingen ze fel tegen elkaar in, maar op de onenigheid volgde altijd een hartstochtelijke liefdesverklaring van Alessio. Hij kon zich onstuimig en jongensachtig gedragen, maar was nooit saai. Hij was anders dan alle andere mensen die ze kende. Soms vroeg ze zich half in paniek af waar ze aan begonnen was. Maar dan dacht ze aan zijn knappe gezicht, of belde hij haar op en nam zijn stem al haar twijfels en zorgen weg. Ze stond er verbaasd over hoezeer ze door hem al was veranderd. Wanneer ze van elkaar gescheiden waren, wat veel te vaak naar haar zin was, werd ze heen en weer geslingerd tussen huilbuien van hartzeer en een warm gevoel van blijdschap dat hij helemaal naar Swanmere was gekomen om te zeggen dat hij van haar hield. *Ti amo, Lucia. Ti amo molto*. Hij was erg theatraal aangelegd.

Op die wonderbaarlijke avond toen hij onverwachts in de volkstuintjes was verschenen, had hij bij aankomst in Swanmere navraag gedaan waar ze woonde, maar ze was niet thuis geweest en Orlando had zich blijkbaar niet bepaald vriendelijk gedragen toen hij de deur voor hem had opengedaan, al was hij enigszins ontdooid toen Alessio duidelijk maakte dat hij niet zou weggaan zonder Lucy gesproken te hebben. Ten slotte had Orlando gezegd dat hij hem naar de volkstuintjes zou brengen. 'Lucia, hij is verliefd op je,' had Alessio later die avond gezegd, toen Orlando bij zijn ouders thuis was gaan slapen om hen privacy te geven. 'Hij begeert je bijna net zo hevig als ik. Ik zie het aan zijn ogen. Moet ik jaloers zijn?' In het begin had ze gezegd dat Alessio het mis had, maar iedere keer dat ze terugdacht aan de uitdrukking op Orlando's gezicht, toen hij naast de Ouwe Jongens stond en niet had kunnen glimlachen, wist ze dat er veel waarheid school in Alessio's woorden. Arme Orlando. Waarom was het hierop uitgelopen? Waarom was alles zo uit het evenwicht geraakt?

Twee dagen geleden had Orlando haar gevraagd wat ze eigenlijk wist over Alessio. En over Italiaanse mannen in het algemeen. 'Niet veel,' gaf ze toe. 'Alleen wat mijn vader me heeft verteld. Volgens hem blijven Italiaanse mannen verwende moederszoontjes tot de natuur zijn loop neemt en de moeder overlijdt. Dan worden ze pas volwassen. Hij zei ook dat seks voor hen een erezaak is, ongeacht met wie: met hun vrouw, vriendin of maîtresse. O, en schijnbaar zijn ze niet in staat trouw te zijn. Bij hen ontbreekt het gen van trouw.'

'Maak je je daar geen zorgen over?' vroeg Orlando.

'Volgens mij kun je precies hetzelfde zeggen van veel Engelse mannen. Bovendien denk ik dat mijn vader me alleen maar probeert af te schrikken. Om me te beschermen.'

'Hij wil alleen maar dat je gelukkig wordt. Net als ik.'

'Ik ben gelukkig. Zielsgelukkig.'

'Maar hij maakt je soms aan het huilen. Ik heb het zelf gezien en gehoord.'

'Nog vaker maakt hij me aan het lachen.'

'Weet je het zeker?'

'Heel zeker. Zijn goede kanten wegen ruimschoots op tegen zijn slechte.'

Nu was ze twee dagen verder en probeerde ze zich vast te klampen aan deze gedachte: dat het goede ruimschoots opwoog tegen het slechte. Ze logeerde bij haar vader en Francesca in Pescallo. Het was de tweede keer dat ze hier was – ze had dankbaar gebruikgemaakt van Hughs aanbod en wat vakantiedagen opgenomen – en ze zag duidelijk dat Francesca's gezondheid achteruitging. Ze was erg bleek en had donkere kringen onder haar ogen. Ook was ze afgevallen.

Omdat ze allebei zo van tuinieren hielden, en omdat Lucy graag Italiaans wilde leren om Alessio te bewijzen dat ze niet lui was, waren ze dikke vriendinnen geworden. Dat was heerlijk, maar de keerzijde was de wetenschap dat het juist vanwege hun groeiende vriendschap straks veel moeilijker zou zijn Francesca's dood te accepteren. Lucy had nu al het gevoel dat al haar grieven van vroeger in het niet waren verdwenen. Van de weerzin en de wrok, waar ze zich al die jaren aan had vastgeklampt, was niets meer over.

Ze was ook nu samen met Francesca in de tuin. Francesca zat wat uit te rusten in de schaduw van de pergola, die was begroeid met een schitterende Rosa mulliganii, terwijl Lucy een wit tafellaken op de tafel had uitgespreid en nu glazen Prosecco neerzette. Binnen hielp Mac haar vader wijn uit te kiezen.

'Hoe laat zei Alessio dat hij zou komen?' vroeg Francesca.

Lucy dacht even na voordat ze antwoord gaf. '*Alle due*. Om twee uur.'

'*Bravissima!* Je leert snel. Maar je hebt er ook goede redenen voor.'

'Ja, ik wil niet dat Alessio me al te vaak te slim af is.'

Francesca glimlachte. 'Groot gelijk. Hij is een intelligente jongeman, maar soms moet iemand hem eraan herinneren dat hij niet perfect is en dat er meer mensen zijn die net zo pienter zijn als hij.'

Lucy zette het laatste glas op zijn plek en ging naast Francesca in het zachte, verende gras zitten. 'Denk je dat er een kansje is dat mijn vader van gedachten zal veranderen en zijn goedkeuring zal hechten aan mijn relatie met Alessio?'

'Zit daar maar niet over in. Ik zal ervoor zorgen dat hij de goede kanten van mijn neef zal zien, al is het het laatste wat ik doe.'

Het was een doodgewone manier van spreken, *al is het het laatste wat ik doe*, maar Lucy kromp toch ineen. Gedurende de korte tijd dat ze haar stiefmoeder had leren kennen, was ze erachter gekomen wat een vriendelijke, vergevensgezinde vrouw ze was. En ook een gedecideerde vrouw, zoals wel bleek uit het feit dat ze tegen de wens van haar hele familie in met Marcus was getrouwd. 'Francesca, mag ik je iets vragen over Alessio?'

'Natuurlijk, zeg het maar.'

'Hij wil graag dat ik hier kom wonen, zodat we bij elkaar kunnen zijn.'

'Hier in Pescallo?'

'Niet per se. Misschien in Bellagio.'

'En wil je dat?'

'Wanneer ik bij hem ben, is er niets wat ik liever wil. Maar wanneer we niet samen zijn, wanneer ik probeer helder te denken, zegt mijn verstand dat het gekkenwerk zou zijn.'

'Omdat je elkaar nog maar zo kort kent?'

'Ja. Het is zo'n groot risico. In Engeland heb ik een goede baan. Swanmere is mijn thuis. Daar heb ik mijn vrienden. Wat moet ik hier doen wanneer Alessio naar Milaan moet om te spelen?'

Met een elegant, vloeiend gebaar wuifde Francesca die vraag opzij. 'Ik heb een vraag voor je, een belangrijke vraag. Je kent Alessio pas een maand, maar hou je van hem?'

'Ja.' Het woord kwam over haar lippen voordat Lucy het kon tegenhouden. Hoe gevaarlijk klonk het, dat ene woordje.

Francesca klapte in haar handen en glimlachte. 'Zie je nu! Je hoefde er niet eens over na te denken. En dat is het antwoord op je vraag.'

'Maar stel dat het toch uit raakt?'

'En wat dan nog? Ook als het maar tijdelijk is, is dat toch niet erg? Alles is tijdelijk. Je moet leven, Lucy. Je moet van al het goede dat op je weg komt, zo veel mogelijk profiteren.'

Lucy glimlachte. 'Je klinkt net als Alessio. Je stelt alles zo eenvoudig voor.'

'Alleen angst maakt dingen ingewikkeld. Bekijk het eens vanuit een andere hoek. Zou je op dit moment je verkering met Alessio kunnen afbreken? Je weet wat hij voor je voelt, ik heb dat zelf gezien aan de manier waarop hij naar je kijkt; ik weet wat er in zijn hart schuilt, dat kan iedereen zien. Kun je dat echt de rug toekeren? Wil je jezelf dat geluk echt ontzeggen, enkel en alleen omdat je bang bent voor het onbekende?'

Voordat Lucy kon antwoorden, ging Francesca door. 'Ik heb de consequenties van mijn liefde voor je vader onder ogen durven zien; nu moet jij hetzelfde doen met Alessio. Het is veel makkelijker om het de rug toe te keren, te zeggen dat het zo beter is, maar Lucy, je mag één ding nooit vergeten: wat de liefde betreft is niets zo lafhartig als een veilig compromis. Het leven moet een avontuur zijn. Vol risico's. Vol opwinding. Wat zou er van de opwinding overblijven als je terugging naar Engeland?'

Lucy schoot in de lach om Francesca's enthousiaste betoog. 'Je kunt erg overtuigend zijn.'

'Inderdaad, vraag maar aan je vader.'

'Wat moet ze aan haar vader vragen?'

Mac en Marcus kwamen over het gazon aanlopen, elk met een groot dienblad met de lekkernijen die Francesca met hulp van Lucy had klaargemaakt. Terwijl Mac en haar vader onder het genot van een glas wijn de toestand in de wereld hadden besproken, hadden Lucy en Francesca gehakt, gesneden, gebraden en gebakken. Artisjokharten in olijfolie met kleine, gekaramelliseerde uitjes, prosciutto met vijgen en mozzarella, malse lamskoteletten met citroensap en tijm, gebakken aubergines en courgettes met groene tomaten, schijfjes perzik en meloen en een van Lucy's favoriete lekkernijen, die ze via Alessio had ontdekt: gekonfijte kersen in grappa. Haar vader en Mac plaatsten de dienbladen aan beide uiteinden van de tafel.

'Marcus,' zei Francesca, 'ik had het met Lucy over *amore*.' Ze stak haar hand naar hem uit. Hij pakte hem vast en kneep er zachtjes in. Lucy wendde zich af. Ze kon de bedroefde blik op haar vaders gezicht doodgewoon niet aanzien.

Het was geen groot gezelschap, maar een kleine groep genodigden, om Marcus de gelegenheid te geven kennis te maken met vrienden van zijn dochter uit Swanmere, die hier op vakantie waren. Mac Truman was in de loop van de ochtend al gekomen en het was Marcus al snel duidelijk geworden dat het tussen hem en de oudere heer wel klikte. Mac leek hem een solide, betrouwbare man en het was duidelijk dat hij erg op Lucy gesteld was. Marcus was dan ook blij dat Lucy hem tot haar vrienden mocht rekenen.

Van de andere gasten was Enrico Mosto er als eerste. Omdat hij onlangs weduwnaar was geworden, was Enrico een van de weinige mensen met wie Marcus kon praten over zijn angsten omtrent Francesca. En over zijn angsten voor wanneer ze er niet meer zou zijn.

Daarna arriveerde Macs zoon Conrad. Hij had een aantrekkelijke vrouw met kastanjebruin haar bij zich, die Helen heette. Ze boden hun verontschuldigingen aan voor het feit dat ze iets te laat waren. 'We waren even gaan zwemmen en hebben niet op de tijd gelet,' legde Helen uit.

'Dat betekent dat jullie nu heerlijk lang kunnen blijven tafelen,' zei Francesca uitnodigend. 'Willen jullie alvast een glas Prosecco?'

Marcus keek naar zijn vrouw, die zich gedroeg alsof er helemaal niets aan de hand was. Ze deed wat ze altijd deed: haar liefde voor het leven delen met anderen. Hij zag Lucy naar hem kijken en liep naar haar toe.

'Hoe gaat het, pap?' vroeg ze.

Hij vond het nog steeds wonderbaarlijk dat ze hem pap noemde. 'Redelijk,' zei hij.

'Echt?'

Hij slikte. 'Het wordt er niet makkelijker op. Ik dacht van wel, maar met iedere dag die verstrijkt, weet ik dat we weer een dag dichter bij...' Hij zweeg zonder de zin af te maken. Dat zou Francesca niet willen. 'Ik heb een verrassing voor je,' zei hij.

'Voor mij?'

'Ja, ik wil je graag met iemand laten kennismaken. Zijn naam is Enrico Mosto en hij is een goede vriend van me. Hoe gaat het met je Italiaans?'

Ze keek geschrokken. 'Spreekt hij alleen Italiaans? Dan zal het moeilijk worden.'

Marcus glimlachte. 'Ik dacht meer aan de langere termijn.'

'Ik snap niet wat je bedoelt, pap.'

'Ik heb gisteren met Alessio gepraat. Hij vertelde me dat hij graag wil dat je hier komt wonen.'

Weer die geschrokken blik. 'Dat had hij je nog helemaal niet moeten vertellen. Het is nog veel te vroeg. Ik –'

Hij legde met een geruststellend gebaar zijn hand op haar arm. 'Stil maar. Wat ik voorheen over Alessio dacht, is nu verleden tijd. Het feit dat hij me is komen vragen wat ik van zijn plan vind, is een teken dat hij aan het veranderen is. Ook Francesca heeft me onder handen genomen. Ze heeft me eraan herinnerd hoezeer haar familie op mij tegen was toen ik hier met haar kwam. Ze heeft gevraagd of ik onze verzoening wil laten bederven door iets wat in feite alleen jou en Alessio aangaat. Zoals altijd heeft ze gelijk.'

'Ik weet niet wat ik moet zeggen.'

'Kom dan maar even kennismaken met Enrico, want hij is misschien degene die je zal kunnen overhalen ja te zeggen tegen Alessio.'

'Hoezo?'

'Hij is de eigenaar van een van de grootste kwekerijen in dit deel van het land, en kan je misschien een baan aanbieden.'

'Een echte baan?'

'Ja.'

'En je vindt het echt niet erg als Alessio en ik gaan samenwonen?'

'Niet als dat inhoudt dat ik je vaak te zien krijg.'

Mac zag Lucy haar vader omhelzen. Het was iets waarvan zelfs het kilste hart warm zou worden. Hij vond het heerlijk haar zo gelukkig te zien. En toen Alessio even later bij haar kwam staan, was haar geluk zo te zien compleet. Lang geleden had hij een keer tegen Hannah gezegd dat verliefde mensen de mooiste mensen op de wereld waren. Lucy was daarvan een zuiver voorbeeld. Hij had haar nog nooit zo stralend meegemaakt. Hij zag het jonge stel even met elkaar praten, en nadat Alessio iets tegen Marcus had gezegd, tilde hij Lucy opeens van de grond, draaide met haar in het rond en kuste haar.

Niets was zo aanstekelijk als het geluk van andere mensen. Het was het beste medicijn dat er bestond. Hij keek naar de plek waar Helen en Conrad op het gras zaten, hun hoofden dicht bij elkaar, en zijn hart zwol van liefde voor hen beiden. Zo was het altijd geweest: als Conrad gelukkig was, was hijzelf ook gelukkig. Zo eenvoudig was dat.

Hij hoorde Lucy en Alessio lachen en keek weer naar hen. Hij had het helemaal mis gehad wat Lucy en Orlando betrof. Hij had gedacht dat ze voor elkaar geschapen waren, maar nu hij Lucy met Alessio zag, twijfelde hij er niet aan dat ze de juiste keuze had gemaakt. Met Orlando had hij haar nog nooit zo zien sprankelen als met deze Italiaanse jongeman. Hij vreesde dat ze haar over niet al te lange tijd niet meer in Swanmere zouden zien en hij zou haar missen.

Hij voelde opeens een steek van verlangen naar de enige vrouw, op Hannah na, met wie hij een hechte relatie had gehad: Alice. Wat zou die hiervan genoten hebben. 'Mensen die van tuinieren houden, houden ook van de liefde,' had ze ooit met een knipoog gezegd. 'Met uitzondering van Olivia Marchwood.' Al had hij geruchten gehoord dat Olivia tegenwoordig niet meer alleen was. Men zei dat de weduwnaar uit Cirencester, de veteraan van de *Gardens of Delight*-tour, met een koffertje in zijn hand bij haar op de stoep was gesignaleerd. Nou, hij wenste de oude zuurpruim veel geluk!

Hij ging in de schaduw van de pergola zitten en dacht na over wat hij gisteravond in bed had gelezen. Vlak voordat ze naar Italië waren vertrokken, had Helen hem de dagboeken van Alice teruggegeven en nu was hij er eindelijk geestelijk aan toe die te lezen. Voorheen was hij er te veel door van streek geraakt, maar nu vond hij er juist troost in.

Hij had één aantekening gevonden die hij bijzonder toepasselijk en wijs vond. 'Een tuin moet, net als degene die hem creëert, geheimen en verrassingen in zich bergen,' had Alice geschreven. 'Een tuin moet verborgen bronnen van genot bezitten en paden die je uitnodigen ze te volgen, ook als ze niet per se ergens naartoe gaan. Want die paden kunnen je ook leiden naar iets onverwacht moois.'

Mac nam een slokje van zijn Prosecco. 'Je hebt volkomen gelijk, Alice,' mompelde hij.

Dankwoord

Ook nu ben ik veel dank verschuldigd aan de familie Morris voor hun hulp en expertise. Dank je, Lis, voor je tijd en deskundigheid.

Bijzonder veel dank gaat uit naar mijn twee fantastische Italiaanse gidsen – Monica Luraschi en Rita Annunziata – die me onschatbaar veel hebben geleerd over de streek rond het Comomeer, in het bijzonder over Villa Balbianello, Villa Carlotta en Bellagio. *Tante grazie!*

Ook veel dank aan het personeel van het Grand Hotel Villa Serbelloni, in het bijzonder Francesco en zijn uitmuntende staf, die mijn verblijf zo aangenaam hebben gemaakt.

Alhoewel ik waarschijnlijk de slechtste leerlinge ben die ze ooit heeft gehad, dank ik ook Eliana Toye Southerden voor haar pogingen me Italiaans te leren te spreken. *Grazie mille!*

Mijn bijzondere dank gaat verder uit naar Bev Hadwen voor het feit dat ze zo intuïtief en geduldig is geweest, en me uiteindelijk mijn eigen droomtuin heeft gegeven.

Veel dank aan John en Lesley Jenkins van Wollerton Old Hall Garden in Shropshire, die me het ideale decor hebben gegeven voor een van de episodes in mijn boek, en voor het feit dat ze zo veel mensen zo veel inspiratie geven.

Zoals altijd een groot applaus voor iedereen bij Orion. Daarbij moet meneer Keates eigenlijk apart genoemd worden (al was het maar om zijn smaak op het gebied van overhemden, en om zijn afgrijselijke grappen!), en ook meneer Taylor omdat hij veertig is geworden (ja, ja!). Uiteraard veel dank aan Kate Mills, Genevieve Pegg, Jon Wood, Jo Carpenter, Ian Diment, Jo Dawson, Emma Noble, Debbie van de grafische afdeling (de nieuwe omslagen zijn geweldig, Debbie!) en lest best Susan, die de zweep zo efficiënt laat knallen. Het is een spectaculair jaar geweest!